Again My Life

어게인 마이 라이프

어게인 마이 라이프 I

2022년 3월 28일 초판 1쇄 인쇄
2022년 3월 31일 초판 1쇄 발행

지은이 이해날
발행인 김정수 강준규

기획 이기헌 왕소현 박경무 강민구
편집 이세종 백승미 최전경
마케팅지원 이원선

발행처 (주)로크미디어
출판등록 2003년 3월 24일
주소 서울시 마포구 성암로 330 DMC첨단산업센터 3층 318호
Tel (02)3273-5135 **편집** (070)7863-8593 **Fax** (02)3273-5134
홈페이지 rokmedia.com **E-mail** rokmedia@empas.com

값 25,000원

ISBN 979-11-354-7626-6 (1권)
ISBN 979-11-354-7625-9 04810 (세트)

Again My Life

어게인 마이 라이프

이해날 현대 판타지 장편소설

I

ROK MEDIA

차례

Again My Life

CHAPTER 1

섬과 육지를 잇는 팔차선 다리, 아직 개통하지 않은 그 다리에 여섯 명의 남자가 쓰러져 있었다.

다리의 아래에는 검은 파도가 휘몰아쳤다. 빗방울이 검은 물에 떨어져 내리며 거대한 파도에 휩쓸려 사라졌다. 그리고 다리의 난간에는 검은 양복을 입은 남자가 한 사내의 목을 조르고 있었다.

"끄으으윽."

목을 졸리는 사내의 이름은 김희우, 희우의 핏발 선 눈동자가 가늘게 떨려 왔다. 그 눈동자를 살펴보던 검은 양복이 희우를 향해 살기 가득한 목소리로 말했다.

"내 수하들을 쓰러뜨린 건 칭찬해 드리지요. 하지만 여기까지입니다. 당신은 너무 건방졌습니다. 이제 그만하겠다고 말한다면 살려 드리지요."

"내가 거짓말로 약속하면 어쩌려고 그러지?"

희우는 애써 여유를 부렸지만 검은 양복의 목소리는 일정했다.

"상관없습니다. 어차피 꼬리를 감춘 개는 무섭지 않으니까요."

검은 양복의 말에 희우가 웃기 시작했다.

"크크크, 꺼져. 가지고 있는 권력의 무게가 얼마가 되든 죄의 무게는 똑같아."

"그럼 죽어야지요."

희우의 목을 쥐고 있던 검은 양복의 손에 힘이 들어가기 시작했다.

"커억!"

"정의로운 검사 김희우. 열혈 검사 김희우. 그 이름은 제가 기억하겠습니다. 하지만 세상은 비리를 저지른 검사가 약에 취해 그리고 술에 취해 자살한 걸로 기억할 겁니다."

"헛소리!"

그 말과 동시에 희우가 움직였다. 마지막 힘을 짜내며 다리를 들고 검은 양복의 팔을 휘감은 거다.

'플라잉 암바!'

통했다. 검은 양복의 입에서 고통 가득한 소리가 흘러나왔다.

"끄윽!"

"팔꿈치가 박살 나는 기분이 어때?"

"끄으으윽!"

"검은 양복 아저씨, 너는 변호사를 선임할 수 있고 돈이 없으면 국선변호인도 있으니까 알아서 찾아봐라. 그리고 묵비권도 행사할 수 있고 또 지금부터 하는 모든 증언은 법정에서 불리할 수 있다."

"끄으으으윽!"

검은 양복이 희우의 공격에서 빠져나오기 위해 몸을 뒤틀려 했다.

"미친 새끼야! 여기서 움직이면 팔이 부러져!"

하지만 검은 양복은 망설이지 않았다.

우드드드득!

검은 양복의 팔꿈치 뼈가 부서지는 소리가 다리를 울렸고.

꽝!

검은 양복의 주먹이 희우의 머리를 둔탁하게 찍어 내렸다.

꽝! 꽝! 꽝!

비에 젖은 희우의 머리가 출렁였다. 하지만 검은 양복의 주먹은 계속해서 희우의 머리를 찍어 눌렀다.

콰직! 콰직! 꽈지지직!

코뼈가 으스러지고 광대뼈가 깨져 나갔다. 피가 튀고 살이 찢어졌다. 희우의 몸은 검은 양복의 주먹이 닿을 때마다 흔들거리고 있었다. 그리고 희우의 눈동자가 천천히 위로 올라가고 나서야 검은 양복의 공격이 멎었다.

그곳은 적막했다. 희우의 머리카락이 거센 바람에 휘날릴 뿐이었다.

검은 양복은 축 늘어진 희우의 몸을 난간에 걸쳐 놓고 담배를 입에 물었다. 비에 젖은 담배에서 흐린 연기가 바다로 흘러 나갈 때 검은 양복은 전화기를 꺼내 어디론가 전화를 걸었다.

"일은 마쳤습니다. 그럼 지시하신 대로 처리하겠습니다."

검은 양복은 안주머니에서 주사기 하나를 꺼내 들고 희우의 팔에 찔러 넣었다.

"알코올과 필로폰이 적정하게 섞여 있습니다. 당신의 혈중농도는 만취 상태, 마약은 양성반응이 나오게 됩니다."

검은 양복은 희우를 향해 나직하게 말을 전했다. 그리고 번쩍 들어 바다를 향해 집어 던졌다.

이 모든 과정은 단 한순간이었다.

검은 바다는 모든 진실을 숨기는 것처럼 희우의 몸을 집어삼켰고 검은 양복은 죽은 자를 위해 향을 태우듯 난간 위에 담배를 내려 뒀다.

그런데, 희우는 다리의 중심에 서 있었다. 눈을 부릅뜬 채 주변을 살피면서 당혹스러운 표정을 숨기지 못했다.

희우는 분명 검은 양복에게 일방적으로 얻어맞고 있었다. 그리고 의식이 끊겼다. 이것은 분명한 사실이다. 그런데 정신을 차리고 보니 지금 희우는 차도에 서 있다.

희우의 시선이 검은 양복을 향했다. 검은 양복은 아직 난간에 서 있었다.

'뭐지?'

뭔가 이상했다. 비는 그대로 오고 있는데 난간에 서 있는 검은 양복은 마치 인형과 같았다. 정지된 화면처럼 움직이지 않고 있는 거다.

'도대체 뭐야?'

생각할 때였다.

"진정되셨나요?"

어디선가 들려온 여성의 목소리.

희우는 목소리를 향해 시선을 돌렸다.

'미친!'

희우는 자신도 모르게 뒤로 물러섰다.

눈앞에 있는 것은 길고 검은 머리카락이 어깨까지 내려오는 여자였다. 눈은 검은 아이라인을 그려 놓은 듯 퇴폐적이었는데 눈동자는 칠흑같이 어둡고 깊었다. 반대로 피부는 세상의 그 무엇보다 희었다. 그것은 마치 빛이 나는 듯 성스러워 보였다.

문제는 그 여성이 다리를 벗어난 허공에서 걸어오고 있다는 거다. 그것도 잔디밭을 걷듯 사뿐사뿐.

그렇게 희우의 앞에 다가온 그녀가 입을 열었다.

"진정되셨어요?"

"귀, 귀신?"

희우가 주춤거리며 물러나는 모습에 그녀가 생긋 웃었다.

"귀신은 너지요."

"뭐?"

"귀신은 너라구요."

여자의 말에 희우는 자신의 몸을 더듬어 봤다.

"무슨 소리 하는 거야?"

희우의 목소리가 날카롭게 외쳐지자 여자가 고개를 살짝 저으며 말했다.
"맞혀 보세요. 지금 당신에게 일어나는 이 현상은 대체 뭘까요? 1번 외계인, 2번 사후 세계."
여자는 희우의 대답이 들려올 때까지 잠시 시간을 줬고, 희우는 이 상황을 이해할 수 있었다.
"나는 죽은 건가?"
희우의 대답에 여자가 상큼한 미소로 고개를 끄덕였다.
"정답."
"그럼 너는 저승사자?"
그녀의 입꼬리가 살짝 올라가 싱그러운 미소를 지었다.
"그것도 정답."
"하……."
희우는 어색한 미소를 보이며 차도에 주저앉았다. 그 모습을 본 여자가 핀잔을 주듯 말했다.
"사연 없는 혼은 없으니 청승은 그만 떨어요."
희우는 하늘을 올려다봤다. 검은 하늘에서 빗방울은 쉬지 않고 떨어지고 있었다.
"지랄맞네."
여자는 희우의 상태는 신경 쓰지 않고 비 오는 하늘을 향해 손을 내밀었다. 그녀의 손에서 빛이 번쩍이더니 태블릿 PC가 나타났다.
"이름은?"
"저승에서도 그런 기기를 쓰는가?"
"21세기랍니다."
"신기하네."
"이름이나 말하시죠."
"김희우."

"생년월일?"

"1980년 ×월 ×일."

"태어난 시는 알아요?"

"사주팔자 보냐? 그건 몰라."

그녀의 몸이 난간에서 사라졌다가 희우의 앞에 나타났다.

"그럼 지문 확인."

그녀는 그의 오른손 엄지손가락을 들어 태블릿 PC 화면에 대었다.

-인증되었습니다.

차가운 기계음이 들리고 그녀는 만족스러운 표정으로 다시 난간으로 이동했다. 그러거나 말거나 희우는 허망한 표정으로 하늘만 보고 있었다.

여자는 그런 희우를 힐끗 본 뒤, 다시 태블릿에 나타난 희우의 정보를 읽어 내려갔다. 그런데, 희우의 정보를 확인하던 그녀의 표정이 굳어지기 시작했다.

여자는 희우를 보고 태블릿을 보더니 낮은 한숨과 함께 질문을 던졌다.

"묻죠."

"뭐든."

"조태섭 총리를 수사하다가 살해당했나요?"

"그런 것도 거기에 나오나?"

"묻는 말에나 대답하세요."

통통 튀던 말투가 갑자기 무거워졌다. 희우는 고개를 으쓱했다.

"수사하다가 당한 게 아니야."

"그럼?"

"감옥에 집어넣기 직전에 살해당했지."

그녀의 시선은 그의 얼굴에서 떨어지지 않고 있었다. 그녀는 다시 하늘을 향해 손을 들어 올렸다. 커다란 스크린이 허공에 나타났다.

"지금부터 당신의 인생을 빠르게 스킵해서 보겠습니다."

이제 신기할 것도 없었다. 희우는 영화를 보듯 자신의 인생을 보기 시작했다.

화면에는 희우의 어린 시절이 보였다. 희우는 초등학교 때부터 괴롭힘을 당하고 살았다. 초등학교 때는 가난하다고 맞고 중학교 때는 더럽다고 맞았다. 화면을 보던 희우가 한숨을 쉬었다.

"참 많이 맞고 살았네."

부모님은 공장에서 야간에 일을 하셨는데 새벽에 집으로 오다가 뺑소니를 당하셨다. 가해자는 찾지도 못했고, 장례를 끝내고 학교에 가서는 고아라고 또 맞았다. 희우의 입가에 씁쓸한 미소가 걸렸다.

"참 다양하게 괴롭힘을 당했어. 가난한 놈에게 단백질을 공급해 준다며 바퀴벌레를 먹이기도 했으니까."

화면에서는 삼수 끝에 한국 대학교 법학과에 입학한 장면이 나오고 있었다. 하지만 희우는 학교를 다니지 않았다. 많은 학생이 학교를 휴학하고 사법 고시를 준비했고 희우도 그들에게 휩쓸려 고시원에 들어갔었다.

"3년 동안 입시 공부만 하던 나는 대학에 대한 환상이 있었지. 잔디밭에서 책 읽기와 미팅 등을 꿈꿨던 것 같아. 하지만 현실은 다시 책과의 싸움이었어. 그게 싫었던 거 같아."

여자는 영상을 보면서도 희우의 이야기에 집중했다.

"원래 나는 공부를 잘 못했어. 고등학교 때 거의 바닥이었으니까. 대학은 사람 취급받고 싶어서 간 거야. 꿈도 없었고 하고 싶은 것도 없었어."

그 생활이 많이 답답했던 희우는 군에 자원입대를 했고 그곳에서 한 달 선임인 성재를 만났다.

"성재 형, 저 사람은 격투기 선수였어. 고등학교 때 괴롭힘을 당했던 나는 더 이상 나약하게 살고 싶지 않았고 선임을 따라 격투기를 시작했지. 그리고 땀방울과 거친 숨소리가 마음에 들었나 봐."

그 후로 20대의 젊은 날을 격투기 선수로서 살았다. 잘한다는 소리도 많이 들었다. 몇몇 대회에서는 우승도 해 봤고 연승도 했었다.

하지만 한국의 대회는 인기가 없었다. 사람들은 일본의 경기를 응원했고 후에는 미국 단체의 시합을 즐겨 봤다. 희우 역시 해외 진출을 노렸지만 많은 나이와 흥행이 어렵다는 이유로 늘 거절만 당했다.

"스폰서에서 너와 계약하고 싶지 않대."

격투기를 그만둘 때 성재에게 들었던 말이다. 성재는 희우의 눈을 피해 고개를 숙인 채 비참한 이야기를 전했다.

"미안하다. 네가 있다면 우리 팀과 더 이상 계약을 하지 않겠다는 연락이 왔다."

스폰서는 인기 없고 가능성조차 없는 선수에게 투자하는 걸 원치 않았다. 성재가 몇 번이나 간청했지만 그들은 차가웠다.

성재가 계속 말했다.

"차라리 다행이라고 생각해. 벌써 서른이야. 아직 늦지 않았어. 지금이라도 이 바닥 뜨고 새 일 찾아봐라."

"무슨 일?"

희우가 떨리는 목소리로 물었다.

"내가 뭘 할 수 있는데?"

챔피언이 되겠다던 어린 시절 호기롭던 꿈은 현실에 짓밟히고 무너져 내린 지 오래였다. 희우가 성재를 향해 울부짖었다.

"형이 나한테 이러는 거 아니잖아!"

"그러면 내가 뭘 어떻게 해야 하는데!"

성재는 욕을 지껄이며 사무실에서 나가 버렸고 희우는 닫힌 문을 보며 머리를 쥐어뜯어야 했다.

그 영상을 보던 희우가 조용한 목소리로 중얼거렸다.

"성재 형도 많이 괴로웠을 거야. 무기력했고 아무것도 할 수 없었을 테니까."

희우는 그렇게 격투기 선수 생활을 끝냈다.

격투기는 처음으로 가졌던 꿈이었고 유명한 선수가 되고 싶다던 목표도 있었지만, 냄새나는 글러브와 땀에 젖은 사각의 링은 그날이 마지막이었다. 나이 많은 무명의 선수 김희우는 조촐한 은퇴식조차 없이 쓸쓸히 사라져야 했다.

"그래서 다시 공부를 시작했어. 기술도 없고 돈도 없는 내가 할 수 있는 일은 공부밖에 없더라. 필요한 돈은 아르바이트를 해서 벌었어. 유동인구가 적은 편의점 야간 알바를 했지. 사장님한테는 죄송했지만 손님이 없어서 공부하기엔 최고였어."

밤에도 낮에도 공부를 하여 결국 합격을 했다. 격투기 선수 출신이라고 신문에도 작게 실렸었다.

늦깎이 검사는 열정적으로 일했다. 가난한 사람이고 부자고, 모두 동등하게 법의 원칙을 따랐다.

화면을 보던 희우의 눈이 날카롭게 변했다.

"우연히 조태섭 총리의 비리를 알게 되었어."

"그래서 잡으려 했다?"

"검사니까."

"모른 척 넘어가도 됐을 텐데요?"

"그럼 검사가 아니지. 검사에게는 외면도 죄야."

희우의 목소리는 단호했다. 여자의 시선이 화면에서 희우에게로 옮겨졌다.

"뭐, 당신의 인생도 정말 파란만장하군요."

"모든 사람의 인생은 소설이라는 말 못 들어 봤어?"

희우가 피식 웃었지만 여자는 웃지 않았다.

"한 가지 제안을 해도 될까요?"

"제안?"

"조태섭을 잡고 싶나요?"

여자의 말에 희우가 고개를 끄덕였다.

"말했어, 검사라고. 나쁜 놈을 잡고 싶지 않은 검사도 있나? 검사직뿐만 아니라 목숨까지 걸고 하던 작업이야. 잡고 싶을 뿐만 아니라 감옥에서 평생 썩게 하고 싶어."

희우의 말에 여자가 한숨을 내쉬었다.

"아까 조태섭을 감옥에 집어넣기 직전이라고 했지요?"

"그래. 조태섭이 저지른 비리 자료는 충분히 확보했으니까."

여자가 고개를 저었다.

"지금 죽은 사람이 당신이 아니었고, 모든 증거를 들고 지검장에게 달려갔다면?"

"……!"

"자신하세요?"

희우는 아무 말 하지 못했다. 그러자 여자가 다시 물었다.

"재판까지 이어질 수 있을까요? 구속은 받아 낼 수 있었을까요?"

희우는 고개를 저었다.

"……힘들 거야."

잡을 수 있다고 자신했었다. 하지만 냉정하게 생각하면 어려운 일이었다. 자료가 있다 해도 윗선의 압력을 이기는 일은 힘들었을 거라고 판단되었다. 조태섭은 대부분의 공천권을 가지고 정치권을 흔드는 거대 권력자였다. 자료가 아무리 충분해도 증거 불충분으로 끝났을 가능성이 높았다.

"천천히 준비해서 완벽하게 옭아매세요. 섣불리 움직인다면 다시 개죽음을 당할 수 있어요."

"……!"

"만약 당신이 무조건 잡을 수 있다고 말했다면 살려 주지 않았을 겁니다."

살려 준다니, 앞뒤가 맞지 않는 말이었다. 희우가 눈살을 찌푸리며 물었다.

"뭐?"

"꼭 잡아 주세요. 저승에서 받을 벌도 있지만, 이승에서도 지옥을 보여 주세요."

여자의 눈이 무섭게 빛나고 있었다.

"무슨 말 하는 거야!"

"약속하세요, 그에게 지옥을 보여 줄 수 있나요?"

"……."

희우는 여자의 눈에서 진심을 느낄 수 있었다. 고개를 끄덕였다.

"보여 주지."

여자의 얼굴에 순간적으로 슬픈 표정이 나타났다 사라졌다.

"조태섭에게 가까워지면 나를 만날 수도 있겠네요."

희우가 뭐라 질문하기 전에 여자가 계속 말했다.

"악마는 그보다 더한 괴물이 아니고서는 잡을 수 없습니다."

희우에게 아찔한 꽃 냄새가 취할 듯 퍼져 왔다.

CHAPTER 2

따악!

"아야!"

누군가가 희우의 뒤통수를 후려쳤다.

"잠은 집에서 주무시고 음료수나 사 와라."

"응?"

희우는 어리둥절했다. 도저히 이해할 수 없는 상황이었다. 하지만 희우의 뒤통수를 후려친 상대는 익숙하게 500원 동전 하나를 던졌다.

"시원한 걸로 사 와."

돈을 던진 놈은 천천히 창가 끝 책상에 가서 앉았다.

'책상?'

희우가 눈을 찌푸렸다. 눈앞에 책상이 보였다. 그리고 교복을 입고 앉아 있는 학생들.

분명 저승사자라고 소개했던 여자와 대화를 하는 중이었다. 그런데 희우는 지금 어딘지 모를 공간에 와 있었다.

'이게 뭐야?'

희우는 자리에서 일어나 주변을 둘러봤다. 이곳은 분명 학교였다.

희우가 멀뚱히 서 있기만 하자 돈을 던졌던 학생이 인상을 구기며 욕을 했다.

"뭐 하고 있어! 음료수 사 오라고!"

현실인지 무엇인지 분간이 안 되고 있었다. 희우는 답답함에 머리를 부여잡고 한숨을 내쉬었다. 그러자 다시 그 학생이 소리를 질렀다.
“자다가 꿈꿨냐? 빨리 안 갔다 와?”
‘꿈? 꿈이라고?’
방금 전의 일이 현실이 아니라면 꿈에서 깨어난 지금 현실로 돌아와야 하는 것 아닌가?
호접몽(胡蝶夢)이라는 이야기가 있었다.
장자(莊子)의 제물론(齊物論)에 나오는 이야기. 그가 잠을 자다가 꿈을 꿨는데 그 안에서 그는 세상을 훨훨 날아다니는 나비였다고 한다. 잠에서 깬 그가 이렇게 말했다.

–내가 나비의 꿈을 꾼 것인가, 나비가 내가 되는 꿈을 꾸고 있는 것인가?

지금 희우의 상태도 그랬다. 방금 전 상황이 꿈이었는지 아니면 지금 이 상황이 죽기 전에 주마등처럼 살아온 인생이 스치는 건지 알 수 없었다.
희우는 옆에 앉아 짝처럼 보이지만 이름을 모르는 학생에게 물었다.
“내가 몇 시부터 잤어?”
“말 걸지 마.”
학생은 짜증 나는 목소리로 답을 하고 주변에 있는 자신의 친구들과 다시 대화를 했다.
“빨리 가서 안 사 올래?”
희우가 계속 어물거리고 있자 500원을 건넨 상대가 희우를 향해 슬리퍼를 집어 던졌다.
팍!
슬리퍼가 머리에 맞고 바닥으로 떨어졌다.
아팠다. 현실이었다.

"빨리 사 오라고! 쉬는 시간 끝난다고!"

버럭버럭 고함을 지르는 모습을 가만히 보고 있자 녀석이 누군지 기억이 났다. 고등학교 때 희우를 몹시도 괴롭히던 녀석이었다.

"이……태훈?"

희우는 손가락으로 태훈을 가리키며 물었다.

"아, 이놈 오늘 왜 이리 어리바리하냐?"

태훈은 특기가 슬리퍼를 집어 던져 머리에 맞히기였다. 소위 일진이라는 녀석들과는 어울리지 못하고 약하고 순한 아이들만 골라 괴롭히는 악질이었다. 그때는 저 녀석이 상당히 무섭다고 생각했는데 지금은 귀여워 보였다.

'뭐가 뭔지 잘 모르겠지만 지금은 확인해야 할 일이 있다.'

희우는 500원을 쥐고 밖으로 달렸다.

"이제야 뛰어가네. 빨리 가서 차가운 거 사 와라."

뒤에서 태훈이 낄낄거리는 소리가 들렸지만 신경 쓰지 않았다.

희우는 빠르게 복도 끝 화장실로 들어갔다. 학생들이 피운 담배 연기가 뿌옇게 피어오르고 있었다. 희우는 누가 담배 피우는지 관심도 없었고 신경 쓰지도 않은 채 거울을 봤다.

맞다! 여드름이 가시지 않은 10대의 그 얼굴이었다.

"나를 돌려보낸 건가?"

태훈과 같은 교실이라면 고등학교 2학년. 1997년이었다. 그녀는 분명 조태섭에게 생전에 지옥을 보여 달라고 부탁했었다.

'논리적으로 설명할 수가 없잖아.'

희우는 자신의 얼굴을 만져 보며 상황을 정리해 봤다.

"야, 저 새끼 뭐야? 아무도 들어오지 못하게 하랬잖아!"

화장실에 모여 담배를 피우던 녀석들 중 덩치 좋은 놈이 말했다. 교사가 오는지 망을 보고 있던 안경 낀 작은 학생이 원망스러운 눈빛으로 희우를 바라봤다.

“저놈, 이태훈 똘마니 아니야?”

“이태훈?”

“찐따의 똘마니네, 흐흐흐.”

“그런데 저 녀석은 여기가 어딘 줄 알고 들어오는 거야?”

담배를 피우던 놈들이 바닥에 침을 뱉으며 희우의 앞으로 다가왔다.

“야, 눈깔 봤으니까 도망칠 생각 말고 고개 돌려라.”

험악한 소리가 들리자 거울을 보고 있던 희우는 밝은 표정으로 그들에게 향했다.

“아, 미안. 뭐라고 하지 않을 테니까 하던 거 계속해. 나는 지금 좀 가봐야 하거든.”

“뭐?”

녀석들의 눈이 어리둥절하게 희우를 바라봤다. 하지만 희우는 이미 학교를 벗어나기 위해 달리고 있었다.

“이리 와!”

놈들의 욕설이 들려왔지만 관심 없었다.

덩치 큰 녀석이 인상을 구기며 말했다.

“야, 안경! 이태훈 불러와. 똘마니가 잘못했으면 주인이 맞아야지.”

안경 낀 작은 학생은 덩치들의 험악한 소리에 태훈을 부르기 위해 뛰어나갔다.

“오늘 이태훈 맞는 날이네, 흐흐흐.”

“돈 있으려나?”

“뺏어서 노래방 가자.”

불량 학생들은 다시 쭈그리고 앉아 담배를 입에 물었다.

그 시각, 교실 창가 끝에 앉아 밖을 보던 태훈은 깜짝 놀랐다.

"뭐야?"
운동장을 지나 교문을 벗어나는 희우를 본 거다. 태훈의 눈에는 희우가 도망치는 걸로만 보였다.
"음료수 사 오라니까 왜 밖으로 나가? 저 새끼, 왜 저래?"
그때, 안경을 쓴 학생이 태훈의 앞으로 왔다.
"저기……."
"응?"
"종일이가 오래."
태훈의 얼굴이 하얗게 굳어졌다.
"종일이가? 왜?"
"나도 잘 몰라."
임종일. 학교에서 가장 싸움을 잘하기로 유명한 학생이었다. 태훈은 겁이 났지만 교실 안이었기에 강한 척하며 자리에서 일어났다.
"하, 임종일. 담배 달라고 하는 거지?"
태훈은 안경 낀 녀석을 따라 화장실로 갔다.
하지만 태훈의 허세는 그게 끝이었다.
"문 닫아."
종일이 무거운 목소리로 안경에게 말했다. 안경은 문을 닫았고 태훈은 마른침을 삼키며 눈치를 봤다.
"종일아, 왜 그래?"
종일은 186의 키에 100킬로가 넘어가는 덩치를 가지고 있었다. 생김새가 꼭 멧돼지 같았지만 그 앞에서 멧돼지라는 단어를 말하는 사람은 없었다.
"수업 시작하는데?"
태훈이 비굴하게 웃으며 말했지만 종일은 들은 척도 하지 않았다.
"여기가 내 흡연실인 거 알지?"

"당연히 알지. 그래서 이쪽은 오지도 않잖아."
"방금 네 똘마니가 여기서 시끄럽게 하고 갔다."
"김희우?"
"똘마니가 잘못하면 주인이 맞아야 하는 거 알지?"
"응."
태훈은 고개를 숙이고 양손을 곱게 모아 벨트 근처로 가져갔다.
"교육 잘 시켜라."
쩌억!
종일의 손바닥이 태훈의 얼굴을 쳐 올렸다.

한편, 정문을 벗어난 희우의 입가에는 미소가 걸려 있었다. 뭐가 어떻게 된 상황인지 정확히 알 수는 없었지만 확실한 것은 있다. 지금 이 모든 일이 사실이라면 집에는 고등학교 3학년 때 돌아가셨던 부모님이 아직 살아 계신다. 새벽에 일을 끝내고 돌아와 곤히 주무시고 있을 거다.
희우는 학교 정문 옆에 있는 버스 정류장 앞에 섰다. 버스비가 얼마인지 기억나지 않았다. 정류장 뒤에는 버스표와 신문 그리고 간단하게 먹을 수 있는 사탕과 껌 등을 파는 매표소가 있었다. 허리를 숙여 작은 구멍을 통해 안에 있는 아주머니에게 공손히 물어봤다.
"학생 표 하나 얼마지요?"
마흔이 가까운 나이에 학생 표를 물어보는 느낌이 묘했다.
아주머니가 억양 없는 시크한 목소리로 대답했다.
"290원."
희우는 당황했다. 290원이라니, 물가가 올랐다는 것은 알지만, 290원은 말도 안 되는 금액이다.
"안 사?"
"한 장 주세요."

희우는 머리를 긁적이며 태훈이 음료수 사 오라고 준 500원을 작은 구멍으로 밀어 넣었다. 종이로 만들어진 표가 나왔고, 신기한 듯 버스표를 이리저리 훑어봤다. 버스 카드로 대체되어 지금은 찾아보기 힘든 버스표, 그것은 아련한 추억을 기억하게 했다.

버스를 타고 주택가에 내린 희우는 다시 달리기 시작했다. 숨이 차오르고 다리가 떨려 왔지만 멈추지 않고 달렸다. 지난 삶에서 이 정도 달리기는 가뿐했지만 고등학생의 허약한 몸은 버티기 어려웠다.

희우는 체력부터 길러야겠다고 결심했다.

학창 시절을 기억해 보면 체육 시간을 무척 싫어했었다. 깨끗하게 빨아 간 체육복은 태훈 등 다른 싸움을 잘하는 녀석들이 빼앗아 갔고 희우는 항상 더럽고 땀 냄새 나는 옷을 입어야 했기 때문이다.

그리고 체육 시간 중에서도 축구를 할 때가 가장 싫었다. 희우는 강제로 골키퍼를 했었는데 못하면 자신의 편 학생에게 맞았고 공을 막으면 상대편 학생에게 맞았다. 이래도 맞고 저래도 맞고, 무시당하며 욕먹는 체육 시간. 좋아하고 싶어도 할 수 없었다.

하지만 지금은 아니었다. 10년 이상을 운동만 하고 살아왔다. 유명하지는 않았지만 프로 격투기 선수였다. 희우는 현재 자신의 몸 상태에 어느 부분이 부족한지 정확히 진단할 수 있었다.

주택가 골목을 지나 오래된 다세대주택의 지하로 들어갔다. 부모님이 돌아가시기 전에 살던 집이었다.

희우는 떨리는 마음으로 문고리를 잡고 돌렸다. 잠겨 있었다.

열쇠를 안 가지고 왔다. 부모님은 안에서 주무시고 계실 시간.

괜히 주무시는 잠을 깨우기에는 죄송스러웠다. 다시 학교로 돌아갈까 고민을 해 봤지만 그러기에는 부모님이 너무 보고 싶었다. 희우는 두 손으로 문을 두들기기 시작했다.

"엄마! 아빠!"

문을 두들기며 큰 소리로 부모님을 불렀다.

끼이익, 기름이 덜 칠해진 소리가 들리며 문이 열렸다. 어머니의 얼굴이 보였다.

"아직 학교 끝날 시간 아니잖아?"

어머니의 목소리도 들렸다.

"엄마 맞다."

희우는 어머니를 끌어안고 울기 시작했다.

"얘 왜 이래?"

"이게 꿈이라면 안 깰 거예요."

"다 큰 놈이 뭐 하는 거야?"

아버지도 잠에서 깬 얼굴로 밖으로 나왔다.

"아빠!"

희우는 아버지에게도 달려가 끌어안았다.

"보고 싶었어요. 정말 보고 싶었어요."

"어제저녁에 봤잖아."

"그래도 보고 싶었어요."

희우 혼자서 한참 눈물을 흘리며 감동의 해후를 마쳤다. 그러자 어머니 미옥이 물었다.

"학교는 끝난 거야?"

희우는 고개를 끄덕였다. 중간에 나왔다고 하면 걱정을 할 게 뻔했기 때문이다.

얼마나 보고 싶던 부모님인가? 부모님을 차가운 강물에 뿌리며 불효했던 자신을 얼마나 후회했던가? 희우는 지금 부모님과 함께 있는 이 시간이 너무 행복했다.

"밥 줘요. 우리 가족 함께 밥 먹어요."

"무슨 소리야? 엄마 아빠는 더 자야 해. 그래야 일 나가지."

아버지 찬성이 말을 하며 다시 방으로 들어가자 미옥 역시 그의 뒤를 쫓아갔다. 희우는 눈에 맺힌 눈물을 닦고 그들의 뒷모습을 보며 히죽거렸다.

그리고 잠시 후, 부모님의 코 고는 소리가 작게 들려왔다. 혹시 학교에서 전화가 와서 부모님의 단잠을 깨울지도 모른다는 생각에 전화선을 뽑아 놨다.

희우는 집을 둘러봤다. 부모님이 돌아가시고 옥탑방으로 이사를 갔다. 그곳은 여름에는 작열하는 태양에 항상 뜨거웠고 겨울에는 차가운 공기를 막아 줄 다른 집이 없어 난방이 되지 않았다. 살림살이라고는 옷 몇 벌과 작은 냉장고 그리고 버너와 냄비 하나가 전부였던 휑한 방이었다.

이곳도 옥탑방과 다름없는 지하 방이었다. 하지만 작은 거실에 방이 두 칸이 있으며 식기들도 많았고 더구나 부모님이 계셨다. 희우는 뒤가 튀어나온 브라운관 텔레비전을 만져 보고 방바닥을 만져 봤다. 모든 감촉이 생생하게 전해졌다. 희우의 입가에는 행복한 미소가 절로 걸렸다.

그리고 희우는 자신의 방으로 향했다. 사람 한 명 누우면 꽉 찰 방에는 그래도 책상 하나는 놓여 있었다. 희우는 바닥에 털썩 누웠다. 행복했다. 이대로 시간이 멈췄으면 좋겠다고 생각했다.

하지만 그것도 잠시였다. 멍하니 누워 있던 희우의 눈빛이 차분하게 가라앉기 시작했다.

"꿈?"

꿈이라고 하기에는 말이 안 될 정도로 치밀하고 세세했다. 저승사자가 했던 말이 기억이 났다.

―꼭 잡아 주세요. 저승에서 받을 벌도 있지만, 이승에서도 지옥을 보여 주세요.

희우는 그녀의 목소리를 기억하며 고개를 끄덕였다.

"약속은 꼭 지키지. 놈은 나에게도 원수야."

몇 가지 이해가 되지 않는 상황이 있었다. 왜 하필이면 고등학교 시절로 보낸 건가? 죽은 자신을 바로 살려 주면 더 잡기 수월하지 않았을까?

그것 역시 저승사자가 했던 말에 답이 있었다.

–천천히 준비해서 완벽하게 옭아매세요. 섣불리 움직인다면 다시 개죽음을 당할 수 있어요.

그 말을 기억하며 희우는 고개를 끄덕였다.

"천천히 준비해서 완벽하게 옭아매라? 지금부터 준비하라는 건가?"

일단 가장 우선적으로 필요한 것은, 지금 이 상황에 대한 확신이었다.

"먼저 확인할 게 있어."

자리에서 일어나 책상을 뒤지기 시작했다. 선풍적 인기를 끌었던 일본 농구 만화가 보였고 해적판으로 나온 손바닥 크기의 만화책도 있었다. 그 만화책을 펼쳐 보자 종이가 나왔다. 중학교 때 성적표였다. 몰래 감춰 둔 뒤로 기억을 못 하고 있다가 부모님이 돌아가시고 집에서 떠나던 날 우연히 찾은 후 서럽게 울었던 기억이 났다. 성적표를 보며 그는 중얼거렸다.

"진짜 공부 못했네."

희우의 시선이 다시 만화책으로 틀어졌다. 만화책 중에는 시간 여행이나 다시 어린 시절로 돌아가는 이야기가 종종 있었다. 하지만 그건 픽션이었지 이렇게 현실로 일어날 줄은 꿈에도 생각하지 못했다.

"과거로 돌아왔다?"

일단은 믿기로 했다. 다른 선택지는 존재하지 않았다.

기회라면 정말 큰 기회.

희우는 다시 누웠다. 눈은 점점 더 차갑게 변하기 시작했다.

젊음을 되돌린다는 건 많은 돈으로도 얻을 수 없는 일이었다. 그런데 그냥 젊음도 아니고 어리고 어린 고등학생이었다. 무엇이든 될 수 있고 무엇이든 할 수 있다. 공부도 할 수 있고 꿈을 꿀 수도 있다.

"여자 친구도 사귈 수 있겠네."

가벼운 생각에 희우는 픽 하고 웃음을 터뜨렸다.

학창 시절에는 불량 학생들의 노비가 되어 살았고 성인 시절에는 격투기와 공부만 했다. 여자를 만날 시간은 없었다. 국제모태솔로협회가 있다면 회장은 못 해도 이사 자리는 충분히 앉았을 인생이었다.

희우는 먼저 자신이 살았던 인생을 되돌아보기로 했다.

격투기 선수 시절 시합을 뛰고 나면 지든 이기든 항상 경기 영상을 다시 돌려 봤었다. 잘못된 점은 고쳐서 약점을 보완하고 강점은 더욱 강화하는 일이었다. 희우는 최대한 객관적으로 자신의 인생을 짚어 나갔다.

학교 성적은 바닥이었다. 수업 시간에는 잠을 잤고 쉬는 시간에는 괴롭힘을 당했다. 부모님은 뺑소니로 돌아가셨다. 어려운 형편에 보험도 들어 놓지 못했기에 장례를 치르는 일도 힘겨웠다.

수능은 봤지만 바닥이었다. 하고 싶은 것도 할 수 있는 것도 없었다. 가진 것 하나 없는 인생에 대학 간판까지 없다면 영원히 이렇게 살 것 같아서 아르바이트를 하며 재수에 삼수까지 했다. 막상 대학에 들어갔지만 생각하던 캠퍼스의 낭만은 없었다. 다른 사람들은 법관이 되겠다며 공부를 했지만 희우에게는 관심 밖의 일이었다.

군대를 갔지만 나약한 성격의 희우는 관심병사였다.

제대 후 군대에서 만난 선임을 따라 격투기 선수로 살았다. 작은 대회에서 몇 차례 우승을 한 경력이 있다. 나이가 들어 팀에서 쫓겨난 후 다시 공부를 해서 검사가 되었다.

파란만장한 인생을 살며 검사가 된 희우를 정치권에서 영입하려고 애썼다. 그때 만난 사람이 조태섭이었다.

그리고 조태섭에게 살해당했다.

희우의 입가에 잔인한 미소가 걸렸다.

"어떻게 해야 놈을 잡을 수 있지?"

희우는 스스로에게 질문했다. 하지만 답은 없었다.

조태섭은 대한민국 권력의 심장부가 될 사람이었다. 저승사자의 말처럼 증거자료를 들고 간다고 해도 통과되기는 어려웠다. 그런 조태섭에게 일개 검사가 덤볐다가는 또 바다에 던져질 게 분명했다.

"경제력을 손에 쥐고 덤벼 봐?"

돈이 우선인 세상이다. 미래의 지식을 갖고 막대한 돈을 번다면, 조태섭도 잡을 수 있을 거다.

하지만 희우는 곧 고개를 저었다. 천하그룹 김건영 회장도 조태섭에게는 고개를 숙였기 때문이다.

'일단은 앞선 삶보다 강해지자. 강해진다면 바다로 던져지지는 않겠지.'

일단은 예전보다 힘을 가져야 했다. 지금 할 수 있는 것은 그게 전부다.

그렇게 희우는 과거를 돌아봤고 이제는 다가올 미래를 확인할 시간이었다.

달력을 확인하자 5월이었다. 몇 개월 후 벌어질 IMF를 시작으로 대한민국은 혼돈의 시대로 접어들게 된다. 벤처로 시작한 IT 업계의 상승과 몰락, 부동산 투기와 주식의 급등은 어쩌면 평생 먹고살 수 있는 부를 쥘 수도 있는 기회였다. 돈에는 관심이 없었지만 힘을 갖는 데 필요했다.

일단 돈 버는 일은 뒤로 넘겨 둔 채 다음 생각으로 넘어갔다.

"과연 이 일들이 실제로 벌어질까?"

정말 사실 같은 꿈을 꾸고 혼자서 착각을 하고 있는지도 몰랐기에 이 상황을 지켜보기로 했다. 정확한 시기가 기억이 나지 않을 뿐이지 중간중간 일어나는 사건들이 머릿속에 펼쳐져 있었다. 즉, 확신을 가질 날은 머지않았다.

'태국에서 동남아 금융 위기가 시작되면 세상은 10년 동안 혼돈으로 들

어간다.'

희우의 입에서 작은 한숨이 새어 나왔다.

"기다려 보자. 이 상황이 꿈인지 현실인지, 아니면 과거인지 미래인지."

깜빡 잠이 들었다는 것이 저녁도 먹지 않고 다음 날이 되었다.

잠에서 깬 희우는 눈을 크게 뜨고 방을 둘러봤다. 책상과 옷걸이 하나만 있는 자신의 방이 맞았다. 희우는 어제의 일이 꿈이 아니었다는 것에 감사하며 자리에서 일어났다.

학교에 갈 준비를 했다. 세수를 하고 수건으로 얼굴을 닦는 기분이 새로웠다. 이 평범하게 벌어지는 일상의 한 부분조차도 희우에게는 신기하고 즐거운 일이었다.

방문 밖으로 나서자 새벽에 일을 나가신 어머니가 차려 놓은 밥이 달력 종이에 덮여 있었다. 종이를 치우자 하얀 쌀밥에 멸치볶음과 된장찌개 그리고 배추김치가 놓여 있는 소박한 상차림이 보였다.

희우는 눈물을 글썽였다. 그리고 세상에서 가장 소중하고 맛있는 음식을 입에 넣었다.

그때는 왜 어머니가 차려 준 이 식사를 소중하게 대하지 않았는지 바보 같다고 생각했다. 아이들에게 괴롭힘을 당할 때라 그가 짜증을 낼 수 있는 상대는 어머니밖에 없었다. 일부러 밥을 먹지 않았고, 부모님 앞에서 문을 쾅 닫고 들어가기 일쑤였다. 그러나 이제 그럴 일은 절대 없었다.

"설거지는 다녀와서 하겠습니다."

희우는 혼잣말을 하며 먹었던 식기를 싱크대에 담가 두었다.

학교까지는 여섯 정거장이었다. 가까운 거리는 아니었지만 조금 일찍 나가면 충분히 걸어갈 수 있는 거리였다. 희우는 버스비도 아끼고 운동도 할 겸 달려가기로 했다.

"일단 체력을 만들어야 해."

앞으로의 긴 싸움을 생각하면 체력은 기본이었다. 특히 희우처럼 기초가 없는 신체는 더욱 그랬다.

학교 체육복으로 갈아입은 후에 종이 쇼핑백을 가지고 와서 교복을 곱게 개어 넣고 수건과 비누, 속옷을 함께 넣었다. 가방에 넣고 싶었지만 학교에서 급히 나오느라 가지고 오지 않았다.

힘차게 달리던 희우는 잠깐 사이에 거칠어진 숨을 몰아쉬며 가슴을 잡고 좀비 같은 모습으로 걸었다. 고작 5분여를 달렸는데 폭발적으로 뛰는 심장이 가슴을 뚫고 나올 것 같았다. 폐는 찢어질 것 같았고 입에서 마른 침이 흘렀다. 두 다리는 언제 쥐가 나도 이상하지 않게 심하게 후들거렸다. 어제도 느꼈지만 체력이 없어도 너무 없었다.

신체의 한계가 오면 뛰는 걸 멈추고 천천히 걷다가 다시 뛰는 걸 반복했다. 이것이 체력을 올리는 가장 빠른 방법이었다.

그렇게 5분 뛰다가 10분을 좀비처럼 걷다가 결국 벽에 기대 기어가며 학교에 겨우 도착했다. 도대체 학교 다닐 때 뭐 하고 살았기에 이렇게 체력이 없을까 자책하며 교문에서 보이는 학교 시계탑을 확인했다. 시계는 6시 40분을 가리키고 있었다. 이른 시간이었는지 교문 앞에는 아직 학생 주임도 없고 선도부도 없었다.

희우는 화장실로 가서 옷을 훌훌 벗어 던지고 샤워를 시작했다. 땀으로 범벅이 된 몸이었지만 느껴지는 뻐근함은 기분이 좋았다. 여자 반과 남자 반은 층이 달랐고 교무실 역시 아래에 있었기에 혹시 여자가 있을까 하는 걱정은 없었다.

교복으로 갈아입고 머리를 털며 교실로 들어갔다. 이름 모를 친구 몇 명이 있었는데 그들은 희우를 이상한 눈으로 쳐다봤다. 평소 일찍 오는 학생도 아니었고 어딘가 평소와 다른 분위기가 느껴져서였다.

평소의 희우라면 항상 고개를 숙이고 상대의 시선을 피하려고만 했다. 그런데 지금 희우는 학교에서 머리를 감았는지 수건으로 머리를 털며 어깨를 펴고 당당히 들어왔다.

희우는 친구들의 시선이 자신을 좇는 걸 느꼈지만 신경 쓰지 않고 자신의 자리로 향했다. 자리는 창가 옆 분단의 끝자리였다. 키가 큰 편은 아니었지만 태훈의 종노릇을 하느라고 이 자리에 앉았던 기억이 났다.

자리에 앉은 희우는 책상 밑 서랍으로 손을 넣었다. 예로부터 공부는 아침에 하는 거라고 듣고 자라 왔다. 어차피 어떤 공부를 시작해도 똑같을 거라 생각한 희우는 아무거나 걸리라고 생각하며 손을 더듬거려 책 하나를 꺼내 들었다. 수학이었다.

"수학, 좋아! KO시켜 주마."

책을 폈다. 책에는 온통 낙서가 심하게 되어 있었다. 책에 낙서하는 것을 좋아하지 않았기에 인상을 찌푸릴 수밖에 없었다.

책장을 넘기는데 낙서된 글씨가 모두 다른 글씨였다. 기억을 더듬어 보니 원치 않게 누군가에게 빌려줘서 낙서되어 돌아온 책이었다. 버려지지 않고 돌아온 게 다행이라 생각하며 책을 뚫어져라 봤다. 확실하게는 기억이 나지 않아도 어슴푸레하게 풀이 과정이 떠올랐다. 입시 과정을 경험한 지 오래되었어도 3년이나 수능을 파고들었고 한국 대학교까지 들어간 실력이 있었다.

문제를 풀어 보기 위해 가방을 뒤져 필기도구를 찾았지만 보이지 않았다. 희우는 책을 잠시 덮고 앞자리에 앉은 학생에게 물었다.

"펜이 없어서 그러는데 하나만 빌려줄래?"

공손하게 물었다. 하지만…….

"……."

그 친구는 희우의 말을 듣지 못한 척 자신의 할 일만 했다.

"펜 좀 빌려줘."

희우가 다시 말했다. 하지만 역시 듣고도 듣지 못한 척한다. 친구는 희우를 무시하고 있었다.

희우는 내밀었던 손을 다시 거두며 싱긋 웃었다.

'내가 이러고 살았구나.'

다시 기억을 떠올렸다.

1학년 때는 이름이 기억 안 나는 누군가에게 똥이라는 별명으로 불렸다. 똥이라는 별명은 별 이유 없었다. 생각해 보면 수업 시간에 화장실을 갔다는 이유만으로 붙여졌던 것 같다.

2학년에 와서는 완벽한 노예가 되었다. 그리고 다른 급우들은 그 비참한 노예의 삶을 외면했다. 아니, 외면만 한 것이 아니라 자신도 주인 노릇을 하려고 했던 녀석도 있었다. 또 어떤 놈들은 대화조차 하지 않았다. 아마 말을 섞었다가는 자신도 똑같은 처지가 될지 모른다는 걱정에 그랬을 것이다.

"그랬었지."

희우의 입가에 씁쓸한 미소가 떠올랐다.

지금에 와서 복수를 하고 그럴 생각은 없었다. 신체 나이는 열여덟 살이지만 실제 인생은 40년 가까이 살았다. 아이들과 싸워서 골목대장 하고 싶은 나이는 훨씬 지났다. 그저 조용히 있다가 졸업을 하고 자신의 목표를 이뤄 나가면 된다고 생각했다.

목표라는 생각이 들자 희우는 머리를 긁적였다.

도대체 어느 대학에 가고 뭘 해야 이룰 수 있을까?

여러 가지 생각에 잠겨 있을 때 문이 열리고 이태훈이 들어왔다.

"넌 오늘 죽었다."

태훈은 인상을 구긴 채 희우를 향해 달려오기 시작했다. 태훈으로서는 어제 종일에게 맞은 화풀이를 하는 것이었지만 희우는 무슨 상황인지 분간이 어려웠다. 하지만 상대가 자신에게 호의적이지 않음은 알 수 있었다.

태훈이 주먹을 내질렀다. 하지만 희우는 가볍게 피했다.

"피해? 미쳤냐?"

태훈의 목소리가 교실을 채웠다.

폭력을 행하려는 소리였지만 안에 있는 그 누구도 교사를 불러오려 하거나 말릴 생각을 하지 않았다. 그랬다가는 태훈에게 당할 게 뻔했다. 그들은 태훈이 시작할 일방적인 구타를 기대하며 눈을 빛냈다.

'매정한 녀석들이야.'

희우는 교실 뒤 벽에 있는 시계를 슬쩍 올려다봤다. 교사가 오기까지는 아직 시간에 여유가 있었다. 복수를 할 마음은 없었지만 마흔이 가까운 나이에 더 이상 맞아 줄 생각도 없었다.

태훈이 다시 주먹을 날렸다. 희우는 몸을 틀어 주먹을 피한 후 상대의 손목을 잡고 팔꿈치를 눌렀다. 신체의 관절이 움직이는 방향과 반대로 꺾인 태훈의 팔.

"아!"

순간의 고통에 태훈은 자신도 모르게 외마디 비명을 질렀다.

원래의 희우였다면 태훈 하나 제압하는 건 일도 아니었다. 하지만 지금은 잠깐 뛰는 것도 버거운 상태. 이기기 위해서는 기술을 사용하는 수밖에 없었다.

'그런데 이렇게 약했나?'

예전에 기억하던 태훈은 분명 강하다고 생각했다. 하지만 생각보다 너무 약했다.

"너 진짜 죽고 싶냐?"

"죽고 싶은 사람이 어디 있어? 그런데 왜 이러는지 이유나 말해 줄래?"

희우가 잡았던 태훈의 손을 놓아주며 물었다.

"이 새끼가 미쳤나……."

태훈의 살벌한 목소리에 교실은 쥐 죽은 듯 조용해졌다.

태훈이 머리를 쓸어 올리며 무서운 눈으로 희우를 노려봤다.

"이 벌레 같은 새끼가……."

태훈은 희우를 벌레로 칭하고 있었다. 아니, 벌레보다 못한 존재였다.

태훈이 입술을 씹으며 목소리를 이었다.

"새끼가, 이유? 이유를 알려 달라고?"

희우는 조용히 태훈을 바라봤다.

지금 태훈의 태도는 분명 싸움을 걸고 있다. 싸움을 걸어온다면 피하지는 않는다. 다만 지금 희우는 체력이 약한 몸이다. 이 상태로 놈과 치고받고 싸우기에는 부담이었다. 그럼, 기술을 사용하여 제압하는 것이 유일한 방법이다.

'문제는…….'

지금 희우는 격투기를 배우지 않은 신체다. 즉, 기술을 사용하는 것에 익숙하지 않다. 힘 조절에 실패해서 태훈의 뼈라도 부러지면 정말 낭패였다. 경찰에 갈 수도 있고, 어쩌면 부모님이 학교에 끌려오게 될 수도 있다. 부모님이 교사들에게 그리고 녀석의 부모에게 머리를 조아리며 빌어먹을 죄송하다는 소리를 해 댈지도 모르는 일이었다.

그리고 미래를 생각해야 했다.

앞으로 희우는 조태섭을 상대해야 한다. 놈은 철저하며, 상대의 약점을 이용할 줄 안다. 즉, 지금부터 희우에게는 단 하나의 오점도 존재해서는 안 된다. 그런데 태훈을 심하게 망가뜨리면 조태섭에게 어떤 '흠'을 잡힐 수도 있다.

그리고 고등학생의 싸움이라 해도 그것은 우습게 생각할 수 없었다. 가수나 배우가 데뷔 전 했었던 잘못된 행실로 구설수에 오르고 팬들에 의해 끌려 내려오는 걸 심심치 않게 볼 수 있었다. 대통령 후보자나 국회의원이 자식의 병역 문제나 비도덕적인 일로 물러나는 경우도 많다.

흠을 잡힌다는 것은 시작부터 많은 부분이 어긋나는 일이다.

희우는 자신의 감정을 이성적으로 그리고 더 차갑게 다스렸다. 자신을 더 이상 건들지 못할 정도만, 그 정도로만 제압해야 했다.

"내가 학교생활을 조용히 하고 싶어서 그냥 당하고 살아 주려고 했는데 더 이상은 안 되겠다."

태훈의 입가에 비웃는 미소가 걸렸다.

"그냥 당하고 살아 줘? 더 이상은 안 되겠어?"

태훈이 희우를 향해 천천히 다가왔다. 태훈의 입에서 계속 험한 소리가 나왔다.

"만화 봤냐? 넌 벌레야!"

"그럼 벌레에게 맞아 봐라."

희우가 몸을 숙이고 태훈의 품으로 파고들었다. 그리 빠른 속도가 아니었지만 태훈은 반응하지 못했다. 희우는 양손으로 태훈의 다리를 잡고 어깨로 밀어 땅으로 쓰러뜨렸다. 태훈은 당황했지만 할 수 있는 일은 없었다.

희우는 이미 태훈의 벨트를 잡고 자신의 몸으로 끌어당기며 놈의 신체 위에 올라탔다. 태훈은 자신의 위에 올라타 있는 희우의 입에 잔인한 미소가 걸린 걸 보았다.

슈욱!

희우의 주먹이 내려쳐졌다. 태훈은 눈을 질끈 감았다. 하지만 충격은 느껴지지 않았다.

"뭐야, 이 정도 주먹에 겁을 먹고 눈을 감아?"

희우의 주먹은 태훈의 코앞에 멈춰 있었다.

"너 정말 죽는다."

태훈이 눈을 크게 뜨고 노려봤다. 하지만 희우는 빙긋 웃었다.

"아직 여유 있네?"

"내 성격 알지? 장난치지 마라."

희우는 태훈의 양팔을 무릎으로 누르고 움직이지 못하게 고정시켰다.
"그럼 장난 안 칠게."
슈욱!
다시 희우의 주먹이 날아왔다. 태훈은 다시 눈을 감았다.
톡톡.
희우의 손이 태훈의 뺨을 치고 있었다.
"안 때려. 겁먹지 마."
희우가 웃으며 태훈의 몸에서 일어났다.
교실에 있던 학생들은 충격을 받은 듯했다.
태훈은 학교의 일진이라 불리는 불량 학생들 사이에 끼지는 못했어도 학급에서는 충분히 공포를 안겨 주는 인물이었다. 그에 반해 희우는 태훈의 노비 노릇을 했다. 거기에 공부도 못했고 잘 씻지 않는지 머리와 몸에서는 항상 냄새가 나서 아이들이 기피하는 학생이었다. 그뿐만 아니라 크지 않은 키에 뼈만 남은 몸은 누가 싸워도 이길 수 있다고 생각했다.
학생들의 머리에서 김희우라는 사람이 다시 평가되고 있었다. 희우가 태훈을 놀리는 모습에 교실에 있는 모두는 머리를 망치로 맞은 기분이었다.
풀려난 태훈이 다시 일어섰다.
"새끼야, 너 가만 안 둔다."
희우는 어깨를 으쓱해 보였다.
"능력 있다면 해 봐."
하지만 태훈은 내뱉은 말과 달리 선불리 공격하지 못했다. 방금 당한 일을 몸이 기억하고 있었다. 우연이라고 하기에는 잡아 넘겨져서 움직이지 못할 정도로 압박을 당한 과정이 너무 자연스러웠다.
희우는 순간 다리에서 검은 양복이 했던 '꼬리를 감춘 개는 무섭지 않다.'라는 말뜻이 이해되었다. 지금 태훈의 상태가 그랬다. 학급 아이들이 보고 있으니 어떻게든 싸워야 하는데 맞지도 않은 두 번의 주먹에 이미 겁을 먹었다.

그때 교실 문이 열리고 한 학생이 들어왔다. 태훈의 친구이자 희우를 심심치 않게 괴롭히던 또 한 명의 학생. 이름은 강종욱이었다. 180의 키에 작은 얼굴과 긴 다리를 가진 그는 연예인을 한다고 기획사를 기웃거렸지만 연락 오는 곳은 없었다. 종욱은 상황을 이해하지 못하고 있었다.

"아침부터 때려? 좀 살살 해라. 애들도 좀 풀어 주고 해야지."

웃으며 지나치려 하던 종욱은 교실의 이상한 분위기를 느꼈다.

"뭐야? 너 지금 똘마니랑 싸우고 있냐?"

종욱은 인상을 쓰며 희우를 노려봤다.

"개가 주인을 물어?"

종욱은 희우를 향해 주먹을 크게 휘둘렀다.

상대가 한 명인 경우와 둘인 경우는 엄연히 달랐다. 방금 태훈을 위에서 눌렀던 상태에서 종욱이 있었다면 아마 뒤에서 공격당했을 것이다.

'안 때리고 끝내려 했는데 이거 안 되겠네.'

쩌억!

둔탁한 소리가 교실을 울렸다.

"어?"

달려들던 종욱이 허벅지를 잡고 뒤로 두어 발 물러나더니 쿠당탕 소리를 내며 넘어졌다.

지금 희우의 신체는 유연성이 없다. 그래서 허리 이상의 높이로 발을 찰 수는 없었다. 하지만 허리의 회전력을 이용해 허벅지를 공격하는 발차기는 충분히 가능했다.

"끄아아아아아악!"

종욱의 고통에 찬 소리가 교실을 울렸다.

"부러지지 않았으니까 엄살 부리지 마라."

태훈이 희우를 노려봤다.

"너 뭐 배웠냐?"

희우가 피식 웃었다.

"배웠으면?"

태훈은 굳은 표정으로 계속 희우를 노려봤다. 하지만 이번에도 그게 전부였다. 태훈은 움직일 수 없었다.

"창피하냐?"

희우의 질문에 태훈은 대답하지 못했다. 그러자 희우가 목소리를 이었다.

"나는 매일 죽을 만큼 창피했던 것 같다. 너희에게 무슨 잘못을 했는지 고민했지만 난 잘못이 없었어. 그래서 스스로 죄를 만들어 형량을 씌웠다. 죄가 없는데 이런 생활을 한다는 건 지옥이었으니까."

지금의 이야기가 아니었다. 옛날 자신의 고등학교 때를 떠올리는 중이었다.

"뭔가 잘못이 있으니까 이렇게 사는 거라고 납득시켰다."

"……."

"남 괴롭히지 말라고 하는 소리다. 네가 하는 행동이 다른 사람에게는 평생 지우지 못할 상처로 남을 수도 있어."

태훈이 희우를 향해 소리쳤다.

"무슨 개소리야!"

"네가 크면 알게 될 이야기다."

"내가 봐주려고 했는데 너 오늘 초상 날이다."

태훈은 끝까지 강한 척이었다.

사실 태훈의 속마음은 여기서 멈추고 싶었다. 더 이상 나서고 싶지 않았다. 하지만 앞에서 거들먹거리는 희우의 태도와 집중되어 있는 학생들의 시선을 봤을 때 여기서 멈췄다가는 되돌아올 수 없다고 생각했다. 아직 어린 학생들에게, 물러난다는 것은 치욕이었다.

“으아아아앗!”

태훈이 주먹을 들고 희우를 향해 달려들었다. 희우는 무표정하게 태훈의 주먹을 지켜봤다. 주먹은 희우를 향해 일직선으로 찔러 들어왔다.

순간 희우의 표정이 무서운 살기를 띠며 변했다. 태훈은 움찔했지만 이미 나간 주먹을 거둬들일 방법은 없었다.

터억!

태훈의 주먹은 희우의 손에 잡혔다.

“이런 일이…….”

주먹을 잡히는 것은 만화나 영화에서나 봤던 일이다.

“말도 안 돼.”

하지만 태훈은 더 이상 놀라고 있을 틈이 없었다.

희우는 태훈의 손을 밖으로 빼낸 후 몸의 반대 방향으로 돌렸다.

두둑!

뼈가 뒤틀리는 소리가 흘렀다.

“부러뜨리지는 않는다.”

“너, 이…….”

“하지만 네 정신은 좀 부러뜨릴 필요가 있다.”

쩌어억!

희우의 발이 태훈의 허벅지를 차고 들어갔다.

“끄아아아악!”

비명 소리와 함께 희우가 잡은 손을 놓자 태훈의 몸은 교실 바닥으로 주저앉아 버렸다. 태훈은 꺾인 손목을 잡고 자신의 의사와 상관없이 꿈틀대는 다리를 보며 망연자실하게 있었다.

반에서 최고 약체로 생각되던 희우가 교실에서 두려움을 만들어 내던 두 학생을 순식간에 제압했다. 조용히 지내던 아이들은 뒤의 보복이 두려워 환호성을 치지는 못했지만 통쾌한 기분으로 희우를 우러러봤다.

희우는 잠깐의 소란으로 땅에 떨어진 책을 주워 들고 먼지를 턴 후 자리에 앉아 별일 아니라는 듯 들여다보기 시작했다.

'교사에게 알릴 만한 상처도 없고 창피해서 어디에 말도 못 꺼낼 거야.'

희우의 입가에 잔잔한 미소가 걸렸다. 고등학생들 따위에게 복수를 생각한 적은 없었다. 하지만 예전에 당한 빚을 조금은 갚았다고 생각하니 기분이 좋아졌다.

자리로 돌아간 태훈에게 종욱이 작게 물었다.

"저 녀석 놔둘 거야?"

"절대 가만히 못 두지."

태훈의 입이 꽉 다물렸다.

희우가 의도한 바와 다르게 태훈이 당했다는 소문은 전교에 퍼져 나갔다. 물론 그 이야기를 맞은 두 녀석이 퍼뜨리고 다니지는 않았다. 옆에서 지켜본 교실의 아이들의 입을 통해 빠르게 전해지고 있었다.

"야, 4반에 김희우가 이태훈 이겼대."

"이태훈 엄청 맞았다며?"

"김희우 발이 안 보인다고 하더라. 주먹 다 피하면서 싸운대."

"이소룡처럼 싸웠다더라."

소문은 돌면서 점점 커지고 있었다.

이야기는 2학년 일진인 임종일과 그 일당에게도 들어갔다.

"그거 들었어?"

"뭐?"

"이태훈, 지 똘마니한테 맞았대."

"흐흐흐, 설칠 때부터 알아봤다."

종일은 관심 없다는 듯 담배를 피웠다.

그런 이야기가 어떻게 돌고 있는지 모르는 희우는 수업 시간에 맞춰 책을 펴고 공부를 시작했다.

'남아 있는 시간은 1년 반. 공부하자! 이번에는 무조건 한 번에 입학한다.'

1교시는 국어였다. 오랜만에 듣는 수업이었지만 지겨운 건 어쩔 수 없었다.

희우는 교사의 모든 말을 다 책에 적기 시작했다. 잠을 자지 않기 위한 방안이었고, 모의고사와 달리 학교 시험은 수업 시간에 교사가 한 말에서 힌트가 나왔다. 수업 시간만 잘 활용해도 시험 기간에 많은 시간을 효율적으로 쓸 수 있었다.

"이것은 소리 없는 아우성. 이 표현은 은유와 역설을 모두 포함하고 있지. 소리 없는 아우성이니까 말이 안 되지? 그래서 역설이고, 이것과 아우성과의 관계는 같기 때문에 은유법이다."라고 선생님이 말을 하면…….

이 표현은 은유와 역설을 모두 포함하고 있지. 소리 없는 아우성이니까 말이 안 되지? 그래서 역설이고 이것과 아우성과의 관계는 같기 때문에 은유법이다.

이렇게 토씨 하나 빼놓지 않고 적는 방법을 선택했다.

수학의 경우가 가장 문제였다. 오랜 시간 숫자를 계산하는 것에서 손을 떼고 살았더니 골치가 아팠다. 어렴풋하게 기억이 났지만 정확하게 알 수는 없었다. 교과서에 있는 몇 개의 풀이 과정만으로 전 문제를 풀어 나가기에는 무리였다. 희우는 고민 끝에 교무실로 내려갔다.

"잠시 실례해도 되겠습니까?"

"나 부르는 거야?"

수학 교사는 어이없다는 표정으로 웃으며 의자를 돌려 희우를 향했다.

검고 긴 머리카락을 찰랑거리며 큰 눈으로 그를 바라보는 그녀는 대학 졸업 후 바로 임용고시에 합격한 열혈 교사, 이름은 강민경이었다. 아름답고 열정 넘치는 그녀를 남학생들은 환호하며 좋아했지만 여학생들은 웃음을 흘리고 다닌다며 좋아하지 않았다.

"제가 수학 공부를 손에서 놓은 지 오래입니다. 다시 공부를 하고 싶은데 어떻게 해야 할지 자문을 구하기 위해 내려왔습니다."

희우의 말에 강민경이 '풉!' 하고 웃음을 터뜨렸다.

"미안, 미안. 네 말투가 웃겨서."

강민경이 손을 흔들며 미안함을 표시했지만 희우는 전혀 웃지 않고 대답을 기다렸다. 그렇게 잠시 후 강민경이 웃음을 멈추고 희우에게 물었다.

"얼마나 공부를 안 했지?"

희우는 잠시 생각에 빠졌다. 참 오랜 시간이 지난 듯했다. 희우는 약 20년이라고 말을 하려다가 말았다.

"부끄럽지만 오랜 시간 안 했습니다. 정확한 기간은 잘 기억이 나지 않습니다."

희우의 말에 강민경은 다시 웃음을 터뜨렸다.

"너 말투 너무 애늙은이 같아."

강민경은 자신의 책상에서 문제집 몇 권을 꺼내 희우의 손에 건넸다.

"개념하고 원리가 적혀 있는 책이니까 보고 공부하다가 모르는 거 있으면 가지고 와. 다음에 올 때는 말투 좀 바꿔서 오고."

희우는 교무실을 나서며 손에 든 책을 한 달 안에 마스터하기로 결심했다. 그리고 희우는 학교 도서관으로 향했다. 학교 다닐 때는 들러 본 적이 없는 도서관이었지만 지금은 매우 필요한 공간이었다. 희우는 책을 둘러보다 동양철학서를 손에 쥐고 대출을 받았다.

남아 있는 모든 시간의 배열을 단 1초도 허투루 사용할 수 없었다. 수업 시간에는 해당 과목 공부, 쉬는 시간에는 복습, 점심시간에는 단어 암기, 집에서 한 시간은 독서, 이후는 계속 공부.

말을 걸어 주는 친구도 없었기에 가능한 방법이었다.

희우의 하루는 아침 일찍 학교를 향해 달리며 시작되었다. 걷는 시간보다 달리는 거리의 비율이 높아진 걸로 봐서 체력은 꽤 향상된 듯했다.

학교가 가까워지면서 주택이 점차 사라지고 고급 아파트가 보이기 시작했다. 희우가 다니는 고등학교는 고급 아파트에 사는 학생들이 대다수였고 희우를 포함한 일부만 오래된 주택가에 살았다. 아파트에 사는 학생들이 주택에 사는 친구들을 무시하지는 않았지만 패가 갈리는 건 어쩔 수 없었다.

화장실에서 샤워를 하고 수건으로 머리를 말리며 교실로 들어온 희우를 누구도 반기지 않았다. 태훈의 괴롭힘은 끝났지만 대화를 나눌 친구는 아직 존재하지 않았다.

'내가 고등학교를 이렇게 외롭게 다녔나? 말을 거는 사람이 없네.'

과거를 생각하며 머리를 갸웃거린 후 수건을 목에다 걸고 자리에 앉아 책을 꺼내 들었다. 학생들이 어떻게 나오든 상관없었다. 어차피 어린 친구들이라 대화도 통하지 않을 것이라 생각했다.

태훈이 교실로 들어왔다. 그 역시 조용히 지내는 건 마찬가지였다. 희우를 모른 척하고 걸어가 자신의 자리에서 엎어져 누웠다.

학교에서의 생활은 그렇게 조금씩 적응이 되어 갔다.

기말고사가 성큼 다가왔다. 희우는 교무실로 향했다. 중간고사의 성적을 알고 싶어서였다. 지난 성적과 대비해서 어느 정도 향상을 하고 못하는지 확인할 필요가 있었다.

"바쁘신데 죄송합니다. 중간고사 성적표를 잘 간수하지 않아서 지난 성적을 여쭤보려고 왔습니다."

"중간고사 성적은 왜? 공부 좀 해 보게? 반 평균이나 깎아 먹지 마."

담임은 귀찮은 듯 말했다. 안경을 끼고 배가 나온 30대 후반의 교사였다. 희우는 담임의 태도가 불쾌했지만 티를 내지 않고 생긋 웃었다.

"네, 그동안 불성실하게 공부를 해서 죄송합니다. 이번에는 노력해 보겠습니다."

옆에 앉아 있던 수학 교사 강민경이 담임에게 말했다.

"요즘에 얼마나 열심히 하는데요. 수업 시간에도 정말 노력하고 있어요."

담임은 그녀를 흘끗 보고 책상 위를 둘러봤다.

"어디 보자."

담임은 책상에서 파일철 하나를 꺼내 넘기기 시작했다. 담임이 찾아 건네준 성적표에서 중간고사의 평균 점수는 31.8점. 반 등수는 52명 중에 51등이었고 전교 등수는 625명 중 620등이었다. 얼굴이 화끈거렸다.

"감사합니다. 성적표를 확인해 보니 담임선생님께서 하신 말씀이 이해가 됩니다. 이번엔 노력해서 나은 결과를 보이도록 하겠습니다."

희우가 나가자 옆에 앉아 있던 민경이 까르르 웃었다.

"맞죠? 말투 이상하죠?"

교실로 올라가며 희우는 자신의 성적과 등수를 생각했다. 31.8점, 뒤에서 두 번째. 꼴찌가 누군지 궁금했다.

'상위권으로 점수를 올린다.'

희우의 결심이 불타올랐다.

학교에서는 각 과목의 수업에 열중하느라 디테일한 공부를 할 수 없었다. 학교를 마치고 집으로 돌아가 전 과목에 대한 예상 문제를 만들어 보기 시작했다. 지난 중간고사 문제가 없었고 워낙 오래된 기억이었기에 난이도를 예측하기는 어려웠지만 학군을 생각했을 때 그렇게 어려운 문제는 나올 수 없다고 판단되었다.

가장 먼저 교사들이 수업 시간에 밑줄 그은 부분을 요약해서 파생될 문제를 몇 가지 만들었다. 다음으로는 자신이 봤을 때 중요하다고 생각한 부분에 대한 문제를 만들었다. 자신이 만든 문제를 풀어 볼 필요는 없었다. 문제를 만들면서 해당 부분은 거의 암기가 되었다. 수업 시간에 열중했던 이유인지, 시험에 대비하는 시간은 오래 걸리지 않았다.

시간을 확인했다. 독서 시간.

학교에서 빌려 온 철학 관련 서적을 꺼내 읽기 시작했다. 그것 역시 눈으로만 훑어 읽는 수준이 아니었다. 중요한 말을 적고 암기하며 머릿속에 집어넣기 위해 애썼다.

야간 일을 위해 출근하시는 어머니가 방문을 열고 들어왔다. 어머니는 책상에 앉아 책을 읽고 있는 희우를 보며 물었다.

"뭐 해? 만화책 봐?"

어머니의 말에 희우는 펜을 움직이던 걸 멈추고 고개를 저었다.

"아니요. 이제 만화책은 안 읽어요."

가까이 다가온 어머니는 책상에 어지럽게 놓여 있는 공부의 흔적과 손에 들린 동양철학서를 보고 입을 크게 벌렸다.

"말 안 해도 혼자 공부도 하고 이제 다 컸네?"

말을 하면서도 어머니는 감격에 겨워하고 있었다. 어머니가 계속 말을 이었다.

"요즘 성격도 밝아졌고 엄마는 마음이 많이 놓여. 고등학교 들어가더니 엄마랑 대화하는 것도 싫어했잖아."

희우는 멋쩍은 미소를 지었다.

"그동안 죄송했어요. 이제 효도할게요. 걱정 마세요."

"이제 우리 아들 같네."

어머니의 목소리가 떨려 왔다. 애써 눈물을 참아 내는 게 느껴질 정도였다.

"학교에서 친구들이랑은 잘 지내지?"

"그럼요."

아무도 말을 걸어 주지 않았지만 부모님을 걱정시키지 않기 위해 씨익 웃어 보였다.

현관에 앉아 신발을 신고 출근 준비를 하던 아버지가 말했다.

"고등학교 친구가 진짜 친구야. 좋은 친구들 많이 만나도록 해."

"네, 아버지."

희우는 부모님을 배웅했다.

"조심히 다녀오세요."

일터를 향해 떠나는 어머니의 눈에 눈물이 고였다. 학교가 끝나고 집에 오면 항상 문을 쾅 닫고 들어가 나오지 않던 아들이었다. 사춘기라 그러려니 하며 참았지만 그 모습에 가슴이 아프지 않았다면 거짓말이다.

"이제 정말 다 컸나 봐요."

"주책을 부리고 있어. 어서 눈물이나 닦아."

아버지는 어머니에게 핀잔을 주면서도 슬쩍 웃었다. 아버지 역시 희우의 변한 태도에 가슴이 뿌듯해져 왔다.

"원래 사내들이란 저렇게 자라는 거야."

시간이 흘렀다. 시험 시간을 알리는 종이 울리고 감독 교사가 교실로 들어왔다. 첫 시간은 수학이었다. 책상에 주요 공식을 적은 학생이 있을 수도 있기에 자리를 옮기도록 했다. 책상에 가방을 올리자 긴장된 고요함이 교실을 채웠다.

"옆에 사람 봐도 어차피 모르니까 양심껏 풀어라. 문제 이상하면 조용히 손들고. 커닝하는 사람은 빵점 처리다."

앞사람에게서 시험지가 건네졌다.

희우는 긴장된 마음으로 시험지를 받고 눈을 감았다.

학교에서 시험을 봤을 때 단 한 번도 알고 풀었던 적이 없었다. 모두 1번이나 3번으로 통일해서 찍었던 기억이 났다. 이전 삶에서는 시험 기간을 상당히 좋아했었다. 그 이유는 점수가 잘 나와서가 아니었다. 시험을 보면 학교를 일찍 마치기에 괴롭히는 학생들과 함께 있지 않아도 된다는 이유였다. 하지만 지금은 아니었다. 잘 봐야 했다. 긴장이 되었다.

귓가로 학생들의 한숨 소리가 들려왔다. 생각보다 문제가 어렵나 보다. 긴장감은 더욱 고조되었다.

'할 수 있어!'

희우는 문제를 풀기 시작했다.

가장 자신 없는 수학이었지만 교과서에서 숫자만 바꿔 냈다고 교사가 말했었다. 희우는 그 말을 믿고 교과서에 나온 예제 문제를 암기했고 스스로 문제를 변형해서 풀기도 했었다. 교사의 말이 사실이라면 어렵지 않게 풀 수 있을 것이다. 그리고 그 말은 사실이었다. 정말로 예제 문제에서 숫자만 바뀌었을 뿐 교과서와 다른 점은 보이지 않았다.

시험은 계속되었다. 국어, 지리, 역사 등등 지루한 시간이 계속되었다.

마지막 영어 시간. 수능 단어를 오랜 시간 보지 않았지만 영어는 능통했다. 크게 걱정되는 부분은 아니었다. 하지만 최대한 높은 점수를 받기 위해 시험의 범위로 이야기한 모의고사 지문을 모두 암기해 버렸다. 어려운 일은 아니었다.

공부를 할 때 이해를 하라는 말이 있다. 하지만 희우는 그렇게 생각하지 않았다. 모든 것은 암기로 통했고 완벽하게 암기한 후에 이해하려고 노력했다.

시험을 마치는 종이 울리자 그는 가벼운 한숨과 함께 펜을 책상에 내려놓았다. 희우의 눈에 자신감이 어렸다.

시험 결과 발표 날이 왔다. 담임은 서둘러 교실로 들어와 희우를 불렀다.
"김희우, 교무실로 따라와."
교무실에서 담임은 희우를 무섭게 노려봤다.
"너 무슨 짓을 했어!"
담임의 고함이 귀를 찢을 듯 파고들었다. 교무실에 있던 모든 교사들과 학생들이 그들에게 주목했다.
"무슨 일이시죠?"
희우가 물었다. 생각해 봐도 교무실까지 끌려 내려와 혼을 날 정도로 잘못한 일은 기억나지 않았다. 태훈과 종욱을 때린 일이라면 지금에 와서 이럴 수는 없었다.
'화장실에서 샤워해서 그러나?'
남자와 여자의 층이 구분되어 있다 해도 엄연히 남녀공학인 학교였다. 화장실에서 홀딱 벗고 샤워를 했다는 말이 들어갔을 수도 있다.
"이 새끼가 정말!"
희우의 변하지 않는 표정에 담임은 더욱 화가 난 것 같았다. 그리고 희우의 얼굴을 향해 종이를 집어 던졌다. 얼굴에 맞고 바닥으로 떨어진 종이. 희우는 그것을 들어 확인했다.
성적표였다. 평균 99.7점. 전교 1등.
'한 개 틀렸나? 다 맞을 줄 알았는데 어디서 틀렸지?'
희우는 대수롭지 않은 표정으로 성적표를 다시 담임의 책상에 올렸다. 담임은 씩씩거리며 다시 고함을 질렀다.
"내가 학생들을 가르치며 이렇게 어처구니없는 일은 처음이다. 감히 커닝을 해!"
"커닝요?"
이전의 성적과 지금의 성적 차이가 너무도 컸다. 전교 620등에서 전교 1등이 된 사람. 누구라도 의심을 할 만한 상황이었다. 하지만 커닝이라니, 말도 안 된다.

“저는 커닝을 하지 않았습니다. 이번에는 조금 열심히 공부를 했는데 운이 좋게 아는 문제가 많이 나왔습니다.”

“끝까지 반성을 하지 않겠다면 징계 처리하겠다.”

담임이 이를 꽉 물고 말했다.

희우는 어이가 없었다. 시험을 잘 봤다고 징계 처리를 한다니, 말이 되지 않는 일이었다. 하지만 담임을 설득하기 위해 다시 입을 열었다.

“선생님, 저는 정말 남의 답을 보지 않았습니다. 남의 답을 봤다면, 그 놈도 1등이겠죠.”

“그럼 시험지라도 훔쳤겠지. 그게 아니면 네가 성적이 이렇게 나오는 게 말이 되냐? 네가 족집게 과외를 받았다고 해도 이 점수가 나올 수는 없어!”

담임은 희우가 어떤 부정한 방법을 썼다고 확신하고 있었다. 그럼 재시험이라도 보겠습니다, 하고 말을 하려 할 때 담임의 입에서 지나가는 말투로 읊조린 문장이 그의 귓속을 파고들어 왔다.

“족집게 과외는 아무나 받나, 부모가 그러고 사는데.”

그 역시 실수로 내뱉은 말. 서둘러 입을 막았지만 희우는 그 말을 들어버렸다.

“하…….”

희우는 깊은 한숨을 쉬었다. 적당히 넘어가려 했지만 담임은 선을 넘어섰다. 그는 담임의 눈을 무섭게 노려봤다.

“무고의 죄라고 아시나요?”

“뭐?”

“타인으로 하여금 형사처분 또는 징계처분을 받게 할 목적으로 허위의 사실을 신고한 자는 10년 이하의 징역 또는 1,500만 원 이하의 벌금에 처한다.”

“이 새끼가?”

“형법 제156조 제11장이었나 그럴 겁니다.”

뜬금없는 법조문에 담임은 당황하여 희우의 얼굴만 쳐다봤다. 희우는 계속해서 말을 이었다.

“반성하지 않으면 징계 처리한다고 하셨죠? 그게 무고의 죄입니다. 제가 어떤 방식으로 커닝을 했는지 증거를 대지 않으면 선생님은 학생을 상대로 허위 사실을 통한 협박을 하고 계신 겁니다.”

“너, 너 이놈!”

담임의 입에서 험한 말이 나오기 시작했다. 하지만 희우는 아랑곳하지 않았다.

“학생이 지난 시험보다 성적이 많이 오르고 잘 봤다면 칭찬을 먼저 해 주시는 것이 교사로서의 역할이라고 봅니다. 징계 운운하시는 모습은 보기 좋지 않습니다.”

담임의 눈꺼풀이 떨렸고 꽉 쥔 두 주먹 역시 부들부들 떨리고 있었다.

“그리고 선생님께서는 분명 제게 반 평균을 깎지 말라고 말씀하셨습니다. 깎은 게 아니라 올렸는데 이러시는 행동은 이해가 되지 않습니다.”

“너, 너……!”

부모님은 건들면 안 됐다. 그건 선을 넘은 거다. 희우가 담임의 앞으로 다가서며 입을 열었다.

“제가 시험지를 훔쳤다거나 커닝을 했다는 증거가 있습니까?”

“이 성적표가 증거다! 꼴찌에서 두 번째 하던 놈이 1등을 하는 경우가 있을 수 있어? 적당히 성적이 오르는 놈들은 봤어도 이런 경우는 없었어!”

“선생님은 지금 경험을 바탕으로 한 성급한 일반화의 오류를 범하고 계십니다. 명확한 증거가 될 수 없죠.”

조목조목 따지고 드는 희우의 말에 담임은 손바닥으로 그의 얼굴을 쳤다. 짜악! 소리가 교무실을 울렸다.

"어디서 꼬박꼬박 말대꾸야? 그렇게 잘났으면 경찰에 신고라도 해!"

희우의 얼굴에 비릿한 미소가 올랐다.

희우는 원래부터 교사에 대한 감정이 좋지 않았다. 쉬는 시간에 동급생들에게 실컷 얻어맞고 검은 멍이 얼굴에 가득했을 때도 교사들은 희우를 상관하지 않았다. 아무도 멍든 얼굴에 관심이 없었다. 단 한 명이라도 '누구한테 맞았니?'라고 물어봤다면 희우의 인생은 달라졌을 수도 있었다.

또한 중학교 때였나? 피투성이가 되어 교사에게 도움을 요청한 때가 있었다. 하지만 그들이 가해자에게 내린 처분은 화장실 청소나 반성문 등 가벼운 징계가 끝이었다. 학교에서 내린 가벼운 처분에 때린 놈은 더욱 의기양양했고 희우는 일렀다는 이유로 비겁하고 나약하며 사내답지 못한 사람이 되어 버렸다. 그때 교사들이 희우를 도와줬다면 희우는 조금은 다른 인생을 살았을 수도 있었을 거다.

희우의 입에 쓴 미소가 걸렸다.

"학생을 의심하고 마음에 안 든다고 때리는 건 체벌이 아니라 폭행입니다. 논리로 안 되니까 때리시나요? 지금까지 마음에 안 들면 때리고 화내고 윽박질렀나요? 어린 학생을 가슴속 깊은 마음으로 다스려야지 힘으로 억압하시면 안 됩니다."

"경찰에 신고해!"

분위기가 이상하자 수학 교사 민경이 껴들었다.

"그만하세요. 학생하고 이러시면 안 되잖아요. 그리고 희우 말도 틀린 거 없어요. 일단 확인을 해 보셔야지 이렇게 무턱대고 화부터 내시면 학생도 황당하지요."

민경이 빠르게 희우를 쳐다봤다.

"김희우."

"네."

"정말 네 실력인 거 맞아?"

희우는 픽 하고 웃음을 터뜨렸다.

“아무도 안 믿는데 어떻게 증명해야 할까요?”

민경은 잠시 생각에 빠졌다가 책상에 어지럽게 놓인 성적표에 즉석으로 문제를 만들기 시작했다.

“이 문제는 이번 시험에 너 혼자 맞힌 문제야. 숫자를 바꾸고 형식을 바꿔서 다시 내줄게.”

그렇게 문제를 만든 민경이 담임을 쳐다봤다.

“수학의 전교 평균이 60점이 안 되는 거 아시죠? 하지만 어설프게 했다가는 상위권 학생들은 전부 100점을 맞아 버려요. 그래서 석차를 나누기 위해 몇 문제를 꼬아서 내는데 그중에 이 문제는 희우 혼자 맞힌 거예요. 이 문제를 다시 풀어 보라고 하는 게 어떨까요? 풀이 과정까지 정확하게 쓴다면, 모든 의문이 사라지는 건 아니지만 요행은 아니었다고 생각되는데요.”

담임은 허락을 했다.

“좋습니다.”

담임은 희우를 무겁게 불렀다.

“김희우.”

“네.”

“풀어 봐라. 만약 제대로 풀지 못하면 나는 너를 징계할 거다.”

그놈의 징계 소리에 순간 다시 화가 치밀었지만 이쯤에서 참는 게 좋을 것 같았다. 남은 학교생활도 있었고, 담임이 대역 죄인도 아닌데 계속 화를 내는 것도 옹졸해 보였다.

“알겠습니다.”

그리고 희우는 어이없을 정도로 간단히 그 문제를 풀어 버렸다.

“교과서 예제에 있는 문제입니다. 57페이지로 기억하네요. 함정으로 만들기 쉬운 문제라 눈여겨봤습니다.”

희우는 종이를 민경에게 건넸다.

“채점해 보시죠.”

담임은 긴장된 표정으로 민경의 눈을 살폈다. 민경은 풀이 과정을 꼼꼼하게 살피더니 고개를 끄덕였다.

“맞았어요.”

하지만 담임은 아직도 못 믿겠는지 민경의 책상 위에 있는 수학 책을 꺼내 들었다.

“아까 몇 페이지라고 했지?”

“57페이지요.”

이번에는 민경이 긴장된 표정이 되었다.

책을 펼쳐 본 담임의 눈이 종이에 있는 문제와 책에 있는 문제를 번갈아 확인했다. 민경이 수학 책을 펴고 있는 담임에게 물었다.

“맞아요?”

“맞습니다. 희우 말이 맞아요. 페이지까지 외우며 공부를 했다니…….”

담임은 다시 희우를 바라봤다.

“내가 미안하다.”

담임은 진심으로 사과했다. 평소 학생에게 큰 관심이 없어 보이는 사람이었지만 자신이 잘못한 건 사과할 줄 알았다.

희우 역시 담임을 향해 고개를 숙였다.

“저도 선생님께 험한 말을 해서 죄송합니다.”

담임은 조회 시간에 희우를 앞에 세워 두고 말했다.

“이번에 희우가 전교 1등이다! 수업 시간에도 집중하더니 봐 봐, 이렇게 성적이 올랐잖아. 너희도 할 수 있어. 다들 희우 본받아서 열심히 하도록 해. 자, 박수!”

담임의 지시에 아이들은 희우를 향해 박수를 쳤다. 하지만 아침에 담임이 보낸 의심의 눈초리와 같은 표정을 보내고 있었다. 그들의 분위기에 희우는 헛웃음이 나왔다.

'요즘 들어 내가 학교생활을 어떻게 했는지 확실하게 느끼게 되네.'

그런데, 뒤에서 팔짱을 낀 채 희우를 노려보는 눈이 있었다. 태훈이었다.

'새끼…….'

박수 소리는 다른 교실에서도 울려 퍼졌다. 학교에서 가장 싸움을 잘하는 종일의 반이었다. 그 반의 담임이 교탁 앞에 한 학생을 세워 두고 말을 하고 있었다. 학생의 이름은 최현준. 희우 이상으로 괴롭힘을 심하게 받는 학생. 얼마 전 종일과 일진들이 담배를 피우는 화장실에서 망을 보던 안경 낀 학생이었다. 담임이 말했다.

"이번에 10점이나 올랐다. 우리 반에서 가장 점수가 많이 올랐으니까 다들 박수!"

학생들의 박수 소리가 들리고 현준은 멋쩍게 웃었다. 하지만 그의 모습을 삐딱하게 바라보는 시선이 있었다. 종일이었다.

"저 녀석, 말 잘 듣는다고 너무 편하게 해 줬나 보다."

종일의 말에 옆에 누워 있던 녀석이 부스스 일어났다. 종일의 짝이자 학교의 2인자, 마용석이었다.

"저게 진짜 지 실력이겠냐? 시험지 훔친 거 아냐?"

용석의 말에 종일이 킥킥거렸다. 종일의 웃음소리를 들으며 용석이 말을 이었다.

"시험지를 훔쳤으면 나한테 가지고 와야지, 지 혼자 보고 있어."

"흐흐흐, 넌 몇 등이냐?"

종일이 능글맞게 물었다.

"몰라. 묻지 마."

"지 똘마니보다도 성적이 안 나와? 멍청하네."

"넌 몇 등인데?"

용석이 물었다.

"뒤에 세 명 있다."

"큭큭큭, 난 다섯 명."

그들의 대화 소리에 담임이 큰소리를 쳤다.

"임종일, 마용석! 니들 점수를 보고도 떠들 정신이 있나? 창피한 줄 알아라! 현준이 반이라도 닮아 봐!"

"네, 알겠습니다."

종일이 삐딱하게 앉아 대답했다. 그들의 눈은 현준을 노려보고 있었다.

담임이 나가고 종일은 현준의 뒤통수를 쳤다.

"좋냐?"

"뭐가?"

"이 녀석 모르는 척하네?"

종일이 어이없다는 듯 웃었다.

"요즘 재밌지?"

종일이 현준의 뺨을 때렸다.

"아니야."

"내가 만만하지?"

다시 뺨을 때렸다.

"아니야."

현준의 양 볼이 붉게 부풀어 올랐다. 옆에서 용석과 또 다른 불량한 놈들은 히죽거리며 웃었다.

"말하는 거 봐 봐. 종일이 네가 편하게 해 준다니까."

아무도 말려 주는 사람이 없었다. 짝! 짝! 뺨 맞는 소리와 패거리의 이죽거림이 들릴 뿐이었다. 수업 종이 울렸다.

"오늘은 쉬는 시간마다 맞자. 기대해라."

종일은 현준의 귀에 대고 낮은 목소리로 속삭였다.

수업 시간이 시작되고 교사가 들어왔지만 학생의 양 볼이 어떤 상태인지는 관심 없었다. 많은 교사들이 자신의 수업 시간만 채우자라는 생각을 가지고 있었다.

종일은 말대로 쉬는 시간마다 현준의 옆으로 와서 때리기 시작했다.

"잘못한 게 뭔지 알 때까지 맞을 거야."

짜악! 고개가 돌아갔다.

"미안해."

현준은 자신이 뭘 잘못했는지 알 수 없었다. 할 수 있는 것은 그저 미안하다는 소리가 전부였다.

"시험지를 훔쳤으면 주인에게 먼저 보여 줘야지, 지 혼자 봐?"

"안 훔쳤어."

"이게 이제 거짓말도 하네."

짜악!

쉬는 시간마다 반복되는 패턴이었다.

학교가 끝났다. 집으로 돌아온 희우는 책을 읽으면서도 부모님이 깨시기를 기다렸다. 어서 깨워 성적표를 보여 드리고 기뻐하시는 모습을 보고 싶었지만 꾹 참았다.

'이것도 좋다.'

이전의 삶, 희우는 한국 대학교 법학과에 입학했었고 사법 고시에 합격했고 검사까지 됐었다. 하지만 칭찬받은 적은 없다. 함께 기뻐한 사람도 없다. 합격자 발표를 보면서도 라면을 먹었던 기억이 전부다.

하지만 지금은 다르다. 부모님과 함께 기뻐할 수 있다.

잠시 후, 부모님이 일어났다. 어머니 미옥이 밀린 설거지를 하기 위해 주방으로 향하고 아버지 찬성이 텔레비전을 켰을 때였다. 희우는 아버지를 향해 조심스럽게 구겨진 종이를 건넸다.

"이게 뭐냐?"

아버지가 희우에게서 종이를 넘겨받았다.

"성적표예요."

아버지의 표정이 묘해졌다.

희우는 중학교에 들어간 이후 한 번도 성적표를 보여 준 적이 없다. 성적이 잘 나오지 않자 숨기기 시작했던 거고 부모님은 그 사실을 알면서도 다그치지 않았다. 성적도 중요했지만 가뜩이나 기죽은 희우가 집에서만큼은 힘차게 지내기를 바라는 마음이었다. 희우가 말을 하지 않았어도 부모님은 희우의 태도를 통해 학교생활을 짐작할 수 있었다. 그것이 부모였다.

아버지는 떨리는 마음으로 수학 공식이 적힌 종이 쪼가리를 뒤로 넘겼다.

"……."

아버지의 눈이 커졌다. 한동안 말이 없었다. 성적표와 희우의 얼굴을 번갈아 보는 게 전부였다. 그러다가 놀란 목소리로 물었다.

"이게 진짜냐?"

"네, 아쉽게도 한 문제 나갔어요."

"컴퓨터로 조작 그런 게 아니고?"

"그런 유치한 짓은 안 하고요."

"아들!"

아버지의 목소리가 크게 울릴 때였다.

"무슨 일인데 그래요?"

어머니가 주황색 고무장갑을 벗어 두고 거실로 걸어왔다.

"이거 봐 봐."

아버지에게 성적표를 건네받은 어머니도 한참 동안 성적표에서 눈을 떼지 못했다.

"지금 내가 보는 게 뭐니?"

"성적표예요."

"이게 지금 1등이 맞아?"

희우는 기분 좋은 미소를 지었다.

"그냥 1등 아니에요. 전교 1등이에요."

어머니의 눈에서 눈물이 떨어져 내렸다.

아버지는 아들과 아내를 보며 말없이 담배를 꺼내 불을 붙였다. 눈물을 감추기 위함이었다.

희우 역시 아무 말 하지 못하고 있었다. 울컥하는 감정이 쏟아졌다.

'이렇게 좋아하시는데 진작 공부 좀 할걸.'

그날 저녁, 야간 일을 위해 출근을 하며 어머니 미옥과 아버지 찬성의 발걸음은 하늘을 걷는 듯했다.

"봤죠? 기다리면 된다니까요! 우리 희우가 공부를 안 해서 그렇지 나를 닮아 절대 나쁜 머리가 아니라니까요. 우리 아들이 한다면 해요."

"어허, 당신 닮았으면 머리가 나빴지. 나를 닮은 거야."

"당신 닮았으면 큰일 났지요. 술만 먹고 담배만 피우잖아요. 나를 닮은 거라니까요."

부모님은 희우가 서로를 닮았다며 티격태격했다.

"우리 아들 뭘 시켜야 하지요?"

"판검사 해야지. 저 정도 성적이면 판검사야, 하하하."

"에구, 판검사면 며느리도 좋은 자리가 오겠네요, 호호호호!"

그들의 웃음소리가 주택가 골목을 울렸다.

그 시각, 부모님들이 나가시고 집에서 책을 읽던 희우는 뉴스를 틀었다. 희우는 자신이 알고 있는 일들이 벌어질까 매일 뉴스를 체크하고 있었다.

남자 앵커의 목소리가 흘러나왔다.

-태국으로부터 시작된 동남아 외환 위기, 정부에서는 현 금융시장은 동남아 같은 위기 상황은 아니라고 발표했습니다.

앵커의 감정 없는 목소리에 희우의 머리가 차가워졌다.

"이제 시작이구나."

불확실했던 일이 사실로 드러나고 있었다.

희우는 아직까지 과거로 돌아온 사실에 대해 의심을 품고 있었다. 자신이 알던 미래가 벌어지지 않을 수도 있다고 생각했다. 하지만 지금 뉴스를 보며 가지고 있던 의심은 거두기로 했다. 알고 있던 역사가 다가왔다.

이제 대한민국에 먹구름이 다가오기 시작한다. 처음엔 부슬거리는 이슬비에 불과하겠지만 조금 있으면 세상을 뒤덮을 것이다. 쉬지 않고 내리는 비는 모든 땅을 진흙으로 만들고 걷기조차 힘들게 만든다. 거기서 멈추지 않고 폭풍우가 몰아치며 집을 무너뜨리고 산사태가 나며 대홍수가 세상을 집어삼킬 예정이었다. 물살에 휘말려 편안했던 아스팔트는 사라지고 사람들은 벗어나기 위해 발버둥을 치지만 더 늪으로 가라앉는 시대.

하지만 비를 피하기 위해 집에서 웅크리고 있다가는 아무것도 할 수 없었다. 폭우를 맞고 발버둥을 치면서도 밖으로 나가기 위해 애쓴 사람들이 부를 거머쥘 수 있는 시기였다.

"세상을 움직이는 건 권력, 재력 그리고 사람이다. 그 첫 번째, 재력을 만들 수 있는 세상이 왔어."

조태섭에게 다가가기 위한 첫 번째였다. 아직 어떻게 조태섭을 잡을 수 있을지 방법은 몰랐지만 싸워 이기기 위해서는 비슷한 힘이 필요했다.

스포츠 경기에서는 약한 팀이 강팀을 이기는 경우가 종종 일어난다. 하지만 그것은 룰이 존재하는 게임이었다. 현실은 룰이 존재하지 않고 강자가 패배하는 경우는 없다. 희우는 그것을 뼛속까지 느끼고 있었다.

"나도 강해져야 해."

하지만 어떻게 해야 할까. 희우는 아직 고등학생이었고 미성년이었다. 희우의 눈빛이 어지럽게 일렁였다.

가만히 있어도 더운 열기가 느껴지는 뜨거운 여름이었다. 뜨거운 아스팔트에서는 아지랑이가 피어오르고 있었다.

아침 일찍 등교해 학교 화장실에서 샤워를 하고 교실로 들어갔을 때 제일 앞자리에 앉은 반장이 걸어왔다. 가슴의 이름표를 보니 얼핏 기억이 났다. 박승민. 전교에서는 몇 등이었는지 모르지만 반에서 공부를 제일 잘했다. 기록부에 남기기 위해 반장에 지원을 하는 등 어린 나이부터 철저하게 미래를 준비하는 학생이었다.

박승민이 앞으로 걸어와 희우에게 말했다.

"진짜로 네가 이번에 1등 맞아?"

태훈 말고는 누가 먼저 말을 걸어 주는 건 처음이었다.

"성적표에 그렇게 나와 있더라."

"놀랐어. 이정민도 이기다니."

"이정민?"

언젠가 들어 봤던 이름 같았다. 하지만 확실히 기억나지는 않았다.

"진짜 몰라? 이번 빼고 모두 전교 1등에, 백일장 나가서 맨날 상도 타잖아. 되게 유명한데."

백일장이라는 말에 희우는 희미했던 이름을 끄집어냈다.

희우가 검사로 있던 시절 세계에서 유명한 어떤 문학상을 탄 사람이 있는데 그 사람의 이름이 이정민이었다. 같은 고등학교 출신이었기에 이름을 기억하고 있었다.

"그런데 어떻게 갑자기 성적이 오른 거야? 과외 해? 과외 하면 나도 선생님 좀 소개시켜 줘라."

돈이 없어서 책 사 달라는 말도 못 꺼내는데 과외라니 웃음이 나왔다.

"아니야. 그냥 수업 시간에 집중하고 예습 복습을 잘했을 뿐이야."

사실이었지만 그는 믿지 않았다.

"치사하게 그러지 말고 좀 가르쳐 줘라. 이상하게 꼭 틀리는 문제가 있단 말이야."

"정말이야."

하지만 승민은 집요했다.

"몇 동 살아? 끝나고 같이 공부할래?"

"우리 집은 주택가야."

희우의 말에 승민의 눈썹이 순간이었지만 꿈틀댔다. 주택가에 산다는 말은 멀리 가난한 동네에 살고 있다는 뜻이다. 그곳에 사는 사람이 과외를 받을 형편이 안 된다는 건 아직 어린 학생들도 잘 알고 있었다.

"다음에는 내가 이길 거야."

간지러운 말이었다. 하지만 10대 청소년이기 때문에 할 수 있는 말이기도 했다.

"그래, 열심히 해."

그렇게 대답한 후, 희우는 책상 서랍에서 책을 꺼냈다. 그런데, 승민은 자신의 자리로 돌아가지 않고 희우의 앞자리에 앉아 희우의 교과서를 바라봤다.

"필기를 되게 열심히 했구나."

교과서에 빼곡하게 적혀 있는 글씨를 보며 승민이 감탄했다.

그때 누군가 교실로 들어와서 희우를 찾았다.

"김희우, 수학이 교무실로 오래."

그 말에 희우는 자리에서 일어나 교실 밖으로 나섰다. 희우가 나가는 모습을 보며 승민은 듣기 평가를 공부하기 위해 휴대용 카세트 플레이어를 꺼내 귀에 꽂았다.

교무실이었다. 민경은 밝게 웃으며 희우를 맞이했다.

"덥지?"

"덥네요."

"일찍 왔네? 1교시 끝나고 올 줄 알았는데."

싱거운 소리를 하고 있었다.

"이제 여름방학이야."

민경은 생글생글 웃으며 계속 말을 이었다.

"여름방학에 보충수업 하는 건 알지?"

"네. 알고 있어요."

자율 보충수업이라고 쓰고 강제 수업이라고 읽었다. 여름방학이라 말했지만 그런 건 존재하지 않았다. 다른 학교와 다른 점은 야간 자율 학습이 정말로 자율적으로 운영된다는 것이었다. 아파트에 사는 아이들 중 야간에 학원에 가거나 과외를 받는 인원이 많아 자율 학습을 강제로 할 경우 많은 반발이 예상되었기 때문이다.

"교육청에서 여름방학 때 학업 성적이 우수한 학생들을 선발해서 캠프를 열고 있어. 각 학교에서 추천된 인재들이라 학교에서 하지 못하는 수업도 하고 그런 거야."

희우는 별 관심이 없었다. 민경이 계속 말했다.

"우리 학교에서는 내가 그 선발권을 가지고 있거든. 선생님은 널 추천하고 싶어서 그러는데, 네 생각은 어때?"

생각해 볼 가치도 없었다. 쓸데없는 곳에 시간 뺏기고 싶은 마음은 없었다.

"좋은 기회고 선생님께서 저를 얼마나 아껴 주시는지 알지만 죄송합니다. 저는 그런 곳에 참여하기보다는 학교에서 선생님들께 수업을 받고 싶습니다."

희우의 대답에 민경은 아쉬운 표정을 지었다. 그 표정을 본 희우에게 미안한 마음이 살짝 들었지만 어쩔 수 없었다.

한 번에 대학 합격이라는 우선의 목표가 1년 6개월 앞으로 다가왔다. 3년간 수능을 공부했고, 사법 고시에 합격까지 했었다. 과거로 돌아온 후에는 기말고사에서도 전교 1등을 차지했다. 하지만 정해진 범위가 있는 학교 시험과 수능은 달랐다. 범위뿐만 아니라 많은 변수가 존재하는 시험이었다. 완벽하지 않으면 불안했다. 쓸데없는 캠프에 참여할 시간에 공부를 해야 했다.

"그래? 아쉽다. 마지막 날 대회에서 순위권에 들면 장학금도 주는데."

뒤로 돌아 교실로 가려던 희우는 장학금이라는 말에 다시 민경의 앞에 섰다.

"얼마입니까?"

"응? 뭐가?"

"말씀하신 장학금요."

희우의 눈이 불타오르고 있었다. 민경은 책상에 있는 서류를 들춰 보기 시작했다.

"1등이 300만 원이네."

"하겠습니다."

"뭐?"

"여름방학에 교육청 캠프에 참여하겠습니다."

돈이 필요했다. 집안 사정이 어려운 건 둘째 치더라도 몇 달 후면 IMF가 시작되고 모든 가치는 급격하게 하락할 예정이었다. 미래를 알고 있는 그에게 IMF는 기회였지만 학생이며 미성년자였기 때문에 당장 어떻게 돈을 벌겠다는 생각은 아직 가지고 있지 않았다. 하지만 300만 원이면 달랐다. 부동산을 구매할 수는 없더라도 주식에는 투자가 가능했다.

희우의 머리가 빠르게 돌아가기 시작했다.

'미래를 알고 있는 상태에서 300을 굴리기 시작하면 어디까지 불어날

지 모른다.'

주식에 대해서는 잘 알지 못했다. 하지만 대략적인 흐름은 알고 있다. 특정 몇몇 회사가 IMF에 살아남아 더 강해졌다는 사실도 알고 있었다.

그렇게 돈을 불려도 조태섭과의 싸움에서 한참 모자라겠지만 전쟁에 쓸 총알은 살 수 있을지 모른다. 그리고 그 총알이 얼마나 많은 도움이 될지, 어떤 변수를 가져다줄지 알 수 없었다. 전 삶에서의 희우는 백도 없고 돈도 없는 신세였지만 이번에는 다를 것이다.

희우의 생각이 어떤지 모르는 민경은 밝게 웃으며 봉투 하나를 건넸다.

"그래, 그럼 신청서 줄게 써 와. 나는 네가 할 줄 알았어."

"혹시 대회는 어떤 방식으로 열리는지 알 수 있을까요?"

"미안, 그것까지는 잘 모르겠다. 알아봐 줄까?"

"그럼 감사하겠습니다."

교무실에 다녀오는 동안 꽤 많은 학생들이 등교를 해서 자리를 채웠다. 희우가 자리에 앉자 반장 승민이 옆으로 왔다.

"수학이 뭐래?"

"어떤 캠프 가라던데?"

"무슨 캠프?"

그 말에 한 명씩 희우의 주변으로 몰려들었다.

"보충 안 하고 캠프 가는 거야?"

"나도 잘 모르겠어."

아이들의 질문에 대답을 해 주며 희우는 다시 책을 꺼내 들었다.

옆에 태훈과 종욱이 있었지만 학생들은 자연스럽게 말을 걸고 있었다. 며칠 전만 해도 녀석들의 윽박지름에 겁을 먹고 피했던 아이들이 당당하게 다가왔다. 그렇게 맞을 때도 관심 한번 없었고 연필 한 자루 빌려주지 않던 아이들이 알아서 다가왔다. 가증스러웠고 우스웠다.

검사 시절에도 많이 봤던 모습들이다. 그냥 있으면 홀대하던 여자들이 검사라는 명함 한 장에 웃어 줬었다.

……그래도 친구들이 다가오고 말을 걸어 주는 게 나쁜 기분은 아니었다.

집에 가기 전 학교 도서관을 들렀지만 더 이상 읽을 만한 책은 보이지 않았다. 아직 읽지 않은 책도 상당했지만 관심이 있는 분야의 책은 이미 모두 읽었다.

희우는 고등학생으로 돌아온 후부터 도서관을 다녔다. 소설책을 읽기 위함이 아니었다. 관심 갖는 분야는 인문학이었다.

가난한 자는 국어, 영어, 수학을 공부하지만 부자는 음악, 미술, 철학을 공부한다고 했다. 부자들과 함께하기 위해서는 기본적으로 음악이나 미술의 역사 그리고 동서양 철학의 계보는 알고 있어야 했다.

미술을 감상하는데 역사가 왜 필요하냐고 반문할 수 있지만 그림의 구도와 작가의 연대를 알고 나아가 해당 그림이 그려진 시대적 배경까지 파악하는 것은 소위 상류층이라 일컬어지는 사람들의 마음을 사고 대화를 하기 위한 공부였다.

사람을 얻는 건 조태섭과의 싸움에 필요한 것 중 하나였다. 그래서 희우가 처음에 들었던 책도 동양철학에 관한 것이었다. 서점에서 책을 산다고 돈을 달라 하기에는 부모님께 미안했던 그는 도서관에서 부족한 지식을 채웠다. 하지만 이제 버스를 타고 시립 도서관까지 가야 했다.

'몇 번 버스를 타더라.'

고민을 하고 있을 때 도서관 문 앞에 있던 사서가 물었다.

"책 빌릴 거야?"

사서는 3학년 여자아이였다. 어깨에 닿지 않는 잘 빗긴 단정한 머리에 반듯한 이마를 가진 귀여운 학생이었다.

그녀는 봉사 활동 시간을 채우고 근로 장학금을 받는 조건으로 수업을 마친 후 한 시간씩 도서관을 지키고 있었다. 도서관에서 일을 한 지 1년이 넘었지만 지금까지 책을 빌려 간 학생은 손에 꼽을 정도였다. 그녀가 하는 일은 도서관에 와서 먼지를 털고 바닥을 쓰는 청소가 전부였다.

그렇게 매일 한 시간씩 무료한 시간을 보내던 그녀에게 희우가 나타났다. 그는 적어도 이틀에 한 번은 와서 책을 빌려 갔다.

정적인 공간에서 누군가와 마주치면 사람은 그 누군가를 관찰하게 된다. 그녀는 그를 무의식적으로 관찰하기 시작했다.

처음에는 허세 부리기 좋아하는 학생인 줄만 알았다. 빌려 가는 책이 온통 고리타분한 것들이니 그렇게 생각할 만도 했다. 그러나 얼마 안 가 3학년 학생들에게서도 볼 수 없는 진중한 눈빛에 호기심을 느꼈다.

그러던 중 교무실에서 희우가 전교 1등이라는 소리를 들었다. 그리고 교사를 상대로 논리에서 밀리지 않고 주장을 내세우는 모습도 봤다.

홀로 도서관에 있는 시간이 많아서였을까? 아니면 그에게 강한 호기심을 느껴서일까? 그녀는 어렵게 그에게 말을 걸었다.

희우는 슬쩍 여자의 가슴에 있는 이름표를 봤다.

'박유빈?'

과거의 기억 속에 남아 있는 학생은 별로 없었지만 역시 모르는 사람이었다.

"볼 책이 이제 없네요."

"보고 싶은 책이 없는 거야?"

희우는 대답 대신 고개를 끄덕였다.

"그래? 여기에 작성하면 원하는 책 구매해 줄게."

유빈은 카운터의 서랍을 뒤져 도서 신청서를 찾아 희우에게 건넸다.

도서 신청서에 희우는 반색했다. 멀리 떨어진 시립 도서관을 가는 것보다 학교 도서관에 신청해서 읽는 것이 훨씬 생산적이었다.

"책 제목을 써야 하나요?"

"응. 출판사하고 작가 이름도 써야 해."

집에 컴퓨터가 없었고 PC방도 대중화되기 전이었다. 원하는 책이 특별하게 정해져 있지 않은 상태에서 제목과 출판사까지 찾아 쓰기에는 무리였다. 희우는 잠시 고민을 하다가 서점에 들르기로 결정했다.

"규정에 어긋나지 않는다면 신청서 가지고 가도 될까요? 제목과 출판사 등이 정확하지 않아 집에서 확인해 보고 오겠습니다."

"규정에 어긋나는 일 아니야. 가지고 가."

유빈은 웃으면서 신청서를 건네줬다.

"신청하면 얼마나 걸리나요?"

"도서 구입비가 꽤 많이 있으니까 금방 될걸."

"그럼 내일 다시 오도록 하겠습니다."

희우는 유빈에게 고개를 살짝 숙여 인사를 한 후 밖으로 나갔다.

희우가 지나간 자리를 확인하며 유빈은 부끄러운 듯 중얼거렸다.

"헤헤, 말 걸었다."

서점에서 보고 싶은 책 목록을 적은 후에 집으로 돌아왔다. 희우는 조용히 앉아 공부를 시작했다. 어머니 미옥이 방으로 수박을 들고 들어왔다.

"더운데 이거 먹고 해."

자식이 공부를 하고 어머니가 과일을 가지고 오는 것은 드라마에서만 보던 장면이었다. 평범한 가정의 모습이었지만 희우는 가슴이 먹먹해짐을 느꼈다. 홀로 삼수를 준비할 때, 격투기 팀에서 나와 사법 고시를 공부할 때 그렇게도 부러웠던 일이었다.

"잘 먹겠습니다."

수박을 한입 베어 문 희우는 가방에서 봉투를 꺼내 미옥에게 건넸다.

"이게 뭐니?"

"학교에서 어떤 캠프 간다고 부모님 도장 받아 오래요. 추천되어 가는 캠프니까 비용은 들지 않아요."

"그래?"

미옥은 봉투에서 종이를 꺼내 봤다. 거기에는 '서울 교육청 주관 모범 학생을 위한 미래 지도자 양성 교육'이라고 쓰여 있었다.

"미래 지도자?"

미옥의 입이 다시 찢어질 듯 미소 지어졌다.

"여보! 이리 와서 이거 좀 봐요."

찬성은 그녀의 목소리에 발이 안 보일 정도로 빠르게 달려왔다.

"또 뭐야?"

목소리는 기대에 가득 차 있었다. 내용을 확인한 찬성의 목소리가 더욱 커졌다.

"하하하, 우리 아들이 당연히 미래 지도자지."

찬성은 기분 좋은 미소를 얼굴에 가득 안고 희우에게 물었다.

"어느 대학을 가고 싶어? 말만 해. 등록금은 걱정하지 말고."

"한국 대학교 가려구요."

"……."

희우의 말에 두 부부는 잠시 조용해졌다. 목표도 없던 아들이 전교 1등을 하더니 한국 최고의 대학교를 노리고 있다.

잠시의 정적이 끝나고, 찬성이 술을 먹고 취한 것처럼 기분 좋게 말했다.

"가라! 가야지! 누구 아들인데! 등록금은 걱정 말고 무조건 가! 1천만 원이든 1억이든 이 애비가 다 내주마."

희우가 빙긋 웃었다. 한국 대학교는 국립이라 등록금이 많이 필요하지 않았다. 거기에 희우의 목표는 장학금을 받는 것까지 염두에 두고 있었다.

미옥이 조심스럽게 물었다.

"무슨 과를 가고 싶어?"

궁금한 게 많았다. 생전 성적표도 보여 주지 않고 집에서 책 한 권 펴 보지 않던 아들의 성적이 올랐다. 뭔가 목표가 생겼고 어떤 일이 생기지 않았으면 불가능한 일이었다. 그동안 스트레스받을까 봐 묻지 못하고 있었다. 하지만 말이 터진 김에 묻는다고, 궁금한 걸 모두 말하는 것이다.

희우는 어머니의 질문에 잠시 생각을 해 봤다. 사실 어떤 학과를 갈지는 아직 결정하지 않았다.

"그건 아직 모르겠어요. 일단은 법학과를 생각 중이에요."

찬성의 목소리가 다시 커졌다.

"그래! 우리 아들은 당연히 판검사지, 하하하하!"

부모님이 좋아하는 모습에 희우의 눈에 약간 눈물이 맺혔지만 아무도 알지 못했다. 희우는 속으로 다짐했다.

'꼭 보여 드릴게요. 그러니까 돌아가시지 말고 함께 행복하게 살아요.'

희우는 알고 있다. 세상은 똑같이 흐르는 중이며, 고등학교 3학년 3월 18일 새벽에 부모님은 뺑소니를 당해 세상을 떠날 것이다.

다음 날. 학교에서 수학 교사 민경은 캠프 관련 일로 희우를 불렀다. 교무실로 내려갔을 때 그곳에는 여학생 한 명과 남학생 한 명이 있었다. 민경이 그들과 대화를 하는 중이었기에 희우는 잠시 떨어져서 기다렸다.

"희우야, 이리 가까이 와."

여학생과 남학생은 희우와 함께 캠프에 참가하는 학생이었다.

"한 학교에서 세 명씩 참가하거든. 너희는 우리 학교의 명예를 가지고 가는 거야. 잘할 거라 믿지만 가서 불미스러운 일은 없어야 해."

민경의 당부에 아이들은 알겠다고 대답을 했다.

"오늘 오라고 한 이유는……."

민경은 아이들에게 문서 하나씩을 건넸다.

"지금 주는 종이는 극비야. 선생님이 몰래 얻었지."

민경은 아이들을 향해 손가락 두 개를 보이며 브이 사인을 했다.

"이번 캠프에서 작년과 재작년에 했던 대회야. 무려 장학금이 걸려 있다고."

민경이 첫 번째 장을 열자 아이들도 따라 종이를 넘겼다.

"첫날은 한국의 전통 예절과 민속놀이를 배우는 날이고 둘째 날은 고아원이나 양로원에서 봉사 활동을 하고 셋째 날 대회 과제를 발표한대."

과제 발표면 장학금을 걸고 겨루는 대회의 주제를 발표하는 것을 뜻했다. 희우는 긴장한 표정으로 종이를 한 장 더 넘겼다.

"재작년에는 모의 국제회의를 했는데 즉석에서 나라를 정해 주었다고 하네. 그리고 작년에는 한국의 전통에 대해 즉석에서 내용을 주고 토론을 했대."

어려운 주제는 아니었지만 즉석에서 뭔가 주어진다는 것이 어려웠다. 국제회의를 진행하는데 자신이 정해진 나라가 알지 못하는 나라라면 쉽게 이길 수 없었다. 이번에는 뭐가 나올지 모르지만 어떻게 결정되느냐에 따라 장학금의 향방이 가려질 수 있었다.

"그렇게 1차에서 우수한 학생을 뽑아서 2차에는 퀴즈 대회를 한다고 하니까 다들 열심히 준비해. 퀴즈 대회는 수능 범위에서 나오는 상식들이라고 했어."

민경은 서류를 덮고 세 학생을 둘러보며 말했다.

"시간이 된다면 학교 끝나고 너희 셋이 만나서 토론 연습 한번 해 보는 것도 좋을 것 같아."

교무실을 나오는데 남학생이 물었다.

"네가 김희우야?"

친절한 목소리였다.

"그런데?"

희우는 고개를 돌려 그의 얼굴을 확인했다.

"누군가 궁금했는데 반갑다."

희우는 다시 기억을 더듬어 봤다. 하지만 역시 모르는 학생이었다.

이름표에 적힌 이름을 보자 그제야 기억이 났다. 승민이 말했던, 한 번도 전교 1등을 놓치지 않았던 학생이고 훗날 권위 있는 문학상을 받을 문인이기도 했다.

"그래, 반갑다."

희우가 그와 악수를 할 때 옆에 있던 여자아이가 웃으며 물었다.

"네가 이번에 1등이야?"

"그렇다고 하더라."

"반가워. 난 김규리라고 해."

"김희우야."

키가 작고 동그란 달걀형의 얼굴을 가진 아이였다. 정민에게 가로막혀 만년 2등을 하던 학생이었는데 이번엔 희우에게도 밀리며 3등으로 떨어져 내렸다.

"그럼 나 먼저 갈게. 그런데 선생님이 토론 연습 한번 해 보는 것 추천했잖아. 할 거야?"

"해 볼까? 나쁘지는 않을 것 같은데. 희우 너는 어때?"

정민의 질문에 고개를 끄덕였다.

"좋아."

희우의 대답에 규리가 말했다.

"그럼 오늘 학교 끝나고 보자. 나 먼저 간다."

규리는 살짝 미소 지으며 그들을 스쳐 지나갔다.

교무실 복도를 지나치며 규리의 입가에 걸렸던 미소는 굳은 표정으로 변했다.

'김희우라고?'

성적이 떨어진 것, 상위권 고등학생에게는 예민한 일이었다.

그리고 그것은 교실로 향하는 정민도 마찬가지였다. 정민의 얼굴 역시 싸늘하게 굳어 있었다.

'내가 저런 놈한테 졌다고?'

그들은 인상을 쓰고 지나갔지만 희우는 웃음이 나왔다. 자신이 공부를 열심히 한다는 이유로 선발된 줄 알았는데 전교 1, 2, 3등이 손잡고 가는 캠프였다.

'그럼 그렇지.'

세상은 성적순이었다.

태훈과 종욱이 조용해진 후 교실은 매우 활기차졌다. 쉬는 시간 그들의 전유물이었던 교실 뒤편은 아이들이 자유롭게 활보하며 지나는 공간이 되었다.

아이들을 노려보던 종욱이 태훈에게 물었다.

"야, 우리 이러고 지내야 하냐?"

"담배나 피우러 가자."

태훈이 짜증 난다는 듯이 말하며 일어났다. 그들의 앞으로 키 작은 학생이 웃으며 지나갔다.

"너."

태훈이 무서운 목소리로 불렀다.

"응?"

"내 앞에서 웃지 마라. 너 웃는 거 보이면 이빨을 다 뽑아 버린다."

애꿎은 학생에게 화풀이를 하며 그들은 화장실로 향했다.

"그 녀석 때문에 저런 이상한 놈도 우리 앞에서 얼쩡거리고, 진짜 성격 많이 죽었다. 뒤에서 확 뒤통수를 찍어 버릴까?"

종욱이 분한지 주먹을 불끈 쥐고 복도를 지날 때 교무실에서 돌아오던 희우가 계단을 올라 그들의 앞으로 다가왔다. 종욱과 태훈은 하던 말을 멈추고 조용히 복도의 벽에 붙어 희우가 지나가기를 기다렸다.

교실로 돌아온 희우는 대회에 대해 고민하기 시작했다. 2차 퀴즈 대회에 참가하기 위해서는 1차를 필수로 통과해야 했다.

"즉석으로 뭔가 전해 준다?"

95년에는 국제회의가 주제였고 96년에는 한국의 전통이 주제였다고 한다. 지금 대한민국은 거품경제로 인해 선진국의 대열로 올라섰다고 착각하는 시대였다. 분명 이번에도 한국의 위대함 또는 세계화에 대한 주제를 내줄 것이라 예상되었다.

'예상이지 그게 나올 확률은 거의 없잖아. 어떻게 준비해야 하지?'

장학금이 300만 원이나 걸린 대회였다. 꼭 손에 넣고 싶었다. 희우는 일단 주변에 보이는 모든 걸 주제어로 잡아 토론을 연습하기로 했다.

하지만 눈앞에 보이는 건 칠판뿐이었다.

'칠판으로 어떤 토론을 할 수 있지?'

생각이 나지 않는다고 포기할 수는 없었다. 과제를 받아도 이런 느낌일 것이다. 아무것도 모르는 상태에서 짧은 시간에 준비를 마치고 토론에 들어가야 했다. 검사 생활을 통해 재판에도 서 보는 경험을 했다는 건 큰 장점이었다.

'칠판은 왜 이름이 칠판이어야 하지? 칠판이 아니라…….'

그의 눈에 앞에 앉은 학생의 등판이 보였다.

'칠판이 아니라 등판으로 불리는 게 더 좋잖아. 학교에서 수업을 하는데 항상 등을 바라보고.'

여기까지 생각을 하다가 혼자 피식 웃었다.

'나도 미친놈이다. 이런 걸 진지하게 하고 있고.'

수업을 마친 후 도서관으로 향했다. 캠프에 참여하는 학생들과 만나기로 한 시간까지는 여유가 있었다. 사서가 아직 오지 않아 도서관의 문은 잠겨 있었다. 희우는 문에 기대 가방에서 국사 책을 꺼내 들었다.

잠시 후 도서관 사서인 유빈이 빨간 책가방을 메고 숨을 헐떡거리며 도서관 앞에 도착을 했다.

"미안. 오래 기다렸지?"

유빈은 숨이 찬지 가슴에 손을 얹고 크게 심호흡을 한 후 그를 보고 생긋 웃었다.

"보고 싶은 책은 적어 왔어?"

도서관의 자물쇠를 열며 유빈이 물었다.

"네. 몇 개 적어 왔어요."

도서관에 들어가자 희우는 가방에서 적었던 목록을 꺼냈다.

"신청서가 조금 모자라서 그러는데 몇 장만 더 주시겠어요?"

"응. 잠깐만."

유빈은 몇 장의 신청서를 더 꺼내 희우에게 건넸다.

희우는 신청서를 받아 서점에서 본 책의 이름을 적기 시작했다.

그런데, 유빈은 손에 쥔 자신의 가방을 만지작거리면서 희우의 얼굴을 물끄러미 보고 있었다. 유빈의 빨간 가방 안에는 희우에게 주려고 가지고 온 캔 커피가 들어 있었지만 대놓고 주기에는 부끄러웠던 거다.

그렇게 망설이던 유빈이 매우 티 나게, 갑자기 생각난 듯 양손으로 박수를 치며 말했다.

"아! 너 커피 먹을래? 나 커피 있는데 먹기 싫거든."

유빈은 지금 내뱉은 말을 속으로 몇 번이나 연습했는지 모른다. 하지만 입 밖으로 나온 말투는 교과서를 읽는 것 같았다.

"줄까?"

하지만 희우는 쳐다보지도 않고 말했다.

"아뇨."

유빈의 얼굴이 붉어졌다. 하지만 여기까지 말을 했다면 꼭 주고 싶었다. 유빈이 가방에서 커피를 꺼내 희우의 앞에 놓았다.

"난 안 먹어. 너 먹어."

신청 목록을 적고 있던 희우는 자꾸 말을 거는 유빈이 귀찮았다. 먹기 싫으면 버리지 왜 자신에게 자꾸 강요를 하는지 이유를 알 수 없었다.
"죄송합니다. 저는 몸이 모두 성장할 때까지 카페인이나 좋지 않은 것들은 모두 피하고 있습니다."
희우는 고개도 들지 않고 자신이 먹지 않는 이유를 친절하게 설명해줬다.
하지만 유빈은 물러서지 않았다. 지금도 부끄러워서 도망치고 싶은데 여기서 물러나면 더 창피할 것 같았다.
"그래도 먹지."
희우는 평소 말이 없는 성격이었다. 선천적인 이유보다 후천적인 이유가 더 클 것이다. 고등학교 때는 말을 걸어 주는 친구가 없었고, 재수와 삼수를 할 때 그리고 사법 고시를 준비할 때도 혼자 있었다. 그 이유 때문일까? 희우는 누군가와 대화를 길게 이어 가는 것이 피곤했다. 그래서 더 강한 목소리로 거절을 하려고 시선을 들었다.
하지만 유빈의 얼굴을 본 순간, 담담한 표정으로 커피를 손에 쥐었다.
"고맙습니다. 잘 먹을게요."
유빈의 얼굴은 금방이라도 눈물을 쏟아 낼 것만 같았다. 왜 저러는지 모르겠지만, 커피를 안 받으면 울 게 분명했다.
'귀찮아.'
희우는 유빈의 앞에 신청서를 적어 두고 교문 앞으로 향했다. 그곳에서는 정민이 기다리고 있었다.
"규리는 집에 들렀다가 온대."
그들은 아파트 단지 내 상가에 있는 패스트푸드점에 가기로 했다.
그들이 지나가는 곳에 위치한 상가와 상가의 벽이 어두운 골목을 만들어 내고 있었는데 그 사이로 담배 연기가 흘러나오고 있었다.
불량한 느낌이 가득 채워지는 공간.
짜악! 뺨을 때리는 소리가 울렸다.

희우의 시선이 소리가 나는 방향을 향했다.

누가 봐도 작고 약한 학생이 네 명의 무리에 둘러싸여 맞고 있었다. 하지만 정민은 그 소리를 듣지 못했는지 아니면 듣고도 모른 척하는지 계속 자신의 갈 길을 가고 있었다. 희우도 정민을 따라 이동했다.

누가 맞고 있는지는 모른다. 하지만 의협심에 앞뒤 생각하지 않고 도왔다가 맞은 녀석이 불량 학생들에게 다른 곳으로 끌려가 더 맞을 수도 있었다. 학교라는 공간에서 다시 마주칠 수밖에 없는 가해자와 피해자. 일시적인 도움은 돕지 않는 것보다 못했다.

희우는 쓴웃음을 지으며 골목을 지나쳤다.

"너 누가 말하래! 말하지 말라고 했지?"

학교의 2인자 마용석이었다. 그 앞에 서 있는 것은 안경 쓴 최현준.

용석은 눈을 무섭게 치켜뜨고 현준을 노려봤다.

학교에서부터 시작된 일이었다. 용석에게는 장난으로, 현준에게는 잔혹함으로 이어진 일.

아침에 용석이 말했다.

"너 오늘 말하지 마. 말하면 한 글자에 한 대."

현준은 최대한 말을 하지 않으려 노력했다. 하지만 옆에서 종일이 말을 걸었다.

"야."

"……."

"왜 말 안 해? 너 내가 우스워 보이냐?"

"아니, 미안해."

대답을 하지 않을 수 없었다. 용석보다 더 무서운 종일이었다.

수업 시간에 교과서를 읽는 차례가 되었다. 읽지 않을 수 없었다. 용석은 그 모든 글자를 손가락으로 세고 있었다.

"내가 말한 거 농담으로 들었냐? 어디서 뚫린 입이라고 나불거리고 있어. 일단 앞으로 맞을 거 은행에 적립해 놓고 오늘은 딱 백 대만 맞자. 이자 쌓이는 거 알지?"

그 말에 주변에 있던 세 명의 다른 학생들이 낄낄거렸다. 그리고 학교가 끝난 후, 용석은 적립된 적금을 찾아야 한다며 현준의 머리채를 잡고 끌고 나온 거다.

"미안해."

"아놔, 이놈 또 말하는 거 봐. 넌 벙어리야, 벙어리. 너는 뭐라고?"

"벙어리……."

용석은 잔인한 웃음을 지으며 현준의 얼굴을 손으로 툭툭 쳤다.

"큭큭큭, 또 말하네. 벙어리라고 말하는 것도 말하는 거잖아."

"……."

"네가 지금 덜 맞았구나?"

현준은 눈물을 글썽이며 고개를 숙였다.

"미안해."

용석의 손바닥이 다시 현준의 얼굴을 치기 시작했다.

짜악!

"말하지 말랬잖아! 개기냐?"

짜악!

"요즘 보면 너무 말을 안 들어. 누구 닮아서 이렇게 말을 안 들어? 네 부모가 이러라고 가르치디?"

짜악!

부모의 이야기에 현준의 눈에 잠시 분노가 서렸다. 하지만 그것뿐이었다.

"왜? 못 배워서 야간에 공장 나가는 부모도 부모다 이거냐? 지 자식을 이딴 식으로 가르치니까 맞고 다니지."

짜악!

다시 현준의 고개가 돌아갔다. 용석의 얼굴에는 비열함이 가득했다.

"부모님 욕은 하지 말아 줘."

"킥킥킥, 부모 욕 하지 말라고? 하면 어쩔 건데? 그러고 보니까 이놈 또 말했네."

"……."

"네 아빠는 고자고, 네 엄마는 창녀다. 욕했다. 어쩔래? 부모 욕 먹이는 건 너야. 너같이 이러고 사니까 네 엄마 아빠가 욕먹는 거야."

"……."

"부모가 병신이니 자식도 병신이지."

그 시각, 골목을 지나던 희우가 걸음을 멈췄다.

"왜?"

정민이 무슨 일이냐고 물었다. 그리고 골목 안으로 향해 있는 희우의 시선을 본 정민은 모른 척 가자고 고개를 저었다.

"우리 학교 일진이잖아. 저 애는 가난한 동네 사는 애고."

불량 학생들이 집안도 좋고 공부도 잘하는 학생을 건드린다는 건 학교를 그만두겠다고 선포하는 것과 마찬가지였다. 그래서 녀석들의 타깃은 가난한 동네에 살고 있는 형편이 어려운 학생들. 누구에게 말해도 도울 사람이 없는 자들, 즉 사회적 약자들, 그것이 놈들이 노리는 먹잇감이었다.

희우를 향해 정민이 다시 말했다.

"양아치들이나 당하는 놈들이나 똑같을 뿐이야. 가자. 규리 기다리겠다."

똑같은 놈들?

세상에 당하고 살고 싶은 사람이 어디 있는가? 어느 누가 사람을 때리고 괴롭혀도 되는 권한을 허가해 줬단 말인가?

"먼저 가라."

정민은 골목으로 향하는 희우를 보며 어이없다는 표정을 지었다.

"그럼 간다."

정민은 냉정하게 말하고 갈 길을 향해 이동했다.

희우는 그런 정민을 보면서도 나쁘게 생각하지는 않았다. 현대인은 대부분 타인의 사건에 엮이는 것을 좋아하지 않는다. 검사로 있던 시절 증인 한 명을 설득하기가 얼마나 힘들었는지 기억하고 있었다.

그들은 그렇게 살면 되고, 희우는 그렇게 안 살면 되는 거다.

희우는 골목 안으로 들어갔다. 용석과 그 패거리는 골목 안으로 들어온 희우를 물끄러미 바라보았다.

"넌 뭐냐?"

용석이 물었다.

희우는 대답하지 않았다. 조용히 주변을 살필 뿐이었다.

'폭은 좁아.'

녀석들이 있는 공간은 약간의 공터지만 희우가 서 있는 곳은 골목이었다. 성인 남자 둘이 나란히 걷기에는 좁은 폭. 이런 공간에서는 행동의 제약이 컸다. 직선 위주의 공격만이 가능했고 사람의 숫자가 많다고 해도 이점이 되지는 않았다. 거기에 딱딱한 돌벽을 적절히 이용한다면 싸움이 난다 해도 불리하지는 않을 것 같았다.

사실 싸울 생각까지는 없었다. 한 번이 두 번 되고 두 번이 세 번 되는 연속된 상황의 나열은 누구에게나 쉽게 일어나는 결과였다. 이미 태훈과 한번 싸운 경험이 있는 희우로서는 조심해야 할 일이었다.

그때, 용석이 담배 연기를 내뿜으며 말했다.

"너 이태훈 똘마니 맞지? 이번에 전교 1등 했다며, 축하한다."

용석의 목소리에는 이죽거림이 더 컸다. 용석이 계속 말했다.

"이번에는 축하의 의미로 그냥 보내 줄 거지만, 낄 데 안 낄 데 구분 못하면 전교 1등이고 뭐고 안 봐주니까 앞으로 알아서 피해 다녀라."

"고맙다, 축하도 해 주고."

"뭐?"

희우의 말에 용석의 입술이 씰룩거렸다.

"그런데 넌 몇 등 했냐? 전교 1등 축하해 주는 모습 보니까 꽤 잘했을 거 같은데."

"헛소리하지 말고 가라."

"응. 갈 거야. 그런데 고맙다고 해."

"뭐?"

"경찰 불렀어. 니들 착하게 살라고. 고맙지?"

용석의 인상이 구겨졌다.

"저 녀석 입 좀 어떻게 해라!"

용석의 말에 옆에 서 있던 한 학생이 희우를 향해 걸어갔다.

"이태훈 이겼다고 우리도 만만해 보이냐? 그놈하고 우리는 레벨이 달라!"

놈의 주먹이 희우를 향해 날아왔다. 하지만 희우는 가볍게 피했다. 허공을 가른 주먹은 애꿎은 벽을 쳤고.

"아악!"

힘껏 내지른 주먹이었기에 그 고통은 더욱 강하게 다가올 거다. 어쩌면 금이 갔을 수도 있다.

놈이 눈물을 찔끔 흘리며 주먹을 부여잡을 때 희우가 다시 말했다.

"계속할 거냐? 조금 있으면 경찰 올 거 같은데."

"하……."

용석이 담배를 비며 끄며 자리에서 일어섰다.

"축하 선물은 여기까지다. 계속 건방지게 굴면 정말 죽는다."

용석은 희우를 노려보며 골목을 빠져나갔다.

그렇게 패거리가 모두 밖으로 떠난 뒤, 희우는 긴장의 한숨을 내쉬었다. 아침마다 체력을 키우고 있다고 해도 지금 몸으로 저놈들 모두와 싸워 이기는 것은 불가능했다. 잘 속아 넘어가 줘서 다행이었지 경찰도 무서워하지 않는 무식한 놈들이었다면 위험해질 수도 있었다.

희우는 현준의 앞으로 걸어갔다.

"많이 아팠지?"

맞은 고통에 대한 이야기가 아니었다. 부모 욕을 들으면서도 찍소리하지 못하는 상처를 말함이었다. 현준은 굵은 눈물방울을 뚝뚝 흘렸다.

"선생님한테 말할 용기도 없지?"

희우가 물었다. 현준은 대답하지 않았다.

현준은 오늘 있었던 일을 떠올리고 있었다.

수학 시간이었다. 민경이 긴 머리를 흩날리며 교실로 들어왔고 교탁에 선 그녀가 말했다.

"최현준 앞으로 나와 봐."

"네?"

"어제 봤던 쪽지 시험에서 현준이가 만점을 받았어."

민경은 현준을 칭찬하려고 했다.

그런데, 현준은 머뭇거리며 몸을 일으켰다. 현준은 아침부터 뺨을 맞았고 양 볼은 이미 붉게 부어 있었다.

"어서 나와."

현준은 들키지 않기 위해 최대한 얼굴을 숙이고 앞으로 걸어갔다. 하지만 숨길 수 없는 일이었다. 현준의 얼굴을 본 민경의 눈이 찌푸려졌다.

"너 얼굴이 왜 이래?"

현준은 더 깊이 고개를 숙였다.

"맞았니?"

교실은 쥐 죽은 듯 조용해졌고 민경은 그 묘한 분위기를 감지할 수 있었다.

"누구야?"

"아니에요."

현준이 대답했지만 민경의 목소리는 더욱 커졌다.

"아니긴 뭐가 아니야?"

"정말 아니에요."

현준은 생각했다. 교사가 나서면 일이 골치 아파질 수 있다고. 현준은 교사를 신뢰하지 않았다. 현준에게 교사는 순간의 문제 해결에만 급급한 어른이었을 뿐이다.

현준의 대답이 들려오지 않자 민경이 학생들을 훑어봤다. 그리고 창가 쪽에 앉은 용석이 빈정거리는 웃음을 지으며 현준을 보고 있는 것을 알아차렸다.

"현준이 너는 끝나고 교무실로 와."

"알겠습니다."

수업이 끝난 후 현준은 교무실로 향하려고 했다. 그때 용석이 현준을 불렀다.

"야."

"응?"

"쓸데없는 소리 하면 죽는다."

현준은 힘없이 고개를 끄덕였다.

"알았어."

그렇게 교무실에 온 현준이 민경의 앞에 섰다.

"왔어?"

민경은 그를 향해 따듯하게 웃어 보였다.

"네."

"무슨 일 있어?"

"아무 일 없어요."

"볼은 왜 그런데?"

"넘어졌어요."

민경은 한숨을 쉬었다.

"현준아, 선생님은 너를 돕고 싶어서 그래. 요즘 공부도 열심히 하고 학교생활도 열심히 하는데 도와주고 싶어."

현준은 아무 말 하지 않았다.

민경은 어쩔 수 없다는 듯 더 이상 묻지 않았다. 대신 현준의 손을 꼭 잡고 말했다.

"지금 이야기하지 않아도 좋아. 하지만 견디기 힘들면 언제든 와서 말해. 내가 도와줄게. 아니, 도움을 바라지 않는다면, 그냥 들어 줄게."

"……."

"선생님은 현준이처럼 열심히 하고 노력하는 학생의 편이야. 내가 항상 지켜보고 있으니까 용기 잃지 말고."

민경은 현준의 손을 놓으며 주먹을 쥐어 보였다.

"화이팅!"

하지만 현준은 교사가 학교생활을 책임져 주지 않는다는 것을 잘 알고 있었다. 교사가 할 수 있는 일은 가해 학생에 대한 체벌이나 징계위원회에 회부시키는 게 전부다. 그리고 그들은 가해 학생도 우리 학생이며 사회의 피해자라고 말하며 반성의 시간을 준다.

그럼, 가해 학생은 눈물을 흘리며 자신의 죄를 참회하고 다시는 안 괴롭힐까? 아니었다. 겁을 내며 더 이상 피해 학생을 건드리지 않는 경우도 있었지만 악질적인 놈들은 보복적 행위로 더 크게 괴롭히는 경우도 많았다. 그렇게 당했던 사람이 현준이었다.

오늘 있었던 일을 떠올리던 현준이 다시 희우를 바라봤다. 그러자 희우가 현준에게 말했다.

"맞은 놈은 다리를 펴고 자고 때린 놈은 오그리고 잔다는 말 알지?"

현준은 한숨을 내쉬며 고개를 끄덕였다. 잘 아는 말이다. 현준은 그런 말에 의지하며 이 지옥 같은 날을 버티고 있었다. 하지만 희우는 말했다.

"그거 다 거짓말인 거 너는 알지?"

"뭐?"

"맞은 놈은 절대 다리 못 펴고 자. 내일 또 맞아야 하거든. 그리고 그 상처는 영원히 남아. 동급생에게 맞았다는 부끄러운 기억으로 또는 무서운 기억으로 평생 남아 따라다니지."

알고 있었지만 외면했던 현실이다. 현준이 입술을 씹었다.

하지만 희우는 멈추지 않았다.

"그리고 언젠가 보란 듯이 성공한 후, 저놈들 보면서 비웃어 주고 싶지? 넌 열심히 공부하고 있으니까, 양아치처럼 인생 낭비하는 놈들보다는 성공할 거라고 생각하지?"

현준은 이번에도 대답하지 않았다. 하지만 지금 희우가 한 말은 언제나 하던 생각이다.

그런데, 희우는 이번에도 그 생각을 짓밟았다.

"그럴 일 없어."

"어?"

"현실은 동화가 아니야."

희우가 용석이 피우다가 던지고 간 담배를 발로 비벼 끄며 말을 이었다.

"지금 용기를 내지 않으면, 나중에도 똑같아. 나중에 변하는 것은 없어. 지금 변해야지. 나도 너하고 똑같이 괴롭힘당하고 살았던 거 알지? 딱 한 번만 용기를 내 봐. 스스로가 아니면 이 상황은 벗어날 수 없어."

현준은 아무 말 하지 않았다. 옆에 떨어진 안경과 가방을 주워 들어 어깨에 멜 뿐이었다. 그는 골목을 빠져나가며 희우에게 말했다.

"도와준 건 고마운데, 더 이상 참견하지 말았으면 좋겠어."

현준의 말에 희우는 머리를 긁적였다.

'고등학생 몸으로 말하기에는 너무 신뢰가 안 갔나?'

그 시각, 학교 앞 아파트 단지 내 놀이터에서 태훈과 종욱은 그네에 앉아 있는 종일의 앞에 서 있었다. 그 주변으로 불량스럽게 생긴 남녀 학생 십여 명이 모여 있었다.

임종일은 학교를 휘어잡고 있는 학생으로 희우와는 처음에 한번 마주친 적이 있었다.

"왜 불렀어?"

태훈은 종일의 심기를 건들지 않기 위해 최대한 조심스럽게 물었다.

"똘마니한테 맞았다며?"

이죽거리는 그의 말에 태훈은 답을 하지 않았다.

"왜? 기분 나쁘냐?"

"아니, 그건 아닌데……."

태훈이 말끝을 흐리자 한 여학생이 크게 웃었다.

여학생은 눈이 크고 예뻤다. 머리를 한 줄로 만들어 이마를 가린 깻잎 머리에 빨간색 핀을 꽂고 있었다.

한참 동안 웃던 여학생이 말했다.

"맞고도 기분이 안 나빠? 이태훈 너 되게 착한 남자구나?"

여자아이의 이름은 김한미. 학교의 2학년 여자 짱이었다. 예쁘장한 얼굴에 호감을 갖고 있는 남학생들이 많았지만 아무도 한미에게 쉽게 접근하지는 못했다. 학교 여자들 중 가장 강하다는 이유도 있었지만 종일이 한미를 짝사랑하고 있었기 때문이다.

종일이 그녀에게 고백했었지만 한미는 항상 거부했다.

—난 고등학교 다니면서 연애할 생각 없어. 다른 여자 만나 봐.

그게 한미의 이유였다.

한미가 비웃자 태훈은 쥐구멍에라도 숨고 싶었다. 아무리 여자 짱이라 해도 여자 앞에서 망신을 당하는 건 창피했다.

종일이 피식 웃으며 태훈에게 종이 뭉치 하나를 건넸다.

"이게 뭐야?"

"방학 때 날 잡아서 일일 카페 할 거야. 입장권이니까 팔아 와."

입장권이라고 만들어진 종이는 A4 용지에 인쇄해서 칼로 반을 자른 티가 확연히 나고 있었다. 중요한 건, 입장권에 가격만 적혀 있고 날짜와 장소가 없었다.

"날짜랑 장소도 없는데?"

종일이 피식 웃었다.

"돈이 있어야 장소를 구하고 날짜를 정할 거 아니냐? 네가 그렇게 멍청하니까 똘마니한테 밟히고 다니는 거야."

한미는 생긋 웃으며 태훈의 손에 있는 입장권을 빼앗은 후 태훈의 눈앞에 대고 말했다.

"여기 보이는 금액은 5만 원. 하지만 네가 우리에게 줄 금액은 한 장당 3만 원이야. 그러니까 2만 원은 네가 먹든지 아니면 싸게 팔든지 알아서 하구."

한미는 다시 생긋 웃으며 말을 이었다. 하고 있는 옷차림과 행실이 아닌 얼굴만 본다면 천사가 내려온 듯했다.

"너희 반에 쉰두 명 있으니까 우리에게 줄 돈이 156만 원이지만 안 살 사람도 있을 테니까 150만 원만 줘. 나머지는 너희가 가져."

종일이 입에 담배를 물며 한미의 말을 받아 이었다.

"언젠가는 날짜랑 장소도 알려 줄 거야. 먹고 튀지는 않으니까 걱정하지는 말고."

종일의 입에 비릿한 미소가 걸렸다.

애초에 그들에게 일일 카페를 할 생각은 없었다. 학생들에게 유흥비를 뜯어낼 생각이었다.

태훈은 입장권을 받는 순간 150만 원을 만들어 와야 한다는 것을 알고 있었다. 그들이 말한 의미를 직접적으로 푼다면 '5만 원을 받아 2만 원을 갖고 3만 원만 줘.'가 아니었다. 그냥 150만 원을 만들어 오라는 이야기였다.

"이거 많이 살까?"

태훈은 에둘러 거절하려고 했다. 하지만 종일의 눈이 무섭게 태훈을 노려봤다. 눈의 흰자 가운데 있는 검은자가 태훈을 뚫어 버릴 듯했다. 옆에서 종욱이 태훈의 옷깃을 슬쩍 잡아당겼다.

"할 거지?"

한미는 자신의 손에 있던 입장권을 태훈의 손에 건넸다. 그리고 천사 같은 미소를 지으며 말했다.

"태훈이는 착한 남자니까 다 팔아 올 거야. 그렇지?"

그때 용석과 패거리가 놀이터로 들어왔다.

"이태훈!"

용석은 인상을 찌푸리며 태훈에게 다가갔다. 큰 손으로 태훈의 멱살을 잡았다.

"새끼야, 네 전교 1등 똘마니가 우리 엿 먹였다."

모두는 용석의 입에 집중했다.

"내가 안경을 교육시키는 중이었는데 이 새끼 똘마니가 경찰을 불렀어."

안경은 현준이었다.

용석의 말에 종일이 배를 잡고 웃기 시작했다.

"경찰한테 겁먹어서 그냥 왔냐? 크크크."

비웃음 소리에 용석은 종일에게는 뭐라 하지 못하고 태훈의 목을 더 꽉 쥐었다.

"그놈 똑바로 길들여라. 한 번만 더 내 앞에서 눈 뜨고 돌아다니는 거 보였다가는 네가 죽는다."

태훈은 고통스러워하며 겨우 대답했다.

"알았어."

겁을 먹은 태훈의 행동에 용석의 입에 만족한 미소가 걸렸다.

"잘해."

쥐고 있던 얼굴을 놓아준 용석의 시선이 태훈의 손에 들린 입장권으로 향했다.

"뭐야, 입장권 벌써 준 거야? 우리 고객님이셨잖아."

험악한 목소리는 어디로 가고 장난기 가득한 표정으로 변했다. 용석이 계속 말했다.

"내가 잘못했네. 손님한테 인상을 쓰고."

종일이 말했다.

"네가 잘못했지. 네가 인상 써서 손님 안 오면 어떻게 할래?"

용석이 태훈의 앞에서 고개를 숙이는 시늉을 했다.

"제가 잘못했습니다. 손님인지 몰라뵙고. 그러니까 그거 다 팔아 오세요."

태훈은 알았다고 대답할 수밖에 없었다.

태훈과 종욱을 보내고 종일이 용석에게 물었다.

"경찰 왔다고 안경을 그냥 보냈어?"

"그럼 어떻게 하냐?"

종일이 인상을 찌푸렸다.

"생각을 해라. 그럼 경찰 오기 전에 다른 곳으로 끌고 갔어야지. 경찰 온다고 봐주고 선생 온다고 봐주면, 애들이 우리 우습게 봐."

종일이 입에 담배를 물며 옆에 서 있던 다른 학생에게 시선을 틀었다.

"현준이네 집 알지? 가서 끌고 와."

잠시 후, 현준은 놀이터로 끌려왔다. 현준은 정말 겁먹은 표정이었다. 그 앞에 선 종일이 말했다.

"반갑다."

"응."

현준의 대답에 종일이 킬킬거렸다.

"용석아, 이놈 또 말하는데?"

말이 끝남과 동시에 현준의 뺨에서 '짝' 하는 소리가 들렸다. 용석이 말했다.

"말하지 마."

"……."

종일은 담배 연기를 뿜으며 입장권 열 장을 현준의 손에 건넸다.

"일일 카페 입장권이야. 여기 5만 원이라고 적혀 있지? 너는 특별히 3만 원에 해 줄게. 다른 애들한테 5만 원에 팔고 우리한테 3만 원만 가지고 와."

"……!"

"너 집 어렵잖아. 열 장 팔면 너한테 20만 원이 남는 거야. 아르바이트 자리 알아봐 준 거니까 고맙다고 해."

"……고마워."

짜악!

"말하지 말랬지!"

용석이 으름장을 놓았다. 종일이 용석을 말리는 척했다.

"야, 지금은 비즈니스 중이잖아. 그만 좀 해라."

종일이 현준의 어깨를 쥐어 잡으며 말했다.

"사실 우리는 너한테 이런 좋은 아르바이트 자리를 줄 생각은 없었어.

그런데 너 아까 전교 1등이랑 붙어먹었다며? 경찰도 불러 주시고. 아주 감사한 마음에 계속 열심히 살라고 일을 주는 거니까 열심히 해라."

어투는 친절했지만 종일의 눈은 무섭게 현준을 노려보고 있었다.

집으로 가는 길, 종욱이 태훈에게 짜증을 부렸다.

"왜 받았어? 이거 받으면 어떻게 될지 뻔히 알잖아?"

앞에서는 찍소리하지 못했지만 지금은 큰소리였다.

"……."

"돈 뺏어 오라는 소리야. 지금 김희우 그 녀석 때문에 반에서 우리 위치도 허접한데 누가 이걸 사겠어?"

"팔지 마."

태훈이 남 이야기하듯 말했다.

"안 팔면? 임종일 성격 몰라? 무슨 짓을 당할지 어떻게 알아? 그리고 아까 용석이 봤잖아. 어떻게 할 거야?"

종욱의 말에 태훈이 슬쩍 미소 지었다.

"팔지 말고 있다가 종일이한테 말하자. 김희우 그놈이 못 팔게 했다고. 아까 보니까 안경 때문에 경찰도 불렀다며? 일진들도 김희우 노리고 있을걸. 전교 1등이라 놔두고 있는 거지."

"……!"

"그럼 김희우는 종일이한테 맞을 거고, 반에서 우리에게 덤빌 사람이 누가 있겠어?"

종욱이 존경스러운 눈빛으로 태훈을 바라봤다.

"너 똑똑하구나."

"흐흐흐, 나 삼국지 게임 잘하는 거 알지? 내가 공부를 못해서 그렇지 이런 쪽으로는 제갈량이야."

CHAPTER 3

의미 없는 방학식이 시작되었다. 운동장에 도열한 학생들은 뜨거운 태양의 열기를 받으며 자리를 지키고 있었다.

글짓기나 미술 등의 대회에서 수상한 학생들이 사열대에 올라 상장을 받았고 교장은 방학 동안에 놀지만 말고 미래를 위해 준비하라는 일장 연설을 이어 갔다. 하지만 학생들은 교장의 말에 동감하지 않았다.

"방학은 개뿔, 이게 방학이야? 방학이 있어야 방학인데, 우리는 학교에 나오잖아?"

"방학식은 왜 하는지 모르겠다. 그냥 방학 없다고 말하고 수업이나 하지. 운동장에 서 있을 때가 제일 귀찮아."

방학은 보충수업의 다른 말이었다.

그렇게 교장의 연설이 끝나고 교실로 올라갈 때였다. 누군가 희우의 등을 콕콕 찍었다. 도서관 사서 유빈이었다.

"방학 동안에도 수업 끝나고 도서관 열어."

"네."

"그때 신청한 책 내일 온다고 하니까 와서 다 빌려 가. 원래 한 권씩만 가능한데 너는 두 권씩 빌려줄게."

희우가 슬쩍 웃었다.

"감사합니다."

"대신…… 나는 딸기 우유 좋아해!"

유빈은 그 말을 끝으로 서둘러 계단을 달려 올라갔다. 유빈의 양 볼은 붉었다.

그렇게 유빈이 사라지자 희우의 옆으로 같은 반 학생들이 다가왔다.

"오, 전교 1등 하고 공부하더니 연애도 하네?"

이제 친구들은 희우를 스스럼없이 대하고 있었다. 희우 역시 친구들의 바뀐 태도가 나쁘지 않았다.

공부도 하고 친구들과 대화도 한다. 집에는 부모님이 계시고 괴롭힘을 당하지도 않는다. 지금의 삶은 이전과 다른 행복을 느낄 수 있었다.

그리고 교실로 올라가 수업 준비를 하던 희우가 중얼거렸다.

"이렇게 평범한 일상을 항상 그리워했는데."

쉬는 시간이었다. 민경이 희우를 불렀고 그 자리에는 정민과 규리도 있었다.

"내일모레 출발하는 거 다 알지? 내일은 내가 바빠서 말을 못 해 줄 거 같아. 속옷이랑 세면도구, 여벌 옷 챙기는 거 잊지 말고."

민경은 학생들에게 종이 한 장씩을 나눠 줬다.

"준비물 적어 놓았으니까 이대로 챙기면 될 거야. 그리고 혹시나 장학금을 받아 와서 학교의 명예를 올리는 사람에게는 내가 특별히 맛있는 걸 사 줄게."

민경은 학생들을 향해 밝게 웃었고 그녀가 맛있는 걸 사 준다는 말에 정민은 불끈 주먹을 쥐었다.

여자아이들은 예쁜 민경에게 질투를 느껴 그런지 좋아하지 않았지만 남학생들은 달랐다. 늘씬한 몸매는 한창 성장하는 고등학생들에게 피를 끓게 하는 무언가가 있었다. 민경과 식사를 한다면 분명 학교에서 영웅 대접을 받을 것이다.

"꼭 장학금을 받아 올게요."

정민이 굳은 의지로 말했다.

“그래. 선생님도 정민이랑 식사하면 좋겠다. 정민이는 평소에도 상 많이 받아 오니까 이번에도 꼭 받을 수 있겠지?”

민경의 말에 정민의 의지는 우주를 뚫어 버릴 듯 높이 올라갔다.

“꼭 하겠습니다.”

잠시 후, 교무실을 나서던 정민이 규리를 째려보며 입을 열었다.

“장학금은 꿈도 꾸지 마.”

규리는 피식 웃었다.

“장학금은 내가 받을 거야. 식사는 네가 해.”

“아니. 장학금도 내가 받고 식사도 내가 한다.”

희우는 그들의 대화 소리를 뒤로한 채 교실로 올라갔다.

“먼저 간다.”

희우의 뒷모습을 보며 정민이 이죽거렸다.

“난 저 녀석이 정말 마음에 안 들어. 우리 토론 연습한다고 할 때도 혼자 빠지고.”

“원래 저 동네 사는 애들이 그렇잖아. 구질구질하고 냄새나.”

희우는 두 사람이 어떤 말을 하든 관심 밖이었다. 희우에게 정민과 규리의 행동은 그저 철없는 10대의 모습일 뿐이었다.

다음 날, 희우는 학교 도서관으로 향했다. 책을 대출받아 캠프에서 시간이 날 때 읽을 생각이었다. 희우는 작은 시간도 낭비할 생각이 없었다.

그런데, 복도를 지나 계단을 내려가던 희우의 걸음이 멈춰 섰다. 유빈이 했던 말을 떠올린 거다.

‘딸기 우유?’

어제였다. 방학식 행사를 마치고 교실로 올라갈 때 유빈은 딸기 우유를 좋아한다고 말했었다.

‘감사 인사는 해야겠지?’

유빈은 희우를 위해 여러모로 신경 써 주고 있었다. 필요한 책을 때마다 준비해 주는 것은 꽤 귀찮을 게 분명하다. 보답은 해야겠다고 생각했다. 희우는 방향을 바꿔 매점으로 향했다. 아침에 버스를 타지 않고 뛰어다닌 덕에 딸기 우유 하나 살 돈은 수중에 있었다. 희우는 딸기 우유를 사서 도서관으로 향했다.

"책은 저기에 놨어."

도서관에 들어가자 유빈이 기다렸다는 듯 말했다. 유빈이 손가락으로 가리킨 곳에는 희우가 신청한 미술사와 음악사, 동양과 서양철학 및 역사책이 세워져 있었다.

"어차피 책 보러 오는 사람은 너밖에 없어서 보기 편하라고 진열했어."

희우가 보기 편하도록 진열한 거다. 희우를 위해 준비했다. 하지만 유빈은 그 속마음을 들킬까 변명하고 있었다. 하지만 희우는 신경 쓰는 눈치가 아니었다.

"감사합니다."

희우는 책 몇 권을 손에 들고 유빈의 앞으로 다가왔다. 가방에서 딸기 우유와 빵을 꺼내 유빈의 앞에 올렸다.

"드세요. 딸기 우유 좋아하신다면서요?"

희우는 여자의 마음을 몰라도 너무 몰랐다. 딸기 우유와 빵을 본 유빈의 가슴은 쿵쾅거리며 뛰고 있었지만 희우의 표정은 건조했다.

"……고마워."

유빈은 고개를 숙이며 말을 했다. 고개를 들었다가는 붉어진 자신의 얼굴을 들킬 것 같아서였다. 하지만 희우는 유빈의 반응은 관심 밖이었다. 희우가 대출서를 작성하며 말했다.

"원래 책은 다음 날 반납했었는데요, 이번에는 며칠 걸리겠네요."

그 말과 동시에 유빈이 저도 모르게 고개를 번쩍 들며 희우를 향했다.

"왜?"

"내일부터 어떤 캠프에 참가하거든요. 책은 다녀와서 반납할게요."

유빈은 희우를 보지 못한다는 것이 아쉬웠다. 하지만 애써 마음을 숨기며 고개를 끄덕였다.

"그래. 다녀와서 빨리 반납해."

"네."

희우가 책을 가방에 넣고 나가려 할 때 유빈이 뭔가 떠오른 듯 물었다.

"혹시 그 캠프가 교육청 캠프야?"

"네. 그런데요?"

"내가 작년에 다녀왔거든. 거기서 문제도 풀고 그러는데, 기억나는 거 알려 줄까?"

정보가 부족한 상태에서 뭔가를 안다는 건 귀중한 재산이 될 수 있었다.

"알려 주시면 감사하지요."

희우는 다시 유빈의 앞에 섰고 유빈은 작년에 있었던 일을 떠올리기 시작했다.

"매년 조금씩 다르다고 하는데 일정은 큰 차이가 없을 거야. 도착해서 씨름과 국궁을 체험하고 점심을 먹은 후에 다도에 대해 배웠어. 거기서 설명하는 얘기는 모두 집중해야 해. 나중에 문제로 나오거든. 특히 첫날은 우왕좌왕할 거야. 그때 집중하면, 다른 애들보다 좋은 점수를 받을 수 있어."

중요한 힌트를 얻고 있었다. 유빈은 희우가 자신의 이야기를 들어 주는 것에 대해 즐거워하며 이야기를 계속 이었다.

"여기까지밖에 기억이 안 난다."

"중요한 점을 많이 들었네요. 감사합니다."

희우의 말에 유빈이 활짝 웃었다.

"그럼 조심히 다녀와."

다음 날, 이른 아침이었다. 희우는 학교로 향하지 않고 교육청으로 갔다. 지하철을 타던 희우가 바지 주머니에 손을 넣었다. 출발할 때 어머니가 준 돈 만 원이 만져졌다. 어머니는 꼬깃꼬깃한 돈을 펴서 희우의 손에 건네며 말했었다.

"혹시 필요하면 뭐 사 먹어."

안내문에는 돈이 필요 없다고 나와 있었다. 희우는 그 말을 기억하며 돈은 필요 없다고 말했지만, 부모의 마음이란 그런 거다. 어머니는 희우의 주머니에 끝까지 만 원짜리 한 장을 집어넣었다. 그리고 주머니 속에 든 만 원짜리를 손에 쥐는 희우의 입에 행복한 미소가 걸렸다.

지하철을 타고 달려 도착한 곳에는 이미 많은 학생들이 와 있었다. 먼저 와 있던 정민이 희우를 발견하고 앞으로 다가왔다. 희우와 정민은 학교에서 제대로 말을 해 본 적이 없었다. 그리고 정민은 희우와 가까이하는 것을 좋아하지 않았다. 하지만 낯선 장소에서 아는 사람을 만나는 건 반가운 일이었다.

"왔어?"

정민이 웃으며 인사했다. 사실 정민은 한참 전에 희우를 발견했다. 하지만 가까이 갈까 모른 척할까 고민을 했다. 낡은 청바지에 목이 늘어난 녹색 티를 입고 있는 희우의 차림이 부끄러웠기 때문이다. 하지만 정민은 그런 생각을 가졌다는 걸 내색하지 않고 목소리를 이었다.

"내가 다른 학교 애들 말하는 거 들어 보니까 여기 오는 학교가 서울 상위 쉰 개 학교래."

"그래? 그럼 백쉰 명 정도네."

"백쉰 명 중에 세 명 안에만 들어가면 수학하고 오붓한 데이트를 즐길 수 있어. 그럼 어쩌면 연인 사이가 될 수도 있지 않을까? 히히히."

희우가 슬쩍 웃었다. 공부를 잘하지만 쓸데없는 상상을 하는 걸 보면 확실히 10대다. 그렇게 정민이 이뤄질 수 없는 망상을 이어 가고 있을 때 규리가 도착해서 그들의 옆으로 다가왔다.

"그래, 너 혼자 수학 선생님이랑 데이트해. 하지만 장학금은 내가 탈 거야."

규리의 첫인사였다. 규리는 정민에게 인사하며 희우에게는 눈길도 주지 않았다. 규리도 희우의 허름한 옷이 신경 쓰였다. 사춘기 청소년들에게 상대의 복장은 중요했다.

그리고 정민과 규리는 희우가 장학금을 탈 수도 있다는 생각은 꿈에도 하지 않고 있었다. 모두가 그랬듯 희우가 전교 1등을 차지한 이유를 운이 좋아 일어난 일로 폄하했다. 비싼 과외를 받거나 운이 좋았다면 학교 시험에서 좋은 점수를 받을 수 있었다. 하지만 범위가 정해지지 않은 이런 시험에서 기초 없는 사람이 상을 받기란 무리였다. 그들은 애초에 희우를 경쟁자로 생각하지 않았다.

잠시 후, 인솔자로 보이는 사람이 학생 명단을 확인하며 학생들을 버스에 태웠다. 출발한 버스는 한 시간여를 달려 경기도 외곽에 있는 한 연수원으로 들어갔다.

희우와 정민은 같은 방을 사용하게 됐고 짐을 정리한 뒤 강당에 모였다. 이후 짧은 입소식을 마치고 나서야 본격적인 캠프가 시작됐다.

첫 시간은 유빈이 말한 대로였다. 씨름이 진행된 거다.

'여기서 문제가 나온다는 거지?'

그런데 문제가 있었다. 강사의 입에서 내뱉어진 설명이 생각보다 세부적이었다.

"씨름은 상고시대부터 행해져 왔습니다. 고구려 주몽이 왕위에 오르기 전에……."

1996년 한국은 경제협력개발기구(OECD) 가입을 하며 선진국 반열에 올라섰다고 자축하고 있었다. 그 분위기 속에서 '가장 한국적인 것이 세계적이다.'라는 말을 외치는 중이었다. 교육청 주관의 캠프인 만큼 학생들에게 전통적인 걸 가르쳐 훗날 우리 문화를 세계화시킬 생각이었는지도 모른다. 희우는 강사의 설명을 몇 번이나 곱씹으며 머릿속에 집어넣었다.

'미리 듣지 못했으면 낭패 볼 뻔했어. 이렇게 깊게 파고들 줄은 몰랐네.'

하지만 다른 학생들은 달랐다. 함께 온 정민도 하품을 하며 딴청을 부릴 정도였다. 고구려부터 시작된 역사에 지루할 만도 했다. 희우가 정민의 귀에 조용히 말했다.

"잘 들어. 이거 시험에 나온대."

사실 알려 주지 않아도 상관없었다. 아니, 1등을 하는 데 경쟁자 하나가 줄어 더 좋을 수도 있었다. 하지만 굳이 얼굴을 알고 있는 사람에게까지 그러고 싶지는 않았다.

경쟁이 전부인 사회였지만 그래도 아직은 교복을 입고 있는 학생이었다. 친구라는 말을 스스럼없이 할 수 있는 나이였다. 사회에 나가면 동갑인 사람들끼리도 직급 또는 직책에 따라 이름을 부여받는다. 쉽게 친구라는 말을 사용할 수도 없다. 하지만 학교는 달랐다. 아름다운 경쟁을 할 수 있는 마지막 시기였다.

'경쟁자로 생각하지 않는 교육. 이게 젊음이고 청춘이란 건가?'

희우는 조금 간지러운 생각도 해 봤지만, 정민은 여전히 하품을 했다. 그리고 희우의 귀에 대고 조용히 말했다.

"교회 형한테 들었어. 그래서 씨름하고 다도는 전부 공부하고 왔으니까 나는 걱정하지 말고 열심히 해."

망치로 뒤통수를 맞은 것만 같았다.

준비를 하지 않고 온 건 오히려 희우였다. 자신도 충분히 조사하고 공부할 시간이 있었지만 그러지 못했다. 이제야 정신이 번쩍 들었다.

'이 중에서 내가 가장 뒤처져 있을지도 모른다. 나만 정보를 알고 있다고 생각한 건 오산이었어.'

큰 실수를 할 뻔했다. 어린 친구들이지만 상위 쉰 개 학교에서 전교 등수에 드는 자들이었다. 이들 모두가 300만 원을 노리고 있다. 쉽게 이길 수 있는 상대는 아니었다. 희우는 마음을 다잡고 다시 집중하기 시작했다. 왜 조사하고 오지 않았는지 후회할 시간은 없었다. 지금부터가 승부였다.

다음은 다도 시간이었다. 학생들은 서른 명씩 나뉘어 방으로 들어갔다. 방에는 한복을 곱게 입은 강사가 앉아 있었다.

"다례는 우리 전통차 의식입니다. 다례의 뜻은 차에 대한 예절이지요. 다구는 차를 마시는 기물인데 요즘에 와서는 보통 찻주전자, 귀때그릇, 개수그릇, 찻잔과 찻잔 받침이 하나로 구성됩니다."

희우는 필사적으로 강사의 입에서 전해지는 다도의 명칭과 차를 마시는 예절인 다례에 대해 암기했다. 생소한 명칭에 암기하기가 어려웠지만 거금 300만 원이 걸린 일이었다. 해야만 했다.

그렇게 일정은 빠르게 지나갔다. 저녁 식사를 마친 학생들은 강당으로 향했다. 강당의 바닥에는 철로 된 의자가 놓여 있고 무대에는 아침부터 그들을 안내했던 안내자가 서 있었다. 학생들이 모두 자리에 앉자 그는 큰 소리로 물었다.

"미래의 지도자 여러분, 식사 맛있게 하셨습니까?"

학생들은 그의 질문에 큰 소리로 대답했다.

"넵!"

"오늘 하루 일정이 정신이 없어서 이제야 인사를 드립니다. 저는 여러분을 2박 3일 동안 책임질 사람입니다. 여러분은 서울의 학교에서 선발되어 온 학생들입니다. 교육청에서는 미래를 책임질 여러분에게 한국의 전통과 세계화의 과제를 알려 드리고자 이런 캠프를 열었습니다."

안내자가 일장 연설을 통해 캠프의 당위성과 목적에 대해 알리고 있을 때, 희우와 정민 그리고 규리는 세 번째 줄에 앉아 있었다. 규리가 정민에게 물었다.

"너 삐삐 번호 뭐야?"

"응. 이거야."

정민은 규리에게 자신의 삐삐 번호를 알려 줬다.

"야, 전교 1등."

규리는 희우에게도 번호를 물었다.

"난 삐삐 없어."

"삐삐도 없어?"

규리는 무시하듯 말했다. 학생들에게 삐삐는 필수품이었다. 지금의 휴대폰과 같이 없는 사람이 거의 없다고 해도 무방하였다. 하지만 희우는 집의 사정으로 가질 수 없었다. 그리고 갖고 싶은 마음도 전혀 없었다.

희우는 불과 얼마 전까지 스마트폰을 이용하던 사람이다. 손가락 하나로 모든 것을 해낼 수 있는 시대에 살았었다. 희우에게 삐삐는 그저 추억의 물건일 뿐이었다. 물론 연락 올 곳도 없었지만.

규리는 스티커가 잔뜩 붙어 있는 다이어리를 꺼내 들고 정민의 번호를 적었다. 그러다가 힐끗 희우를 바라봤다.

규리는 희우가 마음에 들지 않았다. 입고 있는 낡은 옷도 싫었고 갑자기 튀어나와 자신의 전교 등수를 내린 것도 그랬다. 규리가 다이어리를 덮으며 희우에게 들리도록 중얼거렸다.

"그 동네 사는 애들은 가난해서 삐삐도 없다던데 사실인가 봐?"

희우는 규리의 말을 듣고 빙긋 웃었다. 어린 동생이 투정 부리는 것 같았다. 꼴찌에 가깝던 등수에서 올라가 그들이 차지하고 있던 등수를 끌어내렸으니 그 마음도 이해가 갔다. 어린 친구들과 희우는 마음의 여유부터 달랐다. 희우가 조용히 미소를 짓고 있자 오히려 규리가 인상을 찌푸렸다.

안내자는 계속 말을 하고 있었다.

"이제 앞에서부터 한 명씩 나와 1분 동안 자신의 장래 희망에 대해 발표를 하면 됩니다. 물론 이 모든 것도 점수에 포함되니 열심히 경청하십시오."

규리와 대화를 하느라 안내자의 말을 듣지는 못했지만 중요한 건 지금부터 장래 희망에 대해 발표를 시키려 하고 있다는 점이었다. 희우는 자신의 장래 희망을 뭐라고 말해야 할지 고민해 봤다.

'조태섭을 지옥에 보내는 거라고 말해?'

조태섭은 지금 국회의원으로 열심히 활동 중이었다. 사람들에게 진정한 정치인이라며 박수까지 받고 있었다.

'됐다. 다른 애들 말하는 거 듣고 적당히 조합해야겠다.'

희우의 입에서 낮은 한숨이 흘렀다. 목표는 있다. 조태섭을 잡는 거다. 하지만 장래 희망은 없다. 조태섭을 잡기 위해 무엇을 어떻게 해야 할지 감도 못 잡고 있었기 때문이다.

조태섭은 훗날 여당과 야당을 모두 주무르는 거대 정치인이 될 것이다. 여야를 떠나 그의 허락이 있어야 공천을 받고 선거에 출마할 수 있었으며, 조태섭의 의중에 따라 지역 갈등이 격해지기도 하고 부드러워지기도 했다. 조태섭은 말 한마디에 재계 1위 천하그룹을 쥐락펴락할 수 있는 존재였고 대통령조차 만들어 낼 수 있는 희대의 권력자였다. 물론 그 모든 건 국민이 모르는 어둠 속에서 일어나는 일이었다.

'그런 괴물을 잡으려면 내가 어떻게 해야 할까.'

희우는 답답함에 한숨을 쉬며 학생들의 장래 희망에 대해 듣고 있었다. 학교에서 우수한 성적을 받는 아이들이라 그런지 장래 희망도 명확하고 당찬 아이들이 많았다. 하지만 남의 꿈을 듣는 시간은 재밌기만 하지는 않았다.

'지금까지 변호사 열 명, 의사 다섯 명, 선생님 아홉 명, 외교관 열한 명, 사업가 일곱 명. 검사는 한 명도 없네. 나름 재밌는 일인데.'

그리고 규리의 차례가 되었다. 규리가 단상에 섰다.

"제 장래 희망은 검사가 되는 겁니다."

검사가 되겠다는 말에 희우의 시선이 단상을 향했다.

'검사?'

희우는 규리라는 이름과 그녀의 얼굴을 세세히 뜯어보며 이전의 삶을 더듬었다. 규리가 검찰에 있었는지 떠올려 보는 거다. 하지만 희우의 기억에 규리는 없었다.

검사의 수는 약 이천 명이다. 당연하지만 그 모두를 기억할 수는 없다. 하지만 고등학교 동문이라면 당연히 알아야 한다.

'그런데, 없다?'

희우가 눈을 가늘게 뜰 때, 규리의 발표는 계속됐다.

"저는 검사가 되어 세상의 부조리를 바로잡고 싶습니다. 얼마 전 어떤 정치인이 거액의 비자금을 받아 감옥에 간 일이 있습니다. 그 정치인을 잡는 데 많은 수사 압박이 있었고 외부의 협박이 있었다고 들었습니다. 하지만 담당 검사는 그 모든 핍박을 이겨 내고 비리를 밝혀냈습니다. 저도 그 검사님처럼 세상의 부조리와 싸우는 멋진 검사가 되고 싶습니다."

군사정권이 막을 내린 시대였다. 군부 아래에서 권력을 휘두르던 사람들이 하나둘 법의 심판대에 오르고 있었다. 검찰은 갖은 협박과 핍박을 이겨 내고 해당 사건을 밝혀냈다고 발표했다. 규리는 지금 그 이야기를 하는 중이었다.

규리의 목소리를 듣던 희우의 입가에 묘한 미소가 올랐다.

'아닌데.'

규리가 알고 있는 사실은 그저 방송에 나온 발표였을 뿐이다. 검찰이 권력자를 잡았다는 것, 그 과정은 핍박을 이겨 내며 어렵게 거물을 잡은 아름다운 사례가 아니었다. 그저 권력이 끝난 뒷방 노인을 잡은 일이었다.

어떤 열혈 검사라 하더라도 해당 정권의 거물은 절대 잡지 못한다. 그리고 협박과 핍박을 이겨 내는 과정은 절대 아름답지 못하다.

'거물을 잡으려면 상대보다 더 더러워야 해. 오물을 뒤집어쓰지 않고는

불가능해.'

희우는 알고 있었다. 그렇게 하고도 살해당한 사람이 희우였기 때문이다.

규리가 생각하는 검사 생활은 동화 같은 세상을 만드는 일이었다. 하지만 동화 같은 세상은 존재하지 않는다.

'그래도 꿈은 아름답네.'

희우는 빙긋이 웃으며 규리의 꿈을 응원했다.

다음 순서는 정민이었다.

"제 꿈은 소설가가 되는 겁니다."

정민은 소설가가 돼서 노벨상을 타고 어쩌고 하는 아름다운 미래를 이야기하기 시작했다. 희우는 정민이 노벨상은 아니지만 권위 있는 상을 타는 유명한 소설가가 된다는 걸 알고 있었다.

'내가 죽은 다음에는 노벨상을 탔을 수도 있지. 열심히 해서 꼭 이뤄라.'

희우는 정민의 꿈도 응원했다.

그렇게 희우의 차례가 됐다. 희우는 단상에 서서 마이크의 높이를 맞추고 천천히 입을 열었다.

"저는 외교관이 되고 싶습니다."

지금까지 가장 많은 아이들이 말하던 장래 희망이었다. 자신의 꿈을 많은 사람 앞에서 말하고 의욕을 불태우는 일은 희우에게 불필요했다. 적당히 다른 사람들의 말을 조합해서 시간을 채우고 들어오면 된다고 생각했다.

희우가 들어오자 규리는 희우가 들으라는 듯 말했다.

"대학 갈 돈은 있나 몰라?"

"학자금 대출받을 거야."

"뭐?"

"스무 살이면 부모님 도움받을 나이는 아니잖아?"

규리는 또다시 인상을 구겼다. 귀여운 얼굴에 주름이 생길 것만 같았다.

다음 날, 학생들은 양로원을 방문해 봉사 활동을 했다.

대부분의 노인들은 치매 및 질병에 걸린 상태였다. 빨랫감에는 식사를 하다 내뱉은 음식물이 가득했고 계단이나 방에도 오물이 가득했다. 학생들은 열심히는 했지만 인상은 찌푸리고 있었다.

통제가 없었다면 이 학생들이 이렇게 열심히 봉사를 했을까? 희우의 의문이었다.

죽음이라는 것. 늙는다는 것. 누구에게나 다가올 미래였다. 이미 죽음을 경험한 희우는 다가올 죽음을 기다리는 노인들이 안쓰러웠다. 그 역시도 교육청 주관의 캠프에 의해 끌려왔지만 마음가짐은 달랐다.

방을 청소하던 중 갑자기 한 할머니가 말했다.

"집에 가스 불 잠그고 왔어?"

담당자의 말에 따르면 정신이 오락가락하는 할머니라고 했다.

학생들은 할머니의 행동에 당황했다. 어떤 학생도 입을 열지 않았다. 방에는 침묵이 흐르고 있었다. 할머니가 다시 말했다.

"집에 가자. 가스 불 안 잠근 거 같아. 국 올려놨는데 어떻게 하지?"

모두는 아무 말 못 하고 있었다. 한 학생이 자리에서 일어나 담당자를 부르러 갔다.

그러자 할머니는 자리에서 일어나서 외투를 입기 시작했다. 그때, 방바닥을 닦던 희우가 별일 아닌 듯 입을 열었다.

"잠그고 왔어. 걱정하지 마."

"그래? 다행이다. 그런데 우리 아들 사업 힘들다고 했잖아. 빨리 가 봐야지."

"잘하고 있던데? 돈 많이 벌었다고 자랑하더라."

희우의 말에 할머니는 안심한 듯 미소를 지었다.

"여보가 있어서 너무 안심이야."

할머니는 그녀 스스로를 50대 초반으로 생각했고 희우를 남편으로 기억하고 있었다.

희우는 웃음에 화답하며 가까이 다가가 할머니를 꼭 안아 줬다. 할머니의 옷에는 먹다가 흘린 음식물이 더럽게 있었지만 희우는 아랑곳하지 않았다.

희우는 알고 있었다. 할머니는 집을 그리워하고 있었다. 하지만 할머니는 나갈 수 없다. 할 수 있는 일은 텔레비전 보는 게 전부다. 건강상과 관리의 이유로 기상 시간과 취침 시간이 정해져 있고 간식을 먹는 일도 통제되고 있었다.

많은 이유로 자신의 부모를 양로원에 보낸 자식들. 그들도 가슴이 아프겠지만 그 노인들은 이곳에서도 자식들 걱정만 하고 있었다.

부모를 잃고 살아왔던 희우. 교육청의 캠프가 끝이 나도 계속 방문하기로 결심하며 할머니를 향해 말했다.

"괜찮아. 괜찮아."

하지만 희우의 행동을 지켜보던 학생들은 인상을 찌푸렸다.

"재 뭐야?"

"착한 척하는 거지?"

점심을 먹고 난 후 안내자는 학생들을 모아 놓고 말했다.

"모두 내일 있을 대회의 과제가 궁금하지요?"

학생들은 일순 조용해졌다.

"내일 일정은, 아침 식사를 하고 나서 무작위로 조가 추첨되어 토론을 시작합니다. 그리고 조별 상관없이 좋은 점수를 받은 학생 열 명은 퀴즈 대회에 나갈 자격이 주어집니다."

아이들의 눈이 빛나기 시작했다. 이제 주제가 발표될 시간이었다.

"주제는 한국 전통문화의 세계화입니다. 이제 여러분은 뒤에 있는 산으로 오를 겁니다. 산 곳곳에 여러분이 주장해야 할 문화가 적혀 있는 종이가 숨겨져 있습니다."

안내자는 밝게 웃으며 계속 말을 이었다.

"보물찾기 같죠? 만약 바위 밑에서 어떤 종이를 찾아 펴 봤는데 하회탈이 쓰여 있다면 하회탈의 세계화에 대해 주장해서 다른 사람이 주장하는 문화를 이기면 됩니다. 쉽죠?"

한 학생이 손을 들었다.

"만약 종이를 못 찾으면 어떻게 되나요?"

"하하, 토론에 참가하지 못하고 참관하면 됩니다."

더 질문이 없냐는 표정으로 아이들을 훑어본 후 안내자는 다시 입을 열었다.

"종이는 많이 찾아서 골라도 좋고 하나만 찾아 준비해도 좋습니다. 관련 자료는 이 연수원 중앙 왼편에 있는 도서관을 이용하면 됩니다."

산을 자유롭게 돌아다니며 보물찾기처럼 종이를 찾으면 된다. 물론 산책길에는 안전을 위해 끈이 쳐져 있었고 산 곳곳에 강사들과 안전 요원들이 배치되어 있었다. 이들에게는 학생의 안전이 최우선이었다.

"그럼 출발하세요!"

안내자의 말에 아이들은 '우-!' 하고 달리기 시작했다. 무조건 많이 찾아서 말하기 쉬운 문화를 골라내는 것이 유리하다고 생각하는 듯했다.

희우는 아이들이 달려가는 걸 물끄러미 바라보다가 안내자에게 물었다.

"산에 숨어 있는 종이 중에 중복된 게 많이 있나요?"

희우의 질문에 안내자는 고개를 끄덕였다.

"많이 있지."

"그럼 같은 것을 고른 학생들도 서로가 자신의 것이 좋다고 주장한다는 건가요?"

안내자는 싱긋 웃었다.

"어."

"그럼, 어떤 게 유리할까요?"

"어?"

"동일한 주제? 아니면 희소한 주제?"

"그런 건 중요하지 않아. 중요한 점은 우리의 문화를 가장 좋게 보이게 하는 거지."

안내자의 말에 희우가 빙긋이 미소를 그렸다. 그리고 산책길을 향해 몸을 틀었다. 희우의 뒷모습을 보며 안내자가 큰 소리로 말했다.

"마지막에 말한 건 정말 큰 힌트야!"

"감사합니다."

희우는 천천히 걸어 산으로 들어갔다. 산의 입구는 벌써 많은 학생들이 휩쓸고 지나갔는지 나무도 풀도 돌도 성한 곳이 없었다. 희우는 주변을 둘러보기 시작했다.

'어렵게 숨기진 않았을 텐데.'

산에서 일어나는 활동이다. 생각하지 못한 안전사고가 일어날 수도 있다. 그래서 학생의 숫자보다 훨씬 많은 종이를 숨겨 뒀을 것이고 어렵게 숨기지 않았을 거다. 안내자가 종이를 못 찾으면 토론에 참여하지 못한다고 말한 건 어디까지나 열심히 하라는 엄포였을 뿐이다.

-현재 학생들 아흔여섯 명 복귀했습니다.

산 중턱쯤에 오르자 몇몇 학생들이 손에 종이를 들고 내려오는 것이 보이기 시작했다. 안전 요원이 그들을 보며 무전을 보냈다. 희우는 힐끗 학생들이 손에 쥔 종이 수를 가늠해 봤다.

'한 사람당 네 장에서 다섯 장은 찾았구나.'

희우는 계속해서 산을 올랐다.

연수원으로 돌아가는 학생의 숫자는 더욱 많아졌다. 마음에 드는 문화를 찾으면 어서 빨리 내려가 도서관에서 자료를 찾아 공부하는 게 유리했다. 하지만 희우에게 조급함은 없었다. 시간은 많았고 심사위원이 원하는 답도 이미 예상이 되었다.

산세는 험하지 않았지만 나무가 울창하게 자라 있어서 운치가 있는 산이었다. 격투기 선수일 때는 산을 많이도 뛰어다녔다.

'그때는 산을 정말 싫어했는데.'

격투기는 라운드가 진행되는 동안 쉬지 않고 움직여야 하는 스포츠였다. 잠깐이라도 발이 멈췄다가는 상대의 공격에 당하고 만다. 주먹이 무거워 가드를 들고 있기도 어렵고 두 발은 굳어진 시멘트에 빠진 것 같은 느낌이 들어도 움직여야 했다. 그 체력을 키우기 위해 산을 달리고 또 달렸다.

달리다 보면 입에 침이 마르고 역한 냄새가 올라왔다. 그러면 주변의 나무에 손을 대고 오바이트를 시작했다. 특히 감량을 할 때는 먹은 것도 없어 쓴 위액만 쏟아 냈었다. 그때는 산만 보면 치를 떨었다.

하지만 검사가 되고 나서는 단 한 번도 산에 오른 적이 없었다. 바쁜 일정에 뒤를 돌아볼 여유가 없었기 때문이다.

오랜만에 산을 오르는 기분에, 희우의 입가에는 절로 미소가 지어졌다.

'등산은 이렇게 걸어 다녀야지 뛰어다니는 게 아니지.'

희우는 나뭇가지에 걸린 종이를 찾았다.

'찾았다.'

손을 들어 종이를 빼내어 펴 봤다. 종이에는 '한지'라고 적혀 있었다.

'한지? 전통 종이 말하는 건가?'

희우의 옆으로 또 한 명의 학생이 산을 내려가고 있었다.

'총 학생이 백쉰 명. 저 학생까지 백마흔여덟 명 내려갔구나.'

희우는 가장 늦게 산에 올랐다. 오르면서 내려가는 모든 학생의 숫자를 세고 있었다.

'나도 슬슬 내려가야겠다.'

종이를 더 찾을 생각은 없었다. 한지라는 것에 대해 자세히는 알지 못했지만 지식은 도서관에서 해결할 수 있을 거다.

어제 안내자는 이 캠프의 목표가 한국의 전통과 세계화의 과제를 알려주는 것이라고 말했었다. 지금 이 보물찾기는 학생들이 한국의 문화에 대해 스스로 찾고 알아보는 시간이었다. 당연히 도서관에 해당 자료는 구비되어 있을 것이다. 타인에 의해서가 아닌 자기 스스로 탐구하고 습득하는 것만큼 효과적인 교육은 없었다.

그렇게 산 아래로 향할 때였다. '악!' 하는 비명 소리가 귓가에 들렸다.

'사고?'

안전 요원들과 강사들이 산 곳곳에 배치되어 있고 산이 험하지 않아 큰 사고라고 생각되지는 않았다.

'내려가서 안전 요원에게 알려야겠다.'

희우는 서둘러 아래로 내려갔다.

고등학생의 몸으로 위험에 빠진 누군가를 구한다는 건 위험한 일이었다. 사고가 작은 일이 아닐 경우 최초 고발자 또는 현장에 있었다는 이유로 용의자로 지목될 수도 있었다. 또한 구조 자격이 없는 사람이 인공호흡이나 기타 구급법을 섣불리 했다가는 역으로 고발을 당할 수도 있었다. 지금은 안전 요원에게 말하는 것이 최선이었다.

하지만!

투투툭.

비가 떨어졌다. 소나기였다.

비가 오면 상황은 심각해질 수 있었다. 험하지 않다고 하지만 산은 산이었다. 산을 오르며 흘린 땀, 그리고 만약 상처를 입은 상태에서 비를 맞는다면 체온이 떨어져 정말 위험한 상황을 마주할 수도 있었다.

행동의 선택을 위해 빠르게 머리를 회전시켰다.

첫째, 산을 내려가 안전 요원과 함께 올라온다. 다른 상황에 엮이지 않는 가장 안전하고 완벽한 방법이었다. 하지만 문제가 있었다. 내려갔다 올라오는 동안 그 시간은 얼마나 걸릴 것인가.

둘째, 직접 가서 환자의 상태를 확인한다. 위급하지 않다면 가벼운 응급처치 후 안전 요원을 기다린다. 하지만 만약 위급하다면? 어떻게 해야 하는가.

그때 갑자기 생각나는 인물이 있었다.

'김규리?'

정민은 중간에 내려갔다. 하지만 규리와 마주친 기억은 없다.

쏴아아아아아!

검은 구름이 산을 가리며 비가 거칠게 내리기 시작했다. 이 정도의 비가 내린다면 망설일 필요가 없었다.

'젠장!'

희우는 비명 소리가 난 곳을 찾기 시작했다.

'다시 한 번만 소리쳐라. 그냥 걸어 내려오면 더 감사하고.'

희우는 주변을 둘러보며 규리를 찾기 시작했다.

"김규리!"

희우가 소리치자 어디선가 규리의 목소리가 들려왔다.

"여기요!"

말을 할 수 있는 상황으로 봐서 크게 위급하지는 않은 것 같았다. 희우는 소리가 난 곳을 찾기 위해 두리번거렸다.

"어디야?"

희우가 다시 큰 소리로 규리를 불렀다.

"여기!"

소리가 들려온 곳은 학생들이 내려가지 못하게 끈으로 막아 놓은 산비탈 아래였다.

우르르르릉! 쾅! 기어코 천둥 번개까지 함께했다.

비탈은 진흙 범벅이 되어 미끄러웠다. 희우는 나무를 잡고 조심스럽게 아래로 내려갔다. 규리가 있던 곳은 산책길에서 50여 미터 떨어진 곳. 주변에는 나무가 울창했지만 나뭇잎 사이로 굵은 빗방울이 계속해서 떨어지고 있었다.

규리는 비탈을 구르며 온몸이 욱신거려 움직이기 힘들었다. 비가 오며 세상까지 어두워져 무척이나 무서웠다. 어떻게 되는 건 아닐까 걱정이 될 때 비탈을 내려오는 희우가 눈에 들어왔다. 평소 싫어하던 희우였지만 너무 반가웠다.

"여기야!"

규리는 손을 흔들며 자신의 위치를 알렸다.

희우는 가까이 다가와 규리의 상처를 확인했다. 다행히 크게 다치지는 않았다.

"괜찮아?"

"응. 몸이 쑤시는 거 말고는 괜찮아."

"일어서 봐."

희우의 말에 일어서려던 규리가 '악!' 고통에 가득 찬 소리를 내며 주저앉았다.

"신발 벗어 봐."

"왜?"

신발을 벗으란 말에 규리는 부끄러워했다. 비가 오며 축축이 젖은 양말을 보이고 싶지 않았던 거다.

"다리는 이상이 없잖아. 그럼 발이 문제겠지."

희우는 규리의 신발 끈을 풀어 신을 벗겼다. 드러난 왼쪽 발, 양말 위로 피가 흐르고 있었다.

'발목은 붓고 피가 흐른다.'

희우는 규리를 보며 말했다.

"안전 요원들이 곳곳에 있으니까 금방 이쪽으로 올 거야. 그러니까 안심해도 좋아."

"어? 어."

규리가 대답할 때였다. 희우가 가차 없이 양말을 벗겨 버렸다. 규리가 또다시 '악!' 비명을 질렀다.

"야, 말하고 벗기지."

"그럼, 더 아플 것 같아서."

희우는 그렇게 말하며 규리의 상처를 살폈다. 생각보다 피가 많이 흐르고 있었다. 상처가 심했던 거다. 벗겨진 신발을 확인하니 깨진 병의 날카로운 부분이 밑창을 뚫고 들어가 있었다.

희우는 하늘을 확인했다. 비는 멈추지 않고 내리고 있었다. 다시 규리를 봤다. 규리는 몸을 가늘게 떨고 있었다.

'위험한데?'

희우가 지금 가장 두려워하는 건 저체온증이다. 아무리 더운 여름이라도 비를 맞은 채 시간이 지나면 사람의 체온을 조절하는 기능이 떨어지며 체온이 떨어진다. 오한과 사지 마비를 동반하며 의식을 잃을 수도 있었다. 게다가 출혈이 있다. 그것은 무시할 수 없는 복병이었다. 지금은 규리가 긴장을 한 상태라 아픔을 느끼고 있지 않지만 상처는 생각보다 심각했다.

안전 요원들이 언제 올지 모르는 상황.

희우는 자신의 상의를 벗었다.

"뭐 하는 거야?"

규리는 희우가 갑자기 옷을 벗자 눈을 질끈 감고 물었다. 희우는 말없이 유리병이 박힌 규리의 신발을 손에 들었다. 유리를 뽑아 자신의 옷을 찢기 시작했다.

"뭐 해?"

희우는 답하지 않고 찢어진 옷을 넓게 폈다. 그리고 나뭇가지를 이용해 조금은 비를 막을 수 있는 우산을 만들어 규리의 위에 펼쳤다. 그리고 남은 천으로 규리의 발을 동여매기 시작했다.

"상처는 생각보다 심하지 않네. 걱정하지 마."

상대를 안심시키기 위해 거짓말을 했다. 상처는 심했다.

규리는 물끄러미 희우를 바라봤다. 희우는 상의를 드러낸 채 비를 맞고 있었다. 어제 교육청 앞에서 만나 창피하게 생각했던 낡은 티셔츠가 작고 하얀 자신의 발을 감싸고 있었다.

규리는 다시 희우의 얼굴을 봤다. 무표정하게 지혈을 하고 비를 막을 가림막을 만드는 희우를 보며 규리는 희우가 대단하다고 생각했다.

"일단 급하니까 임시방편으로 이렇게 지혈할게. 비도 오고 출혈도 있어서 체온이 떨어질 수 있어. 피가 통하지 않도록 동여맬 거니까 조금 아파도 참아."

체온이 떨어질 수 있어서 동여맨다는 것 역시 규리를 안심시키기 위한 거짓이었다. 의학에 대해서 잘 알지는 못했지만 꽤매지 않고는 쉽게 지혈이 되지 않을 상처였다.

"산 곳곳에 안전 요원들이 있으니 가다 보면 금방 만날 거야. 지금 이 근처에 있을 수도 있어."

"그럼 소리를 지를까?"

희우는 규리의 발을 지혈하며 답했다.

"아니, 없을 수도 있잖아. 소리를 지르다가 체력이 떨어질 수도 있으니까 사람 소리가 들리면 그때 소리치자."

희우는 만들어 놓은 우산을 확인했다. 옷을 찢어 임시로 만든 우산은 소용없었다. 비는 규리의 몸으로 떨어지고 있었다. 희우는 다시 일어서서 나뭇잎을 모아 위에 올렸다. 물이 떨어지는 정도가 현저하게 줄었다.

희우는 작은 나뭇가지를 붕대 사이에 집어넣어 돌리기 시작했다. 규리의 발에 일시적으로 피가 통하는 것을 막기 위함이었다. 그렇게 지혈을 마친 희우는 규리의 손목에 있는 시계로 시간을 확인했다.

희우가 규리를 보호하기 위해 사용한 방법은 지혈대를 이용한 지혈법이다. 두 시간 이상 압박을 풀어 주지 않는다면 혈액순환이 안 되어 압박 부분에 마비가 올 수도 있다. 그래서 시간을 확인했고 그 전에 안전 요원이 오기를 바라고 있었다.

희우는 귀를 세우고 주변에 들리는 사람 목소리를 듣기 위해 집중했다. 규리가 가늘게 떨기 시작했다.

"추워……."

희우의 눈이 찌푸려졌다. 빗물이 떨어지는 규리의 머리카락 아래로 비에 젖어 달라붙은 옷이 보였다. 피는 멎었지만 이대로 계속 두면 위험할 수도 있었다. 사람들이 오는 소리도 들리지 않았다.

'이 정도 시간이면 여기까지는 와야 하는 거 아니야?'

순간 짜증이 솟구쳤다. 규리의 반응을 보면 저체온증이 시작되는 것 같았다.

'그래, 가자.'

희우는 규리를 업고 직접 이동하기로 결심했다. 희우가 올라야 할 경사면은 비에 젖어 미끄러운 진흙이었고 혼자서도 오르기 힘든 곳이었다. 당연히 사람을 업고 가는 건 위험성이 있다. 하지만 시간을 지체하기 어려운 상황이다. 희우는 규리의 체구가 작은 것이 그나마 다행이라고 생각하며 그녀의 앞에 앉았다.

"업혀."

규리는 추위에 덜덜 떨며 희우를 봤다.

"……어떻게 업혀?"

목소리에 망설임이 있었다.

"사람들이 언제 올지 모르잖아."

희우는 하늘을 보며 다시 말을 이었다.

"비라도 오지 않으면 그냥 기다리겠는데 출혈도 심하고 비 때문에 체온도 떨어지고 있어."

희우는 다시 규리에게 손짓했다.

"그러니까 어서 업혀."

"그래도……."

규리는 남자의 손도 잡아 본 적이 없었다. 교회에서 전기 게임을 했던 게 전부다. 그런 규리가 웃옷을 벗은 남자의 등에 업힌다는 건 상상도 해 본 적이 없는 일이었다. 망설이는 건 당연했다.

규리의 마음을 알았는지 희우가 직접 그녀를 번쩍 안아 등에 업었다.

"꺅!"

규리는 놀라 외쳤지만 거부하지 않았다. 추웠던 몸이 희우의 등에 닿으며 따듯해짐을 느꼈다. 하지만 부끄러운 것은 어쩔 수 없었다. 규리가 희우의 등에 얼굴을 파묻었다.

희우는 우산으로 만들어 놓은 옷을 다시 뜯어 규리의 허리와 자신의 허리를 고정시키는 데 사용했다.

"이런 건 다 어디서 배웠어?"

규리가 작게 물었다. 지금까지 희우가 보여 준 모든 행동들이 신기하기만 했다. 보통 학생이었다면 옆에서 안심시켜 주는 일 외에는 못했을 것이다. 하지만 희우는 처음부터 지금까지 당황하지 않고 냉철하게 행동했다. 우산을 만들고 지혈을 하는 모습은 능숙했다. 또래보다 어른스러웠으며 어딘가 모르게 멋있었다. 희우는 그녀의 질문에 무심코 '군대에서 배웠어.'라고 말하려다 멈췄다.

"그냥 여기저기서……."

희우는 말끝을 흐리며 한숨을 내뱉었다. 지금 깨달은 게 있어서다. 고등학생으로 돌아왔다는 것은 군대도 가야 한다는 거다.

'젠장!'

희우는 주변에 지팡이 삼을 만한 나무를 찾아 들었다.

경사진 흙더미를 오르는 건 쉽지 않은 일이었다. 더군다나 근력과 지구력이 한참은 떨어지는 신체였다. 자칫 넘어지게 되면 둘이 함께 굴러떨어질 수 있었다. 최악의 경우는 어딘가 부러질 수도 있다.

조심스럽게 비탈을 오르는 희우의 입에서 단내가 나기 시작했다. 등에 있는 규리의 귀로 희우의 거친 호흡 소리가 들려왔다. 규리는 미안함에 아무 말 하지 못하고 고개만 숙이고 있었다.

"그런데 어쩌다가 여기로 떨어졌어?"

규리는 종이를 찾으려고 산을 헤매다가 산딸기를 봤다고 했다.

"산딸기 먹으려고 하다가 떨어진 거야?"

희우가 어이없다는 표정으로 물었다.

"어릴 때 아빠가 따 줬던 기억이 났거든."

헛웃음이 났다. 어릴 때 아빠가 준 기억이 나서 목숨을 걸었다는 말에 어이가 없었다.

규리가 다시 입을 열었다.

"난 입양된 아이야."

비가 낙엽에 떨어지는 소리와 함께 그녀의 목소리가 나직하니 들려왔다.

"아홉 살 때 교통사고로 부모님이 돌아가셨어. 그리고 지금 부모님이 나를 입양했어."

규리의 부모님이 돌아가신 날, 그들의 가족은 산으로 나들이를 왔었다고 한다.

"그때 아빠가 산딸기를 많이 따 줬었거든. 그 기억이 나서 먹어 보려고 하다가 이렇게 떨어져 버렸네. 위험한 건 알았는데 잡을 수 있다고 생각했나 봐. 바보같이."

규리의 얼굴엔 미안한 감정이 가득했다.

"미안해."

규리가 말한 '미안해'라는 단어에는 여러 가지 의미가 내포되어 있었다.

규리는 희우가 싫었다. 규리의 양부모는 그렇게 생각하지 않았지만 입양된 아이로서 항상 잘해야 한다는 강박관념을 가지고 있었다. 그런데 희우 때문에 등수가 내려갔다.

가난도 싫었다. 짧은 기간이었지만 규리는 고아원에서 지냈다. 학교에서 고아라고 놀리는 못된 친구도 있었고 아이들이 가지고 노는 미미 인형도 너무 부러웠다. 가난에 대한 피해 의식이 생겼다. 그래서 입양이 된 후로 인형도 사고 가지고 싶은 옷도 받으며 가난한 아이들을 애써 피했는지도 몰랐다. 어제 희우에게 한 행동들에는 그런 이유들이 복합되어 있었다.

그런데 희우는 진흙 비탈을 내려와 옷을 찢고 비를 맞으며 상처를 치료하고 여러 도움을 줬다. 규리는 자신이 그에게 했던 행동에 대해 진심으로 뉘우치고 있었다.

부모님이 돌아가셨다는 말에 희우는 아무 말 하지 않았다. 자신도 그 기분을 충분히 알고 있었으니까…….

빗소리만 들려왔다. 친하지 않은 그들은 서로가 나눌 대화의 소재가 없었다.

몇 번의 고비가 있었지만 그들은 산책길로 오를 수 있었다. 희우는 힘든 내색 하지 않고 쉬는 것 없이 바로 산 아래를 향해 걸어 내려갔다. 사실 다리가 후들거려서 멈춰서 쉬고 싶었지만 힘든 모습을 보이면 뒤에 업힌 규리가 더 미안해할 것 같아서 내린 결정이었다. 등 뒤에서 규리는 미안함을 이기지 못하고 울고 있었다.

"다 미안해. 모든 게 다 미안해."

내리막길을 걷자 가뜩이나 후들거리던 다리가 더욱 흔들렸다. 하지만 희우는 지팡이를 지지대 삼아 연수원을 향해 걸어 내려갔다.

희우는 규리를 업고 내려오던 길의 중턱에서 직원들을 만났다. 그들은 산의 아래에서부터 수색해서 올라오는 길이었다.

"찾았습니다!"

직원들이 두 사람을 향해 달려왔다.

연수원 의무실.

희우는 침대에 앉아 있고 규리는 반대편 침대에 누워 있었다. 규리의 발에 붕대를 감으며 의사가 말했다.

"처음에 지혈을 잘해서 다행이야."

다행히 꿰맬 필요까지는 없다고 했다.

의사는 흰 가운을 입고 검은 뿔테 안경을 쓴 40대의 여성이었는데 매우 친절했다. 의사는 희우와 규리에게 따듯한 물을 건네주며 의자에 앉았다.

'내가 생각했을 때는 수십 방은 바느질할 정도로 심했는데.'

희우는 의사가 아니었다.

"둘 다 몸 상태가 좋지 않으니 집에 연락을 하도록 할게. 퇴소하도록 하자."

"아니요!"

희우가 크게 말했다. 희우는 꼭 장학금을 타고 싶었다. 비를 맞아 몸살 감기에 걸렸다고 포기할 수는 없었다.

"몸은 견딜 수 있어요. 이 정도로 집에 연락을 하면 부모님이 크게 걱정하실 겁니다. 규리의 경우는 발에 상처가 있으니 연락을 취하시고, 저는 좀 쉬면 괜찮아질 겁니다."

"저도 싫어요."

규리가 말했다.

"희우 말처럼 이 정도로 부모님께 걱정시켜 드리고 싶지 않아요. 꿰매지 않아도 된다면서요."

"그래도 너희 상태는 보고해야 할 일이야."

의사도 지지 않고 말했다.

“그럼 지켜보시다가 제 몸이 더 나빠질 거 같으면 연락해 주세요. 저는 여기서 한국의 전통문화에 대해 더 배우고 싶습니다.”

희우의 의지 가득한 눈빛에 의사는 가볍게 미소 지었다.

“그래, 그럼 하루 남았으니까 네 말대로 할까? 내가 지켜보다가 아니다 싶으면 중지시킬 거야.”

“네!”

대답은 했지만 희우의 몸 상태가 좋은 편은 아니었다. 열이 심했고, 규리를 업고 산행을 한 탓에 온몸은 근육통으로 비명을 지르는 중이었다. 그래도 장학금은 타고 싶었다.

희우는 의사에게 해열제와 진통제를 받아먹고 도서관으로 향했다. 규리도 절뚝거리며 희우의 뒤를 쫓아왔다.

“열나는데 좀 쉬지.”

희우의 말에 규리는 고개를 저었다.

“아냐. 나도 할 수 있어.”

말은 없었어도 둘은 부쩍 가까워짐을 느꼈다.

도서관의 이용 시간이 지났지만 안내자는 특별히 허락을 해 줬다.

“두 사람이 없어졌을 때 심장 떨어지는 줄 알았어.”

안내자는 웃으면서 도서관 문을 열어 줬다.

“시간은 한 시간을 줄게. 그 정도면 충분할 거야. 의사 선생님이 그 이상은 몸에 무리가 갈 수도 있다고 했거든.”

“그 정도면 충분하지요.”

희우는 도서관 안으로 들어갔다.

캠프의 마지막 날이 되었다. 희우의 몸 상태는 그다지 좋아지지 않았다.

‘비를 너무 많이 맞았나?’

몸이 욱신거렸고 입에서는 뜨거운 숨이 불어 나왔다.

대회가 시작되었다. 토론 대회는 무작위 추첨으로, 열다섯 명씩 열 팀으로 나눠 진행되었다. 희우는 정민과 같은 조가 되어 강의실로 향했다.

정민은 이 기회에 희우를 완벽하게 눌러야겠다고 생각했다.

'한 번 1등 한 거 가지고 되게 무게 잡고 있어. 내가 레벨의 차이를 가르쳐 주마.'

정민은 희우의 말 없는 모습과 행동이 무게를 잡는 거라고 생각하고 있었다. 한번 좋지 않게 보이면 밥 먹는 것도 보기 싫다고, 자신의 자리를 빼앗은 희우가 마음에 들지 않았다.

큰 강의실에는 벽면을 따라 의자가 놓여 있고 가운데는 텅 비어 있었다. 각 강사 또는 교육청 직원으로 이뤄진 심사위원들은 문 앞의 벽면에 있는 의자에 앉아 아이들의 말에 귀를 기울였다.

사회자가 가운데로 나와 말을 꺼내며 토론은 시작되었다.

열다섯 명의 학생은 자신이 가진 문화의 세계화에 대한 주장을 하고 심사위원들은 그 말에 따라 채점을 하는 방식이었다.

각 학교에서 내로라하는 학생들이 모인 만큼 토론은 뜨겁게 진행되어 나갔다. 김치를 선택한 학생이 열렬하게 주장을 내세웠다.

"음식, 그중에서도 한국을 대표할 음식은 김치입니다. 일본에서도 기무치라는 명칭으로 열풍이 불고 있습니다. 1995년 박사 학위 논문에 따르면 한국에 와서 김치를 먹고 가는 외국인의 비율이……."

그가 '김치부터 세계화를 시켜야 합니다.'라는 말로 마치며 자리에 앉을 때 정민이 손을 들고 일어났다.

"먼저 김치에 대해 반박을 하겠습니다. 김치는 분명 우리를 대표할 수 있는 음식이고 우리의 역사라고 해도 무리가 아닙니다. 하지만 아까 외국인의 비율을 말씀하셨는데, 그중 몇 명의 외국인이 맛있다고 하고 갔는지 나와 있습니까?"

정민의 말에 김치를 주장하던 학생은 말을 못 했다. 정민은 다시 심사위원들을 보며 말을 이었다.

"그 비율은 나와 있지 않을 겁니다. 김치를 처음 맛본 외국인들은 그 매운맛에 고통을 느끼기도 합니다. 김치는 소금이 많아 짜고 맵습니다. 문화를 전파할 때 상대가 익숙한 부분부터 찾아 들어가야 한다고 생각합니다. 그래서 저는 우리 고유의 종이인 한지를 먼저 전파하는 것이 어떨까 생각합니다."

'한지?'

희우가 주장할 것도 한지였다.

정민의 말이 이어지는 사이 희우는 피식 웃었다. 정민은 객관적 자료를 바탕으로 신뢰를 쌓아 가며 상대의 주장을 무너뜨렸다. 아직 고등학생이었지만 꽤 수준 높은 토론 능력을 가지고 있었다.

학생들이 모두 발표를 하고 있을 때 희우는 미동 없이 앉아만 있었다. 아직 몸이 좋지 않았다. 약을 먹고는 왔지만 체력이 그다지 남아 있지 않았다. 희우는 난상 토론에 참여하지 않고 힘을 비축하는 중이었다. 토론이란 사실관계를 통해 상대의 말을 모두 휘어 감을 수 있는 힘이 있어야 했다. 희우는 심사위원들에게 강한 이미지를 심어 주기 위해 참고 기다렸다.

사회자가 시계를 보며 말했다.

"10분 남았네요. 김희우 학생, 아직 한 번도 발표 안 했는데 해 보겠어요?"

사회자는 희우에게 기회를 줬다. 기다리던 시간이다.

희우는 천천히 자리에서 일어나며 지금까지 학생들이 말했던 내용을 떠올렸다. 모든 말이 옳은 방법이다. 하지만 심사위원들이 원하는 것은 아니었다.

학생들은 자신이 고른 문화가 세계화에 가장 적합하다고 주장했다. 하지만 그런 주장은 어른들이 할 일이다. 이 자리는 우리 문화를 배우는 곳이다. 그리고 어제 산으로 가기 전에 안내자가 마지막으로 했던 말이 있었다.

'우리의 문화를 가장 좋게 보이게 하는 것.'

그것이 이 토론에서 심사위원들이 원하는 바였다.

희우는 일어나서 주변을 둘러봤다. 그리고 천천히 앞으로 걸어 나갔다. 모든 학생들이 자기 자리에 앉아 발표를 했지만 희우는 한가운데에 섰다.

그 모습을 보는 정민의 표정에 비웃음이 서렸다.

'쓸데없는 짓 하고 있네.'

하지만 희우는 누가 자신을 어떻게 보든 상관하지 않았다.

희우는 중앙에 나와 학생들과 심사위원을 둘러봤다. 격투기 대회에 나갔었고 재판에 섰던 사람이다. 이런 작은 무대가 떨릴 수 없었다. 그리고 검사 출신이 학생들과의 토론에서 높은 점수를 받지 못한다면 그게 더 이상한 일이었다.

편안한 마음으로 주변을 보던 희우의 시선이 가운데 있는 심사위원에게 멈췄다. 그 심사위원은 교육청 직원으로, 학생들의 토론을 보며 연신 하품을 하던 사람이었다.

"저는 지금까지 다른 학생들의 의견을 하나도 놓치지 않고 들어 봤습니다. 그런데 먼저 하나 묻고 싶습니다. 심사위원님께서는 어떻게 생각하시나요?"

갑자기 던져진 질문에 심사위원은 잠시 당황했고 말을 못 했다. 그것이 희우가 노린 점이었다. 하품을 하던 사람이 어떤 이야기를 듣고 어떤 생각을 했을까?

희우는 씨익 웃으며 다시 학생들을 향해 섰다. 잠깐의 행동이었지만 심사위원의 말문을 막아 버린 것은 카리스마 있게 보였다.

희우가 다시 천천히 입을 열었다.

"발표를 할 줄 몰라서 안 한 것이 아닙니다. 듣고 싶었습니다. 여러분이 우리 문화에 대해 어떤 생각을 가지고 있는지 알고 싶었습니다. 그런데!"

희우의 목소리가 커졌다.

"형편없었습니다."

토론에서 이기기 위한 법칙 중 하나. 내 것을 옳다고 하지 말고 상대방의 의견이 잘못되었다고 해야 한다. 그 잘못이 논리적 오류든 비논리적이든 상관없었다. 일단은 상대가 틀렸다는 것을 인정시키면 되는 일이었다. 물론 좋은 방법은 아니었지만, 아마추어를 상대로는 훌륭하게 통할 수 있었다.

"여러분은 우리 문화의 우수성을 배우고 앞으로 관리해야 할 사람들입니다. 그런데 자신이 발표한 문화는 무조건 우수하다고 주장을 했고 상대가 발표하는 문화는 별로라고, 잘못되었다고 비판했습니다. 그런데 생각해 보면 지금 여러분이 발표하는 문화는 모두 우리의 문화입니다."

희우는 다른 학생들을 꾸짖고 있었다. 희우의 말이 진행될수록 학생들은 죄지은 기분이 들었다. 심사위원들은 고개를 끄덕이며 그의 의견에 동조하기 시작했다.

10분여의 시간 동안 희우의 말은 끊이지 않고 이어졌다. 하지만 아무도 반박하지 못했다.

"저는 한지를 가지고 있습니다. 이것의 우수성은 이미 다른 학생분이 주장하셨으니까 저는 더 이상 왈가왈부하지 않겠습니다."

희우는 자신이 선택한 종목에 대한 설명을 하지 않았다.

"저는 이런 생각을 해 봤습니다. 뉴욕의 한복판에 어떤 가게가 있습니다. 그 가게는 한지로 한껏 멋을 냈지요. 서양의 한복판에 동양적 아름다움을 가진 가게. 인테리어로 하회탈도 있고 우리의 갓도 있습니다."

희우의 말에 모두는 상상을 하기 시작했다.

"손님이 주문을 했습니다. 하얀 접시 위에 새빨간 김치가 예쁘게 올라

상 위에 놓였습니다. 그 옆에 계란의 노란색과 당근의 주황색 등으로 색감이 예쁜 비빔밥이 있습니다.”

희우가 계속 말을 이었다.

“이 가게에 하찮은 우리 문화가 존재합니까? 새빨간 김치, 색감이 예쁜 비빔밥, 인테리어로 쓰인 한지, 손님의 눈을 풍요롭게 해 줄 갓과 하회탈. 어느 것도 중요하지 않은 문화는 없습니다.”

마지막으로 희우가 내세운 것은 ‘나도 한지를 가지고 있고 이것의 우수성을 알고 있지만 모두가 좋은 문화니까 다 함께 세계화시키자’라는 말이었다.

잘하고 못한 토론이 문제가 아니라 심사 점수에 필요한 부분을 정확히 집어 말한 덕분에 희우는 2차 퀴즈 대회에 진출하게 되었다. 정민과 규리는 모두 탈락했다. 정민은 희우의 어깨를 토닥이며 말했다.

“너라도 남아서 다행이다. 꼭 힘내서 우리 학교의 명예를 살려 다오.”

물론 정민이 한 말은 마음에도 없는 소리였다.

‘한 문제도 맞히지 못하고 다 틀려라.’

정민은 기분이 몹시 상해 있었다.

하지만 발에 붕대를 감고 다가온 규리는 밝게 웃으며 주먹을 쥐어 보였다.

“힘내.”

학생들은 모두 강당으로 이동했다. 퀴즈 대회가 끝난 후 퇴소식이 바로 이어지기 때문이었다.

강당의 단상에는 책상과 의자가 있었고 토론 대회에서 뽑힌 열 명의 학생들이 앉았다. 퀴즈 대회는 수능에 나오는 문제들과 이곳에서 배운 다도와 씨름 등의 문제로 진행되어 갔다.

“마지막 문제입니다.”

사회자는 긴장을 한 목소리로 퀴즈를 풀고 있는 학생들과 무대 아래에서 의자에 앉아 있는 학생들을 둘러봤다.

"지금 점수는 미배 고등학교 진도호 학생이 700점으로 1등, 손을 고등학교 김희우 학생이 680점으로 2등을 하고 있습니다. 마지막 문제의 점수는 50점. 이 문제로 순위가 뒤바뀔 수 있습니다."

희우는 긴장을 하고 사회자의 목소리에 집중했다.

마지막 문제에 장학금 300만 원이 달려 있다. 제발 자신만 아는 문제가 나오기를 기대하며 마이크를 잡고 있는 사회자의 입을 바라봤다.

"문제입니다! 이 캠프에 열심히 참여했다면 알 수 있는 답입니다. 우리는 첫날 뭘 했지요?"

첫날 했던 활동에서 문제가 나온다면 또 씨름이나 다도 문제일 확률이 높았다. 빠르게 부저를 누르기 위해 기억나는 명칭들을 머릿속으로 생각해 보며 계속해서 집중했다. 사회자가 계속 말했다.

"우리의 전통문화를 익혔습니다. 씨름과 다도를 배웠습니다. 작년까지는 국궁도 했는데, 이번에는 공사 중이라 하지 못했지요."

그의 목소리가 진중해졌다.

"제가 첫날 이야기했던 말 기억하십니까? 제가 그때 했던 말을 똑같이 해 보이겠습니다."

"……."

"이제 앞에서부터 한 명씩 나와 1분 동안 자신의 장래 희망에 대해 발표를 하면 됩니다. 물론 이 모든 것도 점수에 포함되니 열심히 경청하십시오. 저는 이렇게 말했습니다."

사회자가 씨익 웃었다.

"문제 나가겠습니다. 이곳에 모인 학생들이 가장 많이 선택한 장래 희망은 무엇일까요?"

모두 조용해졌다. 희우만이 미소 짓고 있었다.

"외교관입니다."

사회자는 당황했다.

장래 희망을 발표하는 자리에서는 자신의 발표가 끝나면 끝났다는 안도감에 다른 생각을 하거나 떠드는 게 보통의 학생들이었다. 이 학생들도 마찬가지였다. 모두가 조용히 떠들고 있었고 안내자는 일부러 제지하지 않았다. 그랬기에 이렇게 한 번에 맞힐 거란 생각은 전혀 하지 못했다.

"정…… 정답입니다!"

희우가 1등을 했다.

퇴소식에서 그는 단상에 나가 상장을 받았다.

"대상, 김희우. 위 학생은 서울시 교육청이 실시한 모범 학생 캠프에서……."

희우는 교육감이 읽어 주는 상장 내용을 들으며 서 있었다.

"부상으로……."

드디어 기다리던 장학금 이야기였다. 희우의 주먹에 힘이 들어갔다. 그 돈을 받아 IMF를 준비할 거다. 주식을 통해 돈을 불리고…….

"대학에 합격 시 입학금과 첫 학기 등록금을 지원해 드리겠습니다."

"응?"

현금을 주는 게 아니었다. 대학에 합격을 하면 최대 300만 원까지 등록금을 지원해 준다는 말이었다.

집으로 돌아오는 버스에서 희우는 멍한 표정으로 앉아 있었다.

"이래서 약관을 잘 보고 움직이라고 배웠잖아."

희우의 눈에 눈물이 촉촉하게 고였다.

무더운 여름이었다. 반팔을 입고 있지만 등에서는 땀이 줄줄 흘렀다. 뉴스에서는 연일 올 최고기온을 넘어섰다고 발표했다.

캠프가 끝난 다음 날, 민경은 아이들을 불러 고생했다고 인사했다. 정민과 규리를 배려하느라 그 앞에서 희우를 칭찬하지는 않았다. 전교 순위를 다투는 아이들이었기에 경쟁심을 유발해서 스트레스를 주는 건 좋지 않다고 생각했다.

모두가 돌아간 후 민경은 희우를 다시 불렀고 크게 칭찬을 했다.

"정말 잘했어! 꼭 맛있는 거 사 줄게."

민경은 희우의 손을 잡고 환하게 웃었다. 그러면서 계속 말을 이었다.

"정말 놀랐어. 사실 1등을 할 거라고는 생각 못 했어. 선생님은 희우처럼 노력하고 발전하는 학생이 너무 좋아. 캠프에 뛰어난 애들이 많이 오는데 어떻게 했니?"

민경은 밝게 웃고 있었지만 희우는 웃지 못했다.

지금 희우에겐 대학 등록금이 필요한 게 아니라 투자금이 필요했다. 민경은 그런 희우의 마음을 모르고 계속 말했다.

"상장은 개학식에 교장 선생님이 직접 주실 거야. 정말 정말 너무 잘했어. 먹고 싶은 거 생각해 놔. 희우가 말하는 건 선생님이 다 사 줄게."

교실로 돌아와서도 마음의 허전함을 채울 수 없었다.

처음에는 그가 세운 계획에 IMF를 이용해 돈을 벌고자 하는 플랜은 없었다. 미성년이었고 앞으로도 기회는 많다고 생각했다. 하지만 300만 원이라는 돈을 보고 투자에 대한 계획을 세운 지금은 아니었다.

부동산과 주식 등 투자에 대해 전문적인 지식을 가지고 있지는 않았다. 하지만 경제의 큰 흐름을 알고 있다는 건 엄청난 무기였다. 그 역사 지식을 가지고 투자를 한다면 300이라는 돈은 상상할 수 없는 수치로 변할 수도 있었다. 비록 그 돈이 조태섭과 싸울 수 있는 수준까지 만들어지는 건 어렵겠지만 눈덩이로 불릴 수 있는 기초 자금은 된다고 생각했다.

욕심이란 것이 그랬다. 한번 마음을 비집고 들어오면 쉽게 버릴 수 없었다. 욕심을 버리지 못하는 마음이 한심했지만 이유를 갖다 넣으며 스스로를 납득시키고 있었다.

'조금이라도 빨리 돈을 만드는 게 좋지. 사실 자금이란 건 빨리 만들수록 더 불어나기가 쉽잖아. 게다가 IMF라고. 앞으로 기회는 몇 번 없어. 빨리 준비해야 해.'

하지만 어떻게?

한숨을 쉬며 머리를 쥐어짜고 있을 때 누군가 와서 희우에게 말했다.

"어떤 여자아이가 너 찾아왔어."

"여자?"

여자아이가 찾아왔단 말에 교실 남자들의 시선은 모두 문으로 향했다. 학급 친구들의 입에서는 모두 한목소리가 나오고 있었다.

"오-!"

희우는 교실 밖으로 나갔다. 그 앞에는 단발머리를 하나로 묶은 규리가 서 있었다.

규리가 캔 음료와 초코 과자를 건넸다.

"이거 먹어."

"이건 왜?"

여자가 뭔가를 주면 그냥 받고 고맙다고 해야 한다. 하지만 평생 연애라는 걸 해 보지 못하고 오랜 세월을 지내며 세상에 이유 없는 호의는 없다고 배운 그는 의심만 많았다.

희우의 태도에 규리의 목소리도 차가워졌다.

"그때 고맙다는 말도 못 했잖아."

산에서 도와준 일로 고마움을 표시하려던 규리다. 하지만 빈정 상했는지 캔과 과자를 희우의 손에 건네고 휙, 하고 뒤로 돌아 복도를 절뚝거리며 벗어났다.

여학생으로서 남자 반 앞에 혼자 오는 건 대단한 용기가 필요했던 일이었다. 하지만 그런 용기까지 희우가 알 수는 없었다.

규리의 뒷모습을 보던 희우는 손에 들린 과자를 봤다. 과자에는 포스트잇이 붙어 있었는데 귀여운 필체로 '고마워'라고 적혀 있었다.

반 아이들은 난리가 났다.

"김희우가 연애한다!"

"솔로 부대는 연합하라! 방해하자! 커플 지옥 솔로 천국!"

학생들의 반응에 피식 웃으며 자리에 앉아 과자를 뜯었다.

순간! 수없이 많은 손이 그 앞으로 휙휙 오가며 빈 상자가 되어 버렸다. 그리고 마지막 하나 남은 과자를 가지고 가던 학생이 희우에게 말했다.

"음료수는 양보할게."

어이없는 표정으로 희우는 음료수 캔을 뜯었다. 그런데, 옆에 서 있던 다른 학생이 희우의 캔을 빠르게 가로챘다.

"나는 양보한다는 소리 안 했음."

교실의 분위기는 좋았다. 모두가 장난치고 떠들었다.

하지만 구석에 앉은 두 사람은 달랐다. 그 두 사람은 태훈과 종욱이었다. 인상을 구기고 있던 종욱이 중얼거렸다.

"이제 슬슬 시작할까?"

종욱의 말에 태훈이 고개를 끄덕였다.

"요즘 교실 분위기가 많이 안 좋아. 너무 시끄러워. 다시 조용히 만들어야지."

그 두 사람이 잠잠해진 이후로 교실은 활기차지고 있었다. 함께 떠들고 장난치는 평범한 교실의 모습이 되었지만 두 사람은 그게 마음에 들지 않았다. 자신들의 앞에서 학생들은 조용했고 이렇게 떠들썩하지 않았다. 지금 이 분위기는 마치 자신들이 무시당하는 것만 같았다.

태훈은 가방에서 입장권 하나를 꺼내 들었다. 그리고 종욱과 함께 일어나서 화장실을 가는 한 학생의 뒤를 밟았다. 태훈이 학생의 머리를 손바닥으로 세게 쳤다. 아무것도 모르고 교실 밖으로 벗어난 학생의 머리에 둔탁한 충격이 가해졌다.

"조용히 해라."

태훈은 학생의 뒷목을 잡고 복도 끝 계단으로 이동했다.

"받아."

태훈이 학생의 손에 입장권을 쥐여 줬다. 학생은 두려운 눈으로 태훈을 바라봤다. 그러자 종욱이 싱글벙글 웃으며 말했다.

"겁먹지 마라. 누가 보면 우리가 돈 뺏는 줄 알겠다."

태훈은 입장권의 가격 부분을 가리켰다.

"여기 5만 원. 보이지?"

학생은 고개를 끄덕였다.

"종일이랑 우리 학교 일진들이 일일 카페를 한대. 그 입장권이야. 가면 음료수도 공짜로 먹고 할 거야. 재밌겠지?"

학생은 애써 고개를 끄덕였다.

"너는 내가 특별히 3만 5천 원에 해 줄게. 내일까지 가지고 와."

"어?"

학생은 쉽게 대답하지 못했다. 종욱이 웃으며 말했다.

"5만 원짜리 3만 5천 원에 준다는 거잖아. 네가 이득이야."

그와 달리 태훈은 웃지 않고 있었다. 학생의 대답이 들려오지 않자 태훈의 얼굴이 점점 더 무섭게 구겨졌다.

"엄마한테 문제집 산다고 말하고 돈 받아 와."

태훈이 학생의 어깨를 툭툭 토닥이며 다시 말을 이었다.

"만약에 안 가지고 오면 네가 우리 학교 일진들 무시했다고 종일이한테 말할 거다."

학생은 아무 말 하지 못하고 침을 꿀꺽 삼켰다.

태훈과 종욱은 일단 힘이 없고 존재감이 없는 학생부터 공략해서 입장권을 팔 계획이었다. 조금이라도 팔아 돈을 벌어야 나중에 종일에게 할 말이 있었다. 그리고 적당히 돈을 벌었을 때가 희우에게 입장권을 사라고 얘기할 타이밍이었다. 희우의 가정 형편이 어렵다는 건 진작부터 알고 있었다. 돈이 있을 리가 없었다. 희우가 사지 않겠다고 말을 하면 아직 사지 않은 다른 학생도 그 분위기에 동참할 것이 분명했다. "김희우가 못 팔게 방해했어."라고 종일이에게 말을 한다면? 완벽한 책략이라고 생각됐다.

희우가 종일이에게 맞는 상상을 하는 태훈의 입가에서는 벌써부터 미소가 가시지 않았다.

교실의 분위기는 다시 싸늘해지기 시작했다. 태훈과 종욱이 한 명씩 한 명씩 침울하게 만들고 있었다.

종욱이 물었다.

"그런데 3만 5천 원은 뭐야? 3만 원만 달라고 했잖아."

"수고비는 우리도 받아야 하잖아."

태훈이 씨익 웃으며 말했다.

"사악한 놈."

"흐흐흐, 돈 벌어서 노래방이나 갈까? 일곡 여상 애들이 만나자던데."

종욱은 태훈의 손을 꽉 잡으며 고개를 숙였다.

"넌 멋진 놈이야."

다음 날 그리고 그다음 날, 학생들은 태훈에게 돈을 주기 시작했다. 희우에게 깨지고 조용해진 태훈이나 종욱이 무서운 게 아니었다. 그들이 이름을 팔고 다니는 종일이 두려웠던 거다.

종일은 지역 학군에서 가장 싸움을 잘했고 조폭과도 관련 있다는 소문이 돌았다. 학생들은 문제집이니 뭐니 하며 부모를 속여 받은 돈 3만 5천 원을 태훈에게 건네주며 종일에게 당하지 않는 걸 다행으로 생각했다.

재밌는 점은 대부분의 학생이 돈을 빼앗겼다고 생각하지 않는다는 것이다. 그들은 돈을 갈취당한 것이 아니라 언제 열릴지 모를 카페 입장권을 샀다고 위안을 삼고 있었다. 알량한 자존심이었고 자기 위안일 뿐이었다.

"절반쯤 했지?"

종욱이 비열하게 웃으며 물었다.

"이제 가자."

그들은 희우에게 다가갔다.

그때 사건 이후로 학교에서 만나도 서로가 없는 사람 취급을 하고 있었다. 그들의 입장에서는 희우가 껄끄러웠고 서먹했다.

"김희우."

태훈이 불렀다. 오랜만의 대화였다. 다음 수업을 준비하며 책을 보고 있던 희우가 고개를 돌려 그를 봤다.

"무슨 일이지?"

학급의 분위기가 다시 무거워지고 있다는 걸 느끼고 있었다. 그런 일이라면 당연히 녀석들의 소행일 것이라고 예상하고 있었다. 그런 그들이 먼저 말을 걸었으니 좋은 일은 아니었다.

교실의 학생들은 희우에게 집중했다. 그들은 태훈과 종욱이 일일 카페 입장권을 팔고 다닌다는 걸 암암리에 모두 알고 있었다. 하지만 희우에게는 말을 하지 못했다. 희우가 당할 때 아무도 도와주지 않았던 것에 대한 미안함이었다.

그때 외면하던 학생들, 반대의 상황이 되어 태훈을 말려 달라고 요청할 수 없었다. 그리고 희우가 태훈과 종욱을 이겼다고 해도 학교 최고의 주먹인 종일을 이길 수는 없다고 생각했다.

태훈이 입장권을 꺼내 희우의 책상에 올렸다.

"일일 카페 입장권이다. 사라."

희우는 책상에 놓인 카페 입장권을 물끄러미 봤다. 날짜도 적혀 있지 않고 장소조차 없는 일일 카페 입장권. 희우는 고개를 들어 태훈에게 물었다.

"이게 뭔데?"

태훈의 입꼬리가 비열하게 올라갔다.

"보면 몰라? 종일이랑 우리 학교 일진 애들이 일일 카페 한다고 파는 거야. 가격은 거기 있는 대로 5만 원이다."

다른 아이들에게는 3만 5천 원에 팔았지만 희우에게는 적혀 있는 가격을 말했다. 혹시라도 종일의 이름에 겁을 먹고 구매할 수도 있었기 때문이다.

희우는 입장권을 들고 세세하게 살펴봤다.

"날짜도 없고 장소도 없잖아?"

"돈을 받고 장소 예약한다니까 일단 사라."

유흥비를 마련하려는 불량 학생들의 생각이 뻔히 보였다. 희우는 책상 위에 있는 입장권을 들어 태훈에게 건넸다.

"장소가 있고 날짜가 있다면 생각을 해 보겠지만 이것만 보고 가고 싶은 생각은 없다."

종욱이 인상을 구기며 말했다.

"종일이가 하는 거라고 말했다."

종일의 이름을 듣고도 사지 않았다는 걸 확실히 해 둘 필요가 있었다.

하지만 희우는 피식 웃었다.

"나중에 일일 카페 장소와 시간이 확정되면 그땐 꼭 갈게."

시선이 다시 교과서로 향할 때 태훈이 말했다.

"우리 반 애들은 벌써 거의 다 샀다. 넌 뭐가 잘났다고 안 사?"

입장권을 산 사람은 교실의 절반이 조금 안 되는 인원이었다. 하지만 거의 다 샀다고 말을 했다. 그들은 희우가 자신들을 때리거나 반 아이들이 사지 못하게 하길 바라고 있었기에 약간 과장되게 말을 했다.

희우의 시선이 천천히 교실을 훑었다. 그들의 목소리에 집중하던 아이들은 희우의 눈빛을 피해 고개를 숙였다.

그들은 타협했다는 사실이 부끄러웠다. 알고 있었기 때문이다. 입장권은 돈을 뺏기 위한 구실이었고 단지 종이 쪼가리일 뿐이다. 아이들도 카페가 실제로 이루어지지 않는다는 것을 잘 알고 있었다.

희우의 목소리가 교실을 채웠다.

"내가 나설 일은 아니라고 생각해. 너희는 폭력을 동반한 보복이 두려울 수도 있고 어쩌면 얼마 되지 않는 돈이라고 생각할 수도 있지."

"……."

"부모님이 피땀 흘려 번 돈이라고 너희를 몰아세울 생각도 없어. 하지만 앞으로 사회에 나갈 너희에게 이 말은 해 주고 싶어."

희우의 눈빛이 무겁게 아이들을 향했다. 희우는 이들의 친구가 아닌 어른으로서 걱정이 되어 말하고 있었다.

"이 시간을 부끄럽게 살지 마라. 벌써부터 타협하고 피하면 어른이 돼서도 똑같아. 너희가 욕하고 싫어하는 그 어른과 똑같이 되는 거야. 멋진 어른이 되려면 지금부터 떳떳해야 해."

큰 소리는 아니었지만 엄중하게 아이들을 꾸짖고 있었다.

학생들은 아무 말 하지 못했다. 들려오는 모든 말이 틀리지 않았다. 소수는 희우가 공부 좀 하더니 잘난 척을 한다고 생각했다. 하지만 대부분은 부끄러움을 인정하고 있었다. 교실은 조용히 술렁였다.

희우는 얼마 전까지 괴롭힘을 당하던 친구였다. 그 괴롭힘의 현장을 이곳에 있는 모두가 외면했다. 아니, 외면이 아니라 무시라는 단어로 함께 괴롭히고 있었다. 희우가 우수한 성적을 받고 학급에서 가장 무서운 태훈과 싸움을 하고 난 뒤에야 한 명씩 말을 걸고 대화를 시작했다. 하지만 아무도 '미안하다.'라는 사과는 하지 않았다. 그리고 지금 또 종일이라는 이름에 눌려 불합리한 것에 고개를 숙이고 있었다.

벌써부터 타협을 하면 그들이 되고 싶지 않은 어른의 모습이 되고 만다. 교사나 부모 같은 어른의 입이 아닌 같은 또래에게 듣는 소리는 아이들에게 충격으로 다가왔다.

희우의 시선이 태훈과 종욱을 향했다.

"너희도 나중에 스스로에게 부끄럽지 않으려면 그만해."

태훈은 속으로 환호성을 질렀다. 저런 말을 들었으니 분명 몇몇은 입장권을 사는 걸 거부할 것이다.

'훈장질도 하고, 아주 기고만장하지? 네가 맞고도 그런 소리가 나오나 보자.'

그리고 생각대로였다. 아이들은 더 이상 태훈에게 입장권을 사지 않았다.

수업이 끝났을 때, 태훈과 종욱은 종일의 교실로 찾아갔다. 종일은 창가 아래에 있는 책상에 앉아 있었다. 태훈과 종욱은 마치 부하 직원이 사장에게 보고하듯 종일의 앞에 섰다.

"그래서 못 팔겠다고?"

종일은 목소리를 낮게 깔고 눈을 치켜뜨며 물었다. 태훈은 무서웠지만 계획을 성공시키기 위해 똑똑히 말했다.

"응. 돈을 돌려 달라는 애도 있어."

"그래서 돌려줬냐?"

태훈과 종욱은 말을 하지 못하고 고개를 숙였다.

"이런 어이없는 일이 있네."

종일은 자리에서 천천히 일어나 태훈의 배를 손가락으로 쿡쿡 쑤셨다.

"멍청이냐? 바보냐?"

"미안해."

태훈은 죽어 가는 소리로 입을 열었다.

쩌억!

종일의 손바닥이 태훈의 뺨을 후렸다. 태훈의 턱이 크게 돌아가며 몸이 휘청거렸다.

"돈 뺏으란 것도 아니고 입장권 팔아 오란 건데 그것도 못해? 다른 입장권도 아니고 내가 하는 일일 카페라고 했는데 그것도 못 팔아?"
쩌억!
이번에는 종욱의 몸이 교실 바닥으로 무너져 내렸다.
"야, 일진들 모아 와."
종일은 다시 책상에 앉으며 앞에 있는 학생에게 명령했다. 그리고 가방을 챙기고 있는 아이들을 향해 소리쳤다.
"1분 안에 안 나가면 다 죽인다!"
잠시 후, 머리에 젤을 잔뜩 바른 여학생 여섯 명과 남학생 열 명이 교실로 들어왔다.
"무슨 일이야?"
그들은 종일의 옆에서 고개를 숙이고 열중쉬어 자세를 하고 있는 종욱과 태훈을 봤다.
"왜? 애기들이 뭐 잘못했어?"
한 남학생이 종욱의 뺨을 툭툭 치며 물었다. 종일은 대답하지 않은 채 교실로 들어온 일진들을 둘러봤다.
"한미는?"
종일이 말한 한미는 2학년 여자 짱이었다.
"큭큭큭, 담배 피우다 걸려서 교무실에 끌려갔어."
종일은 '킥' 하고 웃었다.
"꼴초야, 꼴초."
잠시 웃던 종일의 입가에서 미소가 걷혔다.
"우리가 4반 애들한테 일일 카페 입장권 돌린 거 기억나지?"
다른 반은 한 반에 한 명씩은 일진이 있었다. 하지만 4반은 아니었다. 태훈과 종욱은 일진이 아니었다. 그들은 자신들의 학급이 아닌 아무도 없는 그 반에만 입장권을 돌렸다.
"다 팔았냐?"

한 남학생의 말에 눈가에 화장을 한 여학생이 거울을 보고 입술에 립스틱을 바르며 핀잔을 줬다.

"팔았으면 저러고 있겠어?"

"그만하고 이리 와 봐."

종일은 책상 위에 걸터앉으며 일진들을 주변에 둘러 세웠다. 그때 문이 열리고 깻잎 머리의 한미가 엉덩이를 비비며 교실로 들어왔다.

"맞았냐?"

누군가의 이죽거림에 한미는 눈을 흘겼다.

"누가 일렀는지 찾기만 해 봐."

한미는 툴툴거리며 종일이 앉은 책상 앞에 의자를 빼 들고 앉았다. 그러자 종일이 다시 태훈을 노려봤다.

"다시 말해 봐."

"얼마 전까지 내 똘마니였던 희우라는 애가 있어. 나보다 공부를 못했는데 갑자기 전교 1등을 했어."

태훈은 최대한 조심스럽게 말을 했다. 자칫 말을 잘못하면 맞을 수도 있다. 그건 싫었다. 태훈도 이유 없이 희우를 괴롭혔었지만, 자신은 그런 대상이 되고 싶지 않았다.

그런데, 태훈이 조용히 말을 이어 갈 때였다. 듣고 있던 한미가 신기한 듯 물었다.

"이번 전교 1등이 네 똘마니였어?"

태훈이 고개를 끄덕였다.

"어."

그리고 태훈은 희우가 아이들을 선동해서 입장권 파는 걸 방해했다는 말까지 마쳤다. 그러자 한미가 다시 물었다.

"종일이 이름 말했는데도 겁을 안 먹어?"

"응. 오히려 애들한테 부끄럽게 살지 말라고 말했어."

남자아이 중 하나가 종일에게 물었다.
"놔둘 거야?"
"아니. 그런데 어떻게 해야 가장 잘 때렸다고 소문이 날지 고민 중이다. 그래서 너희를 부른 거고. 이건 우리에 대한 도전이야."
한미가 의자에서 일어나며 생각할 것도 없다는 듯 말했다.
"1학년 애들 불러서 때리자. 후배한테 맞고 후배 여자한테도 맞으면 나긋나긋해지겠지."
한미는 말을 하며 교실 뒤의 거울 앞으로 가서 소매에 있던 핀을 꺼내 머리를 만지기 시작했다.
"잘난 척하다가 후배한테 맞으면 정말 비참하겠네."
용석의 입에 잔인한 미소가 걸렸다.
옆에 서 있던 태훈이 조심스럽게 말했다.
"운동 배운 거 같았어."
그 말에 일진들이 크게 웃기 시작했다.
"너 같은 약골이나 똘마니한테 얻어맞고 다니는 거지, 운동했다고 우리가 맞겠냐?"
머리에 핀을 꽂던 한미는 머리 모양이 마음에 들지 않는 듯 빗을 꺼내 다시 다듬으며 말했다.
"꼴찌가 1등도 하고 운동해서 싸움도 잘하고, 매력 있네."
그들의 비웃는 소리를 들으며 태훈은 속으로 말했다.
'제발 잘 좀 때려 달라고.'
"넌 이제 가 봐."
종일이 태훈과 종욱에게 말했다.
"응?"
"조만간에 내가 부르면 그놈하고 돈 돌려 달라고 했던 놈 끌고 와."
"알았어."

그들은 예의 바른 자세로 문을 열고 교실을 벗어났다.

"이제 우리도 집에 가자."

창밖을 보고 있던 남학생이 말했다.

"아니. 내 말을 들어 봐."

종일은 책상에서 내려왔다. 그리고 교실에 모인 일진들을 둘러봤다.

"우리 일을 방해하는 녀석이 전교 1등이란 게 문제야."

종일의 말에 한미가 동의한다는 듯 고개를 끄덕였다.

"공부하는 애는 건들면 안 돼."

종일이 말을 이었다.

"갑자기 성적이 오른 놈이니 선생들이 주시하고 있을 거다."

현준이 성적이 오른 것과는 달랐다. 그들이 괴롭히는 현준은 성적이 올라 몇몇 교사가 관심을 갖고 있었지만 모두의 눈에 띄지는 못했다. 하지만 희우는 아니었다. 모든 교사가 주시하고 있었고 어쩌면 학생주임이나 교감, 또는 교장까지 희우의 이름을 알고 있을지 몰랐다.

종일은 훗일을 생각했다. 교사들이 신경 쓰고 있는 학생은 쉽게 건들 수 없었다. 자칫 그들이 만들어 놓은 학교 내 입지를 교사들의 개입에 의해 빼앗길 수도 있었다.

한미가 물었다.

"그건 그렇고 얼마 벌어 왔어?"

종일은 흰 봉투에 든 돈을 그녀에게 건네며 대답했다.

"72만 원."

"그거면 충분하잖아."

처음부터 태훈이 150만 원을 채우지 못할 거라는 건 알고 있었다. 단순히 유흥비를 마련하기 위함이었고, 조금이라도 더 팔게 하려는 이유에서 협박을 했었다. 한미가 봉투를 열어 돈을 세며 말을 이었다.

"이 돈이면 1학년 애들 고기도 사 주고 놀기에 충분하지 않아? 그만하자.”

종일은 고개를 저었다.

“팔지 못해서 이 정도 걷어 왔다면 넘어가겠는데 그게 아니잖아. 훼방이 있었던 거야. 가만히 둘 수는 없어. 우리가 여기서 순순히 물러나면 다른 애들이 우리를 어떻게 생각하겠어? 안 줘도 안 맞는구나 생각하고 개기는 놈들이 하나둘 늘어날걸.”

태훈에게 전해 들은 희우의 태도는 어디까지나 자신들을 향한 도전이라고 생각했다. 그 도전은 혈기 왕성한 아이들이 참고 넘어갈 수 있는 일이 아니었다.

한미가 말했다.

“공부 잘하는 애 건드리는 건 피곤해.”

“그럼 어떻게 할까?”

한미가 다리를 꼬며 말했다.

“참아. 1등은 건들지 말자.”

“그럼 우리가 무시당해.”

교실은 조용해졌다. 모두가 희우의 처분을 고민했다. 그리고 잠시 생각을 하던 한미는 뭔가 떠오른 듯 손바닥을 쳤다.

“1등 앞에서 태훈이하고 종욱이 그리고 돈을 돌려 달라고 했던 애를 때려.”

“……!”

“아까 말한 것처럼 1학년 애들이 걔들을 때리게 하자.”

한미가 눈을 반짝이며 계속 말을 이었다.

“애들이 맞는 이유를 모두 1등에게 뒤집어씌우면 지도 사람이니까 미안하지 않겠어? 그리고 옆에서 맞는 거 보고 있으면 무섭기도 하겠지. 만약에 선생한테 걸린다 해도 1학년이 때린 거지 우리는 가만히 있었으니까 혼날 일도 없겠네.”

한미의 말에 종일이 만족스러운 미소를 입에 머금고 고개를 끄덕였다.
"역시 내 마누라가 될 사람이야. 이런 생각을 하다니 대단해. 내일 1학년 애들 소집하자."
"마누라? 미쳤니?"
"될 사람이라고."
한미는 종일의 말을 무시했다. 가방에 돈을 집어넣으며 말했다.
"그런데 안경은 얼마 벌어 왔어?"
"이제 물어봐야지."
용석은 교실 문을 열고 밖으로 나갔다. 복도에 현준이 서 있었다. 현준은 종일과 용석이 집에 가기 전에는 학교를 벗어날 수 없었다.
교실에 끌려 들어온 현준을 보며 용석이 말했다.
"몇 장 팔았냐?"

다음 날. 수업이 끝났을 때였다. 태훈이 희우의 옆으로 왔다.
"종일이가 보자고 하더라."
"미안한데 너희랑 놀아 줄 시간 없다."
태훈이 피식 웃었다.
"너 그냥 갔다가는 종일이한테 죽어."
"설마."
희우는 대수롭지 않게 대답하며 가방을 들고 교실을 벗어나려 했다. 그런데, 태훈이 희우의 어깨를 꽉 잡았다.
"놔."
"가자."
"놓으라고 했는데."
희우의 날카로운 눈빛에 태훈은 자신도 모르게 잡았던 어깨를 놓고 말았다. 희우에게 당했던 그 순간을 똑똑히 기억하고 있었기 때문이다.

태훈에게 희우는 당해 낼 수 있는 상대가 아니었다. 태훈이 할 수 있는 것은 그저 입으로 떠들어 대는 협박이 전부였다.

"후회할 거다."

"걱정해 줘서 고맙다."

희우는 교실을 벗어나며 고개를 저었다.

'벌써부터…….'

희우는 태훈이 종일의 이름을 들먹거리는 순간부터 놈들의 행동을 뻔히 예상하고 있었다. 단체로 모여 희우에게 폭력을 가하려는 거다. 어린 나이부터 조직폭력배처럼 행동하는 학생들의 모습에 한숨만 흘렀다.

"새끼야, 진짜 후회할 거라고!"

뒤에서 태훈의 목소리가 들려왔다. 하지만 희우는 거침없이 교실을 떠났다. 상대가 파 놓은 함정에 친절하게 따라가는 것은 멍청한 행동이다.

그렇게 화장실을 지나 계단을 내려가던 중이었다. 희우는 현준과 마주쳤다. 현준은 음료수가 들어 있는 검은 봉지를 들고 있었다. 희우는 현준에게 눈인사를 했지만 현준은 말없이 고개를 숙인 채 계단을 올라갔다.

그리고 현준이 희우를 스칠 때, 희우는 똑똑히 확인했다. 현준의 눈두덩이는 주저앉을 만큼 부어 있었고 주변은 시커멓게 멍이 들어 있었다. 희우는 현준에게 무슨 일이냐고 묻고 싶었다. 마치 자신의 과거를 보는 것 같아 안타까웠다. 하지만 묻지 못했다.

이전에 현준은 분명히 말했었다.

-도와준 건 고마운데, 더 이상 참견하지 말았으면 좋겠어.

희우는 현준을 잡으려던 손을 거두며 한숨을 쉬었다.

그런데, 계단을 오르던 현준이 걸음을 멈추고 말했다.

"고마웠어."

"……!"

"너 때문에 그래도 용기를 냈어. 변한 건 없는데 마음은 편하네."

어제였다. 교실로 잡혀 들어온 현준에게 용석이 물었었다.

"몇 장 팔았냐?"

"안 팔았어."

현준은 못 팔았어가 아니라 안 팔았다고 했다. 놈들에게 이건 반역과 같았고, 교실의 분위기는 얼음이 쏟아진 것처럼 식었다. 그리고.

짜악!

용석이 현준의 뺨을 후려쳤다.

짜악! 짜악! 짜악!

현준은 이를 악물었다. 뺨을 맞는 아픔은 견딜 수 있었다. 현준의 머릿속에 희우가 했던 말이 기억났다.

-나도 너하고 똑같이 괴롭힘당하고 살았던 거 알지? 딱 한 번만 용기를 내 봐. 스스로가 아니면 이 상황은 벗어날 수 없어.

또한 현준의 부모님은 맞벌이를 하시며 없는 돈을 모아 학비를 내주고 계셨다. 그런데, 놈들은 부모님을 욕하며 낄낄대고 웃었다. 뺨을 맞던 현준의 머릿속에 낄낄대던 놈들의 모습이 스쳤다. 순간, 현준이 두 주먹을 꽉 쥐고 물었다.

"나한테 왜 그래?"

"왜 그래? 왜 그래? 하, 네가 덜 맞았구나?"

용석이 현준의 멱살을 잡았고 옆에서 종일이 크게 웃었다.

"야, 개긴다, 개긴다. 큭큭큭큭."

용석은 발로 현준의 가슴을 찼다. 현준은 발길질에 밀려 교실 바닥에 나뒹굴었다. 용석이 의자를 끌며 나뒹구는 현준의 앞으로 다가갔다. 쿨럭거리는 현준을 보며 용석은 천천히 의자를 들어 올렸다.

콰직! 콰직! 콰직!

잔인한 소리가 교실을 울렸다. 일진들은 낄낄거리며 그 모습을 지켜볼 뿐이었다. 종일이 말했다.

"미꾸라지 하나가 물을 흐리기 시작했어. 안경 저놈이 개기는 이유도 마찬가지고. 전교 1등 그놈 빨리 해결하자."

CHAPTER 4

현준의 얼굴을 보며 희우는 잠시 생각에 빠졌다.

학생을 상대로 금품을 갈취하고 폭행을 일삼는 녀석들. 그들은 그것이 잘못된 행동인 줄 모르고 있었다.

희우는 검사 시절 겪었던 일들을 기억했다. 학교는 피해 학생보다 알량한 명예를 지키는 데 급급했고 폭력이라는 이름의 죄가 밖으로 흘러가지 못하게 노력했다. 정신과 치료를 받으며 공포에 떨고 있는 학생을 억지로 끌고 와 화해라는 이름으로 가해자와 마주하게 했었다.

그렇게 하면 가해자와 피해자는 행복한 학교생활을 할 수 있을까? 아니었다. 가해자는 더 은밀하게 폭력을 가했고 피해자는 또 당해야 했다. 물론 모든 학교가 그렇지는 않았다. 많은 교사들이 학생들을 위해 열심히 하고 있었다.

하지만 희우는 검사였다. 그것도 학창 시절 괴롭힘을 당한 경험이 있는 검사. 불량 학생들이 좋게 보일 리 없었다.

희우가 기억하는 한 사건이 있었다. 이십여 명의 여학생이 단 한 명을 집단 폭행한 일이었다. 산에서 때리고 인적 없는 골목에서 때렸으며 빈 창고에 감금했던 사건. 며칠간 이루어진 폭력의 잔인성은 보통의 사람이 상상할 수 없는 끔찍함이었다.

담당 검사가 물었다.

"왜 괴롭혔니?"

그 말에 가해 학생이 답했다.

“저는 장난이었어요. 다른 애들이 때려서 같이 때렸어요.”

학생은 잘못을 모르고 있었다. 자신은 장난이었으며, 피해자가 장난을 받아들이지 못한 상황이라고 변명했다. 또한 피해자가 자신에게 직접적으로 잘못한 일은 없었다고 했다. 그저 남이 때리니까 함께 때렸다고 했다.

“그럼 다른 아이는 그 애를 왜 때렸을까?”

“뭔가 잘못이 있었겠죠. 잘못이 없으면 왜 맞았겠어요? 왕따 애들 보면 다 이유가 있어요. 때리는 애들만 잘못 있는 거 아니에요.”

당돌하게 말하던 여학생. 근본적인 생각이 잘못되어 있었다. 피해자도 뭔가 잘못이 있기 때문에 왕따를 당하고 괴롭힘을 당한다는 헛소리! 그 누구도 학생이 학생을 때리고 괴롭힐 수 있는 권한을 주지 않았다.

현준이 희우를 보며 말했다.

“집에 가는 거야?”

“어.”

“어서 가. 종일이랑 애들이 너 때린대. 한 며칠 학교 나오지 마. 조금 있으면 오늘 일 잊어 먹을 거야.”

피가 터져 나올 것 같은 검은 멍을 가진 녀석이 걱정해 주고 있었다.

희우는 계단을 오르는 현준의 뒷모습을 조용히 바라봤다. 얼마나 맞았는지 계단을 오르는 두 다리가 힘겨워 보였다. 마르고 작은 체구의 현준이 오늘따라 더욱 안쓰러워 보였다.

순간, 희우의 두 눈이 차갑게 변했다.

‘이 학교에서 일진을 뽑아 버린다.’

지금껏 희우는 어린 학생들의 일진 놀이에 관여하지 않으려 했다. 하지만 놈들은 선을 넘었다. 이제는 어린 학생들의 투덕거림으로 볼 수 없다.

다시 교실로 올라간 희우는 승민을 찾았다. 다행히 승민은 아직 집에 가지 않고 있었다.

“너 카세트 있지?”

“응? 있지.”

승민은 평소 듣기 평가 공부를 위해 카세트를 들고 다녔다.

“하루만 빌려줘.”

“어? 나 듣기 공부해야 하는데.”

“대신 내 노트 빌려줄게.”

희우는 가방에서 자신의 노트를 꺼냈다. 전교 1등의 노트는 누구나가 탐내는 학업 아이템이다. 승민은 순순히 자신의 휴대용 카세트를 넘겼다.

학교를 빠져나온 희우는 동네 슈퍼로 이동했고 일회용 카메라와 청 테이프 그리고 스카치테이프를 구매했다. 그다음 희우는 아파트의 가장 높은 층으로 자리를 옮겼다. 난간에 기대 주변을 둘러봤다. 불량 학생들이 모이는 놀이터가 한눈에 들어왔다.

‘여기면…….’

희우는 계단에 앉아 작업을 시작했다. 카세트에서 테이프를 꺼내 구멍이 있는 부분을 스카치테이프로 막았다. 다시 테이프를 카세트에 집어넣은 후 녹음 버튼과 재생 버튼을 동시에 눌러 녹음이 잘되는지 확인했다.

‘녹음 준비 끝.’

희우는 다시 난간에 기대 놀이터를 확인했다. 아직 아무도 오지 않았다. 희우는 1층으로 내려가 놀이터의 한 놀이 기구로 향했다. 회전무대라는 이름의 놀이 기구였는데 보통 뺑뺑이나 빼빼이로 불리곤 했다. 회전무대 아래 깊숙한 곳에 청 테이프를 이용하여 카세트를 붙였다. 물론 녹음이 되고 있는 중이었다.

증거가 없는 상태에서 교사에게 고발했을 경우 대다수의 불량 학생들은 악어의 눈물을 뚝뚝 흘리며 반성하는 시늉을 한다. 교사는 불량 학생도 우리 학생이라며 그들의 뉘우침을 믿고 약한 징계로 끝내기 마련이다. 그런 결과는 어떤 도움도 되지 않는다. 불량 학생들이 변명으로 도망갈 수 없는 완벽한 그물을 설치해야 했다.

희우는 다시 아파트의 가장 높은 층으로 이동했다. 그리고 한 층씩 내려오며 놀이터가 가장 가까이 보이면서 전체를 확인할 수 있는 층을 찾기 시작했다. 적당한 자리를 찾은 희우는 카메라를 꺼냈다.

'준비는 끝났고.'

희우의 입에서 한숨이 작게 흘렀다.

계획은 세웠다. 자료를 만들고 학교에 전할 거다. 정상적인 학교라면, 가해자들을 엄벌할 게 분명하다. 하지만 학교가 썩어 있다면, 자신의 안위를 위해 쉬쉬하려고 한다면, 희우는 이 자료를 미디어에 터뜨릴 생각이다.

하지만 희우는 그렇게까지 되지 않기를 바라고 있었다. 터뜨린 순간 오늘의 일이 어디까지 확대될지 예상할 수 없어서다. 지금 고등학생은 신세대 또는 X세대라는 이름하에 세기말을 살아가고 있다. 언론은 그들의 불량함에 대해 연일 떠들어 대고 있었다. 오늘 만들어질 자료를 보내 준다면 '감사합니다.' 인사하며 대대적으로 취재할 것이 분명했다.

희우는 일이 순리대로 흐르길 바라며 두 다리를 만져 봤다. 과거로 돌아온 후 꾸준히 운동은 했지만 완벽한 몸 상태는 아니었다. 다수를 상대로 싸움이 일어난다면 체력이 떨어지기 전에 빠르게 제압해야 한다.

희우는 놀이터를 보며 전략을 세웠다.

놀이터라는 공간에는 쇠붙이로 만들어진 놀이 기구가 있다. 그것들은 훌륭한 무기로 사용될 수 있었다. 또한 모래로 만들어진 바닥도 아주 좋은 링이었다. 보통 사람은 모래 위에서 움직임이 제한되지만 희우는 숱하게 모래사장을 달린 경험이 있었다. 잠시의 싸움은 아무런 문제가 되지 않았다.

그 시각, 용석이 태훈과 종욱, 현준 그리고 또 한 사람을 끌고 학교 밖으로 나섰다. 태훈의 옆에 있는 학생은 유재호, 어제 희우의 말을 듣고 태훈에게 돈을 돌려 달라고 말했던 친구다.

재호는 키도 작고 존재감도 없는 학생이었다. 교실에서 태훈의 영향력이 줄었다고 하지만 재호에게 있어서는 두려운 존재였다. 하지만 용기를 냈다. 희우가 말한, 멋진 어른이 되려면 지금부터 떳떳하게 행동하라는 말이 크게 와닿았다.

재호는 경찰이 되고 싶었다. 나쁜 사람을 잡고 세상에 뿌리박힌 불합리한 일을 올바르게 바꾸는 멋진 경찰이 되고 싶었던 거다. 하지만 폭력의 두려움을 이기지 못하고 입장권을 사 버렸었다. 돈 3만 5천 원에 괴롭힘을 당하지 않을 수 있다는 생각이 앞서 버렸다. 그리고 돈을 빼앗긴 것이 아니라 카페 입장권을 샀다고 위안했다.

하지만 어제 희우가 말한 훈계에 재훈은 많은 생각을 했다. 벌써부터 잘못된 일에 타협을 하면서 좋은 경찰이 될 수 없다고 느꼈다. 그래서 용기를 냈다.

"돈 돌려줘."

태훈은 작고 존재감 없는 재호의 말을 들으며 헛웃음부터 났다. 있는 줄도 몰랐던 학생이 당차게 나올 줄은 예상하지 못했다.

"너도 내가 우습게 보이냐?"

태훈은 그 자리에서 재호를 짓밟으려고 하다가 참았다. 종일에게 '존재감 없는 녀석이 돈을 돌려 달라고 했어.'라고 이야기를 하면 분노를 더 키울 수 있다고 생각해서다. 태훈은 말없이 재호에게 돈을 돌려줬고 예상대로 재호 역시 끌려오게 되었다.

학교에서 벗어난 그들은 단지 내 놀이터로 들어갔다.

아파트 구석이었고 사람이 찾지 않는 놀이터였다. 미끄럼틀 하나와 그네 그리고 회전무대와 시소만 있는 작은 공간에 종일을 중심으로 사십여 명의 불량스러운 학생들이 서 있었다. 1, 2학년 일진 학생 전체. 희우에게 겁을 주기 위해 모였지만 정작 희우는 오지 않았다.

미끄럼틀의 경사면에 기대 담배에 불을 붙이던 종일이 인상을 썼다.

"1등은?"

용석이 고개를 저었다.

"도망갔대."

종일의 눈이 태훈에게 향했다.

"넌 뭐 하는 놈이냐? 시킨 일 하나를 제대로 못해?"

"미안해……."

종일이 귀찮다는 듯 손을 휘저으며 말했다.

"1학년."

"네."

"시작해라."

뻐억!

기다렸다는 듯 1학년 남학생들이 움직였다. 그들의 주먹과 발이 태훈과 종욱을 가격했다. 태훈은 넘어졌고 짓밟혔다.

"종, 종일아?"

태훈은 뭔가 잘못된 걸 느꼈다, 하지만 이미 늦었다. 둔탁한 소리가 울리며 깨끗했던 태훈의 교복이 흙먼지와 피로 범벅이 되기 시작했다.

1학년들이 폭력을 행사하고 있을 때, 2학년들은 놀이터를 빙 둘렀다. 혹시 도망가서 신고할 일을 사전에 방비하고자 함이었다.

그리고 현준은 용석에게 밟히고 있었다.

"계속 까불어 봐!"

"미안."

"또 말해! 또! 내가 정말 영원히 말 못 하게 해 주마."

퍼억!

용석의 발이 현준의 안면을 강타했다. 현준의 코에서 피가 터져 오르며 누런 모래에 붉은 피가 투투툭 떨어져 내렸다.

한편, 희우는 아파트 난간에 기대 사진을 찍고 있었다. 폭력의 장면을 모두 카메라에 담는 중이었다. 그런데, 희우가 고개를 갸웃했다.

'재호가?'

재호가 왜 저 자리에 껴서 함께 맞고 있는지 이유를 알 수 없었다.

"끌고 와."

종일의 말에 1학년들이 재호의 뒷목을 잡고 질질 끌고 갔다. 재호의 눈은 부어 있었고 코에서는 걸쭉한 피가 흘러나오고 있었다.

옆에서는 태훈과 종욱이 맞는 둔탁한 소리가 들려왔다. 1학년 여자들까지 나서서 태훈을 때리고 있었다.

재호의 겁먹은 표정을 지켜보던 종일이 그 얼굴을 향해 담배 연기를 뿜었다. 담배에 익숙하지 못한 재호가 콜록거렸다.

"야. 미쳤냐? 돈을 돌려 달라고 해? 내가 한다고 한 카페다. 환불을 해 달라는 건 나를 믿지 못한다는 거지?"

종일의 입에 비웃음이 한가득 담겼다. 그러자 한 여학생이 휴지를 꺼내 종일에게 건넸다. 종일은 받은 휴지로 재호의 얼굴에 묻은 피를 거칠게 닦아 주며 계속 말을 했다.

"나를 못 믿어?"

종일의 큰 손이 휴지 더미를 댄 채 재호의 얼굴을 쥐고 있었다.

"좀 믿어 줘라."

쩌어억!

종일이 재호의 얼굴을 쳤다. 재호의 몸이 크게 흔들렸다. 하지만 쓰러지지 않았다. 얼굴이 종일의 손에 잡혀 있었기 때문이다.

쩌억! 쩌억!

그렇게 종일은 재호의 뺨을 두어 번 더 친 후 얼굴을 잡고 있던 손을 풀었다. 재호는 땅에 주저앉아 콜록거리며 바닥에 피를 뱉었다. 재호의 모습은 처절했다. 하지만 그걸 내려다보는 종일의 눈은 냉랭했다. 종일이 담배 연기를 뿜어내며 물었다.

"이제 나를 믿어 줄래?"

고개를 숙이고 피를 뱉어 내던 재호가 고개를 흔들었다.

"아니. 난 나중에 나에게 부끄럽지 않을 거야."

"네가 겁을 상실했구나!"

종일의 주먹이 재호의 머리를 향해 날아갔다. 그런데.

터억!

어느새 그들의 앞으로 다가온 희우가 종일의 주먹을 잡고 있었다. 갑작스러운 상황에 종일은 눈을 무섭게 뜨고 희우를 노려봤다.

"넌 뭐야!"

"안녕."

희우가 말했다.

지금 이들의 행동은 학생이라고 하기에는 평범한 폭력의 범주를 넘어섰다. 아파트 난간에 서서 여유롭게 사진을 찍고 있다가는 큰일이 날 것 같았다. 희우는 종일이 노려보는 눈빛에 아랑곳하지 않고 재호의 어깨를 툭툭 쳤다.

"넌 이미 부끄럽지 않아."

재호가 고개를 천천히 들며 부은 눈으로 희우를 바라봤다. 희우는 재호를 향해 미소 지었다.

"늦게 와서 미안하다."

희우의 시선이 천천히 종일에게 옮겨졌다.

"종일이라고 했던가?"

"그런데?"

"거지냐? 돈이 필요하면 일을 해. 구걸하지 말고."

종일의 얼굴이 붉어졌지만 희우는 계속 말했다.

"실제로 카페를 하지도 않을 거면서 돈을 받고 파는 그런 행위는 사기야."

“…….”

“사지 않을 사람에게 사라고 강요하는 건 호객 행위고. 모두가 불법인 거는 알지?”

종일이 희우를 노려봤다.

“전교 1등?”

종일의 목소리에 살기가 가득했지만 희우는 여유로웠다.

“그렇다고 하더라.”

“공부 좀 한다고 지금 나를 가르치려 드는 건가? 내가 입장권을 팔든 호객 행위를 하든 무슨 상관이지? 넌 사지도 않았다며?”

“말이 많네?”

종일의 입가에 비웃음이 걸렸다. 종일이 1학년 학생들에게 말했다.

“잘 봐라. 얘가 전교 1등이야. 훌륭한 사람 되겠지?”

“네!”

“그러니까, 전교 1등은 때리지 마라.”

“네!”

“하지만 나머지 녀석들은 군대 면제시켜 줘라.”

군대 면제, 어딘가 부러뜨리거나 장애를 만들 정도로 때리란 말이었다.

말이 끝나기가 무섭게 둔탁한 소리가 들리며 태훈의 몸이 출렁거렸다. 1학년 학생의 발이 그의 머리를 찍어 누른 것이다.

“끄아아악!”

태훈의 고통에 찬 비명을 들으며 희우가 말했다.

“잠깐!”

모두의 시선이 집중됐을 때, 희우의 목소리가 이어졌다.

“내가 어디에 있다가 나타났는지 궁금하지 않아?”

폭력을 일으키려던 학생들이 고개를 갸웃거렸다. 지금 희우의 말은 상황과 어울리지 않았다. 하지만 희우는 상관 않고 손가락으로 아파트 난간을 가리키며 말했다.

“저기에 있었어. 그런데, 저기서 뭐 했게?”

“……?”

“사진 찍었어. 물론 카메라는 잘 숨겨 놨지.”

“……!”

희우의 시선이 1학년들을 향했다.

“나는 내일 아침에 교장실로 갈 거야. 물론 카메라를 들고.”

“……!”

“너희는 어떻게 될까? 뭘 생각해? 퇴학당하겠지.”

희우의 입에는 비웃음이 가득했다. 그 목소리가 계속됐다.

“후배가 선배를 때렸다. 그것도 다수가 소수를 폭행했어. 내가 사진을 풀면 너희는 끝이야.”

1학년들이 술렁였다. 서로 눈치를 보며 주춤거렸다. 그들을 보던 종일이 소리를 질렀다.

“새끼들아! 지금 뭐 하는 거야! 당장 다 죽여 버려!”

하지만 1학년들은 움직이지 못했다. 그들도 흥분한 종일과 침착한 희우를 보며 누구의 말을 따라야 할지 판단한 거다. 그리고 그들의 선택은 당연했다.

놀이터는 적막해졌고 희우는 회전무대를 향해 천천히 걸어갔다. 모두가 희우의 행동에 집중했다. 희우는 그 아래에서 카세트를 꺼내 녹음 종료 버튼을 눌렀다.

“사진만 찍었겠냐? 지금까지 너희가 했던 말도 녹음하고 있었지. 죽여 버리라고 했으니까 살인 청탁이네.”

종일의 얼굴이 심하게 굳어졌다. 희우의 멱살을 잡고 으르렁댔다.

“전교 1등이라 봐주려고 했는데 안 되겠다.”

희우가 피식 웃으며 말했다.

"너 머리 정말 나쁘구나? 내가 왜 카세트의 녹음을 종료했는지 생각하는 게 우선 아니야?"

"뭐?"

"생각해 봐. 내가 왜 녹음을 종료했을까?"

"왜?"

"넌 좀 맞자."

그 말과 동시에 희우는 자신의 멱살을 잡고 있던 종일의 손을 잡아 몸의 바깥 방향으로 꺾어 버렸다.

우두두둑 소리와 함께 종일의 비명이 세상을 울렸다.

"끄아아아아악!"

학교에서 왕처럼 행동하던 종일이 팔꿈치를 잡고 괴로워했다. 모래 바닥을 뒹굴며 울부짖었다.

그때, 희우는 뒤로 돌아 천천히 재호의 앞에 앉았다.

"그만 집으로 가라. 내일 보자."

재호가 망설였다. 희우 혼자 놓고 갈 수는 없다고 생각했다.

"난 괜찮아."

희우의 진지한 눈빛에 재호가 고개를 끄덕였다. 놀이터를 벗어나 달리기 시작했다.

그 모습을 지켜보던 희우가 쓰러져 있는 현준의 앞으로 걸어갔다. 현준의 앞을 가로막고 있던 용석의 눈빛이 떨려 왔다.

"비켜."

희우의 한마디에 용석은 자신도 모르게 주춤거리며 뒤로 물러섰다. 희우가 현준의 손을 잡으며 말했다.

"너도 그만 집에 가. 걱정하지 말고."

그렇게 현준을 일으켜 세울 때였다. 용석이 희우의 뒤통수를 향해 주먹을 내질렀다.

"새끼야!"

하지만 그 주먹은 허공을 가를 뿐이었다. 희우는 몸을 틀어 주먹을 피했고, 용석의 오른쪽 엄지발가락이 있는 부분을 발로 찍어 눌렀다.

꽈직!

"끄아악!"

용석의 몸이 고통을 이기지 못하고 숙여졌다. 희우는 팔꿈치를 휘둘러 용석의 관자놀이를 가격했다.

뻐어억! 쿠당탕!

용석이 놀이터의 모랫바닥에 나뒹굴었다. 괴로워하며 바동거렸다.

희우의 시선이 다시 현준을 향했다.

"그만 가."

"어? 어."

현준이 가방을 챙겨 놀이터를 벗어났다. 하지만 아무도 현준을 잡지 못했다. 그저 보고 있을 뿐이었다.

그렇게 재호와 현준이 놀이터를 떠나자 희우의 눈빛이 달라졌다. 희우의 눈에는 어떤 감정도 존재하지 않았다.

"너희 모두는 집단 폭행의 죄를 짓고 있다."

희우가 낮은 음성으로 말하며 천천히 학생들을 향해 걸어갔다. 학생들의 등에는 자신도 모르게 식은땀이 흘렀다. 그때, 중압감을 이기지 못한 2학년 남학생이 희우를 향해 달려들었다.

"미친 새끼야!"

희우는 가볍게 놈의 주먹을 피했다. 다리를 걸어 상대의 중심을 흐트러뜨린 뒤, 녀석의 머리를 잡고 모래 속으로 처박았다.

콰지지직!

얼굴에 모래알이 박혀 들어가며 비릿한 피 냄새가 흘렀다. 잔혹한 현장이었다.

희우가 감정이 없는 목소리로 말했다.

"지금부터 내게 덤비는 학생은 가중처벌된다. 증거는 내가 가지고 있다. 잘 알아서 판단해라."

희우의 얼굴에 미소가 올랐다. 그 미소는 잔인했으며 살기가 가득했다.

태훈과 종욱은 피범벅이 된 얼굴을 비비며 꿈인지 생시인지 확인하고 있었다. 1학년들은 희우가 말한 '증거'라는 말에 겁을 집어먹었는지 뒤로 물러났다. 2학년들은 희우가 가진 휴대용 카세트를 빼앗기 위해 달려들었다. 하지만 쓰러지는 건 희우가 아니었다. 잔혹한 소리가 공간을 울릴 뿐이었다. 여자 일진들은 넋을 놓고 희우의 움직임을 지켜봤다. 희우를 향해 달려드는 남학생들은 불에 뛰어드는 불나방과 같았다. 그들은 팔이 꺾이고 손가락이 뒤틀리며 비명을 질렀다.

"끄아아악!"

비명 소리가 끊이지 않았다. 희우는 상대의 손목을 꺾으며 발로 무릎을 찍어 내렸다. 그때마다 학생들은 모래에 처박히고 넘어지며 피가 튀고 뼈가 뒤틀렸다. 종욱이 중얼거리듯 태훈에게 물었다.

"저거 김희우 맞아?"

태훈은 대답하지 못한 채 눈만 껌뻑껌뻑 뜨고 있었다.

그때, 팔의 통증이 가신 종일이 자리에서 일어났다.

"모두 그만!"

종일의 얼굴은 무섭게 구겨져 있었다.

"넌 내가 박살 낸다."

종일이 희우를 향해 천천히 걸음을 옮겼다.

학생들의 눈에는 기대감이 피어 있었다. 종일은 강하다. 희우의 갑작스러운 기습이 아니었다면 당하지 않았을 거다. 종일은 학군에서 가장 강했고 그 악랄함은 유명했다.

하지만 희우는 여유롭게 종일을 보고 있었다. 큰 키와 위압적인 덩치를 가지고 있었지만 거기까지였다. 근력은 좋았지만 힘으로 상대를 압박하는 수준에서 벗어나지 못했다.

"1등이라고 봐주려고 했는데 네가 먼저 덤볐다."

종일이 계속 말을 이었다.

"넌 오늘 죽는다."

종일의 말에 희우는 서늘하게 웃었다.

"넌 많이 아플 거야."

희우는 종일만큼은 제대로 박살 낼 생각이었다.

종일은 폭력을 위해 사십여 명의 학생을 불러들였다. 폭력의 규모가 달랐다. 이건 성인 깡패와 같다. 이런 스타일을 상대할 때는 어설프게 끝내면 안 된다. 어설프면 끝까지 물고 늘어질 확률이 높다. 확실하게 부숴야 했다.

종일의 주먹이 희우를 향해 날아들어 왔다. 격투기를 모르는 사람이 봐도 엄청난 힘이 실린 공격이라는 걸 알 수 있었다. 스치기라도 한다면 큰 타격이 있을 수 있었다.

하지만 단순했고 너무 정직했다. 희우는 옆으로 피하며 종일의 얼굴에 주먹을 뻗었다.

빡!

얼굴에 정통으로 들어갔지만 역시 파워가 너무 부족했다. 상대는 큰 타격을 받지 않은 채 다시 공격을 이었다.

'근력 운동을 더 해야겠어.'

희우는 상대의 공격을 피하며 뒤로 물러났다가 다시 앞으로 튀어 나갔다. 희우의 신체는 모래를 스치듯 낮게 깔려 있었고 곧 종일의 무릎을 잡을 수 있었다.

태클, 태훈도 당했던 그 공격이었다.

종일은 균형을 잡지 못하고 넘어졌다. 희우는 재빨리 그의 배에 올라

타 포지션을 취했다. 종일은 벗어나려고 발버둥을 쳤지만 희우는 허공을 휘젓는 손을 잡아 암바를 걸었다.

"악!"

종일의 짧은 비명과 함께 희우가 낮은 목소리로 말했다.

"여기서 조금만 힘을 주면 네 팔꿈치는 박살이 난다."

"비겁하게!"

종일은 느껴져 오는 통증을 참으며 비명처럼 외쳤다.

"비겁해?"

희우가 피식 웃었다.

놀이터에 모인 학생들은 모두 얼어 있었다.

종일이 또 당했다. 이번에는 기습도 아니었다.

학생들은 멍한 눈으로 서로의 모습을 바라봤다. 모든 사람의 얼굴이 엉망이다. 그리고 그 상처는 단 한 사람, 희우에게 당한 거다. 그것도 철저하게.

그때, 희우가 종일의 팔을 풀어 줬다.

"비겁하다고 했지? 그럼, 다시 덤벼 봐."

희우가 종일을 향해 손짓했다.

종일은 입술을 씹으며 몸을 일으켰다. 종일은 희우가 더 강하다는 것을 이미 느꼈다. 하지만 자존심이 있었다. 초원의 맹수들은 강한 적을 보면 도망을 가지만 미련한 인간은 그러지 못한다.

종일은 주먹을 쥐고 희우를 향해 달려들었다. 그 모습이 애처로웠다. 하지만 희우는 봐줄 생각이 없었다. 종일의 다리를 걸어 넘어뜨렸고 그 얼굴을 모래에 처박았다.

"다시."

희우가 또 손짓했다.

"이익! 넌 오늘 뒈졌어!"

종일이 양손에 모래를 쥐고 일어섰다. 모래라도 던져 희우의 시야를 멀게 한 후 때리려고 한 거다. 하지만 희우는 당하지 않았다. 모래를 피하고 종일의 배에 발을 꽂았다.

뻐어어억!

"쿨럭쿨럭."

종일은 다시 모랫바닥을 몇 바퀴 굴렀다.

희우가 그 앞으로 다가가며 차갑게 물었다.

"애들한테 뺏은 돈은 어디 있어?"

"다 썼다."

종일이 인상을 쓰며 말했다.

뻐어억!

희우는 종일의 얼굴을 걷어찼다.

"돈 어디 있어?"

차가운 억양의 목소리가 울려 퍼졌고 기침을 하는 종일의 입에서는 피가 흘러나왔다.

"너 나한테 죽……."

뻐억!

다시 찼다.

"말할 생각이 없다면 말할 때까지 친다."

그때.

"여기."

상황에 어울리지 않는 밝은 목소리가 들렸다.

한미였다. 그녀는 희우가 일진들을 때리는 와중에도 그네를 타며 즐거운 눈으로 상황을 지켜보고 있었다. 종일이 희우에게 잔인하게 맞는 와중에도 한미의 입에 걸린 미소는 지워지지 않았다. 한미가 가방을 열어 봉투를 꺼냈다.

"돌려줄까?"
"내놔."
"그럼 너 나한테 빚진 거다."
"뭐?"
한미가 황당한 소리를 하며 생긋생긋 웃고 있었다.
그때 도망친 줄 알았던 재호와 현준이 놀이터로 달려왔다.
"도망쳐! 경찰이 오고 있어!"
그 소리에 일진들은 쓰러진 자신들의 대장인 종일도 챙기지 않고 도망치기 시작했다. 희우는 옆에 멍하니 있던 용석에게 말했다.
"이놈 끌고 가."
"어? 어."
용석은 말없이 종일을 업고 놀이터를 벗어났다.
희우의 눈이 다시 한미를 향했다.
"어서 줘."
한미는 방긋 웃으며 봉투를 건넸다.
"너 생각보다 멋지더라."
"가라."
희우는 옆에 놓아둔 자신의 가방을 어깨에 걸쳤다. 한미는 반달 모양으로 눈웃음을 지으며 희우에게 손을 흔들었다.
"그럼 나중에 봐."
멀리서 경찰 사이렌 소리가 들려왔다. 태훈과 종욱은 어쩔 줄 모르고 있었다.
"너희도 가. 더 이상 애들 괴롭히지 말고."
그들은 뻘쭘한 표정으로 피를 닦으며 밖으로 걸어갔다.
모두가 떠나고, 놀이터에는 희우와 재호 그리고 현준만 남았다.
"너희가 부른 거야?"

희우가 물었다. 그들은 그렇다고 대답했다. 재호가 말했다.

"위험하다고 생각했어. 이기고 있을 줄은 몰랐어."

희우는 빙긋 웃었다. 희우는 재호가 다시 돌아올 것이라고는 예상하지 못했다. 용기가 필요한 행동이었다. 새삼 재호에게 친근감을 느꼈다.

'고맙다.'

희우는 마음속으로 그들에게 감사함을 표현했다.

"우리도 슬슬 도망가자."

경찰의 사이렌 소리가 가까워졌을 때 그들도 놀이터를 빠져나갔다.

단지를 걸어가며 현준이 한숨을 내쉬었다.

"이제 어떻게 하지?"

현준은 내일 마주쳐야 할 종일과 일당이 겁이 났다. 현준은 그들과 같은 반이었다. 학교를 그만두지 않는 이상 놈들을 피할 수 없었다.

"걱정하지 마."

희우는 현준을 안심시키기 위해 어깨를 토닥였다.

"나를 끝까지 믿어 볼래?"

희우의 말에 현준은 고개를 끄덕였다. 희우는 이미 많은 것을 보여 줬다. 믿을 수 있다고 생각했다.

"그럼 먼저 물어볼게. 일단 냉정히 얘기해서, 일진을 모두 퇴학시킬 수는 없어."

사진을 증거로 폭행에 가담한 전체를 징계할 수는 있겠지만 그 많은 숫자를 한꺼번에 퇴학 처리하기는 어렵다. 학교의 반발만 커질 거다.

희우가 계속 말했다.

"하지만 몇 명은 퇴학시킬 수 있어. 종일이라는 놈하고 누구를 잡아 줄까? 노려 본다면 구속까지 가능한데."

현준이 고개를 저었다. 겁먹은 표정으로 말했다.

"나중에 보복하려고 하면 어떻게 해?"

퇴학당한 학생 중에는 퇴학의 책임을 상대에게 전가하고 보복을 계획하거나 실행하는 경우가 있었다.

"그냥 괴롭힘만 안 당했으면 좋겠어."

현준의 말에 희우는 침묵했다. 그 역시 고등학교 때 마음이 이랬을까? 현준은 어떤 것도 원하지 않았다. 더 이상 그들과 엮이고 싶지 않을 뿐이었다.

희우는 잠시 생각에 빠졌다. 최악의 상황이 되면 가진 자료를 방송국에 보내려 했었다. 일을 크게 만들어 모든 일을 끝내려 했던 거다.

욕심 같아서는 불량 학생들 중 주요 인물을 퇴학시키고 현준에게 거액의 합의금까지 챙기게 해 주고 싶었다. 하지만 그렇게 된다면 현준은 많은 사람들의 시선을 받아야 한다. 그건 현준이 원하는 일이 아니었다.

생각하던 희우가 말했다.

"그럼 가자."

"어디를?"

희우가 재호를 바라봤다.

"너도 도와줄래?"

재호는 하겠다고 말했다.

희우는 재호와 현준을 데리고 병원으로 향했다.

"진단서는 비싸니까 초진 차트를 떼 와. 일단 이걸로도 충분할 거야."

다음 날, 교장실의 문이 거칠게 열렸다.

"교장 선생님!"

교감이었다. 교감은 방금 출근을 해서 자리를 정리하고 있는 교장을 급하게 불렀다.

"왜 그러시죠?"

"저, 그게……."

교감은 말을 제대로 잇지 못했다. 하지만 전해야 했다. 교감이 굳은 결심을 하고 말을 꺼냈다.

"방금 방송국에서 전화가 왔습니다."

"……?"

교장의 눈이 가늘게 뜨였다. 방송국에서 온 전화, 교감의 호들갑으로 봐서 반가운 일은 아닐 거다.

"말하세요. 무슨 일입니까?"

"김희우라는 학생이 우리 학교 폭력 서클에 대해 제보를 했답니다."

"……!"

"방송국 말로는 교장 선생님이 허락만 해 주신다면 제대로 취재를 하고 싶다는데요."

교장의 얼굴이 심각하게 굳어졌다.

"지금 당장 그놈하고 학생주임, 학년 부장 그리고 그놈 담임 끌고 오세요!"

교장의 목소리가 날카롭게 울렸다.

그 시각, 교실.

앉아 있던 희우가 교실 한쪽에 걸린 스피커를 향해 시선을 틀었다. 스피커에서는 희우를 찾고 있었다.

-김희우 학생은 지금 즉시 교장실로 와 주십시오. 다시 한번 말씀드립니다. 김희우 학생은 교장실로 오십시오.

방송을 들은 희우는 자리에서 일어났다.

'생각보다 빨리 움직였네.'

희우가 가방을 들고 교장실로 가려고 하자 승민이 다가왔다.

"뭔 일이야? 뭔데 교장실로 가?"

"모르겠네."

스피커에서 나온 목소리에 어제 사건의 현장에 있던 모두는 긴장하기 시작했다. 1학년도 2학년도 그 사건의 주도자였던 종일도, 침을 꿀꺽 삼켰다. 하지만 희우는 담담한 표정으로 복도를 걸었고 교장실로 향했다.

"안녕하십니까. 저는 2학년 4반의 김희우라고 합니다."

교장실에는 교감을 비롯해 각 학년 부장, 학생주임 그리고 담임이 앉아 있었다. 고개를 숙여 인사한 희우에게 교장이 인상을 쓰며 소리쳤다.

"넌 뭐 하는 놈이야! 뭐? 불량 서클 제보?"

급기야 교장은 책상 위에 있는 수첩을 집어 희우를 향해 던지기까지 했다. 하지만 희우의 표정은 덤덤했다. 앉으란 소리가 없었지만 교사들의 맞은편에 앉아 가방을 열었다.

"어제 학교 앞에서 학생들의 폭행이 일어났습니다."

"……!"

희우의 거침없는 행동에 적막이 찾아왔다. 그리고 학년 부장이 타이르듯 말했다.

"학생들끼리 싸운 일이라면 선생님께 먼저 말을 했어야지."

희우는 대답하지 않고 사진을 꺼내 교장의 책상 위에 올렸다.

사진을 본 교장의 얼굴이 붉어졌다. 희우는 추가적인 설명을 이었다.

"학생들이 모여 있고 몇몇은 엎어져 있습니다. 중간중간 때리는 장면도 찍혀 있으니 폭행 장면이 아니라는 말은 하지 말아 주십시오. 폭행에 참여한 학생의 숫자는 남녀 포함 약 마흔 명입니다."

문제가 심각했다. 마흔 명이 연루된 폭행 사건.

교장은 사진을 보며 부들거렸다. 교장의 언성이 높아졌다.

"학생들끼리 이렇게 싸움이 났는데 학생주임은 이것도 모르고 뭘 했습니까? 이것 좀 보세요!"

희우가 말했다.

"교장 선생님?"

"왜!"

"싸움이 아니고 폭행입니다."

희우는 폭행이라는 단어를 정확히 짚으며 휴대용 카세트를 꺼내 재생 버튼을 눌렀다.

-감히 돈을 돌려 달라고 해? 내가 한다고 한 카페다. 환불을 해 달라는 건 나를 믿지 못한다는 거지?

-공부 좀 한다고 지금 나를 가르치려 드는 건가? 내가 입장권을 팔든 호객 행위를 하든 무슨 상관이지? 넌 사지도 않았다며?

-지금부터 여기 자라나서 훌륭한 사람이 될 전교 1등을 제외하고 나머지 녀석들은 군대 면제시켜 줘라.

-끄아아악!

-지금 뭐 하는 거야! 당장 다 죽여 버려!

녹음된 내용을 듣는 교사들의 얼굴이 무섭게 굳어졌다.

희우는 다시 가방을 들었다.

"또 뭐가 남았나?"

희우는 대답 대신 가방에서 입장권을 꺼내 책상 위에 올렸다.

"이 녀석들이 팔려고 했던 카페 입장권입니다."

입장권에는 5만 원이라는 숫자가 적혀 있었다.

"몇 개의 반에서 판매를 했는지는 모르지만 제가 알기로는 꽤 많은 수익을 올렸습니다."

희우는 다시 가방을 뒤졌다.

"또 있어?"

"네."

교사들의 표정은 죄를 지은 것처럼 변해 가고 있었다.

하지만 희우는 계속 말했다.

"어제 폭행당한 학생 중 두 명의 병원 차트입니다."

"하……."

교장의 한숨이 교장실을 가득 메웠다. 다른 교사들은 한숨조차 쉬지 못했다.

쾅!

교장의 주먹이 책상을 내리쳤다.

"지금 뭣들 하시는 겁니까? 학교에서 폭력이 일어나고 서클이 있었다는데, 알고 계셨습니까?"

학생주임이 조심스럽게 대답했다.

"사실 각 학교마다 일진 서클이 없는 곳은 없습니다. 저희도 예의 주시하고 있었지만 이런 식으로 일이 커질 줄은 예상하지 못했습니다."

말을 들은 교장의 목소리가 더욱 커졌다.

"지금 그걸 말이라고 해! 이런 식으로 일이 커질 줄 몰랐다니! 서클이 있다는 걸 알았다면 없앴어야지, 가만히 보고만 있어? 지금 당신들 직무 유기야!"

희우는 가만히 앉아 교장이 교사들에게 호통을 치는 걸 듣고 있었다. 직업이 뭐든 부하 직원이 상사에게 깨지는 장면은 공통된 것 같았다.

교장의 목소리가 잦아들자 희우가 조용히 말했다.

"교장 선생님, 지금 중요한 건 그게 아닌 것 같은데요."

"뭐야?"

"어차피 사건은 벌어졌고 철없는 학생이 방송국에 제보를 할까 말까 고민을 하고 있습니다. 어떻게 해야 할까요?"

사건을 벌인 당사자가 제3자처럼 말하고 있었다. 얄미웠다. 하지만 희우의 말에 틀린 것은 없었다.

"네가 원하는 게 뭐냐?"

교장이 물었다.

"생각 같아서는 제가 가진 자료를 교육청과 방송국에 확 뿌려서 사진에 찍힌 불량 학생 모두 학교생활을 못 하게 하고 싶습니다. 하지만 그렇게 되면 우리 학교의 명예가 땅에 떨어지지 않을까요?"

"지금 나를 협박하려고 하는 건가!"

교장의 목소리가 날카로웠다. 하지만 희우는 차분했다.

"아니요. 학생이 선생님을 협박하다니요. 협박은 상대가 들어줄 수 없는 일을 제안하거나 하기 어려운 일 또는 불합리한 일을 제안할 때 사용하는 단어 아닌가요? 제가 원하는 것은 선생님들이 충분히 하실 수 있는 일입니다."

"끄음……."

교장의 입에서 억지로 화를 참는 소리가 새어 나왔다.

"첫째, 2학년에 최현준이라는 학생이 있습니다. 그 학생을 다른 반으로 이동시켜 주십시오. 해당 학생의 반에는 그 학생을 폭행한 가해자가 있습니다. 함께 수업을 듣게 하는 것은 여러모로 좋지 않다고 생각합니다."

"……."

"둘째, 쉬는 시간 및 점심시간에는 교실에 교사 없이 학생들만 남아 있습니다. 폭력과 흡연 등 탈선에 가장 취약한 시간이지요. 그에 대한 대책이 필요합니다."

희우의 요구는 계속되었다. 희우가 학교 폭력을 경험하고 당하며 느꼈던 부분들이었다. 교사가 조금만 더 학생과 가까웠다면 많은 참사를 막을 수 있었을 것이다. 교사들은 불편하겠지만, 학생의 미래를 위해 희생해야 한다고 생각했다. 그리고 학교 안에서의 폭력 및 탈선을 예방할 수 있는 방법이었다.

마지막으로 희우가 말했다.

"피해 학생은 가해자들의 처분을 원하지 않고 있습니다. 이번 사건으로 인해 더 이상 친구들끼리 불편한 관계가 없기를 바랄 뿐입니다. 한창 혈기 왕성한 학생들입니다. 투덕거리는 것은 어쩔 수 없다고 생각합니다만 이런 조직적인 행동은 뿌리 뽑아 주시기 바랍니다."

희우의 이야기가 끝났다. 생각하던 교장이 말했다.

"좋아. 네가 한 얘기들은 선생님들과 충분한 논의를 한 후에 결정을 하겠다. 너도 방송국에 제보한 것에 대해 알아서 마무리 지을 수 있도록 해라."

"네, 알겠습니다. 방송국 일은 제가 해결하도록 하겠습니다. 그럼 저는 이만 교실로 가 보도록 하겠습니다."

문을 열고 밖으로 나가던 희우가 다시 뒤로 돌아 교장을 바라봤다.

"저는 나름 최선의 방안을 제시했습니다. 하지만 이 사건에 대해 흐지부지 넘어갈 경우, 학교는 조용하지 못할 겁니다. 죄송합니다."

희우는 교장과 교사들에게 허리 숙여 인사한 후 문을 닫고 밖으로 나갔다.

멍하니 닫힌 문을 바라보던 교장이 중얼거렸다.

"재는 뭐야?"

그리고 복도, 교실로 향하는 희우의 옆으로 재호가 왔다. 희우가 웃으며 말했다.

"유재호 PD님 등교하셨어요?"

"어제 어떤 고등학생이 학교 폭력 서클 제보한다고 해서 등교했지."

그들은 한바탕 웃었다.

어제 희우가 재호에게 말했었다.

"너도 도와줄래?"

재호는 승낙했고 방송국 PD 역할을 맡기로 했다. 아침에 방송국인 양

학교에 전화를 건 사람은 재호였다.

1, 2학년의 일진들이 희우에게 깨졌다는 소문이 삽시간에 퍼졌다. 1학년도 2학년도 심지어 수능을 앞둔 3학년도 모두 그 소문에 귀를 기울였다. 전교 1등에 싸움 1등. 희우의 이름을 모르는 사람은 아무도 없었다.

"직접 돌려줘."

희우는 태훈에게 돈이 든 봉투를 건넸다. 아이들에게 빼앗은 돈이었다. 태훈은 말없이 돈을 받아 순순히 자신들이 가졌던 5천 원까지 더해 학생들에게 돌려줬다.

교실은 다시 평화를 찾았고 태훈과 종욱은 책상에 엎어져 있었다. 그들은 희우를 향해 고개도 돌리지 않았다.

현준은 반이 바뀌었다. 희우네 반으로 이동한 거다.

"어떻게 한 거야?"

현준이 희우에게 물었다. 희우는 말없이 웃었다.

그런데, 희우의 소문에 이를 갈고 있는 사람이 있었다. 정민이었다.

'김희우.'

희우의 이름을 조용히 불러 봤다.

희우가 나타나기 전까지 정민은 이 학교에 적수는 없다고 생각했다. 중학교 때부터 단 한 번도 전교 1등을 놓친 적이 없었기 때문이다. 희우가 갑자기 튀어나오기 전까지 가장 공부를 잘했고 이슈가 되는 학생은 자신이었다. 하지만 이제 정민의 이름은 어디에서도 들려오지 않았다. 펜을 쥔 주먹에 꽉 힘이 들어갔다. 손이 부들거리며 떨렸다.

처음 1등을 놓쳤을 때는 운이 좋지 않았다고 생각했다. 원숭이도 나무에서 한 번은 떨어지기 마련이다. 하지만 캠프에서도 완패했다.

"꼭 이기고 말 거다."

정민과 같이 희우를 향해 복수를 다짐하고 있는 사람이 한 명 더 있었다. 종일이었다.

종일의 옆으로 용석이 다가왔다.

"3학년 선배들한테 말할까?"

종일은 고개를 저었다.

"우리 학교 선배 중에 나보다 더 잘 치는 사람은 없어. 그리고 아까 학주가 말한 거 못 들었어?"

학생주임이 사진에 찍힌 종일과 일진 아이들을 모아 놓고 '한 번만 더 불미스러운 일이 일어났을 시 학교 징계가 아니라 경찰에 고발하겠다.'라고 말했다. 그 눈빛과 말투는 단순한 협박이 아니라 진심이었다.

"그럼 우리 이러고 쪽팔리게 살아야 하냐?"

"지금 고민 중이야."

종일은 단 한 사람을 떠올리고 있었다. 종일이 생각하는 사람은 같은 학군은 아니었다. 하지만 전국 고등학생 중에 가장 싸움을 잘하는 남자.

문제는, 그들과 같은 양아치가 아니었다. 어릴 적 같은 동네에서 자라 친하기는 하지만 이런 일에 도와줄 인물은 아니었다. 종일의 생각을 읽었는지 용석이 물었다.

"너 설마 그 형 생각하는 거야?"

종일은 고개를 끄덕였다.

"응. 그 형이라면 확실하게 이기긴 할 건데 어떻게 끌어들여야 할지 모르겠어."

용석이 침을 꿀꺽 삼키고 답했다.

"우리 거짓말하자."

"응?"

"학교에 대단한 양아치가 있다고 말하자고. 그 형 성격에 불의를 보면 못 참는다며."

종일은 뒤통수를 긁었다.

"그러다가 거짓말 들통나면 우리가 죽을 수도 있어."

"이러고 사느니 죽는 게 낫지."

그들은 긴 한숨을 내쉬었다.

쉬는 시간에도 교사가 앉아 있는 교실은 그들에게는 감옥이었다. 교장은 특별한 업무를 제외하고는 쉬는 시간 및 점심시간에 각 반의 담임이 교실에 있도록 지시했다. 이게 모두 희우 때문이었다.

자신을 싫어하는 사람들이 생긴 줄 모르는 희우는 어떻게 하면 자금을 벌 수 있을지 고민 중이었다. 300만 원이 손안에 들어왔다가 사라진 희우에게 남은 건 욕심뿐이었다. IMF가 약 백 일 앞으로 다가왔다. 마음은 급했지만 정리되는 건 없었다. 본격적으로 IMF의 시대가 오면 당분간 돈을 벌 수 있는 기회는 없었다. 그 전에 준비해야 했다.

"답이 없어."

학생 신분으로 할 수 있는 아르바이트도 별로 없었다. 괜히 일만 하고 돈도 제대로 못 받을 수도 있었다.

"무슨 생각 해?"

재호가 옆으로 왔다. 그날 이후로 둘은 부쩍 가까워졌다.

"별생각 아니야."

"끝나고 서점 갈 건데 같이 갈래?"

재호의 말에 희우는 최근 도서관을 가지 못한 걸 떠올렸다.

"서점 말고 도서관에 가자."

"도서관?"

"학교 도서관 안 가 봤지? 생각보다 볼 책이 많이 있어."

반장 승민이 옆으로 왔다.

"수학이 부른다."

교무실로 내려가자 민경이 희우를 반겼다.

"오늘 선생님 시간 되는데, 밥 먹자."

"학교 끝나고 도서관 갈 건데요."

"어디 도서관?"

"학교 도서관요."

민경이 희우의 손을 잡고 흔들기 시작했다.

"도서관 갔다 와. 밥 먹자. 나 오늘 저녁에 약속도 없단 말이야."

장난스럽게 입을 내밀고 투정 부리는 민경의 행동에 희우는 어쩔 수 없이 약속을 해 버렸다.

희우가 교실로 올라간 후, 담임이 민경에게 물었다.

"밥 사 주기로 했어요?"

"네. 캠프 가서 장학금 받으면 맛있는 거 사 주기로 했거든요."

"흐흐흐, 열성적인 선생님이네요."

담임은 웃음을 흘리며 책상을 정리했다. 민경이 물었다.

"그런데 희우는 어떤 학생이에요? 부끄럽지만 이름도 최근에 알았거든요."

담임은 잠시 생각을 하는 듯했다.

"저도 잘 모릅니다."

"네?"

"그냥 조용했고 항상 주눅 들어 있었으니까요. 그런데 달라졌어요."

"……?"

담임은 교장실에서 있었던 일을 생각하며 책상에서 희우의 생활기록부와 학기 초에 작성한 상담 일지를 꺼내 민경의 손에 넘겼다.

"부탁 좀 드리겠습니다. 나도 녀석하고 좀 친해지고 싶은데 그때 일도 있고, 껄끄러워요."

민경은 난처한 듯 웃어 보였다.

"뭐를 부탁하신다는 건가요?"

"부담 갖지 마세요. 전반적인 이야기가 궁금해서요."

민경은 생활기록부와 상담 일지를 천천히 읽어 보기 시작했다.

가정환경이 어렵고 성적이 좋지 않은 아이. 내성적이고 소극적이어서 친구도 별로 없는 아이. 그게 기록부에 적힌 평가의 전부였다.

희우는 학교를 마친 후 재호와 도서관을 가기로 한 일은 나중으로 미룬 채 민경에게 갔다.

"어서 와."

민경은 양손을 흔들며 반갑게 반겼다.

"뭐 먹고 싶어?"

"참새구이요."

"어?"

민경은 순간 당황했다.

"농담입니다. 선생님 드시고 싶은 걸로 먹지요. 사실 제가 외식 문화를 잘 알지 못합니다."

"외식 문화라니, 넌 정말 말투가 이상해."

민경이 웃었고 희우는 어깨를 으쓱거렸다. 생각해 보면, 외식을 해 본 적이 없다. 부모님은 언제나 바빴고 성인이 되고서는 술집에서 술을 마셨을 뿐이다. 하지만 지금 나이에 술을 마실 수는 없다.

"패밀리 레스토랑 어때?"

두 사람은 패밀리 레스토랑으로 향했다.

'이 시대에 이런 것도 있었나?'

희우는 신기한 듯 매장 안을 둘러봤다. 이런 레스토랑이 고등학교 때부터 있었는지 상상도 못 했다.

"뭐 먹을래?"

"저는 이런 곳 잘 모릅니다."

"그럼 내 맘대로 시킨다."

민경은 익숙하게 음식을 시키고 배시시 웃었다.

"정말로 내 멋대로 시켰네. 치킨 샐러드 좋아하지? 이거 되게 맛있어."

서비스로 나온 빵을 먹던 중 그녀가 물었다.

"그런데 어떻게 갑자기 성적이 오른 거야?"

"그냥 열심히 했어요."

"그냥 열심히 한다고 성적이 갑자기 그렇게 오를 수는 없거든."

"있어요."

희우의 태도에 민경이 픽 하고 웃었다.

"그런데 너……."

민경이 말을 끌었다.

"말씀하세요."

"애들은 왜 때린 거야?"

갑작스러운 민경의 질문에 희우가 당황해서 콜록거리며 기침을 했다.

"네?"

자신의 이름이 퍼져 나가고 있는 것은 바보가 아닌 이상 당연히 알 수 밖에 없었다. 하지만 교사의 귀에까지 들어갔을 줄은 몰랐다.

희우가 당황하자 민경이 기분 좋게 미소 지었다.

"이제야 애 같네."

"네?"

"너 맨날 굳은 표정으로 이상한 말투 쓰고, 늙은이 같았어."

민경이 음료수를 마시며 웃었다.

"화장실에서 애들 하는 말 들었어. 걱정하지 마. 다른 선생님들께 말은 안 했으니까."

"감사합니다."

희우의 말에 민경은 테이블 안쪽으로 몸을 숙여 희우의 가까이 가서 작게 말했다.

"그러니까 이제 문제 일으키지 마. 한 번만 더 소리 들리면 알지?"

"없을 겁니다."

민경은 밝고 유쾌했다. 식사를 하며 교사가 학생에게 하는 일반적인 말을 할 줄 알았는데 아니었다. 영화 이야기를 했고 자신의 친구 이야기를 했다. 희우는 민경과 데이트를 하는 느낌을 받았다.

"방학이 얼마 안 남았는데 넌 뭐 할 거야?"

나온 음식을 입에 물며 지금까지 쉬는 시간 없이 떠든 민경이 물었다.

"아르바이트를 해 볼까 했는데 마땅한 일이 없네요. 학교와 시간도 맞지 않구요."

"아르바이트?"

민경은 생활기록부와 상담 일지를 통해 희우의 가정 형편이 좋지 않다는 걸 보고 왔다. 하지만 교사로서 아르바이트를 권할 수는 없었다.

"공부할 시간 뺏기지 않을까? 돈은 대학 가서 과외로 벌어도 되는데. 지금 버는 돈보다 훨씬 많이 벌 수 있어."

민경의 말에 희우는 피식 웃었다.

"알고 있어요. 하지만 어쩔 수 없는 사정이 있어서요."

희우가 말한 사정은 IMF다. 하지만 민경은 가정 형편 때문에 아르바이트를 구하고 있다고 생각했다.

"기다려 봐."

민경은 의지에 찬 눈으로 자리에서 일어나 카운터로 걸어갔다.

"전화 좀 사용할 수 있을까요?"

휴대폰이 대중화되지 않은 시기였다. 민경은 카운터에 서서 어디론가 전화를 걸었고 잠시의 통화를 마친 뒤 다시 자리에 앉았다. 민경이 방긋 웃었다.

"우리 오빠가 변호산데 아르바이트 구한대. 내일 주소 알려 줄게 거기로 가 봐. 서초에 사무실이 있으니까 학교에서 30분쯤 걸릴 거야."

"변호사 사무실요?"

갑작스럽게 아르바이트를 구해 주는 것도 모자라 변호사 사무실에서 일을 하라니 당황스러웠다.

"방학이니까 일찍 끝나잖아. 가서 일 좀 도와줘. 능력 있는 변호사라 손이 많이 모자란가 봐."

희우가 멍하니 바라보고 있자 민경이 계속 말했다.

"우리 학교가 아르바이트를 금지하고 있지는 않지만 청소년이 일을 하는 건 위험할 수도 있어. 그러니까 거기 가서 일해. 나름 변호사니까 원양어선에 태우고 그런 일은 없을 거야."

민경의 눈은 학생을 걱정하는 교사의 눈빛이었다.

고등학생이 아르바이트를 한다는 건 쉽지 않은 일이었다. 미성년자가 할 수 있는 일도 많지 않았고 급여를 제대로 챙겨 주지 않는 업주도 많았다. 민경이 음료를 마시며 말을 이었다.

"내가 소개했으니까 월급은 많이 줄 거야. 만약 조금만 준다고 하면 나한테 말해. 혼내 줄게."

민경은 노력하는 학생이 혹시나 잘못된 길로 빠질까 도움을 주고 있었다.

'변호사 사무실?'

가서 일한다고 해도 손님 대접이나 전화받는 일이지 법률적 지식이 전무한 고등학생에게 복잡한 일을 시키지는 않을 것이다. 그래도 어쩐지 아련한 추억의 느낌이 들었다.

검사와 변호사, 비슷하지만 전혀 다른 입장의 사람들. 익숙하지만 익숙하지 않은 장소에 간다는 느낌에 설레기도 했다.

민경은 희우와 식사를 마치고 집으로 향했다. 민경의 집은 학교 근처의 고급 아파트 단지에 있었다.

엘리베이터에서 내려 문 앞에 선 민경이 가슴에 손을 대고 심호흡을 했다. 조심스럽게 문을 열고 들어가자 소파에 그녀의 오빠인 민석이 앉아 있었다. 민경은 뒤꿈치를 들고 최대한 소리를 내지 않은 채 고양이처럼 살짝살짝 걸으며 방으로 향했다.

"너 이리 와."

민석의 목소리에는 노기가 끼어 있었다. 소파에서 일어난 민석이 민경을 노려봤다.

"오빠 왔어? 일찍 왔네?"

"너!"

민석의 호통에 민경은 손이 발이 되도록 빌었다.

"오빠, 미안. 우리 학교 학생인데 상황이 딱해. 공부도 잘하는 앤데 이상한 알바 하면 큰일이잖아. 그래서 부탁한 거야. 한 번만 봐주라, 응?"

민경은 큰 눈을 깜빡거리며 할 수 있는 최대한의 애교를 부렸다.

"그래도 그렇지 사무실에서 고등학생한테 무슨 일을 시켜?"

"오빠~."

민경의 입에서 콧소리가 흘러나왔다.

"우리 학교 전교 1등이야. 똘똘한 애니까 복사 같은 거 잘할 거야."

"어휴."

민석은 골치 아프다는 듯 민경을 노려보며 다시 소파에 앉았다.

"학교 몇 시에 끝나?"

"일 시켜 줄 거야?"

민경은 활짝 웃으며 옆에 앉아 민석의 팔짱을 꼈다.

"몇 시에 끝나는데?"

"보충수업 기간이라 3시 전에 끝나. 아마 사무실에 도착하면 3시 10분쯤 되겠다."

민석의 표정이 다시 일그러졌다.

"야! 우리 6시면 일 끝나. 3시간 쓸 애를 아르바이트시키라고?"

"오빠~.내가 맨날 라면 끓여 줄게. 부탁해. 하나뿐인 여동생의 부탁을 매정하게 거절할 거야?"

"계란도 넣어서 끓여라."

"넵!"

민경은 자리에서 벌떡 일어나 주방으로 향했다. 민경을 보며 민석은 피식 웃었다.

CHAPTER 5

희우는 책상에 앉아 작은 수첩에 미래에 일어날 일을 적고 있었다. 누군가 수첩을 확인할 수도 있었기에 오직 자신만이 해석할 수 있는 약어로 정리하고 있었다.

인간이 살면서 일어난 모든 일을 기억할 수는 없다. 신의 축복이라 부르는 망각이라는 존재가 기억을 잡아먹고 있기 때문이다. 그래서 희우는 문뜩 떠오르는 모든 기억을 수첩에 적기로 했다. 글씨를 통해 정리되는 기억은 나중에 도움이 될 수 있었다.

1997년 IMF

1998년 박덕현 대통령 취임

1998년 금 모으기 운동

희우는 자신이 살았던 날까지 20년이 넘는 세월을 적어 나갔다.

"기억나는 일이 몇 가지 없구나."

조태섭에 대한 것도 기억나는 모든 걸 정리했다.

그렇게 우선적으로 기억나는 모든 걸 적어 둔 수첩을 접으며 기지개를 폈다.

"점집이나 할까? 백발백중 지리산 도사 김희우. 떼돈 벌겠네."

희우는 시답지 않은 농담을 중얼거리며 내일 있을 변호사와의 만남을 기대했다.

검사로 있던 시절 변호사들을 썩 좋게 보지는 않았다. 희우에게 변호사는 극악한 범죄자도 선처해야 한다며 우기는 사람들이었다. 안타까운 사연을 가진 사람에게 희망을 주는 척 돈을 뜯어먹는 인간들이었다. 희우는 그런 행동이 마음에 들지 않았다. 그리고 지금도 그 생각이 바뀐 것은 아니다. 하지만 오랜만에 법조인을 만난다는 생각에 들떠 있었다.

다음 날, 학교는 난리가 났다.

"야! 김희우가 수학이랑 밥 먹었대!"

희우가 민경의 차를 타고 교문을 빠져나가는 장면을 몇 명이 본 모양이었다. 요즘 희우가 학교에서 이슈가 되다 보니 이런 소문도 빠르게 퍼지는 것 같았다.

"뭐 했어? 이제 1일이야?"

아이들의 장난에 희우는 고개를 저었다.

"아니야."

"뭐가 아니야! 나도 수학이랑 손 한번 잡아 봤으면 좋겠다. 그 몸매 어떻게 할 거야? 사랑해요, 민경 씨."

말을 한 학생이 옆에 있는 녀석의 손을 당겨 끌어안으며 몸을 비볐다.

"꺼져! 징그러워!"

발로 차는 시늉을 하며 상대의 몸을 거부할 때 한 남학생이 희우의 앞에 진지하게 섰다. 학생의 눈빛은 마치 딸을 시집보내는 장인의 표정이었다.

"우리 민경이 나이가 스물다섯. 네 나이가 열여덟. 일곱 살 차이는 허락해 주겠다. 애는 몇 명이나 낳을 생각이냐?"

녀석들의 농담에 희우는 크게 웃었다.

"그만해라, 그만해. 저번에 캠프에서 상 받았었는데 그것 때문에 사 준 거야."

"상도 타고 님도 보고, 부럽다. 넌 이제 솔로 클럽에서 영원히 추방이다.”

폭력적인 학생들이 조용해지며 학교는 활기차지고 있었다. 희우를 괴롭혔던 태훈과 종욱만이 조용히 책상에 누워 잠을 자는 척하고 있을 뿐이었다.

학교가 끝나고 희우는 민경이 적어 준 종이를 들고 변호사 사무실을 찾아갔다.

“법무법인 KMS.”

희우가 도착한 곳은 서초역 출구에서 멀지 않은 곳에 위치한 건물 1층이었다.

문을 열고 안으로 들어갔다. 로비에 놓인 북유럽풍의 의자와 오크색 안내 데스크는 정갈한 느낌을 주었다. 짧은 단발머리를 하고 흰색 블라우스에 검은색 치마를 입은 여성이 허리를 숙이며 인사했다. 가슴에 단 명찰에는 유경란이라고 적혀 있었다.

“법무법인 KMS입니다. 어떻게 오셨나요?”

“강민석 변호사님을 찾아왔습니다.”

“이쪽에서 잠시만 기다리시겠습니까?”

경란은 문 옆에 있는 상담실로 안내하고 마실 음료를 내왔다.

지루한 시간이 지나갔다. 민석은 오지 않았다. 다시 문이 열리고, 안내를 하던 경란이 안으로 들어왔다.

“강민석 변호사님은 지금 별관에 계십니다. 죄송하지만 다시 안내해 드리겠습니다.”

“여기서 먼가요?”

“아니요. 가까운데 길이 복잡합니다.”

법무법인 KMS는 각각의 건물에 네 개의 사무실을 가지고 있었다. 경란에게 들은 바로는 형사와 토지 등 사건에 따라 다른 사무실을 이용한다고 했다. 잠시 걷던 경란이 손을 뻗으며 가리켰다.

“이쪽으로 가시면 1층에 일식집이 있습니다. 그 건물 5층입니다.”

5층으로 올라가자 아까 봤던 풍경과는 다른 전경이 펼쳐졌다. 십여 명 정도의 사람들이 열심히 뭔가를 타이핑하고 있는 회사의 모습이었다. 희우가 문 앞에 섰지만 아무도 희우를 반기지 않았다. 희우는 어쩔 수 없이 타자를 치고 있는 남성의 가림 판을 톡톡 쳤다.

“어떻게 오셨어요?”

그제야 남자는 고개를 들고 희우를 바라봤다.

“강민석 변호사님 찾으러 왔습니다.”

남자는 자리에서 일어나 상담실이라고 적혀 있는 공간을 가리켰다.

“들어가서 기다리시겠어요?”

이쯤이면 짜증이 났다. 아르바이트를 구하는 을의 입장이지만 분명 약속을 하고 왔고 벌써 30분 정도를 기다리기까지 했다. 안내하는 여자의 말에 건물을 바꿔 가며 온 곳에서는 아무도 희우를 신경 쓰지 않았다.

잠시 후 또 어떤 여자가 오렌지 주스를 종이컵에 담아 왔다.

“잠시만 기다리세요. 변호사님께서 지금 중요한 상담을 하고 계시거든요.”

종이컵만 세 잔이 쌓였다. 애초에 변호사라는 직업이 마음에 들지 않았지만 이건 너무하다고 생각했다. 그때 문이 열리고 큰 키에 훤칠한 남자가 안으로 들어왔다.

“네가 김희우니?”

강민석 변호사였다. 민경과 남매라고 하더니 유전자는 공평하게 분배된 듯했다.

“미안하다. 많이 늦었지?”

민석이 서글서글하게 웃으며 희우의 앞에 앉아 악수를 청했다.

“강민석이라고 해. 법무법인 KMS의 대표 변호사고 너를 소개한 강민경 수학 선생님과는 남매 사이지."

"김희우라고 합니다."

민석은 민경이 자신의 동생이지만 수학 선생님이라는 표현을 썼다. 학생 앞에서 동생의 위치를 낮추지 않기 위함이었다. 민석이 동생에게 하는 배려를 본 희우는 놀라움을 느꼈다. 동생을 낮추지 않는 것은 어렵지 않은 일이지만 쉽지도 않은 일이었다.

"너의 이야기는 충분히 들었어."

민석이 수첩을 펴며 말을 이었다.

"일이 어렵지는 않을 거야. 복사하는 일과 손님 오면 차 대접하기 그리고 간간이 법원에 가서 서류를 제출하는 일이야."

민석은 희우를 향해 미소를 지은 후 다시 입을 열었다.

"그런데 얘기 듣기로 거의 꼴찌에서 전교 1등으로 올랐다며? 쉽지 않은 일인데, 어떤 목표가 생겼어?"

"그런 셈이죠."

"딱딱한 녀석이네. 좋아, 오늘부터 바로 일할 수 있지?"

"네."

그날부터 희우는 변호사 사무실에서 일을 시작했다.

업무는 민석의 말대로 어렵지 않았다. 본관에서 처음 맞이했던 경란의 옆에 서 있다가 그녀가 시킨 일을 처리하는 것이 전부였다. 손님을 맞는 일을 주로 하는 본관에서는 민석은 물론이고 변호사들의 얼굴을 보는 것도 쉽지 않았다.

학교가 끝나자마자 도서관에서 책을 빌릴 시간도 없이 버스를 타야 했다. 피곤한 일이었고 단순했지만 법원 근처를 오가며 주변을 스치는 법조인들을 보는 건 나쁜 기분은 아니었다.

"재미없지?"

문을 열고 들어오는 손님이 한참 동안 없을 때였다. 경란이 종이컵에 커피를 두 잔 타서 가지고 오며 말을 걸었다.

"아니요. 재밌는데요."

"그래? 이 일 처음 시작하면 다들 할 일이 없어서 심심하다고 하는데."

법무법인 KMS에서 한 명의 변호사가 진행하는 사건이 많게는 여든 건까지 이르렀다. 변호사들이나 일을 진행하는 직원들은 말 붙이기가 미안할 정도로 바빴지만 안내 데스크에 서서 손님을 맞는 그들은 크게 할 일이 없었다.

경란의 말에 희우는 말없이 미소 지었다. 희우에게는 이 자리에 있는 자체가 새로웠다. 검사로서 변호사를 대하고 피의자를 대할 때 알지 못했던 부분을 보는 듯했다. 바로 변호사를 선임하기 위해 사무실의 문을 열고 들어오는 사람들의 표정이 그것이었다.

검찰을 찾아오던 사람들과는 전혀 다른 표정이었다. 법에 대해 무지한 사람들이 법의 보호를 받기 위해 또는 허점을 찾기 위해 들어왔다. 그들은 모두 긴장되고 기대에 찬 표정을 짓고 있었다. 그 모습을 보는 일은 재밌고 신선했다.

"고등학교 2학년이라고 했나?"

커피를 홀짝이며 경란이 물었다.

"네."

무료했던 경란은 희우에게 이것저것 물어봤다.

"여자 친구는 있어?"

"아니요."

"공부는 잘해?"

"네."

"공부 잘한다고?"

"네."

경란은 배를 잡고 웃었다.

"야, 보통은 공부 잘하냐고 물으면 잘해도 못한다고 말하잖아. 겸손하지 못한 학생이네."

"정말 잘해요."

경란은 몇 번의 질문을 더 했지만 '네.', '아니요.'라고 단답형으로만 대답하는 희우에게 지루함을 느끼고 길게 하품을 했다.

"너 참 재미없는 남자야."

"남자 아니고 아직 학생입니다."

희우는 모든 질문에 대답을 해 줬지만 경란은 만족하지 못했다.

전화벨이 울리고 경란이 받았다.

"법무법인 KMS입니다."

경란은 메모장에 뭔가를 적기 시작했다. 전화를 끊은 경란은 책상을 뒤지고 사무실을 오가더니 서류를 챙겨 왔다.

"이거 상속 팀에 좀 전해 줄래?"

희우는 경란의 지시에 따라 상속 팀이 위치한 건물 3층으로 이동했다. 건네받은 서류를 전하고 다시 돌아가려던 희우의 눈에 상담실 안에서 서럽게 울고 있는 여성이 들어왔다. 그녀의 눈물은 희우의 걸음을 멈출 정도로 서러웠다.

아직 앳된 모습의 어린 여자. 눈에서는 굵은 눈물이 쉼 없이 흘러내렸다. 희우는 옆을 지나는 여직원에게 물었다.

"무슨 일인가요?"

여직원은 손가락으로 입을 가리며 조용히 하라고 한 후에 작게 말했다.

"돈 안 되고 골치만 아픈 사건이래."

"……!"

여직원의 말에 희우는 다시 창으로 고개를 살짝 내밀고 안을 봤다. 하동민 변호사가 서럽게 울고 있는 그녀의 앞에 있었다.

하동민 변호사는 이혼 등 가사 전문 변호사였다. 위트가 있고 말주변이 좋아 텔레비전에 자주 나오는 변호사. 희우가 보기에는 별로였지만 텔레비전에서는 실력 있고 정 많은 사람처럼 비치고 있었다.

문제는 하동민 변호사는 액수가 큰 사건만을 전문으로 한다는 거다. 금액이 미미하거나 패소 가능성이 높은 사건의 경우에는 다른 사람에게 넘기거나 애초에 수임을 하지 않았다. 세상의 많은 변호사들과 법조인들이 정의와 진실을 알리기 위해 애를 쓰고 있지만 하동민은 물질적인 걸 우선적으로 좇는 사람이었다. 법을 이용해 장사를 하는 변호사. 희우가 싫어하는 성향의 사람이었다.

희우는 저 여성이 어떻게 하동민 변호사를 찾아왔는지 모르지만 잘못 걸렸다고 생각하며 밖으로 나가려고 했다.

"희우 학생, 잠깐만."

그때 누군가 희우를 불렀다. 묵직한 서류를 건네며 부동산 팀에 전해 달라고 부탁했다. 그렇게 희우는 상속 팀과 부동산 팀을 몇 번이나 번갈아 오갔다.

마지막으로 상속 팀의 건물로 들어왔을 때 상담실에서 서럽게 울던 그녀는 더 이상 보이지 않았다. 어떤 일인지 안타까운 마음도 들었지만 희우가 신경 쓸 일은 아니었다. 세상에 억울하지 않은 사람은 없었다.

"갔나 봐요?"

아까 희우와 대화를 했던 여직원에게 물었다. 직원은 하동민 변호사가 근처에 있는지 주변을 둘러본 후 작게 고개를 끄덕였다.

"엄청 서럽게 울면서 나가더라."

"무슨 일이래요?"

"미혼모래."

희우는 비어 있는 상담실을 잠시 바라보다가 직원들을 향해 인사했다.

"더 시키실 일 없으시면 다시 본관으로 돌아가겠습니다."

사무실에서 나와 계단을 통해 아래로 내려갔다.

희우의 눈에 누군가의 뒷모습이 들어왔다. 계단에 앉아 얼굴을 무릎에 파묻고 작게 웅크린 여자. 그녀의 등이 작게 떨려 왔다. 하동민 변호사 앞에서 서럽게 울던 여자였다. 아마도 사건의 승률을 낮게 들었거나 기대한 답을 듣지 못한 듯했다.

울고 있는 사람의 앞을 지나가는 것은 어려운 일이었다. 그녀의 옆을 게걸음으로 피해 내려가야 하나 아니면 엘리베이터를 타고 가야 하나 고민을 하다가 다시 계단을 올라 엘리베이터로 향했다.

미혼모라는 단어만으로 안타까움을 느꼈지만 희우가 도울 수 있는 일은 없었다. 법률적인 지식은 가지고 있지만 가장 중요한 자격증을 가지고 있지 않았다. 거기에 성인도 아닌 고등학생. 이미 전문 변호사에게 상담을 받은 상태에서 희우가 섣불리 조언을 줄 수는 없었다.

그녀의 울음소리가 복도를 가득 채웠다. 희우는 그 소리를 뒤로한 채 엘리베이터의 버튼을 눌렀다. 희우의 마음속에서는 많은 갈등이 일어나고 있었다.

'만약 내가 나선다면?'

법이 개입되는 일은 복잡하다. 단 하나의 잘못으로 패소를 하기도 하고 사건이 뒤집어질 수도 있다. 안타까운 사연으로 변호사에게 자문을 구하려고 하는 사람은 지푸라기라도 잡고 싶은 심정이다. 희우가 한 조언이 전부인 줄 알고 앞뒤 가리지 않고 덤빌 수도 있었다.

사람은 이기적인 동물이다. 재판에서 승소를 하면 자신의 잘못이 없다고 생각하거나 누구라도 이길 수 있는 재판에서 이긴 줄 알고 의기양양했다. 하지만 패소했을 경우에는 변호사 탓을 했다. 누구도 자신의 치부는 보지 못한다.

만약 희우의 말만 듣고 달려들었다가 패소하기라도 한다면 모든 책임은 KMS에서 질 수도 있었다. 희우는 정식 직원은 아니었지만 이곳에서 일을 하고 있다. 사무실에서 일을 하며 도움은 안 되더라도 폐는 끼치지 말아야 한다고 생각했다.

엘리베이터 문이 열리고 다시 닫혔다. 하지만 희우는 타지 않았다. 엘리베이터는 아래로 내려갔다가 다시 올라와 열렸다. 한 사람이 내리며 희우를 흘끗 쳐다보고 지나갔다. 하지만 이번에도 희우는 타지 않았다.

고민하고 또 고민하고 있던 희우의 주먹이 꽉 쥐였다.

'법적인 책임은 피하며 조언을 한다. 고등학생이라는 신분을 밝히고 주워들은 법 지식이라고 설명을 하자.'

희우의 눈빛이 차분하게 변했다.

며칠간 법 냄새를 다시 맡아서였을까? 아니면 서럽게 우는 그녀의 얼굴이 눈에 밟혀서일까? 그것도 아니면 격투기 생활을 하던 때 성재의 동생이 떠올라서였을까?

성재는 군대에서 만난 선임으로, 그를 격투기 선수 생활로 이끌어 준 사람이었다. 전생을 생각해 봤을 때 몇 없는 은인이었다. 성재에게는 여동생이 하나 있었는데 그녀는 결혼을 하지 않은 상태에서 아이를 낳았다. 하지만 그 아이는 얼마 안 가 세상을 떠났고 그때 그녀의 표정은 지금 계단에 앉아 울고 있는 여성과 같았다.

희우는 그녀가 앉은 계단의 위쪽에 앉았다. 한참 동안 말없이 앉아만 있었다. 고등학생 신분으로 어디까지 조언을 할 수 있을까 선을 긋는 중이었다. 그렇게 생각의 정리를 마친 희우가 입을 열었다.

"무슨 일이세요?"

울던 그녀는 고개를 들고 뒤를 돌아봤다.

"누구세요?"

목이 잠긴 목소리가 그녀의 입을 통해 흘러나왔다.

"이 근처 변호사 사무실에서 일하는 고등학생입니다."

자신이 개입해서 피해를 줄 수도 있다 생각해 법무법인의 이름을 똑바로 말하지 않았다. 한 건물 안에 수많은 법무법인이 들어서 있었다. 3층에서 내려왔지만 어느 사무실에서 왔는지 확실히 알 수는 없었다.

고등학생이란 말에 그녀는 다시 얼굴을 무릎에 파묻고 울기 시작했다.

'잘못 말했나?'

죄를 지은 사람에게 벌을 주기 위해 법을 사용했었다. 이처럼 누군가를 돕는 방법은 배운 적이 없었다. 말을 어떻게 시작해야 할지 감도 잡히지 않았다. 할 수 있는 일은 그녀가 앉은 계단 뒤에 앉아 울음이 멈추기를 조용히 기다리는 것뿐이었다.

잠시 후 들썩이던 어깨의 흔들림이 줄어들고 그녀는 고개를 들었다. 눈물을 닦더니 일어서서 계단을 내려가려 했다.

"말씀해 보세요."

희우의 말에 그녀의 걸음이 멈췄다.

"울고 있는 걸 보니 누군가 떠올라서요. 도움이 될지는 모르지만 이곳에서 일하며 들은 일이 많아요."

희우의 말에 그녀는 모든 걸 포기한 듯 고개를 저었다.

"방금 변호사님을 만나고 오는 길이에요. 승률이 높지 않다고 했어요."

희우는 하동민 변호사를 믿지 않았다. 아마 돈 안 되고 승률이 애매한 싸움에 끼어들기 싫었을지도 모른다.

"큰 맥락은 비슷하지만 변호사님마다 하시는 말씀이 다른 경우가 많아요. 제게 이야기하고 싶지 않으시다면 다른 변호사를 만나는 것을 권해드립니다."

그녀의 눈에 다시 눈물이 흐르기 시작했다. 희망을 줬나 보다.

"정말 그럴까요?"

희우는 말없이 고개를 끄덕였다.

사건이 시작되면 가장 먼저 법조인을 찾아가야 한다. 법무사와 변호사의 차이는 법정에서 변호를 해 줄 수 있느냐 없느냐다. 다만 여기서 기억해야 할 일이 있다면, 바쁘지 않은 변호사를 찾아야 한다. 그들은 많게는 백 개가 넘는 사건을 맡는 경우도 있다. 심지어 의뢰인의 얼굴을 기억 못 할 때도 있다. 두 번째로는 사건을 맡기기 전에 한 변호사만 찾아가는 것이 아니라 두세 명은 만나 봐야 한다. 같은 법을 다루고 있으니 큰 맥락은 같지만 보는 눈이 다를 수 있다.

희우는 그녀에게 변호사를 만나는 방법을 설명했다.

"제가 일을 하며 느낀 점들이에요."

"고맙습니다."

그녀는 희우에게 꾸벅 인사를 했다.

망설이며 흔들리던 눈이 희우의 몇 마디에 고요해지고 있었다. 차분한 말투와 신뢰감 가는 눈빛이 그녀가 가진 긴장감을 완화시켜 주고 있었다.

"학생에게 많은 걸 바라지는 않지만 그래도 제 이야기를 해 볼게요."

그녀는 조심스럽게 입을 열었다.

남자와 여자는 거래처 직원으로 만났다고 했다. 영업 사원이던 남자는 여자의 회사를 방문할 때면 캔 커피를 주는 등 호감을 표시했다. 두 사람은 종종 술을 마시며 자연스럽게 몸을 섞었다. 여자는 그와의 행복한 미래를 꿈꿨지만 남자는 아니었다.

"그래서 남자에게 결혼해 달라고 요청했나요?"

그녀는 고개를 저었다.

"아니요. 그는 결혼 생각은 없다고 입버릇처럼 말했어요."

그녀의 몸이 지겨웠는지 그의 연락은 점점 줄어들었다. 그때 임신 사실을 알게 되었다.

"그는 낙태를 하자고 말했는데……."

그녀의 눈에서 다시 왈칵 눈물이 흘러내리며 서러운 목소리가 터져 나왔다.

"어떻게 아이를 죽여요."

남자는 계속 낙태를 요구했다. 급기야 자신의 애인지 남의 애인지 어떻게 아냐며 화를 냈다. 그러다 갑자기 태도가 돌변했다.

"아이는 행복하게 태어나야 하니까 낙태를 하고 결혼을 하자고 했어요."

"……."

한 달 정도, 남자는 여자의 집으로 자주 찾아왔다. 남자는 여자를 어르고 달래 낙태를 결심하게 하고 함께 병원으로 향했다. 그러나 여자가 변심하여 다시 돌아왔다.

"그렇게 아이가 태어났어요. 그런데……."

그녀의 목소리에는 힘이 없었다.

"유전자 검사를 해서 친부임이 밝혀지면 아이를 데리고 가겠다고 해요. 자기들 핏줄이라면서요. 검사를 하지 않으면 양육비를 주지 않겠다고 하구요."

그녀의 말이 끝났다.

희우는 사건을 정리했다. 남자 측에서는 여자의 모성애를 이용해 사건을 조용히 덮으려 하고 있었다.

"결론은 친부임을 밝혀 양육비를 받고 양육권도 가지고 싶다는 거죠?"

희우의 말에 그녀는 고개를 끄덕였다.

"그럴 수 있을까요?"

희우는 고개를 저었다.

"쉽지는 않습니다. 친부임을 밝히는 거야 유전자 검사로 쉽게 할 수 있지만 양육권 문제는 변수가 너무 많아요."

그녀의 눈에 잠시 있던 희망이 사라지며 다시 슬픔으로 채워졌다. 하지만 희우의 머리는 빠르게 회전하는 중이었다.

"변수가 많다고 했지 이길 수 없다고는 말을 하지 않았습니다. 잠시만 기다리세요. 생각 좀 해 볼게요."

잠시 생각을 하던 희우가 입을 열었다.

"지금 상태로는 절대 이길 수 없습니다. 아마 변호사분들도 쉽지 않고 골치 아픈 사건이라 망설이실 겁니다."

여자의 눈이 절망으로 빠져들었다.

"지금은 이길 수 없지만 나중에는 모릅니다."

희우의 눈이 빛났다.

그런데, 계단 위에는 민석이 서 있었다. 민석은 희우가 여성에게 전하는 말을 듣고 있었다. 민석은 법원을 다녀오는 길이었다. 엘리베이터에서 내려 사무실로 들어가려는 차에 설움이 가득한 여자의 목소리와 함께 익숙한 목소리가 들려 잠시 걸음을 멈췄다. 지그재그로 내려가는 형식의 계단이라 아래에서는 위에 누가 있는지 알 수 없었다.

희우의 입이 천천히 열렸다.

"먼저 혼인빙자간음죄로 고소를 하세요."

"네?"

"고소가 먹히면 좋고 아니면 말란 식으로 던져 보세요."

남자는 여자와 결혼할 의사가 없었다. 처음부터 혼인에 대한 이야기를 꺼내지 않았다. 결혼을 말하기는 했지만, 자신의 친구들이나 식구들에게 여자를 보여 준 적도 없었다. 혼인에 대한 행동이 없었기 때문에 혼인빙자간음죄가 성립하기는 어려웠다. 하지만 남자가 혼인을 언급했던 사실이 존재했다. 무고죄로 역고소를 하지는 못할 것으로 판단했다.

"그리고 사건이 진행될 동안 일을 찾으세요. 사건에는 신경 쓰지 말고 일을 찾는 데 최대한으로 노력하세요."

"일요?"

"양육권은 단 하나의 변수로 결정되기도 합니다. 일단 아이를 키울 만한 금전적 능력이 없는 상태잖아요. 일을 찾으세요."

재판이 진행되는 동안 사람들은 피폐하게 지내는 경우가 많다. 특히 고소를 당하게 되면 승리하기 위해 관련 증거를 찾고 사건을 해결하기 위해 혈안이 된다.

"남자는 고소가 진행되는 동안 제대로 일을 못 할 겁니다. 그동안 선생님은 아이를 키울 수 있는 최소한의 돈은 벌도록 하세요."

희우의 목소리에 여자는 점점 안정을 되찾았다. 그녀의 눈에는 슬픔이 아닌 전투적 의지가 보이기 시작했다.

"그리고 그동안 하셔야 할 일이, 낙태를 하러 갔던 병원의 진료 예약 기록부 등을 찾으세요."

"……."

"의사에게 낙태를 거부한 일에 대한 증언을 부탁해도 좋아요. 그리고, 남자가 낙태를 언급할 때 같이 있었던 사람이 있나요?"

"같이 있던 사람은 없어요. 거의 단둘이서만 만났어요."

남자는 철저하게 여자와의 관계를 숨기려 했었다.

"그러면 남자가 낙태를 하자고 말한 걸 털어놓은 친구는 있나요?"

여자가 고개를 끄덕였다.

"그 친구를 증인으로 준비해 두세요. 낙태에 대해 알고 있는, 또는 찾을 수 있는 증거는 모두 찾아 놓으세요."

희우의 눈이 날카롭게 빛났다.

"남자가 아이를 낳아 양육할 생각이 없었다는 걸 입증하는 자료가 될 겁니다. 싸움은 모든 증거를 찾은 후 시작입니다."

지금의 나이는 여자가 많았지만 희우는 동생을 대하듯 그녀의 어깨를 토닥였다.

"정리할게요. 혼인빙자간음죄의 고소가 진행되는 동안 남자의 재정과 정신 상태는 많이 망가질 겁니다. 그사이에 선생님께서는 돈을 버시고 양육권 문제를 해결할 증거를 모으세요."

"……."

"그리고 변호사를 찾아오세요. 증거가 명확하다면 누구라도 사건을 맡아 줄 겁니다. 양육권을 찾고 친부임도 확인되면 남자의 능력에 비례해 양육비도 자연히 따라오겠지요."

희우의 말에 그녀는 연신 고개를 숙였다. 속이 시원해지는 명쾌한 답이었다.

"감사합니다. 감사합니다."

계단 위에 서 있는 고등학생에게 그녀는 진심으로 감사함을 느끼고 있었다.

"김희우 씨."

희우는 놀라서 뒤를 돌아봤다. 민석이 계단을 통해 내려오고 있었다. 평소 서글서글한 사람 좋은 눈이 아닌 무서운 눈빛으로 희우를 노려봤다.

"제 사무실로 가서 계세요."

"알겠습니다."

희우는 민석을 향해 고개 숙여 인사를 하고 사무실로 올라갔다. 희우가 사라지는 걸 확인한 민석이 그녀에게 명함을 꺼내며 말했다.

"KMS 강민석 변호사입니다. 본의 아니게 사건에 대해 듣고 말았습니다. 도움을 드리고 싶은데, 사건을 맡기시겠습니까?"

민석의 사무실이었다. 그곳은 어두운 원목의 책상과 갈색 가죽 소파가 나란히 놓인 고급스러운 공간이었다. 희우는 소파에 앉아 검은색 유리 테이블에 비치는 자신의 얼굴을 보고 있었다. 여드름이 있는 앳된 얼굴이다. 뭐든 될 수 있지만 아직은 아무것도 아닌 고등학생의 모습이 보였다.

잠시 후 문이 열리고 민석이 들어왔다. 민석은 큰 한숨을 내쉬며 희우가 앉은 소파 앞에 앉았다. 그리고 여전히 무서운 얼굴로 희우를 노려보며 말했다.

"네가 뭘 잘못했는지 알고 있어?"

목소리가 높지는 않았다. 하지만 잘못을 추궁하는 말투였다. 희우는 민석의 말을 들으며 가만히 앉아 있었다.

“어설픈 의학 지식을 가지고 동네를 돌며 성형수술을 하는 야매 시술에 대해 들어 봤지?”

“네.”

“어떻게 생각하지?”

희우는 아무 말 하지 않았다. 민석의 목소리가 계속해서 무겁게 흘러나왔다.

“좋게 말하면 그들은 값싼 금액으로 수술을 해 준다. 좋아 보이나?”

“…….”

“잘못되면 사람의 생명을 끊어 버릴 수 있는 무서운 짓이야.”

민석의 말은 희우의 귀를 파고들어 왔다. 민석은 계속 말을 이었다.

“법도 똑같다. 잘못된 조언으로 의뢰인을 나락으로 빠뜨릴 수 있어. 이기지 못할 소송을 진행하며 막대한 손해를 본다. 정신은 물론 신체적으로도 황폐해질 수 있어. 한 사람의 인생을 망쳐 버릴 수 있는 것이 법이다.”

민석은 자격 없이 여자에게 조언을 한 희우를 꾸짖고 있었다.

물론 희우가 한 행동은 단순히 어린 학생이 힘든 사람에게 건넨 위로가 아니었다. 법을 정확히 짚어 나가며 해결책을 줬다. 하지만 한 번은 맞혔다고 해도 계속 이런 행동을 한다면 의뢰인은 물론 희우 역시 위험에 빠질 수 있다고 생각했다.

“네가 말했던 방법이 틀린 건 아니지만 그런 조언은 자격을 갖춘 후 하도록 해라.”

“네.”

‘네.’라는 말밖에 할 수 없었다. 희우는 고등학생이었다.

“앞으로 안타까운 사연을 가진 사람을 본다면 나에게 데리고 와라.”

“알겠습니다.”

희우는 민석이 한 말을 이해했다. 그리고 자신의 처지를 생각하며 수긍했다. 그 역시 같은 상황을 본다면 꾸짖었을 것이다.

문이 열리고 여직원이 커피를 가지고 들어왔다. 그녀는 테이블에 한 잔씩 놓으며 인사를 하고 다시 밖으로 나갔다.

"방금 미혼모 의뢰는 내가 맡기로 했다."

"……!"

"의뢰인들은 방법을 알고 있어도 삶이 어려워 증거 수집에 어려움을 겪는 경우가 많아. 하지만 변호사가 계속 요구하면 시간을 만들어서라도 증거를 모아 오지."

그 여자도 증거를 모으기 위해서 병원을 가야 하고 친구를 만나야 했다. 그리고 다른 것들도 찾아 모아야 했다.

하지만 사람이 소송만 하며 살 수는 없다. 돈을 벌어야 하고 다른 일도 해야 했다. 목구멍이 포도청이라고, 입에 음식을 집어넣기 위해 증거 모으는 일을 소홀히 하는 경우가 많다. 그런 의뢰인을 채찍질하고 소송에 집중하도록 하는 것도 변호사의 능력이었다.

민석의 말에 희우가 조심스럽게 물었다.

"하동민 변호사님이 의뢰를 맡았던 일인데요?"

다른 변호사가 거부한 사건을 같은 로펌에 있는 변호사가 만지는 건 얄팍한 자존심에 상처를 줄 수 있는 일이었다.

"그건 내가 알아서 하니까 걱정 마. 네가 이제 나한테까지 조언을 하려고 해?"

"아닙니다."

희우는 앞에 놓인 커피를 들어 마시며 멋쩍은 듯 웃어 보였다.

커피를 한 모금 마신 민석이 희우에게 물었다.

"그런데 네 꿈이 변호사가 되는 거야?"

"……?"

"아니, 방금 전에 하는 말을 들어 보니까 법 공부를 한 것 같아서."

희우는 빙긋 웃었다.

집에 돌아온 민석은 민경의 방문을 열었다. 민경은 컴퓨터 앞에 앉아 PC 통신을 하고 있었다.

"뭐 해?"

민석이 물었지만 민경은 고개도 돌리지 않고 모니터에 시선을 고정하고 있었다.

"오빠 왔어?"

"고개라도 돌려서 인사하면 덧나?"

"미안. 소설 읽고 있어서."

민석은 인상을 찌푸리며 방문을 닫다가 다시 열었다.

"라면 끓여 줘."

"이거 봐야 해. 오빠가 끓여 먹어."

"아르바이트."

그제야 민경이 고개를 돌려 민석을 바라봤다.

"응?"

"아. 르. 바. 이. 트."

민경이 혹시 못 들을까 또박또박 한 글자씩 말해 줬다. 민석의 말에 민경이 '헤-!' 웃으며 의자에서 일어났다.

"우리 오라버니, 계란 넣어서 만들어 드릴까요?"

"응. 휘젓지 마라."

민석이 식탁에서 라면을 먹을 때 민경도 그 앞에 앉았다.

"어때?"

"뭐가."

"뭐긴 뭐야. 희우."

민석은 빙긋 웃으며 면을 후후 불어 입에 넣었다. 그 태도에 민경이 몸을 테이블로 바짝 당겨 앉으며 다시 물었다.

"잘하고 있어?"

"잘 키워 봐."
"잘 키워?"
민석은 말없이 웃을 뿐이었다.

해가 어둑해질 무렵이었다. 종일은 용석과 함께 타 학군 어느 학교 앞에 있었다. 담배를 피우며 누군가를 기다릴 때 용석이 말했다.
"저기 오는 사람 아니야?"
용석의 가리킴에 종일이 반색했다.
"왔다. 담배 꺼."
그들은 담배를 던지지 않고 땅에 비벼 끈 후 기다리던 사람을 향해 달려갔다.
"안녕하세요."
한목소리로 인사하며 허리를 90도로 굽혔다.
짧은 스포츠머리를 한 그는 종일과 비슷한 키를 가진 사나이였다. 얼굴에 살이 없어 광대뼈가 튀어나왔지만 목에서 어깨로 이어지는 굵은 승모근과 두꺼운 어깨 그리고 거대한 허벅지는 그가 만만치 않은 사내라는 걸 보여 주고 있었다.
"여기까지 어쩐 일이야?"
말을 할 때 종일은 그의 어깨에서 큰 망치 가방을 빼어 자신이 걸쳤다.
"밥은 먹고 왔나?"
그는 종일과 용석을 끌고 근처 식당으로 향했다.
"아직도 양아치 짓 하고 다녀?"
식당의 테이블에 앉았다. 밖은 어둑했지만 안은 밝았다. 그는 식당 안에 들어서서 종일의 얼굴에 있는 상처를 발견했다. 그의 말에 종일은 머리를 긁적이며 고개를 흔들었다.

"양아치 짓은 예전에 그만뒀죠. 이제 공부할 나이죠."

"그래, 잘 생각했다. 미래를 걱정할 나이야."

"형은 운동 잘되세요?"

그는 메뉴판에서 음식을 고르며 종일의 질문에 고개를 끄덕였다.

"그럭저럭."

뜨거운 김이 피어오르는 국밥이 그들의 앞으로 나왔다. 숟가락을 넣어 식사를 하던 중 종일이 조심스럽게 입을 열었다.

"그런데 형."

"말해. 이유가 있어서 온 건 알고 있어."

"우리 학교에 진짜 양아치가 있어요. 학생들 돈도 뺏고 이유 없이 때리기도 하고 그래요."

종일의 말에 그의 눈살이 찌푸려졌다.

"누구 때려 달란 말이면 싫다."

"저희끼리 해결해 보려고 했는데요, 뭔가를 배운 거 같아서 이길 수가 없었어요."

배웠다는 말에 그의 눈빛이 변했다. 운동을 한 사람은 배운 기간만큼 겸손하고 주먹을 사용하는 데 있어 조심스러워야 한다고 생각했다. 뭔가 배웠다고 어깨에 힘주고 다니는 짓은 그가 세상에서 가장 싫어하는 일이었다.

그의 눈이 변하자 종일은 놓치지 않고 말을 이었다.

"한번 싸워 봤는데 이런 기술을 사용했었어요."

종일과 용석은 자리에서 일어나 당했던 기술을 흉내 냈다.

그들이 하는 동작은 격투 동작이었다.

"연속으로 그 기술을 썼다면 네가 이길 수 있는 상대는 아니었네."

그는 다시 식사를 시작했다.

"어떻게 하죠?"

종일이 조심스럽게 물었다. 그는 고개를 저었다.

"말했잖아, 누구를 때려 달라는 말이면 싫다고."

그의 말에 종일과 용석의 표정은 무너져 내렸다. 그때 그가 다시 입을 열었다.

"하지만 스파링이라면 상대해 주지. 지금은 전지훈련 갈 시기니까 연락하면 끌고 와."

"알겠습니다!"

그들은 환호성을 지르며 본격적으로 식사를 시작했다.

며칠이 지났다. 희우는 학교를 마치고 어김없이 변호사 사무실로 출근을 했다. 평소와 다름없이 경란의 옆에서 들어오는 손님에게 인사를 하고 커피를 타는 등의 잡무가 거의 전부였다.

"너 그 얘기 들었어?"

"뭐요?"

"얼마 전에 강민석 변호사님하고 하동민 변호사님하고 크게 싸웠대."

경란의 말에 희우는 자신 때문에 일이 벌어진 것 같아 가슴이 답답해졌다. 희우가 주변의 눈치를 보며 조용히 물었다.

"화해하셨대요?"

경란이 눈을 흘기며 답했다.

"애들이냐, 싸우고 토라져 있게? 변호사 아무나 하는 거 아니야. 배운 분들이셔. 듣기로는 밤새 술 마시고 풀었다고 하더라."

경란은 말을 마치고 양손으로 자신의 뺨을 감싼 채 황홀한 표정으로 중얼거렸다.

"아…… 강민석 변호사님이 마시는 술잔이 되고 싶어라. 그 입술에 한 번 닿기만 해도 좋겠네."

무심코 한 말이었다.

"네?"

희우의 반문에 경란은 화들짝 놀라 옷매무새를 만지는 척했다.

"아무것도 아니야."

그때 문이 열리고 한 중년의 여인이 들어섰다. 희우는 그녀의 얼굴을 보며 어딘지 낯설지 않다는 느낌을 받았다.

중년의 여인이 경란의 안내를 받아 상담실로 들어가고, 희우는 커피를 타기 시작했다. 분명 어디선가 만났던 인상의 여인이었다.

차를 쟁반에 담아 상담실 문을 열고 안으로 들어갔다. 불안해 보이고, 초조함이 느껴졌다. 테이블 아래 무릎 위에 깍지를 낀 손이 쉬지 않고 움직이고 있었다. 그녀의 앞에 차를 놓으며 희우가 물었다.

"약속된 변호사님이 있으신가요?"

그녀는 고개를 저으며 불안한 눈으로 희우를 바라봤다.

"저기……."

말을 끌고 있었다. 뭔가 말을 하기 어려운 듯했다. 희우는 쟁반을 들고 서서 그녀의 말이 시작되기를 기다렸다.

"살인 사건 때문에 왔습니다. 여기 변호사 사무실이 능력이 좋다고 해서요."

그녀의 눈은 금방이라도 눈물을 쏟아 낼 듯했다.

'살인 사건?'

그녀는 가방에서 신문을 꺼내 테이블 위에 올렸다.

헤드라인에 걸쳐진 사건. 친구가 친구를 잔인하게 살해한 사건이었다.

그 뉴스 기사를 본 희우는 머리를 망치로 맞은 듯했다.

세 청년이 술을 마시고 있었다. 그중 한 사람은 미국인이었고 두 사람은 그와 친구 관계였다. 미국인의 이름은 다니엘이었는데 한국 사람보다 덩치가 작았다. 한국인은 이중현과 박상욱이었다. 그들은 다니엘과 달리 키가 190에 가까울 정도였고 몸무게도 100킬로가 훨씬 넘었다.

술자리에서 흔히 일어날 말다툼이 벌어졌다. 그리고 이중현은 집으로 돌아가는 골목길에서 총에 맞아 살해당했다. 현장에서 검거된 박상욱과 다니엘은 서로 자신은 범인이 아니며 상대가 방아쇠를 당겼다고 주장했다.

총의 주인은 다니엘.

다니엘의 주장은 말다툼을 하던 박상욱이 자신의 총을 빼앗아 방아쇠를 당겼다는 것이었다. 박상욱의 몸의 크기와 정황을 봤을 때 다니엘이 제압하기는 어려웠다. 범인은 박상욱으로 확정되고 있었다.

희우는 이 사건의 다음을 알고 있었다. 다니엘은 무죄판결이 난 후 미국으로 떠났고 박상욱은 중형을 선고받고 징역을 살았다. 하지만 실제 범인은 다니엘이었다.

10여 년이 지나서야 무죄로 풀려난 박상욱은 국가를 상대로 손해배상을 청구하기도 했다. 하지만 손해배상금을 아무리 많이 받아 봤자 무엇이 달라질까? 지나간 10년은 돌아오지 않는다.

국가는 미국을 상대로 범인 소환 요청을 했다. 하지만 공소시효가 얼마 남지 않은 상태에서 다니엘이 순순히 돌아올 리 없었다. 눈앞에 범인을 두고도 놓쳐 버린 사건이었다.

중년의 여인이 익숙했던 건 판례를 공부한 이유도 있지만 무죄로 판명되어 풀려나기까지 매일 법원 앞에 찾아와 홀로 자식의 무죄를 주장하며 시위를 했던 이유가 컸다.

희우는 시위를 하던 그녀의 얼굴을 기억했다. 그녀는 추운 겨울에 손과 얼굴에 동상이 걸린 상태로 서 있었다. 마치 망부석 같았다. 10년이 넘는 싸움 끝에 무죄가 확정되며 자식이 풀려날 때, 서럽게 울며 그제야 그 자리를 떠났다. 고통이 가득했던 그때의 주름이 아직은 없어 한눈에 알아

볼 수는 없었지만 익숙한 느낌은 그 당시의 기억이었다.

그 여인의 얼굴을 보며 어머니를 떠올렸었다. 세상 모두가 손가락질을 했지만 자식을 믿고 10년을 넘게 기다린 어머니의 사랑.

과거에 희우는 학교에서 받은 스트레스를 어머니를 향해 풀었다. 하지만 그녀는 그 짜증을 모두 받아 내며 가슴으로 울고 있었다. 성적은 바닥에 성격도 음침했던 그를 홀로 믿으며 감싸 주던 어머니였다.

"제 자식은 살인을 하지 않았어요."

그녀는 눈물을 흘리며 말을 했다.

총으로 잔인하게 난사를 해서 살해한 사람이 가장 친한 친구라는 사실에 언론에서 집중하고 있는 사건이었다. 아마 많은 변호사들이 변호를 거부했을 것이다.

중죄를 저지른 경우 변호인을 구하기는 쉽지 않다. 돈을 보고 중죄인을 변호했다며 약력에 흠집이 날 수도 있기 때문이다. 국선변호인을 선임할 수는 있지만 그들이 이런 사건에 열심히 하는 경우는 많지 않았다.

희우는 중년 여인의 앞에 커피를 두고 상담실을 벗어났다.

그가 가진 지식이라면 사건을 정리하고 연구해서 같은 상황을 반복시키지 않을 수도 있었다. 하지만 그는 아직 고등학생이었다. 나서서 변호를 해 줄 수도 없고, 사건 현장을 확인하는 일은 절대 불가능했다.

경란이 전화를 걸었고 잠시 후 강민석 변호사가 굳은 표정으로 문을 열고 들어왔다.

"안에 계시나?"

민석은 상담실 안으로 들어갔다.

희우는 마른침을 꿀꺽 삼키며 다시 상담실 문이 열리기를 기다렸다. 초조한 시간이 매정하게 흐르고 있었다.

그와는 달리 경란은 거울을 꺼내 얼굴에 분칠을 하고 있었다.

"오늘 화장도 제대로 안 하고 나왔는데 갑자기 오시는 건 또 뭐니?"

희우가 보기에는 이미 화장으로 전체적 분장을 완료한 듯했지만 경란에겐 모자랐나 보다.

잠시 후 중년의 여성은 눈물을 흘리며 도망치듯 뛰쳐나갔다. 희우는 고개를 숙였다.

KMS는 거대 로펌이었다. 예상은 하고 있었다. 언론의 집중 조명을 받고 죄질이 악랄한 범인의 의뢰를 받아들이긴 힘들 것이다. 하지만 그것이 진실이 아니기 때문에 안타까웠다.

그녀가 나간 후 민석은 굳은 표정으로 상담실을 나왔다. 그리고 인사도 받지 않고 밖으로 나갔다.

집에 돌아와서도 학교에 가서도 희우의 머릿속에는 살인 사건이 멈추지 않고 펼쳐지고 있었다. 도와주고 싶었다. 10년 넘게 법원 앞에 있던 그녀의 모습이 떠나지 않았다. 어머니 미옥의 모습이 그녀와 겹쳐 보였다. 대한민국 검찰을 우습게 보고 농락한 다니엘을 꼭 잡고 싶었다.

희우는 사건을 정리해 봤다.

목격자도 없었다. 정황은 용의자들이 말하는 것뿐. 총의 주인은 다니엘. 경찰이 왔을 때 총은 박상욱이 들고 있었다. 사건의 모든 정황을 봤을 때 사람들은 박상욱이 살해했다고 확정하고 있었다.

"하……."

입에서 한숨이 나왔다.

"일단 해 보자."

희우의 눈에서 빛이 났다. 큰 사건을 해결하기 위한 검사의 눈빛이었다.

'박상욱을 변호하는 게 아니라 다니엘을 검거한다.'

사무실로 출근을 하자마자 민석을 찾아갔다.

"그래. 무슨 일이야? 일단 앉아."

민석은 희우를 반갑게 맞이하며 갈색 가죽 소파로 안내했다.

"미혼모 의뢰는 잘 처리되고 있어. 생각보다 증거자료를 잘 찾아오더라고. 안타까운 사연에 산부인과 의사도 증인으로 서 준다고 하니까 충분히 이길 수 있어."

민석은 웃으며 말을 했다. 하지만 희우는 웃지 않았다.

희우가 낮게 입을 열었다.

"안타까운 사연을 가진 사람을 보면 데리고 오라고 하셨지요?"

민석의 웃고 있던 눈에서 미소가 사라졌다.

"그래, 그랬지."

"있습니다."

"누구지?"

민석의 말투는 차가웠다. 사무실에서 아르바이트하는 학생을 대하는 것이 아니라 사건을 앞둔 변호사의 태도였다.

"친구 살인 사건 피의자 박상욱입니다."

희우의 말을 들은 민석의 얼굴이 일그러졌다.

"네가 낄 일이 아니다."

하지만 희우의 눈은 민석의 눈빛을 피하지 않고 정면으로 응시하고 있었다. 희우의 눈빛에 민석은 큰 한숨을 내쉬었다.

"네가 법에 관심이 많고 조금 공부한 건 알겠어. 하지만 이건 아니야."

민석은 희우를 타이르기 시작했다.

"상대는 중범죄인이야. 증거가 확실하고 이미 중형이 확정적이야. 흔치 않은 총기 사건에 외국인이 끼어 있어서 언론에서도 집중적으로 주시하고 있어. 이런 때에 우리가 나서서 변호를 하면 로펌의 이미지가 뭐가 되겠어?"

"돈을 주면 나쁜 사람도 변호해 주는 악덕 로펌이란 이미지가 생기겠지요."

희우의 말에 민석은 화가 머리끝까지 치미는 걸 느꼈다.

"그걸 알면서 나에게 말을 해?"

"……."

"너는 이 사무실에서 방학 기간 동안 아르바이트를 하고 떠나면 끝이지만 이곳은 수많은 사람의 밥그릇을 책임지는 곳이야."

민석은 계속 말을 이었다.

"네 옆에서 함께 데스크를 지키는 유경란 씨는 시집갈 돈을 모으고 있다. 밖에서 컴퓨터 앞에 앉아 송장을 타이핑하는 박 실장은 세 자녀의 엄마면서 남편의 병원비까지 충당하고 있어."

"……."

"이득이 되지 않는다고 사건을 거부하거나 하지는 않아. 하지만 내 어깨에는 저 사람들의 식솔들이 걸려 있어. 로펌의 이미지를 생각하지 않을 수 없다."

희우는 말없이 이야기를 듣고 있었다. 민석의 목소리는 계속 이어졌다.

"그리고 중범죄자다. 잔인한 방법으로 친구를 살해했고 반성의 태도 없이 범행 일체를 부인하고 있다. 난 그런 사람을 변호하고 싶지 않아. 의뢰인 부모의 안타까움은 알겠지만 맡고 싶지 않다."

민석은 흥분을 가라앉히고 있었다.

"그런가요?"

희우가 툭 하고 말을 뱉었다.

"잔인한 방법으로 친구를 살해했고 범행을 인정하지 않는다는 이유로 수임을 하기가 싫은 건가요? 정말인가요?"

희우의 말에 민석이 고개를 끄덕였다.

"그래. 나중에 변호사가 되면 너도 느낄 수 있을 거야. 악한 범죄자가 확실한데 변호해야 할 때의 더러운 기분을."

희우가 피식 웃었다.

'더 더러운 기분은 나쁜 놈이 아닌 것이 확실한데 형벌을 주장할 때입니다.'

잠시 숨을 고른 희우가 천천히 입을 열었다.

"범인은 박상욱이 아니라 다니엘입니다. 박상욱은 범행을 인정하지 않는 것이 아니라 범행을 저지르지 않았습니다."

민석의 얼굴이 다시 무섭게 일그러졌다.

"도대체 어떤 근거로 그런 말을 하지? 어설프게 아는 건 모르는 것보다 더 독이야!"

민석은 소파에서 일어나 반대편에 앉아 있는 희우에게 큰 소리로 말했다. 큰 소리가 계속되자 밖에서 일을 하고 있던 사람들이 유리창을 통해 사무실 안을 엿보기도 했다.

"자꾸 그렇게 행동하려면 사무실에서 일하는 건 그만하도록 해라. 너에게도 우리에게도 좋은 일이 아니다."

화를 낼 건 예상했던 일이다. 일단 감정을 흐트러뜨려야 한다고 생각했다. 상대는 변호사였고 회사의 대표였다. 이성이 앞선다면 절대 이 사건을 맡지 않을 것이다. 감정의 흔들림을 본 희우는 빠른 사과를 했다.

"죄송합니다."

희우는 민석의 감정에 약간의 흥분과 이성이 공존했으면 했다. 흥분을 하면 말이 통하지 않고 심할 경우 그대로 쫓겨날 수도 있었다. 너무 이성적이라면 위험성이 큰 일에 도전할 일은 없었다.

아마 희우가 단순한 고교생이 아닌 검사 출신임을 알았다면 민석은 감정의 흔들림을 보여 주지 않았을 것이다. 고교생이고 로펌의 직원이었기에 이런 모습을 보이고 있었다.

민석이 화를 누그러뜨리며 한숨을 내쉴 때의 틈을 놓치지 않고 희우가 다시 사과했다.

"법에 대해 공부를 하며 또래 친구들보다 많이 안다고 자만했나 봅니다. 죄송합니다."

"그래. 그때도 말했지만 자격을 갖추고 덤비도록 해라. 네가 뛰어난 학생인 건 알겠지만 만만하게 보고 덤빌 세계가 아니야."
민석은 진심으로 걱정하며 말을 이었다.
"지금처럼 열심히 공부한다면 언젠가 마음속에 품고 있는 그런 사람이 될 수 있을 거다."
희우는 수긍한다는 듯 고개를 끄덕였다.
"그러면 아직 모자라지만 법에 관심이 있는 학생의 입장에서 이 사건에 대해 궁금한 걸 여쭤봐도 될까요?"
"그래. 그건 허락하마."
민석은 다시 자리에 앉으며 희우의 말을 기다렸다.
"어떤 증거로 다니엘이 무죄라고 확정하고 있을까요?"
"……!"
박상욱이 아니라 다니엘이 왜 무죄냐고 묻고 있었다.
"솔직히 말하지. 사건을 펼쳐 보기는 했지만 확실히 파고들지 않아서 자세히는 모르겠다. 하지만 모든 정황과 증거가 박상욱을 지목하고 있다. 다른 증거가 없는 상태에서 정황은 중요하게 작용하지."
희우는 사건을 따지고 드는 것이 아니라 정말 궁금해서 묻는 학생의 말투로 입을 열었다.
"총의 주인은 다니엘입니다. 경찰이 왔을 때 총을 들고 있던 것은 박상욱이지만요."
"맞다."
"박상욱이 총을 들고 이중현을 지혈하느라 지문은 손상된 상태입니다."
희우는 사건의 사실을 나열하며 계속 말했다.
"다니엘은 박상욱이 총을 빼앗아 방아쇠를 당겼다고 주장하고 있습니다. 하지만 박상욱은 다니엘이 총을 쏜 후 자신에게 건넸다고 주장하고 있구요."
"……."

"제가 볼 때 정황은 그 누구도 가리키고 있지 않은데요?"
희우의 말을 듣던 민석이 말했다.
"다니엘의 손에 있는 피멍, 그것은 몸싸움을 했다는 증거다. 총을 빼앗기지 않기 위해서 애를 썼다고 말했다. 박상욱이 그에게서 총을 빼앗아 이중현을 향해 방아쇠를 당겼지."
희우가 조심스럽게 물었다.
"제 생각을 말씀드려도 좋을까요?"
"말해 봐라."
민석은 허락했다. 건방지게 나서서 사건을 맡자는 말을 할 때는 기분이 나쁘기도 했다. 하지만 어린 학생이 이 사건에 대해 어떻게 파고들지 궁금했다. 얼마 전에도 법을 짚어 해결하는 능력을 보여 줬었다. 민석은 희우의 말을 기대하며 귀를 기울였다. 희우는 일단 민석이 자신의 말을 듣게 하는 데 성공한 셈이었다.
"사건은 어느 것도 결정되지 않았습니다. 하지만 다른 특정한 일 없이 이대로 간다면 진범일지 모르는 다니엘은 유유히 한국을 떠나겠지요. 무죄일지 모르는 박상욱은 옥살이를 하구요."
희우의 말에 민석이 손을 들어 그의 말을 제지했다.
"일어나지 않은 일에 대해 말하지 말고 증거와 정황을 나열해서 말해라. 감정에 호소하는 건 나중에 할 일이야."
"알겠습니다."
희우는 상대의 눈을 확인했다. 차가웠다.
'벌써 이성적으로 돌아왔다. 확실히 쉽지 않은 사람이야.'
희우는 사건을 말하기 시작했다.
"방아쇠를 당긴 것은 열 번입니다. 골목길에서 앞서가던 피해자의 등 아랫부분을 쏜 것이 시작이죠."
"계속해 봐."

"다니엘과 박상욱의 진술 중 공통적인 말이 있습니다. 그들은 모두 갑자기 방아쇠를 당겼다고 주장합니다."

"……!"

"두 번째에는 어깨를 쐈습니다. 그리고 총에 맞은 이중현은 완전히 땅에 쓰러지고, 고통스러워했지요. 그때 용의자는 상대를 향해 다시 탕탕!"

희우는 총을 쏘는 시늉을 해 보였다. 그리고 계속 말을 이었다.

"이상하지 않나요? 다니엘이 어디를 봐서 용의 선상에서 제외되어야 하나요? 단지 마지막에 총을 들고 있지 않아서? 서로의 증언은 엇갈리잖아요."

"생각하는 걸 말해 봐."

희우는 자신이 읽었던 판례와 과거 무죄판결이 났던 상황을 기억해 냈다.

박상욱이 형을 받고 있던 도중 도입된 지문 판독 시스템.

총에서 발견된 지문은 손상되어 있었다. 1997년의 기술로는 손상된 지문만으로 용의자를 특정 지을 수 없었다. 하지만 훗날 발전된 기술로 확인된 방아쇠에 있는 지문은 다니엘을 가리키고 있었다. 억울하게 누명을 쓰고 감옥에 갇힌 박상욱은 10여 년이 지난 후에야 발전된 과학기술로 무죄를 입증했다. 지금 시점에 당시와 같은 발전된 지문 판독의 기술은 없었다.

희우는 잠시 생각을 정리했다.

친구를 잔인하게 죽인 사건이었다. 범인으로 지목된 박상욱은 천하의 파렴치범이 되었다. 연일 메인 뉴스 시간에 보도되고 신문의 1면에 등장했다. 언론의 집중 조명을 받는 시점에 어느 변호사도 선뜻 나설 수 없었다.

희우는 민석의 눈을 차분히 바라봤다.

"언론과 신문의 영향으로 강민석 변호사님도 가장 쉬운 점을 못 보고 계신 것 같아요."

"……?"

희우는 소파에서 일어나 앞으로 걸어가며 말을 했다.

"먼저 의문 몇 가지를 말씀드리겠습니다. 첫 번째 의문입니다. 골목길에서 벌어진 일입니다. 세 명이 걸어가고 있습니다. 정말 다니엘의 총을 박상욱이 뺏었다면 앞서 걸어가던 이중현이 그 소리를 듣지 못했을까요? 다니엘의 손에 멍이 들 정도로 급박한 상황이었는데요. 그 정도 소란이었다면 돌아보다가 옆구리나 복부를 맞지 않았을까요?"

"다니엘은 겁이 났다고 했다. 순식간에 총을 낚아채서 미처 더 이상 방어할 수가 없었지."

민석이 말했다.

"그러면 두 번째요."

이것은 나중에 밝혀진 일이었다. 하지만 희우는 자신이 생각한 것처럼 말을 했다.

"박상욱. 키는 190 정도. 이중현과 비슷하지요."

희우가 계속 말했다.

"그 사람은 아직 군대를 가지 않았습니다. 아마 장난감 총 외에 총이라고는 만져 본 적도 없을 겁니다. 그런 사람이 총을 들었다면 몹시 긴장된 흥분 상태였겠지요. 그런데 침착하게 등 아래를 노리고 방아쇠를 당긴다?"

"……!"

"제가 범인이라면 어깨나 흉부를 쐈을 것 같아요. 키가 비슷하잖아요. 그게 영화에서도 많이 본 사격 장면이고, 총을 쏘기에도 편하니까요."

희우는 손으로 총을 시늉하며 쏴 보였다.

민석은 아무 말 하지 않았다. 희우가 계속 말했다.

"생각해 보면 이중현이 최초로 총을 맞은 등 아랫부분은 키가 작은 다니엘의 어깨높이네요. 즉, 다니엘이 정조준으로 쏜 것이 아니라 흥분한 상태에서 팔을 들어 방아쇠를 당겼을 때 나타날 수 있는 위치."

민석의 눈앞으로 총을 꺼내 방아쇠를 당기는 다니엘의 모습이 보였다.

다니엘은 방아쇠를 당겼고 총을 맞은 이중현의 몸은 순간적으로 흔들렸다. 그리고 그의 몸이 땅을 향해 내려가고 있었다. 이중현은 등과 어깨를 맞고 뒤로 돌아 엎어졌다. 범인은 그의 복부를 향해 총을 난사했다.

희우가 계속 말을 이었다.

"피해자의 사망 후 다니엘은 겁을 먹고 있는 박상욱에게 총을 건넵니다. 이미 탄은 모두 소진했으니까요. 정신이 없던 박상욱은 뭐가 뭔지 모른 채 총을 받았겠지요."

희우의 말을 들은 민석은 잠시 아무 말도 하지 못했다.

"충분히 가능성은 있겠어. 하지만 그것만으로 변호를 맡을 수는 없다. 법원은커녕 우리 변호사들조차 설득하기에는 모자라다. 위험부담이 커."

민석이 귀를 기울이고 사건 전체에 대해 관심을 갖게 한 것으로 이미 성공이었다. 희우는 낮은 목소리로 말했다.

"아까 손에 난 멍을 말씀하셨지요? 저도 뉴스로 봐서 알고 있습니다. 그런데 그게 정말 총을 뺏기지 않으려다가 난 상처일까요?"

"……!"

"제가 볼 때 그 멍은 사람의 손에 의해 잡힌 멍이 아닙니다. 벽이나 책상 같은 걸 친 흔적으로 보입니다."

"계속 말해 봐."

"그 사람들이 술을 마신 술집 CCTV를 확인해 보면 좋을 텐데요. 왜 다들 골목길에 뭐가 있는지만 찾고 있을까요?"

민석이 물었다.

"술집의 CCTV?"

"번화가에 있는 술집이니까 싸움도 많이 나고 하지 않을까요? 제가 주인이라면 카메라를 설치할 텐데요."

훗날 드러난 술집의 CCTV 영상을 보면 다니엘은 혼자 화를 내며 벽과 테이블을 치고 있었다. 멍은 그렇게 난 상처였다.

CCTV 영상은 텔레비전 시사 프로그램의 촬영 때 우연한 기회로 세상에 나왔었다. 술집 주인은 살인 사건의 주인공들이 술을 마시고 있는 장면이 찍힌 화면을 보관하고 있었지만 나서서 공개하지는 않았다. 특징적인 장면이 보이지 않았고 살인 사건에 연루되는 것이 꺼려졌기 때문이라고 주인이 말했었다. 그리고 어디서도 CCTV 화면을 요청하는 기관은 없었다고 했다. 은행 등의 금융기관에서 CCTV를 이용해 범인을 잡는 경우는 많았지만 지금 시대에 술집에 CCTV를 설치하는 건 흔치 않은 일이었다. 그래서 수사기관이 간과하고 넘어간 것이다.

희우는 다시 진중한 목소리로 말을 이었다.

"여론이 너무 밀고 있습니다. 박상욱을 범인으로 몰아가면서요. 대한민국에서 발생한 총기 사건. 총기 안전지대라는 불감증을 깨운 사건이니까요. 하지만 누구도 변호를 맡지 않는다면 진실은 사라질 수 있습니다."

민석은 소파에 앉아 눈을 감았다. 고민을 하고 있었다. 모두의 시선이 집중되어 있는 사건이었다. 이런 사건에 나서려면 이길 수 있다는 확신이 있어야 했다. 정황이라고는 고등학생이 말한 것이 전부였다.

희우가 계속 말했다.

"만약 다니엘이 범인인데 사건이 이렇게 끝이 난다면 그 사람은 불법총기소지에 대한 죄만 받고 떠나겠지요? 우리나라 사법 체계를 비웃으면서요."

민석의 눈이 천천히 뜨였다. 민석이 천장을 바라보며 말했다.

"어설픈 지식이라고 말했던 거 사과한다."

"……."

"하지만 네가 말한 모든 이야기들은 가능성일 뿐이지 확정된 증거가 아니다."

“알고 있습니다.”

“생각 좀 해 보마.”

민석은 다시 눈을 감았고, 희우는 고개를 숙이고 밖으로 나갔다.

희우가 할 수 있는 일은 여기까지였다. 아직 고등학생. 정면에 나서서 어떤 조사도 할 수 없었다. 희우는 애초에 민석을 설득해서 오늘 당장 사건을 맡게 하려고 한 게 아니었다. 다만 민석의 마음속에 사건에 대한 씨앗을 심었을 뿐이다.

며칠이 지났다.

사무실에 있던 민석은 ‘끄음’ 하는 신음을 흘렸다. 희우가 한 이야기는 지우려 해도 머릿속에서 계속 맴돌았다. 돈을 받고 변호를 맡는 변호사였지만 때로는 무료 변호를 자처한 적도 있었다. 변호사라는 직업을 선택했던 이유는 안타까운 사람, 약한 사람을 변호하기 위해서였다.

만약 희우가 말한 정황이 사실이라면 지금 대한민국에서 가장 안타깝고 약한 사람은 박상욱이었다. 또한 희우가 이야기한 ‘대한민국의 사법체계를 비웃는다.’라는 말이 뇌리에서 떠나지를 않았다. 민석은 대한민국의 법조인이었다.

고민에 고민을 하던 민석이 직원을 불러 ‘친구 살인 사건’의 인물들이 술을 마신 술집으로 보냈다.

“CCTV가 있는지만 확인해 주세요.”

잠시 후 걸려 온 전화.

-변호사님! 영상이 있습니다.

민석은 옷을 챙겨 입고 술집으로 향했다. 그리고 해당 영상을 확인했다. 화면에는 다니엘이 벽과 테이블을 치는 행동이 똑똑히 나타났다.

민석은 주먹을 꽉 쥐었다. 아직 모든 정황이 해결된 것은 아니었다. 하지만 다니엘이 말한 증언에서 의심할 부분이 나타났다.

‘이 정도면 가능성이 있어!’

민석은 사무실로 전화를 걸려다 말고 본관으로 걸었다. 경란이 전화를 받았고, 민석은 희우를 바꿔 달라고 말했다. 희우에게 직접 이야기하고 싶었다.

"10분 후에 변호사들 모두 회의실로 오라고 전해 다오. 의제는 친구 살인 사건 수임에 관한 건이다."

-알겠습니다!

희우는 눈을 빛내며 전화를 끊었다.

민석은 로펌의 전 변호사들을 회의실로 불러들였다. 그리고 정식으로 사건을 맡기로 했다.

"이 사건을 해결하면 우리는 모두가 외면한 진실을 찾은 정의로운 로펌이자 전국 최고의 로펌으로 자리 잡을 겁니다."

민석의 말에 변호사들은 의지를 불태웠다.

희우는 학교를 마치면 사무실로 향했다. 하지만 희우의 자리는 더 이상 경란의 옆이 아니었다. 친구 살인 사건 전담 팀으로 향했다. 중요 업무는 아니더라도 사건 정리 문서 등의 일을 맡았다. 미결로 남을 사건이 이렇게 해결되고 있었다.

개학이 가까워지고 희우가 사무실에서 떠날 날이 되었다. 민석이 희우를 따로 사무실로 불렀다.

"정말 고맙다. 덕분에 많은 일이 있었어. 나중에 변호사 자격을 취득하면 무조건 우리 로펌으로 오는 거다."

"생각해 보겠습니다."

"비싸게 굴기는."

민석은 웃으며 두꺼운 봉투를 건넸다. 생각보다 두꺼운 봉투 안에는 파란 지폐가 가득했다.

"알바비하고 변호사 월급이다. 너는 한 명의 변호사 역할을 충분히 해냈어. 부담 갖지 말고 가져가."

"감사합니다."

희우는 꾸벅 인사를 하고 변호사 사무실의 문을 나섰다.

봉투 안에는 200만 원의 현금이 들어 있었다. 당시 대졸 초입의 월급이 약 150만 원이었던 걸 감안하면 엄청난 액수를 준 것이었다. 집으로 향하는 희우의 가슴에 IMF를 대비한 계획이 다시 싹트기 시작했다.

민경이 희우를 불렀다. 교무실로 내려간 희우에게 민경은 반갑다는 말도 없이 입을 열었다.

"무슨 일 있었어?"

"네?"

희우는 그녀가 무엇을 묻는가 싶어 눈만 멀뚱멀뚱 뜨고 바라봤다.

"오빠가, 그러니까 강민석 변호사가 너 의심스럽다고 하던데?"

"네?"

희우는 민경이 무슨 말을 하는지 알 수 없었다.

어제였다. 집으로 돌아온 민석이 어김없이 민경에게 라면 심부름을 시켰다.

"싫어."

반바지에 나시만 입고 소파에 누워 TV를 보고 있던 민경은 날카롭게 거부했다.

"아. 르. 바. 이. 트."

민석이 또박또박 말했지만 민경 역시 정확한 발음으로 천천히 대답했다.

"오늘 끝난 거 알고 있어."

"네가 생각하는 거보다 월급 많이 줬다."

"얼마?"

민경이 시큰둥하게 물었다.

"두 장."

그 말에 민경이 벌떡 일어났다.
"오라버니, 계란 풀어 드릴게요."
민석이 라면을 먹고 빈 그릇을 건넬 때 민경이 물었다.
"그동안 실수 없이 일 잘했지?"
민경의 말에 민석은 고개를 끄덕였다.
"잘했어. 그런데……."
"그런데?"
민석의 눈빛이 변했다.
"의심스러워."
"응?"
민석은 진지하게 민경의 눈을 바라봤다.
"성적이 바닥이던 녀석이 갑자기 전교 1등 했다고 했지?"
"응."
민석이 무엇을 묻는지 모르는 민경은 눈만 깜빡거렸다.
"의심스럽지 않아, 어떤 일이 있었는지?"
"무슨 말이야?"
"그냥 똑똑한 고등학생이 아니야."
"그럼?"
민석은 말없이 민경을 봤다. 민경은 아직 라면 그릇을 든 채 서 있었다.
"정말 잘 키워 봐. 어쩌면 네 제자가 위인이 될 수도 있어."

민경의 말에 희우가 머리를 긁적이며 웃었다.
"그냥 예쁘게 잘 봐주신 거 같아요."
"어쨌든."
민경은 희우를 향해 손바닥을 펴 보였다.
"네?"

"선물 없어? 원래 아르바이트 소개시켜 줬고 월급 받았으면 열쇠고리라도 사 와야 하는 거 아니야?"

희우에게 그런 센스는 없었다. 희우는 더욱 멋쩍게 웃었다.

"하하, 나중에 사 드릴게요."

희우가 교실로 올라가자 옆에 있던 담임이 물었다.

"오빠 밑에서 아르바이트 잘했다고 하던가요?"

담임은 민경을 통해 희우가 변호사 사무실에서 일하는 걸 알고 있었다. 희우는 모르고 있었지만 담임은 종례를 일찍 마치든가 해서 빨리 갈 수 있도록 도와줬다.

담임의 질문에 민경이 밝게 웃으며 고개를 끄덕였다.

"정말 대단한 학생이라고 칭찬을 하던데요."

"다행이군요."

"그런데 친해지기는 정말 어려운 거 같아요. 보통 학생은 이 정도 불러냈으면 머리끝까지 기어올라서 건방진 행동도 하고 짓궂은 장난도 치고 할 텐데 희우는 항상 선을 긋고 있어요."

민경의 말에 담임은 빙긋 웃었다.

"저도 교실에서 느끼고 있습니다. 친구들과 잘 지내는 것 같지만 항상 일정 수준 이상은 거리를 두더군요."

의미 없는 방학식과 마찬가지로 뜻 없는 개학식이 이뤄졌다. 캠프에서 1등을 한 이유로 희우는 단상에 올라 교장의 앞에 섰다.

"상장. 위 학생은 서울 교육청이 주최한 모범 청소년 미래 지도자 양성 교육 캠프에서……."

사회를 보는 교사가 마이크에 대고 상장의 내용을 읽어 내려갔다. 희우가 상을 받을 때 민경은 한쪽 눈을 깜빡이며 윙크를 해 줬다.

'잘했어.'

민경은 소리를 내지 않고 입 모양만으로 의미를 전달했다. 희우는 그런 민경을 보며 어색하게 웃어 보였다. 아직 선물을 사지 못했다.

그런데, 운동장에 서 있는 아이들의 틈바구니에서 인상을 쓰고 있는 학생이 있었다. 바로 정민이었다. 정민은 희우가 상장을 받는 모습을 보며 이를 악다물었다.

뜨거웠던 여름의 한철이 지날 시기였지만 아직 햇살은 뜨거웠다.

재호 그리고 현준과 함께 교실로 올라갈 때 도서관에서 근로 장학생으로 있는 유빈이 옆으로 다가왔다.

"요즘 왜 책 빌리러 안 와?"

"아르바이트하느라 바빴어요."

"아르바이트?"

유빈이 눈을 동그랗게 뜨고 물었다.

"네. 오늘은 책 빌리러 갈 겁니다. 항상 같은 시간이죠?"

유빈이 고개를 끄덕이자 희우는 인사를 하고 계단을 올라 교실로 이동했다.

수업이 시작되었다. 희우는 아직 2분단 가장 뒤에 앉아 있었다. 키도 약간 큰 것 같고 딱히 자리를 바꿀 만한 이유도 찾지 못했다.

모의고사가 얼마 남지 않은 시기였기에 희우는 약간의 긴장을 하고 있었다. 중간 · 기말고사와 모의고사는 엄연히 다른 종류의 시험이었다. 학교에서 보는 시험은 범위가 명확하게 정해져 있고 공부할 분량 역시 많지 않았다. 하지만 모의고사는 중학교 문제에서부터 고등학교까지 범위가 넓게 펼쳐져 있었다. 난이도는 높지 않았지만 문제 수가 많고 긴 시간을 봐야 했기에 컨디션 조절도 필수였다. 10년 이상 입시 공부에서 손을 놓았던 상태였기에 현역 고등학생들과의 경쟁에서 이길 수 있을지 걱정이 되었다.

"또 공부해?"

과학 문제집을 손에 들고 공부를 할 때였다. 재호와 현준 그리고 반장 승민이 옆으로 왔다. 말을 걸어 주는 친구가 생긴 건 즐거운 일이지만 반대로 공부할 시간을 빼앗기는 단점도 있었다.

"며칠 후에 모의고사 보잖아."

희우의 대답에 승민이 말했다.

"모의고사는 실력으로 봐야지. 공부한다고 안 올라."

학생들과 교사들은 희우가 모의고사만큼은 높은 점수를 받지 못할 거라고 예상하고 있었다. 학교 시험의 경우 간혹 높은 성적을 받는 학생도 있었지만 모의고사는 다르다. 공부를 꾸준히 한 학생들이 높은 점수를 받는 법이다. 모의고사는 단기간 공부해서 점수를 올릴 수 있는 시험이 아니었다.

"그래도 준비는 해 봐야지."

사회탐구와 언어 영역은 어느 정도 자신이 있었다. 영어야 말할 것도 없다. 사법 고시를 치르기 위해서는 일정 부분의 공인 영어 성적이 필요했기 때문이다. 또한 격투기를 하던 시절에 미국 진출을 노리며 많은 시간을 영어에 투자했었다. 수학도 큰 걱정은 없었다. 고등학생으로 다시 살게 되며 꾸준히 공부했던 과목이기 때문이다.

하지만 과학은 달랐다. 기말고사에 잠깐 공부를 했지만 그것만으로는 부족했다. 외워야 할 부분도 많고 이해해야 할 곳도 많았다. 긴 시간을 두고 준비해야 할 것 같았다.

"어? 그때 그 여자애다."

희우의 옆에서 떠들던 재호가 문밖을 보며 말했다. 승민과 희우는 재호가 가리키는 곳을 향해 고개를 돌렸다. 규리가 서 있었다.

규리는 희우와 함께 캠프를 갔던 여학생이었다. 승민이 손을 흔들어 알은척을 했다. 반장으로서 학교 임원 회의 등에서 친분을 쌓았다고 했다.

규리가 찾아온 사람은 희우였다.

"무슨 일이야?"

복도로 나간 희우가 물었다. 규리는 오랜만에 만났지만 딱딱하게 말하는 희우가 야속했다.

"너 모의고사 자신 없지?"

규리는 차갑게 말하면서도 A4 용지 묶음 하나를 건넸다.

"뭐야?"

"사탐 과탐 정리한 거 복사한 거야. 암기 과목이라 이런 정리한 자료가 도움이 될 거야."

규리의 호의에 희우는 어리둥절했다.

"이걸 날 왜 줘?"

"필요 없어?"

희우의 태도에 규리가 도끼눈을 뜨고 흘겨봤다.

"아니야. 고마워서 그러지."

"그럼 너도 나중에 공부한 거 나 줘!"

규리는 휙 몸을 틀어 자신의 교실로 향했다. 그러다가 걸음을 멈추고 다시 희우를 바라봤다.

"정민이가 모의고사는 지가 이긴다고 떠벌리더라. 걔가 1등 해서 잘난 척하는 거 재수 없어. 그러니까 이번에도 네가 꼭 이겨."

규리는 말을 마치고 다시 걸어갔다. 규리의 뒷모습을 보며 희우는 머리를 갸웃거렸다.

민경과의 데이트 사건 이후로 학생들은 이제 누가 희우를 찾아와도 관심 없었다. 단지 빈정거리는 말투로 말할 뿐이었다.

"벌써 바람피우냐?"

"하긴, 파릇파릇한 고등학생이 좋지."

말은 험했지만 모두 장난기 가득한 말이었기에 빙긋 웃고 넘겼다.

규리가 정리한 부분은 필수적인 것을 비롯해 전체적으로 깔끔하게 잘 정리되어 있었다.

'이 정도 정리라면 웬만한 이론서보다 좋은데?'

희우는 일단 문제집은 뒤로 놓고 규리가 정리한 용지를 바탕으로 암기를 시작했다.

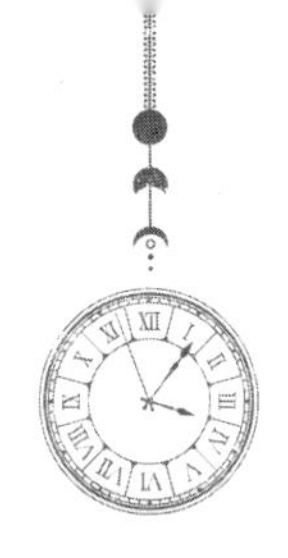

CHAPTER 6

모의고사 날이 되었다.

수업 종이 울리고 두 명의 교사가 크고 두꺼운 서류 봉투를 들고 교실로 들어왔다. 한 교사는 교탁 앞에, 다른 교사는 교실 뒤 게시판 앞에 섰다. 학생들의 앞에 선 교사는 칠판에 시험 시간과 학생 정원을 적었다. 교사는 분필을 놓은 후 서류 봉투를 칼로 찢어 시험지를 빼 들었다.

“내신 안 들어간다고 찍고 자지 말고 최대한 풀어 보도록 해.”

교사는 1분단부터 학생 수에 맞게 시험지를 나누어 줬다.

“시험지 받자마자 뒤집어 놓고 문제 보지 마라. 시험은 방송 나오면 시작할 거야.”

희우가 치르는 첫 모의고사였다. 수능까지 몇 번의 시험이 더 남아 있었기에 점수에 대한 부담감은 없었다. 이번 시험은 앞으로의 계획을 세우고 모자란 부분을 확인하기 위한 과정이었다. 컴퓨터용 사인펜을 들고 시험의 시작을 기다렸다.

방송이 흘러나오고 듣기 평가가 시작되었다. 문제는 수월하게 풀어 나갔다. 점심을 먹은 후 수리탐구2에서 약간 지치기는 했지만 어려움은 없었다. 외국어 영역은 자신 있었다. 빠르게 풀고 난 후 시험지 가장 뒷장에 비어 있는 공간을 찾았다.

시험은 참 신기한 시간이었다. 시험 종료를 알리는 종소리가 울릴 때까지 빈 지면에 하는 낙서. 그것은 깊은 생각을 할 수 있는 최적의 행동이었다. 희우는 동그라미와 세모 등으로 자신만의 수식을 만들어 생각을 정리하고 있었다.

'가진 돈이 200만 원.'

그 돈도 없을 때는 간절히 필요했던 크기였다. 하지만 막상 손에 들어오자 부족했다.

'뭘 하지?'

금값은 세계적으로 내려가는 시기였으니 투자할 가치를 느끼지 못했다. 훗날 크게 오르는 시기가 있지만 아직은 먼 미래였다.

'주식?'

앞으로 일어날 주식의 오르내림을 알고 있다면 당연히 주식 투자로 손을 벌렸을 거다. 하지만 기억하고 있는 건 큰 흐름이지 자세한 사항이 아니었다. 그 상황에서 주식으로 벌 수 있는 금액은 3개월 동안 10%만 되어도 성공이라고 판단했다. 20만 원을 더 만든다고 달라지는 건 없었다.

'뭐가 있을까?'

희우의 생각이 부동산으로 향했다. 하지만 가지고 있는 금액으로 덤비기는 어려웠다. 값싼 토지들이 있지만 토지는 환금성이 부족했다. 즉, 되팔 때까지 시간이 걸렸다. IMF가 일어나면 전국의 토지와 건물의 시세가 떨어지는 상황이 벌어진다. 어쩌면 손해를 보게 되는 상황이 올 수도 있었다.

그렇게 마지막 시험인 외국어 영역이 끝났다. 승민이 가장 먼저 다가왔다. 승민은 1학기 기말고사가 있기 전까지 반에서 1등이었다. 등수에 연연하지 않는 것처럼 행동했지만 신경이 쓰이는 건 어쩔 수 없었나 보다.

"잘 봤어?"

"그럭저럭."

승민의 질문에 희우는 가볍게 대답했다. 학생들은 시험이 끝난 후 망쳤다고 엄살을 피우고 있었다. 승민도 마찬가지였다.

"이번에도 네가 1등 하는 거 아냐? 난 망쳤어."

답안지를 나눠 받고 채점을 시작했다. 전체적으로 한두 개씩 틀렸고 예상했던 과학에서 몇 문제가 더 나갔다.

"몇 점이야?"

채점을 하고 점수 합산을 할 때 옆에서 채점을 하던 승민이 물었다.

"376점 나왔네."

수능의 난이도가 높던 시절이었다. 희우가 말한 점수가 수능 점수였다면 당장이라도 한국 대학교 비인기 학과에는 입학할 수 있는 점수였다.

승민은 턱이 떨어져 나갈 듯 입을 벌렸다. 그리고 고개를 숙이고 장난처럼 말했다.

"역시 예상했던 대로 나의 패배다. 우리 반 1등은 네가 먹어라."

희우는 빙긋 웃었다. 예상했던 점수보다 높게 나왔지만 만족스럽지는 않았다. 어떤 과를 갈지 정하지는 못했지만 여유롭게 결정하기 위해서는 더욱 높은 점수가 나와야 했다. 다행인 건, 아직 1년 이상의 시간이 남아 있다는 거다.

종례가 끝났다. 재호와 함께 도서관으로 가려고 교실 밖으로 나섰다. 문 앞에 한미가 서 있었다. 종일과의 싸움 때 그네를 타고 있다가 돈 봉투를 돌려줬던 여학생이었다.

"시험 끝났는데 뭐 해?"

한미는 깻잎 머리에 그 시절 유행하던 붉은색 가방을 등에 메고 있었다. 희우는 한미를 보지 못한 척 지나치려 했다. 하지만 한미가 희우의 앞을 막아섰다.

"나한테 빚진 거 기억 못 해?"

"빚? 무슨 말 하는 거지?"

희우는 차갑게 말했다.

"매점 가자. 나 빵 먹고 싶어."

희우의 차가운 태도에도 한미는 아랑곳하지 않고 반달 모양의 눈웃음을 지었다.

"싫어. 빵 안 좋아한다."

"그럼 밖에 갈까? 학교 앞에 분식점 생겼던데."

갈 생각을 하지 않고 앞에서 생글생글 웃고 있는 한미가 마음에 들지 않았다. 희우는 차갑게 한미를 내려다봤다. 그리고 한미만 들을 수 있도록 작게 말했다.

"미안한데, 나는 빚진 거 없고 양아치를 정말 싫어해. 얼마나 싫어하는지 알아? 너희 같은 놈들보다 바퀴벌레가 깨끗하게 느껴져. 만약 이 학교가 아니라 다른 곳에서 만났다면 나는 너를 사람 취급하지 않았을 거야."

"……!"

검사가 죄인을 대하는 말투였다. 싸늘했고, 진득한 살기가 가득했다.

한미는 자신도 모르게 침을 꿀꺽 삼켰다. 주먹으로 사정없이 얼굴을 가격당하는 느낌마저 받고 있었다.

지금까지 만난 모든 남자들은 한미의 예쁘장하게 생긴 외모를 보고 친절하게 대했다. 하지만 희우는 아니었다. 꼭 된소리가 들어가야 욕이 아니었다. 쌍욕보다 더 험한 소리처럼 느껴졌다. 바퀴벌레가 더 깨끗하단 말, 사람 취급을 하지 않는단 그 말에 한미의 작은 손이 떨려 왔다.

"내가 왜 양아치야!"

"알려 줘?"

희우가 뚜벅뚜벅 한미의 앞으로 걸어갔다.

반 아이들은 복도에 나와 한미와 희우를 빙 둘러서서 구경을 하고 있었다. 가운데 낀 재호는 어쩔 줄 몰랐다.

한미의 앞으로 다가간 희우는 한미의 입으로 얼굴을 가까이 갖다 댔다. 갑작스럽게 얼굴이 가까워지자 한미가 놀라서 뒤로 물러섰다.

"뭐 하는 짓이야!"

"담배 냄새."

"뭐?"

"입에서 난다."

한미의 얼굴이 붉게 물들었다. 희우는 뒤로 돌아 재호에게 말했다.

"가자."

희우가 떠나고 수군대던 남학생들이 하나둘 자리를 피했지만 한미는 아직 그 자리에 있었다. 아무 말 하지 못하고 고개만 숙이고 있었다.

도서관이었다. 유빈은 평소와 다른 분위기를 보여 주고 있었다. 항상 반갑게 그들을 맞이해 주던 유빈인데 오늘은 어딘지 모르게 쌀쌀맞아 보였다.

교무실에 들러 열쇠를 찾아 도서관으로 향하던 유빈은 남학생들이 빙 둘러 있는 복도를 봤다. 무슨 일인가 궁금해 시선을 향한 것이 문제였다. 유빈은 희우가 한미의 입으로 얼굴을 가지고 가는 것을 똑똑히 봤다.

유빈은 뒤도 돌아보지 않고 도서관으로 달려갔다. 희우에게 가진 감정이 단순한 호감인지 무엇인지 알지는 못했지만 가슴에 요동치는 감정은 분명한 분노였다.

'모범생인 척은 혼자 다 해 놓고 학교에서 그런 짓을 해?'

희우는 항상 차분한 말투였고 빌려 가는 책도 철학이나 사상 등의 고리타분한 것이었다. 전교 1등이라는 말도 들었고 캠프에서 장학금도 받아 왔다. 유빈은 희우의 이미지를 모범생이라는 틀 안에 고정하고 있었다.

하지만 희우는 유빈의 태도가 어떤지에 대해 관심이 없었다. 평소와 다르기는 했지만 사람의 기분이 계속 좋을 수는 없다고 생각했다.

희우는 책을 몇 권 빼 들고 유빈의 앞에 섰다. 재호도 책을 몇 권 들고 왔다. 재호가 물었다.

"누나, 기분 안 좋은가 봐요?"

유빈은 말없이 대출표에 책 이름과 재호의 이름을 적어 갔다.

“기분이 안 좋을 때는 그냥 웃는 것도 도움이 된대요.”
재호가 히죽 웃으며 다시 말을 붙였다.
유빈의 눈이 재호를 봤다. 그리고 희우를 노려봤다. 오늘 처음 눈을 마주했다. 유빈의 눈빛에는 슬픔, 원망, 분노 등이 뒤섞여 있었다.
유빈이 틱틱거리며 말을 했다.
“학생이 학교에서 연애할 수는 있지만 애정 표현을 하는 건 아닌 거 같아.”
희우와 재호는 유빈이 무슨 말을 하는지 이해할 수 없었다.
“네?”
“아니, 그냥 그렇다고.”
도서관에서 나오며 희우가 재호에게 물었다.
“나한테 감정 상한 거 있나?”
유빈의 말투와 눈빛은 분명 희우를 향하고 있었다. 희우가 고개를 갸우뚱거릴 때 재호가 등을 툭툭 쳤다.
“넌 공부만 잘하는 녀석이야. 여자 마음은 모르지?”
“어?”
“따라와. 이 형님이 연애에 대해 특별 과외를 해 주시겠다.”
재호는 키가 작았다. 하지만 희우의 앞에 걸어가는 재호의 등은 태산을 안을 만큼 널찍하게 보였다.
학교 앞 상가 1층, 문구점 두 개 사이로 분식점이 하나 있었다. 그들은 그곳으로 들어갔다. 빨간 떡볶이 국물에 김말이와 계란튀김이 섞여서 나왔다. 나무젓가락을 비벼 뜯은 후 재호가 말했다.
“일전에 그 공부 잘하는 여자애하고 오늘 날라리 여자애는 너를 좋아해.”
“뭐?”
희우는 황당했다. 누가 자신을 좋아한다니, 믿을 수 없는 일이었다. 고등학교 때나 삼수 시기는 말할 것도 없었고 격투기 시절에도 돈이 없다며 다들 꺼렸다. 검사가 되어서는 직업을 보고 좋아했지 순수하게 희우를 좋아하는 여성은 없었다. 격투기 선수에 검사까지 파란만장한 일생을 살았지만 연애는 극히 초보였다.

"그리고 도서관 유빈이 누나도 너를 좋아해."

재호의 말에 희우의 입에 비웃는 미소가 올라왔다. 그녀들이 희우를 몇 번이나 봤다고 좋아한다고 확정을 짓는지 어이가 없었다.

"증거는?"

"사람 마음에 증거가 어디 있어. 느낌이 딱 오는 거지."

재호는 떡볶이 국물에 계란을 으깨려고 했다. 희우가 그의 손을 잡았다.

"잠깐."

"왜?"

"계란 으깨는 거 싫어."

재호가 황당하다는 표정을 지었다.

"떡볶이에 계란은 으깨야 제맛이야."

희우는 고개를 저었다. 진지한 눈빛이었다.

"계란을 으깨면 튀김과 노른자 때문에 떡볶이 국물 본연의 매콤한 맛이 사라지지."

희우의 말에 재호가 반박했다.

"그게 학교 앞 분식점의 맛이야. 으깨 먹지 않고 깔끔 떨고 싶다면 번화가로 가."

그들의 눈빛에 양보라는 단어는 없었다.

잠시의 긴장된 시간이 지나고, 희우가 제안했다.

"그럼 반반 나눠 먹자."

"좋아."

떡볶이를 먹으며 재호는 희우 주변의 여자에 대해 계속 말을 했다.

"일단 내가 보기에는 아직 다들 호감 정도인 거 같아. 이 남자애 멋지다, 이 정도?"

재호의 말을 반쯤 흘려들으며 희우가 물었다.

"넌 어떻게 연애에 대해 그렇게 잘 알아? 여자 친구 많이 만나 봤어?"

재호는 말이 없었다.

한참 후 재호가 슬픈 목소리로 입을 열었다.

"연애를 '동급생'으로 배웠어."

동급생은 당시 청소년들이 어둠의 경로를 통해 돌려 하던, 19금 미소녀 연애 시뮬레이션 게임이었다.

희우는 학교 도서관에 있었다.

학교에서는 논술 준비를 하는 학생을 위해 신문을 모아 놓고 있었다. 희우는 1997년 1월 1일부터 지금까지 발행된 신문을 보고 있었다.

도서관에는 데스크에 앉아 있는 유빈과 중앙의 작은 테이블에서 신문을 보는 희우만 있었다. 유빈은 한미와의 일이 아무것도 아니었다는 사실을 알게 됐고 평소처럼 희우를 대하고 있었다. 유빈이 오렌지 주스를 가지고 와서 희우의 앞에 놓았다.

"논술 준비해?"

"그런 셈이죠."

"이거 먹으면서 해."

유빈은 다시 총총걸음으로 데스크로 가서 공부할 책을 폈다. 유빈 역시 수능이 얼마 남지 않은 수험생이었다.

재호가 한 말 때문이었나? 아니면 친절하게 대해서일까? 희우가 데스크에 앉은 유빈에게 물었다.

"어느 대학을 지망하세요?"

알고 지낸 지 몇 개월이 되었지만 희우가 먼저 말을 건 일은 오늘이 처음이었다. 유빈은 놀란 표정으로 희우를 바라봤다.

"나?"

"네."

유빈은 희우의 질문이 자신에게 향했다는 걸 확인하고서야 대답했다.

"한강 대학교 신방과 가고 싶어."

텔레비전에 나오는 기자들이 너무 멋져 보였다고 말했다.

"그래서 어떤 어려움이 있어도 국민들에게 사실을 알려 주는 멋진 기자가 되고 싶어."

희우는 유빈을 향해 빙긋 웃어 줬다.

"꼭 열심히 준비해서 합격하세요."

희우의 목소리는 일상적이었지만 유빈의 가슴은 심하게 떨려 오고 있었다.

희우는 다시 신문으로 눈을 돌렸다.

희우는 IMF가 있기 전 일련의 사태를 정리하고 있었다. 미래를 알고 있지만 정말 그 일이 다시 일어날지 아니면 조용히 지날지 확인해야 했다.

전체적인 주가는 여름을 기점으로 하락하고 있었다. 하지만 그것으로 앞날을 확정 짓기는 어려웠다. 큰일이 얼마 남지 않은 세상. 너무도 조용했다. 하지만 희우는 그렇게 생각하지 않았다.

'어떤 큰일이 벌어지기 전에는 분명 징조가 있어.'

나라를 뒤흔들 정도의 일이라면 징조가 없을 수 없었다. 희우는 그 징조를 찾기 위해 신문을 펼치고 있었다.

신문을 읽어 가던 희우가 느낀 점은 당혹스러움과 미스터리 그리고 분노였다. 1월에는 사상그룹, 3월에는 미상그룹, 4월에는 주류 회사가 부도났다. 끝이 아니다. 5월에는 제빵 회사, 7월에는 자동차 회사가 무너졌다.

'그런데, 왜?'

세상 모든 게 망하고 있었다. 그런데, 아무도 큰 위기가 올 것을 예상하지 않고 있었다.

'이렇게 난리가 났는데 IMF가 올 걸 정말 몰랐다고? 이게 말이 돼?'

어이가 없었다.

사람들은 연이어 부도가 나는 상태에서도 동남아와 달리 기초가 탄탄하기 때문에 위기를 피할 것으로 생각하고 있었다. 외면하는 것인지 정말 그렇게 생각하는지는 몰라도 대한민국은 폭풍 전야와 같았다.

'IMF는 기정사실이다.'

희우는 약간의 의심을 가지고 있던 미래를 완벽하게 확정 지었다.

'이 상태로 금융 위기를 피할 수는 없겠어.'

피할 수 없다면 기회로 삼아야 했다. 희우의 눈빛이 차갑게 변했다.

'어떻게 하면 돈을 벌 수 있을지 그것만 생각하자.'

모의고사 결과가 나왔다.

1등 이정민 381점.

2등 김규리 379점.

3등 김희우 376점.

4등 ××× 341점.

3등과 4등의 차이가 확연하게 눈에 들어왔다.

점수를 확인한 정민은 몸소 희우의 교실까지 행차했다. 정민은 의기양양하게 어깨를 펴고 다가왔다. 정민의 목소리가 이죽거렸다.

"모의고사는 안되는구나?"

정민은 아랫사람 대하듯 희우의 어깨를 토닥이며 계속해서 말했다.

"모의고사는 평소 실력이 나오는 거야."

정민의 고개가 깁스를 한 것처럼 굳어진 듯했다.

"기말고사 때는 내가 살짝 실수했었다. 하지만 이번 중간고사에서 누가 1등인지 확실하게 알려 줄게."

평소와 달리 과장된 말투로 장난처럼 말했지만 정민이 하는 말은 모두 진심이었다. 하지만 희우는 빙긋 웃어 보일 뿐이었다. 희우는 같은 학교 학생들과의 등수는 신경 쓰고 있지 않았다. 그리고 이번 모의고사는 앞으로의 계획을 세우기 위한 시험으로만 생각하고 있었다.

정민은 쉬지 않고 잘난 척을 해 댔다. 정민의 잘난 척에 모의고사를 보기 전 규리가 했던 말이 떠올랐다.

규리는 정리한 자료를 주며 말했다.

－걔가 1등 해서 잘난 척하는 거 재수 없어.

희우는 규리의 말에 동의했다.

"정말이었네."

입 밖으로 무심코 자신의 생각을 내뱉었다.

"뭐가?"

한창 떠들던 정민이 물었다.

"아냐, 누가 했던 말이 기억나서."

점심시간이었다. 종일이 교실로 찾아왔다.

종일의 등장에 교실의 분위기는 싸늘해졌다. 희우에게 패했다는 말이 돌았지만 아직 무서운 존재였다. 종일이 희우의 앞으로 걸어왔다.

"학교 끝나고 시간 비워 놔라. 어디 좀 가자."

"어딜?"

희우도 종일이 조폭과 연계되었다는 등의 소문을 들었다. 그 소문이 사실인지 거짓인지 알 수 없지만 실제 몇몇 조직에서는 고등학생을 양성하기도 했다.

물론 폭력배가 고등학생의 싸움에 나설 일은 없었다. 희우가 꺼리는 상황은 그 반대의 일이었다. 종일이 깨졌다는 소식에 어쩌면 자신을 영입하려 할 수 있다는 생각이 들었다. 조폭이 두렵지는 않지만 여기서 피해 간다면 골치 아플 수 있었다. 초반에 기선을 잡아야 한다고 생각했다. 조직폭력배가 법 위에 있을 수는 없다.

종일이 말했다.

"누가 좀 보자 해서."

희우는 고개를 끄덕였다.

"좋아, 가자."

"그럼 끝나고 기다려라."

말을 마친 종일이 옆에서 자는 척하던 태훈과 종욱을 발로 차 깨웠다.

"일어나. 나와 봐."

그들은 자리에서 일어나 종일을 따라 밖으로 나갔다. 화장실로 들어간 종일은 담배에 불을 붙여 태훈과 종욱의 입에 물리고 자신도 하나 물었다.

"그때는 미안했다."

종일은 놀이터에서 후배들에게 그들을 때리게 했던 걸 사과했다. 그들의 입에서 회색 연기가 흘러나와 화장실을 채웠다.

"너희도 저 녀석 꼴 보기 싫지?"

말을 하며 양 볼이 움푹 팰 정도로 연기를 빨아들였다. 그리고 연기를 내뿜으며 말을 이었다.

"조금 있다가 수업 끝나고 저놈 도망 못 가게 해. 그러면 내일부터 다시 너희 세상이야. 너희 반은 간섭 없이 맡길 테니까 알아서 잘하고."

희우가 그냥 간다면 낭패였다. 기다리란 말을 듣고도 그냥 가 버리는 학생들이 종종 있었다. 하물며 자신을 이긴 적이 있고 무서워하지도 않는 희우라면 충분히 그냥 갈 가능성이 높았다. 태훈과 종욱에게 회유책을 써서 희우가 절대 도망가지 못하도록 막아야 했다.

오늘 아침 종일은 삐삐를 통해 음성 메시지를 받았다.

-형인데, 네가 말했던 일 오늘이 좋겠다. 오늘 코치가 없어서 체육관을 사용할 수 있거든. 오늘 아니면 시간이 또 언제 될지 모르니까 최대한 맞춰라.

오늘이 희우를 칠 수 있는 기회였다. 종일은 이 기회를 놓치고 싶지 않았다.

하지만 태훈이 고개를 저었다.

"싫어. 가고 싶으면 가고, 남고 싶으면 남겠지."

종일의 눈이 무섭게 변했다.

"뭐?"

자신의 지시를 거절할 줄은 몰랐다.

"너 내가 저놈한테 한번 졌다고 우습게 보는 거냐? 아니면 후배들한테 때리게 시켰다고 삐진 거냐?"

"……."

종일의 손이 태훈의 턱을 잡고 흔들었다.

"며칠 안 맞았더니 감을 많이 잃었지?"

"아니야. 미안해."

태훈은 종일의 눈빛을 피해 고개를 숙였다.

"그럼 잡아 놔라."

종일이 태훈의 얼굴에 담배 연기를 뿜으며 밖으로 나갔다. 태훈과 종욱은 한동안 화장실에 가만히 서 있었다.

재호가 희우의 옆으로 왔다.

"넌 참 사람도 많이 찾아온다."

"응?"

"전교 1등도 찾아오고 싸움 1등, 아니 이제 너한테 졌으니까 싸움 2등도 찾아오고, 여자도 간간이 찾아오고. 인기 좋아."

"정말 그러네."

이전의 삶에서는 그 누구도 말을 걸어 주지 않았었다. 반가운 손님들은 아니더라도 누군가 찾아온다는 것이 새삼스러웠다.

재호가 말했다.

"같이 가자."

"어딜?"

"싸움 2등이 같이 가자는 데."

재호가 다시 말했다.

"저번처럼 경찰이라도 부르지 뭐."

현준이 옆으로 다가왔다.

"난 진단서라도 끊지 뭐. 진단서는 비싸니까 초진 차트 끊으라고 했나?"

말이라도 고마웠다.

교실로 들어온 태훈과 종욱. 태훈의 표정은 뭔가를 결심한 듯했다. 그들이 희우의 앞으로 걸어왔다. 그리고 태훈이 입을 열었다.

"수업 끝나면 그냥 집으로 가라."

그 말에 종욱이 깜짝 놀라 태훈을 바라봤다. 하지만 태훈은 계속해서 말했다.

"객기 부리지 말고 가."

말을 마친 태훈이 자신의 자리로 가서 책상에 엎드렸다. 옆에서 멍하니 서 있던 종욱이 자리에 앉으며 태훈에게 물었다.

"너 어떻게 하려고 그래?"

"나도 몰라."

만약 희우가 태훈의 말을 듣고 집으로 가 버린다면 종일이에게 심한 폭행을 당할 것이 분명했다. 하지만 태훈은 그렇게 하고 싶지 않았다. 눈을 감고 책상에 엎드린 태훈은 방과 후에 종일에게 맞을 걸 상상하며 두려움에 떨었다.

하지만 맞을 일은 없었다. 종례를 마치고 담임이 교실을 벗어났지만 희우는 집에 가지 않고 종일을 기다렸다.

교실로 들어온 종일이 희우에게 말했다.

"따라와."

희우는 종일과 용석을 따라 학교 밖으로 나왔다. 희우가 괜찮다고 말을 했지만 재호와 현준은 끝까지 쫓아왔다.

종일이 택시를 잡았다.

"택시 타고 가?"

희우가 종일에게 물었다.

"다른 학군이야."

종일은 심드렁하게 말하며 차 문을 열고 먼저 택시에 앉았다.

'학군?'

택시를 타고 도착한 곳은 타 학군에 있는 고등학교였다.

'고등학교?'

생각했던 곳이 아니었다.

'나도 상상력이 풍부해졌구나.'

희우는 피식 웃으며 택시에서 내렸다. 조폭 연계까지 생각하며 상상의 나래를 펼친 것이 순간 부끄러웠다.

종일은 희우의 앞에 서서 학교 운동장 구석에 있는 작은 체육관으로 향했다. 체육관의 문을 열고 안으로 들어가자 중앙에 사각의 링이 눈에 들어왔다. 그 위에는 한 사람이 서 있었다.

그 사람을 본 희우의 눈이 크게 뜨였다.

'성재 형?'

링 위에는 아직 앳된 얼굴의 성재가 있었다.

강성재, 희우와 군대에서 만나 격투기의 길로 안내했던 인물이다. 그 성재가 링 위에서 희우를 내려다보고 있었다.

이전의 삶, 링을 떠난 후 단 한 번도 성재와 만나지 못했다. 사법 고시 준비를 하느라 바빴고 일을 하느라 바빴다. 그래도 항상 보고 싶었고 멀리서나마 건승을 기원했다. 그런 성재를 이렇게 고등학생이 되어 만나다니 너무나 반가웠다.

언젠가 성재에게서 집 근처에는 격투기를 할 수 있는 학교가 없어 멀리까지 버스를 타고 다녔다는 말을 들은 적이 있었다.

'인연은 인연인가 보네.'

성재는 하얀색 티셔츠에 파란색 트렁크를 입고 링 줄에 기대 종일에게 물었다.

"이 녀석이냐?"

"네."

성재의 눈빛에 의구심이 들었다.

단정한 교복과 두발. 사람을 괴롭히는 불량 학생으로 보이지 않았다. 링 줄에 몸을 기대고 선 성재가 희우에게 물었다.

"정말로 약한 학생들 돈 뺏고 때리고 그랬나?"

성재의 질문에 종일과 용석이 침을 꿀꺽 삼켰다.

앞일을 생각하지 않던 그들은 성재가 희우와 대화를 시도할 거라는 생각은 하지 못했다. 만약 희우가 그런 적이 없다고 부정한다면 총구의 방향은 그들에게 향할 수 있었다. 희우의 대답을 기다리며 그들은 긴장했다.

하지만 희우는 부정하지 않았다. 긍정하지도 않았다. 어떤 말도 없이 성재를 바라볼 뿐이었다.

성재는 천천히 희우를 살폈다. 운동을 했다고는 할 수 없는 몸이었다. 옆에 서 있는 종일처럼 체격이 좋은 편도 아니었다. 성재가 다시 물었다.

"운동을 배웠다고 들었다."

이번의 질문에 희우는 고개를 끄덕였다. 성재가 타이르듯 말했다.
"운동 좀 했다고 약한 학생들 돈 뺏고 때리고 그러면 안 되는 거야."
희우는 고개를 숙였다. 웃음을 참기 위해서였다.
'그때나 지금이나 똑같네. 혼자 정의로운 척 잘난 척은 다 하고 있어.'
성재가 계속 말을 했다.
"싸움을 하고 싶으면 링 위에서 해라."
희우의 입가에 잔잔한 미소가 걸렸다.
'그래야 성재 형이지.'
희우가 고개를 들어 성재를 바라봤다.
"스파링 한번 하죠."
"……!"
재호와 현준의 표정이 무너져 내렸다.
링 위에 서 있는 성재가 하는 말을 들어 보니 싸움까지 가지는 않을 것 같아 안심을 하고 있었다. 하지만 오히려 희우가 스파링을 제안했다.
재호가 희우의 옷을 잡았다.
"이건 아닌 거 같아."
재호의 목소리는 떨리고 있었다. 링에 서 있는 성재의 몸은 잔근육으로 뒤덮여 있었다. 누가 봐도 강해 보였고 무시무시했다.
현준도 희우를 향해 고개를 저었다.
"저 사람은 선수야. 네가 아무리 싸움을 잘한다 해도 이건 아니야."
희우가 담담하게 답했다.
"링 위에서는 시합이잖아. 싸움보다는 안전하겠지."
옷을 잡고 있는 재호의 손을 천천히 떼어 냈다.
종일과 용석은 깔보는 눈빛으로 희우를 보고 있었다.
그들의 계획은 희우가 성재에게 흠씬 맞은 후부터였다. 집으로 향하는 길에 다시 일대일 싸움을 신청하려고 했다.

성재는 고등학생이었지만 프로 선수에 필적하는 실력을 가지고 있었다. 여러 번의 전국 대회 우승을 비롯해 프로 랭커와의 스파링에서도 밀리지 않았다. 그런 성재에게 맞아서 지치고 부상당한 희우를 두들겨 패는 건 일도 아니라고 생각하고 있었다.

성재는 호기심 어린 표정으로 희우를 바라봤다. 운동을 배운 학생, 비록 싸움이었지만 자신보다 큰 종일을 이긴 녀석.

성재가 말했다.

“글러브 끼고 링으로 올라와.”

희우의 얼굴에 장난기 어린 미소가 올랐다.

한번쯤 다시 만나 글러브를 마주하고 싶었다. 격투기 선수 생활 시절, 단 한 번도 이겨 본 적이 없었다.

무엇이든 설렁설렁하는 법이 없던 성재는 스파링도 실전처럼 했다. 그래서 KO도 많이 당했고 처절하게 맞기도 했다. 실력이 올라 엇비슷하게 상대를 할 수 있을 때가 되자 성재는 은퇴를 해 버렸다. 고질적인 무릎 부상의 악화로 더 이상 링에 오를 수 없었던 것이다. 성재는 아쉬움을 남긴 채 감독 생활을 시작했고 희우와의 스파링은 더 이상 없었다.

‘그때는 맞았지만 오늘은 내가 좀 때려 보자.’

희우는 링에 오르기 전에 스트레칭을 했다. 다리를 쭉 펴서 긴장된 근육을 이완하고 발목과 팔목을 돌려 관절을 풀어 줬다. 몸 상태 확인 중이었다. 매일 아침 달리기를 통해 체력을 키웠고 근력 운동도 꾸준히 했다. 1라운드를 버틸 수 있는 체력은 충분했다.

그런 모습을 보는 종일과 용석의 눈에는 비웃음이, 재호와 현준의 눈엔 걱정이 가득했다. 하지만 희우는 신경 쓰지 않았다. 지금은 성재에게 집중해야 한다. 희우는 툭툭 스텝을 밟아 본 후 주먹을 몇 차례 휘둘러 봤다.

성재는 신기한 표정으로 희우의 준비운동을 보고 있었다. 희우가 하는 준비운동은 성재의 방식과 같았다. 뿐만 아니라 스텝까지 흡사했다. 성재가 물었다.

“어느 체육관에서 운동을 했지?”

“지금은 제가 다녔던 체육관을 찾기 어려울 겁니다.”

거짓말은 아니었다. 희우가 운동한 것은 성재가 만든 체육관이었다. 그 체육관은 아직 만들어지지 않았고 그렇기 때문에 절대 찾을 수 없을 거다.

희우는 마지막으로 팔을 쭉 올려서 기지개를 편 후 교복 단추를 풀었다. 그리고 고개를 들어 링 위의 성재에게 말했다.

“교복을 입고 링에 오를 수는 없어요. 남는 트렁크가 있나요?”

성재가 종일을 보며 말했다.

“체육관 밖 건조대에서 적당한 트렁크 가지고 와.”

종일이 밖으로 나가고, 희우는 트렁크를 기다리는 동안 체육관을 둘러봤다. 가운데에 링이 하나 있고 그 옆으로 세 개의 샌드백이 있었다. 그 앞으로는 전체가 거울로 되어 있는 벽이 있었다. 구석에는 아령, 고무 튜브 등 근력 운동을 할 수 있는 기구가, 벽에는 줄넘기 줄이 걸려 있었다. 오랜만에 보는 땀 냄새 가득한 그리운 공간이었다.

희우는 글러브가 모인 테이블로 가서 하나씩 들어 냄새를 맡아 봤다. 땀에 절어 좋지 않은 냄새가 났다. 가장 냄새가 덜 나는 글러브를 찾은 후 손에 끼워 봤다. 권투 글러브와 달리 손가락을 움직일 수 있는 MMA용 글러브였다.

잠시 후, 희우는 종일이 가지고 온 트렁크로 갈아입고 링으로 올랐다.

군대에서 관심병사에 고문관이었던 희우. 어디도 끼지 못하던 희우에게 유일하게 손을 내민 사람이 성재였다. 약한 자를 보면 도와주고 불의를 보면 못 참는 전형적인 마초, 순수한 성격의 남자. 그게 가끔 바보 같아 보였지만 헤어진 후로는 많이 그리웠다.

성재의 태도를 보아 종일이 거짓말한 건 이미 예상하고 있었다. 그래도 오랜만에 만난 만큼 살풀이는 제대로 해야 한다고 생각했다.

'그동안 맞은 거 보답은 하겠습니다.'

성재가 말했다.

"헤드기어 써."

"괜찮습니다."

희우는 여유 있어 보였다. 성재는 한숨을 길게 내쉬었다.

"다칠 수도 있어."

"그럼, 그쪽이 쓰세요."

성재가 고개를 저었다.

"체육관에서 취미 생활로 운동을 한 것 같은데, 그건 우물 안 개구리야. 체육관 출신이 선수 앞에서 까불면 안 돼."

"걱정은 고맙고요."

희우의 건방진 말에 성재는 한 수 가르쳐 주기로 결심했다.

희우의 옷차림이나 행동, 말투를 봤을 때 사람을 괴롭힐 인물은 아니라고 생각되었지만 그 판단은 보류했다. 하지만 종일을 이긴 것은 사실. 운동을 배운 것도 사실. 선수와 체육관 출신의 차이를 보여 줄 필요가 있었다. 벼는 익을수록 고개를 숙인다고 했다. 실력 차를 인정하고 수련에 정진한다면 훗날 좋은 선수가 될 수도 있다고 생각했다.

"그럼 시작하지."

성재가 희우에게 달려들었다.

주먹이 공기를 가르며 날카롭게 찔러 들어왔다. 상상 이상의 돌파력.

희우는 가까스로 몸을 비틀어 주먹을 피했다. '훅' 하는 바람 소리가 귓가에 울렸다.

'이게 고등학생이야?'

등에 식은땀이 주룩 흘렀다. 단 한 번이었지만 상대와의 차이를 확실하게 알려 주는 주먹이었다.

희우는 근력도 순발력도 스피드도 모두 성재에 비해서 떨어졌다. 하지만 이길 수 있는 방법은 있었다. 바로 경험이다.

성재가 아무리 강하다고 해도 아직 고등학생이었다. 수없이 많은 경기를 치른 희우와의 경험 차는 분명 존재했다. 게다가 희우는 지금과는 비교도 안 될 만큼 강한 성재와 붙어 본 기억이 있다.

다시 성재의 주먹이 들어왔다. 희우는 고개를 숙여 피하며 달려들었다. 그리고 성재의 허리를 잡았다. 하지만 힘이 부족했다. 성재는 넘어가지 않고 뒤로 빠지며 체중 이동을 했다. 희우의 손이 허리를 타고 성재의 목으로 올라갔다.

'잡았다!'

넘길 생각이었다. 그러나 역시 힘이 부족했다.

오히려 성재가 다리를 걸었다. 위를 신경 쓰고 있던 희우는 성재의 목을 잡은 채 같이 링 바닥으로 넘어졌다.

테이크다운을 당했다. 성재는 고등학생 때도 괴물이었다.

희우는 성재의 목을 잡고 있는 손을 놓지 않았고, 넘어지면서도 두 다리로 성재의 허리를 감았다. 성재의 주먹이 희우의 머리를 쳤다. 하지만 허리와 목이 잡혀 있었기에 위력이 있지는 않았다.

성재가 압박에서 벗어나기 위해 주먹을 휘두를 때 희우는 순간적으로 손과 다리에 힘을 풀었다. 성재의 몸이 반사적으로 위로 올랐다.

갑자기 자유의 몸이 되며 무방비가 된 성재. 희우는 그 순간을 놓치지 않았다. 다리를 성재의 팔 안쪽으로 집어넣고 성재의 목을 지지대 삼아 암바를 걸었다. 희우의 몸은 성재의 몸에 거꾸로 매달린 상태가 되었다.

하지만 완벽하게 걸어 넣은 건 아니었다. 성재는 팔을 빼며 주먹으로 희우의 얼굴을 가격했다. 희우는 뒤로 이동하며 다시 일어섰다.

잠깐의 공방이었지만 성재는 당황했다. 어설프게 운동을 해서 약한 사람들을 괴롭히는 줄 알았다. 하지만 아니었다. 만약 희우의 체중이나 근력이 자신과 비슷했다면 방금 전 암바로 게임은 끝났다.

상대를 인정한 성재의 눈빛이 변했다.

링 아래에서 종일과 용석, 재호, 현준은 모두 입을 딱 벌리고 서 있었다. 격투기를 잘 모르는 그들도 방금 전의 일에 얼이 빠져 있었다.

"저런 녀석이 똘마니 짓을 하고 있었다고?"

믿기지 않았다. 희우가 종일을 이긴 사실도 머리로 이해가 가지 않았는데 성재와 호각으로 붙는 상황은 보고도 믿을 수 없었다.

'끝냈어야 했는데.'

희우는 아쉬운 마음을 달랬다. 지금이 아니면 영원히 이기지 못할 수도 있다. 성재는 앞으로 경험을 쌓아 나가며 지금보다 더 강해질 것이다. 하지만 희우는 이제 격투기계에서 떠난 몸이었다.

문뜩 성재가 했던 말이 떠올랐다.

군대에 있을 때 그는 희우에게 몇 가지 기술을 가르쳐 주며 연습을 권했다. 심약한 성격이 격투를 통해 강해질 수도 있겠다는 생각에서였다. 성재가 기술을 가르쳐 주며 말했었다.

-고등학교 때 양아치를 만나거나 무조건 달려드는 사람에게 쓰면 좋았지. 내 주특기였어.

그 일을 떠올리며 희우는 생각했다.

'형이 가르쳐 줬던 주특기에 한번 당해 봐.'

희우는 성재를 향해 다시 달려들었다. 성재의 허리를 잡고 방금과 같은 자세를 취했다. 대신 다른 점이 있다면 상대가 목을 잡기 편하도록 길게 빼고 있다는 점이었다.

턱을 보호하기 위해서는 턱이 가슴에 붙을 정도로 최대한 아래로 숙여야 한다. 하지만 체력이 떨어지면 호흡을 하기 위해 턱이 들린다. 턱이 들려 목이 빠져 있는 희우의 모습. 성재는 체력이 떨어진 상태라고 생각했다.

성재의 팔이 움직여 희우의 목을 움켜잡으려고 했다. 하지만 희우는 빠르게 고개를 들어 팔의 움직임을 방해하고 몸을 낮춰 두 손으로 성재의 무릎을 잡아 힘을 주어 밀어냈다.

상대의 중심이 흐트러질 때 희우의 몸은 링 바닥에 닿을 듯 낮게 깔렸다. 오른팔로 성재의 목을 잡고 왼팔을 가랑이 사이에 집어넣으며 바닥에 꽂았다.

터엉!

링 바닥으로 성재가 튕기는 소리가 울렸다. 충격은 심하지 않았다.

성재는 재빨리 몸을 일으켜 희우를 봤다. 희우가 달려오는 걸 본 성재는 자세를 낮추고 태클을 걸기 위해 몸을 내던졌다.

'낚였다!'

희우는 쾌재를 불렀다.

희우는 달려오는 성재의 목에 팔을 걸어 넣으며 경동맥을 누르고 두 다리로 몸을 움켜잡았다. 길로틴 초크!

군대에서 성재가 가르쳐 준, 무작정 달려오는 상대에게 효과적인 방법이었고 성재의 주특기였다.

'내가 이걸 당할 때마다 목이 끊어지는 고통에 얼마나 힘들었는데. 당해 봐라!'

희우는 속으로 통쾌하게 웃었다.

"끄으윽!"

성재는 고통을 견디며 벗어나려 했다. 하지만 제대로 걸려 들어간 기술에서 빠져나올 방법은 없었다. 결국 성재는 바닥을 치며 항복 선언을 했다.

희우가 손을 풀어 더 이상의 고통이 없도록 했지만 성재는 한동안 링에서 일어서지를 못했다. 희우는 가만히 서서 성재가 일어나길 기다렸다.

링 아래에서 그들의 시합을 지켜보던 이들은 모두 말을 잊었다. 특히 종일과 용석은 어떻게 행동해야 할지 모르고 안절부절못했다.

잠시 후 성재가 자리에서 일어났다.

"졌다."

성재는 고개를 숙이고 패배를 인정했다.

전국 고등학교에서 가장 세다고 생각하고 있었다. 그런데 선수도 아닌 체육관 출신에게 패배를 할 줄은 생각도 못 했다. 성재는 스스로 한심하다는 생각을 하며 자책하고 있었다.

하지만 계속해서 패배에 머물 사람이 아니었다. 아픈 목을 쥐며 희우에게 물었다.

"네가 사람을 괴롭힐 학생은 아니라고 생각한다. 이제 사실을 말해 봐. 어떻게 된 거야?"

링에 기대어 있던 희우는 고개를 돌려 링 아래 종일을 쳐다봤다.

"야."

"응?"

종일은 놀랐는지 빠르게 대답했다.

"오해는 네가 풀어라."

종일은 아무 말도 하지 못하고 고개를 숙였다.

"오해?"

성재가 물었다. 희우는 글러브를 손에서 빼며 말했다.

"애들 돈 뺏은 적 없고 때린 적도 없어요."

희우는 성재의 앞으로 걸어가 손을 내밀었다.

"형이라고 불러도 되죠?"

설명을 들은 성재는 종일과 용석에게 크게 화를 냈다. 그들은 고개도 들지 못하고 가만히 듣고만 있었다. 입이 열 개라도 할 말이 없었다.

그들에게 잔소리를 마친 성재가 희우에게 물었다.

"그런데 왜 처음부터 사실을 말하지 않았지?"

"형이랑은 한번쯤 붙어 보고 싶었어요."

성재가 눈을 동그랗게 떴다.

"날 알아?"

"팬이에요."

무척 반가웠지만 티를 낼 수는 없었다. 성재의 입장에서는 오늘 처음 만난 사람이었다. 희우는 속으로 인사를 하며 언젠가 다시 만날 날을 기약했다.

집으로 돌아가는 길에 재호가 말했다.

"아까 그 형이 전국 최고라고 하던데 그럼 이제 네가 전국 짱이야?"

희우는 고개를 저었다.

"다시 싸우면 못 이겨."

성재가 조금만 더 경험이 있었다면 희우와 첫 공방 후 가까이 붙을 일은 없었다. 펀치력이 부족하고 리치가 짧은 희우가 믿을 수 있는 건 관절기밖에 없었다. 희우에 비해 긴 리치와 체격의 우위를 가진 성재. 방심하지 않았다면, 희우의 약점을 파악했다면 굳이 희우가 바라는 공간에 들어가지 않고 타격만으로 승부를 냈을 것이다.

희우는 재호와 현준에게 소문내지 말 것을 부탁했다. 다행히 그들은 약속을 지켰고, 희우가 성재와 싸웠다는 사실을 알고 있는 사람은 그때 자리에 있던 사람뿐이었다. 종일은 그 이후로 조용히 지냈다.

CHAPTER 7

학교가 끝나고 집으로 가려고 하는데 교실 앞에서 한미가 기다리고 있었다.

“야.”

한미가 불렀다. 하지만 희우는 못 들은 척했다. 더 이상 그들과 엮이고 싶지 않았다. 하지만 한미는 한 걸음 뒤에서 쫓아오며 계속 불렀다.

“야. 야.”

발걸음을 뗄 때마다 불러 대는 한미의 목소리에 결국 희우는 걸음을 멈췄다. 학교를 벗어나 인도를 걷는 중이었다.

“왜.”

희우의 대답에 한미가 배시시 웃었다.

“학교 끝나고 뭐 해?”

“네가 알 필요는 없어.”

“나 담배 끊었어.”

한미의 말에 희우가 피식 웃었다.

“학생이 담배 끊은 게 자랑이냐?”

한미는 손가락으로 희우의 입을 가리키며 다시 웃었다.

“너 웃었지? 웃었다.”

희우는 한숨을 쉬었다.

“나한테 뭘 바라지? 왜 이런 행동을 하는지 설명해 줄래?”

“처음에는 그냥. 지금은 네가 날 좋아하게 하려고.”

"뭐?"

다짜고짜 이런 말을 하는 여자는 살면서 처음 만나 봤다.

"내가 널 좋아하게 만든다고?"

"응. 그래서 차려고."

황당했다. 논리적으로 설명할 수 없는 말을 입으로 지껄이고 있었다. 좋아하게 만들어서 차 버린다니, 어떤 의미인지 이해할 수 없었다.

희우가 어이없는 표정으로 한미를 바라봤다.

"멍청이냐?"

"아니. 그러니까 나랑 매점 가자."

"싫다."

희우는 더 이상 할 말이 없었다. 뒤로 돌아 집으로 향했다.

한미는 여전히 희우의 뒤를 졸졸 쫓아왔다. 희우는 다시 걸음을 멈추고 한미에게 말했다.

"우리 집은 주택단지야. 난 여기서부터 쭉 걸어갈 거고. 그러니까 그냥 가라."

한미는 눈웃음을 지으며 말했다.

"우리 집도 주택단지야. 그리고 나도 쭉 걸어갈 거야. 그러니까 너도 그냥 앞으로 걸어가."

그들은 그렇게 걸었다. 희우가 걸음을 멈추면 한미도 멈췄다. 희우는 앞을 보며 걸었고 한미는 희우의 발뒤꿈치를 보며 걸었다.

아침처럼 달려서 떼어 낼까 했지만 체육복이 아닌 한 벌뿐인 교복을 입고 있었다. 교복에 땀이 배는 건 싫었다. 와이셔츠는 빨아 입는다 해도 바지까지 매일 빨고 싶지는 않았다.

갈림길이 나왔다. 희우가 한미에게 물었다. 이대로 두면 정말 끝까지 쫓아올 것 같았다.

"너희 집 어느 쪽이야?"

한미는 좌우를 보며 희우의 표정을 살피다가 한쪽을 가리키며 말했다.

"여기!"

희우는 씨익 웃으며 반대 길로 향했다.

"잘 가라."

한미는 그 자리에 서서 희우가 사라지는 걸 지켜봤다. 그리고 희우가 사라지자 한미는 왔던 길을 다시 돌아 버스 정류장으로 향했다.

처음 희우를 찾아갔을 때는 호기심이 컸다. 공부와 싸움까지 잘하는 모습에 끌렸다. 그러나 많은 학생들 앞에서 모욕을 당했다. 수치심을 이기지 못하고 복도에 서 있던 한미는 언젠가 앙갚음하리라고 다짐했다. 그것도 잠시, 함께 걸으니 처음의 그 호기심이라는 감정이 다시 싹텄다.

한미의 얼굴에 미소가 올랐다.

"멍청이는 애칭 아니야?"

희우가 집의 문을 열었을 때 부모님은 출근하시고 아무도 없었다. 희우는 방으로 들어가 가방을 놓고 옷을 갈아입은 후 책상에 앉았다. 이번 모의고사에서 가장 부족했던 과학 책을 꺼내 폈지만 머릿속에서는 어떻게 돈을 벌 수 있을지 고민이 가득했다.

중단기의 큰 계획은 세워 놓았다. 얼마가 될지는 모르지만 일단 최대한 많은 돈을 벌어 놓는 것이 첫 번째 계획이었다. 남은 시간은 약 세 달. 200만 원을 최대로 불릴 투자처를 찾아야 했다.

두 번째 계획은 성인이 되기까지 묻어 두는 것이었다. 미성년자라 행동의 제약이 컸고 IMF가 극악으로 치닫는 시기였기에 잠시 묻어 두는 것이 가장 안전했다.

하지만 계획일 뿐이었다. 어떤 방식으로 투자해야 할지도 잘 떠오르지 않았다. 부동산은 금액이 너무 컸고 주식은 예측하기 쉽지 않았다. 더구나 주식은 위험신호를 알리며 지속적으로 하락하는 중이었다.

부동산을 싸게 구입하는 방법은 있었다. 경매를 통한 매입이었다. 아직 경매에 대한 일반인들의 정보가 부족하고 인기가 없어 매력적인 가격에 매입할 수 있었다. 운이 좋으면 거의 절반가에 매입할 수도 있었다.

하지만 돈이 없었다. 어떤 일도 도모하기 어려웠다. 경매로 아파트를 사서 매매하는 것이 환금성도 가장 빠르고 좋지만 200만 원으로 집을 살 수는 없었다. 돈이 없어 포기하려 했지만 법적인 문제가 끼어 있는 경매야말로 희우에게는 가장 좋은 투자처였다. 쉽게 생각이 지워지지 않았다.

혀를 차며 의자에 비스듬하게 앉아 한숨을 내쉬었다.

"경매를 하려 해도 가진 자산이 적으니."

한참을 생각하던 희우가 주먹을 꽉 쥐었다.

"경매?"

방법이 있을 것 같았다. 잘만 한다면 생각보다 훨씬 많은 금액을 손에 쥘 수 있었다. 의자에서 일어나 방 안을 서성거렸다.

가장 큰 문제가 남아 있었다. 아직 희우는 미성년자였다.

희우가 떠올린 것은 경매가 아닌 공매였다.

경매는 채무 관계, 즉 대출 등을 통해 돈을 빌린 후 갚지 않았을 때 소송을 통해 진행되는 사건이다. 공매는 사람들이 세금을 내지 못한 걸 대가로 진행되는 사건이었다. 큰 차이점으로, 경매는 부동산 등 가치가 큰 매물 위주로 진행되지만 공매의 경우 물건이 다양했다.

미성년자가 경매나 공매를 하기 위해서는 법정대리인의 위임장과 인감증명서가 있어야 했다.

가장 먼저 아버지와 어머니를 떠올렸다. 언제나 자신의 편이며 배신하지 않는 존재. 하지만 성인이 되기 전에 돈을 번다고 한다면 반대할 것이 분명했다. 방학 동안 변호사 사무실에서의 아르바이트도 비밀로 했었다.

배우지 못한 그들은 언제나 대학에 대한 갈증이 있었다. 희우가 일찍부터 돈을 벌기보다 공부를 해서 좋은 대학을 가길 원했다. 자신들과 달리 사무실에 앉아 일하기를 바라고 있었다.

또한 착실하게 월급을 받아 생활해 오던 부모였다. 투자에 대한 개념은 존재하지 않았고 열심히 살면 언젠가 빛을 볼 수 있다고 믿는 사람들이었다. 그들은 모험을 두려워했다. 고등학교도 졸업하지 않은 아들이 투자를 한다고 하면 절대적으로 반대할 게 당연했다.

희우는 방 안을 서성거리며 고민을 했다.

머릿속에 한 사람이 떠올랐다. 자신의 편일지는 모르지만 문서를 배신하지는 못할 사람, 바로 강민석 변호사. 정의로운 변호사였고, 자신의 신념을 단순한 물욕 때문에 꺾지는 않았다.

'어떻게 설득할 수 있을까?'

다음 날, 학교를 마치고 바로 로펌으로 찾아갔다. 본관으로 향하자 데스크에 경란이 서 있었다.

"희우야!"

경란은 반갑게 손을 흔들었다.

"며칠 못 봤다고 왜 이렇게 반갑냐. 네가 옆에 있다가 없으니까 너무 외로워."

경란의 말이 길어졌다. 희우는 경란을 향해 미소 지은 후 물었다.

"강민석 변호사님 계시죠?"

"잠깐만."

경란은 전화를 돌려 확인했다.

"누구 약속인데 안 지키겠냐고 하시네. 기다리고 계신대. 어서 올라가 봐."

민석은 사무실을 지키고 있었다. 희우가 문을 열고 들어서자 민석이 책상에서 일어나 반갑게 맞이했다.

"어서 와라. 반갑긴 한데 네가 오면 무섭다."

민석은 장난기 가득한 표정을 지었다. 안타까운 사연의 의뢰인을 만나면 자신에게 오라는 말에 희우는 덜컥 친구 살인 사건을 들고 왔었다.

"살인 사건은 유리하게 돌아가고 있어."

민석은 희우를 소파로 안내하며 사건의 진행에 대해 간략히 얘기해 줬다.

여직원이 차를 내오고 민석이 말했다.

"네가 내 얼굴 보기 위해 올 만큼 정 있는 녀석은 아니고."

민석의 말에 희우가 빙긋 웃었다.

"의뢰를 하기 위해 왔습니다."

희우의 말에 민석은 피식 웃었다.

"네가 의뢰를 하면 부담스러워."

말투는 장난스러웠지만 눈빛은 진지했다. 민석은 차를 한 모금 마신 뒤 입을 열었다.

"그래, 어떤 의뢰지? 이번에도 안타까운 사연의 주인공이 있나?"

희우는 고개를 끄덕였다.

"법적 자격이 모자라서 목표에 향하지 못하는 어려운 학생이 있습니다."

"말해 봐."

희우는 잠시 뜸을 들인 후 천천히 입을 열었다.

"제가 공매를 하고 싶습니다."

"……!"

"변호사는 컨설팅을 할 수 있는 걸로 알고 있습니다."

민석이 손을 들어 말이 이어지는 걸 막았다.

"우리에게 컨설팅을 부탁하는 거야?"

"아닙니다. 제 나이가 어려 물건을 매매할 수 없습니다."

"법정대리인을 원한다면 부모님에게 말해야 한다. 우리는 임의나 특별 대리인이지 법정에서 지정을 하지 않는 한 법정대리인이 될 수는 없어."

희우는 고개를 저었다.

"법정대리인을 원하는 것이 아닙니다. 그리고 부모님께는 말씀드릴 수 없습니다. 부모님들은 제가 다른 짓 하지 않고 공부하기를 원하십니다."

민석은 이해한다는 듯 고개를 끄덕였다.

"당연히 아직 고등학생인데 공부가 우선이지. 나 역시 부모님들의 생각에 동의한다. 그런데 법정대리인을 원하는 것이 아니라는 말이 어떤 뜻이지?"

"쉽게 말하면 대리 입찰을 원합니다. 수임료는 수익금의 20%를 드리겠습니다. 변호사님의 공증을 통해 계약서를 쓰고 진행했으면 합니다."

민석이 크게 웃기 시작했다.

"그러니까 차명을 하고 싶다고?"

희우가 고개를 끄덕였다.

"그렇게 볼 수도 있겠지요."

"너는 지금 나에게 불법을 저지르란 거다. 2년 전 부동산 실명제로 부동산 거래에서 남의 이름을 빌려 쓰는 행위는 금지되었다."

민석의 말이 이어지는 사이 희우는 여유롭게 차를 마셨다.

"달리 말씀드리겠습니다. 변호사님이 투자하시는 물건에 대해 제가 투자를 하는 겁니다."

억지 같았다. 민석의 얼굴이 굳어졌다. 그 순간을 놓치지 않고 희우가 말했다.

"그리고 부동산이 아닙니다."

"……!"

공매나 경매를 하는 대부분의 목적은 부동산이었다. 민석은 희우의 말을 기다렸다.

"제게 있는 돈은 이곳에서 변호사님이 주신 200만 원이 전부입니다. 이 돈으로 부동산을 구입할 수 있는 방법을 알려 주시면 얌전히 떠나겠습니다."

민석이 다시 크게 웃었다.

민경에게 희우의 집이 어렵다는 말을 들었다. 그런데 공매를 말했다고 부동산으로 오해한 자신이 우스웠다. 시야의 폭을 넓게 잡고 있어야 하는 변호사가 자신도 모르게 오류를 저질러 버렸다.

한참 웃은 후 민석이 말했다.

"부모님이 원하는 것처럼 돈을 버는 건 나중에도 할 수 있어. 돈이 왜 필요하지?"

희우는 잠시 주저하다 말했다.

"등록금을 벌어야 합니다."

이미 장학금을 받아 첫 학기 등록금은 해결된 후였다. 하지만 희우는 끝말을 흐리며 훌륭한 연기를 보였다.

"좋아, 이해했다. 그럼 얘기나 들어 보자."

민석은 딱딱한 표정으로 말을 이었다.

"네가 가진 투자 금액은 200만 원이라고 했지?"

"네."

"200만 원으로 투자를 해서 그 수익금의 20%를 내게 준다고 했고."

"네."

민석이 빙긋 웃었다.

만약 다른 사람이었다면 여기서 말을 마무리 지었을 것이다. 하지만 민석은 희우를 높이 보고 있었다. 어떤 생각을 가지고 있는지 궁금했다.

"세금을 제하고 연 10%의 수익을 얻으면 매우 성공한 투자로 취급한다."

민석은 계속 말을 이었다.

"200만 원에 대한 성공한 수익률에서 20%. 월별로 계산하면 5천 원은 되려나? 내가 그 시간에 다른 일을 하면 그보다는 많은 돈을 벌 것 같은데, 어떻게 나를 설득해 볼래? 허튼소리나 감정에 호소를 하며 부탁하지 않을 거라는 건 알고 있으니까 말해 봐."

희우는 찻잔을 놓으며 물었다.

"궁금하지 않으세요?"

"뭐가?"

민석은 희우의 눈을 응시하고 있었다. 항상 생각하지만 고등학생이라고 보기에는 의심스러운 점이 많은 녀석이었다.

"제 목표를 말씀드릴 수는 없지만 최대한 흠 없이 성장하고 싶습니다. 그래서 합법적인 방법을 생각했습니다."

합법적인 방법을 생각했다고 굳이 이야기하는 이유. 그 이면에는 불법적인 방법도 당연히 알고 있다는 뜻을 보이기 위해서였다. 민석의 표정은 여전히 굳어 있었지만 희우는 웃고 있었다.

"변호사님이 직접 움직이실 필요는 없습니다. 저와 계약서를 쓰고 스스로 공증을 걸어 놓으시면 됩니다. 그리고 직원 중 한 명을 변호사님의 입찰 대리인으로 해서 일주일에 한두 시간 정도 빌려주시면 됩니다."

희우가 말을 끌고 있자 민석이 재촉했다.

"그래서 내가 무엇을 궁금해해야 한다는 거지?"

"두 가지를 궁금해하셔야죠."

민석은 조용히 희우의 다음 말을 기다렸다.

"첫째, 제가 얼마나 많은 돈을 벌지 궁금하지 않으신가요?"

"……!"

200만 원으로 어디까지 만들어 낼 수 있을지 궁금했다. 사실 실패한다고 해도 앞으로 더 많은 발전을 할 것 같은 희우를 도와주고 싶은 마음도 있었다. 동생인 민경에게도 잘 키워 보라고 말을 했었다. 민석은 진심으로 희우의 성장을 기대하고 있었다.

"그리고?"

"제가 어디에 투자할지 궁금해하셔야죠."

"……!"

가장 기초적인 질문을 하지 않고 있었다.

"그래, 궁금하다. 도대체 어디에 투자하려고 하지?"

희우가 씨익 웃으며 말했다.

"고물요."

"고물?"

의외의 대답에 민석은 놀라 눈을 동그랗게 떴다.

경매나 공매라는 이름의 투자가 대중화되기 시작한 것은 2000년대 중반이었다. 이 시기의 사람들은 경매에 대한 지식이 전무했고 경매에 대한 이미지도 좋지 않았다.

드라마 등에서 빨간딱지를 붙이며 집을 넘기는 장면이 주로 나왔다. 그리고 그런 드라마에서 경매를 하는 사람들은 깡패나 거친 사람들로 보였다. 문을 부수고 들어가 가녀린 주인공의 머리채를 잡아 밖으로 내던지는 등의 이야기를 접한 사람들의 인식이 좋을 리 없었다.

심지어 공매는 이름조차 모르는 사람도 있었다. 일찍 눈을 뜬 투자가들이 이 시점에 뛰어들었지만, 그래도 보통 집이나 땅을 우선적 투자처로 생각하고 있었다. 하지만 희우는 고물을 이야기했다.

민석은 침을 꿀꺽 삼켰다. 예사롭지 않은 학생인 건 알고 있었지만 이런 생각을 하고 있을 줄은 꿈에도 몰랐다. 민석은 희우가 예상보다 큰 수익을 올릴지 모른다고 판단했다.

희우는 검사 시절 알게 된 한 사업가로부터 고물 공매에 대해 들었던 기억이 있다.

-아파트는 이제 경쟁이 과열돼서 어떨 때는 급매로 사는 게 훨 싸요.

투자가치 없습니다. 실제로 거주할 목적이 아니면 추천 안 합니다. 하지만 땅은 아직 재미를 볼 수 있어요. 그리고 용돈 벌이로는 고철이 제격이지요.

민석은 목이 탔는지 식은 차를 한 번에 마시며 말했다.

"생각보다 더 대단하네. 확실히 평범한 고등학생은 아니야."

희우는 빙긋 웃기만 했다.

"좋아, 도와주지. 단, 네가 투자를 하는 것이 아니라 내가 너에게 장학금을 주는 조건으로 하자."

"네?"

민석의 표정이 진지해졌다.

"아무리 좋게 포장한다고 해도 네가 투자를 하는 행위 자체가 불법이다. 알고 있지?"

"알고 있습니다."

희우는 부정하지 않았다. 그러자 민석이 말을 이었다.

"너의 의견대로 투자를 진행하겠다. 단, 계약서는 고물 입찰 수익의 80%를 장학금으로 하는 장학 증서로 대체하자."

법에 위반되는 사항은 표면에 드러나지 않았다. 민석의 말에 희우는 만족한 미소를 보였다.

민석은 손을 내밀었다. 희우가 악수를 하려고 했다. 하지만 민석은 악수를 거부하고 손을 치웠다.

"내놔."

"네?"

"200만 원. 일은 확실히 해야지."

희우는 민석과 장학 증서를 만들어 계약을 하고 밖으로 나섰다.

다음 날부터 희우는 학교를 마치면 한국자산관리공사로 향해 공매 자료를 확인했다.

고물에 투자하는 방법은 어렵지 않았다. 학교에서 사용하던 시소나 그네 등의 놀이 기구와 축구 골대 등의 운동기구를 관심 물건으로 정했다. 그리고 주말 등을 이용해 보관된 장소에서 상태를 확인했다.

사실 상태의 확인이라 할 수 있을 만큼의 행동은 아니었다. 무거운 쇳덩이의 무게를 직접 잴 수는 없었다. 정보지에 적힌 무게나 크기를 눈으로 어림잡아 대조해 보고 확인하는 일이 전부였다. 눈대중으로 큰 차이를 발견하지 못했다면 몇 군데 고물상에서 시세를 확인하면 입찰 준비는 끝이었다.

희우가 처음 결정한 물건은 축구 골대 등 학교에서 사용하는 운동기구였다. 최저가는 190만 원. 고철에 투자하는 사람이 많지 않았기에 최저가로 낙찰받을 수 있으리라고 생각했다.

희우는 일회용 카메라를 이용해 놀이 기구들을 찍은 후 사진관으로 이동해 인화했다. 그리고 고물상으로 향했다.

"실례하겠습니다."

희우는 고물상 안으로 들어갔다. 폐지와 고철을 사이에 둔 컨테이너 박스의 문이 열리고 한 남자가 걸어 나왔다. 주인은 고물상을 방문한 사람이 어린 학생이란 사실에 매우 귀찮은 표정을 지었다.

희우가 물었다.

"고철 사세요?"

주인은 고개를 끄덕였다.

"꺼내 봐."

어디서 캔 음료라도 모아 온 거라고 생각한 거다. 하지만 희우는 사진을 내밀었다.

"이런 거 얼마쯤 해요? 많이 망가져서 사용은 어렵지만 고철로는 가능해서요.”

고물상 주인은 사진을 보며 퉁명스럽게 물었다.

“무게는 얼마나 되는데?”

희우는 정보지에 있던 무게와 크기 등 상세 내용을 말해 줬다.

“360만 원.”

주인은 여전히 퉁명스럽게 말했지만 뒷말을 끌었다.

“많이 쳐주는 거야.”

희우는 밝게 웃으며 감사하다고 인사를 했다. 그리고 다시 물었다.

“물건 이동은 어떻게 하나요? 제가 여기로 가지고 와야 하나요?”

“전화해. 가지러 갈게.”

“그럼 물건 처분할 때 전화 드릴게요.”

“그래. 미리 전화 줘라.”

주인은 희우를 향해 친절한 미소를 보이며 손까지 흔들어 줬다. 태도로 보아 약간은 모자라게 가격을 부른 것 같았다.

하지만 희우는 그곳에서 나온 후로도 몇 군데의 고물상을 더 돌았다. 고철의 시세는 있었지만 각 고물상마다 부르는 가격은 조금씩 차이가 났다.

“제일 많이 준다고 하는 곳이 380이구나.”

희우는 미소를 지으며 변호사 사무실로 전화를 걸었다.

사건 번호와 공매장의 위치 그리고 낙찰받을 금액을 알려 주면 희우의 역할은 끝이 났다. 그러면 정해진 날짜에 경란이 공매장으로 이동해 입찰을 하고 왔다. 희우는 경란과 함께 가서 공매장의 분위기를 보고 싶었지만 공매를 하는 시기는 평일이었다. 학교에 있어야 하는 희우가 갈 수 있는 시간은 아니었다.

처음 정한 물건이 최저가에 낙찰이 되었다. 경란은 희우가 알려 준 고물상으로 전화를 걸었다. 고물상 업자가 와서 물건을 가지고 가며 모든 진행은 마무리되었다.

희우는 첫 낙찰에 180만 원의 수익을 올렸다. 무려 90%의 수익률이었다. 민석은 크게 놀랐다. 그리고 약속대로 수익의 20%를 민석이 가지고 나머지 금액은 재투자하기로 결정했다.

"너 정말 대단하구나. 내가 생각하는 것 이상으로 해냈어."

사무실에서 민석은 놀랍다는 듯 희우를 칭찬했다.

하지만 희우의 표정은 평소와 다름없었다. 예상했던 금액이었다. 경매나 공매는 철저히 수익을 보고 들어가는 투자였다. 놀랄 이유는 없었다.

"아직 모자라요. 조금만 더 부탁드릴게요."

변호사 사무실에서 나올 때 경란이 툴툴거렸다.

"내가 너 장학금 주려고 이런 일까지 해야 하나?"

경란은 자세한 사항은 모르고 있었다. 경란의 말에 희우는 빙긋 웃으며 그녀만 들을 수 있도록 작게 말했다.

"나중에 올 때 화장품 사다 드릴게요."

"내가 그런 거에 좋아할 거 같아?"

말은 그렇게 했지만 입은 웃고 있었다. 희우는 주변을 둘러보고 작게 말했다.

"강민석 변호사님은 피부 좋은 여자를 좋아하는 거 같아요. 제가 좋은 화장품 골라 올게요."

"흥, 주면 받지만……."

중간고사가 성큼 앞으로 다가왔다.

점심시간의 여자 교실 앞이었다. 여자 반과 남자 반은 층을 다르게 쓰고 있었다. 여자들만 있는 층에 희우가 서 있자 학생들은 흘끔거리며 희우를 봤다. 희우는 규리와 마주 서 있었다.

"주요 과목 정리한 노트인데 주요 부분만 적었을 뿐이라 도움이 될지는 모르겠다."

희우는 모의고사 때 규리와 했던 약속을 지키기 위해 자신이 만든 정리 노트를 건넸다.

"약속 지킬 줄은 몰랐네. 어쨌든 고마워."

"약속인데 지켜야지. 그럼 시험 잘 봐라."

단지 노트를 건넸을 뿐이었다. 그 모습을 한미가 봤다.

희우가 교실로 올라가자 한미는 규리의 앞으로 왔다.

학교의 불량 학생들은 공부 잘하는 학생을 건들지 않았다. 학교의 기대를 한 몸에 받고 있는 그들과 엮였다가는 시끄러워질 가능성이 높아서였다. 하지만 관심 있는 희우가 관련된 일. 한미가 규리의 앞에 섰다.

"노트?"

한미가 물었다.

"응."

규리가 대답했다.

학교에 입학하고 처음 대화를 하고 있는 중이었다. 규리는 한미가 말을 건 이유를 알지 못했다. 한미는 규리가 들고 있던 노트를 휙 빼앗아 들었다. 그리고 확인했다.

"요점 정리 노트?"

한미의 눈이 싸늘하게 변했다. 감정이 어쩌고를 떠나 자신에게는 눈길 하나 주지 않던 희우가 다른 여자와 말을 주고받는 상황이 마음에 들지 않았기 때문이다.

한미가 규리를 보며 나직하니 물었다.

"나는 양아치고 너는 뭐지?"

"……?"

한미는 규리의 코앞으로 가서 섰다. 하지만 규리는 눈을 피하지 않았다. 한미가 말했다. 한미의 목소리는 화가 나서 떨리고 있었다.

"지들만 잘난 줄 아는 너희도 역겨워."

"뭐?"

규리는 현 상황을 도저히 이해할 수가 없었다. 규리가 어리둥절한 표정을 짓고 있자 한미가 빙긋 웃으며 손에 든 노트를 흔들었다.

"넌 어차피 공부 잘하니까 필요 없잖아. 이번에 공부 좀 하게 내가 좀 볼게. 나도 대학 좀 가 보자."

입은 웃고 있었지만 눈은 웃고 있지 않았다. 한미 특유의 눈웃음은 없었다.

"지금 뭐 하는 짓이야?"

규리가 물었다.

사실 한미도 자신이 왜 이러는지 모르고 있었다. 공부를 잘하는 애들이 아니꼬워서? 아니면 자신을 무시하는 남자가 다른 여자에게 친절한 것에 대한 질투? 하지만 이미 시작된 일이었다. 여기서 꼬리를 내리면 자신의 꼴만 우스워진다. 그리고 그것이 아니더라도 노트를 돌려주고 싶지 않았다.

"말했잖아, 공부 좀 하자고."

그때 누군가 한미가 손에 잡고 있던 노트를 채어 빼냈다.

누가 감히!

한미의 표정이 일그러지며 고개를 돌렸다.

"어떤……!"

희우였다.

희우는 규리가 주었던 모의고사 요점 정리를 돌려주지 않은 걸 깨닫고 다시 들고 내려왔었다. 그리고 지금 상황을 본 거다.

희우를 본 한미의 눈에 당혹스러움이 일었다. 하지만 희우의 싸늘한 표정에 한미의 눈빛은 이내 분노로 바뀌었다.

"넌 뭐야!"

한미의 외침이 날카롭게 복도를 울렸다. 하지만 희우는 아무 말 하지 않고 한미를 내려다보기만 했다. 차가운 시선이 한미의 눈을 파고들었다. 잠시의 시간이었지만 희우의 눈빛에 한미의 눈동자가 떨려 왔다.

희우가 혀를 쯧쯧 차며 시선을 돌려 규리를 향했다.

"이걸 돌려준다는 걸 잊어서."

"어? 어."

희우는 규리의 손에 한미에게서 빼앗은 노트와 요점 정리를 건넸다. 규리는 정신이 없었다. 상황을 이해하려고 머리를 회전시켜 봤지만 힘들었다.

"복사한 거라 돌려줄 필요 없었는데."

"그래? 그럼 미안하지만 계속 봐도 될까?"

옆에 서 있던 한미는 주먹을 꽉 쥐고 부들부들 떨었다.

한미는 무시당하고 있었다. 얼굴이 붉어졌고 호흡이 거칠어졌다. 애써 눈물을 참았다. 주변을 오가는 모든 여학생들이 그들을 흘끗 쳐다보고 지나갔다. 남학생들 앞에서 당했던 수치심보다 동성들의 앞에서 당하는 모멸감이 더 컸다.

그제야 한미가 가진 감정을 이해한 규리가 변명하듯 말했다.

"우리 그런 사이 아니야. 그냥 친구야."

규리의 말이 한미를 더욱 자존심 상하게 만들었다.

한미는 입술을 꽉 깨물고 고개를 들어 희우를 노려봤다. 금방이라도 울 것 같은 표정이었다. 한미의 팔이 휘둘리며 희우의 뺨으로 향했다. 하지만 희우는 한미의 손이 자신의 얼굴에 닿는 걸 원하지 않았다. 가녀린 팔이 희우의 손에 잡혔다.

희우가 한미를 무섭게 노려봤다. 그 눈은 차갑다거나 분노가 섞였다고 할 수 없었다. 마치 벌레를 보는 것 같은 눈빛이었다.

"한 번 더 이런 행동을 하면 네 얼굴에 상처 생긴다."

무서운 목소리.

복받친 감정에 몸을 떨던 한미는 결국 참고 참던 눈물을 떨어뜨렸다. 한미는 한 손으로 얼굴을 가린 채 교실로 달려 들어갔다.

한미의 뒷모습을 보며 규리가 말했다. 규리도 희우의 눈빛에 담긴 감정을 느꼈다.

"너무한 거 아니야?"

희우는 빙긋 웃으며 고개를 저었다.

"신경 쓸 필요 없어. 자신이 피해자인 줄 알고 있는 애들이야."

집으로 돌아온 희우는 계획을 다시 살펴봤다.

고철을 통해 불려 나가는 돈은 IMF 전까지 4천만 원 이상을 목표로 잡았다. 경쟁자가 없어 매주 엄청난 수익을 올리는 중이었다. 희우는 성인이 되면 본격적으로 경매의 세계로 뛰어들 것을 결심했다. 법에도 저촉되지 않으며, 안정적이고 빠르게 부를 축적할 수 있었다.

희우는 조태섭과의 싸움에 필요한 첫 번째, 자본을 어떻게 만들지에 대한 계획을 최종 결정했다.

돈을 벌기 위한 몇 가지의 방법을 놓고 고민했었다. 마지막까지 고민하던 하나가 대부업이었다.

1997년 9월까지 대부업의 이자는 연 25%가 법정 상한선이었다. 하지만 IMF가 시작되고 국내 자금 유동을 위해 2002년 신용카드 사태 이후인 10월까지 이자의 제한이 없었다. 등록된 대부 업체가 지키던 25%의 이자가 순식간에 100, 200, 그 이상의 %로 뛰어올랐다.

좋게 본다면 신용이 좋지 않거나 담보가 없는 사람도 고금리지만 얼마든지 돈을 빌릴 수 있는 시대였다. 하지만 사람의 미래는 생각하지 않는 돈장사의 시대이기도 했다.

대부업은 짧은 시간 가장 많은 돈을 벌 수 있는 최고의 방법이었지만 희우는 그 생각은 접었다.

경매와 대부업은 어디까지나 합법적인 일이었다. 그리고 다른 사람의 아픔으로 돈을 번다는 공통점이 있었다. 최종적으로 경매를 결정한 이유는, 어디까지나 흠집을 남길 수 없었기 때문이다.

대부업 광고에 나온 연예인들, 그들은 몇몇 사람들에게 비난 섞인 시선을 받아야 했다. 희우는 그 일을 기억하고 있었다.

조태섭의 옆에서 집을 지키는 하이에나들. 그들은 희우의 상처와 약점에 송곳니를 드러내고 달려들 것이다. 지난 삶에서 조태섭에게 도전했다가 물어뜯겨 사라진 많은 정치인과 기업인을 봤다. 뇌물에 탈세에 아니면 철들기 전의 실수나 잘못, 그것도 없다면 가족이나 친척까지 파고들어 상대를 철저히 파멸시켰다. 그와 싸우기 위해서는 최대한 결점을 감추고, 애초에 만들지도 말아야 했다.

흠이라는 것은 삶을 살아가며 세월의 흐름에 따라 생길 수밖에 없다. 그것이 인간이라는 존재. 세월의 흐름에 생기는 흠이야 어쩔 수 없지만 뻔히 보이는 길을 갈 필요는 없었다.

중간고사가 끝이 났다. 희우는 다시 1등을 했다. 아래 석차의 변화가 있었다. 규리가 처음으로 정민을 이겼다. 3등을 한 정민은 충격을 받고 이틀간이나 학교를 나오지 못했다. 돌아온 정민의 표정은 넋이 나간 듯 멍했다.

희우의 교실로 규리가 찾아왔다. 복도로 나간 희우에게 규리는 손을 내밀었다.

"이거 먹어."

규리의 손에는 빵과 음료수가 든 봉지가 들려 있었다.

"이게 뭐야?"

"네가 준 정리가 도움이 컸어. 정민이를 이긴 게 너무 기뻐."

규리는 중학교 때부터 정민과 같은 학교였다. 정민이에게 쪽지 시험조차도 이겨 본 적이 없었다고 했다. 그런데, 처음으로 이겼다. 등수를 알았을 때 규리는 자신도 모르게 환호성을 지를 정도로 기뻐했다.

"그런 의미라면 감사히 받을게."

희우는 규리가 내민 봉지를 받아 들었다. 규리가 작게 말했다.

"다음에도 부탁해."

"알았어."

규리가 물었다.

"그런데 너 한미랑 어떤 사이야?"

뜬금없는 질문에 희우는 잠시 말문이 막혔다.

"어떤 사이라고 지칭할 사이도 아닌데. 별로 가까이하고 싶지 않은 아이야. 그런데 왜?"

"그때 이후로 정말 조용해. 학교에 와도 가만히 앉아만 있어. 충격받았나 봐. 어쨌든 우리 반 애들은 걔가 조용해지니까 너무 좋아하고 있어. 은근히 수업 방해 많이 했거든."

"잘된 일이네."

규리를 보내고 교실로 들어왔다.

3분단 가장 뒷자리에서 아이들 몇 명이 모여 옛날 만화를 추억하며 이야기하고 있었다. 그들의 이야기에 희우도 아련한 옛 기억을 떠올리며 잠시 듣고 있었다.

"통키는 꿈이 피구 국가 대표였어."

한 학생의 말에 아이들은 배를 잡고 웃었다.

통키가 방영되던 때 남자아이들의 대부분은 집 앞 문방구에서 3천 원짜리 피구 공을 구매했었다. 그들은 미끄럼틀 같은 곳에 올라 공을 하늘로 던지고 점프를 했고 허공에 뜬 채로 공을 잡아 던지며 외쳤다.

"불꽃 슛!"

학생들은 그 시절을 이야기하는 중이었다.

"더 웃긴 건, 그 애들이 초등학생이었어. 초등학교 6학년 태백산이래."

"그게 뭐가 웃겨? 통키 아빠가 제일 어이없지. 걔네 아빠 피구하다가 죽었어."

그들의 말을 듣던 희우가 무심코 말을 섞었다.

"통키 아빠 안 죽었어."

"만화 안 봤냐? 죽었어."

그들의 말에 희우가 말했다.

"통키 엄마가 거짓말한 거야. 외국으로 피구 연습하러 갔다가 돌아와."

아이들은 큰 소리로 웃기 시작했다.

"그게 더 이상해. 피구 연습하러 외국으로 유학 가냐? 그리고 마지막에 타이거랑 싸우고 끝나잖아. 아빠 안 돌아와."

한 남자아이가 통키 아빠의 목소리를 흉내 내며 말했다.

"죽은 거 맞아. 마지막에 하늘에 떠서 말하잖아. 손끝에서 불꽃을 쏴라!"

아이들은 낄낄거리며 웃었다. 희우는 웃으며 다시 책으로 시선을 향했다.

그해의 가을은 짧았다.

뼈를 시리게 하는 차가운 바람이 불어왔다. 그 겨울바람은 대한민국에 일어날 비참할 미래가 성큼 다가온 걸 알리고 있었지만 예상하는 사람은 많지 않았다.

기말고사에서도 희우는 1등을 놓치지 않았다. 2등은 규리였고 정민은 또다시 3등에 머물렀다.

정민은 책상에 앉아 미친 듯 공부만 하고 있었다. 어려서부터 1등을 놓치지 않았던 정민은 자꾸만 떨어지는 등수에 크게 상처를 입고 있었다.

희우는 민석을 찾아갔다.

"고철 투자는 이제 그만하려고 합니다. 그리고 잠시 투자를 멈추고 싶습니다."

책상에 앉아 서류를 만지던 민석은 희우의 말에 의문 가득한 표정을 지었다.

희우가 가진 금액은 5천만 원에 육박하고 있었다. 단 몇 개월 만에 이뤄 낸 신화 같은 일이었다. 본격적으로 투자를 시작한다면 훨씬 더 큰 금액을 노릴 수 있었다. 이런 상황이라면 사람의 욕심은 더욱 커지기 마련. 하지만 희우는 지금 이 순간에 걸음을 멈추겠다고 말했다.

"처음에 투자한다고 찾아올 때도 이해하기 어렵더니 이번에도 무슨 생각인지 모르겠네."

민석은 자리에서 일어나 앞으로 걸어 나왔다. 그리고 희우의 앞에 앉았다.

"투자자가 손을 떼겠다면, 그래야지."

민석은 특유의 서글서글한 웃음을 지어 보였다.

"손을 떼는 것이 아니라 잠시 멈추려고 합니다."

"이제 대학 다닐 때 필요한 돈은 다 모았어?"

민석의 말에 희우는 고개를 끄덕였다.

"네."

"그래, 잘 생각했다. 사실 나도 이쯤에서 네가 그만뒀으면 했다."

민석은 진지하게 희우의 눈을 바라봤다.

"너를 보고 있으면 한편으로는 안타깝다는 생각도 한다."

"……?"

"학창 시절은 인생에 한 번뿐이야. 그리고 짧지. 다시는 돌아오지 않을 시기니까 즐겨 봐."

민석은 희우를 걱정하고 있었다. 또래보다 어른스러운 성격에 친구들과 잘 어울리지 못할 것 같았다. 다른 학생들은 수업을 마친 후 놀거나 또는 학원에서 어울려 공부를 했다. 하지만 희우는 공매 물건을 찾아다녔고 방학에는 사무실에서 일을 했었다. 다시없을 10대의 아름다운 시기를 이렇게 보내는 것이 한편으로는 안쓰러웠다.

희우는 자리에서 일어나 민석을 향해 90도로 허리를 숙여 인사를 했다.

"그동안 감사했습니다."

진심이었다. 민석은 희우가 만나 본 몇 안 되는 좋은 변호사였다.

"그리고……."

희우는 말을 이었다.

"다시 한번 말씀드리지만 투자에서 손 뗀다는 게 아니라 잠시 멈추는 겁니다. 조만간 다시 찾아뵙겠습니다."

"그래, 네 마음대로 해라. 내가 김희우 씨의 개인 변호사 강민석이잖아."

민석의 장난스러운 말에 희우는 웃으며 사무실을 벗어났다.

희우는 집으로 향하기 전에 본관에 들러 경란에게 작은 쇼핑백을 내밀었다.

"이거 받으세요."

경란은 모르는 척 받았다.

"이게 뭐야?"

경란의 푼수 같은 행동에 희우는 웃음 지었다.

"그때 말씀드렸던 화장품이에요."
쇼핑백을 열어 고가의 화장품인 것을 확인한 경란이 콧소리를 냈다.
"고마워. 잘 쓸게."

IMF가 다가왔다.

90년대 중반까지 대한민국은 역사상 유례없는 호황을 누렸다. 일본이 잃어버린 10년의 세월을 겪는 동안 가파르게 오르는 경제성장은 현재의 중국보다 빨랐다.

금융기관에서는 기업들의 재무 상태의 부실을 확인하지 않고 위험한 수준의 대출을 제공했다. 정부는 그동안 국민들이 겪었던 민주화의 진통을 밖으로 표출하며 세계화라는 구호를 외쳤다. OECD 가입과 월드컵 유치라는, 한국의 위상이 높아진 것에 대한 자축을 하며 경제가 기우는 것은 생각하지 않았다.

그 반대로 외국의 투자자들은 한국의 정치 현장에서 일어나는 정경 유착과 금융의 치부를 보며 자금을 회수하기 시작했다.

결국 1997년 12월 3일, 대한민국 정부는 IMF로부터 긴급 구제금융 580억 3,500만 달러를 차입하는 데 서명하였다.

지금의 시대에 와서 IMF를 돌아봤을 때 안타까운 건, 이 모든 상황의 책임을 국민들에게 전가하고 있다는 사실이다.

어느 교과서에서는 IMF의 원인을 국민들의 과소비로 평가하고 있었다. 그 교과서에서는 외제의 고가 사치품과 해외여행 등으로 외화가 유출되었다고 가르쳤다. 그러나 당시 국민들의 저축률은 소득의 20%를 상회했다. 2014년 8월 저축률 4.5%에 비해 어마한 수치였다. IMF를 국민의 과소비 탓으로 몰아가기는 어폐가 심했다.

역사는 이미 흘렀다.

IMF의 시대가 왔다. 주가와 부동산이 폭락했다.

희우가 다니는 학교의 학생들도 IMF의 바람을 피하지는 못했다. 고급 아파트에서 살던 많은 학생들이 집을 경매에 넘긴 채 전학을 갔다. 그들의 부모는 회사의 임원이나 자영업자인 경우가 많았다.

옆의 친구가 전학을 가고 새로운 누군가가 전학을 오는 상황이었다. 하지만 그런 학생들보다 힘든 건 가계를 책임지고 있는 어른들이었다. 뉴스에서는 무기력한 가장들의 자살 소식이 연일 이어졌다.

희우도 부모님께 여쭤봤다. 이전의 삶에서는 어른의 어려움을 알지 못했지만 지금은 경제적으로 힘든 상황이 얼마나 어려운 일인지 충분히 알고 있었다.

"우리 걱정은 하지 말고 너만 공부 열심히 하면 된다."

그렇게 말했지만 그들의 월급은 반 이상이 깎였다. 하지만 자식 앞에서 힘든 척을 하고 싶지 않았다. 언제나 자신감 없던 아들이 이제 당당히 웃으며 학교를 다니고 있었다. 그런 자식에게 어렵다는 말을 할 수는 없었다.

희우의 눈에 부모의 힘든 모습이 보였다. 파 한 단 사는 일에 고민을 하고 돈 때문에 한숨 쉬는 모습.

우스갯소리로, 원래 가난했기 때문에 IMF가 힘든 줄 몰랐다는 사람이 있다. 하지만 가난한 자의 어려움은 평소보다 더욱 극한으로 몰리고 있었다. 그때마다 희우는 자신이 가지고 있는 돈에 대해 고민을 했다. 그 돈이면 집안을 힘들지 않게 할 수 있었다. 그러나 참았다. 이 고통의 시간이 잠시면 지나갈 걸 알고 있었기 때문이다.

희우는 가진 돈을 잠시 묶어 둘 투자처를 찾고 있었다. 기간은 짧으면 1년, 길게는 2년이었다. 장기적 관점에서 주식에 투자를 하면 성공이 확실했지만 희우의 시선이 향하는 곳은 단기 투자였다. 단기적으로 높은 수익을 올린 후 그 자금을 가지고 경매를 통해 부를 축적하고 싶었다. 하지만 가진 기억과 알 수 있는 정보가 한정적인 상태에서는 어려운 일이었다.

이 시대를 지냈어도 학생으로 보냈다. 검사로 생활을 했지 경제 전문가는 아니었다. 각 시대별 주식과 아파트값에 대한 기억의 단상은 장기적으로만 남아 있을 뿐이었다.

시간은 계속 흘렀다. 3학년이 졸업을 하는 날이 왔다.

도서관 사서 유빈은 희망하던 한강 대학교 신문방송학과에 합격을 했다.

유빈은 희우에게 호감을 가지고 있었다. 아무도 오지 않던 도서관, 그곳에 나타난 한 남학생, 김희우. 희우는 가만히 서서 책을 골랐고 유빈는 희우의 모습을 훔쳐봤다. 그곳은 정적인 공간이었다. 계속 봐서 정이 들어서일까? 혹은 그 나이 때 느끼는 이성에 대한 호기심이었을까?

졸업식 전날 희우는 유빈의 교실 앞으로 찾아갔다.

졸업반 교실의 텔레비전에서는 학교에서 틀어 주는 영화가 상영되고 있었다. 하지만 아무도 보지 않았다. 학생들은 책상에 늘어져 잠을 자거나 친구들과 떠드는 등의 행동으로 시간을 보내고 있었다.

희우가 유빈에게 말했다.

"내일 저는 학교에 안 오거든요. 미리 축하한다는 말 전하고 싶었어요."

희우는 그저 유빈이 고마웠다. 필요한 책을 유빈을 통해 얻을 수 있었다. 원하는 도서의 목록을 학교에 건의했던 건 모두 유빈의 역할이었다.

"고마워."

유빈은 양 볼이 붉어진 채 대답했다. 희우는 유빈에게 책을 하나 건넸다.

"졸업 선물입니다."

희우가 건넨 것은 '어둠과 싸우는 기자들'이란 제목의 책이었다.

권력자에게 붙어 실상과 다른 기사를 쓰는 기자가 있었다. 살기 위해 또는 출세를 목표로 하는 행동이었지만 희우의 눈에는 당연히 좋게 보이지 않았다. 희우가 건넨 책은 그런 권력자와 싸우고 언론 탄압에 맞서는 기자들에 대한 내용이었다.

희우가 말했다.

"좋은 기자가 되세요."

"고마워."

희우는 뒤로 돌아 자신의 교실로 향했다.

유빈은 희우의 등을 보며 그의 걸음을 멈추게 하려는 듯 손을 내밀었다가 다시 내렸다. 그리고 희미한 미소를 보인 채, 아니라는 듯 고개를 저었다.

유빈은 결국 아무 말 하지 못한 채 학교를 떠났다.

CHAPTER 8

고등학교 3학년이 되었다.

대입을 위해 가장 많은 노력을 공부에 써야 할 시간이었다. 문, 이과를 변경한 학생을 제외하고 교실의 학생과 담임은 바뀌지 않았다. 낯익은 상황에서 입시에 집중할 수 있도록 하려는 학교의 배려였다. 학생들은 고 3이 되어 열심히 공부하겠다는 의지로 불타올랐다.

실제 고등학교 3학년 교실을 보면 3월 중순까지 거의 모든 학생들이 엄청나게 공부를 한다. 마지막 남은 시간 동안 하얗게 불태워 수능을 치르고 죽겠다는 의지로 이론을 암기하고 문제를 풀었다. 하지만 그 시기가 지나면 몇몇 빼고는 다시 원래대로 돌아왔다.

작심삼일이란 말은 고 3에게도 예외 없는 단어였다.

모두가 의지로 불타는 그때 희우는 불안해하고 있었다. 부모님이 사고가 나던 날이 가까워 오고 있었다.

부모님은 일을 마치고 집으로 돌아오는 새벽길 뺑소니 사고를 당해 목숨을 잃었다. 희우가 알고 있는 것은 여기까지였다. 정확히 몇 시에 어떻게 돌아가셨는지는 알지 못했다.

사고가 나던 날을 기억했다.

부모님이 돌아가시던 날, 희우는 잠에서 깨어 거실로 나왔다. 찢어진 달력으로 덮인 작은 상이 눈에 들어왔다. 차려 놓지 않으면 식사를 거르는 희우를 위해 어머니 미옥이 준비한 밥상이었다.

밥상을 바라보는 희우의 눈에는 짜증이 가득했다.

희우에게 학교생활은 지옥 같았다. 맞고 괴롭힘당하고 심부름을 했다. 공부도 못했고, 학교 교사들은 희우가 있는지조차 몰랐다. 심지어 고등학교 1학년 때 담임은 학년을 마칠 때까지도 희우의 이름을 외우지 못했다.

희우는 이 모든 탓을 부모에게 돌리고 있었다. 학교를 갈 때 챙겨 주지 않는 부모. 학교에서 돌아오면 잠을 자고 있는 부모. 관심이 없다고 생각했다.

사실 희우의 부모는 학교 또는 일상에 대해 물어보고 싶어 했다. 하지만 그때마다 온갖 짜증을 내고 대화를 피한 건 희우였다. 희우는 불평만 했을 뿐이다. 부모가 자신에게 관심을 가지고 있었다면, 부모가 다른 집만큼만 경제적 여유가 있었다면 하고.

그렇게 희우는 밥상은 바라보지도 않은 채 문을 나섰다. 일을 마치고 집에 돌아온 부모님이 손도 대지 않은 밥상을 보고 가슴 아프길 바라고 있었다.

학교에서의 생활은 여느 날과 다름없었다. 다른 학생들의 심부름을 하고 두들겨 맞았다. 수업 시간이 되어 책상에 엎드려 잠을 청할 때 교실의 문이 급하게 열렸다. 평소 듣던 소리였지만 '드르륵' 하는 그 문소리가 묘하게 거슬렸다. 불길한 마음이 들었다. 일어나서 열린 문을 바라봤다. 담임이 서 있었다.

"어서 병원으로 가!"

울면서 달려갔다.

분명 어제도 심하게 짜증을 냈던 것 같다. 잠을 자기 전에 부모가 없어졌으면 좋겠다고 생각을 하기도 했던 것 같다. 모든 일이 자신 때문에 벌어졌다고 자책했다.

집에 다시 돌아온 것은 장례를 마친 후였다.

집으로 돌아온 희우의 눈에는 초점이 없었다. 희우의 앞에 식어 있는 밥상이 보였다. 찢어진 달력 종이가 덮고 있는 밥상. 어머니가 차려 준 마지막 밥상.

비척비척 상 앞으로 걸어가 그 앞에 털썩 주저앉았다.

얼마나 굶었는지 잘 기억나지 않았다. 배가 고팠다. 달력을 벗겨 낸 후 굳어 있는 하얀 쌀밥에 숟가락을 얹었다.

엄마가 차려 준 마지막 밥상.

눈물과 콧물이 흘러 밥에 떨어져 내렸다. 하지만 아랑곳하지 않고 우걱우걱 밥을 먹었다.

그날의 일을 기억하며 희우의 눈이 차갑게 가라앉았다.

'기필코 사고를 막아야 한다.'

그때 한 학생이 교실로 들어왔다.

"김희우, 너 교장실로 오래."

교장실 앞에는 규리와 정민이 있었다. 규리는 희우를 보고 반갑게 손을 흔들어 인사를 했고 정민은 보지 못한 척했다.

모의고사에서 희우를 누르고 다시 전교 1등의 자리를 차지했을 때의 정민은 개선장군만큼 의기양양했다. 하지만 더 이상 1등이라는 숫자는 그의 성적표에 존재하지 않았다. 중간고사에서 희우에게 밀리고 규리에게까지 뒤처졌다.

정민은 절규했고, 다시 이를 악물고 기말고사를 준비했다. 평소 한 달 전부터 시험 준비를 했지만 이때는 중간고사 성적이 나온 직후부터 공부를 했다. 관련 문제부터 시작해서, 급기야 교과서를 암기하는 수준이 되었다. 자신 있었다. 이렇게 열심히 공부를 한 적이 없었고 실수한 문제도 없었다. 하지만 여전히 3등이었다.

그 후로 정민은 어두워졌다. 누가 말을 걸어도 쉽게 대답하지 않았다. 고개 숙이고 손에 든 단어장을 보고 외울 뿐이었다. 지금도 정민은 단어장에 시선을 고정하고 있었다.

"무슨 일이야?"

희우가 규리에게 물었다. 규리는 별일 아니라는 듯 대답했다.

"고등학교 3학년 되면 교장 선생님이 성적 좋은 애들 부른대. 쭉 열심히 해서 좋은 학교 가라는 뜻으로."

잠시 후 문이 열리고 그들은 교장실 안으로 들어갔다.

교장실은 작은 창문 앞에 화분이 세 개 놓여 있고 명패가 있는 갈색 책상이 있었다. 책상에서 두어 걸음 앞으로 가면 디근 자 모양의 소파가 있었는데 그곳에 수학 교사 민경을 비롯해 국어, 사회, 과학, 영어 교사 그리고 3학년 학생주임이 앉아 있었다.

교장은 희우를 알아봤지만 알은척하지 않았다. 그편이 서로에게 더 좋다는 걸 알고 있었다.

"앉아라."

학생주임은 그들을 소파에 앉도록 권했다. 그리고 작년 대학 입시 대학별 커트라인이 적힌 종이를 나눠 줬다.

"이게 뭐지요?"

규리가 물었다.

"대학 커트라인이다. 너희는 어느 대학의 어떤 학과를 가고 싶지?"

규리가 대답했다.

"한강 대학교 법학과를 목표로 하고 있습니다."

학생주임의 눈이 정민을 향했다.

"전 한국 대학교 국문과를 생각하고 있습니다."

희우의 차례였다.

"전공은 일단은 법학과를 생각하고 있고 한국 대학교를 가려고 합니다."

법학과라는 말에 규리의 눈이 빛났다.

학생주임의 눈이 다시 규리를 응시했다.

"규리도 한국 대학교를 목표로 해라."

"네? 저는 법학과를 가고 싶은데 제 점수로 한국 대학교는 어렵지 않나요?"

"목표는 크게 가져야 하는 거니까 한국 대학교 법학과로 정하고 열심히 노력해."

"알겠습니다."

한 단계 높은 목표를 정해 주는 건 교사로서의 역할이었다. 하지만 의중은 그것이 아니었다.

책상에 앉아 있던 교장이 처음으로 입을 열었다.

"아직 너희가 어려서 잘 모르겠지만 전공은 큰 의미가 없단다. 대학의 이름이 우선이지. 규리 학생의 점수면 한국 대학교의 다른 과는 충분히 입학할 수 있으니까 천천히 생각해 보도록."

각 고등학교는 한국 대학교에 몇 명을 합격시켰다, 하는 말로 입시 경쟁력을 자랑하고 있었다. 한국 대학교 입학자 수는 명문 고등학교라는 말을 듣기 위해 반드시 필요한 수치였다.

희우가 다니고 있는 손을 고등학교에는 고급 아파트에 사는 부유한 학생들과 낡은 주택가에 사는 아이들이 섞여 있었다. 잔인한 말이지만 성적은 돈으로 좌우된다. 물론 개천에서 용 난다는 말도 있다. 하지만 그 말을 잘 생각해 보면, 무릎 높이의 낮은 개천에서 거대한 용이 탄생하는 건 정말 어렵다는 말이 되기도 했다.

손을 고등학교 학생들의 점수를 보면 중간 점수가 존재하지 않았다. 잘하거나 못하는 극단적인 점수 분포를 보이고 있었다. 고급 아파트 단지에 사는 학생들은 과외나 학원의 도움으로 높은 점수를 받았지만 낡은 주택가에 사는 학생들은 그렇지 못했다.

학교 운영진의 고민은 여기에 있었다.

상위권 학생들이 수능에서 높은 점수를 받지만 하위권 학생들이 그 평균을 깎아내려 명문고로 발돋움할 수 있는 기회를 빼앗고 있다고 생각했다. 하지만 지역적 빈부를 학교가 해결할 수는 없는 일. 그래서 상위권의 학생들의 꿈이나 목표와 상관없이 소위 명문 대학에 보내고자 했다. 수능 평균은 뒤로하고 많은 학생을 명문 대학에 보내면 학교의 이미지가 좋아질 거라 생각하는 것이다.

교장의 말이 계속 이어졌다.

"IMF로 가정이 어려워져 과외를 받거나 학원을 다니기가 어려울 수도 있다. 그래서 수능을 보기 전까지 여기 계신 선생님들이 너희를 전담할 거다."

교장은 학생들에게 문제집을 건넸다.

"그 문제집은 정해진 일정에 따라 풀고 학생주임 선생님에게 확인받도록 해라. 틀린 문제는 각 과목별 선생님께 확인받는다."

성적이 우수한 학생에 대한 편애였다.

주임이 말했다.

"지금의 일에 대해서는 절대 비밀로 하도록 해라. 다른 학생이 들었다가는 차별이라고 생각할 수 있어. 하지만 이 일은 차별이 아니라 우수 학생에 대한 배려라고 생각하면 좋겠구나."

다른 학생들이 이 사실에 대해 알게 되었다가는 학교에 대한 비판이 몰아칠 수도 있었다.

교장이 미소 지으며 말했다.

"다른 학생들한테는 문제집 풀다가 어려운 거 물어본다고 해."

희우는 교사들의 관리 아래 입시 전략은 물론 취약 과목에 대한 피드백을 받게 되었다.

사실 희우에게는 이런 관리가 필요하지 않았다. 수능을 이미 세 번이나 겪었다. 그것도 바닥의 점수에서 시작해서 한국 대학교 법학과에 입학했다. 입시 전략은 짜여 있었고 취약 과목에 대한 대응도 계획해 놨다. 교사들의 개입은 반가운 일은 아니었다. 그리고 교장과 학생주임의 생각이 무엇인지는 알지만 마음에 들지 않았다.

교사들의 입장에서는 성적이 잘 나오고 그들의 말을 잘 따르는 학생이 눈에 들어올 수밖에 없다. 희우는 그것이 마음에 들지 않았다.

많은 학생들 중 공부를 잘하는 학생만 있는 것은 아니었다. 중간 등수도 있고 낮은 점수의 학생도 있었다. 까불기를 좋아하는 학생도 있으며 소극적인 아이도 있었다. 이런 다양한 학생 중 성적이 좋은 사람만 챙기는 현상이 좋게 보이지 않았다.

이전의 삶에서 희우는 폐쇄적이고 어두운 성격이었다. 조금이라도 관심을 받았더라면 나아지지 않았을까 생각했다.

그전의 삶을 생각하던 희우의 입에 비릿한 미소가 걸렸다.

교장실을 나오며 규리의 표정은 어두웠다. 교사들의 설득 또는 압력으로 어쩌면 자신이 원하는 학과를 가지 못할 수도 있다는 생각이 들었다.

희우가 말했다.

"교장 선생님의 말이 틀린 건 없어."

규리가 고개를 돌려 희우를 바라봤다.

"대학을 졸업하고 나면 사실 전공과 상관없는 직업을 갖는 사람들이 대다수야. 그럴 땐 어느 학과를 나왔는가보다 어느 대학의 졸업장을 가지고 있느냐를 더 따지게 되지."

같은 나이였지만 그들보다 더 오랜 세월을 살았고 사회를 겪어 봤다. 희우의 목소리는 마치 인생의 선배가 하는 말처럼 흘러나왔다. 희우의 목소리에 규리는 귀를 기울였다.

"하지만 네가 원하는 걸 해."

"……!"

"네 인생이야. 선생님의 인생도 아니고 부모님의 인생도 아니야. 원하는 걸 선택해. 이왕이면 한국 대학교 법학과를 노리고."

희우는 규리를 향해 따스한 미소를 보였다.

"잘난 척하고 있네."

가만히 듣고 있던 정민이 말했다. 정민의 표정은 일그러져 있었다.

"규리 걱정하지 말고 네 걱정이나 해. 어차피 입시는 수능이야. 모의고사 점수도 좋지 않으면서 한국 대학교를 거론하지 마. 한국 대학교 법학과? 그 점수로는 어림도 없다."

갑작스러운 정민의 반응. 희우가 고개를 갸웃거리자 정민이 계속 말했다.

"일단은 법학과라고?"

아까 교사가 어느 대학의 어떤 학과를 가고 싶은지 물었던 질문에 희우는 '일단'이라고 대답을 했다. 그것이 마음에 들지 않았다. 정민의 입에서 계속해서 비아냥거리는 소리가 나왔다.

"한국 대학교가 동네 슈퍼냐? 원하는 전공도 없이 막연하게 가고 싶다고 합격하는 대학이 아니야. 네가 그렇게 대충대충 산다고 규리까지 끌어들이려고 하지 마. 네 인생이나 그러고 살아."

정민은 싸움을 걸고 있었다. 정민의 감정이 좋지 않다는 건 알고 있었지만 이런 식으로 표출할 줄은 몰랐다.

"학교 시험에서 1등 했다고 잘난 척하지 마. 내가 글을 쓰느라 공부를 등한시해서 그렇지 전체적 내신 점수도 내가 훨씬 좋아. 그리고 모의고사는 내가 위야. 대학 당락은 수능인 거 알지?"

정민은 희우에게 노골적으로 적의를 표출하고 계단을 걸어 교실로 사라졌다.

계단을 올라가는 정민의 등을 보며 규리가 말했다.

"왜 저래?"

희우가 어깨를 으쓱했다.

"잘난 척하고 말았네."

"신경 쓰지 마. 등수 떨어져서 스트레스받았나 보네."

"그런가?"

정민의 행동에 대해 희우는 대수롭지 않게 생각하고 있었다. 공부를 잘한다고 해도 고등학생. 정신적으로 성숙하기에 아직은 이른 나이였다.

규리가 말했다.

"가고 싶다고 갈 수 있는 대학이 아니지만 일단 도전해 보지 뭐. 네 말대로 내 인생이야. 난 꼭 법학과를 갈 거야."

"열심히 해."

희우의 반에서는 이상한 풍경이 벌어지고 있었다. 반장 승민은 승민합격 불신재수라는 타이틀로 하나의 이상한 종교를 만들었다.

"나를 믿어라, 그러면 너희는 대학에 합격할 것이다."

승민의 말에 앞에 모인 대여섯 명의 학생들은 손을 위로 들고 '승민!', '승민!' 외치며 신을 받들듯 하고 있었다.

교탁에서는 더 이상한 일이 벌어지고 있었다. 공부를 하겠다는 의지의 표현으로 머리를 빡빡 깎은 학생이 불상의 모습을 하고 교탁에 앉아 있었다.

"내 앞에서 합격을 기원하며 천 배를 하면 모의고사 점수가 1점씩 올라갈 거다. 너희는 매일 나에게 와서 천 배를 하도록 하라."

그는 실눈을 뜨고 근엄하게 말한 후 다시 명상에 잠긴 듯 눈을 감았다. 학생들은 그 앞에서 절을 하기 시작했다.

"만 배 하면 10점이 올라가나요?"

"그렇다."

"그러면 40만 번 절을 하면 만점인가요?"

"그렇다."

그의 근엄한 말에, 질문을 한 학생은 환호성을 지르며 빠른 속도로 절을 시작했다. 하지만 얼마 지나지 않아 다리에 쥐가 났다며 데굴데굴 구르고 말았다.

그들의 장난을 보며 자리에 앉는 희우의 옆으로 재호가 왔다.

"공부 좀 가르쳐 줄 수 있어?"

재호는 희우의 성적이 갑자기 오른 걸 보고 자극받아 혼자 공부를 했었다. 하지만 성적이 생각처럼 오르지 않았다.

"경찰행정학과에 가고 싶은데 성적이 안 올라."

희우는 재호가 열심히 공부를 하고 있다는 걸 알고 있었다. 그리고 재호와 같은 사람이 경찰이 되기를 진정으로 바랐다. 그동안 공부에 대해 도움을 주고 싶었던 적이 많았다. 하지만 쉽게 말을 하지는 못했다. 도움이라는 행동으로 불편해지는 관계를 수없이 많이 봐 왔다. 하지만 재호가 먼저 도움을 요청한 이상 거부할 생각은 없었다.

희우는 노트의 빈 공간을 펼쳤다.

"모의고사 각 영역별 점수를 써 봐."

재호는 희우가 펼친 노트에 자신이 받아 왔던 점수를 적었다. 수학과 국어의 점수를 제외하고 다른 과목은 나쁘지 않았다. 앞선 두 과목의 점수만 올린다면 좋은 점수를 받을 수 있었다.

"수학을 포기하지 마."

"수학은 이해가 어려워."

재호의 말에 희우는 그만 들을 수 있도록 작게 말했다.

"이해하지 마. 수학은 암기 과목이야."

"뭐? 암기 과목?"

"생각하지 마. 그냥 외워. 우선 모의고사 문제집 위주로 해당 문제들의 풀이 과정을 모두 외워 버려."

재호는 이해를 못 한 듯했다. 희우는 계속 말을 이었다.

"일단 내 말대로 외워 봐. 모의고사나 수능에서 나오는 문제들은 거기서 거기야. 풀이 과정을 알고 있다면 점수가 오르는 건 금방이야. 그리고 언어는 이번 모의고사 본 후에 알려 줄게. 고전문학, 문학, 비문학 중에 어떤 부분이 약한지 알아야 하니까."

재호가 말했다.

"다 약해. 문학이고 비문학이고 다 약해. 난 한국 사람인데 왜 언어가 이렇게 어렵지?"

"일단 언어는 장기적으로 봐야 하니까 급하게 생각하지 말고 수학부터 외워 봐."

그때, 옆자리에 앉아 있던 태훈이 자리에서 일어나 희우의 옆으로 왔다. 뜬금없는 행동에, 누워 있던 종욱이 그를 의아하게 바라봤다. 태훈의 입에서 나온 말은 경악할 만한 문장이었다.

"나도 도와줄 수 있을까?"

"……?"

그리고 태훈은 희우에게 고개를 숙였다.

"공부를 도와 달라는 게 아니야. 내가 그동안 잘못했던 거 정말 미안해. 용서를 하지 않아도 좋아. 정말 그냥 미안하다고 말하고 싶어."

희우에게 깨진 후 종욱과 태훈은 교실 전체의 아이들에게 따돌림 아닌 따돌림을 당했다. 누구도 그들과 대화를 하지 않았고 마주치기도 꺼렸다. 힘든 시간이었고, 쉽지 않은 생활이었다. 태훈은 진심으로 사과하고 있었다.

희우는 검사가 되었을 때 태훈의 기록을 찾아본 적이 있었다. 복수를 하고 싶다든가 하는 생각은 없었고, 단지 자신을 몹시 괴롭히던 학생이었기에 어떻게 살고 있는지 궁금했었다.

결과는 사망자였다. 도박판을 전전하다가 빚에 쪼들려 목숨을 던진 삶.

희우는 고개를 숙이고 있는 태훈을 바라봤다. 녀석도 자신처럼 인생을 바꿀 수 있을까?

희우가 말했다.

"반 친구들에게 먼저 사과해."

태훈은 희우만 괴롭히지 않았다. 물론 가장 심하게 당한 건 희우였지만 다른 친구들도 돈을 뺏기고 숙제를 대신하는 등의 괴롭힘을 당했다.

태훈은 옆에서 누워 있는 종욱의 책상을 발로 찼다.

"야, 일어나."

"난 왜?"

"조금만 지나면 졸업이야. 이렇게 끝나면 우리 동창회도 못 나와."

태훈의 말에 종욱은 자리에서 벌떡 일어났다.

"그건 안 될 말이지."

종욱은 장난스럽게 대답하며 머리를 긁적였다. 하지만 표정은 진지하고 엄숙했다.

그들은 교실 앞으로 걸어갔다. 교실은 조용해졌다.

희우는 그들이 교탁 앞에 서서 전체적인 사과를 할 줄 알았다. 하지만 그들은 교탁 앞에 서지 않았다. 한 명 한 명 앞으로 가서 허리 숙여 사과했다.

"미안하다."

"정말 미안하다."

"미안하다."

그들의 눈에 눈물이 고이기 시작했다. 태훈이 목멘 목소리로 말했다.

"이렇게 사과를 한다고 너희 마음이 풀리지 않을 거라는 걸 알아. 하지만 정말 미안하다. 용서를 해 주지 않아도 좋아. 그래도 용서받도록 노력할게."

자신들이 교실을 통제하고 분위기를 주도할 때에는 그것이 좋다고 생각했다. 쉬는 시간에도 자신들의 패거리 외에는 큰 소리로 떠들지 못하게 했고 수업 시간에 떠드는 학생은 욕설과 폭행으로 조용히 만들었다. 그것이 좋은 줄 알았다.

하지만 희우에게 패한 후 교실이 활기차졌고 즐거워졌다. 태훈과 종욱은 느끼고 있었다.

'이 교실에서 우리만 빠지면 완벽하다.'

그들이 희우의 앞으로 왔다.

"정말 미안해."

희우는 고개를 끄덕여 그들의 사과를 받아들였다.

고 3이 되어 학생들은 저마다 다른 방법으로 스트레스를 표출하기도 했고 누군가에게 도움을 받기도 했다. 지난날을 반성하기도 했다. 하지만 희우는 아직 본격적으로 입시에 집중할 수가 없었다. 부모님이 돌아가시던 날이 다가올수록 불안감과 초조함이 밀려들었다.

1998년 3월 17일 수요일.

부모님이 돌아가시던 그 전날이 되었다.

희우는 학교를 마치자마자 집으로 향했다. 아직 부모님은 잠에서 깨지 않았다. 희우는 방 안으로 들어가 책상에 앉았다. 그리고 가만히 눈을 감았다.

아시아 국가에 경제 위기가 닥쳤고 각 회사들이 부도가 났다. IMF의 영향으로 학교의 많은 친구들이 전학을 갔다. 시간은 그가 겪었던 대로 흐르고 있었다. 마치 운명이라는 말의 존재처럼 세상의 모든 일이 이미 정해져 있는 것 같았다. 역사의 톱니바퀴는 꽉 맞물려 돌아가고 있었다.

운명이 정해져 있다면 부모님을 구할 수 있을까?

더군다나 삶과 죽음에 관련된 일이었다.

예로부터 인간의 수명은 정해져 있다는 말을 들어 왔다. 손금에도 생명선이 있었고 영화 등에서도 이와 비슷한 소재를 많이 사용했다. 〈데스티네이션〉이라는 영화에서는 정해진 죽음은 피해 갈 수 없다는 메시지를 전하기도 했다.

그 모든 내용은 인간의 상상에서 나온 이야기였다. 하지만 부모의 죽음을 앞둔 희우에게는 쉽게 떨쳐 버릴 수 없는 일이었다.

물론 불가능한 일은 아니라고 생각했다. 증거로 희우의 인생이 변하고 있었다. 대화를 나눌 수 있는 친구들이 있었고, 학교 시험에서는 우수한 성적을 받아 교사들의 관심을 한 몸에 받고 있었다. 그 스스로가 변화된 삶을 살고 있었다. 희우는 운명은 바꿀 수 있다고 생각했다.

감았던 눈이 천천히 뜨였다. 어떻게든 이 운명을 바꾸겠다는 강한 의지가 이글거렸다.

어머니 미옥이 문을 열고 들어왔다.

"공부하고 있었어?"

희우는 의자에서 일어나며 밝게 웃었다.

"네. 밥 주세요. 배고파요."

"여보, 나도 출출해."

아버지 찬성이 늘어지게 기지개를 펴고 희우의 방 앞에 섰다.

"공부하고 있어?"

그 역시 미옥과 같은 걸 물었다. 희우는 아버지를 보며 싱긋 웃었다.

"네, 공부하고 있었어요."

찬성의 입에 만족스러운 미소가 걸렸다.

"아빠는 네가 전교 1등을 하는 것도 좋지만 뭔가 열심히 한다는 게 더 마음에 든다."

아버지의 말에 어머니 미옥이 비웃듯 말했다.

"희우야, 이거 다 거짓말이야. 공장에서 사람들한테 너 공부 잘한다고 얼마나 자랑을 하는데."

"그럼, 자랑해야지. 누구 아들인데."

찬성은 큰 소리로 웃으며 말했다.

희우가 상을 꺼내 거실 중앙에 두고 세 가족이 모여 앉았다. 반찬은 두부가 듬뿍 들어간 된장찌개에 상추와 쌈장, 총각김치가 전부였다. 희우는 푸른 상추에 하얀 밥을 올리고 쌈장을 찍어 쌈을 쌌다.

어쩌면 마지막으로 함께하는 가족 식사가 될 수도 있었다. 희우는 밥알 하나가 소중한 듯 꼭꼭 씹어 먹었다.

식사 도중 찬성이 물었다.

"문제집 같은 거 필요하면 말해. 돈 없다고 그런 것까지 못 사 줄 형편은 아니야."

IMF의 여파로 월급이 반이나 깎여 나갔지만 자식 공부에는 아끼지 않을 생각이었다. 찬성의 말에 미옥이 덧붙였다.

"그래, 고등학교 3학년이면 학원도 다니고 그런다는데 과외는 못 시켜줘도 학원은 보내 줄 수 있어."

부모님의 걱정에 희우의 얼굴에 잔잔한 미소가 올랐다.

"학교에서 선생님들이 잘 가르쳐 주세요."

희우의 말에 찬성의 얼굴에 순간 수심이 깃들었다. 찬성이 미옥을 바라봤다.

"여보, 우리 희우 공부도 잘하고 그러는데 학교에 한번 찾아가야 하는 거 아니야?"

"그러게요. 희우야, 엄마가 학교 한번 갈까?"

"아니에요. 오지 않으셔도 괜찮아요. 3학년이라 선생님들도 많이 바쁘세요. 나중에 졸업할 때 인사드려도 괜찮아요."

희우는 찬성과 미옥에게 오늘 공장에 가지 않으면 안 되냐고 물으려다가 말았다.

어떤 이유를 대든 그들은 공장에 갈 것이 확실했다. 사업주들은 인건비를 줄이기 위해 혈안이 되어 있었다. 조금만 눈에서 벗어나도 일자리를 잃을 수 있었다.

찬성과 미옥이 출근을 했다.

희우는 그들을 배웅한 후 준비를 시작했다. 거실의 서랍을 열어 낡은 손목시계를 꺼낸 후 정확한 시간을 맞추기 위해 전화기를 들고 116번을 눌러 시간을 확인했다. 희우는 겨울에 입는 두꺼운 옷을 찾아 입고 양말도 한 켤레를 더 신었다. 밤새 공장 앞에서 지킬 생각이었다.

그들의 직장은 성인 걸음으로 40분 정도 걸렸다. 찬성과 미옥은 버스비를 아끼느라 큰길을 걸어 공장으로 향하고 있을 것이다. 부모가 간 길을 따라가며 희우의 머리는 예전에 얻었던 객관적 사실을 되돌리고 있었다.

사망 추정 시간 : 1998년 3월 18일 목요일 새벽 4시~5시 37분 사이

최초 목격자 신고 : 새벽 5시 37분

병원 이송 시간 : 새벽 6시 11분

희우에게 연락된 시간 : 오전 9시 10분

인적이 드문 사거리에서 일어난 뺑소니 사고. 가해 차량은 두 사람을 연이어 추돌 후 도주. 검거하지 못했음. 흔적으로 보아 피해자가 아래 깔려 있는 채로 가해자의 차량이 앞뒤로 움직여 사망한 걸로 추정함

찬성과 미옥은 최근 오전 4시쯤 공장에서 나와 집으로 향했다고 했다. 평소 오전 8시까지 채워 일을 했지만 요즘 공장의 일거리가 없어 일찍 퇴근했다고 했다. 사고가 난 지점은 공장에서 그다지 떨어지지 않은 장소였다.

희우는 언덕길을 올라 다시 내려가며 사고가 났던 장소를 지나쳤다.

희우는 주변을 훑어봤다. 언덕의 반대편은 유흥업소가 즐비한 곳이었다. 언덕을 올라 커브 길로 이어지는 사거리는 낮에도 사고의 위험이 컸다.

'사고 시간은 새벽.'

아마 새벽녘 차가 없는 틈을 타 과속을 했을 테고, 음주의 가능성도 높았다.

희우는 찬성과 미옥이 들어간 공장 앞에 서서 기다리기 시작했다. 17일 오후 8시였다. 이 시간부터 공장 앞에 서 있을 필요는 없었다. 하지만 이렇게 부모 가까이 서서 기다리지 않고서는 마음이 불안했다.

희우는 공장 주변을 서성이며 부모를 기다렸다. 두꺼운 점퍼를 입고 있었지만 초봄의 밤은 추웠다. 희우가 벌벌 떨며 버티고 있을 때 도란도란 소리가 나며 사람들이 나오기 시작했다. 그들 사이에는 찬성과 미옥도 있었다. 희우는 손목에 찬 시계를 확인했다.

새벽 3시 47분이었다.

"아버지!"

희우는 손을 흔들어 자신이 있음을 알렸다. 찬성과 미옥의 두 눈이 커졌다.

"네가 어쩐 일이야?"

그들은 달려와서 차갑게 얼어 있는 희우의 뺨을 어루만졌다. 희우는 빙긋 웃으며 말했다.

"공부하다가 잠이 안 와서 왔어요. 어릴 때는 곧잘 오곤 했는데 오랜만이네요."

"추운데 그냥 집에 있지 뭘 여기까지 왔어. 앞으로 오지 마."

미옥은 자신의 장갑을 벗어 희우의 손에 끼우며 말했다.

희우가 더 어릴 적에는 미옥은 주간에, 찬성은 야간에 일을 했다. 집 앞에서 놀다가 미옥이 퇴근할 시간이 되면 어린 발걸음으로 공장 앞에 서서 기다리곤 했다. 그럴 때면 미옥은 정말 밝은 모습으로 달려와 희우를 꼬옥 안아 줬었다. 그 나이에는 엄마가 좋고 아빠가 좋았다. 예전을 추억하며 희우의 가슴에 뭉클한 감정이 솟아올랐다.

직원들을 배웅하던 공장장이 밖으로 나오더니 희우를 봤다.

"이게 희우야? 엄청 많이 컸네. 옛날에는 정말 조그마했는데."

어린 시절 그를 귀여워하며 사탕이나 과자를 선물해 주던 사람이었다. 공장장이 희우를 보며 반갑게 웃었다.

"나 기억해?"

"기억하지요. 공장장님이시죠? 안녕하세요."

희우의 인사에 공장장이 큰 소리로 웃었다.

"하하하, 네가 요즘 전교 1등 한다는 자랑 소리에 공장이 시끄러워 죽겠다. 앞으로 판검사 되면 나 모른 척하지 마."

공장장이 장난스럽게 웃으며 희우의 주머니에 만 원 한 장을 구겨 집어넣었다.

"이건 미래의 판검사한테 주는 뇌물이야."

"감사합니다."

희우는 공장장에게 살짝 고개 숙여 인사했다.

다른 직원들은 차를 타고 떠나기 시작했다. 그들도 일행과 인사를 하고 공장 정문을 벗어났다.

새벽 4시 01분.

미옥은 희우에게 다시는 오지 말라고 핀잔을 주며 걷고 있었다.

"내일 학교도 가고 해야 하는데 엄마 아빠가 언제 끝날 줄 알고 와서 기다리고 있었어?"

희우가 답했다.

"적당히 기다리다 안 나오시면 집에 가려고 했어요."

희우의 말에 찬성이 기가 차다는 듯 말했다.

"새벽에 여기가 어디라고 걸어왔어? 위험하니까 새벽에 나오지 마."

찬성의 말에 미옥도 함께 말했다.

“그래. 아빠 말 들어. 야간에 위험한 줄 알아야지. 차들도 얼마나 쌩쌩 달리는 줄 알아?”

희우는 어색한 웃음으로 상황을 모면할 수밖에 없었다.

사고가 났던 사거리에 도착했다.

새벽 4시 10분.

그들은 여전히 희우에게 잔소리를 하며 걷고 있었다.

하지만 희우의 눈은 주변을 샅샅이 훑었고 귀는 최대한 집중해서 멀리서 들리는 소리까지도 잡아내려고 애썼다. 단 한순간의 실수가 모두를 위험에 빠지게 할 수도 있었다.

그때 언덕에서 자동차의 헤드라이트가 이어지는 것이 보였다. 커브를 튼 차는 무서운 속도로 언덕을 내려오기 시작했다. 4차선 도로. 하얀색 헤드라이트를 번쩍이며 달리는 차는 정확히 그들을 향해 오고 있었다. 엔진의 한계까지 액셀을 밟고 있는지 엔진에서 들려오는 요란한 소리가 새벽 거리를 울렸다.

“저거 뭐야!”

찬성이 당황하여 소리쳤다.

검정색 고급 승용차가 빠르게 그들을 향해 다가왔다. 언덕에서 아래로 내려오는 길은 짧았다. 차를 확인하고 피하기에는 급박한 시간이었다.

터어어어어엉!

차 앞 우측 바퀴가 인도를 밟고 위로 튀어 올라왔다.

“피해요!”

희우는 찬성과 미옥을 밀었다. 그들은 희우가 떠미는 힘에 인도에서 벗어나 차도로 넘어졌다. 하지만 아직 희우가 차의 헤드라이트를 정면으로 맞은 채 서 있었다.

“희우야!”

미옥이 소리쳤다. 미옥은 화급히 일어나 희우에게 달려가려 했지만 시간이 부족했다.

차의 헤드라이트가 번쩍이며 희우를 향해 다가왔다. 굉음을 내는 자동차의 엔진 소리에 심장이 멎을 것만 같았다. 희우는 두 다리에 힘을 주고 옆으로 몸을 날렸다.

그때!

차의 바퀴가 돌아가며 방향을 바꿔 도로로 향했다. 희우가 예상하지 못했던 상황이었다. 인도를 밟고 올라온 차량의 운전자라면, 또 앞에 사람이 있다면 누구나 핸들을 틀 것이다.

꽈아아앙!

차의 보닛이 심하게 찌그러지며 차량 전체가 크게 흔들렸다.

치이익 소리와 함께 보닛에서 흰색 연기가 흘러나왔다. 차의 움직임은 멎었지만 검은색 타이어는 멈추지 않고 돌아가는 중이었다. 우우우웅! 타이어 도는 소리와 거친 엔진 소리만 들렸다.

희우는 달려갔다. 어떤 상황인지 판단조차 할 수 없었다.

희우의 얼굴이 일그러졌다. 입에서는 꺼억꺼억 하는 짐승의 울음소리가 흘러나왔다.

희우가 선택한 방법은 사고가 나기 직전 부모를 살리는 것이었다. 공장에서 집으로 오는 시간을 어떻게든 끌까 생각도 해 봤다. 하지만 모두가 퇴근을 하는 시간에 계속 머물러 있는 건 쉽지 않은 일이었다. 집으로 가는 길은 단 하나. 다른 길로 갈 수도 없었다.

남은 방법은 정면 돌파라고 생각했다. 하지만 그건 자만이었나 보다. 운명을 바꿀 수 있다는 오만이 이런 상황을 만들어 낸 것 같았다.

부모의 두 손을 잡고 떼라도 써 봤어야 했다. 아니면 어떤 사고를 쳐서라도 회사를 못 가게 만들었어야 했다. 사고가 나기 직전 자신이 했던 행동도 잘못이었다. 인도를 밟고 올라왔다면 운전자가 핸들을 꺾을 거라는 생각은 했어야 했다. 부모를 인도 안쪽으로 밀었어야 했다.

아니, 애초에 그가 도로 안쪽에서 걷고 있던 것부터 잘못이었다. 사고가 날 걸 알고 이 상황에 대해 머릿속으로 수없이 롤플레잉을 했으면서 디테일한 부분을 놓쳤다. 그는 자신의 실수로 다시 사고가 반복되었다고 생각하며 부모에게 달려갔다. 그 한 걸음 한 걸음이 천 근을 안고 걷는 것처럼 느리게 느껴졌다. 또다시 혼자가 되는 건가?

연기가 흘러나오는 차의 옆을 지나쳐 달려가 섰다.

희우의 눈에서 굵은 눈물이 흘러내렸다.

차는 가로수를 들이박고 멈춰 있었다. 타이어의 움직임이 천천히 멎어가고 있었다. 차량의 바로 옆에는 찬성이 미옥을 안고 있었다. 차가 덮치기 전 찬성은 미옥을 안고 옆으로 몸을 피했다.

쿵쾅거리는 심장 소리와 떨리는 손을 진정하며 찬성이 입을 열었다.

"희우야, 괜찮아?"

찬성은 차를 피하기 위해 땅에서 굴렀다. 머리에서 피가 흐르고 손은 아스팔트에 갈려 다 찢겨 있었지만 걱정되는 건 자신보다 자식이었다.

찬성의 목소리에 희우는 주저앉아 긴장된 숨을 내쉬었다. 눈에서 알 수 없는 눈물이 계속 흘러나왔다.

"저는 괜찮아요."

찬성이 경찰에 신고하기 위해 공중전화를 찾아 이동했다. 미옥은 손을 가슴에 얹고 도로 턱에 앉아 놀란 가슴을 진정시키고 있었다.

희우는 차량으로 다가가 차 문을 열어 보려 했지만 잠겨 있어서 열리지 않았다. 차 안을 들여다봤다. 짙은 선팅 탓에 안이 잘 보이지는 않았지만 두 사람이 의식을 잃은 채 있었다.

희우는 주변을 둘러보며 차량의 이동 경로를 되짚어 봤다.

'인도, 도로.'

희우는 차량이 밟고 튀어 오른 인도를 봤다. 어떤 흔적도 남아 있지 않았다. 도로 역시 브레이크를 잡지 않아 타이어 흔적은 없었다.

희우는 도로로 나가 차가 달려온 방향으로 걸어봤다. 도로에서 인도로 올라가 봤다.

'여기에 부모님이 계셨다면?'

희우의 눈에 당시의 상황이 보이기 시작했다.

차는 똑같이 인도로 튕겨 올랐다. 부부는 놀라서 옆으로 피했다. 하지만 피한 자리가 도로 방향. 그들도 차가 인도를 덮친다고 생각했을 것이다. 차는 다시 도로로 내려가기 위해 핸들을 틀었다.

여기까지는 당시 상황과 현재가 같았다. 다른 점이라면, 부부가 있던 자리가 달랐다. 희우는 차가 멈춰 있는 가로수와 사고가 났을 지점을 눈으로 확인하며 허공에 선을 그어 봤다.

'여기서 사고가 났고 브레이크를 밟았겠지.'

운전자는 찬성과 미옥을 치며 브레이크를 밟았다. 차량은 속도가 줄며 회전 폭이 커져 가로수를 가까스로 피했다. 부모는 튕겨 나갔다.

희우의 시선이 도로로 향했다.

'이 정도의 속도로 사고가 났다면 못해도 저 지점까지는 날아갔다.'

희우는 이전의 삶, 사고 당시를 떠올리고 있었다. 희우의 눈에 운전자가 차에서 내려 현장을 확인하는 모습이 보였다.

'살아 계셨을 거야.'

찬성과 미옥은 살아 있었다. 어떤 부상을 어떻게 입었는지까지는 알 수 없었지만 숨은 붙어 있었다. 의식을 잃지 않았을 확률이 높았다.

운전자는 주변을 둘러봤다. 오가는 차량도 없고 사람도 없었다. 그냥 가도 아무도 알지 못할 거라는 생각이 든 운전자. 그는 다시 차량에 올랐다. 하지만 의식이 있는 피해자들이 마음에 걸렸다. 혹시 차량의 번호판을 외운다면 큰일이었다. 그는 완전범죄를 위해 그들을 향해 액셀을 밟았다. 아직 의식이 있고 숨이 붙어 있는 부모를 향해 차는 돌진했다.

여기까지 생각한 희우는 잠시 눈을 감았다. 괴로웠다. 숨이 거칠어졌다.

희우가 다시 주변을 확인했다.

이해가 어려운 점이 있었다. 사고 차량은 독일제 검은색 고급 차량이었다. 당시 한국에 없지는 않지만 많지도 않은 차였다. 사람을 쳤다면 범퍼 조각이 있었을 것이다. 흔하지 않은 차의 범퍼 조각은 강력한 증거가 될 수 있었다. 하지만 당시 사고의 기록에 증거는 아무것도 없었다.

희우의 입이 꽉 다물렸다. 비록 지금의 사고는 막았지만 과거의 일이 희우를 분노하게 했다. 희우의 입에서 화를 참는 신음 소리가 흘러나왔다.

경찰에 신고를 한 찬성이 돌아왔다.

잠시 후 구급차와 견인차, 경찰차가 사고 현장으로 왔다. 차량의 번호를 확인한 경찰은 평소와 다르게 분주해지기 시작했다.

그 모습을 보던 희우의 눈에 의아함이 들어섰다. 저런 움직임은 일반적 사고를 대할 때 나오는 행동이 아니었다.

그들은 서둘러 차량의 문을 뜯어 열었다. 안에서 두 사람이 나왔다. 운전자는 남성이었고 조수석에 타고 있던 사람은 여성이었다. 구조대원들의 손에 남성이 들것에 실려 나왔다. 거리가 있었고 머리에서 피가 흘러 인상을 확인하기가 어려웠다. 하지만 희우는 그의 얼굴을 눈에 담아 두기 위해 애썼다. 자신의 부모를 죽였던 자. 어떻게든 앙갚음을 하고 싶었다.

그런데, 희우의 눈이 놀라 크게 뜨였다. 알고 있는 얼굴이었다.

조금 떨어져서 사고 수습 현장을 지켜보던 희우가 남성의 앞으로 걸어갔다. 의식을 잃고 들것에 실리는 남성의 몸에서 술 냄새가 진동을 했다. 희우는 남성의 얼굴을 가까이에서 다시 확인했다.

'조태섭의 첫째 아들 조현석!'

풀 수 없던 마지막 한 조각이 풀렸다. 사고 기록의 조작과 사건 은폐.

그것은 조태섭의 힘이었다.

희우의 눈동자가 멍하니 허공을 응시했다.

경찰들이 옆으로 가라고 희우를 밀었다. 희우는 힘없이 뒤로 밀려났다.

조태섭에게는 아들이 둘 있었다. 이전의 삶에서는 두 아들 모두 훗날 지역구 의원이 되었다. 그중 저 첫째 조현석이 희우에게 가장 먼저 접근했던 인물이었다. 고등학교 꼴찌에서 삼수 끝에 한국 대학교 법학과에 입학, 격투기 선수로 생활 후 사법 고시 합격은 드라마틱한 스토리를 만들어 내기에 충분했다. 그 스토리로 국민들의 마음을 흔들어 차세대 정치 스타를 만든다고 했었다.

그렇게 희우는 조현석을 만났고, 후에는 조태섭을 만났다.

희우의 입에 차가운 미소가 걸렸다.

'악연이었구나.'

희우를 만나기 전 조현석은 희우의 뒷조사를 했을 것이다. 그들은 자신들의 꼭두각시를 만들기 위해 가정환경과 살아온 내역, 재산, 친척들, 심지어 주변의 모든 친구와 그들의 환경까지 조사를 한다. 그런 조사를 한 사람들이 이 사건을 몰랐을 리 없었다.

조현석은 자신이 뺑소니로 죽인 사람의 아들 앞에서 웃음을 흘렸었다. 그 웃음 뒤에 어떤 비웃음을 감추고 있었을까?

희우의 두 주먹이 꽉 쥐였다.

여성이 들것에 실려 구급차로 이동했다. 희우의 눈이 가늘게 뜨였다. 여성의 얼굴도 많이 익숙했다. 알고 있는 사람이었다. 하지만 쉽게 떠오르지 않았다. 일단 조현석의 어떤 측근으로 생각을 하며 기억 속에 집어넣었다.

구급차가 요란한 사이렌 소리를 울리며 현장을 떠났다. 견인차가 차량에 고리를 거는 중이었다. 경찰이 찬성에게 다가왔다.

"목격자 조사를 위해 서로 함께 가 주시겠습니까?"

사건은 마무리되는 것 같았다.

미옥은 사건의 충격이 컸기 때문인지 눈의 초점이 잘 맞지 않았고 찬성은 조사가 길어져 아직 돌아오지 않았다.

새벽 첫 뉴스에서는 조현석과 동승한 여성이 구급차로 이동 중 사망했다고 알리고 있었다. 여성의 이름은 이 모 씨로 나와 확인할 수 없었다.

희우는 학교에 가기 위해 가방을 챙기고 거실의 텔레비전 앞에 앉아 뉴스에서 나오는 앵커의 목소리에 집중했다.

-조태섭 의원의 첫째 아들 조현석 씨가 오늘 새벽 교통사고로 사망했습니다. 늦은 새벽까지 일을 한 조현석 씨는 동승한 이 모 씨와 함께 집으로 향하던 도중 졸음을 이기지 못하고 가로수에 추돌한 걸로 추정되고 있습니다. 조현석 씨는 조태섭 의원의 가르침을 받아 인권 변호사로서 항상 약자를 위해 살아왔습니다. 고인의 명복을 빕니다.

항상 약자를 위해 살았다는 앵커의 말에 희우는 비릿한 미소를 지었다.

술 냄새가 진동을 했는데 뉴스에서는 졸음운전으로 발표하고 있었다. 자신의 명예 때문인지 아니면 죽은 자식의 명예를 지키기 위해서인지는 모르지만, 조태섭은 사건의 진실을 감췄다.

희우는 학교로 향하며 자신의 목을 주물렀다. 밤새 한잠도 자지 않았고 긴장이 풀려 몹시 피곤했다.

학교의 시간이 어떻게 흘러갔는지 몰랐다. 희우는 단 하나만 생각하고 있었다. 두 사람이 죽었다는 것.

이전의 삶에서는 찬성과 미옥이 죽었고 이번에는 조현석과 동승한 여성이 죽었다. 서로 다른 인물이 사망했지만 사망자의 수는 똑같았다.

'풍선 효과인가?'

풍선 효과란 보통 범죄나 사회의 규제로 인해 하나를 억제하면 다른 사건이 일어나는 걸 의미한다. 그는 운명의 흐름도 이와 같이 한쪽을 막으면 그만큼 다른 부분의 일이 생기는 것이 아닐까 추측했다.

지친 하루가 끝나고 희우는 집으로 향했다. 문을 열고 들어간 집에서 찬성과 미옥은 깨어 있었다. 가슴이 두근거려 잠을 자지 못했다고 했다. 그들의 눈에는 피곤함이 가득했다.

찬성은 자신의 앞으로 미옥과 희우를 모이게 했다.

"조사는 잘 받고 오셨어요?"

희우의 말에 찬성은 굳은 표정으로 고개를 끄덕였다.

"그래. 너도 아침에 뉴스 보고 학교 갔다며? 조태섭 의원 아들이라는 말은 뉴스에서 들었지?"

"네."

찬성은 한숨을 내쉬었다.

"우리는 그 사건 현장에 없었던 거다."

찬성의 말이 무슨 뜻인지 희우는 단번에 알아들었다.

경찰서에서 찬성은 조태섭 의원의 비서를 만났다. 비서가 말했다.

"사고 내용은 들었습니다. 많이 놀라셨을 텐데 괜찮으신가요?"

찬성은 고개를 끄덕였다.

"저야 괜찮은데 의원님께서 상심이 크시겠습니다."

비서는 찬성의 말을 들으며 품에서 흰 봉투를 건네 손에 쥐여 줬다.

"이게 뭔가요?"

찬성이 물었다.

"자식이 있다고 들었습니다."

"네? 네."

"그러면 의원님의 마음을 아실 겁니다. 살아 있다면 모를까, 고인이 된 자식의 명예는 지켜 주고 싶어 하십니다."

찬성은 그 말에 이해한다는 듯 어색하게 웃었다.

"당연히 그러시겠지요."

"이 사건의 목격자는 없습니다."

비서는 차가운 표정으로 찬성을 향해 고개를 숙여 인사를 했다.

"부탁드립니다."

비서의 고개가 다시 들리며 무서운 표정으로 바뀌었다.

"만약 사건을 발설할 시에는 모든 책임을 지셔야 할 겁니다. 가족들 사이에서도 술자리에서도, 조심하시기 바랍니다."

비서의 표정과 목소리를 기억하며 찬성은 침을 꿀꺽 삼켰다.

"그러니까 친구들이나 누구한테도 우리가 사고를 봤다고 말하지 마."

뉴스에서는 조현석의 장례식장 모습이 나오고 있었다. 자식을 잃은 조태섭의 눈물이 나왔다. 그 슬픔에 공감한 국민들은 그를 응원했다.

고 3이 되어 처음 치르는 모의고사 날이었다. 정민은 모의고사만큼은 희우에게 이기고 말겠다는 다짐을 하며 문제를 기다렸다.

교사의 손에서 모의고사 시험지가 꺼내졌다. 정민은 이를 악물었다. 앞에서부터 시험지가 넘겨지며 정민의 가슴이 떨리고 있었다. 이번만큼은 이기고 싶었다.

초등학교 때 수, 우, 미, 양, 가로 표시된 생활통지표에는 언제나 수만 있었다. 중학교에 들어가서 치른 첫 시험에서도 그리고 두 번째 시험에서도, 그다음 시험에서도 또 다음에도 1등이었다. 그뿐만이 아니었다. 글쓰는 걸 좋아하는 정민은 백일장에 나가서도 항상 1등이었다.

뭐든지 1등을 하던 정민. 부모님의 기대가 달라지기 시작했다. 2등은 존재하지 않는 등수였다.

하지만 작년부터 이름도 몰랐고 전교 상위 등수에 존재하지도 않던 희우에게 밀렸다. 부모님은 괜찮다며, 사람이 실수를 할 수도 있다고 격려했다. 정민도 그렇게 생각했다. 실수를 해서였다. 아는 문제를 실수로 틀렸다, 그렇게 생각했다.

하지만 그 이후 정상에 오른 건 모의고사 때 단 한 번이었다. 그 뒤로는 3등이었다. 어느덧 부모님도 그리고 주변의 친구들도 정민을 최고로 인정하지 않는 것 같았다. 그 사실이 치욕스럽고 부끄러웠다. 유일하게 이길 수 있는 건 모의고사라고 생각했다.

하지만 이것도 불안했다. 2학년 때 봤던 9월 모의고사에서 규리와의 점수 차이는 2점, 희우와는 5점이었다. 딱 두 문제 차이였다. 하지만 기필코 이겨야 했다. 1등이 아니면 무의미했다.

스피커에서 시험을 알리는 방송이 흘러나왔다. 정민은 긴장된 마음을 진정시키며 온 신경을 집중했다.

시험이 끝났다. 가채점을 하던 정민은 참담한 표정으로 고개를 숙였다.

희우는 학교를 마치고 로펌으로 향했다. 민석의 사무실에 들어서서 인사를 한 후 소파에 앉았다.

"그래, 오늘은 또 어쩐 일이지?"

민석은 특유의 서글서글한 웃음을 보이며 소파에 마주 앉았다.

"천하전자 주식을 사고 싶습니다."

"……!"

희우의 말에 민석은 잠시 말을 하지 않았다.

"지금은 어디에 투자하는 것보다는 가만히 놔두는 걸 권해 주고 싶은데."

3만 원까지 떨어졌던 천하전자 주식은 상승과 하락을 반복하며 5만 원대를 기록하고 있었다. 주식뿐만 아니라 모든 투자에 대한 분위기는 IMF

의 영향으로 불안한 상태였다. 민석이 계속 말을 이었다.

“내가 경제 전문가는 아니지만 지금은 너무 불안해. 오죽하면 금 모으기 운동까지 하고 있겠어?”

“부탁드립니다.”

민석이 한숨을 내쉬었다.

“네가 이전에 고물 공매로 성공적인 투자를 한 건 알아. 하지만 주식은 달라. 더군다나 지금 시국이 어떤 상황인데 주식에 투자를 하겠다는 거야?”

희우는 잠시 민석의 눈을 바라봤다. 확실한 이유를 듣지 않으면 절대 도와주지 않겠다는 눈빛이었다. 희우는 천천히 입을 열었다.

“아시아는 경제 위기를 겪고 있지만 세계 전체를 보면 호황입니다. 기업 부실에 따른 단기적 위기이기 때문에 환율 차로 수출이 증가되는 등 짧은 시간에 오를 걸로 예상됩니다. 그중에서도 천하전자는 김건영 회장의 지휘 아래 빠르게 부실을 털어 내고 있습니다. 그래서 가격이 떨어진 지금을 투자 적기로 보고 있습니다.”

민석은 어쩔 수 없다는 듯 손을 저었다.

“그래, 알았다. 말린다고 네가 듣겠어?”

희우의 말에 민석은 못 이긴 척 투자를 허락했다.

사실 희우도 주식에 대해서는 잘 알지 못했다. 주가가 큰 폭으로 떨어진 후 오른다는 막연한 정보만 알고 있을 뿐이었다. 특히 천하전자는 IMF 이후 세계적 회사로 발돋움했다. 그 사실만으로도 손해를 보지는 않을 것이라고 생각했다.

변호사 사무실에서 나온 희우는 버스를 타고 집으로 향했다. 희우는

집으로 가서 옷을 단정히 갈아입은 후 다시 밖으로 나왔다.

희우가 향한 곳은 큰 병원이었다. 사고가 났던 여자의 장례가 치러지고 있는 곳이기도 했다. 희우는 그녀를 어디선가 본 듯한 기억이 났다. 그 인물이 조태섭과 어떤 관련이 있다면 작은 단서라도 놓치지 말아야 했다.

장례식장 건물로 들어가자 입구 측면에 장례가 진행되고 있는 고인의 이름과 상주의 이름이 적혀 있었다. 희우는 고개를 들어 각 이름을 확인했다. 아는 이름은 보이지 않았다.

지하로 가는 계단을 통해 아래로 내려갔다. 희우는 각 빈소를 돌며 영정 사진을 확인했다. 부조함 앞으로 상주와 영정 사진이 보여 어렵지 않게 확인할 수 있었다.

마지막 장례식장에 도착했을 때 희우의 걸음이 멎었다. 영정 사진에는 어제 봤던 그 여성의 얼굴이 담겨 있었다. 사진 속의 그녀는 웃고 있었다. 그녀의 아버지가 상주였다.

그의 표정은 지쳤고 비통했다. 자식 잃은 부모의 마음. 아직 희우가 그 마음까지 헤아릴 수는 없었지만 순간 미안한 생각이 들었다. 하지만 희우는 그 감정을 빠르게 정리했다. 이전의 삶에서 그들은 가해자였다. 그리고 희우는 애도를 표하기 위해 온 것이 아니라 확인을 위해 온 것이었다.

희우는 그녀의 이름을 확인했다.

'이성희?'

기억나지 않는 이름이었다.

슬쩍 고개를 틀어 안을 확인하자 많은 사람들이 식사를 하고 있었다. 희우의 시선이 밖에 있는 근조 화환으로 향했다. 화환의 리본에 적힌 글씨를 읽기 시작했다.

'천하그룹?'

천하그룹에서 보냈다는 문구가 많이 보였다.

준비해 온 흰 봉투에 3만 원을 집어넣었다. 그리고 부조함에 돈을 넣고 안으로 들어갔다. 절을 하고 일어서며 상주와 마주 섰다. 낯선 손님이었기에 상주가 물었다.

"저희 딸과 어떤 관계신지……."

"조금 아는 사이입니다."

희우는 식사 자리로 향했다. 사람들을 피해 가장 구석에 앉았다. 나무젓가락이 앞에 놓이고 밥과 국이 들어왔다. 나무젓가락을 포장하고 있는 종이에도 천하그룹이라는 글씨가 보였다.

희우는 식사를 하며 귀를 열어 주변의 모든 소리에 집중했다. 부모보다 먼저 간 자식의 장례였기 때문에 식사 자리는 떠들썩하지 않았다.

"몰라, 교통사고 났다던데."

"임원 비서라고 하지 않았어?"

"모르겠어."

얻을 수 있는 정보는 많지 않았다.

'장례에 온 손님들은 그녀가 조현석의 차량에 동승한 인물이라는 걸 모르고 있다. 그리고 확실하지는 않지만 천하그룹 임원의 비서였을 가능성도 있다.'

희우는 몇 가지 정보를 정리했다. 그 정보로 한 가지 희미한 선이 떠올랐다.

조현석은 성별을 막론하고 자신에게 도움이 되지 않는 사람은 만나지 않았다. 여자를 원한다면 돈을 주고 사는 사람이다. 혹은 사랑하는 사이였다고 의심할 수도 있지만 애초에 그 생각은 하지 않았다. 빈소에서 느껴지는 분위기를 보면 알 수 있었다. 이성희의 집은 가난한 집안은 아니지만 절대 부유하지도 않았다.

어린 시절부터 권력의 맛을 보고 자란 조현석. 그가 희우와 만났을 때 말했었다.

–김희우 검사님 아직 결혼 안 하셨지요? 사랑한다고 결혼하지 마세요. 그거 다 거짓말이에요. 높은 위치에 오를 남자가 평범한 여성을 만나는 건 드라마에서만 볼 수 있는 일입니다.

조현석은 철저하게 사회적 계급을 중요시하는 사람이었다. 즉, 죽은 여성이 그에게 뭔가 도움이 되지 않았다면 만날 이유가 없었다.

'천하그룹. 조현석. 조태섭. 이성희.'

희우는 관련된 사람들의 이름을 나열해 보기 시작했다.

그때 장례식장으로 들어오는 사람들이 눈에 들어왔다.

천하그룹 기획본부실장 김찬영.

김찬영이 희우를 알아볼 리는 없었다. 하지만 그 모습을 본 희우는 순간 놀라 고개를 숙이고 몸을 숨기려 했다.

'기억났다.'

희우는 그녀와 만났던 사실을 기억해 냈다.

천하그룹은 김건영 회장이 사망한 후 김용준 부회장이 그 자리를 세습했다. 권력의 자리가 양도될 때는 말이 많아질 수밖에 없다. 그 시기에 불거져 나왔던 일이 천하그룹의 비자금 사건이었다. 비록 윗선의 압력으로 중간에 흐지부지 마무리되었지만 천하그룹 비자금 사건의 실무진으로 잡혀 온 사람 중에 이성희, 그녀가 있었다.

희우의 머리가 빠르게 회전했다.

당시 그 사건은 반부패부가 맡고 있었다. 타 부서에 있던 희우는 개입하지는 않았지만 큰 사건이어서 관심 있게 지켜봤다. 그리고 후에 조태섭을 조사하며 찾아봤던 기록에는 이미 많은 것이 사라진 후였다.

'천하그룹과 조태섭. 연관이 없을 수가 없지.'

천하그룹은 전자에서 자동차까지 팔십여 개의 계열사를 가지고 있는 거대 재벌이었다. 정치를 하기 위해서는 많은 돈이 필요했고 재벌로 살아

가기 위해서는 정치권력이 필요했다.

'이전에는 흔적을 놓쳤지만 이번에는 다를 거다.'

희우가 입을 꽉 다물었다.

모의고사 결과가 발표되었다.

작년도 수능 문제가 어렵지 않게 출제되며 모의고사의 난이도도 하향되었다. 학생들의 점수는 큰 폭으로 상승했다.

1등 김희우 391점.

2등 김규리 388점.

3등 ××× 371점.

……

15등 이정민 352점.

사실 모의고사가 끝난 후부터 정민의 표정은 좋지 않았다. 모두가 쉬웠다고 했지만 가채점 결과 정민의 점수는 떨어졌다.

그날 집으로 들어간 정민은 고개를 숙이고 방으로 들어갔다. 그 모습에 부모는 눈치를 보며 말을 걸지 못했다. 하지만 정민은 그것이 더 짜증이 났다. 차라리 성적을 물어보며 다그쳤으면 좋겠다고 생각했다.

책상에 엎어져 한참을 울었다. 이 모든 것이 희우와 규리 때문인 것 같았다. 그들이 비웃고 낄낄대는 모습이 자꾸만 떠올랐다.

교사의 손에서 성적표가 건네졌을 때 정민의 얼굴은 무너져 내렸다. 반 친구들은 수군거렸다. 학교에서 최고의 위치에 있던 학생의 몰락이었다. 그들이 앞에서 대놓고 말하지는 못했지만 정민은 그 사실을 느끼고 있었다.

희우의 반에서는 재호가 환호성을 지르고 있었다. 재호는 희우의 말대로 수학을 암기했고 시험 문제도 쉽게 출제되어 점수가 상당히 높아졌다.

“이게 모두 스승님 덕분입니다.”

재호는 희우의 앞으로 가서 무릎을 꿇고 고개를 숙였다.

“이제 수능을 보고 하산하도록 하라.”

희우의 말에 재호가 외쳤다.

“존명!”

마치 무협지의 주인공이 스승의 곁을 떠나 중원으로 나가는 듯한 모습이었다. 월초부터 시작된 그런 장난이 아직 계속되고 있었다. 희우의 입가에 미소가 걸렸다. 유치했지만 이런 분위기가 나쁘지는 않았다.

종례가 끝나고 정민은 교무실에서 자신의 반 담임과 상담 중이었다. 담임은 여성으로 40대 초반의 국어 교사였다. 고 3 담임 생활을 여러 번 해 봤기에 수험생의 마음은 잘 알고 있다고 자부하고 있었다.

“이번에 긴장 많이 했니?”

담임은 성적표를 보며 가볍게 말을 꺼냈다.

3학년에 들어 보는 첫 모의고사에서는 긴장을 이기지 못하고 성적이 떨어지는 학생들이 있었다. 이런 학생은 조금만 마음을 편하게 해 주고 격려를 하면 다시 제자리를 찾았다. 하지만 가끔 첫 점수의 충격에서 헤어나지 못하고 수능까지 망쳐 버리는 학생도 종종 있었다. 담임은 정민에게 최대한 가볍게 말을 하며 마음을 풀어 주려고 노력했다.

정민의 성적은 교장에게까지 올라가는 사항이었다. 우수한 학생이었고 한국 대학교에 합격할 수 있는 인재였기에 학교에서는 예의 주시하고 있었다. 이번 성적이 좋지 않게 나와 담임은 교장실까지 끌려가 곤욕을 치르고 왔다. 하지만 그런 일이 있었다고 상심이 클 학생에게 부담을 주고 싶지는 않았다.

“첫 모의고사에서 긴장을 하는 학생들이 많이 있어.”

교사는 지금까지 겪었던 학생들에 대한 예를 들며 이번 모의고사는 별

것 아니라는 투로 이야기를 이어 나갔다.

하지만 정민은 교사의 말에 관심이 없었다. 오히려 위로하는 한마디 한마디에 자존심이 상했고 짜증이 났다. 점수가 떨어진 학생이나 성적에 대한 고민을 하는 친구에게 위로해 주는 입장은 언제나 자신이었다. 그런 정민이 위로받고 있었다. 친구들의 뒷말도 들려왔다. 싫었다.

어디선가 듣던 공포 이야기가 생각났다. 자신의 앞 등수를 하나씩 죽이고 1등이 된다는 시시한 공포물이었다. 정민은 그 이야기에 자신을 대입시켜 봤다. 만약 희우를 죽이고 규리를 죽이고 다른 아이를 죽이면 다시 정상에 설 수 있을까? 한국 대학교에 합격할 수 있을까?

자신이 없었다. 정민의 정신은 점점 피폐해져 갔다.

담임과의 상담을 끝낸 정민은 계단을 통해 위로 올라갔다. 정민의 눈은 풀려 있었다. 희망도 없고 자신감도 잃었다.

정민은 희우네 반 앞에 서 있었다. 정민의 머릿속에는 시시한 공포 이야기가 울려 대고 있었다.

죽여! 죽여! 저 녀석을 죽이면 네가 1등이야!

정민의 눈에서 굵은 눈물방울이 떨어졌다.

자리에 앉아 친구들과 이야기를 나누고 있던 희우는 교실 뒷문에 서서 울고 있는 정민을 발견했다. 희우는 자리에서 일어서서 정민에게 다가갔다. 정민이 받은 점수에 대한 이야기는 희우에게까지 들려왔었다.

정민의 앞으로 다가간 희우는 모르는 척 물었다.

"잘 봤냐?"

대답은 돌아오지 않았다. 희우가 정민의 어깨를 말없이 토닥였다. 하지만 정민은 희우의 손길을 거칠게 뿌리쳤다.

"놔!"

"……!"

정민의 강한 적개심이 희우에게 전해졌다. 정민의 눈은 정상이 아니었다.

희우는 규리가 했던 말을 기억했다. 규리의 말에 따르면 정민은 지금까지 단 한 번도 1등을 빼앗긴 적이 없었다.

가끔 이런 녀석이 있었다. 1등제일주의에 빠져 주변을 보지 못하고 1등이 아니면 스스로를 용서하지 못하는 못난 녀석들. 걱정되는 마음이 들었다.

한참을 씩씩거리던 정민의 눈에 눈물이 아닌 싸늘한 살기가 채워졌다.

"너 때문에 모든 게 망가졌어."

정민은 뒤로 돌아 자신의 교실로 돌아갔다. 그리고 아무렇지도 않은 척 책상에 앉아 가방을 열었다.

정민의 손에 들린 것은 소설과 시를 모아 놓은 습작 노트였다. 매일 시간이 있을 때마다 채워 가던 노트가 쓰레기통에 던져졌다. 정민의 손끝에 아쉬움은 남아 있지 않았다.

봄이 지났다.

희우의 생활은 다르지 않았다. 아침에 일어나서 팔굽혀펴기 등 맨손으로 할 수 있는 근력 운동으로 하루를 시작했다. 학교까지 뛰어갔고, 공부를 했다. 한국 대학교에 입학할 자신은 있었다. 하지만 조금의 방심도 허락하지 않겠다는 듯 공부하고 또 공부했다.

전 대통령의 선거자금 문제가 불거져 나오기도 했고 타이타닉의 침몰을 주제로 한 영화가 방영되며 큰 인기를 얻기도 했다. 프랑스 월드컵이 개막했고, 대한민국은 승점 1점의 가슴 아픈 기억을 남긴 채 조별 리그에서 돌아와야 했다.

여름이 되었다. 1998년 여름 장마는 참 지독하기도 했다. 하늘에 구멍이 난 것처럼 폭우가 쏟아져 내렸다. 지리산에서는 큰 사고가 나기도 했다.

학기 초의 결심을 잊고 흔들리는 학생들이 생기기 시작했다. 수능 백일주를 마시기도 했고 어울려 여행을 가기도 했다.

희우는 학교와 집만 오가며 공부에 열중했다. 이 시기부터는 간간이 읽던 책도 덮었다.

"시험 잘 봤어?"

모의고사가 끝나고 집으로 가던 도중에 만난 규리가 물었다. 매달 보는 모의고사에서 희우와 규리는 엎치락뒤치락하고 있었다. 나쁘지 않은 경쟁이었다.

"그럭저럭. 넌?"

"비슷해."

규리가 답했다.

IMF의 영향으로 그녀의 양부모님이 하는 사업이 많이 힘들어졌다고 했다. 그래도 양부모님은 그녀를 위해 전 과목 과외를 시켜 주고 있었다.

예전 같았다면 규리는 과외까지 받으며 공부를 하는 자신과 홀로 공부하는 희우의 점수가 비슷하다는 사실이 분했을지도 모른다. 하지만 이젠 아니었다. 경쟁자는 다른 곳에 있을 수험생이었고 희우는 입시 마라톤을 함께하는 좋은 동료라고 생각했다.

가을이 되었다.

은행권의 부실이 계속해서 문제가 되며 퇴출 또는 통합이 이루어졌다. 천하그룹에서는 북한 관광을 위한 회사를 설립했다. IMF의 이름을 붙인 저가형 옷이나 음식이 상업적으로 이용되기도 했다. 희우는 여전히 책상 앞에서 엉덩이를 떼지 않고 문제집에 집중하고 있었다.

희우는 문제집에 처음부터 답을 쓰지 않았다. 답은 공책에 따로 적어 두었다. 채점 후 혹시나 틀린 문제가 있다면 나중에 다시 풀기 위해서였다. 시중에서 볼 수 있는 문제집은 웬만해선 모두 풀어 봤다. 틀렸던 문제들을 위주로 변형된 문제를 만들어 보며 풀고 또 풀었다.

신문이나 뉴스에서는 여름에 있었던 미국 대통령의 섹스 스캔들을 가십거리처럼 보도했다. 부도난 아성자동차를 천하자동차가 인수했다.

수능 예비 소집일이었다.

학교에서 교사들이 학생들에게 수험표를 나눠 주고 고사장을 안내했다. 교장이 직접 규리와 희우를 불러 엿을 선물했다.

"최대한 긴장하지 말고 봐야 한다."

그 말을 하는 행동이 더 긴장된다는 걸 모르는 것 같았다.

교장실을 나올 때 규리가 엿 하나를 건넸다.

"엿 먹어라."

규리가 장난처럼 말하며 희우에게 엿을 건넸다.

"너도 엿 먹어."

희우도 규리에게 준비했던 엿을 건넸다.

"한국 대학교 간다고 했지?"

엿을 받으며 규리가 물었다.

"응."

"그래서 물어본 거야. 대학도 같이 다니겠네."

희우는 빙긋 웃었다. 규리가 다시 물었다.

"과는 정했어?"

희우는 고개를 저었다.

"일단 수능 보고 결정하려고."

답을 한 희우는 주변을 두리번거렸다. 그리고 규리에게 물었다.

"정민이는?"

지난 3학년 첫 모의고사 이후로 대화를 나눠 본 적도 없었다. 그리고 정민은 교장에게 엿을 선물받으러 오지도 않았다. 규리가 말했다.

"못 들었어? 정민이 유학 간대."

"……!"

희우가 기억하고 있던 정민이는 한국 대학교 국문과를 졸업하고 세계적인 작가가 될 사람이었다. 하지만 지금 정민의 선택은 바뀌어 있었다.

희우의 눈에 아쉬움이 가득했다. 희우가 오면서 바뀌어 가는 인생들. 그 바뀌는 길에 정민도 있었다.

희우는 발걸음을 바꾸어 정민의 교실로 향했다. 희우가 나타나자 정민은 놀란 표정으로 바라봤다.

"얘기 좀 하자."

희우의 말에 정민이 자리에서 일어났다.

"유학 간다며?"

희우의 말에 정민은 말없이 고개를 끄덕였다.

"이제 글은 안 쓰는 거야?"

"……."

"네 글 재밌게 읽었는데 아쉽네."

"……!"

"네가 쓴 글들, 학교 도서관에 있어서 읽어 봤었어."

정민이 상을 타 온 글들은 학교 소식지에 들어가 배포되었다. 그리고 그 소식지는 학교 도서관에 모두 보관되어 있었다. 전의 삶에서 유명한 소설가였던 정민. 희우는 학교 도서관에서 정민의 글을 찾아 읽어 봤었다.

"네가 쓴 수필에 그런 문장 있었잖아. 연못을 보면서 쉬고 있었는데 빗소리에 시끄러워졌다고. 그런데 마음을 바꿔 보니 빗소리조차 즐거운 음악이었다는 문장."

"……."

"일체유심조(一切唯心造)를 뜻하는 내용 맞지?"

일체유심조란 화엄경의 중심 사상으로, 모든 것은 오로지 마음이 지어내는 것임을 뜻하는 불교 용어다.

정민이 말했다.

"빙빙 돌리지 말고 하고 싶은 말 있으면 해."

정민의 차가운 말에 희우는 머리를 긁적였다.

"빙빙 돌리는 거 걸렸나? 그럼 그냥 이야기할게. 점수가 나한테 뒤졌다고 글을 포기하는 건 바보 같은 생각 같아. 어차피 너와 나는 가는 길이 달라."

"……."

"각자가 잘하는 일이 있잖아. 나는 글을 읽는 걸 좋아하지만 쓸 수는 없어. 같은 길을 걸을 사람도 아닌데 등수 때문에 네 꿈을 포기하지 말아 줬으면 좋겠다. 부끄럽지만 네 글을 좋아했거든."

"……!"

"멋진 문호(文豪)가 되기를 바란다. 그럼 너와 함께 학교를 다닌 우리에게는 좋은 자랑거리가 될 거야."

정민이 피식 웃었다.

"무슨 소리 하는 거야? 난 아메리카 대학교 영문과를 목표로 하고 있어. 내가 왜 꿈을 포기해?"

"어?"

희우는 당황했다. 유학 간다는 소리에 꿈을 포기한다고만 생각했다. 정민이 계속 말했다.

"내 꿈은 노벨상이야. 확률을 높이려면 영어로 써야 하지 않겠어?"

"……!"

"걱정하지 말고 수능이나 잘 봐라. 나중에 판검사 되면 잘 좀 봐주고."

인사를 하고 떠나는 희우의 모습을 보며 정민은 미소를 지었다.

"멋진 문호가 되라고?"

사실 정민은 아메리카 대학교의 어떤 학과든 상관없이 들어가는 걸 목표로 하고 있었다. 한국 대학교에 입학하는 일보다 전 세계 최고의 대학인 아메리카 대학에 들어가는 것이 좋다고 생각했다. 그렇게라도 희우를 이기고 싶었다.

정민은 평생을 공부만 해 왔기에 사회적 경험이 부족했다. 공부나마 잘하면 인정을 받고 예쁨받는다고 잘못 생각하고 있었다. 거기에 글을 쓰며 감수성까지 풍부했다. 점수에서 밀리며 많은 상처를 받았던 마음이 희우의 한마디로 인해 사그라지고 있었다.

"내 글을 좋아했다고?"

정민의 입가에 미소가 점점 짙어졌다.

"자랑거리가 될 거라고?"

감수성이 풍부했기 때문일까 아니면 아직 어려서일까. 어떤 학과든 상관없다고 생각했던 정민의 목표가 결정되었다.

"그렇게 자랑하고 싶다면 대문호(大文豪)가 되어 주지."

아직 어린 나이였다.

희우는 예비 소집을 위해 고사장을 방문한 후 집으로 향했다. 집에서는 찬성과 미옥이 희우를 기다리고 있었다.

"오늘 일 안 갈 거야."

"왜요?"

희우가 물었다. 미옥이 웃으며 답했다.

"내일 우리 아들 수능 시험 보는데 맛있는 거 해 줘야지."

찬성이 파란색 색지로 포장된 작은 박스 하나를 건넸다.

"이게 뭐예요?"

"풀어 봐."

희우는 찬성이 건넨 포장지를 뜯어봤다. 계산기가 있는 시계였다. 2~3만 원 정도 하는 비싸지는 않은 시계였지만 그들의 형편에 쉽지 않은 금액이었다.

희우는 이전의 삶에서 수능을 보러 가던 때를 떠올렸다.

그때도 무척 추웠던 걸로 기억한다. 아침에 일어나 갈까 말까 고민했었다. 시험을 본다고 해서 좋은 점수가 나올 리 만무했다. 그래서 고민하며 한참을 뒹굴었다. 그러다 담임이 수능 응시료를 내준 걸 기억했다. 시험을 안 보면 혼날 것 같았다. 그래서 빈집을 뒤로하고 쓸쓸히 시험장으로 향했던 기억이 있다.

옛일을 생각하던 희우는 가슴이 먹먹해졌다. 단지 부모가 살아 있다는 것만으로 이렇게 행복할 수 있다는 걸 새삼 깨달았다.

희우의 눈시울이 촉촉해지자 찬성은 뿌듯했다. 자신이 선물해 준 시계 때문에 저런 모습을 보이는 것만 같았다. 찬성이 말했다.

"저번에 보니까 내가 쓰던 시계 차고 다니길래, 수능 볼 때 시간 보라고 하나 샀다. 시험 볼 때 시계가 중요하다더라."

"……."

"어쨌든, 이 시계를 고른 이유는 의미가 있다. 앞으로 계산은 시계에게 맡기고 너는 가슴이 시키는 일을 해라."

간지러운 말이었지만 찬성으로서는 한참을 생각하고 준비한 말이었다. 희우가 작게 말했다.

"아버지……."

"그래!"

찬성이 힘차게 답했다.

"수험장에 계산기 못 가지고 가요."

"……!"

11월 18일, 수능 날. 영하 5도의 추운 날이었다.

미옥이 소불고기를 아침상에 내놨지만 희우는 먹지 않았다. 평소와 다르게 먹으면 탈이 난다는 걸 알고 있었다. 시험 보고 와서 먹겠다며 옷을 여미고 밖으로 나섰다. 입김이 절로 나고 몸이 움츠러들었다. 약간의 긴장감이 기분 좋게 다가왔다.

시험은 어렵지 않았다. 희우는 지금까지 준비한 대로 차분히 문제를 풀기 시작했다.

수능이 끝난 다음 날. 학교는 난리가 났다.

가채점 결과 규리가 만점을 받았다. 희우는 한 문제를 틀렸다. 학교 정문에는 규리의 이름이 적힌 플래카드가 크게 걸렸다. 희우의 기억에 의하면 그해 수능 최초로 이과에서 만점자가 나왔었다. 하지만 그 주인공이 규리는 아니었다.

뉴스에서는 수능 최초로 만점자가 나왔다며 보도하기 시작했다. 만점의 주인공은 두 명이었다. 문과에서 규리가, 이과에서는 다른 학교의 여학생이었다.

규리가 수능을 준비하며 요약했던 것들이 출판사와 계약되었다고 했다. 책의 이름은 '수능 만점 김규리의 완벽 정리 노트'였다. 규리는 무척 부끄러워하는 한편 무척 자랑스러워했다.

규리가 희우의 반에 왔다.

"헤헤, 내가 이겼다."

규리는 방긋 웃으며 말했다.

"축하해."

진심이었다. 규리의 가정사를 알고 있었고 또 얼마나 노력했는지 옆에서 지켜봤다. 희우는 진심으로 규리의 승리를 축하해 줬다.

규리가 물었다.

"법학과 갈 거지?"

희우는 대답하지 않았다. 아직 고민하고 있었다.

어느 학과를 가야 할까? 어떤 공부를 해야 할까?

사실 법 공부는 큰 의미가 없었다. 사법 고시에 응시할 생각은 있었지만 응시 자격이 바뀌기 전이라 법을 전공하지 않아도 시험을 볼 수 있었다. 또한 이미 한번 사법 고시에 합격한 전력이 있었다. 학교에서의 공부는 필요치 않다고 생각했다. 그래서 다른 전공을 가지고 새로운 공부를 할까 고민도 했다. 하지만 어떤 공부를 한다 하더라도 조태섭과의 싸움에서는 큰 의미가 없었다. 결국 희우가 내린 결론은 대학 간판이었다.

그래서 상류층과 어울리기 위해 지금까지 인문학을 공부했다. 그와 함께 한국 대학교 법학과라는 간판의 메리트는 그들과의 교류에 도움이 될 수 있었다. 결국 희우는 최고의 수재들이 목표로 하는 한국 대학교 법학과를 다시 들어가기로 했다.

해가 바뀌고 희우가 한국 대학교 법학과에 합격했다는 소식이 들려왔다. 찬성과 미옥은 뛸 듯이 기뻐했다. 희우는 대학에 합격한 기쁨보다 그들이 좋아하는 모습이 더 행복했다.

재호는 경찰행정학과에 합격을 했고 현준은 경영학과에 합격했다. 규리는 당연하지만 희우와 같은 대학 같은 과에 가기로 했다. 정민은 방학 동안 한국을 떠나 유학길에 올랐다.

졸업식이 끝났다. 졸업생들은 꽃다발을 들고 교복을 입은 마지막 모습을 카메라에 담고 있었다. 희우도 찬성의 손에 이끌려 어색하게 사진을 찍고 있었다.

부모님은 쉬는 날 없이 맞벌이를 했었고 덕분에 어딘가 놀러 가거나 한 일은 드물었다. 그래서 사진에 찍히는 일은 익숙하지 않은 일이었다. 하지만 행복했다. 홀로 졸업식장을 나서는 기분은 정말 슬펐었다.

수학 교사 민경이 다가와서 희우의 손을 잡았다.

"졸업했다고 나 모른 척하고 그러면 안 된다."

희우는 민경에게 고개를 숙여 진심으로 감사하다는 말을 전했다.

민경과 이야기를 하는 도중 희우는 자신의 담임을 떠올렸다. 교실을 나오며 다른 학생들과 함께 악수를 한 것이 인사의 전부였다. 2학년에 이어 3학년 때에도 같은 담임이었다. 이전의 삶에서 수능 응시료를 내주었고 부모가 없던 그에게 간간이 집 반찬을 전해 주기도 했다. 이번의 삶에서도 아르바이트를 가는 자신을 위해 종례를 서둘러 끝내 주는 등 많은 도움을 준 걸 알고 있었다.

지난 삶에서 겪었던 피해 의식. 희우는 그 의식에 사로잡혀 색안경을 끼고 교사들을 바라봤었다. 이전의 삶에도 담임처럼 뒤에서 묵묵히 도움을 주는 교사가 있었고 민경처럼 손을 내밀어 준 교사도 분명 존재했다. 자신이 힘들고 어렵다고 주변도 어둡다고 생각했었다. 목표가 있다고 그 한 점만 바라보며 경주마처럼 달렸다. 희우는 주변을 둘러보지 않았었다.

하지만 지금의 희우는 크지는 않지만 약간은 변했다. 친구들의 장난을 지켜보고 부모와 함께 행복한 시간을 보내며 조금이지만 주변을 둘러볼 수 있는 여유가 생겼다.

희우는 부모에게 잠시만 기다려 달라 말하고 다시 교무실로 올라갔다. 담임에게 인사를 하기 위해서였다. 담임은 자리에 없었다. 교무실 측면에 있는 흡연장에 누군가 있는 것이 보였다. 담임은 그곳에서 홀로 담배를 피우고 있었다. 조금 있으면 또 다른 신입생들이 학교를 채운다. 하지만 그동안 비어 있을 교실은 교사들에게 섭섭한 공간이었다.

희우는 문을 열고 들어가 담임에게 감사 인사를 했다.

"선생님, 감사합니다. 이만 가 보겠습니다."

진심이었다.

담임은 담배를 끄고 대견한 눈빛으로 희우를 바라봤다.

"넌 누구나 할 수 있다는 걸 나에게 가르쳐 줬어. 앞으로도 지금처럼 노력하면서 살거라."

고 3 담임을 맡은 한 해 동안 담임의 눈가에는 주름이 늘어 있었다.

"노력하면서 살겠습니다."

희우는 다시 고개를 숙여 인사하고 뒤로 돌아 교무실을 벗어났다.

건물을 빠져나왔다. 화단에 있는 소나무는 계절에 상관없이 푸른 잎을 보여 주고 있었다.

그때, 희우의 눈에 사열대 앞에 서 있는 한미가 보였다. 한미는 장미 꽃다발을 한 아름 안고 있었지만 표정이 좋지 않아 보였다. 신경 쓰지 않고 가려는데 한미의 뒤에 서 있는 남자가 눈에 들어왔다. 익숙한 얼굴 그리고 반갑지 않은 얼굴이었다.

'김석훈 중앙 지검장?'

물론 아직은 중앙 지검장이 아닐 거다. 하지만 이전의 삶에서 석훈은 차기 검찰총장으로 확실시되던 사람이었다. 희우가 조태섭에게 향하던 동선과 모든 자료를 확인하던 윗선이었고, 그 모든 정보를 조태섭에게 건넨 인물이기도 했다. 희우의 눈이 싸늘하게 변했다.

'한미와 김석훈 지검장.'

한미의 옆에는 어머니로 보이는 중년의 여성과 석훈만 있었다.

'한미가 딸?'

하지만 부모라고 확정 짓기는 어려웠다. 희우가 기억하던 석훈은 아들만 둘이 있었다. 딸은 존재하지 않았다.

'그럼, 친척?'

아직 한미와 그의 관계가 어떤지 확실하지는 않았지만 조카의 졸업식까지 올 정도로 따듯한 사람은 아니었다.

희우의 머리가 회전하기 시작했다.

작년에 한미는 희우와 같은 동네에 산다고 했다. 하지만 그건 사실이 아닐 가능성이 컸다. 골목으로 들어가 숨어서 지켜봤을 때 한미는 분명 길을 되돌아가 버스를 탔다.

"음……."

희우의 머리에 안개가 낀 듯했다.

희우는 한미의 앞으로 걸어갔다. 자신의 얼굴을 석훈에게 보이지 말아야 하나 하는 생각도 했다. 하지만 석훈에게 지금의 희우는 스쳐 가는 인연으로, 기억하지 못할 것이다. 희우는 한미의 앞으로 가서 손을 흔들며 밝게 인사했다.

"졸업 축하해."

희우의 인사에 한미가 당황했다. 그때 일 이후로 대화는커녕 눈도 마주친 적이 없었다. 한미의 생각이 어떻든 희우는 밝게 웃고 있었다.

"부모님이셔?"

희우는 직접적으로 물었다. 그 질문에 한미의 표정이 더욱 당황스럽게 일그러졌다.

"어? 어, 아니."

희우는 한미의 말을 흘려듣는 척하며 다시 밝게 인사했다.

"안녕하세요. 저는 한미 친구입니다."

이름은 말하지 않았다. '김희우'라는 이름 석 자를 석훈의 뇌리에 남겨 놓고 싶지는 않았다.

희우는 인사를 하며 순간적으로 한미와 석훈 그리고 중년 여성의 얼굴 표정을 확인했다. 그리고 한미에게 나중에 보자는 인사를 하며 자리를 떠났다.

'뭔가 있어.'

희우의 입가에 의미심장한 미소가 걸렸다.

'부모님이셔?'라는 질문에 한미는 과할 정도로 당황했다. 아버지가 돌아가셔서 친척이 대신 왔다거나 하는 반응이 아니었다. 석훈 역시 희우의 행동에 떨떠름한 표정이었다.

희우는 기다리고 있던 찬성과 미옥을 만나 교문 밖으로 나섰다.

며칠이 지났다. 입학까지 남은 짧은 기간. 졸업 앨범을 열어 한미의 집 전화번호를 찾았다. 명확하지 않은 한미와 김석훈의 관계. 언젠가 쓰임이 있을 수도 있다는 생각이 들었다. 활용하기 위해서는 친분을 유지하고 있어야 했다. 잠시 생각을 하던 희우는 한미의 집으로 전화를 걸었다.

-여보세요?

어린 여성의 목소리.

"안녕하세요. 저는 김희우라고 합니다."

-…….

수화기 너머에서는 잠시 아무 소리도 들리지 않았다.

"한미구나?"

-……어. 그런데 무슨 일로 연락을 했어?

"담배는 끊었어?"

또다시 아무 소리도 없었다.

"잠깐 보자."

희우가 말했다.

잠시 후, 그들은 공원 앞 어느 커피숍에서 만났다.

"주택 산다며 아파트 살고 있네?"

희우의 말에 한미는 아무 말도 하지 않았다. 일전에 희우에게 당했던 모욕을 떠올리고 있었다. 희우가 규리에게 준 노트를 빼앗으려다가 당했던 일. 희우가 바라보던 눈빛. 시간이 지났지만 그 눈빛은 또렷하게 기억났다.

"할 말 있으면 어서 해."

한미의 말에 커피를 들어 마신 희우가 말했다.

"대학은 안 간다며?"

"무슨 상관이야? 대학 가야만 잘 사는 줄 알아? 대학 안 가도 잘 사는 사람 많아."

대학을 안 간 것이 아니라 가지 못한 자의 자격지심이 느껴졌다.

"뭐 하고 지내?"

한미는 또다시 아무 말도 못 했다.

한미의 하루 일과, 늦은 오후에 침대에서 일어나 씻지도 않고 텔레비전을 본다. 그리고 밤이 되면 친구들을 만나 새벽까지 술을 마시는 것. 그것이 한미가 고등학교 졸업 후 며칠 동안 보내온 시간이었다. 그것마저도 다른 친구들이 대학에 간다면 흐지부지 사라질 거라는 걸 알고 있었다.

"공부해 볼래?"

희우가 물었다. 한미는 인상을 찌푸렸다.

"학교도 졸업했는데 무슨 공부야?"

퉁명스러운 대답.

뜬금없이 나타나 대학을 이야기하고 공부에 대해 말하는 희우의 행동. 그것은 마치 대학에 가지 못한 자신을 놀리는 것만 같았다.

"내가 가르쳐 줄게. 한국 대학교 법학과 학생이면 과외비는 꽤 비싸겠지만 특별히 돈은 받지 않을 거니까 걱정하지 말고."

"지금 장난치려고 왔냐?"

희우는 가방에서 문제집을 꺼내 테이블 위에 올렸다.

"나는 진심이야."

"나한테 왜 이러는 거야?"

한미의 질문에 희우는 잠시 말을 하지 않았다.

"너처럼 예쁘게 생긴 애가 공부까지 잘하면 어떻게 될까 궁금해서."

최대한 돌려 말한 것이었다. 원래는 '너처럼 얼굴만 반반하고 머리 빈 애들이 그러고 살면 하는 짓은 뻔해.'라고 말하고 싶었다. 그런데, 희우의 말에 한미의 얼굴이 순간 붉어졌다.

"몰라, 생각해 볼게."

한미는 의자에서 일어나며 테이블에 올려 둔 문제집을 손에 쥐었다.

"모의고사부터 풀어 봐. 어떤 과목이 어떻게 취약한지 알아야 계획을 세울 수 있으니까 창피해하지 말고 과감히 틀리도록 해."

희우가 계속 말했다.

"점수 나오면 바로 전화해."

한미는 대답하지 않고 가게를 빠져나갔다.

집으로 들어온 한미는 책상 앞에 앉았다. 사 놓고 몇 번 앉아 보지 않은 책상. 그 위에 희우가 준 문제집을 펼쳤다. 문제집을 보는 한미의 얼굴에는 자신도 모르게 미소가 지어져 있었다.

"웃어? 문제집 보면서 웃고 있어? 하…… 엄마가 하라고 해도 절대 안 하던 공부를 남자가 하라니까 넙죽 하고 있냐? 얼굴은 왜 빨개져? 그리고 거기서 화를 내야지 '몰라, 생각해 볼게'? 나도 참 미쳤다."

한미는 고개를 절레절레 저으며 펜을 들었다.

한미는 일주일에 두 번 늦은 저녁에 커피숍에서 만나 희우에게 과외를 받기 시작했다. 한미에게 기초는 존재하지 않았다. 처음 본 모의고사 점수는 400점 만점에 120점이었다.

"X좌표는 뭔데 X야. Y는 왜 Y야? 염색체야? 이런 게 진짜 고등학생이 푸는 문제라고? 재귀대명사는 또 뭐야? 재기 차기야? 영어를 배우는데 한국말이 더 어려워. 짜증 나, 안 해!"

한미는 갖은 짜증을 다 부리면서도 희우가 내 준 학습량과 수업을 착실히 이행했다. 기초가 전혀 없는 한미에게 가장 좋은 학습법은 무조건 암기였다. 그것은 희우가 이전의 삶에서 처음 공부를 할 때 사용했던 방법이었다. 국어, 영어, 수학, 사회, 과학에 이르기까지 모의고사 및 문제집에 나온 모든 문제와 이론을 암기했다.

공부를 하던 중간에 한미가 물었다.

"그런데 대학생이 되면 재밌겠지?"

"응?"

"텔레비전에서 남자 세 명이랑 여자 세 명 나오는 시트콤이 있는데 주인공들이 다 대학생이야. 되게 재밌어 보이더라."

엄청난 수업량과 무시무시한 과제를 자랑하는 법학과 학생들에게 캠퍼스의 낭만은 존재하지 않았다.

"재밌겠지. 오리엔테이션에서 들었는데 선배들이 매일 밥 사 준다고 하더라. 잔디밭에 앉아서 도서관에서 빌린 책을 읽기도 하고 여러 가지로 낭만적이래."

거짓말이었다. 희우는 오리엔테이션을 가지 않았다.

한미가 공부를 하는 이유는 특별히 없었다. 집에서 그냥 있는 것이 심심해서이기도 했고 공부를 한다는 핑계로 희우를 만나고 싶은 생각도 컸다. 희우는 그런 한미에게 대학에 가고 싶다는 마음을 갖게 하고 싶었다.

"재밌겠다."

"너도 내년이면 대학생이 될 거니까 부러워하지 마."

한미는 다시 문제를 풀기 시작했다. 한미가 문제를 풀고, 희우가 채점을 했다.

CHAPTER 9

희우의 성인으로서의 첫걸음이 시작되었다.

한국 대학교의 첫날. 꿈을 가진 많은 학생들의 발걸음이 정문을 가득 채웠다. 다른 신입생들과 달리 희우는 시큰둥했다. 한번 다녀 본 학교였고 새로울 것도 없었다.

첫 수업은 전공과목이었다. 기억을 더듬어 강의실로 찾아가 가장 구석 자리에 앉아 공책을 펴 들고 규리를 기다렸다.

한국 대학교 법학과. 그곳의 공부량은 무시무시하기로 소문이 가득했다. 다른 학교 신입생의 첫 학기는 교양을 중심으로 강의가 채워졌다. 법과 친숙해질 시간이 필요하기 때문이다. 하지만 이곳은 아니었다. 처음부터 전공으로 시작해서 암기, 이해, 암기, 이해가 반복되었다.

강의 시간에 교수는 쉬지 않고 PPT를 넘겼고 하나의 수업 시간 동안 진행되는 분량이 많게는 200~300페이지에 이르렀다.

엄청난 양을 공부하는 이유는 간단했다.

한국 대학교 법학과 학생은 크게 세 가지의 분류로 나뉘었다. 판검사가 될 사람과 변호사가 될 사람 그리고 교수가 될 사람이었다.

판검사가 될 사람과 변호사가 될 사람은 논외로 했다. 그들은 출석은 하지만 사법시험에 집중했기에 학업에는 소홀했다. 하지만 교수가 되기 위한 준비를 하는 학생들은 학교를 졸업하면 외국의 대학으로 유학을 다녀온 후에 각 대학에 교수로 임용되었다. 대한민국의 법을 가르치는 교수가 될 중추적인 학생들. 그들을 위한 강의인 만큼 녹록지 않게 준비되어 있었다.

학교를 기억하며 희우는 피식 웃었다.

이전의 삶, 희우는 그 세 가지 분류에 포함되지 않은 사람이었다. 나중에야 검사가 되었지만 희우는 뜬금없이 격투기 선수를 했었다.

교수가 들어왔다. 민법을 강의하는 민병선 교수. 뚱뚱한 몸에 멜빵바지를 즐겨 입던 교수였다. 오랜만에 만난 사람이었지만 반갑지는 않았다. 수업도 사법 고시도 관심 없던 희우를 좋아하지 않던 교수였다.

수업이 시작되었다. 교수는 자신의 소개와 함께 앞으로 이루어질 강의 계획을 이야기하고 있었다. 규리는 아직 나타나지 않았다.

'아픈가?'

희우는 고개를 갸웃했다. 문제가 없고는 수업 시간에 늦을 친구가 아니었다. 생각해 보면 졸업식에서도 규리의 얼굴은 보이지 않았다.

희우가 걱정을 하는 사이에도 교수의 이야기는 계속 진행되고 있었다.

"민법은 양도 많고 판례도 다양하고 거기에 복잡하기까지 하지. 조항이 천 개가 넘어가. 하지만 나는 주변 사람들에게도 항상 말해. 법조인이 될 생각이 없더라도 민법은 꼭 공부하라고. 민법은 학문이 아니야. 이 시대를 살아가는 사람이라면 상식으로 알고 있어야 할 사용 설명서야. 우리의 일상생활에서 흔히 일어날 수 있는 모든 분쟁, 그것이 민법이다."

눈으로 학생들을 훑으며 교수가 다시 입을 열었다.

"자취방을 얻은 학생 손들어 보게."

몇 명의 학생이 손을 들었다. 교수가 한 학생을 지목했다.

"학생 자취방의 등기부 등본은 떼어 보았나?"

지목받은 학생이 머리를 긁적이며 말했다.

"부동산 아주머니가 보여 주기는 했습니다."

교수의 인상이 구겨졌다.

"예를 들어, 학생의 자취방에 걸린 근저당권이 3천만 원이라고 해 보지. 학생은 근저당권보다 후순위. 만약 자취방 주인이 은행에서 대출을 받았는데 돈을 갚지 못하고 있다면? 그래서 경매에 들어간 후 낙찰가가 근저당권에 잡힌 채권보다 낮다면?"

학생은 대답하지 못했다. 법학 수업은 물론이고 용어 역시 이제 처음 들어 보는 순간이었다. 대답할 수 없었다.

교수가 다시 입을 열었다.

"자네는 보증금을 배당받지 못하게 되지."

"……!"

강의실은 조용해졌다.

교수는 학생들의 반응에 만족했는지 입꼬리를 살짝 올렸다. 그때 한 학생이 손을 들었다.

"주변 자취방 보증금의 시세는 높지 않습니다. 경매에 들어갔다 하더라도 소액임대차보호법에 의해 최소 배당을 받을 수 있습니다."

희우였다.

교수의 눈썹이 꿈틀거렸다. 하지만 희우는 신경 쓰지 않았다.

"보증금을 날릴 걱정은 전혀 하지 않아도 되지요. 역으로 경매에 넘어갔다면 그 진행 기간 동안 월세를 내지 않아서 이득이고 덤으로 낙찰자의 명도 요구 시 이사 비용까지 받을 수 있겠네요."

"자네 이름은 뭐지?"

"김희우라고 합니다."

교수는 모두를 집중시키기 위해 박수를 세 번 치고 말을 이었다.

"자네가 말한 것이 맞아. 바로 이것이 민법이야. 법을 모르는 학생이었다면 경매에 넘어간 순간부터 전전긍긍하겠지. 이것저것 귀동냥으로 들은 어설픈 지식으로 깔짝거리다가 결국 다 빼앗기게 되지."

학생들은 조용했다. 교수가 계속 말을 했다.

"언제 닥칠지 모르는 위험에서 바보처럼 휘둘리지 말라는 것이 민법이야. 다시 말하지만 대한민국을 살아가는 설명서지. 자네들이 법을 공부하는 처음부터 마지막까지 가장 친숙할 법이기도 하고."

수업을 마치고 희우는 자리를 정리했다. 방금 교수의 질문을 받은 학생이 희우의 옆으로 다가왔다.

희우는 그를 알고 있었다. 그의 이름은 박승환이었다. 훗날 최악의 변호사가 될 인물. 아버지는 거대 로펌의 대표, 어머니는 국회의원, 그의 형은 판사. 전형적인 엘리트 가문의 남자였다.

전의 삶에서 희우는 박승환의 후배였다. 승환은 희우를 무시했었다. 부모 없는 고아가 삼수 끝에 한국 대학교 법학과에 입학한 모양새가 우스웠던 모양이다.

승환이 희우에게 악수를 청했다.

"박승환이라고 한다."

"김희우야."

"아까 교수님에게 네가 했던 말 중에 틀린 말이 있어."

"뭔데?"

희우는 가방을 챙겨 자리에서 일어나고 있었다.

"내 자취방은 소액임대차보호법으로 보호받지 못해. 강남 살거든."

승환의 말에 희우는 큰 소리로 웃었다. 기껏 와서 한다는 말이 자신이 살고 있는 집의 보증금이 높아 소액임대차보호법에 의해 보호받지 못한다는 소리였다. 그렇게까지 돈이 많다는 자랑을 하고 싶었을까?

한참을 웃던 희우가 웃음을 멈추며 말했다.

"아, 미안. 강남에 자취방 얻은 줄 몰랐다. 오랜만에 크게 웃었네. 고맙다. 나중에 보자."

희우는 가방을 어깨에 걸치고 강의실 문으로 향했다.

"다음 수업 안 들어?"

승환의 말에 희우는 손을 저으며 밖으로 나갔다.

지금 그에게 중요한 것은 규리가 학교에 나오지 않은 이유였다.

규리는 머리가 나쁘지 않았다. 성적 역시 최상위권. 꿈은 검사. 하지만 희우의 기억에 검찰에서 규리를 본 적이 없었다. 그 이유가 궁금했다. 억척스러울 정도로 열심히 하는 규리가 꿈을 이루지 못한 이유. 오늘 학교에 오지 못한 이유와 연관이 있을 것 같았다.

희우는 공중전화를 찾아 규리에게 전화를 걸었다. PCS라는 명칭의 핸드폰이 삐삐가 가지고 있던 통신 시장을 잠식하던 시기였다.

몇 번의 전화벨이 울리고 규리의 목소리가 들렸다.

"무슨 일 있어?"

-희우야…….

규리의 집이 경매에 넘어갔다고 했다. 사업을 하던 규리의 양아버지는 IMF라는 태풍이 휘몰고 온 바람에 휘청거렸다. 사업을 살리고자 무리한 대출을 받던 그는 결국 빚의 중압감을 이기지 못하고 무너지게 되었다고 했다.

-난 지금은 공부 못 할 거 같아.

규리가 꿈을 포기했던 이유가 설명이 되었다. 집이 어려워지며 학업을 포기한 거다. 고아였던 규리를 거두고 물심양면 키워 준 부모를 돕기 위해 일을 시작했을 것이다. 혼자만 살겠다는 이기적인 선택을 하기에 규리는 여렸다.

전화를 끊고 부스에 서 있는 희우가 중얼거렸다.

"경매."

희우가 돈을 벌고자 선택한 종목 중 하나였다.

이미 집이 넘어간 상태에서 희우가 무엇을 할 수 있을까? 없었다. 하지만 규리가 공부를 계속할 수 있도록 도와줄 수는 있었다.

희우는 버스 정류장으로 향했다. 버스를 기다리던 희우는 신문을 사서 천하전자 주식 가격을 확인했다.

5만 원대에 샀던 천하전자 주식은 8만 원대까지 올라 있었다. 원래 희우의 계획은 투자를 할 수 있는 합법적인 나이가 되는 내년까지 돈을 천하전자 주식에 묵혀 두는 것이었다. 하지만 계획은 변경되었다.

'돈으로 사람을 산다?'

희우는 신문을 둘둘 말아 가방에 집어넣으며 생각에 빠졌다.

규리라면 사법 고시에 합격할 수 있는 충분한 역량을 가지고 있었다. 확실한 인재를 한편으로 가지고 있는 건 나쁜 일이 아니었다. 하지만 희우가 싸워야 할 상대는 희대의 권력자 조태섭이다. 그런 악마와의 대결에서 규리가 배신하지 않고 끝까지 희우의 옆에 서 있을 수 있을까? 사람은 쉽게 믿을 수 있는 존재가 아니었다.

상념에 빠졌던 희우가 고개를 저었다.

규리는 조태섭과의 싸움에서 훌륭한 조력자가 될 수 있었다. 사람이 필요하고 인재를 찾아야 할 희우였다. 규리가 처한 이번 상황은 그녀를 얻을 수 있는 좋은 기회였다. 그리고 규리는 좋은 친구였다.

'됐다. 배신을 하고 당하고의 일은 나중에 생각하자.'

버스에 올라타 규리의 집으로 향하면서도 희우의 생각은 끊임없이 이어졌다.

규리와 만나기 전 희우는 동사무소에 들러 그녀의 집 등기부 등본을 떼었다. 주소를 확인하는 건 어렵지 않았다. 졸업 앨범에 학생들의 주소와 연락처를 기재하는 시절이었다.

동사무소를 나오며 희우는 등기부 등본을 훑었다.

'DHP머니?'

최대 채권자이며 경매 신청자는 DHP머니였다. 총채권액은 약 4억 원.

IMF 이후 은행에서의 대출이 어려워진 서민 경제를 안정시키기 위해 사금융을 양성화시켰다. 연 40%가 한계였던 이자제한법이 폐지되고 무제한으로 이율을 받을 수 있도록 합법화한 것이다. DHP머니는 그 시기에 만들어진 거대 대출 기업이었다. 그리고 그 기업은 희우가 익히 알고 있는 회사였다. DHP머니 대표 박대호. 그는 조태섭의 자금줄이었다.

희우의 입에 비릿한 미소가 걸렸다. 조태섭을 잡기 위해서는 박대호라는 인물 역시 꺾어야 할 대상이었다. 하지만 그것은 먼 미래. 현재 중요한 것은 규리가 계속 공부하도록 만드는 일이었다.

희우는 등기부 등본을 가방에 집어넣고 주변 부동산으로 향했다. 집의 시세를 알아보기 위함이었다.

단지 내 상가에는 세 개의 부동산이 존재했다. 희우는 가장 가까운 곳에 위치한 부동산 문을 열고 가게 안으로 들어갔다.

"안녕하세요. 뭐 좀 여쭤보려고 왔는데요."

어린 학생의 등장에 부동산 업자는 귀찮은 표정을 지었다.

"돌릴 명함 없다."

보통 어린 학생들이 부동산 문을 여는 경우는 아르바이트를 하기 위함이었다. 희우는 사장의 말을 넘기며 자신이 하고 싶은 말을 했다.

"아버지가 집을 내놓는다고 하셔서요."

"몇 동 몇 호야?"

"××동 ××호요."

희우가 말한 것은 규리의 집 주소는 아니었다. 같은 동 바로 아래층이었다. 아파트는 층에 따라서 가격이 다른 경우도 있었다. 하지만 바로 아래층이라면 시세에 큰 차이는 없으리라고 생각했다.

"확장했어?"

"……?"

베란다 확장 여부를 묻는 질문. 생각하지 않고 있던 문장이었다. 희우는 일단 대답하기로 했다.

"아니요. 확장한 거랑 차이가 큰가요?"

사장은 고개를 저었다.

"큰 차이 없어. 확장비 정도 차이 나지."

사장은 그 뒤로도 싱크대는 언제 교체했는지, 도배와 장판의 상태까지 자세히 물었다. 희우는 진땀을 흘렸다. 이론으로서의 부동산은 머릿속에 있었지만 실제로 부딪치는 것은 처음 경험하는 일이었다. 거기에 거짓으로 말을 꾸며 내려고 하니 무척 힘이 들었다.

사장이 말한 내용을 정리하면 규리의 아파트 가격은 2억. IMF라 거래가 왕성하지는 않지만 아파트 가격이 바닥이라고 확신하는 투자가들에 의해 매매는 꾸준히 일어나고 있다고 했다.

아파트 가격을 확인하던 희우는 자신도 모르게 웃고 말았다. 희우가 살았던 시대에 해당 아파트는 20억에 육박하는 가격으로 치솟아 있었다.

규리에게 향하며 희우는 계산을 하기 시작했다.

규리의 부모가 진 빚은 4억 원. 아파트의 시가는 2억. 사업자 대출을 이용했는지 아니면 아파트의 가격이 폭락해서 집값보다 대출 금액이 많은지는 알 수 없었다. 하지만 불행 중 다행으로 불법 금융의 도움은 받지 않았다. 물론 등기부 등본상으로서만 확인했을 때의 가정이었다.

경매로 집이 넘어가도 빚은 '끝'이 아니었다. 채권자들은 배당금을 받고 모자란 돈에 대해 계속해서 압력을 행사한다. 만약 불법 금융이 끼어 있다면 상황은 더욱 복잡해질 수 있었다. 희우의 계산은 매우 빠르게 진행되고 있었다.

공원 앞 카페가 밀집된 거리.

희우와 규리는 마주 앉아 있었다. 규리의 표정은 어두웠다. 얼마 전 수능 만점과 한국 대학교 합격에 들떠 있던 규리는 어디로 가고 없었다.

잠깐의 인사말 후에 희우가 물었다.

"경매 진행일이 언제야?"

"응?"

규리는 말을 하기 꺼렸다. 이런 일을 터놓고 말할 수 있는 사람은 없었다. 하지만 누군가에게라도 말을 하지 않는다면 미쳐 버릴 것 같은 기분.

규리는 천천히 입을 열었다. 이미 두 번 유찰이 되었고 3월 말에 다시 경매가 시작될 거라는 이야기. 감정사들이 오갔고 아버지가 해결을 하기 위해 노력 중이라는 일반적인 말들.

한참을 듣던 희우가 다시 입을 열었다.

"네가 계속 공부할 수 있도록 내가 도와줄게."

"어?"

"아버지 한번 뵙게 해 줘."

규리의 눈동자가 떨려 왔다.

"네가 뭘 어떻게 도와줄 수 있는데?"

규리의 질문에 희우는 잠시 눈을 감았다. 자칫 규리에게 상처를 주는 말을 하게 될지도 모르는 상황. 어떻게 이야기를 풀어 나가야 할지 감이 잡히지 않았다. 이럴 때는 정공법이었다.

"너희 집 내가 낙찰받을 거야."

규리의 눈이 동그랗게 변했다.

"무슨 돈이 있어서?"

희우는 삐삐도 핸드폰도 없었다. 옷과 신발도 유행에 따르지 못하는, 브랜드 없는 값싼 제품이었다. 거기에 가장 중요한 건, 가난한 동네에 사는 사람이었다. 흔한 과외나 학원 수업조차 받아 보지 못한 희우였다. 경매에 참여해 낙찰을 받겠다는 말이 진실로 느껴지지 않았다.

믿지 않는 눈빛의 규리를 보던 희우가 손을 내밀어 핸드폰을 달라고 했다. 집이 경매에 넘어가는 상황이었지만 핸드폰은 멀쩡했다. 규리의 양아버지는 그녀가 전화가 끊겨 친구에게 기죽을까 최우선으로 핸드폰 요금을 내주었다.

희우는 법무법인 KMS로 전화를 걸었다. 강민석 변호사가 있는 로펌이었다. 통화음이 울리고 경란이 받았다.

"안녕하세요. 저 희우입니다. 강민석 변호사님 계시나요?"

-잠깐만.

통화 연결음이 이어졌고 민석의 목소리가 들렸다.

-어, 희우야.

"네, 변호사님. 찾아뵙고 말씀드려야 하는데 조금 급한 일이라 전화로 문의드립니다."

-그래, 말해 봐.

희우는 통화하며 규리에게 손짓했다. 규리는 희우의 손짓에 테이블에서 몸을 숙여 가까이 다가갔다. 전화 속 상대의 목소리가 충분히 들릴 수 있는 거리였다. 희우가 말했다.

"천하전자 주식을 몇 주나 샀었는지 궁금해서 전화 드렸습니다."

희우의 말에 전화를 들고 있던 민석은 잠시 고개를 갸웃했다. 민석이 알고 있는 희우라는 사람은 주식을 몇 주 샀는지 잊어 먹을 위인이 아니었다.

-또 무슨 일을 하려고?

민석의 질문에 희우의 말이 잠시 멎었다.

"그냥 궁금해서 여쭤봅니다."

민석은 희우가 원하는 답을 말해 줬다.

-940주를 가지고 있지. 현재 가격으로 따지면 8천이 조금 넘는구나.

"감사합니다. 다음에 찾아뵙겠습니다."

민석과의 전화를 끊으며 희우가 규리에게 말했다.

"입찰에 필요한 금액은 최저 낙찰 가액의 10%. 입찰할 여건은 된다고 보는데."

규리의 멍한 표정을 보며 희우가 계속 말했다.

"일단은 수익이 아니라 낙찰을 목표로 입찰할 생각이야."

규리는 가만히 희우를 바라봤다. 학교 도서관과 집만 오가는 희우가 언제 이런 많은 돈을 벌었는지 궁금했다. 하지만 희우는 규리의 궁금증은 관심 없었다. 자신이 하고 싶은 말을 할 뿐이었다.

"낙찰을 받는다면 집을 바로 팔 거야. 내가 넣은 원금 제하고 세금 떼고 나면 3천만 원은 남겠지. 그 돈이면 경기도에서 작은 아파트는 구매하실 수 있어. 돈이 모자라면 융통해 줄 수 있는 선에서 차용증을 받고 지원해 줄 수도 있고."

규리의 눈에 눈물이 글썽였다.

평생 공부만 하던 규리는 최근 구인 신문지를 들고 일자리를 찾고 있었다. 희우의 말에 어쩌면 다시 공부를 하는 생활로 돌아갈지 모른다는 희망을 꿈꾸게 되었다.

"내가 너희 부모님이 살 집을 해결할게. 그러니까 너는 공부해. 학비는 장학금을 받았으니까 걱정 없고, 나머지 돈은 과외를 하든 알바를 하든 채우도록 하고."

규리는 손으로 흐르는 눈물을 닦았다. 그리고 울먹이는 목소리로 물었다.

"네가 왜?"

"지금 이유를 궁금해할 때는 아니잖아? 난 너에게 최상의 조건을 제안했어."

규리는 고개를 저었다.

"아냐. 폐 끼치고 싶지 않아."

규리의 단호한 말에 희우는 잠시 말을 멈췄다. 작은 한숨을 쉰 후 말을 이었다.

"어떻게 해야 다정한 말이나 위로의 말을 전하는지 난 배우지 못했어."

"충분히 위로가 되었고 말만이라도 고마워."

"말만이 아니야. 나는 네가 OK 하지 않아도 경매에 입찰할 계획이야.

그리고 폐라고 생각하지 마. 내가 손해 보는 건 하나도 없어. 지금의 일에 대해서는 언젠가 네가 나에게 갚아야 할 날이 꼭 올 거야."

한참 동안 둘 사이에는 아무런 대화도 없었다.

규리는 희우의 눈동자를 바라봤다. 확신에 차 있고 믿음이 가는 눈빛이었다. 규리는 고개를 끄덕였다.

"좋아. 도와줘. 부탁할게. 내가 너에게 갚아야 할 대가가 무엇일지는 모르겠지만, 할게. 내가 뭘 해야 하지?"

희우는 빙긋 웃었다.

"말했잖아, 아버지를 뵙게 해 달라고. 그리고 내일부터 학교에 가서 공부해."

"지금 만나 볼래?"

"빠를수록 좋지."

"일어나자."

규리의 눈빛은 변해 있었다. 방금까지 가지고 있던 절망은 많이 사그라졌다. 규리는 희우를 자신의 집으로 안내했다.

"집에 아버지 계셔?"

"응. 며칠째 한숨도 주무시지 못했어. 지금도 서재에 계실 거야."

아파트 단지로 들어갔고 엘리베이터는 빠르게 움직였다. 현관문이 열리며 규리의 어머니가 놀란 표정으로 희우를 바라봤다.

"누구니?"

규리가 남자를 집으로 데리고 온 건 처음이었다.

"친구예요. 우리 집 일을 도와주고 싶대요. 아버지는 서재에 계세요?"

서재 앞에 선 희우. 규리가 노크를 했다.

"아버지, 규리예요."

안에서는 아무 소리도 들리지 않았다. 규리가 문고리를 잡고 돌리려 할 때 희우가 제지했다.

"나 혼자 들어갈게."

"혼자?"

희우는 고개를 끄덕였다. 지금부터 희우가 하는 행동은 규리에게 보여주고 싶지 않은 모습이었다.

희우는 문을 열고 조심스럽게 서재로 들어갔다. 규리의 아버지 김동서는 피폐한 얼굴로 의자에 앉아 있었다.

"누구?"

희우는 허리를 숙여 예를 갖췄다.

"안녕하세요. 규리 친구 김희우라고 합니다. 도움을 드리고 싶어서 찾아왔습니다."

상대는 의심스러운 눈빛으로 그를 바라봤다. 그 의심의 눈빛은 당연했다. 집이 경매로 넘어가기까지 많은 채권자들에게 독촉을 받으며 황폐해진 정신이 가져다준 눈이었다.

희우는 책상 앞으로 걸어가 가방에서 등기부 등본을 꺼내 동서의 앞에 놓았다.

"실례되는 걸 알지만 오기 전에 등기부 등본을 확인했습니다."

동서의 인상이 찌푸려졌다. 하지만 희우는 상대의 표정에는 관심이 없었다.

"규리는 상당히 우수한 인재입니다. 집의 사정으로 꿈을 포기하게 두고 싶지 않습니다. 규리가 계속 공부를 할 수 있도록 제가 도와주고 싶습니다."

희우는 상대의 허락을 받지 않고 의자를 꺼내 책상의 맞은편에 앉았다.

도움이라는 말에 동서의 표정이 변했다. 지푸라기가 아니라 강에 떠다니는 나뭇잎이라도 쥐어야 할 판이었다. 그는 희우의 말을 들어 보기로 했다.

희우는 규리에게 이야기했던 낙찰받을 계획에 대해 말했다. 희우의 설명을 들으면서 동서의 표정은 다시 어두워졌다. 상대의 말에 신뢰가 가지 않았고, 집이 낙찰된다고 해도 그에게는 빚이 남아 있었다.

희우가 물었다.

"등기부 등본에 나온 빚 이외의 다른 채권이 있습니까?"

"없어."

동서는 퉁명스럽게 대답했다. 하지만 희우는 역시 상관하지 않았다. 예상대로 불법 금융에서의 빚은 존재하지 않았다. 그렇다면 일은 조금 편하게 흘러갈 수도 있었다.

"그럼 지금부터 다른 것을 여쭤보겠습니다. 기분 나쁘시더라도 차분히 답해 주시기 바랍니다."

희우는 조심스럽게 입을 열었다.

"혹시 숨겨 둔 재산은 있으신가요?"

동서의 얼굴근육이 다시 꿈틀댔다. 도움을 주겠다는 말에 잠시 귀를 기울였지만 희우가 하는 말은 낙찰을 받아 집을 구해 주겠다는 등, 숨겨 둔 재산이 있냐는 등 모두 터무니없고 쓸데없는 내용이었다.

동서는 한숨을 내쉬었다. 지푸라기라도 잡는 심정이었지만 자신의 앞에 앉아 있는 녀석은 고등학교를 막 벗어난 애송이일 뿐이었다.

"마음도 고맙고 다 고마운데 아저씨는 지금 피곤하니까 그만 가라."

하지만 희우는 갈 생각이 없었다.

"재산은 없으신가 보네요. 그럼 아프신 곳은요? 꾸준히 치료를 받아 온 지병이 있다면 좋은데요."

동서의 얼굴이 차갑게 굳어졌다. 지금 앞에 앉아 있는 상대가 자신을 놀리고 있다고 생각했다.

"나가!"

동서의 일갈이 서재를 울렸다.

밖에서 기다리고 있던 규리의 귀에도 그 날카로운 목소리가 들려왔다.

문을 열고 안으로 들어온 규리가 말했다.

"무슨 일이에요? 희우야, 오늘은 그만 가."

하지만 동서가 손을 저었다.

"아니야. 규리야, 잠시만 밖에 있을래? 아빠는 이 친구하고 얘기 좀 더 하고 나갈게."

"……!"

희우는 멍하니 서 있는 규리를 향해 빙긋 미소 지으며 말했다.

"규리야, 너희 아버지가 문 닫으라고 하시는데."

"어, 알았어. 그럼 말씀 나누세요."

규리는 아리송한 표정으로 문을 닫고 밖으로 나갔다. 규리가 나가자마자 동서가 떨리는 목소리로 물었다.

"방금 뭐라고 그랬지?"

"파산 신청하시라고 말씀드렸습니다. 면책만 된다면 모든 부채가 탕감되지요."

희우는 파산 제도의 장점과 단점에 대해서 간략하게 설명했다. 개인 파산 제도가 만들어진 시기는 1962년 파산법 제정 때였지만 실제로 활용되던 시기는 1998년이었다. 당연하게도 일반인들에게는 아직 잘 알려지지 않은 제도였다.

사실 희우는 그에게 개인 회생을 추천하고 싶었다. 하지만 그 제도는 나오지 않은 시기였다. 희우가 계속 말을 이었다.

"제가 낙찰받는 것과 동시에 아버님은 파산 신청을 하셨으면 합니다."

동서는 침을 꿀꺽 삼켰다.

"낙찰 후 경기도에 구매할 아파트의 명의는 다른 이름으로 들어갈 겁니다. 그 전에 면책이 나거나 그 후라도 확정된다면 규리의 이름으로 돌려놓겠습니다."

파산 신청 시에 가족의 재산 내역을 확인하는데 규리 이름으로 부동산을 취득한 내용이 확인된다면 재산을 빼돌렸다고 의심받을 상황이 만들어질 수 있었다.

"아버님은 아직 젊으시니까 빚이 해결되고 살 집이 있다면 얼마든지 재기하실 수 있다고 생각합니다."

희우의 말을 듣던 동서가 고개를 끄덕였다.

"그래서 여쭤본 겁니다. 지병이 있으신가요?"

"당뇨가 있어."

"좋습니다. 과도한 채무, 사업체의 폐업 그리고 지병. 아버님은 도저히 빚을 갚아 나갈 능력이 없다는 사실을 법원에 보여 줘야 합니다."

희우는 메모지에 필요한 서류를 적으며 입을 열었다.

"내일부터 이 서류들 모두 준비해 놓으세요."

"정말로 빚이 탕감될 수 있는 건가?"

동서의 눈빛은 심하게 떨리고 있었다.

"네. 가능합니다."

동서는 목숨을 끊는 것까지 생각하고 있었다.

4억의 빚. 집이 넘어가도 2억 넘게 남는 빚. IMF로 미래가 불확실한 상태에서 가족에게까지 빚으로 만들어진 고통을 쥐여 주고 싶지 않았다.

동서는 희우의 말을 듣기로 했다. 죽음까지 생각했던 사람. 앞에 앉아 있는 김희우라는 청년은 꽤 논리적으로 앞으로의 상황을 설명해 줬다. 어쩌면 그의 말대로 재기를 할 수도 있을 것 같다는 생각이 들었다.

사실 희우는 이 제도를 좋지 않게 생각하고 있었다. 동서처럼 극단적 상황의 사람들이 선택하기도 했지만 과소비를 일삼은 후 고의적으로 파산을 신청하는 사람도 존재했다. 빚에 대한 도덕적 해이는 신용 사회의 근간을 무너뜨릴 수도 있는 일이었다.

다음 날. 오전에 수업이 없었지만 희우는 아침 일찍 집을 나섰다. 향하는 곳은 법원이었다.

경매에 대한 법률적 지식은 충분하지만 경험치는 전무했다. 규리의 집 경매일까지 최대한 경험치를 올려야 했다. 희우는 현장에서 다른 투자자들을 보며 경매의 경험치를 끌어올리는 데 집중하기로 했다. 경매라는 제도가 아직 본격적으로 대중화되기 이전이었지만 경매가 진행되는 법원 앞에는 사람이 생각보다 많았다.

희우는 무엇을 해야 할지 갈피를 잡지 못했다. 경매에 참여하기 위해 온 것도 아니고 주변의 분위기를 익히자고 왔지만 희우의 눈에 보이는 건 곳곳에서 담배를 피우는 사람들과 서류 봉투를 들고 분주히 움직이는 사람들뿐이었다.

'뭘 해야 하나?'

주변을 둘러보던 희우의 눈에 모자를 쓰고 뭔가를 파는 아주머니가 들어왔다. 그녀는 경마장 앞에서 경마 신문을 파는 것처럼 경매 정보지를 팔고 있었다.

희우는 얇은 경매 정보지를 구매한 후 법원 벽에 기대 펼쳐 봤다. 예상 낙찰가와 대항력 또는 유치권에 대한 표시가 있는 간략한 내용이었다.

희우는 조용히 책장을 넘겼다. 두껍지 않은 분량이었지만 처음부터 끝까지 경매로 나온 물건에 대해 빼곡히 채워져 있었다. 참 많은 집이 경매로 넘어갔고 거래된다는 사실이 새로웠다.

'이 많은 집을 모두 내가 낙찰받는다면?'

상상할 수 없는 시세 차익을 얻을 수 있었다.

기분 좋은 상상을 하며 규리와 같은 아파트에서 나온 물건들을 찾았다. 희우는 조용히 해당 물건에 동그라미를 그려 봤다. 희우가 규리의 집과 같은 단지의 물건에 동그라미를 친 이유는 낙찰받는 금액을 확인하기 위해서였다. 금액을 알고 경쟁률을 알 수 있다면 실전에서 많은 도움이 될 것이라는 생각이었다.

잠시의 시간이 더 지나고, 희우는 경매가 진행되는 법정으로 들어가 의자에 앉았다. 경매가 시작되기를 기다리며 다시 정보지를 들춰 봤다.

법원이라는 공간. 희우에게는 절대 낯설 수 없는 곳이었다. 하지만 지금 이 순간 무엇을 해야 할지 어떤 생각을 해야 할지 아무것도 알지 못했다. 너무나 어색했다. 이론으로는 알지만 실제로는 경험하지 못한 차이였다.

판사가 들어오고 경매가 진행되었다.

아직 경매가 대중화되기 이전이었고 IMF의 바람이 몰아치는 중이었다. 유찰되는 경우도 많았고 낙찰 경쟁률은 높아 봤자 3 대 1이었다. 유찰은 경매에서 낙찰이 결정되지 못하고 무효로 돌아가는 일을 말한다.

경매는 빠르게 진행되었다.

"사건 번호 1997타경76××. ~~우용수~~. 3,549만 9,990원. 낙찰."

아홉 번째 물건의 낙찰자가 결정되었다. 낙찰자는 머리가 허연 노인이었다. 그는 천천히 앞으로 걸어 나가 서류를 건네받고 다시 자리로 돌아왔다.

판사의 입이 다시 열렸다.

"사건 번호 1997타경83××. ~~우용수~~. 5,679만 9,990원. 낙찰."

다시 그 노인이 앞으로 걸어 나갔다. 희우의 눈이 그를 좇았다. 노인은 그 뒤로도 세 건의 물건을 더 낙찰받은 후 법원을 벗어났다. 희우는 그 노인이 산 물건에 세모 표시를 해 두었다.

'아파트가 두 개. 빌라가 셋.'

경매는 계속 진행되었다. 규리의 집과 같은 아파트 단지의 물건의 순서가 되었다. 그리고 해당 물건은 최저 낙찰가에 결정되었다.

대부분의 물건이 최저 매각가에 근접하게 이루어졌다. 심지어 절반에 가까운 가격으로 매각되는 경우도 심심치 않게 보였다. 이전의 삶에서 풍문으로만 듣던, 낙찰가가 급매보다 비싸다는 개념은 이 시대에 존재하지 않았다.

희우는 수업이 없는 날이나 빈 시간에는 무조건 경매가 열리는 법원으로 달려갔다. 단지 규리를 돕기 위해서 방문하는 것은 아니었다. 현장을 배우고 익혀 훗날 경매로 돈을 벌기 위한 토대를 만들기 위해서였다.

희우는 구석에 앉아 경쟁률이 높은 물건이나 유찰이 많이 되어 최저 매각 가격이 많이 내려간 특수 물건을 유심히 보고 있었다. 그때 희우의 귀를 의심하게 하는 판사의 목소리가 들렸다.

"사건 번호 1997타경14××. 우용수. 7,269만 9,990원. 낙찰."

'우용수?'

얼마 전 다섯 개의 물건을 낙찰받아 갔던 노인이었다. 그는 이번에도 세 개의 물건을 더 낙찰받았다.

'이번에는 모두 빌라.'

뭘 하는 사람이기에 대한민국의 많은 사람들이 힘들어하는 IMF에 빌라를 쓸어 담고 있는지 궁금했다.

학교 수업을 마친 후 희우는 버스에 올랐다. 향하는 곳은 아침에 봤던 노인이 처음 낙찰받았던 아파트였다.

해당 물건의 단지를 방문하는 것에 특별한 이유는 없었다. 왜 이 아파트를 선택했는지가 궁금했을 뿐이다. 지금까지 희우가 아는 것만 해도 그 노인은 여덟 건의 물건을 낙찰받았다. 이 정도면 실거래가 아닌, 철저한 투자자였다. 노인이 받은 여덟 건의 물건. 이유가 궁금했다.

버스에서 내린 희우. 아파트는 바로 앞에 있었다.

1994년에 지어진 복도식 아파트. 단지 내로 들어가 주변을 살펴봤지만 특별한 것은 보이지 않았다. 엘리베이터도 타 보고 복도와 단지 내를 걸어 보기도 했다. 하지만 똑같은 아파트일 뿐이었다. 주변에 초등학교와 중학교가 있는 평범한 아파트.

노인에 대해 너무 과대평가를 하고 있는 건 아닐까 생각이 들었다. 어쩌면 돈 많은 노인이 그저 싼 가격에 사서 비싸게 팔기 위해서일 수도 있었다. 하지만 그렇게 생각하기에는 마지막 남은 의문점이 있었다. 노인이 구매한 빌라들. 그것은 모두 지하였다.

희우는 머리를 긁적이며 아파트 벤치에 앉았다.

앞으로 희우가 나아갈 삶에는 많은 돈이 필요했다. 그리고 그 돈은 월급을 받고 적금을 넣어서 만들 수 있는 액수가 아니었다. 철저하게 시대를 이용하고 투자해도 만들 수 있을지 장담을 하기 힘든 금액.

희우는 한숨을 내쉬었다.

'돈 벌고 만지는 재주가 있을 때 가능한 일이지.'

학교에서 수업을 마치고 나가는 희우에게 규리가 다가왔다.

"바빠?"

규리는 희우가 그녀의 아버지를 만나고 온 이후부터 학교에 오고 있었다. 희우를 바라보는 규리는 무척 미안한 얼굴을 하고 있었다.

"괜히 우리 집 때문에 공부도 못 하고 그런 거 아니야?"

한국 대학교 법학과는 수업의 양과 과제가 많기로 유명했고 실제로 엄청난 공부를 시키고 있었다. 하지만 규리가 보기에 희우는 학교 수업을 등한시했다.

규리의 질문에 희우가 답했다.

"집에서 조금씩 하고 있는데."

학과 공부도 하고 있지만 가장 큰 비중을 차지하는 건 부동산 공부였다. 대학에 다니는 이유는 간판이 필요해서였고 학교의 성적과 사법 고시는 무관했다. 사법 고시를 보기 위한 계획은 이미 세워 뒀다. 물론 지금 당장 볼 생각은 없었기에 법률적 지식이 떨어지지 않을 정도로만 책을 쥐고 있을 뿐이었다. 사법시험에 한차례 합격했던 경험이 있는 희우는 다른 고시생에 비해 엄청난 우위에 있었다.

그러나 희우의 생각을 알지 못하는 규리는 자신의 집 때문에 이런 행동을 하는 줄 알았다. 규리가 말했다.

"미안해."

희우는 머리를 긁적였다.

"미안할 필요는 없는데. 나는 지금 충분히 즐거운 상태야."

그때 강남 사는 박승환이 그들의 옆으로 다가왔다.

"오늘 과 모임 있는데 김희우 너는 꼭 나오래."

희우는 승환을 바라봤다.

"너 오리엔테이션도 안 나오고 모임에도 한 번도 안 나왔잖아."

한국 대학교 법학과의 졸업생은 대부분 검사와 변호사 등의 법조인과 교수가 되는 길을 선택하게 된다. 그들은 미래 한국의 법을 움직이는 기둥이 되고 권력의 한 축을 담당하게 된다. 대한민국의 법은 한국 대학교 출신들에 의해 만들어지고 움직여진다고 해도 과언이 아니었다. 그런 연유로 신입생부터 졸업생까지 친분을 쌓고 연줄을 강화시키며 선배들이 쌓아 놓은 길을 계속 이어 가기 위해 노력했다.

인맥을 통한 힘을 얻기를 원하던 희우는 학과 모임에는 참여를 하려고 했다. 하지만 갑작스럽게 경매를 공부하며 등한시하고 있었다.

승환이 계속 말했다.

"무조건 와야 해. 이번 모임은 공식 모임이고 오늘은 장일현 선배도 온대. 알지, 이번에 연수원 수석?"

'장일현?'

훗날 검찰총장으로 확실시되던 김석훈 지검장의 오른팔이자 충실한 개였다.

승환이 계속 말을 이었다.

"장일현 선배도 오신다는데 까마득한 신입생이 빠지면 다른 선배들이

혼낸다고 했어. 그러니까 무조건 와."

한국 대학교 법대 학생은 각 학년당 백쉰 명이다. 희우 하나 빠진다고 티가 나지는 않았다. 하지만 과 대표가 일일이 출석을 확인하며 인원을 체크하고 있었다. 위에서 말했듯 권력의 한 축을 담당하게 되고 학연을 강화시키려는 그들. 그만큼 학생 간의 군기는 강했다.

"응. 알았어. 가도록 하지."

승환이 이번에는 규리에게 말했다.

"너도 꼭 오도록 해."

지금까지 희우에게 했던 말투와 달리 부드럽고 선한 목소리였다.

"그럼 조금 있다가 보자."

승환은 규리에게 인사를 하고 자리를 피했다.

희우가 규리에게 물었다.

"어떻게 할 거야? 선배들을 알아 두는 것은 나쁘지 않을 거 같은데."

"너는?"

"나도 선배들을 만나고 싶긴 한데 지금은 더 중요한 걸 알아야 하거든."

희우는 가방을 어깨에 걸치고 교정을 향해 나갔다. 하지만 규리가 희우의 팔을 잡았다.

"같이 가자."

"응?"

규리는 희우가 자신의 일을 도와주려고 하는 바람에 선배들과의 만남도 참여하지 못한다고 오해하고 있었다.

희우는 손목을 들어 시간을 확인했다. 그리고 시선을 들어 규리의 눈을 바라봤다. 규리의 눈동자는 걱정과 미안한 마음을 잔뜩 담고 있었다. 희우는 그 눈빛이 뜻하는 바를 이해했고 규리의 제안을 수락했다.

"좋아, 그러자. 가방 가지고 와. 기다릴게."

희우는 복도로 나가 규리를 기다렸다.

'장일현…….'

검사로 있던 시절에 동문들과의 왕래는 없었다.

희우는 앞뒤 가리지 않고 법에 어긋나는 모든 사람을 잡으려고 했었다. 누구와도 타협하지 않았고 고지식하게 사건을 파고들었다. 그래서 희우를 좋아했던 사람은 아무도 없었다. 조태섭을 조사하던 때 장일현은 위아래 모르고 감옥 보내려 한다고 욕까지 했었다.

장일현이 말했었다.

"모든 일을 국가를 위해 해 오신 분이야! 큰일을 하시는데 작은 흠이 생기는 건 당연한 거 몰라? 멍청하게 일 크게 벌이지 말고 여기서 접어!"

희우가 반문했었다.

"작은 흠이라는 게 국책 사업 횡령입니까?"

"그분의 위치면 이 정도는 먹어도 돼."

장일현의 말에 희우의 눈썹이 꿈틀거렸다. 장일현이 얼굴을 바짝 가까이 대고 인상을 쓰며 낮은 목소리로 말했다.

"계속 진행한다면 너를 잡아 처넣어 버릴 거다. 죄는 얼마든지 만들 수 있으니까 까불지 말고 멈춰."

그렇게 윽박지르던 장일현을 기억하는 희우의 입가에 미소가 걸렸다.

'생각하니까 보고 싶네.'

오늘 장일현을 보면 또 다른 반가운 얼굴도 볼 수 있을 거다. 장일현을 추종하며 놈과 함께 희우를 무시하고 조롱하던 다른 인물들.

'그놈들도 보고 싶네.'

모임까지는 조금 시간이 남아 있었다. 희우는 규리와 함께 학교 도서관으로 향했다. 법원에 갈 수 없다면 부동산 관련 책이라도 읽어야 했다. 노인을 만나 경매와 투자에 대해 배우기로 마음을 먹은 이상 기초는 알고 있어야 민폐는 아니었다.

책을 읽던 희우는 그간 안개가 가득했던 재개발에 대한 의문을 풀었다.

1962년 1월 20일 제정된 도시계획법부터 1971년 1월 19일의 도시재개발법 등 재개발은 이전부터 계속 이어지고 있었다. 특히 1970년대 일어난 강남권 재개발에 대해 읽던 희우는 망치로 머리를 맞은 것 같은 충격을 얻었다. 고철 공매로 작은 돈을 만져 봤지만 전문적 투자에 대한 지식은 얕았다.

희우는 큰 착각을 하고 있었다. 집값이 큰 폭으로 상승한 시절이 2000년대 이후로만 있다고 생각했던 거다. 그 시절을 미리 살아 봤다고 그것이 전부인 줄 알고 있던 바보 같은 착각. 우물 안 개구리였다. 우물을 통해 보이는 동그란 하늘이 세상의 전부인 줄 알았던 그것. 희우도 다르지 않았다.

도서관에서 시간을 보낸 희우와 규리는 모임 장소로 향했다. 모임의 장소는 고급 호텔의 연회장이었다. 법학과의 공식 모임은 미래 법관들에 대한 예우라며 법학과 출신의 변호사 및 기업인이 후원을 했다.

휘황찬란한 모임 장소를 보며 규리는 눈이 휘둥그레졌다. 희우는 이전의 삶에서 몇 번 경험했던 장소이기에 특별한 감흥은 없었다. 그저 '여전히 쓸데없는 곳에 돈을 쓰고 사는구나.'라고 생각할 뿐이었다.

희우와 규리가 들어오자 1학년 과 대표가 다가왔다.

"둘 다 모임은 처음이지?"

규리가 고개를 끄덕였다. 들고 있던 종이에서 그들의 이름을 체크한 1학년 과 대표가 말했다.

"그러면 저쪽 방으로 가 봐. 학생회장님이 처음 온 학생들은 좀 보자고 하네."

그들은 그가 가리킨 방향으로 다가가 문을 열었다.

"실례하겠습니다."

안으로 들어간 희우. 소파 하나만 놓여 있는 작은 공간이었다. 소파에 앉아 있는 것은 법학과 학생회장인 최강진.

최강진을 본 희우의 눈살이 순간 찌푸려졌다.

'최강진!'

검사로 재직하다가 인권 변호사를 거쳐 국회의원이 될 남자였다. 앞에서의 미소와 뒤에서 보이는 이빨이 전혀 다른 두 얼굴의 사나이였다.

최강진이 규리와 희우를 노려봤다.

"이름은?"

"김희우입니다."

"김규리입니다."

최강진이 소파에서 일어나 희우의 앞으로 다가왔다. 그리고 희우의 어깨를 손으로 툭툭 치며 입을 열었다.

"간혹 신입생 중에 사법 고시만 합격하면 끝인 줄 알고 학교생활을 등한시하는 녀석들이 있어. 물론 시험공부를 하기 위해 휴학을 하는 건 개인의 자유지만 그러는 와중에도 모임에는 나와야 해."

최강진의 목소리는 낮고 무거웠다. 규리가 떨리는 목소리로 대답했다.

"죄송합니다. 사정이 있어 학교에 나오지 못했습니다."

긴장된 표정의 규리를 보는 최강진의 표정은 만족스러웠다.

법학과에 입학을 하기 위해서는 전국 수능 순위에서 300등 안에는 들어야 가능했다. 법학과의 모든 학생은 고등학교 때 전교 1등의 경험은 당연했으며 전국 1등을 경험한 학생도 상당수였다. 몇몇을 제외하고는 집안 환경도 좋은 편이었고, 때로는 귀족이라 부를 수 있는 권력자 혹은 재력가 출신의 자제도 있었다. 그런 신입생들은 자기만 잘난 줄 알고 선배를 무시하는 경우도 있었다. 그 건방짐을 잡고 착한 후배, 말 잘 듣는 후배로 만들어 내는 것이 학생회장의 역할이었다.

그리고 그 말 잘 듣는 후배는 학교를 넘어 사회에 나가서도 계속 이어졌다. 즉, 선배의 말에 복종하는 권위주의적인 관습이 학교에서부터 사회로 계속해서 이어졌다. 그것이 한국 대학교 법학과 출신이 대한민국 법조계를 장악할 수 있는 힘이기도 했다.

최강진이 다시 말했다.

"아직은 너희가 신입생이니까 크게 혼을 내지는 않겠다. 하지만 계속 이런 식으로 빠진다면 학생회 자체에서 징계를 내릴 것이니 앞으로는 열심히 하도록 해라."

최강진의 말에 희우와 규리는 고개를 숙여 인사를 하고 밖으로 나왔다. 그런데, 희우의 입가에는 비웃음이 가득했다. 국회 출석도 잘 하지 않던 인간이 학생 모임에 빠지지 말라고 윽박지르는 모양새가 우스웠다.

희우는 이왕 왔으니 배불리 먹고 떠나기로 마음먹었다. 먹음직스러운 호텔 음식을 접시에 한가득 담아 입에 넣기 시작했다. 앞에서는 이번에 연수원에서 수석을 했다는 장일현이 나와 일장 연설을 하고 있었다.

"친애하는 한국 대학교 법학과 학우 여러분, 우리는 법으로 세상을 윤택하게 만들 사람들입니다!"

장일현의 말과 함께 뒤에 보이는 스크린에서는 한국 대학교 출신 검사와 변호사 그리고 기업인 및 국회의원의 숫자가 적히기 시작했다.

희우는 장일현의 말에 신경 쓰지 않고 음식을 먹고 있었지만 규리는 아니었다. 규리의 눈은 반짝이고 있었다.

"멋있지 않아?"

"뭐가?"

"여기 있는 학생들도 몇 년 있으면 검사가 되고 변호사가 될 거잖아."

"그렇겠지."

희우는 대수롭지 않게 대답했다.

"나도 정말 꿈을 이룰 수 있을까?"

규리의 목소리는 구름 위를 걷는 것 같았다. 희우가 물었다.

"정의로운 검사?"

"응."

음식을 입에 넣던 희우는 포크를 내려놓고 규리에게 말했다.

"너 정도 실력과 열성이면 직업적 선택으로서의 검사가 되는 건 어렵지 않을 거야."

"그래?"

희우의 말에 규리는 반짝 웃어 보였다. 하지만 희우는 웃지 않았다.

"하지만 정의로운 검사가 되는 길은 무척 어려울 거야."

"……!"

"성과를 올려서 진급도 해야 하고 좋은 보직도 받아야 하고. 그 길은 절대 녹록지 않을걸. 하지만 열심히 해 봐. 나도 정의로운 검사가 된 너의 모습은 보고 싶으니까."

규리가 피식 웃었다.

"넌 꼭 해 본 것처럼 말한다."

다른 학생들이 듣기에는 의지가 불태워지는 말, 하지만 희우가 듣기에는 지루한 연설이 계속되었다.

음식을 먹던 희우는 문득 어떤 생각이 들었다. 희우는 고개를 들고 장일현을 바라봤다.

'장일현, 최강진.'

이전의 삶에서 희우는 저들에게 당했다. 하지만 이번에는 이용할 수 있었다. 희우의 입가에 잔인한 미소가 걸렸다.

'갑자기 친해지고 싶어지네.'

수업이 오후에 있는 날이었다. 희우는 이른 아침부터 법원으로 향했다. 노인을 만나고 싶었다. 그 노인과 법원에서 마주칠 가능성은 적었지만 혹시나 하는 희망을 가지고 있었다. 하지만 노인은 보이지 않았다.

희우의 머릿속에는 의문만 가득했다. 지하 방의 낙찰.

'도대체 왜?'

시세 차익을 보기에는 매매가 활발히 일어나지도 않고 월세 세입자를 두기에도 좋지 않은 지하 방. 도대체 노인은 어떤 이유로 지하 방을 낙찰받는 것일까?

하지만 오늘도 노인을 볼 수는 없었다. 희우는 아쉬움을 뒤로하고 자리에 앉아 경매 정보지를 열어 봤다. 오늘 경매에 나온 지하 방은 세 건. 희우는 경매 정보지에 적힌 빌라 지하 방을 모두 동그라미 쳤다.

그런데, 그때였다. 노인 우용수가 나타났다.

'왔다!'

희우는 쾌재를 불렀다. 그리고 노인을 주시하기 시작했다.

겉모습만 봤을 때는 그냥 머리 허연 노인이었다. 옷도 비싸 보이지 않았고 신발은 낡은 운동화.

우용수는 물건으로 나온 세 개의 지하 방 중 두 개를 낙찰받았다. 그리고 여느 때처럼 법원을 벗어나려 했다.

"잠깐만요."

희우는 법원을 벗어나려는 그를 불러 세웠다. 그는 희우를 위아래로 훑어봤다.

"무슨 일이신가?"

경계심 가득한 목소리였다.

"안녕하세요. 법원 경매를 공부하고 있는 한국 대학교 법학과 김희우라고 합니다."

한국 대학교 법학과라는 간판은 유용했다. 그것은 한국 최고의 대학에 다니는 재원이며 미래의 자원이 될 인재라는 명함이었다.

"판검사 되실 양반이 경매는 왜?"

과연, 노인의 눈에는 호기심이 일었다.

"돈을 벌고 싶습니다."

가장 솔직한 말, 솔직한 대답. 70년을 넘게 살아온 사람에게 거짓은 필요하지 않았다. 우용수가 물었다.

"돈을 벌고 싶으면 벌고 싶은 거지, 나를 왜 불러 세웠소?"

희우는 들고 있던 법원 경매 정보지를 노인에게 펼쳐 보였다.

"저번 주에 할아버지께서 낙찰받으신 물건에 대해 여쭤보고 싶은 것이 있습니다."

"말해 보소."

"왜 이 물건들을 낙찰받으셨지요? 해당 아파트랑 빌라에 가 보기도 했지만 저로서는 도저히 알 수 없었습니다."

"모르면 돈을 벌 수 없지."

"……?"

"그리고 가르쳐 줄 수도 없지. 그것이 내 밥벌인데 가르쳐 줄 수 있나? 하지만 이렇게까지 질문한 사람은 처음이니 힌트는 주겠네. 지도를 보게."

노인은 말을 마치고 다시 발걸음을 이동했다. 희우는 다시 그에게 달려갔다.

"언제쯤 다시 뵐 수 있을까요?"

"사내를 약속하고 만나야 하나? 내 가끔 이곳에 오니까 인연이 되면 그때 봅시다."

노인의 뒷모습을 보며 희우는 '지도'라는 말을 읊조렸다.

집으로 가는 길에 서울시 지도를 구매했다. 책상에 펼쳐 놓고 노인이 구매한 빌라와 아파트에 동그라미를 쳤다. 서울시와 같은 구라는 걸 제외하고 연관되는 부분은 없었다. 그때 희우의 머릿속을 스치고 지나가는 단어 하나가 있었다.

'재개발?'

주택단지. 지하라고 해서 지분이 다르지는 않았다. 오히려 지분만 생각한다면 지하방은 싼 가격에 취득할 수 있는 좋은 기회다. 정확한 시기와 장소들은 기억하지 못했지만 가까운 미래에 재개발 열풍이 몰아치며 지분 가격이 폭등하는 시대가 도래할 것이다.

'IMF에 재개발을 염두에 뒀다고?'

희우의 눈이 차가워졌다. 만약 사실이라면 노인은 무서운 사람이었다. 미래를 살다 온 희우도 제대로 기억하지 못하고 있던 사실을 노인은 꿰뚫어 보고 있던 거다.

'그럼 아파트는?'

희우는 아파트 주변의 상권과 평수를 생각해 봤다. 소형 평수로 이루어진 아파트, 주변에 있는 초등학교와 중학교, 실거주로 아주 좋은 위치, 불황에도 매매가 활발할 지역. 지도를 보고 있으니 보이지 않던 안개가 걷히는 느낌이었다.

'노인은 장기 투자와 단기 투자를 동시에 하고 있다.'

빠르게 돈을 회수하며 단기적 투자를 계획하던 희우는 장기와 단기 또는 중기를 동시에 할 수 있다는 생각을 하지 못하고 있었다. 미래의 지식을 이용해서 돈을 벌었지만 그것이 진짜 투자 실력은 아니었다. 평생 적금만 넣고 살던 사람이 미래를 조금 알고 있다고 해서 진짜 투자가를 이길 수는 없었다.

'배우자.'

희우는 노인에게 경매에 대해 배우기로 결심했다. 그가 받아 주지 않는다면 생떼를 써서라도 엉겨 붙을 생각이었다.

노인을 다시 만난 것은 그로부터 다시 며칠이 지났을 때였다.

"안녕하세요?"

법원의 입구에서 희우가 반갑게 인사했다.

"또 어쩐 일인가?"

"배우고 싶어서요."

"뭘?"

"인생 사는 법요."

우용수는 시답잖은 소리를 들은 표정으로 그를 스쳐 지나갔다. 희우는 법원에 들어가는 그의 뒤를 따라붙었다.

"이전에 알려 주신 힌트는 감사합니다."

"힌트?"

"재개발요."

"한국 대학교 다닌다고 하더니 문제 푸는 속도는 빠르네."

"그러니까 좀 가르쳐 주세요."

희우의 계속되는 부탁에 우용수가 귀찮은 듯 말했다.

"내 식탁에 어떤 반찬이 올라오는지 봤으면서 또 뭘 가르쳐 달라고 해?"

"반찬 하나만 먹고 살기는 싫거든요. 다양하게 먹어야 맛있는 음식이 잖아요."

희우가 지지 않고 대답했다.

우용수는 희우에게 호기심을 가지고 있었다. 한국 대학교 법학과 재학생이 경매를 한다는 게 신선하게 다가왔다. 이전에 힌트를 준 것도 그 호기심의 반영이었다. 우용수의 발걸음이 멈췄다.

"내 나이가 일흔이 넘었어."

"……!"

"자네에게는 미안하지만 누구를 가르치고 싶지는 않아."

희우를 계속 놔둔다면 끝까지 물고 늘어질 것 같았다. 호기심으로 시작한 일을 계속 끌 생각은 없었다.

"어르신이 하는 일을 그저 옆에서 지켜볼 수만 있도록 해 주십시오."

희우의 눈빛은 결의에 차 있었다. 아무 대답도 얻지 못하고는 순순히 물러날 생각이 없었다.

우용수가 물었다.

"부동산이 무엇인가?"

법률적으로 부동산은 움직여 옮길 수 없는 재산이나 토지, 건물, 수목을 뜻하는 말이었다. 하지만 우용수의 생각은 달랐다.

"부동산은 땅으로 시작해서 땅 위에 건물을 올리고 나무를 심고 땅값을 올리는 행위지. 즉, 탐욕이야."

'탐욕?'

"땅값을 올리고 비싼 값으로 만들기 위해 치러야 할 탐욕의 대가가 무엇인지 아는가?"

희우는 고개를 저었다.

"인격 상실이네."

"각오되어 있습니다."

다시 과거로 돌아올 때 만났던 저승사자. 그녀가 했던 말이 있었다.

–악마는 그보다 더한 괴물이 아니고서는 잡을 수 없습니다.

희우는 괴물이 될 생각을 하고 있었고 괴물이 될 수밖에 없었다. 희우가 계획한 모든 일을 이루는 동안에 우용수가 말한 '인격'이라는 단어가 남아 있을지 의문이었다.

희우의 굳은 눈빛을 보던 우용수는 한숨을 쉬었다. 쉽사리 떨어지지 않을 거머리 같은 눈이었다.

"그럼 시험을 해 보지. 경매가 끝날 때까지 여기서 기다리게."

희우는 그 자리에 멈춰 서서 우용수를 기다리기 시작했다.

평소 자신의 경매만 끝나면 바로 빠져나오던 우용수였지만 오늘은 모든 경매가 끝난 후에도 나올 생각을 하지 않았다.

'다른 문으로 도망갔나?'

의심이 될 만한 시간이었다. 기다리란 말을 했으니 꼼짝 않고 자리에서 있었지만 그 시간이 여간 지루하지 않았다. 그 후로도 한참이 지난 후에야 그는 밖으로 나왔다.

"왜 안 가고 기다렸어?"

"여기서 기다리라면서요."

"노인을 기다리는 망부석이야 뭐야?"

그는 희우가 가기를 바라며 법원의 지하에 있는 식당에서 식사까지 마치고 나오는 길이었다.

희우는 우용수를 쫓아 버스에 올랐다. 그가 자리에 앉자 희우는 그의 앞에 손잡이를 잡고 섰다.

"기다린 상으로 힌트 하나를 더 주지. 부동산을 하려면 대중교통을 이용해야 해. 자가용을 타고는 보이지 않는 것들이 보이지. 교통은 편리한지 해당 물건에 가는 동안 유흥업소와 번화가는 얼마나 지나쳐야 하는지. 그리고 해당 정류장에서 내리는 사람들의 복장도 좋은 정보가 될 수 있지."

그의 말 한마디 한마디는 실제적 부동산 투자 경험이 없던 희우에게 단비 같은 내용이었다.

그들이 내린 곳은 주택가였다. 우용수가 얼마 전에 낙찰받은 빌라였다. 희우도 와서 확인했던 지역이었기에 낯선 곳은 아니었다. 그는 해당 집 앞에 서서 입에 담배를 물었다.

"이 집 지하 3호네. 내가 줄담배 피우는 것을 좋아하지만 딱 다섯 개비만 피우도록 하지. 피우고 쉬었다가 다시 피우고 하면 한 30분 걸리려나?"

"네?"

알 수 없는 말에 희우가 되물었다. 하지만 우용수의 입에서 나온 말은 희우를 당황하게 만들었다.

"시험해 본다고 했잖아. 시간 안에 명도를 끝내고 와 봐. 이사 비용은 최대한 적게 협상하고. 날짜는 한 달 안이 좋겠네. 내가 원하는 것을 실현시켜 준다면 자네를 거둬 주지."

명도. 건물 등을 남에게 내주거나 넘겨준다는 뜻의 단어로, 낙찰받은 집의 거주자를 내보내는 일을 말한다.

갑작스러운 제안에 희우는 멍하니 서 있었다. 그러자 우용수가 주머니에서 낙찰 확인서를 꺼내 희우의 손에 건네며 말했다.

"그렇게 멍하니 있을 시간 없을 텐데, 시간은 흘러가고 있어."

우용수는 담배 연기를 흩날리며 미소 지을 뿐이었다.

희우는 가방에서 경매 정보지를 꺼내 해당 물건을 급히 다시 찾았다. 간단한 정보를 취득한 후 긴장되는 마음으로 계단을 내려가 초인종을 눌렀다. 여자의 목소리가 들렸고 낙찰자라는 말에 문이 열렸다.

50대 초반의 여성.

방 한 칸에 주방이 딸려 있는 작은 집이었다. 희우는 주방 바닥에 그녀와 마주 앉았다. 첫 명도를 경험하고 있는 희우는 크게 긴장하고 있었다. 좋게 말해서 명도지 나쁘게 말한다면 낙찰 확인서를 들고 이곳에 살고 있는 사람을 내쫓는 일이었다.

"임대차계약서를 볼 수 있을까요?"

정상적인 루트로 임대를 하고 있는지 알아야 했다.

그녀는 계약서를 꺼내 앞에 두었고 희우는 계약서를 펼쳐 이름을 확인했다.

"이 성함이 맞으세요?"

희우의 질문에 그녀는 신분증을 꺼내 앞에 두었다.

"배당 신청은 하셨나요?"

"네, 했어요."

그녀는 더 이상 아무 말 하지 않았다. 다시 희우가 물었다.

"언제쯤 이사 갈 수 있으세요?"

동시에 그녀는 울기 시작했다. 그리고 그녀의 입에서 사연이 구구절절하게 나왔다. 남편과 사별을 했고 자식은 장애인. 시어머니가 병원에 있어 병원비를 내야 한다는 말까지. 가슴 아픈 사연은 계속 이어졌다.

그녀의 눈에서 굵은 눈물방울이 뚝뚝 떨어졌다. 희우는 그녀의 말을 들으며 조심스럽게 손목의 시계를 확인했다. 우용수와 약속한 시간이 다 되어 가고 있었다. 희우가 다시 물었다.

“언제쯤 이사를 가실 수 있나요?”

그녀가 눈물을 닦으며 말했다.

“시간을 좀 주시면 안 될까요? 갑자기 집을 알아보기도 어렵고 이사 갈 곳도 마땅치 않아서 바로는 어려워요.”

우용수가 원하는 대답은 한 달 안이었다.

“저도 상황이 어려워서 한 달 안으로 결정해 주셨으면 좋겠는데요.”

“그럼…….”

그녀가 말을 끌었다.

“이사비는…….”

그녀의 말에 감정이 흔들리던 희우의 머릿속이 차가워졌다.

집이 경매에 넘어가면 사람들은 빠르게 행동한다. 정보를 얻기 위해 근처 변호사나 법무사를 찾아보기도 한다. 그럴 수 없다면 지인들에게 질문하며 나름의 경매 지식을 쌓고 낙찰자와 마주한다. 그리고 그들이 원하는 것은 단 하나였다. 낙찰자에게 뭐라도 더 받아 내는 것이었다.

희우는 빠르게 그녀의 상황을 계산했다.

남편과 사별하고 자식이 장애인이며 노모가 병원에 있다는 사실은 희우에게 중요한 것이 아니었다. 그녀는 대항력이 약한 임차인이었다. 흔히 은행이 건 근저당보다 아래에 있을 경우 대항력이 적다고 평가했다. 하지만 대항력이 없을 뿐이지 배당액 전체를 계산해 보면 그녀가 집에 걸어 놓은 계약금은 배당을 받을 수 있었다.

실제적으로 이 사건에서 그녀가 손해 본 일은 없었다. 경매가 진행되는 동안 원집주인에게 월세를 내지 않고 몇 개월을 지낸 것을 생각해 보면 오히려 이득이 될 수도 있었다. 집이 경매로 넘어가며 몇 달 동안 전전긍긍했을 것은 사실이겠지만 그 감정까지 낙찰자가 보상해 줄 수는 없었다.

그리고 희우가 '한 달'이라는 이사 기한을 정했을 때 그녀는 바로 '이사비'를 말했다. 그것은 갈 곳이 이미 정해져 있고 뒷일에 대해 양심적 걱정을 하지 않아도 된다는 뜻이었다.

"죄송하지만 이사비는 힘듭니다."

"……!"

그녀의 눈에 눈물이 사라지며 분노가 차오르기 시작했다. 그녀의 눈빛은 이제 적을 대하고 있었다. 하지만 희우는 아랑곳하지 않고 그녀의 눈을 피해 시간을 확인했다. 남은 시간은 약 5분.

"저도 어렵습니다. 이곳에서 저희 할아버지가 사셔야 하거든요."

희우는 크게 한숨을 내쉰 후 계속 말했다.

"저희 부모님이 할아버지와 함께 사시기를 원하지 않으세요. 그 사실을 안 할아버지가 집을 나가셨었어요. 저는 어릴 적 할아버지 손에 키워졌어요. 그래서 할아버지를 찾아다녔고, 파고다공원에 계시는 걸 겨우 찾았습니다."

상대가 감성을 자극하는 말로 공격을 했다면 똑같이 받아치는 것이 가장 좋은 방법이었다. 감성적인 말을 하는 사람은 감성에 약했다.

"할아버지의 연세가 일흔이 넘으셨어요. 그런데 계속 밖을 돌아다니실 수는 없잖아요. 일본인에게 치욕을 받고 광복을 보시고 한국전쟁을 겪으신 분이에요. 그런 분이 밖에서 노숙을 하셔야겠어요?"

여자의 눈에서 화가 풀리고 있었다.

"그래서 없는 돈에 대출을 끼고 낙찰을 받았습니다. 아시죠, 요즘 금리 엄청 센 거? 이자 내고 하면 정말 아무 돈도 없어요. 죄송해요."

오히려 희우가 눈물을 글썽거렸다.

"오늘 할아버지한테 이 집 보여 드린다고 같이 왔어요. 지금 밖에 계신데 잠깐 들어오시라고 해도 될까요? 봄이어도 아직 날이 찬데 당신 살 집이라고 얼마나 좋아하셨는지 몰라요."

희우는 그녀의 대답을 듣지 않고 문을 열어 밖에서 담배를 피우고 있는 우용수를 불렀다.

"할아버지, 잠깐 집 구경하세요."

"……!"

뜬금없는 희우의 말에 담배 연기를 뿜던 그가 눈을 동그랗게 뜨고 바라봤다. 그가 안으로 들어오자 희우가 말했다.

"할아버지, 집 구경하세요. 앞으로 사실 곳이에요. 이제 더 이상 공원에 안 계셔도 돼요."

희우가 하는 말에 우용수는 눈치를 채고 고개를 끄덕였다.

"그래, 고맙다."

머리가 하얗게 세어 있고 허름한 옷을 입은 우용수.

그를 본 여자는 순순히 이사 날짜에 합의를 했다. 감성으로 접근하려다가 오히려 역으로 당해 버리고 만 셈이었다.

우용수는 이사비가 굳었다고 좋아했다. 그가 말했다.

"하나 알아 둬야 할 건, 오늘처럼 명도가 쉽게 진행되는 경우는 많지 않아. 어떤 날은 칼부림이 나기도 하지."

희우가 말했다.

"그건 그렇고, 성공했으니까 받아 주시는 건가요?"

"좋아. 약속은 지키네."

우용수는 흔쾌히 허락했다.

"그럼 스승님이라고 부르겠습니다. 앞으로 많은 가르침 부탁드립니다."

희우의 인사에 우용수는 명함을 꺼내 건넸다.

"내 명함이야. 그리고 연락처 말해 봐."

"아직 핸드폰이 없어서요."

"삐삐도 없어?"

"굳이 필요성을 느끼지 못했습니다. 바로 구매하도록 하겠습니다."

우용수는 희우를 다시 한번 훑었다. 단정히 차려입었지만 낡은 옷과 신발. 우용수는 희우가 말했던 돈을 벌어야 한다는 말의 의미를 생각했다.

우용수가 말했다.

"그럼 수업을 마치거나 없는 경우에 전화를 하도록 해."

"알겠습니다."

우용수와 헤어진 희우는 핸드폰을 개통하기 위해 대리점으로 들어갔다. 아무거나 값싼 것을 고르려고 했지만 직원은 그의 선택을 반대했다.

"이 핸드폰이 최첨단 기능이 다 들어 있어요. 벨 소리도 네 가지나 들어 있고, 거기에 또 이 작은 크기를 봐요."

직원은 작은 크기를 강조했지만 희우가 보기에는 벽돌만 했다. 첨단 기능이라고 소개했지만 스마트폰을 사용하던 그에게는 별 볼 일 없었다.

"그냥 이거 주세요."

희우는 직원이 추천하는 기종이 아닌 가장 가격이 싼 핸드폰을 골라 구매했다. 스마트폰을 사용하던 희우에게 두껍고 시커먼 모양과 흑백 스크린은 신기하기만 했다.

학교를 마치면 희우는 우용수를 찾아갔다. 그는 항상 다른 장소에 있었다. 어떤 때는 서울 시내 아파트에 있었고 어느 날은 주택가에 있기도 했다.

"부동산은 항상 밟아 봐야 해. 그래야 이 땅이 내 것이 될지 아닐지 감을 잡을 수 있어."

그가 항상 하는 말이었다.

희우는 본격적으로 경매와 부동산에 대해 배우기 시작했다.

강의를 듣기 위해 이동하던 중에 규리가 말했다.

"민병선 교수님 수업은 너무 힘들어."

민병선은 민법을 가르치는 교수였다.

규리가 계속 말했다.

"너는 좋겠다. 수업을 제대로 듣는 것 같지도 않은데 질문에 대한 대답은 척척 하고."

민병선 교수의 수업은 조문부터 집중적으로 시작하고 나중에 판례를 엮어 나가는 방식을 취하고 있었기에 법에 익숙하지 않은 신입생들에게는 어려운 수업 중 하나였다. 하지만 희우에게는 새로울 것 없었다. 수업에 뚜렷이 집중을 하지 않지만 다른 학생보다 뛰어날 수밖에 없었다.

희우가 말했다.

"교수님이 설명하신 부분의 판례를 찾아서 공부해 봐. 그럼 조금 더 이해가 빠를 거야."

희우의 말을 들었어도 규리의 뚱한 표정은 변하지 않았다.

"맞다!"

규리는 뭔가 떠올랐는지 희우를 바라봤다.

"아빠가 너 한번 보자고 하던데? 서류 준비했다고 말하면 알 거래."

희우는 규리의 아버지 김동서에게 파산에 대한 서류를 이야기했었다.

"그래? 연락드리도록 할게."

규리가 의문스러운 표정으로 희우를 향했다.

"무슨 서류를 말하는 거야? 도대체 무슨 이야기를 했어?"

희우가 다녀간 후로 김동서는 서재에서 나왔다. 그리고 뭔가를 향해 움직이기 시작했다. 표정은 밝아졌고 눈동자에 힘이 들어갔다. 한동안 식음을 전폐하고 서재에 틀어박혀 있던 것과 너무도 대조적이었다.

규리의 질문에 희우는 빙긋 웃기만 했다. 그리고 희우는 핸드폰을 꺼내 김동서의 번호를 눌렀다. 그 모습을 보던 규리가 어이없다는 표정을 지었다.

"너 핸드폰 샀어?"

"응."

"하……."

희우는 한숨을 쉬는 규리를 물끄러미 바라봤다.

"왜?"

"됐다."

희우는 이제야 규리에게 전화번호를 가르쳐 주지 않았다는 사실을 기억해 냈다. 학교에서 볼 수 있는 친구였고 지금 가지고 있는 핸드폰은 우용수와의 연락을 위해 구매했기 때문에 의미를 두지 않고 있었다.

"번호 가르쳐 줄까?"

"됐네요."

규리는 차가운 목소리로 대답을 하고 수업이 시작될 강의실로 휙 하고 들어갔다. 규리의 뒷모습을 바라보며 희우는 난처한 표정을 지었다. 여자의 감정은 부동산보다 이해하기 어려운 과목이었다.

희우는 김동서에게 전화를 걸어 앞으로 움직여야 할 방법에 대해 알려줬다.

"파산 면책 신청을 하시구요, 그럼 심문 기일 일정이 나올 겁니다."

채무자 심문 기일은 파산 결정에 앞서 원인과 사유를 파악하고 채무이행을 할 수 있는지 없는지 확인하는 과정이었다.

"아마 지금 경매가 진행 중이니까 배당액과 채권액이 정확히 확인되는 이후에 심문 기일이 결정될 겁니다."

그 후의 일정과 해야 할 행동에 대해 자세히 설명을 했다.

하지만 다시 묻는 일이 발생할 건 알고 있었다. 처음보다 많이 좋아졌지만 여전히 김동서는 불안했고 어딘가에 질문을 해서 답을 얻고 싶은 마음을 갖고 있었다. 그것은 어려운 상황에 처한 사람들의 공통점이었다.

전화를 끊은 희우는 강의실로 들어갔다.

민병선 교수의 수업은 정말 빠르게 진행되었다.

"민법 제114조, 대리인이 법률행위 시 본인을 위한 것임을 표시한 의사표시는 본인에 대해 효력이 발생한다."라고 말하고 이 조문이 뜻하는 바를 해석했다.

"문서에 대해 인감을 찍고 어떤 내용으로 하겠다는 말을 썼다면 그것은 그 즉시 그 사람에게 효력이 있는 문서지. 나중에 나는 모른다고 말해도 소용이 없어."

수업은 계속 진행되었다.

"민법 제121조, 수권을 부여받은 임의대리인이 선임한 복대리인에 대해서는 본인에게 선임, 감독 책임이 있다. 본인이 선임한 복대리인에 대해서 임의대리인은 불성실 및 근무 태만과 관련된 내용의 통지 및 해임의 권유 외에는 책임이 없다. 어려운 내용 아니지? 그럼 민법 제122조."

수업을 듣던 규리가 희우에게 작게 물었다.

"복대리인이 뭐야?"

희우가 작게 대답해 줬다.

"대리인에 의해 선임된 대리인. 하지만 본인의 대리인이야."

법 공부를 처음 접할 때 어려운 점 중 하나는 단어의 이해였다. 규리는 교수의 수업을 따라가며 인상을 찌푸렸다.

수업을 마치고 가방을 챙기는 희우를 보며 규리가 물었다.

"오늘도 어디 가?"

"응."

"오늘은 어디로 가?"

규리는 송파로 강남으로 서초로 매일 이동하는 희우의 행보가 궁금했다. 하지만 희우는 말해 주지 않았다.

가방을 챙기며 희우가 말했다.

"용어가 어려운 건 한자를 많이 몰라서야. 새로 나오는 조문 중 많은 부분이 한글로 나오고 있지만 우리나라 말은 동음이의어가 많아서 자주 나오는 한자는 알고 있으면 편해."

동음이의어란 겨울에 하늘에서 내리는 '눈'과 사람의 신체에 있는 '눈'처럼 같은 단어지만 뜻이 다르게 쓰이는 말을 의미한다.

"대학 들어오면 공부는 끝인 줄 알았더니 뭐 이렇게 해야 할 게 많은지 모르겠다."

규리는 툴툴거리면서도 표정이 어둡지는 않았다.

아버지 사업 문제로 공부를 포기할 뻔했던 규리는 이렇게 공부를 할 수 있다는 사실이 너무나 감사했다. 아직 해결된 일이 없어서 마음을 놓지는 못했지만 희우의 자신 있는 눈빛과 아버지의 변한 표정에 규리도 여유를 많이 찾고 있었다.

희우는 학교를 빠져나와 우용수에게 향했다.

우용수의 하루는 경매로 나온 물건을 보러 다니는 일이었고 희우는 그 옆에서 함께하며 물건을 선택하고 가격을 책정하는 방법을 배우고 있었다.

가격 책정 방법은 어렵지 않았다. 세금과 법무사 비용, 매물이 팔릴 시기까지 지불할 은행 이자와 건물 수리비, 마지막으로 원하는 이윤을 더해 실제 거래 가격에서 제한 것이 입찰 가격이었다. 경매 투자가 다른 투자보다 매력적인 이유는 낙찰 후 발생할 위험을 미리 체크하고 들어가는 방식이기 때문이었다.

몇 건의 물건을 둘러보며 희우가 물었다.

"이달 말에 한 집을 낙찰받으려고 합니다."

"말해 봐."

희우는 그에게 규리가 사는 아파트 이름과 평형을 이야기했다. 이야기를 듣는 그의 눈은 차가웠다.

"초보가 으레 하는 실수가 뭔지 아는가?"

희우는 그의 말에 귀 기울였다.

"조금만 공부를 한다면 누구나 낙찰가를 예상하고 권리 분석도 완벽히 하지. 여기까지는 초보와 고수의 차이가 없어. 하지만 초보는 법원의 분위기에 휩쓸리지."

가격을 예상해서 가지고 간다고 해도 해당 가격을 써서 제출하는 것은 어려운 일이었다. 몇 명의 사람들이 입찰을 할 것인지 감을 잡을 수 없었고 어떤 가격을 제시할지 알 수 없었다. 초보들은 법원에 있는 사람들이 모두 자신이 선택한 물건에 입찰할 것 같은 불안한 마음을 갖게 된다. 그리고 결정했던 가격보다 더 많은 금액을 적기 일쑤였다.

"경쟁률을 예측하는 방법을 알려 주지."

우용수는 계속 이야기를 이었다.

"경매 당일 해당 물건이 있는 동사무소에 방문하여 등기부 등본을 보는 거야. 최종적으로 변경 사항이 있는지 확인하고 동사무소 직원에게 묻는 거지. 경매를 하려고 하는데 이 집 등기부 등본을 가져간 사람이 몇 명이나 돼요? 이렇게."

그의 말을 듣던 희우가 물었다.

"그런 걸 일일이 기억하고 있을까요?"

"많이 떼 갔다면 기억하겠지."

경매 당일 희우는 경란과 함께 있었다.

며칠 전 희우는 변호사 사무실에 찾아갔다.

“돈을 좀 찾고 싶습니다.”

8만 원대였던 천하전자 주식은 10만 원을 돌파하고 있었다. 민석은 소파에 마주 앉으며 이유를 물었다.

그가 보기에 희우는 언제나 깜짝 놀랄 방식으로 투자를 했고 높은 수익을 올리고 있었다. 고철 공매부터 모든 사람이 말리던 시기에 주식에 투자한 것까지, 아직 어린 청년이 생각할 수 없는 방식이었다. 이제 그는 투자에 관해서는 희우를 믿고 있었다. 또 어떤 투자로 깜짝 놀라게 할지 궁금할 뿐이었다.

“아파트 경매를 하려고 합니다.”

“아파트 경매?”

“이번에는 수익을 올리려는 게 아니라 친구를 좀 도와주려고 하는 겁니다.”

민석에게 왜 경매를 하는지에 대해 간략히 설명했다.

“좋아, 그럼 나도 이번에는 수수료를 받지 않도록 하지.”

“네?”

“한국 대학교 법학과 학생이면 내 후배이기도 하잖아. 그 정도 일은 도와줘야지.”

희우가 웃으며 인사했다.

“감사합니다.”

그 일로 법원에 함께 오게 된 경란. 그녀는 입을 삐죽 내밀고 있었다.

“내가 살다 살다 경매도 하러 오는구나.”

“번거롭게 해서 죄송해요.”

“화장품 다 써 가는데…….”

“그래요? 그럼 제가 하나 더 사 드려야겠네요.”

“주면 받고.”

화장품을 사 준다는 말에 내밀렸던 그녀의 입이 다시 원상태로 돌아갔다.

희우는 법원 분위기에 휩쓸리지 않기 위해 마음을 단단히 먹었지만 쉽지 않은 일이었다. 오늘따라 경매장에 사람은 더 많은 것처럼 보였고 우용수가 했던 말처럼 모든 사람이 규리네 집을 낙찰받기 위해 온 것으로 보였다. 마음속에 갈등이 생기기 시작했다.

'금액을 더 비싸게 적어야 하나?'

고민하고 있을 때 옆에 앉은 경란이 물었다.

"넌 법원으로 갈 거야, 아니면 로펌으로 갈 거야?"

검사를 할 건지 변호사를 할 건지 묻는 것이었다.

"지금 생각으로는 검사를 하고 싶은데요."

"진짜?"

그녀가 눈을 동그랗게 뜨고 물었다.

"네."

"강민석 변호사님이 많이 아쉬워하시겠네. 계약금 잔뜩 줘야 한다고 지금부터 적금 넣는다고 하시던데."

민석은 희우가 한국 대학교 법학과에 간 순간부터 자신의 로펌에 들어와야 한다고 말하고 있었다. 으레 하는 인사말이 아니라 그는 진정으로 희우를 원하고 있었다.

그녀의 말을 들으며 희우는 멋쩍은 미소를 지어 보였다.

약자를 변호하는 것과 나쁜 놈을 잡는 것. 어떤 것이 세상을 조금 더 좋게 만들 수 있을까? 희우의 대답은 언제나 후자였다.

그녀와 대화를 하며 긴장되었던 마음이 조금은 풀어졌다.

낙찰은 성공했다. 긴장했던 상황이 바보 같을 만큼 경쟁은 없었다. 경매가 대중화되기 전이었고 IMF의 바람이 휘몰아치던 시기였다.

희우는 바로 규리의 아버지 김동서에게 전화를 넣었다.

"낙찰받았습니다. 바로 부동산 가셔서 집 내놓으세요. 경기도권에 있는 집은 제가 알아보겠습니다."

가슴 졸이고 있던 김동서가 울먹거리는 목소리로 대답했다.

-고마워. 정말 고마워.

길거리로 나앉을 입장에 있던 규리 가족에게 희우는 은인이었다.

희우는 우용수에게 경매에 대해서만 배우는 것이 아니었다.

"강의료도 안 내는데 이런 거라도 해야지."

우용수의 주장이었다.

낙찰받은 집의 상태가 좋지 않은 경우가 많았다. 세입자를 받거나 매매를 하기 위해서는 낡은 주택을 깨끗하게 만들 필요가 있었다. 하지만 일일이 인테리어 업체를 불러 수리를 하게 되면 돈이 많이 들어갔다. 지금 희우는 낙찰받은 소형 아파트의 변기를 교체하는 중이었다. 변기를 들어내자 형언할 수 없는 냄새가 치솟아 올라왔다.

"어서 비닐 씌워!"

우용수가 소리쳤다. 희우는 변기가 놓일 자리에 임시방편으로 비닐을 덮어 악취를 막아 냈다.

"이게 무슨 냄새예요?"

희우는 헛구역질을 몇 번 한 후 인상을 찌푸리고 우용수에게 물었다.

"뭐긴 뭐야, 똥 냄새지."

우용수가 지시를 했고 희우는 그의 말에 따라 하얀색 시멘트를 비비고 수평을 맞추는 등의 공사를 했다.

"하고 있어."

우용수는 밖으로 나갔다. 희우는 변기를 교체한 후 문틀에 페인트를 칠하기 시작했다. 도배, 장판, 페인트칠, 타일 교체 등 그가 할 수 있는 영역은 점점 늘어나고 있었다.

잠시 후 우용수가 검은 봉지에 소주를 들고 집으로 들어왔다.

"먹고 하자."

검은 봉지 안에는 두부와 편의점에서 파는 김치가 들어 있었다. 그가 말했다.

"두부 김치 좋아하는가?"

"네. 좋아합니다."

"대학생이면 술 먹을 줄은 알지?"

그는 소주 한 병을 더 꺼내 희우에게 건넸다.

과거로 돌아와서는 한 잔도 마셔 본 적이 없었다. 하지만 그가 건넨 술을 거부하지 않았다. 그는 두부가 들어 있는 검은 봉지에 김치를 뜯어 집어넣고 봉지의 겉면을 주무르기 시작했다.

"스승님, 뭐 하세요?"

"보면 몰라? 두부 김치 만들지."

봉지 안에서는 김치와 으깨진 두부가 섞이고 있었다. 희우가 말했다.

"안주 하나 사 올까요?"

"돈 아깝게 안주는 왜 사 와? 돈은 10원 하나까지 모아 뒀다가 투자에 쓰는 거야."

봉지를 열어 안의 내용물을 확인한 우용수는 만족한 듯했다.

"먹자."

김치와 으깨진 두부가 마구잡이로 섞여 있었다. 미관상 보기에는 좋지 않았지만 맛은 나쁘지 않았다.

CHAPTER 10

시간은 흘러갔다. 규리의 아버지 김동서는 파산선고를 받고 빚을 탕감받게 되었다. 그들은 집을 팔고 남은 2천만 원에 희우가 가지고 있던 원금을 빌려 수도권 인근의 작은 평수 아파트로 이사를 갔다. 김동서는 재기를 위해 밤낮을 가리지 않고 일을 했고 규리는 학교를 마치고 과외를 시작했다.

따듯했던 바람이 점차 더워지며 반팔을 입는 학생이 하나씩 늘어 가던 무렵 민병선 교수의 수업. 중간고사가 얼마 남지 않은 시기였다. 법조문 해석 강의가 끝나고 본격적인 판례에 대한 강의가 시작되었다.

"회사원 A가 있다. 착실하고 성실한 사람이었지. 그런 그가 계약을 잘못하여 회사에 금전적 손실을 주게 되었어. 결국 퇴직하게 되었고, 회사가 입은 손실의 일부를 책임지게 되었다."

학생들은 숨을 죽이고 수업을 듣고 있었다.

"퇴직한 A는 퇴직금을 받았어. 그런데 퇴직금의 절반도 안 되는 금액이 입금되었지. 회사에 이유를 물어봤더니 책임질 손실금을 제하고 퇴직금을 보냈다고 하는 거야."

교수의 눈이 학생들을 훑었다.

"박승환 학생."

"네."

승환이 대답을 했다.

"A는 회사를 상대로 퇴직금을 받지 못했다고 전체를 지불하라는 소송을 걸었어. 이제 자네의 생각을 말해 보게. A는 퇴직금을 받을 수 있나?"

교수의 말에 승환은 잠시 생각을 했다.

"받을 수 없다고 생각합니다. 퇴직금의 발생보다 기업의 손실이 우선이었으며 A는 피해액 일부에 대한 배상을 약속하고 퇴직을 했습니다. 기업은 약속된 일부에 대한 권리를 지켰기 때문에 A는 승소할 수 없다고 생각합니다."

교수의 눈이 다시 전체를 훑었다.

"김규리 학생은 어떻게 생각하지?"

"A의 퇴직금은 손해 변상금의 채권을 확보하기 위한 가압류 상태였을 겁니다. 이러한 상태에서 채무자가 퇴직금 청구의 소를 제기할 수는 없습니다."

교수가 말했다.

"A가 이긴다는 생각을 가진 학생은 없나?"

아무도 대답하지 않았다.

교수의 눈이 희우를 향했다.

"김희우 학생의 생각을 듣고 싶군."

"근로기준법 제36조 제1항에 의하면 임금은 그 전액을 근로자에게 직접 지급해야 합니다. 퇴직금도 임금에 속합니다. 손실액을 제하고 일부를 충당한 것은, A에게 퇴직금을 직접 지급했다고 볼 수 없습니다. 회사는 퇴직금의 일부를 원고에게 지급해야 한다고 생각합니다. 손실액의 배상은 그 뒤의 문제입니다."

민병선 교수의 입에 만족스러운 미소가 걸렸다.

"판례에 의하면 김희우 학생이 말한 것과 같아."

희우를 향해 이어지는 교수의 칭찬. 규리는 희우를 향해 엄지손가락을 세워 들었다. 승환은 입술을 잘근 깨물었다.

수업을 마치고 강의실을 벗어날 때 승환이 옆을 지나치며 말했다.

"개천에서 용 나려면 죽어라 공부해야지."

작은 목소리였지만 정확한 발음. 희우의 귀에 들어가도록 의도한 것이었다.

승환은 선배들과의 탄탄한 인맥을 만들겠다고 학생회에 들어가 활동을 하고 있었다. 얼마 전 선배의 심부름으로 과 사무실에 있다가 희우의 학적부를 몰래 확인했다. 그는 희우가 궁금했다. 교수의 질문에 완벽하게 대답하는 실력, 또래답지 않은 어른스러운 표정과 행동. 그것이 규리가 희우와 함께 있는 이유라고 생각했다.

승환은 규리를 마음에 두고 있었다. 그녀가 수능 만점자라고 언론의 집중을 받은 적이 있었다. 텔레비전 뉴스에 나와 검사가 되고 싶다 하던 그녀의 인터뷰에 승환은 넋을 잃었다. 외적인 아름다움이 아니었다. 당당함과 자신감이 그의 마음을 빼앗았다. 대학에 입학을 하면 친해지기로 마음을 먹고 기다리고 있었다. 그리고 실제로 본 그녀는 상상보다 더욱 똑똑했고 마음에 들었다. 하지만 그녀는 도통 다른 사람과 어울릴 줄을 몰랐다. 언제나 김희우, 김희우, 김희우. 짜증이 났다.

희우의 학적부를 열어 그가 가장 먼저 확인한 것은 집 주소였다. 어디에 사는지 알면 대략적인 재산을 가늠할 수 있었다.

"……."

희우는 지하에 살고 있었다. 월세인지 전세인지는 알 수 없었지만, 지하 방. 승환의 입가에는 비웃음이 가득했다.

"거지 같은 놈이 공부해서 인생 바꿔 보겠다고 발버둥 치는구나."

승환은 태어나면서부터 로펌의 대표와 국회의원인 부모의 아래에서 자라 왔다. 힘의 논리에 대해 알고 있었고 가난한 자가 기어올라 봤자 한계가 있다는 걸 잘 알고 있었다.

"규리는 남자 보는 눈이 없어. 얼굴도 이 정도면 내가 잘생겼고 집안도 내가 더 좋고."

아직은 그녀가 어려서 그렇다고 생각했다. 차차 시간이 지나면 자신의 곁으로 올 것이라 믿어 의심치 않았다.

승환이 지나치며 한 '개천에서 용 나려면'이라는 말을 희우는 똑똑히 들었다. 하지만 그 비아냥거리는 목소리를 신경 쓰지는 않았다. 규리가 말했다.

"신경 쓰지 마. 네가 잘하니까 질투하는 거야. 그건 그렇고 밥 먹으러 갈래? 내가 살게. 도움은 많이 받았는데 해 줄 수 있는 게 없네."

"좋아. 대신 맛있는 거 사 줘야 한다."

희우는 동의했다. 오늘은 우용수와의 만남이 없는 날이었다.

"뭐 먹고 싶어? 말만 해."

규리는 지갑에서 학생 식당 식권 한 장을 꺼내 희우의 손에 놓았다.

"뭐 먹어야 하나."

희우는 식권을 손에 쥐며 식당으로 향했다.

그들이 가는 뒷모습을 보는 눈이 있었다. 승환이었다.

'저런 놈이 뭐가 좋다고.'

학생 식당은 한식, 양식, 중식 등으로 코너가 만들어져 있고 메뉴별로 고를 수 있었다. 식권 한 장으로 선택할 수 있는 폭은 생각보다 훨씬 넓었다. 희우는 우거짓국, 규리는 돈가스를 선택했다. 음식을 먹으며 희우가 말했다.

"고등학교 때 캠프 갔던 거 기억나지?"

규리가 고개를 끄덕였다. 희우가 말했다.

"그때 양로원 갔었잖아. 이번 여름방학에 가서 봉사 활동 하려고."

"멀지 않아?"

"가깝지는 않지."

규리는 함께 가고 싶었지만 그럴 수 없었다. 집에 도움이 되기 위해 방학에 과외를 해야 했다. 규리가 말했다.

"가까운 데 가지. 그러면 나도 시간 내서 같이 갈 수 있는데."

"아니야. 그냥 한번 가 본 곳이라 그런지 거기서 하고 싶어."

희우의 하루는 바쁘게 돌아갔다.

새벽 5시 30분에 일어나 근처 초등학교 운동장을 달렸다. 사람이 하는 그 어떤 일도 체력이 없다면 진행될 수 없었다. 특히 긴 싸움을 해야 하는 그에게는 지치지 않고 끝까지 달릴 수 있는 체력이 필요했다.

달리기가 끝이 나면 철봉과 팔굽혀펴기 등의 근력 운동을 하고 발과 주먹을 내지르며 몸을 만들었다. 최후의 순간에는 싸움을 해야 할지도 몰랐다. 희우를 죽였던 검은 양복, 조태섭에게 다가가면 언젠가 다시 만나야 할 두려운 존재였다.

샤워를 하고 아침을 먹으면 7시 30분. 수업이 없어도 9시까지는 학교에 도착했다. 비어 있는 시간에는 언제나 도서관에 있었다. 부동산에 관련된 책과 논문을 찾아 읽으며 정신없이 공부를 했다.

모든 강의를 마치면 우용수에게 향했다.

하는 일은 다양했다. 경매로 나온 물건을 보러 다니는가 하면 낙찰받은 물건 수리도 하고 거주자와 협상도 하며 이삿짐을 날라 준 경험도 있었다. 도서관에서 이론으로 배우고 실전으로 겪으며 희우의 부동산 실력은 빠르게 올라갔다.

우용수와 헤어지고 집으로 오면 저녁 8시 정도가 되었다.

한미를 과외 하는 날이 아니라면 그 시간부터는 과제를 하느라 정신이 없었다. 아무리 대충 한다고 해도 그 양은 만만치 않았다. 대충 한다고 해서 과제의 질이 떨어지지는 않았다. 희우는 이미 사법 고시를 통과해서 실무 경험을 가지고 있는 사람이었다. 일반 학생들이 밤을 새워서 준비한 과제보다 좋은 점수를 받는 건 당연했다.

과제를 마친 시간이 밤 10시 이전이면 잠을 잘 때까지 사법 고시 준비를 했다.

공부를 마치고 길게 하품을 할 때 문이 열리고 어머니 미옥이 방으로 들어왔다.

"공부해?"

"아니요. 이제 그만하려고요."

희우가 국립대학에 입학을 했고 고등학교 때 캠프에서 받은 장학금으로 등록금까지 해결되었다. 학비에 대한 걱정이 덜하자 미옥은 다니던 공장을 그만뒀다. 예전부터 결리던 어깨의 문제도 있었고 IMF로 공장이 어려워지며 스스로 직장의 문을 나서게 된 것이다.

그녀의 손에는 오렌지 주스가 들어 있는 유리컵이 있었다.

"마시고 해. 내일 토요일인데 또 학교 갈 거야?"

희우는 주스를 마신 후 답했다.

"네, 월요일부터 중간고사라 도서관 가서 공부하려구요."

법학과의 첫 시험이었다. 수능 상위 300등 안에 드는 수재들이 있는 곳. 학교 점수에 의미를 두고 있지는 않았지만 기본은 해야 한다고 생각했다. 며칠 동안 부동산 관련 서적을 잠시 뒤로하고 학과 공부에 매진하고 있었다.

학교 도서관, 규리가 자리를 맡아 놓고 있었다. 도서관 안으로 들어간 희우가 그녀의 어깨를 톡톡 건드렸다. 공부를 하던 그녀는 고개를 들어 희우를 바라봤다. 그녀는 입 모양만으로 '왔어?'라고 말했다. 희우는 검지로 문을 가리키며 나가자는 표시를 했다.

밖으로 빠져나온 그들은 휴게실로 향했다. 3인용 소파와 커피와 음료수 자판기가 있는 작은 공간이었다.

규리는 소파에 앉아 걱정스러운 표정으로 희우를 바라봤다. 수능 만점의 이력이 있는 그녀도 수재들이 모인 곳에서의 시험은 걱정되었다. 오히려 수능 만점이라는 타이틀에 부담을 느끼고 있었다.

"어떻게 하지? 판례가 너무 많아."

그녀는 법조문과 판례의 바다에서 괴로워하고 있었다.

"어디까지 했어?"

"몰라. 형법 완전 싫어."

"그냥 외우는 수밖에 없어. 답안지에 기본 판례는 정확하게 적어야 해."

"알고 있어."

그녀는 풀 죽은 목소리로 답했다.

"몇 시에 잤어?"

"30분 잤나?"

그녀는 고개를 숙이며 손가락으로 관자놀이를 꾹꾹 눌렀다. 희우는 소파에서 일어나 자판기로 다가가 커피를 뽑아 그녀에게 건넸다.

"마셔."

"땡큐."

규리는 희우가 내미는 커피를 받으며 멍하니 창밖을 바라봤다. 피곤한 기색이 가득했다.

"수능 만점자라고 뉴스에 크게 나왔는데 성적 안 나와서 망신당하는 거 아냐?"

"다들 똑같은 생각 하고 있어. 걱정하지 마. 너는 잘할 거야. 내가 점쟁이인 거 알지?"

규리가 픕 하고 웃음을 터뜨렸다.

"네가 무슨 점쟁이야."

"정말이야."

규리는 어이없다는 웃음을 흘리며 손에 들고 있는 커피를 들어 마셨다. 희우가 다시 말했다.

"보여 줄까?"

희우는 손목의 시계를 들어 시간을 봤다.

"창밖을 봐 봐. 한 남자가 걸어간다."

그 말과 동시에 한 남자가 창밖으로 나타났다. 규리는 다시 웃음을 터뜨렸다.

"그런 건 나도 하겠다. 잘 봐 봐. 한 여자가 걸어간다."

하지만 창밖으로는 아무도 지나가지 않았다.

희우가 자리에서 일어나 창을 향해 걸어갔다.

"저 흰옷 입은 남자는 나무 아래 흡연 공간으로 이동할 거야. 그리고 지포 라이터를 꺼내 불을 붙이겠지. 그리고…… 그렇지, 저기 오는 사람. 저 사람은 거울 앞에 서서 머리를 만지고 도서관으로 걸어오고 저기 저 사람은……."

밖의 상황이 희우의 말대로 일어나고 있었다. 희우는 다시 시계를 봤다.

'지금 시간이면…….'

희우가 손가락으로 한 건물을 가리켰다.

"검은 승용차야, 나와라!"

건물의 주차장에서 검은 승용차가 움직였다.

규리의 눈은 동그랗게 커져 있었다.

"어떻게 한 거야?"

희우가 씨익 웃었다.

"점쟁이라니까."

희우는 다시 소파에 다리를 꼬고 앉았다.

"정말이야?"

규리가 의심스러운 눈빛으로 재차 물었다.

"정말이야."

희우는 피식 웃으며 커피를 마셨다.

우용수와의 첫 수업에서 그가 했던 말이 있었다.

—사람을 관찰해. 사람이 돈이야.

눈에 보이는 모든 사람을 관찰하기 시작했다.

사람의 행동, 그것은 일정한 흐름으로 이어지기 마련이었다. 언제나 비슷한 위치의 자리에 앉으려고 하며 일정한 시간에 흡연을 하고 식사를 했다. 희우는 그런 사람들의 행동을 일일이 기억하고 있었다. 특별히 기억하기 위한 관찰이 아니라 자연스러운 습관이 되었다. 주말마다 도서관에서 살다시피 하는 희우에게 그 시각에 움직이는 다른 사람의 행동을 예측하는 건 어려운 일이 아니었다.

희우와 규리는 도서관에서 공부를 하다가 집으로 향했다. 학교 앞은 오가는 사람이 많아 무척 복잡했다. 규리는 희우에게 쉬지 않고 재잘거리고 있었다.

"너 정말 점쟁이야? 막 미래가 보이고 그래?"

"규리야."

뜬금없이 이름을 부르자 규리는 움직이던 입을 멈추고 희우의 말을 기다렸다.

"지금 보니까 너 좀 멍청한 거 같아."

"뭐?"

"미안, 미안."

규리의 화난 표정에 희우는 웃으며 손사래를 쳤다.

"출출해. 떡볶이나 먹으러 가자."

규리가 볼멘 목소리로 말했고 희우는 웃으며 알았다고 대답했다.

그들은 분식집으로 향했다. 창가 쪽 테이블에 앉아 음식을 기다렸다. 잠시 후 떡볶이의 붉은 국물에 튀김이 한가득 담겨 나왔다. 규리가 말했다.

"오늘은 부동산 책 안 보더라?"

"공부해야지."

"벼락치기야?"

"그런 셈인가?"

규리가 보기에 희우는 법에 관련된 논문이나 책을 전혀 보지 않았다. 하지만 교수들의 질문에 척척 답을 내놓는 희우가 신기하기만 했다.

"넌 공부 어떻게 해?"

"특별한 거 없는데. 판례 보고 조문 찾고 암기하고."

희우의 말에 규리는 입을 삐죽였다.

"하긴 고등학교 때도 학원 과외 하지 않고 예습 복습 철저하게 교과서 위주로 공부하신 분이지요?"

공부에 전략은 있었지만 방법은 없었다. 무식하게 읽고 외우는 것이 전부였다. 사법 고시에 통과를 해서 검사를 했었다는 장점이 있지만 그것은 단점이기도 했다. 희우의 머릿속에 들어가 있는 판례들은 아직 세상에 나오지 않은 사건이 수두룩했다. 희우는 지금 존재하는 판례를 정리하고, 기억하고 있던 것과 다른 법조문을 위주로 학습을 하고 있었다.

중간고사가 시작되었다. 민법 시험을 마치고 민병선 교수가 희우를 불렀다. 교수실을 열고 안으로 들어가 고개 숙여 인사했다.

"부르셨습니까?"

민병선은 웃으며 자리에 앉으라고 권했다. 교수 책상 앞에 있는 검은색 소파, 희우는 그가 권한 자리에 앉았다.

"차 한잔하겠어?"

그는 찻잔에 차를 따라 건넨 후 다시 입을 열었다.

"내가 이런 말을 신입생에게 하는 건 처음이야."

"……?"

희우는 의문스러운 표정으로 그를 바라봤다.

"이번 시험도 자네 것을 가장 먼저 채점했지. 예상대로 아주 잘 봤어."

무슨 말을 하려는지, 그는 말을 빙빙 돌리고 있었다.

"이제 법을 공부하는 학생답지 않아. 날카로운 판단력과 분석 능력은 오래전부터 법을 다뤄 왔다는 느낌이 들 정도야."

"과찬이십니다."

"아니야, 자네 같은 학생은 처음 보네."

이전의 삶에서 민병선 교수는 희우를 무척이나 싫어했다. 과제도 엉망이고 수업 태도 역시 불성실한 희우를 마음에 들어 할 수 없었다. 하지만 지금은 아니었다. 그가 물었다.

"어떤 진로를 생각하고 있나?"

희우가 대답을 하려고 했지만 그가 이어 입을 열었다.

"교수직도 생각해 보게. 졸업 후에 미국 로스쿨 유학을 다녀온다면 내가 자네를 우리 학교 교수직에 추천하도록 하지."

엄청난 제안이었다.

민병선 교수는 학계에서 파워가 있기로 유명했다. 그런 사람이 한국대학교 교수직을 약속한다면 그 누구라도 귀가 솔깃할 이야기였다. 하지만 희우에게는 관심이 없는 분야였다. 그래도 교수의 앞에서 바로 거절하는 행동은 예의에 어긋나는 일이었다.

"좋게 봐 주셔서 감사합니다. 하지만 너무 갑작스러운 일이고 제가 아직 생각이 어려 진로를 결정하기에는 판단이 서지 않습니다. 조금 더 공부를 하며 생각해 보도록 하겠습니다."

"그래그래, 어떤 결정을 하든 좋은 법조인이 될 거라고 믿고 있네."

교수실을 나서서 다시 도서관으로 향했다. 다음 시험 준비를 해야 했다.

한참을 집중해서 공부를 하고 휴게실로 나와 커피를 들었다. 규리가 물었다.

"민 교수님이 뭐라셔?"

"열심히 하라고 하시네."

마침 휴게실에 있던 승환이 그들의 옆으로 왔다.

"민 교수님 만나고 왔어? 왜?"

"말한 대로야. 열심히 하래."

민병선 교수는 깐깐한 성격으로 평소 학생들과 친분을 유지하지 않았다. 특히 신입생이 특별한 이유 없이 그의 방에 다녀왔다는 건 놀라운 사건이었다. 승환은 입을 꽉 다물었다.

거대 로펌의 대표인 아버지와 국회의원인 어머니가 계셨지만 민병선 교수는 그를 거들떠보지도 않았다. 몇몇 교수가 개인적으로 그를 불러 아버지와 어머니를 만날 수 있느냐 청탁했던 것과는 대조적인 일이었다.

"대단하다. 민 교수님 교수실에 학생 못 들어오게 하는 걸로 유명한 분인데."

규리가 놀랍다는 듯 말하자 곧장 승환이 비꼬듯 입을 열었다.

"좋겠네, 교수님한테 예쁨받고."

승환은 종이컵을 구겨 쓰레기통에 던진 후 휴게실을 떠났다.

"나 싫어하는 거 같지?"

희우가 규리에게 물었다.

"우리 학과에 너 좋아하는 애 없을걸."

"응? 왜?"

"교수님한테 예쁨받고 공부 잘하는 애 재수 없잖아."

"너도?"

"어, 나도."

규리가 장난스럽게 대답했다.

중간고사가 끝이 났다. 희우는 생각보다 수월하게 문제를 풀었고 이 정도의 수준을 유지한다면 기말고사 후 성적표에는 나쁘지 않은 점수가 기록될 것 같았다.

학교 주변의 술집은 북새통을 이뤘다. 시험이 끝난 스트레스를 술로 풀기 위한 청춘들의 술잔이 부딪치는 소리가 여기저기서 울렸다. 하지만 희우는 도서관에서 공부를 하고 있었다. 손에 든 책은 다시 부동산에 관련된 내용이었다. 몇몇 동기가 다가와 술을 한잔하자고 했지만 먹고 노는 시간은 아깝다고 생각했다.

중간고사로 인해 우용수에게 일주일간의 휴가를 얻었다. 그동안 학과 공부를 한다는 핑계로 읽지 못한 책이 많았고 진도가 나가지 못하고 있었다. 다시 그를 만나기 이전에 더 많은 공부를 하고 싶었다. 이론으로 알고 있는 상태에서 그의 설명을 듣는 것과 모르는 상태에서 듣는 건 큰 차이가 있었다.

도서관에서 공부를 하던 희우는 한미를 만나기 위해 이동했다. 졸업 후 주 2회씩 그녀의 공부를 봐주고 있었다.

"늦었지? 미안."

공원 앞 커피숍에 앉아 문제를 풀고 있던 한미는 약속 시간에서 한 시간이나 늦은 희우를 보며 눈을 흘겼다.

"지금 몇 시인지 알아?"

"미안, 미안."

"세상에 나처럼 아리따운 숙녀를 한 시간이나 기다리게 하는 남자가 김희우 씨 말고 또 누가 있을까요?"

"미안, 미안."

희우가 사과했지만 한미의 중얼거림은 끊어지지 않았다.

한미의 성적은 상당히 많이 올라 있었다. 120점이었던 점수는 이제

200점대를 유지하기 시작했다. 매일 모의고사 문제를 풀고 오답 노트를 만들며 해당 문제와 관련된 이론을 암기한 결과였다. 한미의 모의고사 채점지를 확인하며 희우가 말했다.

"이 정도 속도로 점수가 오르면 수도권에 있는 대학은 갈 수 있겠다."

"정말?"

희우는 고개를 끄덕였다. 한미가 다시 말했다.

"그거 알아?"

"뭐?"

"나 이제 친구 없다. 술을 안 마시니까 아무도 연락을 안 해. 나 좋다고 쫓아다니던 놈들도 어느 순간 다 잠수야. 집에 붙어 앉아서 공부하니까 엄마는 좋아하네."

"좋은 거 아냐?"

"좋기는! 이 피부 봐, 맨날 집에만 있어서 푸석푸석해진 거. 내 미모가 죽어 가고 있다고."

한미의 툴툴거림을 들으며 희우가 말했다.

"술친구는 취해 있을 때만 친구라고 했어. 술이 깨면 더 이상 친구가 아니래. 술친구 말고 진짜 친구를 만들도록 해."

한미가 물끄러미 희우를 바라봤다.

"우리는 친구야?"

"아니."

"그럼 뭐야?"

한미의 목소리가 커졌다. 희우가 장난기 가득한 목소리로 답했다.

"과외 선생님과 학생의 관계."

"아, 그럼 나는 친구 하나 없는 사람이구나."

채점을 하던 희우가 피식 웃으며 말했다.

"점수 올랐다."

한미의 큰 눈이 더욱 커졌다.

"정말?"

그들은 서로의 손바닥을 마주치며 성적 향상의 기쁨을 누렸다.

희우와 헤어진 한미는 집으로 향하고 있었다. 콧노래가 절로 흘러나왔다.

한미의 눈에 집 앞에 서 있는 검은 승용차가 들어왔다. 익숙한 자동차였다. 불안한 마음이 든 한미는 마른침을 삼켰다.

그때, 승용차의 문이 열리고 한 남자가 내렸다.

한미의 불안한 마음은 현실이 되었다.

"부장검사님이 모시고 오랍니다."

정중한 목소리에 한미의 눈이 싸늘해졌다.

"왜요? 이제 연락 안 하시는 걸로 알고 있는데요."

"그건 저도 알 수 없습니다. 일단 가시지요."

한미는 핸드폰을 들어 전화를 걸었다.

"엄마, 또 무슨 일이야?"

-다녀와 봐. 검사님이 너 보고 싶다고 하셔서. 너 공부한다고 말씀드리니까 한번 보고 싶다고 하시더구나. 정신 차렸다고 상당히 기뻐하셨어.

"아직도 연락하고 있었어? 이제 안 보기로 했잖아! 그런데 왜 또 이래? 우리 잘 살고 있잖아! 죽은 듯이 숨어 산다고 약속했잖아!"

비명에 가까운 외침.

앞에 서 있는 남자가 말했다.

"가시지요. 가지 않을 경우에 어떤 일이 벌어질지 모른다는 거, 아가씨도 잘 알고 계시지 않습니까?"

그의 말에 한미는 인상을 찌푸리며 검은 승용차에 올랐다.

김석훈의 집.

높은 대문에 넓은 정원을 가로질러 들어간 으리으리한 집.

그 안의 응접실에 한미가 서 있고 김석훈이 소파에 앉아 있었다.

“공부를 하고 있다고 들었다. 잘 생각했어. 네가 학교에서 했던 행실을 보면 어떻게 살지 걱정되었거든.”

“걱정할 필요도 없고, 앞으로 이렇게 연락하지 않으셨으면 좋겠습니다. 저는 검사님이 불편합니다.”

한미의 당돌한 말에 김석훈이 미소 지었다.

“고등학교를 졸업하더니 사람이 되었구나. 그렇게 사고를 치면서 내 존재를 드러내려고 애를 쓰더니 이제는 포기한 건가?”

“약속했잖아요, 졸업식에 와 주시면 더 이상 난리 치지 않겠다고. 저는 약속을 지키고 있는데 무엇이 못마땅하셔서 부르신 거죠?”

한미는 그에게 한 번만 아빠 노릇을 해 달라고 애원했었다. 다시는 누를 끼치지 않겠다고 말하며, 부탁하고 또 부탁했다. 그는 그 약속을 받아들였고 그녀의 고등학교 졸업식에 참석했던 것이다.

“못마땅한 것 없다. 공부하고 있다기에 칭찬해 주려고 불렀어.”

김석훈은 품에서 두툼한 종이봉투를 꺼내 테이블 위에 올렸다.

“가지고 있다가 등록금으로 쓰고 남는 돈으로는 입학할 때 옷이나 사 입어. 1년 정도 바쁠 것 같아서 미리 합격 축하하는 거야.”

“그러실 필요 없습니다. 그럼 저는 이만 가 보도록 하겠습니다.”

한미는 뒤로 돌아 응접실을 빠져나가려고 했다. 그때 등 뒤에서 무겁고 두려운 목소리가 들렸다.

“가지고 가.”

“……!”

“그리고 웃으면서 감사합니다 하고 말해. 알고 있잖아, 그렇게 하지 않으면 너와 네 엄마는 지워진다는 거.”

입술을 잘근 깨무는 그녀.

그의 목소리가 계속 이어졌다.

"사람답게 살고 싶어서 공부를 한다면 말리지는 않으마. 하지만 혹시나 해서 말하는데, 대학에 갔다고 이름이 알려질 직업은 선택하지 말도록."

그가 부른 이유가 이것이었다.

망나니였던 한미에게 대학에 가라는 소리를 단 한 번 한 적 없었다. 오히려 자신이 주는 돈이나 먹고 살라는 말을 수도 없이 했다. 이유는 간단했다. 대학에 들어가면 직업의 선택 폭이 넓어진다. 거기에 자신의 피를 이어받아 머리가 나쁘지도 않다. 아니, 오히려 뛰어났다.

한미가 떳떳하게 세상에 내세울 수 있는 딸이었다면 좋겠다는 생각을 한 적도 있었다. 그녀가 사춘기에 접어들어 사고를 치고 다니기 이전에 보여 준 모습은 못난 두 아들보다 뛰어났다.

하지만 그런 의중을 비친 적은 단 한 번도 없었다. 어디까지나 그녀는 그의 인생에서 실수였고 부끄러운 자식이었다.

그런 그녀가 대학에 가고 공직자 등 이름이 알려질 직업을 선택한다면? 골치 아파질 가능성이 컸다. 그는 그것을 사전에 방지하고자 했다.

김석훈은 소파에서 일어나 그녀에게 뚜벅뚜벅 걸어갔다. 그리고 그녀의 눈을 무섭게 바라봤다.

"어서, '네.' 하고 대답해. 그리고 돈 주워 들고 가."

한미는 떨리는 눈으로 대답했다.

"네……."

밖으로 나온 한미는 조용한 골목을 힘없이 걸어 내려갔다. 그녀의 앞으로 고급 승용차가 섰다.

"오랜만이다. 뭐 하고 사냐?"

내려진 창문을 통해 그녀의 배다른 오빠 김석영이 보였다.

그녀는 고개를 숙여 그에게 인사했다.

"안녕하세요."

하지만 그녀의 목소리는 냉랭했다. 희우와 있을 때의 말투가 아니었다. 그녀는 더 이상 말하지 않고 지나가려 했다. 하지만 뒤에서 들려오는 빈정거림에 걸음을 멈췄다.

"네 어미하고 너하고 그냥 사라져라. 아버지 큰일 하시겠다는데 왜 자꾸 알짱대고 있어. 돈이 부족하냐? 더 줘?"

그의 말에 한미가 쏘듯이 말했다.

"내가 오고 싶어서 왔나요? 보고 싶다고, 오라고 해서 왔어요. 밖으로 내보낸 딸자식 자꾸 찾는 거 보면 아들이 마음에 들지 않는가 보네. 그리고 돈이 부족하냐구요? 네, 부족하네요. 더 주세요. 얼마 주실 수 있나요?"

그녀는 김석훈이 무서웠지 그의 아들 김석영은 두렵지 않았다.

"……."

"1억? 10억? 100억? 말씀하시니까 돈 더 받아야겠네. 주세요, 돈."

차 문이 벌컥 열렸다. 김석영이 인상을 구기며 밖으로 나왔다. 그의 몸에서 고약한 알코올 냄새가 풍겨 왔다.

"왜? 아버지 돈은 더러워서 싫다며. 그런데 나한테 돈 달라고? 요것 봐라."

그녀는 말없이 그를 노려봤다. 그는 계속 이죽거리며 품에서 수표 몇 장을 꺼냈다.

"……!"

"내가 처음에 뭐 하고 사냐고 물었는데 대답하지 않았지? 큭큭큭, 네가 고등학교는 졸업했나? 얼굴 반반하고 멍청한 계집이 일할 곳이면……."

그녀는 이를 꽉 깨물고 참고 있었다.

"흐르는 피가 창년데 똑같지."

"……."

"받아."

그는 그녀의 얼굴에 수표를 뿌렸다.

공부를 하고 있던 희우의 핸드폰이 울렸다.

"여보세요?"

한미였다. 그녀는 술 취한 발음으로 발랄하게 말했다.

-희우 선생님! 내가 혼자 술을 마시고 있는데요, 친구가 없어요. 그러니까 나오세요!

"어?"

-그러니까 내가 혼자 술을 마시는데 핸드폰에 저장된 번호는 너밖에 없고 그러니까 오셔서 한잔 받으시라구요. 내가 쏜다! 다 쏜다!

"어서 집에 들어가라. 난 공부 중이야."

그의 거절에 그녀는 더 격앙이 되어 말했다.

-나도 성인이야. 생일도 지났어. 왜 이러셔! 그러니까 나와서 딱 한 잔만 받아라.

"너 많이 취한 것 같다. 딱 한 잔 더 할 시간에 딱 한 단어 더 외워."

희우는 말을 하고 전화를 끊으려 했다.

-……나를 낳아 준 남자라는 사람이 돈 줬어. 나 돈 많으니까 어서 나와. 내가 과외비 줄게.

희우는 자리에서 벌떡 일어났다. 그녀의 입에서 처음으로 부친에 대한 이야기가 흘러나왔다. 그는 김석훈을 그녀의 아버지로 예상하고 있었지만 확실한 건 아니었다. 어쩌면 오늘 모든 의혹이 해소될 수도 있다는 생각이 들었다.

"기다려. 갈게."

그는 통화 종료 버튼을 누르고 옷을 챙겨 입었다.

한미는 작은 선술집에 앉아 술을 따르고 있었다.

"김희우 선생님 오셨어요? 어서 이리 와서 앉으세요."

손을 흔들며 희우를 반기는 그녀. 전화를 걸었을 때보다 더 취해 있었다.

"무슨 술을 이렇게 많이 먹었어?"

한미는 헤벌쭉 웃으며 소주잔을 건넸다.

"원래 입시가 가까워져 오면 술도 한잔 생각나고 그러지 않나? 나는 모르겠네. 공부한 게 처음이라. 그런데 아마도 그럴 거야. 어쨌든 나는 오늘 술을 마시고 싶었어."

횡설수설했다.

그렇게 한참이 지난 후에 한미가 물었다.

"……넌 언제가 제일 힘들었어?"

"공부하는 게 힘들어?"

"아니, 공부는 안 힘들어. 오히려 좋아. 아무 생각 없이 할 수 있으니까. 그런데 있잖아……."

한미는 뒷말을 끌었고 희우는 그녀가 할 말을 기다렸다. 하지만 술에 잔뜩 취해서도 그녀의 입은 쉽게 열리지 않았다. 그리고 다른 말을 했다.

"그런데 넌 대학생인데 연애 안 해?"

"응, 안 해."

"왜 안 해? 왜? 왜? 왜?"

"관심 없어. 여자를 만나기에는 내가 해야 할 일이 너무 많아."

희우의 말에 한미는 입을 삐쭉 내밀었다.

"나도 관심 없어? 예쁘잖아?"

"응. 없어."

단호한 말에 한미는 미간을 찡그리며 또 술을 마셨다.

잠시 후, 한미는 테이블에 누워 술에 그리고 잠에 취했다. 김석훈의 정보를 듣고 싶어 왔던 희우는 목표를 이루지 못하고 그녀를 들쳐 업었다.

아파트 단지를 걸어 그녀의 집으로 향할 때 그녀가 잠꼬대를 하듯 말했다.

"나는 나를 낳아 준 사람이 싫어. 우리 엄마는 좋아하는 거 같더라."

"……."

"되게 높은 사람이야. 검사야, 검사. 김석훈 부장검사. 그게 나를 낳아 준 사람이야."

"……!"

짐작하고 있던 일이 사실이 되었다. 희우의 눈이 차가워졌다.

희우의 눈빛을 아는지 모르는지 한미는 중얼거렸다.

"검사 다 싫어!"

그녀의 목소리를 가만히 듣고 있던 희우가 말했다.

"나도 검사 될 건데, 나도 싫어하겠네?"

"뭐? 너도 검사가 될 거라고?"

"응."

그녀의 목소리에 힘이 없어졌다.

"그런데 넌……."

그녀는 뭐라고 웅얼거렸다. 그는 잘 알아듣지 못했다.

"그래서 난 돈 받고 싶지 않아."

그 말을 마지막으로 그녀는 완전히 잠들어 버렸다. 술에 또는 잠에 취한 한미는 울면서 중얼거리고 있었다.

"엄마, 미안해. 엄마……."

한미의 집.

아파트 현관문이 열리고 한미의 어머니는 매우 못마땅한 얼굴로 희우를 바라봤다.

"넌 또 누군데 이렇게 술을 먹여! 이제 맘 잡고 공부하겠다는 애를 가만 놔두지를 않아."

한두 번이 아니었는지 그녀는 익숙하게 한미를 건네받아 거실에 누였다. 흐르는 땀을 닦으며 희우가 그녀에게 인사했다.

"한미 친구 김희우라고 합니다. 요즘 착실하게 공부를 하고 있었는데 오늘 뭔가 속상한 일이 있었나 봅니다. 다시는 이런 일이 생기지 않도록 따끔하게 혼내 주십시오."

희우의 소개에 한미 어머니의 눈빛이 변했다. 눈빛만이 아니라 목소리도 달라졌다.

"학생이 희우야?"

"네? 네."

"들어와요. 차 한잔 들고 가요."

그녀는 희우를 익히 들어 알고 있었다. 한미가 마음을 잡고 공부를 하도록 도와주는 존재. 그녀에게는 은인 같은 사람이었다.

희우는 잠시 고민을 했다. 그도 한미와 함께 예상외로 술을 많이 마셔 몸이 힘든 상태였다. 하지만 언제 또 그녀의 집을 살펴볼 기회가 있을지 몰랐다.

희우는 널찍한 거실에 널브러져 있는 한미의 옆을 지나 주방으로 향했다. 집 안에는 김석훈과 관계되어 있는 무엇도 보이지 않았다. 흔한 가족사진조차 걸려 있지 않았다.

따듯한 홍차가 예쁜 찻잔에 담겨 나왔다.

"우리 한미가 아빠가 없고 형제가 없어서 그런지 제멋대로 자란 구석이 있어요. 그래도 희우 학생 만나면서 너무 좋아졌어. 표정도 밝아지고. 그러니까 앞으로도 친하게 지낼 수 있도록 부탁해요."

"네, 알겠습니다."

희우는 차를 한입 마신 후 대답을 했다.

한미의 어머니 역시 가족 관계에 대해서는 철저하게 숨기고 있었다.

아침. 한국 대학교 도서관 휴게실.

규리는 희우에게 배울 내용을 예습하고 있었다.

법에 익숙하지 않은 신입생들에게 법과 조문의 연속적인 학습은 아직 어려웠다. 수업에 들어가기 전에 미리 알고 강의를 듣는 것과 전혀 모르는 상태에서 듣는 건 큰 차이가 있었다. 그녀는 종종 희우에게 법의 해석에 대해 물어봤고 희우는 언제나 친절하게 가르쳐 줬다. 지금은 형법의 강간에 대한 질문을 하는 중이었다.

규리가 물었다.

"술 마셨어?"

"냄새나?"

규리는 고개를 끄덕였다.

"술도 마실 줄 알아?"

희우는 빙긋 웃었다.

"성인이잖아."

그때, 승환이 끼어들었다.

"그렇게 술 한잔하자고 해도 싫다고 하더니, 누구랑 술 마셨어?"

"친구랑."

"여자?"

고개를 끄덕였다.

승환은 히죽 웃으며 규리를 향했다.

"들었어? 여자랑 마셨대, 여자랑. 크크크."

규리가 승환을 의아하게 바라봤다.

"지금 그렇게 웃고 있으니까 날 비웃는 거 같아서 기분이 나빠지고 있는데, 이유 좀 말해 줄래?"

"김희우가 여자랑 마셨잖아. 널 내버려 두고. 흐흐흐."

규리는 싱거운 헛웃음을 지었다.

"에구, 뭐라고 변명하거나 답하고 싶은 마음도 안 든다. 유치하게 말하지 말고, 지금 공부하는 중이니까 비켜 주겠어?"

승환은 규리의 냉랭한 목소리에 멋쩍었지만 최대한 티 내지 않고 억지로 웃으며 휴게실을 나갔다. 규리는 골치 아프다는 표정을 지은 후 희우에게 말했다.

"설명이나 계속해 줘."

"그러니까 특수강간은 사람을 살상할 수 있느냐 없느냐의 차이가 아니야. 상대에게 위협이 되면 특수강간이지."

희우는 주머니에서 열쇠를 꺼내 규리의 목에 가져다 댔다.

"얌전히 있으면 죽이지는 않지. 조용히 따라와."

최대한 목소리를 깔고 험악하게 말을 했다. 주변에 있던 다른 학과의 학생들이 그들을 이상하게 보기 시작했다.

"뭐 하는 거야? 연기하는 거야?"

수군대는 학생들. 하지만 희우는 상관하지 않았다.

"이해했어?"

"어, 그러니까 보통 무기라고 생각이 들지 않는 물건이라고 해도 당시 위협을 받은 사람이 그걸로 인해서 살상 위협을 느끼면 특수구나."

"맞아. 그러니까 특수의 경우에는 증거도 상당히 중요하지."

그녀는 모두 이해했다는 듯 박수를 쳤다. 그리고 큰 소리로 외쳤다.

"나 강간도 해 줘!"

그녀의 외침에 주변의 다른 학과 학생들은 놀라서 음료수를 쏟기도 했다.

봄은 잠깐 머물렀다 사라지는 계절이었다. 학생들의 옷차림은 간편해졌고 텔레비전에서는 신출귀몰한 탈옥범의 소식이 들려왔다. 희우는 학교에서 도서관으로 그리고 우용수로 이어지는 반복적인 생활의 일상을 계속하고 있었다.

반복적인 생활. 그것은 다른 학생들도 마찬가지였다. 한국 대학교 법학과 학생들에게는 공부 외에 다른 시간이 허락되지 않은 것 같았다. 다른 학교라면 법에 친숙해지고 있을 시간에 판례 해석을 집중적으로 하고 있었다. 암기와 이해, 다시 암기로 이어지는 수업.

"이 짓을 계속해야 하는 거지?"

규리가 휴게실에 앉아 말했다.

"응."

"한 학기도 안 지났는데 벌써 지쳐."

규리는 길게 기지개를 펴며 하품을 했다. 창밖으로 사람들이 지나는 모습을 잠시 멍하니 바라보았다.

"날씨도 좋은데 우린 뭐 하고 있는 거냐?"

규리가 푸념을 내뱉으며 희우를 흘끗 봤다.

"너 모의재판 준비 안 해?"

한국 대학교는 학생들이 조금 더 빨리 법에 접근할 수 있도록 1학년 1학기말 시험에 모의재판을 집어넣었다. 경험이 없는 학생들에게는 무리한 일이라고 할 수도 있지만 스스로 판례와 조문을 찾아 재판을 준비하는 동안 그들의 실력은 크게 향상되었다.

이번 모의재판의 주제는 살인미수였다.

동거인에게 폭행을 당한 여성이 음식에 독을 섞어 동거인 남성을 독살하려다 실패한 사건. 증거 물품은 범행에 사용된 독극물과 피해자 담당

의사의 견해, 피고인 여성의 진단서와 정신감정서 등이었다.

일정의 기간 동안 개별적으로 준비를 하고 리포트를 제출, 그 결과를 토대로 검사 팀과 변호사 팀으로 나누어 본격적인 재판에 들어간다고 했다. 사건을 분석하고 조문과 판례를 찾아 연관 지어야 했다. 절대 쉬운 일이 아니었고, 법학과의 학생은 모두 골머리를 썩고 있는 중이었다. 하지만 희우는 여전히 부동산을 뒤지고 있었다.

"집에서 조금씩 하고 있어."

"부럽다, 조금씩 해도 준비가 되고. 그런데 왜 그렇게 부동산만 파는 거야? 벌써 몇 달이나 들고 있는 거 알아? 땅 사게?"

희우는 어깨를 으쓱거렸다. 그러자 규리가 한숨을 내쉬며 말했다.

"누구는 공부도 하지 않는데 교수님이 물어보면 다 대답하고, 나는 죽어라 공부하는데 하나도 모르고."

"조금 있으면 너도 잘할 거야. 아직 익숙하지 않아서 그래."

아직은 조문을 훑어본 정도에 불과했기에 규리를 비롯한 다른 학생들과 희우 사이에는 실력이 많이 차이 나는 것처럼 보였다. 하지만 그들이 더 많은 판례를 접하고 법에 익숙해진다면 그 차이는 메워질 수밖에 없었다. 누군가 실력을 따라잡고 있다는 것에 조급함은 없었다. 애초에 학과 점수에 큰 기대는 없었다.

지금 희우는 우용수에게 주거지가 아닌 상업용 건물에 대해 배우는 중이었다. 부모 동의 없이 부동산을 매매할 수 있는 나이가 되기 전까지 최대한 많이 배우고 익혀야 했다. 이론과 실전을 철저히 겸비한 투자가가 되는 것이 희우의 목표였다.

"아, 나도 정말 잘하고 싶다."

규리가 커피를 홀짝였다.

승환이 휴게실에 들어와 그들의 옆에 섰다.

"준비는 잘되어 가?"

승환의 말에 규리가 고개를 저었다.

"아니, 하나도 모르겠어. 머릿속에 안 들어와. 너는 어때?"

"하고 있는데 어렵네."

승환은 그의 아버지가 대표로 있는 로펌에서 모의재판의 자문을 받았다. 전문 변호사들이 비슷한 판례를 찾아 주고 방향을 제시해 줬다. 엄살을 부렸지만 속으로는 엄청난 자신감이 함께하고 있었다.

승환의 질문이 희우에게 틀어졌다.

"너는?"

"아직 시작하지 않아서."

희우의 대답에 승환이 툭 던지듯 말했다.

"거짓말하네. 꼭 뒤에서 공부하는 애들이 앞에서는 안 하는 척하더라."

"그렇게 생각할 수도 있고."

희우는 대수롭지 않게 넘겼다.

자판기에서 커피를 뽑아 휴게실 의자에 앉으며 승환이 희우에게 말했다.

"그런데 정말 준비 안 하고 있어?"

"응. 조금 바빠서."

우용수를 쫓아다니고 한미를 가르치고 주말에는 계획했던 책을 읽어야 했기에 정말 시간이 부족했다. 하지만 승환은 다른 쪽으로 생각하고 있었다.

'알바 하느라 시간이 없겠지. 거지 같은 놈.'

승환이 말했다.

"그렇게 안 하다가 너하고 한 팀 되는 친구들한테 피해 주지 말고 조금이라도 준비하는 게 어때?"

"그럴 일은 없을 거야. 걱정하지 마."

희우의 자신만만한 태도에 승환의 입가가 씰룩였다.

'마음에 안 드는 녀석.'

승환이 떠나고, 희우는 규리에게 물었다.

"너는 모의재판 어느 쪽이야?"

"지금은 피고인을 변호하는 방향으로 작성 중이야."

"변호의 방법은?"

"정당방위로 몰고 가야지. 피고인이 오랫동안 피해자에게 폭행을 당해 왔잖아. 그리고 심신미약으로 인한 우발적 행동에 포커스를 맞추면 되지 않을까?"

희우는 잠시 생각을 해 봤다.

실제 법정이었다면? 그리고 희우가 피고인 여성을 변호했다면? 희우는 여성 단체를 움직여 여론을 움직이는 방법을 사용했을 것이다. 여론이 불기 시작하면 판결은 피고인 쪽에 유리한 방향으로 흐를 수밖에 없었다.

희우는 머릿속에 떠오른 생각을 입 밖으로 꺼내지는 않았다. 지금 한 생각은 편법이다. 이런 걸 이제 법 공부를 시작하는 규리에게 알려 주면 안 된다고 생각됐다.

규리가 물었다.

"너는 어느 쪽으로 하려고?"

"검사."

생각할 필요도 없는 일이었다.

"애들 물어보면 거의 다 변호사 한다고 하던데. 피고인이 불쌍하고, 동거남의 폭력 사실로 나온 진단서로 충분히 효력이 있을 거라고."

아직 1학년 1학기도 지나지 않은 신입생들. 법 밥을 먹어 본 적도 없고 조문도 이제 한번 훑어본 것이 전부인 그들. 피고인이 불쌍하다는 이유로 변호를 자처하는 꿈 많고 순수한 학생들이었다.

백 명의 학생 중에 일흔 명이 변호사를 선택하고 서른 명만이 검사를 선택했다. 교수는 변호사 두 팀과 검사 두 팀으로, 네 개의 팀으로 나누었다. 교수가 말했다.

"검사 A팀과 변호사 A팀, 그리고 검사 B팀과 변호사 B팀이 각각 모의 재판을 한다. A팀 재판의 판사는 내가, B팀 재판의 판사는 민병선 교수님이다. 다른 팀의 결과와 진행에 영향을 받을 수 있다는 판단하에 재판은 동시에 열리며 피고인과 피해자 그리고 각 증인은 선배들이 해 줄 것이다."

교수는 각 팀별로 사건을 정리하고 증거와 증인에 대한 준비를 할 것을 지시했다.

각 팀별로 비어 있는 강의실에 들어가 회의를 시작했다.

"우리 대표 검사는 네가 해."

"내가?"

희우는 검사 B팀. 팀에 속해 있는 학생들은 모두 희우를 대표 검사로 지목했다. 대표 검사란 모의재판에서 그들이 준비한 자료와 증거를 토대로 재판에 참여하는 검사를 말했다. 학생들은 그간 보여 준 희우의 실력을 믿고 있었다. 귀찮은 일이었지만 수락할 수밖에 없었다.

"그럼 이겨 볼까?"

지금은 동기였지만 이전의 삶에서 희우의 선배였던 그들. 하지만 아직 어리고 미숙했다. 희우는 그들에게 한 수 가르쳐 주기로 했다.

"재판 날짜는 일주일 후. 그동안 준비해야 할 게 있어. 지시는 지금부터 내가 할게. 지시를 한다고 해서 걱정하지는 마. 다른 과목의 과제도 있고 해야 할 공부도 있으니까 부담될 만큼의 양은 아닐 거야."

희우는 학생들에게 재판에 필요한 것에 대해 이야기하기 시작했다. 희우의 말을 듣는 학생들의 입은 점점 벌어졌다.

"음식물에 들어간 독극물의 성분 분석표 있지? 자료를 믿지 말고 실제 위험성에 대해 알아봐."

희우는 이어 폭행을 당한 후 제출했다는 진단서와 정신감정서에 대해서도 재조사를 지시했다.

"변호사 측은 피고인의 정당방위에 대해 주장할 거야. 그리고 독극물이 치사량을 넘지 않았다고 하면서 살인미수가 아니라 장애미수로 주장을 할 수도 있어. 어떻게든 형량을 줄이는 게 저쪽 팀의 일이니까."

장애미수란 범죄의 실행은 했지만 어떤 사정에 의해 범죄의 완료에 이르지 못한 것을 말한다. 희우가 계속 이야기했다.

"너는 여성의 친구 역할을 맡은 선배를 만나 봐. 피고인이 동거 생활 중 폭행을 당한 사실을 눈으로 본 일이 있는지, 피고인이 입고 다니는 옷의 가격, 재산 형성에 대한 기여, 음주와 흡연 여부 등, 할 수 있다면 발뒤꿈치의 때까지 알아 와."

희우는 다른 친구에게 사건의 당사자들에 대해서도 자세히 알아 오라고 지시했다.

한 남학생이 물었다.

"실제가 아닌데 선배가 그런 것까지 알고 있을까?"

"그게 우리가 노릴 점이야. 모의재판은 실제 판례를 가지고 움직이지만 어쨌든 모의야. 증거에 대해서는 구멍이 있을 수밖에 없지. 특히 역할을 맡은 선배들, 그들이 사건에 대한 모든 걸 알고 있을 수는 없어. 역할을 맡은 연기자일 뿐이니까. 우리는 그들이 만들어 내는 허점을 파고든다."

희우는 자신의 팀으로 있는 학생들을 둘러보며 말했다.

"이 재판의 승부는 징역 4년이야. 그 이하가 나온다면 우리의 패배다."

살인의 법원 양형 기준표는 기본이 징역 8년에서 11년이었다. 살인미수는 보통 살인죄의 절반에서 처벌되어 징역 4~5년이 일반적이었다.

희우의 검사 B팀과 싸워야 할 변호사 B팀, 그곳의 대표는 승환이 되었다. 열다섯 명의 검사 팀과 달리 변호사 팀은 서른다섯 명의 인원이었다.

모의재판에 대한 계획 후 승환이 말했다.

"우리의 목표는 집행유예다."

희우는 머릿속으로 재판을 그려 봤다. 상상 속의 재판에서 희우는 변호사의 역할을 맡고 있었다.

'내가 변호사라면…….'

재판에 들어가기 전 항상 하는 일이었다. 상대가 어떻게 움직일지 예측해야 한다. 상대가 어떤 식으로 감형을 주장하고 증거를 내밀지 미리 생각해야 한다. 미리 법정의 상황을 그려 본 그것은 상대의 수를 예측하게 했고 상대의 페이스에 말려들어 가지 않는 좋은 방법이었다.

집으로 돌아가는 길에 희우는 규리와 함께 걷고 있었다.

"네가 B팀 대표 검사지?"

규리의 질문에 희우가 고개를 끄덕였다. 그러자 규리가 다시 말했다.

"그럴 줄 알았어. 너랑 같은 팀 되면 무조건 너를 시키려고 했겠지."

"너희는?"

규리는 검사 A팀이었다.

변호사를 선택하려던 규리는 마지막에 노선을 변경하여 검사로 향했다. 자신의 꿈은 검사였고 한 우물만 파겠다는 말을 했지만 내심 희우와 같은 팀이 되고 싶은 마음이 있었다.

"내가 대표야."

검사 A팀의 대표는 규리였다.

그 말을 들었지만 희우는 놀라지 않았다. 수능 만점이라는 타이틀을 가지고 있었고 수업에서도 꽤 유능한 모습을 보여 주고 있었다. 학교생활을 비롯해 연수원과 검찰의 경험까지 가지고 있는 희우가 없었다면 학교에서 가장 눈에 띄고 유능하게 보였을 사람은 규리였을 거다.

규리가 다른 사람보다 똑똑하거나 특별한 점은 없었다. 다만 쉬지 않고 공부했고 더 나은 모습으로 발전하기 위해 계속해서 노력을 하고 있었다. 규리는 고등학교 3학년의 입시 생활보다 더 잠을 못 잔다는 푸념을 많이 했는데 그 말은 사실이었다. 규리는 그만큼 노력하고 있었다.

희우가 규리에게 말했다.

"이기고 싶다면 상대의 입장이 되어 봐. 어떻게 하면 검사를 이기고 무죄 선언을 받게 할지 연구하고 또 생각해 봐. 그리고 생각했던 것을 하나씩 막아 나가. 죄는 명확해. 방어만 해도 이기는 싸움이야."

"방어만 해도 이기는 싸움이라……."

도서관에서 모의재판에 대한 판례를 찾고 있던 희우에게 같은 팀 학생이 찾아왔다.

"증인을 만나 봤어. 피고인이 평소 어떤 브랜드의 옷을 입는지 물었더니 쓸데없는 거 묻는다고 혼내던데."

그렇게 말하면서도 학생의 표정은 나쁘지 않았다. 학생이 계속 말했다.

"그래도 말은 하더라."

증인이 말한 피고인의 특징에 대해 적은 문서를 받아 펼쳐 보았다. 학생은 희우가 말했던 것처럼 발뒤꿈치의 때까지 찾을 요량으로 다니는 미용실의 위치까지 적어 두었다.

희우가 지시했던 정보들이 하나둘씩 손에 들어왔다.

그렇게 모의재판이 시작되었다.

판사 역할의 민병선 교수가 서 있을 교탁의 양옆으로 네 개의 책상이 놓였다. 한쪽에는 검사 역할의 희우가 앉아 있었고 맞은편에는 변호사 역할의 승환과 피고인 여성 역할의 여자 선배가 앉아 있었다. 원래 피고인은 판사 전면의 피고인석에 앉아야 했지만 모의재판이었기에 사소한 형식은 제외했다.

잠시 후 재판장의 역할을 맡은 민병선 교수와 함께 학생들의 평가를 할 교수들이 강의실로 들어왔다. 앉아 있던 희우와 피고인 여성, 승환은 자리에서 일어섰다.

모의재판이었지만 묘한 긴장감이 흘렀다.

재판을 지켜보고 있는 변호인 팀과 검사 팀, 그들은 몇 주 전부터 사건에 대해 리포트를 작성했고 최근 일주일은 각종 증거와 판례를 찾아 움직였다. 하나 느껴지는 긴장감이 말해 주는 건 이들이 몇 주간 흘린 땀방울 때문이 아니었다.

한국 최고의 엘리트 집단이라 말할 수 있는 한국 대학교 법학과 학생들. 그들은 지금까지 살아온 경쟁 사회에서 단 한 번도 지지 않은 승리자들이었다. 중간고사를 한차례 치러 봤지만 그 성적의 결과는 나오지 않았다. 이 모의재판은 그들의 앞에 나타난 첫 경쟁이었다.

평생 승리자로 살아왔지만 누군가는 이기고 누군가는 패한다. 비록 모의였지만 그 사실은 이들을 긴장하게 만들었다.

민병선 교수가 말했다.

"인정신문은 넘어가도록 하고 검사의 공소장부터 시작하지. 검사 측은 본 사건의 공소장을 낭독하여 주십시오."

인정신문이란 형사소송에서 재판장이 피고인의 성명, 연령, 직업 등을 물어 피고인이 틀림없음을 확인하는 절차를 말한다. 하지만 이번 모의재판에서는 그런 과정을 제외하기로 했다.

희우가 자리에서 일어나 공소장을 읽기 시작했다.

"피고인 여성과 피해자 남성은 2년 전 회사에서 만나 동거를 시작했습니다. 하지만 3개월 전 피고인 여성이 회사를 그만둔 이후 남성 혼자 가계를 책임지며 경제적 갈등이 심해졌습니다."

자취방의 월세와 생활비를 절반씩 책임지던 그들은 여성의 퇴사로 경제적 상황이 어려워졌다. 그로 인해 말다툼이 심해졌고 술에 취한 남성이 여성을 폭행했다.

여성은 심한 신체적 · 정신적 고통을 받아 오다가 이별을 통보했지만 남성은 화를 내며 헤어진다면 가족이 무사하지 못할 것이라고 협박을 했다. 겁을 먹은 여성은 남성의 곁을 떠나지 못했고, 폭행은 계속되었다.

결국 여성은 남성을 살해하기로 결심하고 국과 술에 부동액을 섞어 먹게 했다. 그러나 남성이 음식을 먹다가 토를 하는 바람에 살해는 실패로 끝났다. 남성은 여성의 반응에 미심쩍은 생각이 들어 병원에 갔고 부동액을 먹었다는 사실을 알게 되었다.

희우가 공소장을 내리며 교수를 향했다.

"형법 제254조, 제250조 제1항, 제25조, 제55조 등에 의거, 살인미수죄로 기소하는 바입니다."

민병선 교수가 승환을 바라봤다.

"변호인 측 심문 시작하세요."

승환이 자리에서 일어났다.

"피고인 여성은 남성으로부터 3개월이라는 시간 동안 폭행을 당해 왔습니다."

그는 서류 봉투를 들어 민병선 교수가 서 있는 교탁에 올려 두었다.

"피고인이 그동안 당했던 것에 대한 진단서입니다."

교수는 서류 봉투를 열어 안에 있는 진단서를 확인했다. 승환이 계속 말했다.

"안와 골절과, 치아에 금이 간 것을 확인할 수 있을 것입니다. 안와는 눈 주위의 뼈를 의미합니다. 안와 골절 부위가 시신경에 가깝다면 시신경 손상으로 실명에 이를 수도 있습니다. 하지만 남성은 돈도 벌어 오지 못하는 사람이 무슨 병원을 가냐며 여성의 치료를 방해했습니다."

승환은 잠시 말을 멈추고 학생들을 바라봤다.

"실명이 발생될 수도 있었던 위험한 상황이었고, 이어지는 폭행에 피고인은 죽음에 대한 공포를 느꼈습니다. 피고인 여성의 행위는 정당방위라 볼 수 있습니다."

승환의 시선이 다시 민병선 교수에게 향했다.

"이상입니다."

"검사 측 시작하세요."

희우가 자리에서 일어났다.

"안와 골절로 실명이 올 수도 있다는 말에는 동의하겠습니다. 하지만 안와는 매우 얇고 섬세하기 때문에 작은 충격에도 쉽게 손상됩니다. 죽음에 대한 공포라고 말씀하기에는 과장이 포함되어 있는 것 같습니다. 그에 따른 자료입니다."

희우는 안와 골절에 대한 자료를 들어 교수의 앞에 두었다.

"피고인 여성에게 묻겠습니다. 왜 부동액을 음식에 넣었지요?"

"대답하지 않겠습니다."

희우는 그럴 줄 알았다는 듯 넘어가며 승환을 바라봤다.

"변호인은 정당방위를 주장했습니다. 형법에 따르면 정당방위의 성립 요건에 대해서 이렇게 설명하고 있습니다. 현재의 부당한 침해가 있는가. 현재의 침해란 말 그대로 그 순간의 긴박함을 이야기합니다. 피고인 여성에게 하나 묻겠습니다. 이건 대답해 주겠지요?"

희우는 여성의 앞으로 걸어갔다.

"부동액을 섞은 상황이 남성이 식사를 하는 중이었지요?"

"네."

"부동액을 섞기 전 폭행이 있었습니까?"

"아니요."

희우가 교수를 향했다.

"성립 요건인 현재의 부당한 침해는 없었습니다. 이상입니다."

교수가 말했다.

"변호인 측 말씀하세요."

승환이 서류 하나를 꺼내 들고 자리에서 일어났다.

"피고인 여성이 받은 정신감정서입니다. 피고인 여성은 알코올의존증과 우울증을 함께 가지고 있습니다. 평소 여성은 정신 문제를 앓아 왔고 범행 당시에도 그런 상태였을 겁니다."

교수에게 서류를 제출한 후 승환이 여성을 바라봤다.

"사건 당일에 대해 기억이 나십니까?"

그녀는 고개를 저었다.

"사건 당일, 술을 드셨습니까?"

"기억이 잘 나지 않아요. 아마 마셨을 겁니다."

승환은 아버지의 로펌에 있는 전문 변호사들에게 피고인은 무조건 기억이 없어야 하며 술을 마신 상태에서의 우발적 범행으로 진술을 시켜야 한다고 배웠다. 그리고 변호인은 피고인의 죄를 감형하기 위해 끝까지 정당방위를 물고 늘어지라고 했다.

승환이 부동액을 들어 올리며 말했다.

"독극물로 사용한 부동액입니다. 보통 독극물이라고 한다면 일반적으로 청산가리 같은 걸 생각하지 부동액은 생각하지 못합니다. 피고인 여성은 심신이 미약한 상태에서 매일 폭력의 공포 속에서 살아왔습니다. 부동액은 우발적이었으며 자기방어를 위한 선택이었습니다. 이상입니다."

"검사 측 말씀하세요."

희우가 자리에서 일어났다.

"부동액에 있는 에틸렌글리콜이라는 성분, 단위 체중 1킬로그램당 1.56그램을 마셨을 경우 50%의 확률로 치사량을 보이는 독성 물질입니다. 즉, 피해자 남성의 체중으로 생각해 보면 124그램을 마셨을 경우 50%의 확률로 치사량이지요."

희우가 여성에게 다가갔다.

"부동액은 어디서 구하셨습니까?"

"카센터에서 구매했습니다."

"자동차가 없는 걸로 알고 있는데 왜 구매하셨습니까?"

"대답하지 않겠습니다."

희우가 다시 그녀에게 물었다.

"부동액을 먹으면 죽을 수도 있다는 사실을 알고 있었습니까?"
"대답하지 않겠습니다."
"달리 물어보겠습니다. 왜 하필 부동액이었습니까?"
그녀는 역시 대답하지 않았다. 희우가 물었다.
"부동액은 어떻게 알았습니까?"
"차에 관심이 많았습니다."
희우는 동의한다는 듯 고개를 끄덕였다.
"관심이 많으셨으니 당연히 부동액은 알고 계셨겠군요."
"네."
희우가 다시 물었다.
"냉각수가 뭔지 아십니까?"
"……!"
엄밀히 따지면 다른 말이었지만 흔히 부동액과 냉각수는 같은 말로 사용되고 있다. 하지만 여성은 대답하지 못했다.
여성의 역할을 맡고 있는 선배는 범인이 아닌 연기자였다. 그녀는 실제로 차량이 없었고 차에 관심도 없었다. 냉각수니 부동액이니 하는 단어는 그녀가 대답할 수 없는 용어였다.
희우가 다시 물었다.
"차량의 엔진 관리에 중요한 워셔액이라고 있습니다. 만약 워셔액을 넣지 않으면 차의 엔진은 어떻게 될까요?"
워셔액은 전면의 유리를 닦기 위한 액체로 엔진과는 무관했다. 그러나 여성은 전혀 다른 답을 말하고 있었다.
"……망가지나요?"
승환이 자리에서 일어났다.
"이의 있습니다. 검사는 사건과는 무관한 질문으로 사건의 본질을 흐리고 있습니다."

"인정합니다."

그들의 말을 들으며 희우는 다시 증인의 옆으로 걸어갔다.

"워셔액도 모르고 냉각수도 모릅니다. 부동액은 어떻게 알았을까요? 왜 샀을까요? 재판장님, 증인으로 피해자 남성을 신청합니다."

"인정합니다. 증인 선서는 넘어가도록 하고 검사 심문 시작해 주십시오."

피해자 남성이 증인석에 앉았다. 남성의 역할을 맡은 학생은 3학년 학생이었다. 3학년 학생은 신입생들의 모의재판에 매우 놀라는 중이었다. 급박한 증거 제시와 공방은 그가 1학년 때는 생각할 수도 없던 모습들이었다.

희우가 그의 앞에 섰다. 하지만 희우는 남성이 아니라 피고인 여성에게 다시 질문했다.

"혹시 신문을 읽습니까?"

"네, 읽습니다."

"알겠습니다."

희우는 여성의 대답을 들은 후 남성에게 물었다.

"집에서 어떤 신문을 보시지요?"

얼마 전 검사 팀의 학생들이 와서 집에서 보는 신문까지 물어보고 갔었다.

"아침 일보를 읽고 있습니다."

희우는 책상으로 걸어가 신문을 들어 올렸다.

"사건이 벌어지기 일주일 전, 아침 일보에는 이런 내용이 있었습니다. 뉴욕의 한 의사가 자신의 연인을 죽이기 위해 커피에 단맛이 나는 에틸렌 글리콜을 섞었다는 내용입니다. 그리고 이 기사에는 친절하게도 에틸렌 글리콜이 자동차에 들어가는 부동액의 성분이라고 똑똑히 쓰여 있습니다. 증거로 제출하겠습니다."

남성이 생각 없이 말한 신문의 이름. 신문의 기사에 에틸렌글리콜 사건이 있었다는 건 우연의 일치였다. 하지만 그 우연을 찾아 증거로 사용하기 위해 희우의 팀은 모든 가능성을 열어 두고 조사를 했었다.

희우는 여성에게 물었다.

"다시 묻겠습니다. 부동액을 먹으면 죽을 수도 있다는 사실을 알고 있었습니까?"

"대답하지 않겠습니다."

"이상입니다."

희우가 자리로 돌아가자 교수가 승환에게 말했다.

"변호인 측 심문하세요."

승환이 자리에서 일어났다. 하지만 표정은 좋지 않았다. 지금 변호인 측은 불리한 상황에 있었다.

"폭행을 한 이유가 무엇입니까?"

"술을 마시면 폭행을 했다고 합니다. 폭행을 한 기억은 없습니다."

"일주일에 몇 회나 술을 드십니까?"

"거의 매일 마십니다."

"그렇다면 매일 폭행을 했다는 말입니까?"

"네."

"병원에 가지 말라고 한 말과 여성의 가족을 대상으로 한 협박을 인정하십니까?"

"네."

승환이 교수를 향했다.

"여성의 친구를 증인으로 신청합니다."

"인정합니다."

친구가 앞으로 나와 교수의 앞에 섰다. 그녀는 교탁 앞에 놓인 의자에 앉았다. 승환이 증인의 옆으로 걸어갔다.

"피고인이 폭행당하고 있다는 사실을 알고 있었습니까?"

"네, 얼굴에서 멍이 가실 날이 없었습니다."

"무슨 말을 하던가요?"

"매일 울면서 너무 무섭고 죽고 싶다는 말을 반복적으로 했습니다."

"증인의 이야기에도 피고인의 심신미약과 죽음에 대한 두려움은 계속되고 있습니다. 이상입니다."

희우가 증인에게 다가갔다.

"피고인 여성이 어떤 브랜드의 옷을 좋아하지요?"

"……!"

희우 팀의 팀원들이 모의재판 전 친구 역할을 맡은 선배를 찾아가 지독히도 물어봤었다. 희우가 말했던, 발뒤꿈치의 때라도 벗기기 위해 애를 썼다. 그때 했던 질문.

–그런데 피고인 여성은 어떤 브랜드를 좋아해요?

쉬지 않고 계속되는 질문에 친구 역할을 맡은 선배는 대수롭지 않게 말했었다. 그 질문이 모의재판에서 사용될 거라고는 전혀 생각하지 못하고 있었다.

"명품을 좋아합니다."

증인의 대답.

희우는 교수를 향했다.

"남성이 저질렀던 폭행에 대해 변호하고 싶은 마음은 없습니다. 하지만 경제적 이유로 갈등이 생겼다고 했습니다."

승환의 얼굴이 일그러졌다.

승환은 피고인 여성의 과소비에 대한 스토리는 예상하지 못하고 있었다. 독극물에 대한 정당방위를 주장할 때 희우는 폭행에 대한 정당방위를 돌려서 주장했다. 승환의 주먹이 꽉 쥐였다.

자리에서 일어선 승환이 교수에게 말했다.

"검사 측에서 부동액에 있는 에틸렌글리콜이라는 성분의 단위 그램당 치사량의 확률을 이야기했습니다. 증인으로 한국 대학교 화학과 1학년 학생을 신청합니다."

승환이 증인으로 신청한 한국 대학교 화학과 1학년 학생. 모의재판의 역할에 없던 인물이었다.

모의재판은 어디까지나 약속된 인물과 사건 안에서 해결을 보는 대결. 하지만 승환은 다른 친구를 준비했다. 승환은 상대 대표 검사로 희우가 나온다는 말을 듣고 어떻게든 이기고 싶었기 때문이다.

승환이 준비한 화학과 학생은 일종의 보험이었다. 불리해질 경우 꺼낼 카드. 지금이 바로 그 상황이라고 생각했다.

교수가 희우에게 물었다.

"예정에 없던 증인이니 검사 측에 물어봐야겠지? 검사는 어떻게 생각하는가, 동의하는가?"

승환의 눈이 희우의 입에 집중되었다. 희우가 동의를 하지 않더라도 상관없었다. 대결에서 회피한 검사로 몰고 갈 기회이기도 했다.

희우가 말했다.

"동의합니다."

희우의 팀 학생들의 표정은 굳어졌다.

모의재판은 각본에서 벗어나고 있었다. 지금까지는 희우가 지시하고 준비한 상황에서 어긋나지 않고 흘러갔지만 지금부터는 아니었다. 팀에서 조사하지 못한 증인이 법정에 선 것이다.

하지만 희우는 오히려 즐거워하고 있었다.

희우는 모의재판을 즐기는 중이었다. 가짜였지만 오랜만에 느껴 보는 법정의 기분이 즐거웠고 어설펐지만 열심히 준비해 온 승환과 완벽하지 않은 상황 설정에 실수를 하는 선배들이 귀여웠다.
화학과 남학생이 노트북을 들고 민병선 교수 앞에 섰다.
"증인석에 앉게."
그가 자리에 앉았다. 승환이 그의 옆으로 걸어갔다.
"증인은 어떤 실험을 했습니까?"
"여성과 남성의 진술에 따라 음식을 만들고 부동액을 집어넣어 성분을 분석해 봤습니다."
그들의 대화에 희우의 입가에 미소가 올랐다.
화학과 남학생은 국립과학수사연구원의 역할 같았다. 국립과학수사연구원이란 국과수로 불리며 범죄 수사에 관한 과학적 시험, 연구를 하기 위해 설치된 국가기관이었다. 승환이 말했다.
"결과를 말씀해 주십시오."
"에틸렌글리콜은 총 42그램만 검출되었습니다."
승한의 입꼬리가 슬쩍 올라갔다.
"검사 측이 제시한 증거를 보면 피해자 남성이 124그램을 마셨을 경우 50%의 확률로 치사량이라고 했습니다. 42그램의 치사량을 굳이 계산해 보면 16.9%의 확률이 되겠군요."
승환이 학생들을 보며 말을 이어 갔다.
"피고인이 정말 살해를 할 의도가 있었다면 부동액을 먹이지 않았을 겁니다. 세상에는 더 확실한 독극물이 많이 존재합니다. 살인미수가 아닌 상해죄를 적용해야 하며, 심신미약과 죽음의 공포에 이른 정당방위, 모든 걸 염두에 둬야 합니다. 이상입니다."
자리에 앉으며 희우를 바라보는 눈빛. 가소롭다는 표정, 적의가 가득했다.
희우의 눈살이 찌푸려졌다. 이전의 삶에서 박승환의 특기는 증거 조작과 증인 매수였다. 돈이 되는 변호라면 마다하지 않던 최악의 변호사. 아직은 어려서 순수할 줄 알았더니 아니었다.

'근본이 최악이었구나.'

즐겁게 모의재판을 즐기려 하던 희우의 눈빛이 변했다. 적당히 눈감아 주려고 했지만 도를 지나쳤다. 적의를 보이는 상대라면 무너뜨려야 했다.

'여기까지다.'

"검사 측 심문하세요."

희우는 자리에서 일어났다. 손에는 사건에 쓰였던 것과 같은 부동액이 들려 있었다.

"화학과 1학년 학생이라고 했죠?"

"네."

"중학교 다니면서 과학 공부는 열심히 했나요?"

"네?"

"중학교 때 배웠나, 아니면 초등학교 때 배웠나?"

희우는 부동액을 들고 이리저리 살펴봤다.

"3리터네요."

"……!"

"피고인 여성이 산 부동액은 3리터입니다."

희우가 이어 말했다.

"여성에게 묻겠습니다. 음식에 사용한 부동액의 양은 절반 정도라고 했습니다. 맞습니까?"

"맞습니다."

희우가 다시 증인을 바라봤다.

"대학교는 한국 대학교에 입학했는데 초등학교인지 중학교인지는 모르겠지만 과학 공부 안 하셨나 봐요."

승환이 자리에서 벌떡 일어났다.

"지금 검사 측은 사건과는 관계없이 증인을 모욕하고 있습니다."

"인정합니다. 검사는 자중해 주세요."

희우는 교수를 향해 살짝 고개 숙여 예의를 갖췄다.

사실 화학과 1학년 학생이 했다는 실험은 거짓이었다. 승환과 학생은 고등학교 친구였다. 며칠 전 승환이 찾아와 말했다.

"모의재판이 있는데 증인 역할 좀 해 줘. 잘되면 술 한잔 살게."

"무슨 재판인데?"

"별거 아니니까, 진술에 따라 음식을 만들고 부동액을 집어넣어 성분을 분석해 봤다, 에틸렌글리콜은 총 42그램만 검출되었다고 해. 간단하지?"

학생이 승환에게 물었다.

"실험도 안 하고 그렇게 말해도 되는 거야?"

"상관없어. 모의재판이라 검사와 변호사의 능력만 확인하고 시간 관계상 증인 선서는 하지 않는다고 하더라. 그 결과를 가지고 위증이라 욕할 사람은 없어."

학생이 걱정되는 표정으로 바라보자 승환이 계속 말했다.

"걱정하지 마. 걸린다고 해도 1학년 학생이라 잘 몰랐다고 발뺌하면 되는 일이고 가장 중요한 건, 누가 모의재판에서 나온 실험 결과를 가지고 쓸데없이 재실험을 하겠어?"

대답을 하지 않자 승환이 학생의 어깨를 두드리며 말했다.

"부탁 좀 하자. 거지 같은 놈이 까불어서 그래. 술 한잔 찐하게 살게."

모의재판이라는 가벼운 말, 술 한잔 마시자는 친구의 제안을 허락한 일. 지금에 와서 후회해도 늦었다.

이곳은 한국 대학교였다. 모든 학생들이 전교 1등 출신이며 학습에 관한 한 승리에 굶주려 있는 자들. 모의재판이라고 해도 승부는 승부였다. 강의실에 앉아 있는 학생들을 바라보는 증인의 손이 떨려 왔다. 희우가 하는 말을 듣고 있으면 분명 뭔가 알고 있는 눈치였다. 거짓을 증언하고 마음이 편할 리 없었다.

희우의 목소리가 천천히 흘렀다.

"42그램만 검출되었다고 했나요?"

"네."

희우는 자신의 자리로 가서 서류 하나를 찾아 들었다.

"부동액의 성분 조사표입니다. 에틸렌글리콜이 95% 섞여 있습니다. 비중은 1.113. 물보다 무겁습니다. 물 5%와 에틸렌글리콜 95%가 섞인 부동액. 그것의 무게는 같은 리터인 경우 물보다 무겁습니다. 다시 묻겠습니다. 물보다 무거운 부동액, 절반이나 섞었는데 42그램만 나타났다고 했나요?"

증인은 아무 말 하지 못했다.

"물 1리터는 1천 그램. 물보다 비중이 높은 부동액이라면 그 무게는 더 높아지겠지요. 피고인 여성이 사용한 양은 1.5리터. 1,500그램 이상입니다. 그런데 증인의 증언에 따르면 남아 있는 양은 42그램입니다."

증인의 손이 가늘게 떨리는 것이 희우의 눈에 들어왔다.

가벼운 한숨을 내쉰 희우가 계속 말했다.

"여성과 남성의 진술에 따라 실험을 했다고 했습니다. 혹시 실험을 했다는 것이, 남성이 먹고 남은 음식을 가지고 하셨나요?"

지금 희우가 한 질문. 남은 음식을 가지고 실험을 했는가. 그것은 화학과 1학년 학생에게 위증에서 벗어날 길을 터 주는 일이었다. 하지만 학생이 그 길을 향해 도망간다면 승환에게는 불리한 진술이 된다.

희우는 이번 증인의 위증을 밝혀 재판 진행을 끝내 버리려고 했었다. 하지만 떨고 있는 학생을 보고 생각을 바꿨다. 승환의 꾐에 빠져 끌려온 녀석. 보지 않았지만 뻔히 알 수 있었다. 승환은 이기기 위해서는 무슨 짓이든 하는 녀석이었다. 여기서 증인의 위증을 낙인찍는다면 금세 소문이 퍼져 한동안은 얼굴 들고 다니기 힘들 수밖에 없었다.

화학과 1학년 학생이 법학과 모의재판에 가서 거짓말을 한 거다. 법학과 학생들이 기초적인 화학 지식도 없을 거라 생각하며 농락하려다 들킨 상황이다. 학생의 표정을 보면, 많은 학생들의 앞에서 손가락질받고 싶지 않은 심정이 고스란히 느껴지고 있었다.

그래서 희우는 도망칠 길을 만들어 줬고, 학생은 곧바로 입을 열었다.

"네, 저는 남은 음식을 바탕으로 재구성했습니다."

학생의 대답에 승환이 입술을 씹을 때, 희우가 교수에게 계속 말했다.

"피해자 남성이 먹은 양은 이미 치사량을 넘어섰다는 걸 알 수 있습니다. 이상입니다."

화학과 학생의 증언은 끝났다. 학생이 자리에서 일어섰고 분한 표정으로 승환을 노려보다가 밖으로 떠났다.

교수는 강의실 벽에 걸린 시간을 확인했다. 약속했던 시간이 지나가고 있었다.

"더 듣고, 더 보고 싶은데 강의가 계획되어 있어 여기까지 해야 하는 게 매우 안타깝구나. 비록 시간에 쫓겨 서둘러 끝내야 하지만 매우 수준 있는 공방이었다."

교수가 희우를 바라보며 말을 이었다.

"검사는 논고 및 구형을 하십시오."

희우가 자리에서 일어났다.

"폭력의 피해자인 피고인 여성의 사연이 매우 안타깝지만 본질을 잊으면 안 됩니다."

희우는 변호인 측이 주장하던 정당방위와 심신미약에 관한 사실을 하나씩 반박했다. 그리고.

"부동액은 누구나 구할 수 있는 물품입니다. 피고인의 상황은 이해하나 차후 모방 사건의 발생을 예방하기 위해 본 검사는 형법 제254조, 제250조 제1항, 제25조, 제55조 등에 의거, 살인미수범으로 징역 5년을 요구하는 바입니다."

"변호인 측 최종 변론해 주세요."

"재판장님, 피해자 남성은 매일 술을 마셨고 매일 폭행을 했습니다. 피고인은 안와 골절이 왔고 치아에 금이 갔으며 정신적으로도 매우 힘이 든 상태였습니다. 안와 골절을 오래 방치할 경우 실명에 이를 수 있습니다. 거기에 가족들에 대한 협박은 정신적으로 심리를 약하게 만들었습니다. 이는 정당방위의 행사였습니다. 피고인은 극한의 상태였습니다."

승환은 교수를 향해 여성의 구구절절한 사연을 이야기했다.

"이는 살인미수가 아닌 정당방위임을 거듭 주장하며, 실제 살인을 계획했다면 부동액이 아닌 확실한 독극물을 사용했을 겁니다. 이에 사건은 살인미수가 아닌 상해로 봐야 하며 본 변호인은 무죄를 주장합니다."

검사와 변호인 측의 이야기를 모두 들은 민병선 교수의 입가에 만족스러운 미소가 올랐다.

교수가 학생들을 향해 빙긋 웃은 후 다시 입을 열었다.

"정말 양 팀 다 너무 잘했다. 그래도 어쨌든 결과는 나와야 하니까 말을 하지. 본 판사는 이번 살인미수 사건의 결과로 피고인을 징역 4년에 처한다."

검사 측은 환호성을 질렀고 승환은 이를 꽉 물었다. 그 모습을 보며 희우가 슬쩍 웃었다.

'아직 어려.'

그렇게 모의재판이 끝났고 자리를 정리하는 중이었다. 희우의 옆으로 규리가 다가왔다.

"되게 오래 했네?"

규리의 재판은 진작에 끝난 것 같았다.

"너희는 어떻게 됐어?"

희우가 물었다. 규리는 어깨를 으쓱했다.

"너무 시시하게 끝나 버려서. 상대가 장애미수로 우기길래 결과 발생이 불가능해도 위험성이 컸기 때문에 살인미수라고 법 공부시켜 줬지."

규리는 시시하다는 듯 말하며 희우의 정리를 도와줬다. 규리가 다시 말했다.

"네가 상대였다면 재밌었을 텐데."

희우의 편이었던 친구들이 그들의 옆으로 왔다.

"시간만 조금 더 있었어도 우리가 완벽히 이겼을 거야. 우리는 할 말이 더 많았어. 희우 너 정말 대단하더라."

그들이 희우를 칭찬했지만 정작 희우는 대수롭지 않게 여겼다. 검사였던 희우에게 학생들을 이기는 것 정도는 일도 아니었다.

"계속했으면 변호인에서도 준비했던 자료를 더 많이 찾아 꺼냈겠지. 결과는 모르는 거야."

희우는 가방을 어깨에 걸치고 규리에게 말했다.

"밥이나 먹으러 가자."

송파의 주택가가 한눈에 들어오는 산기슭이었다. 그들의 눈앞으로 낮은 주택들이 바다처럼 펼쳐졌다. 희우는 우용수와 만나고 있었다.

"여기 어떠냐? 내가 좋아하는 곳이야."

우용수의 들떠 있는 목소리에 희우가 심드렁하게 말했다.

"저기가 저희 집인데요. 이 산은 어릴 때 많이 올라왔구요."

"그래?"

우용수는 들고 왔던 검은 봉지에서 소주를 꺼내 뚜껑을 돌렸다. 까득 하는 소리와 함께 병이 따졌다. 우용수는 한 병의 소주를 더 깐 후 희우에게 건네며 계속 말했다.

"그러고 보니 나도 네 집을 모르고 너도 내 집을 모르는구나. 남이네,

남이야.”

우용수는 소주를 병째 입에 대고 꿀꺽꿀꺽 삼켰다.

“명도할 때 사람들 도와주는 일은 자제해야 해.”

“네.”

“지금은 손해 없이 돕고 있지만 그러지 못할 경우도 생길 거야. 도움을 주려다 실패하면 상대는 지가 살기 위해 자네의 머리를 잡아당겨. 사람에게서 받는 상처, 그게 가슴에 대못 박히는 거지. 그렇게 대못이 하나둘 박혀 피가 빠져나가면 더 이상 사람이 아닌 게야. 그때는 악마고 짐승이야. 설움에 무감각해지고, 타인의 눈물이 귀찮고 짜증만 나.”

희우도 병을 들고 술을 입에 넣었다. 우용수가 착잡한 어투로 말을 이었다.

“하지만 애초에 도움을 주지 않으면 큰 상처는 받지 않아. 이득만 보고 움직이니까.”

그들의 얼굴로 시원한 바람이 흘러 지나갔다.

“좋구나.”

우용수는 먼 곳을 바라보고 있었다.

“내가 왜 이곳에 데리고 왔는지 알아?”

희우는 우용수의 목소리를 가만히 듣고 있었다.

“지금 눈에 보이는 저 주택들이 모두 아파트 단지로 변할 거야. 우리가 앉아 있는 산은 유럽처럼 테라스가 있는 고급 빌라가 될 거고.”

우용수는 미래를 얘기하고 있었다.

하지만 희우는 그 미래를 알고 있다. 희우가 과거로 돌아올 때까지 이 동네는 변하지 않고 지금의 모습을 간직하고 있었다.

“여기 주택단지는 상당히 넓습니다. 초등학교가 네 개, 중학교가 두 개나 있는 부지예요. 재개발이 되기는 어렵다고 생각하는데요. 그리고 저 안쪽 판자촌에서 딱지를 요구할 가능성이 크지요.”

딱지는 재개발 아파트 입주권을 말했다.

"안정적인 미래를 보라고 했다. 이 동네를 에워싼 도시의 개발 속도를 봐. 자네가 한 말처럼 이곳의 개발 속도는 더디지만 주변은 엄청나지. 이곳의 개발 속도가 더디다고? 그 뜻은, 이곳이 서울의 마지막 남는 금싸라기 땅이 될 수도 있다는 말이야. 기억해. 가장 좋은 땅은 마지막에 개발하는 법이야."

우용수가 소주를 한 모금 마시고 계속 말했다.

"그리고 재개발이 되지 않는다고 해도 상관없어. 주변 상권이 좋으니 전세나 월세 놓기도 좋잖아. 이 정도면 안정적인 투자로 좋은 동네가 아닌가?"

희우는 고개를 끄덕였다. 우용수가 보는 눈과 희우가 보는 눈의 차이는 아직 컸다. 우용수는 평생을 부동산만 보고 살아온 고수였다.

"난 나이가 많아서 이 앞에 보이는 저 주택들이 변하는 모습을 보기는 어렵다고 생각하네. 자네에게 주는 유산이라고 생각해."

"감사합니다."

"내가 가진 돈은 모두 사회에 환원할 거야. 나는 남을 돕는 방법을 잘 모르지만 그 사람들은 하는 일이 그거니까 어려운 아이도 돕고 홀로 된 노인도 돕겠지."

그들은 한동안 아무 말도 없었다.

우용수가 말했다.

"오늘이 내 생일이다."

"……!"

일을 하지 않고 산에 올라 술을 마시자고 하더니 이유가 있었다. 우용수가 계속 말했다.

"내 생일 챙겨 줄 마누라는 예전에 죽었고 자식은 원래 없었고."

우용수는 자신의 과거 이야기를 했다.

일제강점기를 지나 광복을 보고 6.25를 겪고 격동의 세월을 보내며 돈만 챙겼다고 했다. 땅을 사고팔고 집을 사고팔고. 아내가 죽었을 때도 우용수는 샀던 땅에 빌딩을 세우고 있었다고 했다.

"자식 낳을 시간이 어디 있나? 아내가 죽었다는 슬픔보다 바쁠 때 죽었다고 역정을 냈는데. 그때는 돈밖에 몰랐어. 미쳐 있었던 거야."

우용수는 소주를 한 모금 더 입에 채워 넣었다.

"자네를 처음 만났을 때 꼭 예전의 내 눈을 보는 거 같았어. 뭔가에 미쳐 있는 눈."

희우는 답하지 않고 소주를 들어 마셨다. 우용수가 계속 말했다.

"뭔가에 미치지 마. 미치면 자네를 잃어."

"알겠습니다."

우용수의 늙고 주름진 손이 희우의 어깨를 토닥였다.

"생신 축하드립니다."

희우는 우용수에게 생일 축하 말을 전하며 다시 소주를 들어 입에 대었다.

집에 들어간 희우는 공부를 시작했다.

모의재판이 끝나고 본격적인 기말고사 준비를 해야 했다. 희우가 하는 공부란 알고 있는 판례 중 아직 나오지 않은 내용을 제하고 바뀐 법들을 토대로 정리하는 일의 비중이 가장 컸다.

한참을 공부하던 그는 몸을 풀기 위해 자리에서 일어나 거실로 나왔다. 방에서는 어머니 미옥의 코 고는 소리가 살짝 들렸고 아버지 찬성은 일을 나가 집에 없었다. 희우는 거실에서 허리를 돌리고 어깨를 주무르며 굳었던 몸을 풀었다.

텔레비전 위에 놓인 신문. 희우는 잠시 머리를 식힐 요량으로 신문을 들어 펼쳤다. 동시에 눈살이 찌푸려졌다.

'조태섭…….'

신문의 1면에 대문짝만큼 크게 나온 조태섭의 얼굴. 조태섭은 인자한 척, 사람 좋은 척 웃고 있었다.

하루 전이었다. 조태섭은 고아원을 방문했다.

고아원이 있는 곳은 도심에서 떨어진 외곽이었는데 유명인의 방문이 흔치 않은 시골 동네였다. 그곳에 진정한 국회의원이라고 불리는 조태섭이 방문한다는 소식이 들렸다.

권력자와 대항하며 언제나 서민을 위하는 국회의원. 그것이 조태섭을 지칭하는 말이었다.

조태섭의 얼굴을 한 번이라도 보고 싶어 하는 주민들이 고아원으로 향하는 길가로 몰려들었다. 고아원을 향해 차를 타고 가던 조태섭은 많은 사람들이 길가에 나와 있는 걸 봤다. 조태섭이 말했다.

"멈춰. 여기서부터 걸어가도록 하지."

조태섭은 자신을 보기 위해 길거리에 나온 사람들을 외면할 수 없었다. 조태섭이 차에서 내리자 사람들은 그의 이름을 외치기 시작했다.

"조태섭! 조태섭! 조태섭!"

조태섭은 사람들을 향해 인자한 표정으로 손을 흔들었다. 조태섭이 걸음을 옮기자 많은 사람들이 그의 이름을 연호하며 뒤를 쫓았다.

"조태섭! 조태섭!"

조태섭의 눈에 멀리 다리를 절뚝거리는 40대 초반의 사내가 보였다. 조태섭은 그 사내를 향해 걸어갔다. 앞에 선 조태섭이 말했다.

"어쩌다가 이렇게 되셨습니까?"

"공장에서 일을 하다 재해를 당했습니다."

"얼마나 고통스러우셨을까요."

조태섭의 목소리에는 진심이 가득했다. 남자를 진심으로 안타까워하고 있었다. 남자는 감격에 겨워했다.

"괜찮습니다. 아직 재해 소송 중인데, 의원님이 우리 노동자를 위해 애써 주시니까 좋은 결과가 있을 거라고 봅니다."

조태섭이 손을 들어 자신의 비서를 불렀다. 비서는 서둘러 달려와 조태섭의 앞에 고개를 숙였다.

"이분의 소송을 알아보고 조속히 해결할 수 있도록 해."

"알겠습니다."

사내는 허리 숙여 조태섭에게 인사했다.

"감사합니다. 감사합니다."

조태섭의 이름을 연호하는 사람들의 목소리가 더욱 커졌다. 조태섭은 마을 주민들과 간단히 이야기도 하고 악수도 하며 고아원을 향해 걸어갔다.

고아원의 입구에 일곱 살 정도로 보이는 어린 소년이 서 있었다. 조태섭은 그 소년의 앞에 눈높이를 맞추어 꿇어앉았다. 땅이 질어 무릎에 진흙이 묻었지만 그는 상관하지 않았다.

"이름이 뭐지?"

씻지 못해 더러운 얼굴의 소년은 콧물만 훌쩍일 뿐이었다.

조태섭의 등장에 밖으로 달려 나온 원장이 나서서 대답을 했다.

"안녕하십니까, 의원님. 이 녀석의 이름은 박진아입니다. 태어나면서부터 이곳에 있었습니다."

그 말에 조태섭은 안타까운 시선으로 소년을 바라봤다. 그리고 와이셔츠의 하얀 소매로 소년의 얼굴을 닦고 콧물을 닦아 냈다. 그 갑작스러운 행동에 주변의 비서가 서둘러 손수건을 꺼냈지만 이미 조태섭의 소매는 더러워진 상태였다.

조태섭은 소년을 꼭 안아 줬다. 그리고 목멘 목소리로 말했다.

"이 나라가 너의 부모란다. 공부 열심히 하고 나중에 훌륭한 사람이 되도록 해라."

조태섭의 행동에 소년은 눈물을 흘렸고 주변에 모인 사람들도 눈시울을 붉혔다.

조태섭이 고아원으로 들어가며 군중에게 손을 흔들었다.

조태섭의 행보는 사람들에게 감격이었고 충격이었다.

"어떻게 높은 분께서 저런 행동을 하실 수 있지?"

"봤어? 소매로 콧물을 닦아 주셨잖아."

조태섭은 이미 고아원으로 들어가 완전히 모습이 보이지 않았지만 사람들은 그 앞에 서서 그의 이름을 연호했다. 그 소리는 크다고 말할 정도가 아니었다. 목에서 피가 터져라 목 놓아 외치고 있었다. 그 아이의 콧물을 닦아 주는 모습이 사진에 찍혀 신문의 1면에 나와 있었다.

신문의 내용을 읽고 있는 희우.

'천사 같은 의원님?'

"킥!"

희우의 입에서 웃음소리가 새어 나왔다.

"킥! 킥!"

희우의 눈에 그다음 그림이 그려졌다.

고아원에서 나선 후 차량에 탑승한 조태섭이 말했다.

"물티슈."

비서가 그에게 물티슈를 건넸다. 조태섭은 손을 닦았을 거다. 자택에 도착 후 차에서 내리면서도 몹시 더러운 것을 만진 것처럼 손을 닦고 또 닦았을 게 분명하다. 그리고 자택으로 들어온 조태섭은 말했을 거다.

"내 옷을 가지고 오고, 바로 씻을 수 있게 준비하도록."

"이미 준비했습니다."

비서가 답했다. 그때까지도 손을 닦던 조태섭은 욕실로 향하며 와이셔츠를 벗어 던졌을 테고.

"이 옷은 버리도록 해."

누가 봐도 고가의 옷으로 느껴질 만한 것이었다. 하지만 소매 끝에 묻은 콧물과 때가 조태섭에게는 마음에 들지 않았을 게 분명하다.

생각하던 희우가 중얼거렸다.

"즐기고 있어라."

희우의 머릿속에는 조태섭을 위해 만들어진 수많은 계획이 얼기설기 엉켜 밖으로 꺼내져 나오고 있었다. 그 계획의 양은 거실을 가득 채우는 것으로 모자랐다. 팔과 다리가 잘리고 혀가 잘려 모든 걸 체념한 조태섭의 얼굴이 눈앞에 보이는 듯했다.

희우의 손이 신문에 보이는 조태섭의 얼굴로 향했다.

'약속된 시간이 오면!'

희우는 신문을 잡아 조태섭의 얼굴을 구겨 버렸다.

'지옥을 보여 주마.'

조태섭의 서재. 정사각형의 서재는 그 크기만 20평이 넘었다. 벽면은 책으로 가득 채워져 있었다. 벽면의 책장을 제외하고는 방 끝에 검은색 원목의 큰 책상과 검은색 가죽 의자가 전부였다. 그 외에는 아무것도 존재하지 않았다.

이 공간은 완벽한 방음 시설 등의 보안을 자랑하고 있었다. 이런 이유로, 비록 서재였지만 조태섭은 사람을 불러 술을 한잔씩 마시곤 했다.

조태섭이 의자에 앉아 있었고 그 앞 비어 있는 공간에 한 사람이 무릎을 꿇고 술잔을 앞에 두고 있었다.

남자의 이름은 박대호. DHP머니의 대표였다.

조태섭은 진정 믿을 수 있는 사람이나 동등한 위치의 권력자를 제외하고는 자신의 가까이에 오지 못하게 했다. 의심이 많은 사람이었다. 조태섭의 서재에 앉아 술을 마시고 있는 사람이면 완벽하지는 않지만 웬만큼 신임을 하고 있다는 뜻이기도 했다.

"황진용이가 또 방해를 하고 있다고?"

"예."

조태섭은 인상을 찌푸렸다.

희우가 검사로 있던 시절의 조태섭은 희대의 권력자였다. 하지만 아직은 아니었다. 권력의 실세였지만 견제하는 세력이 존재하고 있었다. 그중에 황진용 의원은 조태섭이 하고자 하는 일에 시시콜콜 훼방을 놓는 눈엣가시였다. 언젠가는 처단해야 하겠다는 생각을 가지며 술잔을 입에 대었다.

"그런데 조사해 오라는 건 가지고 왔지?"

"예."

박대호는 자리에서 일어나 조태섭을 향해 양손으로 공손히 서류 봉투 하나를 건넸다. 박대호가 다시 뒤로 물러나 바닥에 무릎을 꿇자 조태섭이 말했다.

"IMF의 바람이 물러나면 주택 재개발 발표를 할 거야. 몇 년 푹 묵혀두면 큰돈이 될 거니까 모두 주머니에 집어넣고 있으라고."

"알겠습니다."

박대호는 조태섭의 자금을 담당하고 있었다. 개인 비리는 절대 흘리고 다니지 않는 조태섭. 박대호는 조태섭의 통장이나 다름없었다.

조태섭은 책상에서 파일 하나를 꺼내 박대호의 앞에 던졌다.

"산 번지에 있는 집하고 그 옆에 단지 몇 개 지을 작은 땅 가지고 있는 사람이다. 하늘이 도왔을까, 우리 박 대표 일하기 편하게 그걸 모두 한 사람이 가지고 있네."

박대호는 조태섭이 던진 파일을 두 손으로 예의 바르게 들고 조심스레 펼쳐 봤다. 조태섭이 말했다.

"한 실장이 알아보니까 고놈이 거기 말고도 땅이랑 상가랑 주택도 몇 개 가지고 있더군. 총자산은 500억 가까이 되는데 다 빚이야. 빚 빼고 나면 300억 정도 남을 거야. 박 대표가 금융 일을 하니까 상을 어떻게 차려야 할지는 가르쳐 주지 않아도 되겠지?"

박대호가 말했다.

"다 가지고 옵니까?"

"연세 있는 양반이던데, 조국을 위해 올바르게 쓰일 수 있도록 도와드려. 생활은 해야 하니까 사는 집하고 상가 하나는 남겨 두고."

"알겠습니다."

박대호가 펼쳐 든 파일에는 우용수의 사진이 보였다.

CHAPTER 11

기말고사는 어렵지 않게 치렀다. 이제 법 공부를 시작한 신입생들에게는 어려웠지만 희우에게는 기초적인 내용에 불과했다. 그렇게 여름방학이 시작되었다.

"방학 때 뭐 할 거야?"

"난 이모가 미국에 있거든. 잠깐 다녀오려고."

학생들은 저마다의 계획을 떠들었다.

희우에게도 계획이 있었다. 하나는 우용수를 만나 집중적으로 부동산을 배우는 거다. 그리고 또 하나는 한미에 대한 교육이다. 여름이 오면 수험생의 컨디션은 극악으로 떨어진다. 한미 역시 다르지 않을 거다. 한미의 컨디션을 유지하며 성적을 향상시키려면 집중학습을 시켜야 했다.

공원 앞 카페에서 만난 한미는 테이블에 앉아 문제를 풀고 있었다. 희우가 자리에 앉자 한미는 자연스럽게 모의고사 문제집을 건네며 말했다.

"채점해 주세요, 선생님."

"잘 봤는지 확인해 볼까?"

희우가 빨간 펜을 꺼내 답지와 문제를 번갈아 확인하며 동그라미를 치고 있을 때 한미가 말했다.

"여름인데 이게 뭐야, 다른 사람들은 바다로 놀러 간다는데. 다시 오지 않을 스무 살에 책상에 죽치고 앉아 공부만 하고 있구나."

푸념을 하던 한미는 눈을 반짝이며 희우의 앞으로 의자를 끌어당겨 앉았다. 그리고 말했다.

“딱 하루만 놀러 갔다 오면 안 될까? 머리도 식히고 공부에 대한 의지도 다시 불태우고.”

“안 돼.”

“왜 안 돼?”

“수험 기간에 놀러 간 학생 중에 좋은 대학 간 사람 아직 못 봤어.”

“그건 네가 보지 못한 거지, 분명 있을걸! 내가 얘기 듣기로는 수능 백일 남기고도 점수 많이 올린 사람 있다고 하던데?”

한미가 애원하듯 말했지만 희우는 차갑게 답했다.

“그게 너는 아니야.”

한미의 입이 뾰로통해졌다.

“왜? 나도 그렇게 할 수 있어.”

“그래서 수능 백 일 전까지 놀겠다고?”

“아니, 하루만.”

한미는 계속해서 애원했지만 희우는 완고하게 고개를 저었다.

“대학 가서 놀아.”

희우의 말에 한미는 입을 내밀고 중얼거렸다.

“지는 대학 가서도 못 놀면서 나한테는 대학 가서 놀래. 솔선수범 몰라? 가르치는 사람이 저러니 배운 사람은 뭐가 되겠어? 나도 대학 가서 공부만 하는 거 아냐?”

희우는 한미의 계속되는 푸념을 단호히 무시하며 채점을 이어 갔다. 그러면서 입을 열었다.

“작년 수능이 쉬워서 이번 난이도도 높지 않을 거라고 예상하고 있어. 300 이상 맞아도 수도권 대학이 힘들 거야. 그러니까 놀 생각은 잠시 멈추고 조금 더 점수를 올리자.”

이전의 삶에서 희우는 삼수를 했었다. 수능의 점수와 난이도는 어렴풋이 기억하고 있었다. 이번의 수능에서는 만점자가 속출하고 평균 점수의 상승이 컸다. 각 대학 합격 커트라인에 대한 정보는 무너지고 많은 수험생들이 마지막까지 눈치작전을 시도했던 기억이 있었다.

동그라미를 친 점수를 계산하던 희우가 말했다.

"상당히 많이 올랐다. 이대로 점수를 올리면 백 일 되기 전에 300은 넘겠는걸."

많은 재수생들에게 여름의 시작점부터 추석까지는 최대의 고비였다. 한미 역시 지금 흔들리고 있었다. 점수가 오를 거란 이야기는 흔들리는 한미에게 응원을 해 주고 싶어 한 말이었다. 하지만 한미의 푸념은 멈추지 않았다.

"자기는 대학생이라고 놀러 가겠지? 바다 가려나? 나도 놀러 가고 싶은데."

희우의 입에서 가벼운 한숨이 흘렀다.

"방학이라고 놀 시간 없어."

"네, 그러시겠지요. 누구신데요."

"정말이야. 봉사 활동도 신청해서 시간을 빼기가 어려워."

"봉사 활동?"

"응, 주에 한 번씩 가기로 했거든."

한미의 눈이 다시 반짝였고 희우는 불안감을 느꼈다. 그리고 그 불안은 현실이 되었다.

"나도 같이 가. 시간 뺏긴다고 안 된다고 하지 말고. 나 정말로 밥 먹고 자는 시간 외에는 공부만 하고 있으니까 하루 빠진다고 걱정하지도 말고. 하루만 데려가. 집 밖으로 나가 보고 싶어."

"……."

"노는 거 아니잖아. 봉사 활동 하는 거라며. 어디로 가는지는 모르지만 좀 데려가라. 나도 너랑 엄마 말고 다른 사람 좀 만나 보자."

희우는 잠시 생각했다.

한미는 공부를 시작한 이후 희우를 만나는 시간을 제외하고는 집 밖으로 나오지 않았다. 심지어 집 앞 슈퍼도 가지 않았다. 하루의 봉사 활동이 의미가 있을까? 하지만 한미에게는 특별한 경험이 될 수도 있었다. 살면서 다른 사람을 도와 본 일이 없는 한미였다.

"좋아, 가자."

"정말? 정말? 정말? 정말?"

희우의 말에 한미는 뛰어오를 듯 기뻐했다.

다음 날, 희우는 전철역 앞에서 한미를 기다리고 있었다. 그리고 잠시 후 나타난 한미를 보며 큰 한숨을 내쉬었다. 간편한 면바지와 티셔츠를 입은 희우와 달리 한미는 선글라스에 짧은 반바지 등 온갖 멋을 내고 나타났기 때문이다.

"옷 갈아입고 와."

"어?"

"우리 놀러 가는 거 아니야. 봉사 가는 거야. 그렇게 입고 가서는 아무것도 할 수 없어."

한미는 시무룩해졌다. 나름 집 밖을 나서는 것에 신이 나서였을까 아니면 희우에게 잘 보이고 싶어서일까, 예쁘다고 말을 해 주지 않는 희우가 야속했다. 한미는 다시 입을 삐죽 내밀고 뒤로 돌아 집으로 향했다.

잠시 후 트레이닝복을 입고 나타난 한미가 희우 앞에 섰다.

"됐냐?"

"예쁘네."

"됐습니다. 가시지요."

전철로 이동을 하면서도 한미는 귀에 이어폰을 꽂고 듣기 평가 공부를 해야 했다. 잠시의 시간이라도 공부를 하라는 희우의 명령이었다. 한미는 투덜대면서도 희우의 말을 잘 따랐다.

전철과 버스를 번갈아 타며 두 시간이 넘게 걸려서야 양로원에 도착을 했다.

"여기야?"

한미는 마치 소풍이라도 온 듯 좋아했다.

희우가 조심스럽게 말했다.

"혹시나 해서 말하는데 치매가 있는 분들도 계시니까 그분들이 말 험하게 해도 참아야 한다."

"어?"

희우의 말에 한미는 멈칫거렸다.

고등학교 시절 한미는 학교 최고의 불량 학생 중 하나였다. 그 사실을 한미도 기억하고 있다. 지금 희우가 한 말은 학창 시절 한미가 했던 행동에 대한 우려였을 거다. 어색한 웃음을 지으며 한미가 말했다.

"걱정하지 마. 요즘에 몸에 사리가 나올 정도로 수행 중이야. 믿지 못하겠으면, 가서 봐 봐."

장난스럽게 말했지만 한미의 눈에는 진심이 있었다.

미리 연락을 하고 갔었기에 도착하자마자 바로 일을 시작했다. 희우가 하는 일은 청소, 한미는 빨래였다.

청소를 마친 희우가 잠시 휴식 시간을 갖고 건물 내부를 걷고 있을 때였다. 희우의 눈에 한 할머니가 들어왔다. 캠프를 왔을 때 희우에게 '여보'라고 불렀던 노인이었다. 한번 봤던 인연이기에 반가운 마음이 들었다. 하지만 할머니는 치매 증상이 있었고 희우와의 만남은 잠깐이었기에 기억하지 못할 것이 분명했다.

희우는 할머니를 바라보며 잠시 옛 추억에 잠겼다. 산행 중 규리가 조난당했던 일이나 장학금을 받은 기억 등이 생생하게 떠올랐다.

기억을 더듬던 희우는 옅은 미소를 지으며 한미에게 향했다. 한미는 슬리퍼를 신은 채 빨간 고무장갑을 손에 끼고 붉은색 대야 앞에 앉아 있었다.

희우가 나타나자 한미는 고개도 돌리지 않은 채 물었다.

"청소 다 했어?"

"응, 일단 오전에 해야 할 양은 끝냈어. 너는?"

"보면 몰라?"

한미의 목소리에는 심술이 가득했다. 희우가 앞에 앉자 한미는 기다렸다는 듯 불만을 토로하기 시작했다.

"세탁기가 있는데 왜 손으로 빨래를 하는 거야? 연약한 팔뚝에 근육 생기겠네. 전기세 아낀다고 일부러 세탁기 안 돌리고 있다가 봉사 활동 오면 시키는 거 아냐?"

"이불이 많아서 세탁기로는 무리야."

"살면서 손에 물 한번 안 묻히고 살았는데 여기서 이렇게 이불을 빨고 있구나. 이 곱디고운 손에 주부습진 생기면 어떻게 해? 시집도 안 간 여자가 손에 주부습진 있으면 누가 데리고 살겠어?"

"고무장갑 끼고 있으니까 주부습진 안 생기지 않아?"

"몰라."

한미는 입으로는 온갖 불평불만을 말했다. 하지만 이마에 땀이 송골송골 맺힐 정도로 이불을 들었다 놨다 하면서 주물럭거리고 있었다. 희우는 조용히 한미가 빨래하는 모습을 지켜봤다.

"그렇게 손으로만 하면 때도 안 지고 힘만 드니까 발로 밟으면서 해."

"연예인들 사고 치면 봉사 활동 와서 빨래 밟으면서 하잖아. 나는 사고 안 쳤으니까 손으로 할 거야."

"논리가 이상한데? 맨살에 세제 물이 닿는 게 싫어서 그러는 거 아냐?"

"어떻게 알았어? 세제도 문제지만 할머니들 할아버지들 토하고 막 그런 거 여기 그대로 있어. 이걸 어떻게 맨발로 밟아. 난 못 해."

한미의 울상 섞인 말에 희우의 눈이 장난스럽게 변했다. 그리고 자리에서 일어나 한미를 번쩍 들어 대야에 집어넣었다.

순식간에 일어난 일이었다. '첨벙!' 물이 튀고 '악!' 하는 한미의 외마디 비명 소리가 들렸다.

"이게 뭐야!"

물이 튀어 바지 아랫부분이 젖어 버리자 한미는 울상을 지었다. 희우가 웃으며 말했다.

"빨래는 그렇게 하는 거야. 여름인데 물놀이도 하고 좋네."

"김희우 너!"

한미의 눈꼬리가 치켜 올라갔다. 희우가 말했다.

"그런데 물에 젖었다고 나한테 물 던지고 그러면 안 돼. 그런 건 청춘 로맨스 영화에나 있는 거야. 나는 계속 청소를 해야 하니까 너 혼자 빠진 걸로 합의 보자. 맛있는 거 사 줄게."

"하……."

한미가 한숨을 내쉬었다.

동시에 '뻐억!' 소리와 함께 희우의 몸이 휘었다. 갑작스러운 한미의 발길질이 희우의 복부에 꽂힌 거다.

방심했다고 하지만 너무나 정확한 공격!

잊고 있었다. 한미는 고등학교 시절 최고의 여자 주먹이었다.

희우가 당황하고 있을 때, 한미는 옆에 있는 작은 대야를 들어 희우의 몸에 쏟았다.

'촤!' 하는 물 떨어지는 소리!

희우는 빨래 물을 온몸에 뒤집어썼다.

"야!"

희우의 고함 소리에 한미는 반달 모양의 눈웃음을 보였다. 그리고 희우의 어깨를 토닥이며 말했다.

"맛있는 건 내가 사 줄게. 이 정도로 합의 보자."

한미가 과격한 행동을 한 이유가 있었다.

한미는 희우가 자신을 안아 대야에 넣었다는 걸 뒤늦게 인식했다. 그리고 붉어진 얼굴. 부끄러운 표정을 숨기고 싶어 발길질을 하고 작은 대야를 집어 던졌다. 험한 행동이었지만 한미가 할 수 있는 최선이었다.

희우가 한미를 노려보고 있을 때 양로원 복지사가 다가왔다.

"봉사 활동 하러 오는 남녀들 보면 여기서 빨래할 때 영화 따라 한다고 물장난하고 그러는데……. 하지 말라고 말하려고 했는데 벌써 했네요."

희우가 황당한 눈으로 복지사를 바라봤다.

"영화를 따라 한다고요? 어디가요?"

영화의 장면은 로맨틱하다. 하지만 지금 이곳의 분위기는 빨래가 난장판이었고 희우는 거품 가득한 물을 뒤집어쓰고 있었다. 어떻게 봐도 영화를 따라 한 물장난은 아니었다. 하지만 한미는 생긋 웃으며 복지사를 향해 허리 숙여 사과했다.

"죄송합니다. 저는 조용히 빨래하고 있었는데 얘가 자꾸 장난을 걸어서요."

"남자들이 짓궂기는 하죠."

물을 뒤집어쓴 건 오히려 희우인데 누가 짓궂단 말인가?

복지사가 희우를 보며 말했다.

"한국 대학교 다닌다고 했죠?"

"네."

한국 대학교라는 간판은 처음 만나는 사람들에게 나쁘지 않은 이미지를 주었다.

"여기는 대학생들은 잘 안 오는데 어떻게 알고 오셨어요?"

"예전에 교육청 캠프로 이곳에 온 적이 있어요. 그때 대학 가면 이곳에 와서 봉사 활동을 하기로 생각했었습니다."

"서울 교육청 캠프요? 그 캠프에 참여했던 학생이 다시 온 건 처음이네요."

하지만 복지사는 한미에게는 어느 대학을 다니는지 묻지 않았다. 복지사는 봉사 활동 전 제출하는 인적 사항을 봤고 한미의 직업란에 '재수 중'이라고 적힌 것을 기억하고 있었다.

나름 배려하기 위해 묻지 않은 것이지만 한미로서는 자존심이 상했다.

대학생과 재수생이라는 별것 아닌 차별과 배려. 고등학생도 아니고 대학생도 아닌, 재수생만이 느끼고 알 수 있는 열등감. 한미는 기분이 좋지 않았다. 대학에 다닌다고 떳떳하게 말하는 희우가 조금은 부러웠다.

복지사는 계속 수고하라는 말을 마치고 자리를 떠났다.

한미는 대야에 다시 물을 채우기 시작했다.

"너 때문에 빨래 다시 해야 하잖아."

한미의 목소리는 풀이 죽지 않았다. 대학생이라는 신분을 부러워한다는 감정을 보이고 싶지 않았다.

그렇게 물을 채우던 한미가 물었다.

"그런데 여기로 캠프 왔었어?"

"고등학교 2학년 때 왔었어."

"그런 것도 있었구나."

"어."

한미는 물이 채워진 대야에 들어가 이불을 발로 밟기 시작했다.

고등학교 시절, 희우가 캠프에 와 봉사활동을 하고 있을 때 자신은 뭘 하고 있었는지 한미는 기억하고 있었다. 그리고 그 기억은 부끄러웠다.

"그게 편하지?"

희우가 물었고 한미는 끄덕였다.

"편하네."

한미는 묵묵히 빨래를 발로 밟았다.

희우의 오후 일정 역시 청소였다.

청소를 마치고 방을 둘러보던 희우의 눈에 캠프를 왔을 때 봤던 그 노인이 다시 들어왔다. 희우는 잠시 노인을 지켜봤다. 만났던 인연이 있어 눈길이 가는 이유도 있지만, 그보다 다른 노인들보다 더 외로워 보였다.

그때, 희우의 옆으로 복지사와 함께 빨래를 마친 한미가 나타났다.

"팔 아파."

한미는 입을 삐죽 내밀었고 희우는 자신의 배를 만지며 인상을 찌푸렸다.

"난 배가 아파."

한미에게 발 차기를 맞았던 부위였다.

"많이 아파?"

"아냐, 아냐. 괜찮아. 그런데, 빨래는 끝났어?"

"응. 누가 장난을 걸어서 욱하는 마음에 대야를 뒤집는 바람에 빨래가 바닥에 떨어졌어. 그래서 빨래에 흙이 묻은 바람에 시간이 걸리기는 했지만 어쨌든 끝냈네요."

"고생했어."

"그게 다야?"

"맛있는 거 사 줄게."

"꼭이야."

한미는 배시시 웃었고 희우가 복지사에게 물었다.

"저 할머니는 호전되셨나요?"

희우의 말에 복지사가 눈을 동그랗게 뜨고 되물었다.

"김복순 할머니 아세요?"

"아까 말씀드렸듯이 캠프 왔었거든요. 그때 인사를 나눴었어요."

복지사는 이해했다는 듯 고개를 끄덕였다.

"잠시 정신을 놓기는 하시지만 심하지는 않아요. 진행 속도가 느린 편이라 다행이지요. 그런데 저 할머니 가족이 온 건 한 번도 못 봤어요. 아들이 있는데 오지 않는 걸 보면 여기에 부모 버리고 간 거죠. 그래도 요양비는 꼬박꼬박 입금하나 봐요."

말을 하던 복지사는 황급히 입을 가렸다.

희우는 봉사 활동을 하러 온 사람이다. 그런 사람에게 부모를 버리고 갔다는 말이나 요양비는 입금을 한다는 말 등은 절대 해서는 안 될 말이었다. 복지사가 난처한 표정으로 희우를 바라봤다.

"못 들은 걸로 해 주세요."

"알겠습니다. 이해하고 있어요. 여기서 할머니 할아버지를 자기 부모처럼 모시는 복지사님인데 화가 많이 나는 게 당연하죠."

희우의 말에 복지사의 표정이 조금은 편안해졌다.

"그런데 할머니 같은 분은 일부예요. 스스로 들어오시려고 하는 분들도 많아요. 대소변을 가리지 못하시는 분 중에 자식에게 기저귀 갈게 하는 게 싫어서 스스로 오시는 경우도 있고요."

그녀의 입에서 안타까운 사연들이 이어졌다. 아들과 며느리가 맞벌이를 해서 병에 걸린 부모의 건강을 챙길 시간이 없어 보낸 경우, 아내가 죽고 혼자가 싫어 스스로 양로원에 찾아온 노인의 사연 등등.

얘기를 듣던 희우가 물었다.

"안에 들어가서 할머니와 이야기를 나누어도 될까요?"

"네, 그러세요."

복지사에게 허락을 구한 후에 희우는 노인의 방으로 들어갔다. 노인은 텔레비전을 보고 있었다. 희우는 할머니의 옆에 앉아 텔레비전을 바라봤다. 한미도 조심스럽게 희우의 옆에 앉았다.

"재밌어요?"

희우가 물었다. 할머니는 고개를 저었다.

"재미없어."

이번엔 한미가 물었다.

"재미없는데 왜 봐요? 다른 데 틀어서 보세요."

한미는 뭐라도 말을 걸어 보고 싶어 입을 열었던 거다. 하지만 할머니는 한미를 외면했다.

"우리 아들 사업이 힘들다고 해서 돈 보내 줬는데 잘하고 있나 모르겠네."

가끔 치매가 찾아온다는 할머니였지만 다행히 오늘은 정상이었다. 하지만 지금도 치매 증상을 보이던 예전과 같이 아들 걱정으로 말을 시작했다.

희우가 말했다.

"걱정하지 마세요. 아드님 잘하고 계실 거예요."

"그래그래."

할머니는 희미하게 미소 지었다. 희우가 물었다.

"아드님은 어떤 사업 하세요?"

"나도 몰라. 돈 필요하다고 해서 집을 팔아서 해 줬는데……."

할머니가 계속 말을 이었지만 희우의 귀에는 들어오지 않았다.

'집을 팔아서 해 줬다?'

양로원에 들어오고 한 번도 찾아오지 않았다는 아들.

"댁이 어디셨어요?"

할머니는 서울의 어느 아파트 이름을 이야기했다.

희우도 해당 아파트에 대해 잘 알고 있었다. 그곳은 재건축이라는 이름의 대명사로 불리던 곳이었다. 지금의 가격은 잘 알지 못하지만 가까운 미래에 수십억 단위로 오를 곳이기도 했다. 치매 증상이 있는 노인의 말을 전부 믿을 수는 없었다. 하지만 아들의 행동에서 좋지 않은 의도가 느껴졌다. 그러나 거기까지였다. 더 이상 관여할 수는 없었다.

할머니가 희우에게 물었다.

"그런데 누구?"

"봉사 활동 온 학생이에요."

"우리 아들도 대학교 다닐 때 봉사도 하고 그랬는데."

할머니는 웃으며 바지 주머니에서 박하사탕을 꺼내 희우에게 건넸다.

"이거 들고 계속 좋은 일 해 줘요."

"저는 안 주세요?"

희우가 사탕을 받아 들 때 한미가 물었다. 하지만 할머니는 한미를 쳐다보지도 않았다.

"내가 몸이 안 좋아서 좀 누워야겠네."

"저도 주세요."

할머니는 한미의 목소리를 듣지 못한 척 바닥에 누워 텔레비전만 바라봤다.

밖으로 나온 희우와 한미.

"나는 왜 사탕 안 준데? 차별하는 거 아니야?"

"나를 보면서 아드님이 생각났나 보지."

희우의 입에서 '아드님'이라는 소리가 나오자 한미의 눈이 차가워졌다. 지금껏 장난기가 가득했던 그 눈빛이 아니었다. 한미가 말했다.

"저 할머니 버려진 사람이지?"

목소리는 싸늘했다.

"어?"

"아들이란 사람이 저 할머니 버린 거잖아. 여기에."

한미의 말에 희우는 머리를 긁적였다.

"그렇다고는 보기 어려워. 여기는 사립 양로원이라 매달 돈을 내야 하거든."

"돈만 보내 주고 찾아오지 않는다는 게 버린 거야."

희우는 더 이상 말을 하지 않았다.

한미의 아버지는 훗날 검찰총장이 될 김석훈이다. 한미는 김석훈의 숨겨 둔 딸이었다. 일명 배다른 자식이며 사생아. 매달 일정액의 돈을 받으며 세상에서 숨어 지내야 하는 한미는 양로원의 할머니를 보며 자신의 처지를 떠올리고 있었다.

희우가 한미를 바라봤을 때, 그녀의 눈은 지나치게 살기를 띠고 있었다.

"야."

"왜?"

"너 지금 눈 보고 있으면 레이저 나갈 거 같아."

희우의 말에 한미의 표정이 누그러지며 까르르 웃었다.

"네가 그런 말도 할 줄 알아?"

집으로 돌아오는 전철. 한미는 연신 팔을 주무르고 있었다.

"힘들어?"

희우가 물었다.

"근육 생길 거 같아. 우락부락해지는 거 싫은데."

"다음 주에 또 올래?"

한미는 고개를 저었다.

"절대 사양할래. 난 수험생이야. 이렇게 힘든 일 하면 공부에 방해돼."

재수생이라는 신분이 부끄러운 일은 아니었지만 한미는 어딘지 모르게 자격지심을 느꼈다. 타인을 돕는 행동, 살면서 처음 해 본 일이었다. 몸에 느껴지는 통증 역시 나쁘지 않은 기분이었다. 다시 오고 싶었지만 아직은 아니었다. 언젠가 대학에 합격을 하고 조금 더 자신에게 떳떳해질 때, 그때 다시 오기로 조용히 결심했다.

희우는 우용수를 만났다.

우용수는 낙찰받은 물건의 거주자를 만나러 가는 길이었다. 우용수가 물었다.

"경매의 꽃이 무엇이라고 생각하지?"

많은 사람들이 경매의 꽃을 명도라고 이야기한다. 또 어떤 사람들은 권리 분석이라고 말하기도 한다.

권리 분석은 경매에 들어가기 전에 물건에 걸린 법적 문제를 확인하고 위험성을 파악하는 단계이고 명도는 마지막 단계로 거주자를 내보내는 일을 말한다.

하지만 우용수의 생각은 달랐다.

"경매의 꽃은 물건의 가치를 알아보는 일이야. 돈이 되는 물건인가, 나에게 어떤 이득을 가져다줄 수 있는가. 그런 지역 분석을 하는 과정이지."

희우는 우용수의 말에 귀를 기울였다.

"그것이 시작이고 마지막이야. 법적인 일이야 조금만 신경 쓰면 위험 요소를 찾을 수 있어. 사람을 내보내는 일은 시간이 해결해 주지. 하지만 지역 분석은 발로 밟고 귀로 듣고 눈으로 봐야 하네."

우용수의 말 하나하나는 희우에게 큰 도움이 되고 있었다.

"버스 정류장이나 역, 학교를 보는 것은 가장 기초적인 일이야. 어떤 가게가 들어와 있는지 봐야 하고 어떤 쓰레기가 나뒹굴고 있는지 확인하며 어떤 빨래가 걸려 있는지 살펴야 하지."

"빨래는 왜요?"

"그것까지 알려 줘야 하나? 밥상을 차려 주고 있으니 퍼 먹는 건 자네가 하라고. 내가 말한 걸 기억하고 있다가 동네별로 비교를 해 보면 차차 알 수 있는 내용이야."

우용수는 계속 이야기를 했다.

"경매 투자에도 여러 부류의 사람이 존재하지. 공격적으로 위험성이 큰 물건을 공략하여 크게 먹는 사람, 또는 절대적으로 안전한 물건만 낙찰하여 위험성을 최소화하는 사람. 나는 미래를 예측하고 그중에서도 안전한 물건을 챙기는 사람이야.”

미래는 불확실한 존재였다. 미래 가치를 보고 뛰어든다는 것 자체가 이미 위험성이 큰 투자 방법이었다. 정책과 경제 상황에 따라 하루에도 수십 번 바뀌는 것이 미래 가치였다. 하지만 우용수는 그중에서도 안전한 물건을 챙긴다고 했다.

집이란 사람이 사는 공간. 우용수는 정책이 바뀌고 미래적 가치가 변해도 계속해서 사람이 살고 유지할 수 있는 곳에만 투자를 하고 있었다. 그것은 물의 흐름과 같다고 했다.

“경매는 종합예술이야. 지역 분석을 통한 미래 예측과 이윤의 계산, 법에 따른 손실 회피, 법정에서 낙찰을 받을 때의 짜릿한 도박의 느낌, 거주자와의 심리 게임. 큰 그림을 그리고 계획을 세워서 움직여야 하네.”

“알겠습니다.”

그들이 도착한 곳은 오래된 주택이었다. 우용수가 말했다.

“오늘 너는 단 한마디도 하지 말고 지켜보기만 해라.”

세입자가 전입신고도 하지 않아 어떤 금액도 받지 못하는 상황의 집이었다. 우용수는 이번 집을 통해 희우에게 무언가를 가르쳐 주고 싶었다.

문 앞에 서서 초인종을 눌렀다. 하지만 망가졌는지 소리가 들리지 않았다. 우용수는 문을 두들겼다. 잠시의 적막이 흐르고, 낡은 철문이 열렸다. 30대 중반의 여성. 그녀의 뒤에는 대여섯 살로 보이는 어린 여자아이가 숨어 있었다.

“지난번에 연락드린 낙찰자입니다.”

우용수가 인사를 했다.

“들어오세요.”

그녀의 말에 그들은 안으로 향했다.

거실이 따로 존재하지 않고 방 하나에 부엌이 구분되어 있는 원룸이었다. 작은 상을 중심으로 셋이 앉아 이야기를 하기에도 좁은 부엌. 여인은 상 위에 물 한 잔씩을 놓았다.

우용수가 말했다.

"언제까지 집을 비워 주실 수 있으신가요?"

우용수의 말에 그녀는 눈물을 글썽였다.

"조금만 기다려 주시면 안 될까요? 주변 가격도 많이 올랐고 저희는 배당을 받지 못해서 돈도 없어요."

그녀는 어린 딸과 단둘이 살고 있다고 했다. 그녀의 딸은 엄마의 품에 안겨 있었다. 아이는 어른들의 입에서 나오는 대화의 내용을 모르는지 방긋방긋 웃기만 했다.

우용수는 안타까운 표정을 지었다.

"상황은 알고 있어서 많이 안타깝습니다. 하지만 저도 상황이 있어서 계속 기다려 드릴 수 없습니다. 한 달 안으로 집을 비워 주신다면 이사 비용은 내 드릴 수 있습니다. 하지만 그 기간이 지나면……."

우용수는 말을 끌었다. 그리고 어렵게 말을 꺼냈다.

"저도 은행에 이자를 내고 있어서 이삿짐도 빼 드릴 수가 없겠네요. 죄송하지만 저도 상당히 어렵습니다."

그녀는 아무 말 하지 못했다. 품에 안겨 있던 꼬마가 물었다.

"엄마, 왜? 이 아저씨하고 할아버지는 누구야?"

그녀는 딸의 목소리에 힘을 얻고 올라오는 눈물을 꾹 참았다. 그리고 입을 열었다.

"부탁드립니다. 다른 곳에 집을 구할 때까지만 기다려 주시면 정말 감사하겠습니다. 조금만 더 시간을 주세요."

우용수는 고개를 저었다.

"말씀드렸지만 저도 상황이 상황인지라……."

"그럼 저희는 길거리에 나앉게 됩니다. 부탁드릴게요."

그녀의 말에 우용수는 침울한 표정을 지으며 상에 놓인 물을 들어 마셨다.

"이런 말씀까지는 드리기 어렵지만 법원에 강제집행 신청을 해 놓았습니다. 댁의 안타까운 사연은 가슴이 아프지만 저도 계속 시간을 끌 수 있는 상황이 아니어서요."

"……."

강제집행이라는 말에 여인의 표정이 절망으로 가득 채워졌다. 하지만 우용수는 멈추지 않고 계속 말했다.

"이달 내로 비워 주신다면 이번 달까지 사용하신 전기료와 수도세는 제가 납부하도록 하겠습니다. 여기까지가 제가 해 드릴 수 있는 최선입니다. 더 이상은 어렵습니다. 어서 다른 곳 알아보시고 이사할 수 있도록 준비하세요."

그녀는 고개를 숙이고 울기 시작했다. 그녀의 눈물이 안고 있던 딸의 볼에 떨어졌다. 그녀의 딸도 울었다.

"엄마, 왜 울어. 엄마, 울지 마."

가늘게 떨리는 그녀의 어깨를 보며 희우의 가슴이 무거워졌다.

한참을 울던 그녀가 얼굴을 들었다.

"알겠습니다. 최대한 빨리 이사 갈 집을 알아보고 연락드리겠습니다."

"그럼 부탁드리겠습니다."

우용수는 인사를 하며 자리에서 일어섰다.

밖으로 나간 우용수와 희우. 우용수는 담배에 불을 붙였다.

"어떻게 생각하나?"

"네?"

"저 모녀 말이야. 듣기로는 남편은 감옥에 있고 친정과 시댁에서는 모두 버림을 받았다고 하더군. 요 앞 시장에서 허드렛일을 하며 밥을 먹고 사나 봐."

희우는 한숨을 내쉬었다.

“솔직히 안타깝습니다.”

희우의 안타깝다는 말에 우용수가 되물었다.

“뭐가 안타까웠지? 나, 아니면 저 여자?”

“네?”

이해할 수 없는 질문이었다. 우용수의 어디가 안타깝다는 말인가?

우용수는 돈 많은 노인이었다. 어린 딸과 여자가 살고 있는 저 집 하나가 한두 달 지연되더라도 우용수의 재산 형성에 큰일은 벌어질 수 없었다. 반지하 주택 하나는 우용수에게 미미한 자산일 뿐이었다.

희우가 대답을 못 하고 있자 우용수가 어이없다는 듯 물었다.

“이게 생각할 일이냐?”

“……?”

“내가 안타까워야지. 나는 정당하게 낙찰을 받았고 저 집에 대한 권리를 가지고 있어. 하지만 저 여자는 자기 힘든 사연을 들이밀며 내 권리를 침해하고 있네. 지난 주인의 세입자지 내 세입자인가? 그런데 지금 나에게도 세입자로서의 권리 행사를 하려 해. 나에게는 보증금도 월세도 한 푼 내지 않고 권리만 행사하려는 거야. 도둑놈 심보지. 그런 상황이지만 나는 전기세도 수도세도, 거기에 이사 비용까지 준다고 하고 있어. 누가 안타까워야 하지?”

희우는 대답할 수 없었다.

“내가 말했던 것 기억하는가? 부동산의 끝이 뭐라고 했지?”

우용수는 말했었다.

–부동산은 땅으로 시작해서 땅 위에 건물을 올리고 나무를 심고 땅값을 올리는 행위지. 즉, 탐욕이야. 땅값을 올리고 비싼 값으로 만들기 위해 치러야 할 탐욕의 대가가 무엇인지 아는가?

희우는 그의 말을 기억하며 입을 열었다.
"인격 상실이라고 하셨습니다."
우용수가 고개를 끄덕였다.
"맞아. 기억하고 있구나."
우용수는 담배를 힘껏 빨아들였다. 그리고 연기를 흘리며 입을 열었다.
"돈을 벌려고 시작했으면 돈만 봐."
"……!"
"다른 것을 보고 있으면 할 수 없는 일이야. 쓸데없는 감정은 버리고 이윤만 좇아. 그러면 자네는 큰돈을 만질 수 있을 걸세."
우용수와 희우는 그 자리에서 헤어졌다.
희우는 한참을 그 자리에서 서성거렸다. 가슴이 답답했다.
'타인의 실패를 통해 돈을 번다.'
쓴웃음이 지어졌다. 알고 있었지만 실제로 마주한 현실은 더욱 가혹하고 냉혹했다. 여인의 무릎에 앉아 있던 어린 꼬마 아이의 방긋 웃는 웃음이 지워지지 않았고 그녀의 울음 참는 목멘 목소리가 귓가에 울렸다.
"하……."
희우의 입에서 짙은 한숨이 내려앉았다. 앞으로 걸어가야 할 세상에 얼마나 더 깊은 한숨과 설움이 존재할지 상상도 되지 않았다.
희우는 천천히 걸음을 옮겼다. 그 집 앞을 벗어나 버스 정류장으로 걸어갔다. 희우의 발걸음이 멈춘 것은 어느 부동산 앞이었다. 가게 앞에 붙여 놓은 월세 물건을 보고 있었다. 희우는 부동산의 문을 열고 안으로 들어갔다.
그리고 부동산에서 나온 희우는 다시 여인의 집을 향해 달렸다. 최소한의 도움은 줄 수 있을 것 같았다.
문을 두들겼다. 여인이 문을 열고 밖으로 나왔다.
"잠시 드릴 말씀이 있습니다."

"말씀하세요."

"아까 집 내부를 봤는데 이삿짐은 별로 없으시더라구요."

희우는 집에 앉아 주변을 훑었다. 행거에 걸린 아이의 옷과 여인의 옷 몇 벌 그리고 텔레비전과 작은 냉장고, 식기 몇 개가 전부인 집.

희우가 계속 말했다.

"이사는 용달차를 불러서 직접 하세요. 어려우면 직업소개소에서 사람을 불러 하루만 쓰시든가요."

"네?"

"내일 할아버지에게 전화하세요. 이틀 후에 이사 가겠다고. 대신 이사 비용에서 10만 원만 더 달라고 하세요. 그 정도는 협의할 겁니다."

"무슨 말씀이신지 모르겠어요."

희우는 방금 봤던 부동산의 전화번호를 적어 그녀에게 넘겼다.

"이사 비용에 10만 원을 더 얹은 금액이면 계약할 수 있는 지하 방이 매물로 나와 있습니다. 현재 비어 있어서 바로 들어갈 수 있어요."

"……!"

"그리로 가세요. 이곳이랑은 조금 떨어져 있지만 걷지 못할 거리는 아니니까 생활권은 바뀌지 않을 겁니다."

그녀의 눈에 희망이 생겼다.

"감사합니다. 감사합니다."

그녀는 연신 고개 숙여 인사했다. 쫓겨날 상황에 있던 그녀에게 약간의 방향을 제시한 것이 전부였지만 그녀는 진정으로 감사해했다.

희우가 밖으로 나오자 그 앞에서 우용수가 담배를 피우며 기다리고 있었다.

"나한테 얼마 더 뜯어내라고 했냐?"

"10만 원만 더 뜯어내라고 했습니다."

"썩을. 10만 원이면 소주가 몇 병인데."

우용수는 툴툴대며 연기를 내뱉었다. 하지만 기분이 나빠 보이지는 않았다.

"이 앞 부동산에 싼 가격으로 나온 방이 있어서 추천해 줬습니다. 이틀 내로 이사할 겁니다."

"그건 다행이군. 그런데, 명심해. 경매를 하다 보면 정말 안타까운 사연의 사람들이 있어. 그들의 사연을 일일이 받아 주다 보면 망하는 건 오히려 자네야. 그리고 도와줘 봤자 좋은 소리는 듣지 못해."

"알겠습니다."

"하지만 오늘같이 집을 알아봐 주거나 하는 등으로 상대의 방향을 정해 주는 것은 나쁘지 않은 방법이네. 퇴로를 만들어 주고 도망갈 수 있는 길을 알려 준다면 상대는 죽자고 싸우려 들지 않지."

우용수는 희우가 점점 마음에 들기 시작했다.

차가운 사람과 따뜻한 사람. 누가 대성할 수 있을까?

따뜻한 사람은 성공하기가 어렵다. 돈의 숫자는 정해져 있고 그것을 가지고 오는 행위는 남이 가질 기회를 빼앗는 일이었다. 마음 착하고 여린 사람은 '빼앗는다'라는 행위를 하지 못했다. 그들은 돈을 벌고 싶어 하기도 했지만 그보다도 남에게 손가락질받을까 두려워했다.

하지만 차갑기만 해서도 대성하기 어려웠다.

차갑고 냉철한 사람들은 '돈'의 본질을 잊어버리는 경우가 많았다. '돈'은 사람에 의해 만들어졌고 사람의 주머니에서 나오는 것이었다. 사람을 버리고서는 절대 큰돈을 벌 수 없었다. 차가운 사람들은 일정의 이득을 취할 수는 있어도 그 이상으로 가지지는 못했다.

희우는 차가운 이성과 판단력과 함께 따뜻한 가슴을 가지고 있었다. 가장 이상적인 조합이었다.

거기에 우용수가 희우를 높게 평가하는 것 중 가장 큰 부분. 희우는 남을 도우면서도 자신은 절대 손해 보지 않는다는 점이었다.

규리의 집을 도와줬던 상황에서도 자신의 원금에 대한 손해는 보지 않았다. 이사를 가며 돈을 빌려줬지만 철저하게 차용증을 받아 뒀다. 이번 명도에서도 10만 원의 이사 비용이 추가되었지만 이틀 내로 이사한다는 확답을 받았다.

경매는 시간과의 싸움이기도 했다. 거주자가 조금이라도 빨리 이사를 간다면 그 10만 원은 손해 보는 비용이 아니었다.

우용수가 물었다.

"얼마를 버는 게 목적이냐?"

"네?"

"경매를 해서 얼마를 벌고 싶어? 10억? 100억? 아니면 그 이상?"

"비밀인데 가르쳐 드릴까요?"

"말해 봐."

희우가 지나치는 자동차를 가리켰다.

"저거하고요."

이번에는 핸드폰을 들어 올렸다.

"이거하고."

우용수의 옷을 살짝 짚었다.

"이 정도를 살 정도만 버는 게 목표입니다."

"무슨 말 하는 거야?"

"모르시겠어요?"

우용수가 고개를 끄덕였다. 희우가 장난스럽게 미소 지었다.

"그것까지 알려 드려야 하나요? 밥상을 알려 드렸으면 무슨 반찬이 나왔는지 아셔야 할 거 아니에요. 제가 말한 걸 기억하고 계시다가 나중에 천천히 확인하도록 하세요."

"그 전에 내가 죽겠다, 이놈아. 내가 나이가 몇 살인데."

"그 전에 보여 드릴게요."

희우가 가리킨 자동차는 천하자동차, 핸드폰은 천하전자, 우용수의 옷은 천하의류에서 만들어진 제품이었다. 모든 것은 천하그룹을 가리키고 있었다.

우용수가 중얼거렸다.

"천하라……."

방학이라고는 하지만 희우의 움직임의 변화는 크지 않았다. 우용수를 만나 부동산을 공부하고 학교 도서관에서 책을 읽는 반복적인 일과였다. 주에 한 번씩 가는 봉사 활동이 없었다면 학교를 다니는 시기의 패턴과 다를 것이 전혀 없었다.

여름방학이 끝나 가고 있었다. 희우는 봉사 활동을 갔다. 오늘이 방학 기간에 하는 마지막 봉사였다.

"희우 학생 왔어요?"

얼굴을 익힌 복지사가 희우를 반갑게 맞이했다.

"희우 학생, 교육청 캠프로 여기 왔었다고 했죠?"

복지사의 말에 그렇다고 대답했다.

"오늘도 왔어요. 저기."

복지사가 손으로 한 방향을 가리켰다.

"저기 담당자님 오시네."

희우는 고개를 돌려 복지사가 가리킨 방향을 향했다. 예전 캠프에 갔을 때 만났던 안내자였다.

안내자는 희우를 보자 눈을 크게 뜨고 빠른 걸음으로 다가왔다.

"맞죠, 재작년에 산에서 실종되었던 학생?"

안내자의 질문에 희우는 고개를 끄덕였다.

"그런데 조난당한 건 제가 아니라 다른 친구였는데요."

"같이 실종된 거니까 제 입장에서는 똑같죠. 그때 내가 놀라서 애 떨어질 뻔했다니까요. 그러고 보니까 그때 장학금도 받았던 걸로 기억하는데."

안내자는 희우에 대해 꽤 상세하게 기억을 하고 있었다. 조난을 당했었고 1등을 했으니 조금은 특별한 학생이었나 보다.

"이번에는 캠프 시기가 늦네요?"

"경기도에서 화재 사건 있었잖아요. 그래서 이번에 캠프를 해야 하는지에 대해서도 말이 많았어요."

한 어린이 캠프에서 화재가 일어나 안타까운 생명들이 목숨을 잃은 일이 있었다.

컨테이너를 얹어 객실을 만든 임시 건물, 주변에는 불법 시설물도 있어 수련원으로는 부적합했지만 행정 당국은 승인을 내줬다. 운영자와 비리 공무원의 유착 관계가 만들어 낸 참사. 그것은 욕망이라는 이름이 만들어 낸 슬픈 현실이었다.

"한국 대학교 법학과 다닌다고요? 그때도 예사롭지 않다고 생각은 했지만 대단하네요."

잠시 생각을 하던 안내자가 다시 말했다.

"지금 캠프 온 학생들 중에도 법학과에 가고 싶어 하는 학생이 많아요. 그 친구들과 잠시 얘기를 할 수 있을까요?"

"네?"

예상하지 못한 흐름이었다. 안내자가 복지사에게 말했다.

"잠깐만 시간 좀 빼 주세요."

결국 희우는 양로원의 작은 강당에서 학생들 앞에 서게 되었다. 학생들은 힘든 봉사 활동을 하지 않고 가만히 앉아 있는다는 사실만으로 즐거워했지만 희우는 아니었다. 할 말이 없었다. 내년에야 입시에 들어갈 학생들에게 무슨 말을 한단 말인가? "수능 몇 점 맞으셨어요?", "어떻게 공부했어요?"라는 질문에 대답하는 것밖에 없었다.

한 여학생이 손을 들고 물었다.

"그런데 검사랑 변호사랑 어떤 거 하실 건가요?"

희우는 생각하지 않고 바로 대답했다.

"검사를 할 겁니다."

"왜요?"

희우가 대답을 하려고 했지만 그 전에 당돌한 말들이 이어졌다.

"변호사가 돈도 많이 벌지 않나요? 검사는 그닥으로 알고 있는데."

"아니지, 공무원은 연금 나오잖아. 우리 아빠가 이럴 때는 안 짤리는 공무원이 최고래."

희우의 입에서는 난처한 웃음만이 흘렀다.

그들과 잠깐의 시간을 보내고 청소를 시작했다.

방학이 끝나면 다시 일상으로 돌아가는 희우. 한동안은 이곳으로 올 일이 없었다. 몇 번 오지 않았지만 아쉬웠다.

가장 많이 친해진 노인은 약간의 치매가 있는 김복순 할머니였다. 할머니는 희우가 올 때마다 박하사탕을 꺼내 희우의 손에 건네줬다.

마지막 정리를 하며 할머니와 인사를 나눴고 오늘도 어김없이 사탕을 받았다. 희우는 할머니에게 오늘이 마지막이라는 이야기는 하지 않았다.

외로운 노인들이다. 많은 봉사자가 왔다가 떠난다. 든 사람은 표가 나지 않는다 하지만 난 사람은 표가 난다고 했다. 특히 그들의 경우는 그 아쉬움이 더 심했다. 언제나 외로운 사람들이었다. 그래서 희우는 일부러 그 이야기를 하지 않았다. 특별한 일이 없다면 자주 들를 생각을 하고 있었고 굳이 작별 인사를 나눠 상처를 남겨 주고 싶지도 않았다.

양로원의 사무실로 내려온 희우는 짧은 시간 함께했던 직원들과 인사를 나누고 있었다. 그때.

"김복순 할머니가 쓰러지셨어요!"

급한 목소리가 귀를 파고들었다.

김복순, 희우에게 사탕을 주던 할머니였다.

정겨운 인사를 나누던 직원들은 서둘러 방으로 달려갔다. 희우도 그들의 뒤를 쫓았다. 구급차가 오고 복지사는 전화를 들었다. 가족에게 전화를 하기 위함이었다. 하지만 전화를 받지 않았다.

발만 동동 구르는 복지사, 그녀는 지금 할머니를 따라 병원에 가야 하는 등 할 일이 많았다. 뒤늦게 휴가를 간 직원들 때문에 부탁할 사람도 없었다. 희우가 말했다.

"전화는 제가 할 테니 가 보세요. 아드님께 병원을 가르쳐 드리면 되는 거죠?"

희우의 말에 복지사는 고개를 끄덕였다.

"그럼 부탁 좀 드릴게요."

희우는 전화를 들고 김복순 할머니의 아들에게 전화를 걸었다. 역시 받지 않았다. 몇 번 더 전화번호를 눌렀지만 상대에게는 반응이 없었다.

한참의 시간이 지났다. 쉬지 않고 걸었지만 역시 전화를 받지 않았다. 기분이 나빠지기 시작했다. 한미가 얘기했던 것처럼 돈만 보내고 찾아오지도 않는 사람.

'정말 버린 건가?'

인상이 찌푸려졌다. 이전의 삶에서 부모 없이 살았던 희우였다. 도저히 이해할 수 없는 행동이었다. 희우의 시선이 기록부로 향했다. 아들의 주소지는 희우와 같은 동네였다.

'우리 동네?'

희우의 눈에 의아함이 서렸다. 김복순 할머니는 분명 집을 팔아 돈을 줬다고 말을 했다.

'아파트를 팔아 돈을 받았으면서 우리 동네에 산다고? 건물 주인인가?'

고개를 갸우뚱하고 있을 때 복지사가 들어왔다.

"어떻게 됐어요?"

희우가 물었다. 복지사는 작은 한숨을 내쉬며 낡은 소파에 주저앉듯 몸을 뉘었다.

"급한 상황은 피했대요. 워낙 연세가 있으셔서 조금만 안 좋아도 큰일이 날 수 있거든요."

복지사는 잠시 이마에 손을 대고 정신을 가다듬었다.

"가족하고는 연락되었나요?"

희우는 고개를 저었다.

"그런데 전화를 걸다가 주소지를 보니까 저희 동네예요. 제가 한번 찾아가 볼까요?"

희우의 말에 복지사는 잠시 고민하는 듯했다. 어디까지나 직원이 아닌 봉사자였다. 더 이상의 개입은 어려운 상황이다. 하지만 가족이 전화를 받지 않는 상황에서 복지사가 선택할 수 있는 항목은 많지 않았다.

"그래 주실 수 있을까요? 저희도 연락이 닿으면 닿았다고 바로 연락드릴게요."

희우는 전철을 타고 이동하고 있었다.

지금까지 희우에게 사탕을 건네던 할머니가 떠올랐다. 언제나 아들 걱정만 하던 할머니였다. 희우는 이를 꽉 깨물었다. 머릿속이 차가워져 갔다. 객관적 사실을 정리하기 시작했다.

아들은 부모에게 돈을 받았다. 돈의 출처는 김복순 할머니가 살던 집. 아들은 김복순 할머니를 양로원에 맡긴 후 단 한차례도 찾아오지 않았다. 아들은 양로원에서 걸려 온 전화도 받지 않는다. 하지만 양로원 비용은 밀리지 않고 꼬박꼬박 낸다고 했다.

'잠깐.'

희우는 다시 정리했다.

할머니가 집을 팔아 돈을 내줬다는 건 할머니의 이야기였다. 할머니는 심하지는 않지만 약간의 치매가 있는 노인이다. 완벽하게 신뢰할 수는 없었다. 모든 말은 어디까지나 추정일 뿐이었다. 그렇다 해도 할머니의 아들의 행동에 좋지 않은 의도가 느껴지는 건 어쩔 수 없었다.

집 근처 역에서 내렸을 때 날은 이미 어둑해진 후였다. 하지만 희우는 집으로 향하지 않고 쪽지에 적어 온 아들의 주소지로 향했다. 양로원에서 온 전화는 없었다. 그렇다면 아직까지 아들과 연락이 닿지 않았다는 뜻이다.

아들의 집은 낡은 주택의 2층이었다. 금이 간 유리창을 청 테이프로 막아 둔 허름한 문. 불은 꺼져 있었다. 문을 두들겨 봤지만 인기척도 느껴지지 않았다. 희우는 긴 시간이 아니라면 잠시 기다리기로 마음을 먹고 문 앞에 앉았다.

잠시의 시간이 지나고, 먼 곳에서 술에 취한 노랫소리가 들렸다. 노래는 점점 가까워지더니 희우의 앞에서 끊어졌다.

"누구요?"

희우는 고개를 돌려 목소리의 주인공을 찾았다.

50대 남자. 허름한 옷을 입고 낡은 신발을 신었다. 자리에서 일어나며 물었다.

"혹시 박상진 씨 되시나요?"

자신의 이름이 튀어나오자 남자의 표정에 긴장이 어렸다.

"그런데 누구요?"

훅 하고 술 냄새가 풍겨 왔다.

"양로원에서 왔습니다."

남자의 표정이 다급해졌다.

"어머니한테 무슨 일이 생겼나요?"

금방이라도 울 것 같은 눈.

"낮에 쓰러져서 병원에 가셨습니다. 양로원에 전화를 해 보시는 게 좋을 것 같은데요."

"혹시 전화기 있으시면 좀 빌려주실 수 있나요?"

희우는 남자에게 핸드폰을 건넸다. 남자는 전화 요금을 내지 못해 일반 전화의 발신이 금지되었다고 했다.

남자는 떨리는 손으로 전화를 걸었다. 복지사를 통해 내용을 들은 남자는 깊은 한숨을 내쉬며 전화를 끊었다.

"하…… 다행히 다시 양로원으로 오셨다고 하네요."

남자는 슬픈 눈으로 희우를 보며 말했다.

"들어가서 차라도 한잔하시겠어요?"

평소라면 거절했을 희우였다. 하지만 알았다고 대답했다.

남자의 집은 희우네 집보다 더 좁고 낡았다. 남자는 작은 상 위로 커피를 타서 올렸다. 희우가 입을 열었다.

"저는 봉사 활동을 하던 학생입니다. 할머니가 아저씨를 많이 걱정하세요."

"그러시겠죠."

희우는 품에서 사탕을 꺼내 상 위에 올렸다.

"봉사 활동 갈 때마다 할머니가 주시던 사탕이에요. 오늘 주신 건데, 아저씨 드세요."

남자는 상에 놓인 하얀 박하사탕을 한참 쳐다봤다. 그리고 크게 웃었다.

한참을 웃던 남자가 겨우 웃음을 참으며 말했다.

"이거 학생을 왜 줬는지 아세요? 우리 어머니가 박하사탕을 싫어하시거든요. 먹기 싫은 거 가지고 있다가 학생한테 줬나 봐요."

남자는 킥킥 웃었다. 그리고 술에 취해서일까 하얀 박하사탕이 눈에 담겨서일까, 자신의 이야기를 시작했다.

"좀 잘해 보려고 했는데 그게 어려워졌어요. 돈이 없어서 애하고 아내도 지방에 가 있는 상황에 어머니를 모실 여건도 안 되고……. 직장을 다니다가 어머니한테 손을 벌려서 음식점을 시작했어요. 그런데 직장만 다니던 사람이 사업을 아나? 말아먹었지.”

남자의 얼굴에 그늘이 드리워졌다.

남자는 번화가 1층에서 고깃집을 했지만 생각처럼 장사가 잘되지 않았다고 했다. 임대료를 내고 종업원들의 월급을 챙겨 주면 손에 쥐이는 돈이 없었다. 겨우 유지만 하는 수준.

가게의 아래층 지하에는 룸살롱이 위치하고 있었다. 오며 가며 인사를 나누는 사이였는데 어느 날 룸살롱 사장이 말했다.

“우리 가게에 높은 어른들이 많이 오시잖아요. 한 분이 말씀하시더라고. 저기 지방의 한 땅을 사 놓고 1년만 버티면 큰돈을 번대요.”

남자의 말을 잠자코 듣던 희우는 돈이라는 말에 귀 기울였다.

“가게가 어려웠잖아요. 룸살롱 사장의 말에 혹하게 되었죠.”

룸살롱 사장이 말했다고 한다.

“지금은 농사를 짓고 있는 동네지만 내년에 고속도로가 뚫리고 근처에 대학교를 만든대요. 그 땅은 상가 지역으로 만든다고 하더라고. 그런데 이게 극비라 말하지 말래. 괜히 투기꾼들이 몰려들면 국가 사업하는 데 골치 아프다고.”

말을 하던 사장은 마지막에 한마디를 더 첨언했었다.

“박 사장한테는 내가 특별히 말하는 거야.”

정책이 발표되지도 않았고 동네에 소문조차 나지 않아 아직은 진흙 속에 묻혀 있는 값싼 땅이라고 했다. 이미 마음이 넘어간 남자는 룸살롱 사장을 통해 땅을 구입하기로 했다.

하지만 며칠 후 사장이 다시 말했다.

“아, 시골 촌뜨기들 정말. 두 배를 준다고 해도 안 판대요. 조상 때부터 지켜 온 땅이라나? 어차피 땅값이 오르면 지금 가격의 수십 배는 뛸 겁니다. 나는 돈을 더 줘서라도 매입하려고 하는데 박 사장 생각은 어때요?"

결국 남자는 평당 만 원이 안 되는 땅을 10만 원이 넘는 돈을 집어넣어 구매했다. 가게를 팔고 집을 담보 삼아 땅에 집어넣었다.

"그런데 그 땅이 경지정리된 절대농지였어요."

경지정리된 절대농지란 어떠한 경우에도 농지 이외의 목적으로 사용할 수 없도록 지정된 땅이었다. 농사를 위한 건축물도 허가를 내기 어려운 상황에 상가 건물이 들어올 수는 없었다.

"나중에 그 땅이 절대농지란 걸 알고 돈을 얼마나 더 썼는지 몰라요. 윗선에서는 원래 계획을 잡고 있었는데 관계 부서끼리 마찰이 있어 지연된다고 하더라구요."

룸살롱 사장이 와서 미안한 얼굴로 말했다고 한다.

"자주 오는 손님 중에 건설부에 계신 어른이 있는데 힘을 좀 써 보겠다고 하시네요. 접대비가 좀 필요한데……."

남자의 말을 듣던 희우는 피식 웃었다. 전형적인 부동산 사기였다.

그러던 차에 IMF가 와 버렸고 룸살롱 사장은 또 말했다.

"모든 계획이 전면 취소되었다고 하네! 아, 진짜!"

성질을 내며 머리를 박박 긁는 룸살롱 사장의 멱살을 남자가 움켜쥐며 외쳤었다.

"네가 투자하자며! 이거 망하면 난 그지야! 어떻게 할 거야, 책임져!"

하지만 해결할 수 있는 것은 없었다.

"IMF가 올 줄 알았나? 좋아서 투자할 때는 어쩌고 지금 와서 난리야! 그리고 나는 손해 안 봤어? 접대하고 아쉬운 소리 한 건 나야! 내가 더 짜증 난다고!"

룸살롱 사장은 남자가 잡은 손길을 뿌리치며 때릴 듯 말했고 그렇게 두 사람의 투자 공생 관계는 끊어졌다.

이어서 땅값은 폭락했고 이러지도 저러지도 못하던 남자는 결국 땅을 헐값에 팔아 버렸다. 열 배를 넘게 주고 산 땅은 결국 원가격의 절반도 안 되는 금액으로 정리하게 된 거다.

"아내하고 자식은 친정에 갔고 나 혼자 서울에 남아 전전긍긍하며 살고 있습니다."

남자는 한숨을 내쉬며 담배를 입에 물었다. 담배 연기가 뿌옇게 작은 공간을 채울 때 남자가 다시 말했다.

"그래서 죄스러워서 어머니 얼굴을 보러 가지 못하겠어요."

남자의 눈에서 눈물이 쏟아져 내렸다.

하지만 희우는 남자의 눈물을 보고 있지 않았다. 희우는 사건을 보고 있었다.

"룸살롱 사장님도 땅을 같이 팔았나요?"

"네. 나중에 들어 보니까 팔았다고 하네요."

아직 미심쩍은 부분이 있었다.

"돈거래는 다 룸살롱 사장님을 통해서 이뤄진 건가요?"

"그렇죠."

"정보를 알려 줬다는 높으신 분들이나 건설부에 계신다는 분이 누군지 아세요?"

"그냥 그런 사람이 있다는 것만 알고 있어요."

남자는 아무런 정보도 알지 못한 채 투자한 거다. 하지만 비웃을 수는 없었다. 실제로 사기를 당한 사람 중에는 자신이 사기를 당했다는 사실을 모르는 경우도 많았다. 사기란 사람의 욕망을 파고들어 진실을 볼 수 있는 눈과 들을 수 있는 귀를 막아 버린다. 그 어떤 사람도 욕망 앞에서 자유로울 수 없었다. 주변에서 위험하다 말해도 사기꾼의 달콤한 감언이설만이 들리는 것은 본능이었다.

희우가 말했다.

"한번 자세히 알아보시는 게 어때요?"

"뭘요? 사기라고 생각하세요?"

남자는 슬프게 웃었다. 그리고 말을 이었다.

"사기 아니에요. 사기를 당했다면 이득 본 사람이 있어야 하는데 아무도 없어요. 그냥 어떤 정보가 있다는 소리에 달려든 내가 잘못한 거지."

희우는 고개를 저었다.

"땅을 비싸게 판 사람은 이득을 봤잖아요."

"팔기 싫다고 하는 사람 억지로 꾀어서 산 땅이에요."

"룸살롱 사장님을 다시 만나 보세요."

남자는 힘없이 고개를 저었다.

"봐서 뭐 하겠어요? 망한 사람끼리 만나 봤자 찝찝하기만 하지."

"정말 그분도 망했을까요?"

"그 사람도 나하고 똑같이 땅을 샀다니까요."

"확인만 해 보세요. 정말 망했는지 아니면 잘살고 있는지. 돈 드는 일은 아니잖아요."

남자는 침을 꿀꺽 삼켰다.

"……만약 망하지 않았다면 어떻게 해야 하죠?"

희우가 조심스럽게 답했다. 섣부른 판단은 착오를 일으키기 쉽기 때문이다.

"원래 돈이 많은 분이셨을 수도 있잖아요. 만약 잘살고 있는 걸 본다면 그건 그때 생각해 봐야지요."

"매일 장사 안된다고, 자리가 나빠서 손님이 없다고 불평하던 사람이에요. 돈도 많지 않았어요."

남자의 눈에 망설임이 일었다. 희우는 그 순간을 놓치지 않고 말했다.

"그 아저씨를 다시 만나 보세요. 그리고 눈으로 확인해 보세요. 정말로 망했는지요. 만약 망하지 않았다면 조용히 확인만 하고 오시고, 망했다면 만나서 누구에게 그 정보를 얻었는지 들어 보셔야지요."

"그러면 뭐가 나올까요?"

남자는 조금씩 희우에게 기대고 있었다.

"그건 아직 모릅니다. 사기가 아닐 수도 있으니까요. 하지만 상대가 사기를 쳤다는 게 확실해진다면 잃었던 돈과 피해를 조금은 복구할 수 있을 겁니다."

남자의 눈에 희망이 오르기 시작했다.

"그런데 학생은 어떻게 이런 이야기를 알고 있지요?"

희우가 말하고 지시하는 내용은 일반적인 어린 학생이 할 수 있는 내용이 아니었다. 대화의 내용이 자연스러웠고 중요한 부분을 정확하게 짚어 나가고 있었다. 희우는 정식으로 자신을 소개했다.

"저는 한국 대학교 법학과에 다니고 있는 김희우라고 합니다."

1학년이라는 사실은 일부러 밝히지 않았다.

한국 대학교 법학과에 다닌다는 말에 희우를 바라보는 남자의 눈이 변했다. 사람들은 대학의 이름이 주는 신뢰를 믿는 경향이 있었다. 방금까지 어린 학생으로 보던 남자의 눈빛은 어느 순간 전문가를 향하는 눈으로 변해 있었다.

희우가 말을 이었다.

"부동산 쪽 일에 관심을 가지고 있습니다. 일단 룸살롱 사장님의 상황을 확인해 보시고 저한테 연락 주세요. 도울 수 있는 범위라면 최대한 돕겠습니다."

희우는 메모장에 핸드폰 번호를 적어 남자에게 넘겼다.

희우가 남자를 도와주려는 이유. 할머니가 안타까워서이기도 했지만, 판례로만 경험하던 부동산 사기에 대한 일을 한번쯤 알아보고 싶은 마음이 컸다. 희우는 앞으로 부동산에 투자할 계획을 가지고 있었다. 여러 방면의 경험은 훗날 큰 도움이 될 수도 있다고 생각했다.

다음 날 오후. 도서관에서 공부를 하고 있던 희우의 전화가 울렸다. 남자였다.

-그놈은 안 망했어요!

룸살롱 사장은 고급 아파트에 살며 고급 승용차를 타고 다니고 있다고 했다.

흥분한 남자에게 희우가 차분하게 말했다.

"말을 걸거나 하지는 않으셨죠?"

남자는 다행히 룸살롱 사장과 마주치지 않았다고 했다. 만약 남자가 소리를 지르거나 난리를 쳤다면 최악의 경우 가장 유력한 용의자가 모습을 감출 수도 있었다.

"그럼 저녁에 뵙기로 해요."

희우는 남자와 다시 만나기로 약속을 한 후 조용히 가방을 챙겨 자리에서 일어났다.

도서관에서 나온 희우가 제일 먼저 한 일은 남자가 샀다는 땅의 등기부 등본을 확인하는 일이었다. 등기부 등본에는 룸살롱 사장의 이름인 '김철영'이 사고팔았다는 내역이 적혀 있었다. 땅을 사고팔았다는 건 확실했다. 예상하고 있던 결과였다. 하지만 얼마의 돈이 오갔는지의 내역은 없었다.

희우는 고민했다. 어떻게 자세하게 조사를 할 수 있을까? 희우는 아직 검사가 아니었다. 통장 거래를 확인할 수도 없고 전화 통화 내역을 볼 수도 없었다.

동사무소의 휴게실에서 차가운 음료를 뽑아 벤치에 앉은 희우의 눈빛이 차갑게 젖어 들어갔다.

대략적으로 예상할 수 있는 사항은 세 가지였다.

하나는 사기가 아니라 정말 운이 나쁜 경우.

하나는 룸살롱 사장의 의도적인 사기.

다른 하나는 룸살롱에 손님으로 가장해서 온 사기꾼의 노림수.

희우는 가장 가까운 용의자인 룸살롱 사장 김철영을 의심하고 있었다. 그러나 몇 가지 의아한 점이 있었다.

'이상해…….'

보통 사기를 치면 몸을 숨기기 마련이지만 김철영은 숨지 않고 고급 아파트에 살며 여유를 즐기고 있었다.

저녁이었다. 희우는 남자의 집으로 향했다. 남자는 희우를 보자마자 룸살롱 사장 김철영에 대한 이야기를 쏟아 내기 시작했다.

"다 잃었다고 하더니 어떻게 그 아파트에서 살고 있는 거죠?"

희우는 가만히 남자의 이야기를 듣다가 입을 열었다.

"땅에 대한 이야기를 할 때 옆에서 들은 사람이 있나요?"

증인이 필요했다.

"아니요, 중요한 이야기라고 둘이서만 말을 하려고 해서……."

답답했다.

"땅을 보러 간 적은 있나요?"

"그럼요. 계약할 때 직접 갔죠."

남자가 이야기를 시작했다.

가격은 이미 평당 10만 원이 넘어 버린 시점이었다. 남자는 그때 망설이고 있었다고 했다. 공시지가가 만 원도 안 되는 땅을 10만 원을 넘게 주고 산다는 것은 부담이 될 수밖에 없었다.

김철영과 남자가 계약을 하기 위해 땅을 둘러보고 있을 때였다. 남자가 말했다.

"아무리 생각해 봐도 열 배를 넘게 주고 사는 건 무리 같은데요."

남자의 눈앞에 보이는 건 넓은 밭이 전부였다. 동네 슈퍼조차 보이지 않았다. 남자가 우려스러운 표현을 하자 김철영이 말했다.

"그렇게 고민하다가는 돈 못 벌어요. 이만한 정보를 가지고 있는데 그냥 돌아가자고?”

땅을 둘러보는 김철영과 남자의 옆으로 한 농부가 경운기를 타고 지나갔다. 농부는 경운기를 멈추고 그들에게 물었다.

“어디서 오신 분들이세요?”

“서울요.”

김철영이 대답했다.

“땅 사러 오셨어요?”

“……!”

그 말에 김철영과 남자는 대답하지 못했다고 한다. 그들은 이곳이 개발된다는 이야기는 극비라고, 누구에게도 발설하지 말라는 말을 들었기 때문이다.

농부가 웃으며 말했다.

“요즘에 서울 사람들이 왜 이리 오시는지 모르겠어요. 이 땅에 뭐 볼 게 있다고. 저쪽의 밭은 저번 주에 평당 15만 원에 계약했다고 하더라구요.”

농부는 말을 전하고 사라졌다.

남자는 계산을 시작했다. 자신들이 사기로 한 가격은 평당 10만 원. 하지만 바로 옆의 땅이 15만 원에 계약을 했다. 사서 바로 팔아도 시세 차익만 5만 원이 남는 일. 남자는 망설이는 것을 멈췄다.

“우리 계약하러 갑시다.”

남자의 이야기를 듣던 희우는 사기라고 확신했다. 뜬금없이 나타나 토지 시세를 알려 주는 친절한 농부는 사전에 약속된 바람잡이가 분명했다. 토지뿐 아니라 상가와 아파트 분양에도 나타나는 바람잡이들은 사람의 판단력을 흐리게 하여 계약을 빠르게 성사시키는 역할을 수행한다.

“그렇게 된 거죠.”

남자가 한숨을 쉬며 말했고 희우는 뭔가를 골똘히 생각했다.

“룸살롱 사장님을 만나 봐야겠네요.”

다음 날, 김철영의 아파트 인근의 커피숍이었다. 희우와 남자는 김철영을 기다리고 있었다.

잠시 후 못마땅한 표정으로 김철영이 들어왔다. 김철영은 작은 키였지만 단단해 보이는 체형에 짧은 스포츠머리를 하고 있었다.

"무슨 일이오? 그때 다시는 안 볼 것처럼 하더니 연락을 다 하고."

자리에 털썩 앉은 김철영은 희우는 바라보지도 않고 입에 담배를 물었다. 희우가 자리에서 일어나 김철영에게 고개를 숙였다.

"안녕하세요. 저는 조카 김희우라고 합니다."

"조카까지 끌고 나왔어?"

김철영은 기분이 좋지 않아 보였다.

남자가 심호흡을 한 후 입을 열었다.

"여쭤보고 싶은 것이 있어서 연락을 드렸습니다."

"말씀하세요."

"그때 투자했던 땅에 대해 궁금한 게 있어서요."

그 말에 김철영의 인상이 찌푸려졌다.

"내가 웬일로 연락을 다 했나 했네. 아직도 나를 원망하고 계시오? 그것 때문에 나도 얼마나 많은 손해를 봤는지 알잖아? 나도 거지 될 뻔했어!"

잠시 숨을 돌리며 차가운 커피를 벌컥 마신 김철영이 다시 말했다.

"내가 오늘 나온 이유가 몇 가지 있는데 그중 하나가 더 이상 뒷말 듣고 싶지 않아서야. 누가 누구 때문에 투자했는데 망했느니 어쨌느니 이제 하지 마세요. 나도 고생했고 힘들었으니까."

김철영 역시 투자에 실패한 후 크게 휘청거렸다고 했다.

"거기에 IMF였잖아요. 내가 할 수 있는 일은 없었어요."

재기를 위해 김철영이 눈을 돌린 곳은 대부업이었다고 한다.

IMF 당시 서민 금융을 풀기 위해 국가에서는 이자 제한을 해지했고 김철영은 은행에서 돈을 빌려 그 돈으로 대부업을 시작했다. 은행이율도 높았지만 대부업 이율은 더 높은 시기였다. 상대적으로 적은 이율의 돈을 빌려 큰 이율로 빌려주는 행위. 김철영의 생각은 맞아떨어졌고, 잠시의 고생 끝에 재기할 수 있는 돈을 벌 수 있었다는 자랑.

하지만 남자에게 김철영이 무엇으로 다시 돈을 벌었고 하는 이야기는 관심 밖의 일이었다.

"부동산 정보를 어디에서 들었나요?"

남자의 질문에 김철영은 다시 인상을 구겼다.

"뭘 듣고 싶어서 온 거요? 가게에 술을 마시러 오는 단골손님 중에 건설교통부 기획실장이라는 분이 있었다고 했잖아요. 그분이라고 해서 IMF가 올 줄 알았나? 갑자기 들이닥친 일이었는데."

"연락은 지금도 하시나요?"

희우가 물었다.

"하지는 않지만 연락처는 가지고 있지요. 높으신 분이니 언젠가 도움이 될 수도 있으니까."

희우는 김철영의 눈을 확인했다. 그리고 자신도 모르게 피식 웃고 말았다.

유력한 용의자라고 생각했던 김철영 역시 사기를 당한 피해자일 수 있다는 생각이 들었다. 아니, 어쩌면 사기꾼들에게는 가장 고마운 호구였을 수도 있다. 자신만 당한 게 아니라 옆에 있는 남자까지 끌어들여 사기를 당한 호구.

물론 김철영이 용의 선상에서 제외되었다는 건 아니었다. 아직 모든 가능성은 열어 둔 상태였다.

사기의 형태는 기획 부동산.

이들의 사기 수법은 세밀하고 대담했다. 거기에 혐의를 입증할 수 있는 방법이 많지 않았다.

토지는 정확한 가격이 정해져 있지 않다. 10원짜리 땅을 1천만 원에도 팔지 않는 경우가 있는가 하면 돈이 급해서 1천만 원짜리 땅을 500만 원에 파는 경우도 있었다. 토지를 비싸게 샀다고 고소를 할 수는 없었다.

도로가 들어오고 상가 건물이 올라간다는 과장 광고를 듣고 매입을 했다고 해도 마찬가지였다. 기망 행위로 고소를 할 수는 있지만 증거를 가지고 있지 않다면 혐의를 입증하기 어려웠다.

하지만 지금은 1999년의 여름이다. 아직까지 부동산 사기꾼들의 시나리오가 완벽하게 만들어지지 않은 시점. 틈을 찾아야 했다.

희우는 잠시 고민을 했다.

만약 김철영 역시 정말 사기를 당했다면? 사기를 당했을 당시 IMF라는 그림자가 때마침 도착하며 모든 핑계가 가능해졌다. 사기꾼이 국가 탓을 하며 책임을 전가한 상황. 그리고 그것을 믿고 있는 피해자.

어떻게 해야 할까 희우가 고민을 하고 있을 때 김철영이 말했다.

"이 말은 안 하려고 했는데, 내가 이 자리에 나온 진짜 이유가 뭔지 아시오?"

"……?"

"박 사장 지금 가지고 있는 돈이 좀 있어요?"

"……?"

"나도 그때 일이 그렇게 되고 마음이 가볍지 않았거든. 그런데 그분도 그랬나 봐. 얼마 전에 전화가 왔어."

"……!"

"그래서 가진 돈이 있으면 나랑 같이 투자 한번 하자고. 이번에는 진짜 확실해요."

기획실장이라는 사람과 연락을 하지 않는다고 하더니 연락을 하고 있다고 말이 바뀌었다.

희우는 자신의 발로 남자의 발을 톡, 건드렸다. 그 신호에 남자는 침을 꿀꺽 삼켰다. 김철영이 오기 전 희우와 말했던 상황이 온 거다.

—그 사람이 다시 투자를 제안할 수도 있어요. 그때 제가 발을 건들면…….

남자는 희우의 말을 떠올리며 천천히 입을 열었다.

"가진 돈이 있기는 한데, 저번에도 그렇게 당했는데 또 투자를 하라구요?"

"이번에는 진짜 확실하대. 그래서 나도 돈을 준비하고 있고요."

"좋습니다. 저도 재기를 준비하고 있어요. 그런데 제가 그분께 직접 전화를 하면 안 될까요? 높은 분이라니까 인사라도 드리고 싶고, 직접 말씀을 들어야 안심할 수 있을 것 같은데요."

김철영은 고개를 저었다.

"높으신 양반들은 자기 전화번호 오고 가는 거 별로 안 좋아해. 구설수에 오른다고 생각하거든. 그리고 그렇게 말하면 오히려 화낼 수도 있지. 기껏 가르쳐 줬더니 의심하고 있다고."

"말이라도 한번 전해 주세요. 저번에 저쪽 투자했던 사람이라고 하면 혹시 모르잖아요."

"말이라도 해 보죠."

남자는 그에게 희우의 연락처를 건네줬다. 그리고 그들은 커피숍을 빠져나왔다.

"사기가 맞는 것 같나요?"

희우는 고개를 끄덕였다.

"지금까지는 사기의 형태에서 벗어나지를 못하고 있네요."

"김 사장도 한패거리 같죠?"

"그럴 수도 있고 아닐 수도 있죠. 사장님은 끝까지 모른 척하세요."

며칠이 지났다. 우용수와 만나 부동산 공부를 하고 집으로 향하던 희우의 핸드폰으로 전화가 걸려 왔다.

-아, 김철영 사장님한테 이야기 듣고 전화했습니다. 건설교통부에 있는 이석진 실장이라고 합니다.

"아, 네. 안녕하세요. 저는 박상진 씨의 조카 김희우라고 합니다. 제가 삼촌 핸드폰을 가지고 나와서요. 지금 옆에 안 계신데 연락을 드리라고 할까요?"

목소리를 연기할 수는 없었다. 스무 살의 목소리와 쉰 살의 목소리는 엄연히 달랐다.

-그래요? 그럼 제가 나중에 다시 전화를 드리겠습니다.

"아니요. 잠시만 기다려 주세요."

놈이 전화를 끊으면 낭패였다. 아직 발신 번호 표시와 통화 녹음 기능이 일반적이지 않은 시기였다. 상대의 전화번호도 모르고 언제 올지 모를 연락을 기다리며 남자와 붙어 있을 수도 없었다.

"삼촌도 연락을 무척 기다리셨거든요. 제가 다 왔으니까 조금만 기다려 주시면 안 될까요?"

-네, 그러지요.

희우의 발걸음은 인근의 파출소로 달리고 있었다.

문을 열고 파출소로 들어간 희우는 앞에 앉아 있는 경찰을 향해 조용히 해 달라는 표시로 검지로 입을 가렸다. 그리고 수첩을 꺼내 글을 적었다.

사기. 연기 좀 해 줘요. 저는 워드 프로그램 사용

경찰은 고개를 끄덕였다.

희우는 경찰의 옆으로 다가가 전화기를 건네고 컴퓨터의 워드 프로그램을 열었다. 귀는 전화기에 최대한 가까이 대어 그들의 대화를 들을 수 있도록 준비했다.

희우가 워드 프로그램에 경찰이 해야 할 대사를 적었다.

안녕하세요. 박상진입니다.

경찰이 말했다.

"안녕하세요. 박상진입니다."

-저번의 일은 안타깝게 되었습니다. 누가 IMF가 올 줄 알았나? 내가 미안해서 잠을 못 자겠더라고. 그래서 이번 토지 계획도, 극비로 진행되는 거라 어디 가서 말하면 안 되는데…….

"가르쳐 주세요. 부탁드릴게요. 이번에는 저도 꼭 재기하고 싶거든요."

-강원도 평창에서 동계 아시안게임 한 거 알죠? 이거 끝나고 거기에 IOC 위원들이 올림픽을 유치한다고 해요. 이게 거의 확정적이에요. 그러면 상가나 숙박 시설도 많이 들어서고 하겠죠? 그중에 노른자 땅을 가진 사람을 알아요.

희우는 웃음이 터져 나올 뻔한 걸 겨우 참았다.

1999년 1월 30일부터 평창에서는 아시안게임을 개최했다. 올림픽 개최 준비를 언제부터 시작했는지는 알 수 없었지만 개최 성공까지는 10여 년이 흘러야 했다. IOC 위원들이 올림픽을 유치하고 거의 확정적이라는 말에 웃음이 나올 수밖에 없었다.

-작년에 카지노 설립하면서 그 지역 땅값이 몇 배가 튀어 오른 건 알죠? 이번에도 그럴 겁니다. 그러니까 이리저리 생각하지 말고 투자하세요.

희우는 그의 이야기를 들으며 파출소에 준비된 메모장에 평창과 올림픽 등 주요 단어를 적어 내려갔다.

-그럼 김 사장님하고 얘기하고 다시 연락 주세요.

상대는 전화를 끊었다.

경찰은 멍한 표정으로 희우를 바라보며 물었다.

"이거 뭡니까?"

"사기잖아요. 지금 증거자료를 모으는 중이거든요. 나중에 증인으로 모셔도 될까요?"

경찰은 흔쾌히 허락을 했다. 희우는 경찰이 증인으로 서 주겠다는 내용을 적어 사인을 받고 상대와의 통화 내용을 프린트했다.

"이것도 한 장씩 가지고 있는 게 어떨까요?"

희우는 통화 내용을 적은 출력물에 사인을 받아 가방에 챙겨 넣었다.

경찰에게 감사 인사를 전한 후 밖으로 나온 희우는 바로 건설교통부의 전화번호를 찾아 전화를 걸었다.

"네, 혹시 이석진 실장님이라고 계시나요?"

-지금 자리에 안 계십니다.

역시 상대는 실제 인물의 이름을 이용하고 있었다. 물론 아닐 수도 있었다. 정말 건설교통부에 있는 인물이 움직이고 있을지도 모른다. 섣부른 판단은 금물이었다.

희우는 바로 김철영에게 전화를 걸었다.

"삼촌이 지금 급한 일이 있으셔서요. 제가 대신 걸었어요. 바로 계약하고 싶다고, 땅 보러 가자고 하시던데요."

몇 가지 문제만 더 해결하면 일은 쉽게 풀릴 수도 있었다.

남자와 김철영 그리고 희우는 평창으로 향했다. 김철영은 대부업으로 많은 돈을 벌었다고 떠벌리며 가는 길을 심심치 않게 해 주었다.

"그런데 학생은 왜 긴팔을 입고 있어? 이렇게 더운데."

희우는 얇은 긴팔을 입고 있었다.

"사실 오늘 삼촌 일하시는 거 보고 친구들과 MT를 가려고 하거든요. 여름방학 며칠 안 남았다고 그 근처에 장소를 잡아 놀자고 하네요. 밤이 되면 추울 것 같아서 긴팔을 입었는데 더워 보이나요?"

"아냐, 아냐. 밤 되면 춥지. 강원돈데. 내가 군 생활할 때는 복날만 지나면 외투를 입었어."

김철영은 다시 자기 이야기를 시작했고 잠시 후, 다시 부동산의 이야기로 말을 이어 갔다.

"그분이 말씀하시는데……."

김철영이 말하는 그분은 이석진이었다.

"지금 이 땅은 정말 황금알을 낳는 땅이래. 자기도 사 놨대. 가르쳐 주지 않으려고 하다가 우리가 가엾어서 알려 주는 거니까 바로 계약하라네요."

도착한 곳은 강원도 평창의 산 아래 도로였다. 기다리고 있던 부동산 업자는 사람 좋은 미소를 걸치고 그들에게 다가왔다.

"실장님에게 전화 받았습니다. 말씀하신 곳이 지금 보시는 뒷산입니다. 이 길에서부터 이 산 위로 숙박업소를 지을 예정이라고 합니다."

산을 오르면서도 업자는 쉬지 않고 말을 이었다.

"여기가 낙점을 받은 이유가, 산이 높지가 않거든요. 아시안게임이 열리는 경기장이랑도 멀지 않아서 관광객들 숙박 시설로 사용하기에 최적이지요. 나중에 펜션 부지로 사용해도 좋구요."

그의 말을 들으며 희우는 정말 그럴지도 모른다는 생각을 가졌다. 경기장과 멀지 않고 훗날에 펜션으로 사용해도 될 정도의 아름다움을 가진 산이었다.

"들으셨죠? 극비라고 하는데, 바로 올림픽까지 간다고 해요. 2010년에 하기로 이미 결정이 났다고 하더군요. IOC 위원들하고 이미 얘기가 끝났대요. 아직 개최지 선정도 발표도 하지 않았지만 윗선에서는 원래 일을 그렇게 몰래몰래 처리하잖아요."

희우는 웃음이 났다. 2010년 동계 올림픽은 밴쿠버에서 했었다. 한국의 피겨 선수가 금메달을 땄던 순간이라 똑똑히 기억하고 있었다.

산의 정상까지는 얼마 걸리지 않았다. 가벼운 산책로 정도의 높이였다. 업자가 넓게 펼쳐진 구릉을 가리키며 다시 말했다.

"이곳이 모두 숙박 시설로 변합니다. 지금부터 가격 상승을 해서 올림픽까지 가지고 간다면 시세 차익은 상상 이상일 겁니다. 이미 땅값은 오르기 시작했으니까 빨리 결정하세요. 아시안게임 전에 사셨다면 정말 대박이었는데 아쉽네요."

업자의 말을 듣던 김철영은 만족스러운 미소를 지었다.

"좋아요, 좋아. 딱 봐도 배산임수 지역이네. 들어 봤죠? 배산임수면 돈 번다면서? 박 사장님, 여기 계약합시다."

남자가 난처한 표정으로 답했다.

"제가 가진 돈을 전부 주식에 넣어 두었는데 그건 돈을 뺀다고 말하면 사흘 후에나 들어온다고 하네요. 오늘은 계약만 하고 잔금은 사흘 후에 입금하겠습니다."

그 말에 업자는 못마땅한 표정을 지었다.

"지금 이 땅을 사려고 기다리는 분만 줄을 세워도 서울까지 가요. 그런데 계약금만 내고 사흘 후에 돈을 넣는다고 하면 땅 주인들이 싫어할 텐데요. 워낙 원하는 사람이 많고 한 번에 입금하겠다는 사람도 많아서 땅 주인들이 기고만장해 있어요."

남자가 미안한 표정을 지었다.

"제가 주식을 잘 몰라서 이렇게 일이 꼬여 버렸네요. 잘 좀 부탁드립니다."

"이거 어떻게 해야 하나……."

"나는 오늘 계약하겠수다."

옆에서 김철영이 큰 소리로 말했다.

희우는 김철영에게는 아무 소리도 하지 않았다. 그가 사기를 당한 사람인지 아니면 바람잡이인지 아직 가늠하지 못했기 때문이다.

"일단 내려가서 얘기하도록 하죠."

업자는 앞장서서 산 아래로 내려갔다.

허름한 사무실에 도착한 업자는 땅 주인으로 여겨지는 사람과 전화 통화를 했다. 몇 번의 사과와 머리를 조아리는 행동. 잠시 후 전화를 끊은 업자가 말했다.

“다행히 사흘을 기다려 주신다고 하네요. 일단 계약금 걸어 두시고, 사흘 후에 꼭 입금하셔야 합니다.”

남자는 감사하다고 말하며 업자에게 고개를 숙였다.

계약서를 쓰고 업자에게 건넨 돈은 계약금 300만 원. 남자의 전 재산이었다. 김철영은 호탕하게 웃으며 통장으로 2억 원을 입금했다.

거래를 마치고 밖으로 나올 때 업자가 다시 말했다.

“그럼 사흘 뒤에 꼭 입금하세요.”

“네, 알겠습니다.”

“이대로 서울 올라가실 거요? 강원도까지 왔는데 뭐 먹고 가야 하지 않나?”

김철영이 말했다.

남자가 희우의 눈치를 봤다.

“삼촌은 김 사장님하고 술 드시고 오세요. 저는 시내에 내려 주시면 버스 타고 친구들 좀 만나고 갈게요.”

남자와 김철영을 보낸 희우가 향한 곳은 평창 군청이었다.

“토지이용 계획을 확인하고 싶은데요.”

“네, 말씀하세요.”

희우는 직원에게 계약서를 건넸다.

“이 지역요.”

직원은 컴퓨터에 주소를 친 후 고개를 갸우뚱거렸다.

“여기 계약하셨나요? 지번 잘못 적으신 것 같아요. 이곳은 계곡이라 개발계획이 전혀 없는데요.”

모든 확인은 끝이 났다.

희우와 남자는 서울에서 다시 만났다. 남자의 좁은 방에 앉아 희우가 말했다.

"민사는 과정이 길고 시간이 오래 걸립니다. 형사로 가세요. 돈은 얼마를 돌려받을 수 있을지는 모르겠지만 추심을 통해서 약간은 받을 수 있을 겁니다."

"감사합니다."

남자는 진심으로 희우에게 감사 인사를 전했다.

"일은 직접 하지 마시고 변호사를 통해서 움직이세요. 물론 변호사를 통하면 수임료가 들어가지만, 제일 확실한 방법입니다."

"혹시 아는 변호사가 있으신가요."

희우는 민석에게 전화를 걸었다.

"김희우입니다."

희우가 할 일은 여기까지였다. 마무리는 전문 변호인에게 맡겨야 했다.

다음 날, 희우는 남자와 함께 변호사 사무실을 찾았다. 민석은 서글서글한 미소로 그들을 반겼다.

간단한 인사 후 그들의 대화는 바로 본론으로 이어졌다.

"부동산 사기라고?"

민석의 질문에 희우는 고개를 끄덕이며 입을 열었다.

"사흘 후, 그러니까 이제는 이틀 남았네요. 내일모레에 잔금을 입금하기로 했습니다. 그때까지는 그들도 안심하고 있을 겁니다. 계약금을 걸었고 완벽하게 넘어왔다고 생각하는 이상 돈을 받기 전에 숨지는 않을 겁니다."

희우는 민석에게 김철영에 관한 일에서부터 지금까지의 일을 세세하게 이야기했다. 민석은 생각에 빠져들었다.

"이틀이라고 하면 시간이 너무 촉박한데? 내용만 들어서는 부동산 사기라고 입증할 만한 증거가 부족해. 증거를 모을 때까지 시간을 끌 수 있겠어?"

희우는 가방에서 물건을 꺼내기 시작했다.

"증거는 가지고 왔습니다. 먼저 평창 군청에서 받아 온 확인서입니다."

희우는 군청의 직원에게 해당 지역은 지번이 잘못되어 있고 개발계획이 없다는 증명서를 받아 왔다.

희우는 계속 말을 이었다.

"그리고 이건 관공서 직원을 사칭했을 때 적어 놓은 전화 내용입니다. 증언은 도움을 주셨던 경찰분께서 해 주신다고 했습니다."

희우가 증거를 하나씩 꺼낼 때마다 남자의 입은 점점 벌어졌다. 희우는 계속해서 가방 속에서 물건을 꺼냈다.

"이건 녹음한 테이프입니다. 부동산 업자라고 했던 사람을 만났을 때의 대화 내용이 전부 녹음되어 있어요."

희우는 마지막으로 작은 카메라와 사진 몇 장을 꺼냈다. 소형 필름을 사용하는 카메라로 라이터보다 조금 더 큰 크기였다. 놀이동산에 가면 쉽게 구할 수 있는 물건이었다.

"몰래 찍느라 얼굴이나 배경이 제대로 나와 있을지 걱정이었는데 생각보다 잘 찍혔더라구요."

희우의 말에 남자의 입은 이미 벌어질 대로 벌어져 턱이 빠지면 어쩔까 걱정이 될 지경이었다.

"그때 긴팔을 입고 간 이유가 카메라를 숨기기 위해서였나요?"

남자의 질문에 희우는 고개를 끄덕였다.

"네."

희우는 소매 속에는 작은 카메라를, 가방 속에는 녹음기를 숨겨 두었다. 그 사실은 남자조차도 모르고 있었다. 어린 학생이 대단하다고는 생각했지만 이렇게 치밀하기까지 할 수는 없다고 생각했다.

하지만 민석은 놀라지 않고 희우가 꺼낸 증거 목록을 보고 있었다. 이미 희우에 의해 몇 차례 놀랐던 적이 있었기에 크게 반응하지 않고 있었다.

사진을 보고 녹음 내용을 들어 본 민석이 말했다.

"이 정도면 충분하네. 준비할 필요도 없겠어. 바로 사건 시작하지."

며칠 후 민석에게 전화가 걸려 왔다.

남자의 돈을 기다리고 있던 사기꾼 일당은 잡혔다고 했다. 부동산 업자 역할을 맡은 사람이 가장 먼저 잡혔다. 그는 다른 사기꾼들의 위치와 연락처를 술술 이야기한 것은 물론이고 거짓말로 그들에게 연락을 취해 체포에 도움까지 주었다.

재밌는 점은, 룸살롱 사장 김철영은 그들과 한패가 아니었다. 그저 돈을 벌고 싶어 하는 무지한 사람이었을 뿐이었다. 김철영은 그들이 사기꾼이었다는 사실에 분노하는 한편 희우에게 무척 고마워했다.

한 사건과 함께 뜨거웠던 여름이 지나가고 있었다.

CHAPTER 12

방학이 끝났다. 희우는 학교로 복귀를 했다. 오랜만에 만난 친구들이 희우에게 인사를 하고 지나갔다.

규리가 희우의 옆에 앉았다.

“또 법 공부의 시작이네.”

규리의 푸념.

“평생 해야지.”

희우는 웃으며 말했다.

치열하고 틈 없는 강의가 끝나고, 점심을 먹어야 할 시간이었다. 규리가 말했다.

“학생 식당에 되게 맛있는 집 들어왔대. 가 보자.”

학교에서는 새로 입찰을 공고했고 선정된 가게 중 하나가 맛있고 양도 많다는 소문이 돌았다.

희우와 규리는 자리에서 일어서서 식당으로 향했다.

다른 학과의 학생들이 식사를 할 시간은 한참 지났다. 하지만 규리가 말했던 곳에는 생각 이상으로 많은 학생들이 줄을 서서 음식을 기다리고 있었다. 다른 식당의 자리가 텅 비어 있는 것과는 대조적이었다.

“정말 맛있나 보다.”

규리가 눈을 빛내며 말했다.

음식을 가지고 식탁에 앉은 희우의 눈에 이채가 돌았다. 보통 학교 학생 식당의 경우 음식의 양은 다른 곳보다 많은 것이 일반적이었지만 새로 들어온 가게는 그 양이 눈으로 보기에도 어마했다.

그들은 첫 수저를 떴다. 맛이 있고 없고를 떠나 깔끔하게 정성을 다했다는 사실은 확실하게 느껴졌다. 음식을 먹은 희우가 기분 좋게 말했다.

"우리 여기 단골 해야겠다."

규리는 그 말에 동의한다는 듯 고개를 끄덕였다.

"정말 정말 맛있다."

그들이 식사를 마쳤을 때는 식당에 학생들이 거의 보이지 않았다. 규리가 물었다.

"강의까지 한 시간 정도 남았는데, 도서관 갈 거지?"

"그래야지."

그때 그들의 옆으로 지저분하게 수염을 기르고 덥수룩한 머리카락을 가진 남자가 나타났다.

"네가 김희우냐?"

희우는 고개를 돌려 그를 바라봤다.

훅, 하고 땀 냄새가 풍겨 왔다. 아직 여름의 기운이 식지 않았다. 조금만 씻지 않아도 땀내가 나겠지만 그에게서 나는 냄새는 오랫동안 씻지 않은 고약한 냄새였다. 하지만 희우는 인상을 찌푸리지 않고 그를 봤다.

"네, 제가 김희우입니다."

"반갑다. 이민수다. 98학번인데 작년에 한 학기만 하고 휴학했어."

'이민수?'

희우는 그에 대해서 기억을 해 보려 했지만 기억에 없는 인물이었다. 희우가 그의 얼굴을 빤히 보고 있자 민수가 씨익 웃었다.

"자퇴를 하려고 민병선 교수님이랑 상담을 하는데 재밌는 애가 나타났다고 말씀을 하시더라. 그래서 보러 왔는데 마음에 드네. 계속 학교 다니기로 결심했으니까 우리 친구 하자."

"네?"

"'네'라니, '응'이라고 해야지. 친구잖아."

군대를 다녀오지 않은 대학생들은 보통 학번과 나이를 중요하게 생각하기 마련이다. 하지만 민수는 그런 것 따위는 상관하지 않는 것 같았다. 거기에 뜬금없는 소리까지. 희우는 어색한 표정으로 그의 악수를 받았다.

민수가 웃으며 말했다.

"생각했던 대로 재밌을 거 같아. 나는 다시 교수님 만나러 가야 하니까 나중에 보자."

그는 손을 흔들며 식당을 벗어났다. 옆에 있던 규리가 벙찐 표정으로 희우를 바라봤다.

"넌 참 이상한 사람들한테 인기가 많은 거 같아. 고등학교 때도 그렇고."

"내가?"

"너 고등학교 때 불량 학생들이랑 여러 사건 있었던 거 알고 있어."

희우는 멋쩍은 표정을 지었다.

규리가 말했다.

"저 봐, 한 명 또 오네."

그들의 옆으로 승환이 다가왔다.

"학생회로 가 봐. 최강진 선배가 좀 보자고 한다."

"최강진 선배?"

최강진, 법학과 학생회장이었다. 검사에서 인권 변호사로 그리고 국회의원이 될 최강진. 희우가 별로 좋아하지 않는 인물이었다. 하지만 앞으로는 가까이해야 할 사람이기도 했다.

"좋아. 지금 가면 되나?"

학생회실에는 최강진 홀로 앉아 있었다.

"왔어? 앉아."

학기 초, 최강진은 희우와 규리에게 모임에 나오지 않는다며 엄포를 놓았던 일이 있었다. 그때의 말투와는 달리 목소리가 부드러웠다. 하지만 희우는 경계를 늦추지 않고 예의를 갖춘 행동을 보였다.

희우는 최강진의 성격을 잘 알고 있었다. 자신보다 아랫사람이 조금이라도 예의에 어긋나는 태도를 보이는 모습을 병적으로 싫어하던 권위적인 모습을 기억하고 있다. 아직 나이는 어렸지만 그 성격은 지금부터 시작되었을 것이다.

"편하게 앉아."

"그럼 앉겠습니다."

최강진은 자리에서 일어서 차를 탈 수 있는 작은 테이블로 이동했다. 최강진이 일회용 커피 봉지를 뜯으며 물었다.

"1학년 톱이 너라며?"

희우는 1학기 시험에서 법학과 1등을 했었다.

"네, 그렇다고 들었습니다."

"뭐 할 거야? 변호사?"

"아직 고민 중입니다."

목표를 밝힐 필요는 없었다.

종이컵에 물을 채운 최강진이 희우의 앞에 커피를 놓으며 자리에 앉았다.

"그래? 나는 검사를 생각하고 있어."

일상적인 이야기가 오갔다. 그리고 최강진이 커피를 마신 후 입을 열었다.

"학생회에 들어와라. 법조계 전역에 선배들이 길을 터놓고 있는 건 알지? 그중에서도 학생회 출신의 길은 고속도로라고 봐도 좋아. 학생회 일을 하면서 선배들을 익히도록 해."

"네?"

예상하고 있던 말이었지만 희우는 짐짓 당황한 척을 했다.

한국 대학교 법학과 학생회에 대해서는 이미 알고 있었다. 한국 대학교 출신의 학연 관계가 심하다는 건 누구나 알고 있었다. 거기에 학생회 출신이라는 유대 관계는 더욱 돈독했다. 법학과의 학생회장은 우수한 학생을 학생회에 들여야 하는 일종의 사명을 가지고 있었다. 그래야 졸업 후 만날 학생회 선배들에게 정통을 이었다며 예쁨을 받을 수 있었다.

희우는 성적이 우수했고 지난 모의재판의 연기자로 참여했던 선배들 덕에 이름이 알려져 있었다. 그래서 당연히 제의가 올 거라고 예상하고 있었다. 하지만 그 앞에서는 최대한 예의 있는 척, 순진한 척, 잘 모르는 척을 하는 중이었다. 남을 업신여기고 위에 서기를 좋아하는 최강진의 입맛에 딱 맞는 후배가 되어야 한다.

최강진이 말했다.

"지금 네가 들어온다고 말을 해도 정식으로 학생회의 일원이 되는 건 아니야. 1학년 학생회도 있기는 하지만 임시야. 차근차근 일을 배우고 2학년이 되어서 정식으로 일을 시작하는 거지. 힘들기는 하겠지만 한번 해 봐. 나쁘지 않을 거다."

희우가 머뭇거리고 있자 최강진이 피식 웃었다.

"다른 1학년이면 내가 이런 제안을 했을 때 덥석 받았을 텐데 신중하네. 마음에 든다. 그러니까 그만 고민하고 들어와."

"……."

"대부분의 학생들은 학생회에 들어오기 위해 학생회장을 찾아온다. 이유는 선배들과의 인맥을 만들기 위해. 하지만 학생회장이 직접 지목해서 학생회에 오라고 하는 경우는 다르다. 내가 직접 너를 끌어 주겠다는 말이야. 내가 이렇게까지 말을 해야겠냐?"

"죄송합니다."

희우는 사과를 건넸다. 그리고 이어서 말했다.

"감사합니다. 열심히 해 보겠습니다."

희우는 일어서서 최강진을 향해 허리를 숙였다. 땅을 보고 있는 희우의 입가에 잔인한 미소가 걸렸지만 최강진이 그것을 알 수는 없었다.

"그렇게까지 인사할 필요 없어. 앉아, 앉아."

낯 뜨거울 정도의 허리 숙임. 하지만 그것을 바라보는 최강진은 만족하고 있었다.

희우는 하나의 선을 그리기 시작했다. 그것은 조태섭이 가지고 있는 라인 중 하나였다.

현재는 희미하지만 점점 짙어질 그것.

한미의 아버지이며 훗날 검찰총장에 오를 김석훈.

사법연수원 수석 출신으로 가까운 날에 김석훈의 오른팔이 될 남자 장일현.

장일현의 최측근으로 정치계의 비리를 알려 주며 공생 관계를 이룰 최강진.

희우는 그 라인을 부숴 버릴 예정이었다.

몇 가지 이야기를 하던 최강진이 말했다.

"아, 이번에 이민수라고 복학했는데 혹시 알고 있나?"

"네, 알고 있습니다."

"그래? 벌써 인사를 나눴어?"

"네."

최강진은 묘한 미소를 보였다.

"지금 1학년은 정말 재밌을 거야. 수능 만점도 있고 민병선 교수님이 탐내는 1학년 학생 그리고 부적응자까지."

수능 만점은 규리를 뜻하는 말이었고 민병선 교수가 탐내는 학생은 희우를 말한다. 그럼 부적응자는?

최강진은 이민수에 대해 설명을 시작했다.

"그놈이 나이가 많아."

"……?"

나이가 조금 들어 보인다고 생각했는데 이유가 있었다.

처음에 이민수는 의과 대학에 입학했다. 하지만 적응을 하지 못하고 자퇴를 했다. 그의 이야기에 따르면 원래부터 의사라는 직업에는 관심이 없었고 예술을 하고 싶었다 했다. 그리고 음대와 미대를 동시에 고민했다고 한다. 그가 가진 성적이면 실기가 엉망이어도 어느 학교든 들어갈 수 있는 상황이었다. 하지만 수능 성적으로 들어갔다는 소리를 듣고 싶지 않아 규모가 있는 각종 피아노 콩쿠르와 미술 공모전에서 수상을 했다.

수능을 치른 민수는 음대로 결정. 결과는 역시 자퇴. 대학에서 가르치는 학문은 그에게 매력적으로 다가오지 못했다.

또다시 수능. 이번에는 한국 대학교 법학과에 입학.

한국 대학교 법학과를 선택한 이유는 부모가 원해서였다. 하지만 또 자퇴를 하려 했는데, 이번에는 부모가 말렸다고 했다.

최강진이 말했다.

"자퇴하려고 했는데 부모님이랑 한참을 싸우다가 휴학으로 협의했다더라. 아까 물어보니까 1년 동안 여기저기 혼자 여행 다녔다고 하던데?"

지금까지의 행보만 놓고 보자면 이민수는 입시에 관해서만큼은 천재 소리를 들어도 모자랄 사람이었다.

"아까 농담인지 진담인지 이런 말을 하더라. 음악이나 미술도 해 봤고 이과, 문과도 했는데 남은 건 체대여서 체대를 가 보려고 했다고. 미친 새끼! 하하하하."

크게 웃던 최강진이 겨우 웃음을 멈추며 말을 이었다.

"어쨌든 잘 지내봐. 특이하기는 하지만 나쁜 사람은 아니니까."

나쁜 사람이 아니다? 나쁜 사람의 개념을 어디에 두어야 할지 모르지만 정확한 건, 속을 알 수 있는 얼굴은 아니었다.

희우는 범죄자와의 심리 싸움을 수없이 해 오던 사람이다. 그런 희우에게도 보이지 않는 민수의 뒷모습. 최강진의 말만으로 판단할 수 있는 사람이 아니었다. 하지만 앞에서는 수긍했다.

"네, 알겠습니다. 잘 지내보겠습니다."

민병선 교수실.

민병선 교수의 앞에 이민수가 앉아 있었다.

"자퇴한다고 한 거 철회하고 싶습니다."

이민수는 장난기 가득한 목소리로 말했다.

"마음에 들었나?"

"네, 마음에 들었습니다."

민수는 교수에게 인사를 하고 밖으로 나갔다.

아침에 자퇴를 하겠다고 찾아온 이민수는 말했었다.

"제가 그동안 많은 입시를 치렀던 이유 중의 하나가 꿈이라는 개념이 궁금해서였습니다. 하지만 지금은 아닙니다. 어떻게 산다고 해도, 무엇을 이룬다고 해도 끝은 정해져 있다고 봅니다. 재미가 없습니다."

"……?"

"여행을 하면서 타인을 만나 봤습니다. 재밌었습니다. 특히 복잡한 사람일수록 지켜보는 일이 재미있었습니다. 저는 지금 사람이 몹시도 궁금합니다."

"……?"

"기억하는 선배, 동기 중에는 특별한 사람이 보이지 않았었는데, 혹시 신입생 중에 재미있는 녀석이 있습니까?"

만병선 교수는 이민수를 상당히 높게 평가하고 있었다. 그가 가진 법에 대한 이해력의 속도는 범인의 범주를 넘어섰기 때문이다. 민병선 교수는 이민수가 공부를 포기하기에는 아깝다고 생각했다.

"내가 자네를 상당히 높게 보고 있는 거 알지?"

"네, 알고 있습니다."

"자네보다 높게 평가하는 학생이 있네."

"……!"

이민수는 민병선 교수를 단 한 학기 마주했을 뿐이지만 그가 헛소리를 할 사람은 아니라고 알고 있었다.

"1학년에 김희우라는 학생이 있지. 한번 만나 보도록 해."

그길로 이민수는 희우를 만나러 나갔다.

그리고 실제로 만났을 때 민수는 희우가 너무도 마음에 들었다. 며칠 동안 감지 않은 머리와 양치하지 않은 치아 등, 자신의 몸에서는 악취가 나고 있을 것이 분명했다. 하지만 희우는 인상 한번 찌푸리지 않았다. 건넨 악수도 스스럼없이 받았다.

가장 중요한 건 눈빛.

희우의 눈빛은 이민수의 눈빛을 파고들어 내면을 뒤지고 있었다.

아침의 일을 기억하던 이민수는 조용한 미소를 지었다.

'아직 스무 살이라…….'

민수의 옆으로 여학생들이 지나치며 코를 틀어막았다. 하지만 그는 상관하지 않았다.

"내 모습이 더럽냐? 니들 속은 더 더러워, 흘흘흘."

학생회실에서 나온 희우는 도서관에 있었다. 규리가 희우의 어깨를 토닥이며 휴게실로 가자고 신호를 보냈다.

"학생회에서는 왜 부른 거야?"

"학생회에 들어오라고."

"정말?"

그녀는 그 말의 의미가 무엇인지 알고 있었다. 승환이 다가왔다.

"최강진 선배가 너 학생회에 들어오라고 했다고?"

승환은 인상을 썼다. 승환도 학생회 소속이었다. 하지만 그는 지원을 해서 들어간 것이고 희우는 선배가 직접 선택을 했다. 마음에 들지 않았다. 학생회장이 직접 선택했다는 건 그 라인의 직계라는 의미를 부여하는 것이었다.

승환은 뭔가 생각을 하더니 규리에게 물었다.

"너도 학생회 들어올 거야?"

"나? 나는 아무 소리 못 들었는데."

"희우도 하니까 같이하지. 1학년은 정식 학생회가 아니니까 언제든 들어올 수 있어."

승환은 희우가 학생회에 들어오는 건 달갑지 않았지만 규리까지 함께한다면 나쁘지 않다고 생각했다. 그녀는 언제나 희우의 옆에 있었기에 이번에도 그럴 줄 알았다. 하지만 대답은 달랐다.

"난 못 해. 과외 때문에 학과 공부 따라가기도 벅찬데 학생회 일까지 하면 아무것도 할 수 없을 거야."

그녀의 답에 승환은 약간 더 기분이 나빠졌다. 그 기분을 희우에게 풀기 시작했다.

"1학기 때 아무것도 안 하고 갑자기 학생회 들어오면 싫어할걸. 너 1학기 때 공식 모임 제외하고는 다른 행사 참여 거의 안 했잖아."

규리에게 말했던 '언제든 들어올 수 있어.'라는 의미와 상반되는 말이었다.

"그럴 수도 있겠지. 그러니까 네가 좀 도와줘."

희우는 노골적으로 적대감을 표시하는 승환에게 도와 달라고 말을 했다.

"내가?"

승환은 놀라 손으로 자신을 가리키며 되물었고 희우는 조용히 고개를 끄덕였다.

"내가 사회성이 부족해서 친구가 별로 없잖아. 학생회 활동하는 사람 중에는 너하고만 대화를 했던 것 같은데. 좀 도와줄 수 없겠어?"

옆에서 듣고 있던 규리가 커피를 한 모금 마시며 그 말을 받았다.

“희우가 말이 별로 없으니까 인사하는 친구 말고 대화하는 사람은 승환이 너하고 나밖에 없잖아. 옆에서 사람 좀 사귀게 도와줘야겠다.”

그녀의 말에 승환은 어깨를 당당히 폈다.

“하하하, 그럼 내가 적응할 수 있도록 도와주지.”

희우는 다시 커피를 입에 대며 옆에 앉아 웃고 있는 승환을 바라봤다. 승환은 승리를 위해서라면, 아니 큰 수임료를 얻기 위해서라면 어떤 짓이든 다 하던 변호사였다. 아직 어설퍼서 그렇지 지금도 다를 바 없었다. 희우는 그의 과장된 행동을 보다가 규리를 흘끔 돌아봤다.

‘규리를 좋아하나?’

규리와 있을 때만 나타나는 점, 규리의 말에 즉각적으로 반응하며 행동하는 점 등으로 유추해 봤을 때 승환은 그녀에게 어떤 호감이 있는 것 같았다.

생각을 하던 희우는 어이없다는 듯 웃었다.

‘연애도 못 해 본 놈이 남의 감정을 어떻게 알아?’

학교 수업의 난이도는 점점 올라가고 있었다.

민법 민병선 교수의 수업이었다.

“100평의 땅이 있었다. 땅의 주인은 오빠. 땅 위에 건물을 세우기로 했어. 그런데 이 건물의 소유자는 오빠와, 동생 둘. 오빠는 건물을 세우기로 하고 땅을 담보로 근저당을 설정하고 대출을 받았다.”

학생들은 숨소리조차 내지 않고 수업에 집중하고 있었다.

“그런데 이 오빠가 돈을 갚지 못했어. 결국 경매에 나왔고, 김 씨가 낙찰을 받았다. 건물은 아직 완공되지 못하고 세워지는 중이었지. 낙찰을 받은 김 씨는 바로 오빠와 동생 둘에게 건물을 철거하라는 소송을 걸었어. 김 씨는 땅만 낙찰받았기 때문이지. 여기서 문제가 뭘까?"

교수가 학생들을 바라봤다. 민병선 교수의 특징인 질문의 시간이다.

학생들은 그의 눈을 피하며 고개를 숙였고 민병선 교수는 이민수를 가리켰다.

"이민수 학생."

"네."

"오랜만에 수업을 들어 보니까 어때?"

이민수는 크게 웃었다. 그가 웃자 주변에 있던 학생들은 풍겨 오는 입냄새에 고개를 돌렸다.

"하하하, 재밌습니다."

"그럼 질문을 하지. 민법에 의한 법정지상권 성립 요건에 대해 말해 보게."

"토지와 건물이 같은 사람의 소유여야 하며 저당권을 설정할 당시에 토지 위에 건물이 존재해야 합니다. 마지막으로 저당권의 실행으로 토지와 건물의 소유자가 달라져야 하지요."

대답을 민병선 교수는 흐뭇하게 들었다.

"정확하게 대답했군."

그 답을 들은 학생들은 침을 꿀꺽 삼켰다.

지금까지 민병선 교수의 질문에 정확하게 답을 하는 사람은 희우밖에 없었다. 그런데 또 한 사람이 나타났다. 이건 중대한 문제였다. 그것은 그들에게 경쟁해야 할 적이 한 명 더 생겼다는 걸 의미했다.

"자, 그럼 김규리 학생."

"네."

그의 질문이 이번에는 규리에게 향했다.

"법정지상권 성립 요건과 해당 사건을 연계해서 설명해 보도록."

규리는 잠시 생각을 정리했다.

"토지는 오빠의 소유인데 건물은 동생 둘과 함께 소유하고 있습니다. 토지와 건물이 동일 인물의 소유여야 한다는 점에서 법정지상권 성립은 어렵습니다. 그리고 저당권을 설정할 당시 토지 위에 건물이 존재해야 한다고 하지만 완공 상태가 아니기 때문에 이 역시도 마찬가지입니다."

"맞아. 다르게 생각하는 사람 있나?"

규리도 교수가 원하는 답을 내었다. 조금씩 성장하는 학생들.

승환이 말을 했다.

"판례에도 나와 있습니다. 법정지상권을 취득할 권리가 있는 경우 신의성실의원칙상 건물을 철거할 수 없습니다. 다른 의견을 생각해 볼 수는 있지만 답은 나와 있다고 봅니다."

이번에는 민수가 손을 들었다.

"김희우 학생의 의견을 듣고 싶습니다."

말을 한 민수는 희우를 보며 묘한 웃음을 지었다.

"그래, 희우 학생이 말을 해 보지."

희우는 민수가 보인 묘한 웃음의 의미를 생각해 봤다. 하지만 아직 알 수 있는 건 없었다. 일단은 교수가 말한 질문에 답을 해야 했다.

"저는 조금 생각이 다릅니다."

그 말에 승환은 입을 씰룩거렸고 민수는 여전히 미소를 거두지 않고 있었다. 희우가 말을 이었다.

"건물이 오르기 전에 근저당이 설정되어 있었습니다. 건물 소유자들은 그 땅이 넘어갈 수도 있다는 사실을 알고 있었다는 뜻입니다. 그리고 법정지상권에 따르면 저당이 잡히기 이전에 건물의 형태상 외형적 모습이 건축물로 인식되어야 할 정도입니다. 하지만 이 사건에서는 그 후에 건축을 시작했습니다. 법정지상권은 성립되지 않습니다."

그 말에 민병선 교수는 조용히 박수를 쳤다.

"정답이네. 내가 아까 건물을 세우기 전에 근저당을 받았다고 두 번이나 말을 했어. 이게 이번 수업의 핵심이지. 건물의 착수와 완공의 차이점에 대해 알고 있어야 해."

수업을 마치고 민수가 희우의 옆으로 왔다.

"대단한데?"

"알고 계셨던 거 아닌가요?"

"흘흘흘, 수업을 1년이나 쉰 놈이 알아 봤자 조문이지 뭘 알고 있겠어?"

하지만 희우는 그 말을 믿지 않았다. 강의 시간에 보던 민수의 미소는 민병선 교수가 요구하는 답을 정확히 알고 있다는 표현 같았다.

"끝나고 뭐 해? 술 좋아하나?"

"제가 오늘은 약속이 있어서요."

우용수를 만나기로 한 날이었다.

"그럼 내일은? 그런데 존댓말 하지 말라니까. 우리 친구 하자."

옆으로 규리가 다가왔다.

"안녕하세요. 김규리라고 합니다."

"아, 알지, 알아. 수능 만점이잖아. 내가 서점에서 책도 샀어. 수능 보려고."

"네?"

규리는 민수가 또 수능을 보려 했다는 사실을 알지 못했다.

민수는 자신의 가방을 주섬주섬 열더니 작은 문제집 하나를 꺼냈다. '수능 만점 김규리의 백발백중 언어 영역'이라는 제목의 문제집. 표지에는 규리가 안경을 쓰고 국어 책을 읽는 모습이 있었다.

"흘흘흘, 정말이라니까. 사인해 줘. 당분간 수능 볼 생각은 사라졌지만 저자의 사인을 받는 것만큼 기분 좋은 일은 없잖아?"

"네."

규리는 부끄러운 표정을 감추지 못하고 그가 내민 책에 사인을 했다.

"그런데 처자는 술을 좋아하나?"

"아니요, 과외 때문에 시간이 없어서요."

희우와 규리가 연달아 거부를 하자 민수는 못마땅한 표정을 짓더니 말했다.

"그럼 나 혼자 먹을 거야! 삐뚤어질 테다!"

그리고 가방에서 소주병 하나를 꺼내 들었다. 까득, 병뚜껑을 딴 후 한 모금을 마시는 민수. 주변에 있던 학생들은 그런 민수를 못마땅하게 바라봤다.

"강의실에서 한번 마셔 보고 싶었는데 이렇게 기회가 오네? 다음은 화장실 변기 뚜껑 위에서 마실 차례야, 흘흘흘."

민수는 '흘흘흘'이라는 웃음소리를 남긴 채 강의실을 떠났다.

"정말 이상한 사람이다."

규리의 말.

희우는 민수가 나간 자리를 바라봤다. 가끔 천재인 척 또는 특별한 척하기 위해 기행을 하는 사람들이 있었다. 민수도 그쪽 부류인가 생각을 했다.

규리가 말했다.

"조금 있다가 통화 좀 하자. 과외 끝나고 전화할게. 8시면 전화 가능하지?"

한미를 과외 하고 있을 시간이었다.

"아니, 내가 9시쯤 전화할게. 그런데 왜?"

"판례 해석에서 어려운 부분이 있어서."

규리는 종종 희우에게 판례나 조문의 해석을 물어보았다.

희우는 친절하게 가르쳐 줬고 그녀는 스펀지가 물을 흡수하듯 빠르게 성장하고 있었다.

봉사 활동을 다녀온 후 한미의 점수는 빠르게 올라가고 있었다. 기초적인 실력을 다진 후 응용과 심화 과정으로 넘어가자 어려운 문제도 척척 풀어냈다. 김석훈 검사의 피를 이어받아 그런지 머리 하나는 발군이었다.

커피숍 구석에 앉아 채점을 하던 희우가 놀란 얼굴로 한미를 바라봤다.

"너 점수가 왜 이러냐?"

희우의 말에 그녀는 배시시 웃었다.

"이럴 때는 점수가 왜 이러냐고 묻는 게 아니라 그냥 칭찬해 주는 거야."

"이 정도면 수도권 내 대학이 아니라 그 이상도 노려 볼 수 있겠다. 가고 싶은 학과 있어?"

"없어. 특별히 하고 싶거나 배우고 싶은 것도 없고 그냥 점수 맞춰 가려고 하는데. 제일 좋은 대학으로."

그녀는 기지개를 펴며 하품을 했다.

희우가 말했다.

"지금 점수와 추세를 보면 한강 대학교나 명문 대학교의 낮은 학과는 노려 볼 수 있을 것 같아."

"한국 대학교는?"

"거기까지는 어려울 것 같은데."

"한국 대학교 가고 싶었는데. 고등학교 때 공부 안 한 내가 잘못이지."

그녀의 말에 희우가 물끄러미 바라봤다. 지금까지 그녀의 입에서 특별한 대학의 명칭이 나온 건 처음 있는 일이었다.

"우리 학교 오고 싶어? 수능에서는 어떤 일이 일어날지 모르는 거니까, 포기하지 말고 공부하자."

찬 바람이 불어오기 시작했다. 여름이 지나고 가을이 다가왔다. 시간은 거센 물결처럼 흐르고 있었다.

수업을 마치고 집으로 가려는 희우에게 전화가 걸려 왔다. 학생회장인 최강진이었다.

-오늘 끝나고 시간 비워 놔라.

"네?"

-오늘 일현 선배 만나기로 했는데 네 이야기 하니까 무척 좋아하시더라고. 너를 한 번 보고 싶어 하시니까 조금 있다 보자.

희우는 전화를 끊으며 한참을 큭큭대고 웃었다.

그동안 최강진에게 예의 바른 후배, 말 잘 듣는 후배, 그를 존경하는 후배 등을 연기하기 위해 얼마나 애를 썼는지 모른다. 집에서 공부를 하다가도 술에 취한 그가 부르면 시간을 막론하고 달려갔다. 그리고 드디어 그가 마음을 열었다.

졸업한 선배를 만나러 가는데 신입생과 함께할 이유는 전혀 없었다. 그가 같이 가고자 하는 이유는 그들의 라인에 집어넣어 주겠다는 의미가 되기도 했다. 이전의 삶에서 그들은 뱃속에 능구렁이가 백 마리는 들어가 있는 사람들이었다. 하지만 지금은 아직 대학생과 신입 검사. 애송이들이었고, 귀여웠다.

희우는 최강진과 함께 일식집으로 향했다.

음식이 나올 때쯤 장일현이 안으로 들어왔다. 희우는 자리에서 일어나서 그에게 90도로 인사를 했다. 그 모습에 장일현은 만족스러운 미소를 지었다.

"이 친구야?"

"네."

장일현의 질문에 최강진이 답했다.
"안녕하십니까, 김희우입니다."
"그래, 말 많이 들었다. 내가 강진이랑은 종종 보거든. 들었지, 우리 클럽에 대해서?"
'클럽?'
들어 보지 못했던 거다.
최강진이 웃으며 말했다.
"아직 말 안 했습니다. 제가 말하는 것보다 선배님이 직접 하시는 게 좋지 않을까 해서요."
"그래? 그럼 내가 말하도록 하지."
그는 짐짓 엄숙한 표정을 짓고 말을 이었다.
"예전부터 내려오던 한국 대학교 법학과의 비밀 클럽이야."
희우도 알지 못하는 곳이었다.
장일현이 설명을 했다.
편의상 클럽이라고 부를 뿐 정해진 이름은 없다고 했다. 오래전 법학과의 우수한 몇몇이 모여 사법 고시를 준비하는 모임을 만든 것이 시작이었다. 그들은 자신들의 모임에 각 학년에서 가장 우수한 사람만 선발해 연락을 취했다. 그렇게 성장을 해서 지금의 클럽이 되었다고 했다.
장일현이 말했다.
"한국 대학교 법학과 출신의 유대 관계가 돈독한 건 알고 있지? 학연주의로 언론에서 가끔씩 두드려 맞을 정도니까 잘 알고 있을 거다."
"네, 들어 봤습니다."
"우리는 그 이상이다. 학연주의 같은 개념이 아니야."
"……!"
검사로 재직하던 시절에도 들어 본 적 없는 이야기였다. 그만큼 비밀로 하고 있다는 뜻이기도 했다.

"아까 말했지, 가장 우수한 학생들을 선발한다고?"

"네."

"이유가 뭘까?"

좋게 말하면 우수한 사람들이 모여 대한민국을 조금 더 윤택하게 만들기 위해서라는 대의가 깔린다.

하지만 물론 그 이유는 아니었다.

영리한 후배는 반대로 말하면 밑에서 치고 올라오는 유능한 인재다. 그런 사람을 미리 찾아내 자신의 수족으로 만들면 어떨까? 아주 좋은 방법이었다. 선배의 입장에서도 후배의 입장에서도 나쁜 제안은 아니었다.

우수한 선배는 요직에 앉아 후배에게 중요한 사건을 넘겨주고 좋은 이력을 쌓을 수 있도록 만들어 준다. 그리고 후배가 올라올 때까지 그 자리를 지키고 있다가 물려준다. 후배는 선배가 던져 주는 사건을 해결하며 다른 사람이 치고 올라가지 못하게 견제를 한다.

선배는 자리를 주고 후배는 위협이 될 사람을 쳐 내는 공생 관계.

장일현이 말했다.

"내가 알기로는 지금까지 검찰총장이나 대법원장, 법무부 장관 등의 자리에 앉으신 거의 모든 분들이 우리 클럽 출신이셨다."

희우는 그의 이야기를 조용히 듣고 있었다.

대한민국 최고의 두뇌가 모여 있다고 해도 과언이 아닌 한국 대학교 법학과. 그중에서도 우수한 학생을 뽑아 비밀 클럽을 만들었다. 똑똑한 사람들이 모여 누구도 공격할 수 없는 철옹성을 만들었다. 그리고 그것은 지금도 이 사회에서 깊게 박혀 움직이고 있었다.

최강진이 말했다.

"사실 조금 고민을 했었어. 이번 1학년에 우수한 학생들이 너무 많잖아. 수능 만점으로 유명해진 규리나, 어머니는 국회의원에 아버지는 로펌 대표를 하고 있는 승환이. 하지만 나는 너를 선택했다."

희우가 그를 향해 고개를 숙였다.

"감사합니다."

"이유가 궁금하지 않아?"

"궁금합니다."

희우는 그의 눈을 공손히 바라봤다. 최강진이 말했다.

"승환이는 부모님을 걷어 내고 나면 매력이 떨어지지. 부모님의 후광이 커. 규리 같은 경우는 조금 고민을 했지만, 대학에 들어와서는 최고의 위치에 오르지 못했지."

"……."

"너를 선택한 이유는 조심성 있고 야망이 있어 보였기 때문이야. 그리고 알아보니까 집이 가난하던데."

희우는 고개를 끄덕였다.

"네, 부유하지는 못합니다."

최강진이 계속 말을 이었다.

"그래, 어렵게 자란 사람들은 독기가 있지. 가난을 벗어나기 위한 열망도 있고. 너는 독기에 열망 그리고 야망에 실력까지 갖췄다고 생각한다. 그래서 선택했다."

희우는 다시 고개를 숙여 감사하다는 말을 전했다.

그때, 미닫이문이 열리고 회가 담긴 접시가 들어오기 시작했다. 화려하게 차려진 한 상에 장일현이 술을 따랐고 희우는 두 손 모아 그의 술잔을 받았다.

장일현에게 술을 받는 희우의 모습은 평범한 대학생이 아니었다. 보통의 대학생이라면 그저 두 손으로 잔을 받고 윗사람을 피해 몸을 틀어 마시는 정도였다. 하지만 희우는 술잔의 아랫부분에 한쪽 손을 살며시 대고 다른 손으로 잔의 둘레를 쥐었다. 그리고 술이 찬 잔을 바로 테이블에 놓는 것이 아니었다. 희우는 잔을 올려 입술을 적실 만큼만 댄 후 내려놓았다. 제대로 된 주도를 보이고 있었다.

장일현은 그 모습에 기분이 무척 좋아졌다.

"강진이 네가 정말 물건을 찾았구나?"

최강진은 장일현의 칭찬에 어깨가 으쓱해졌다. 희우가 난놈인 건 알고 있었지만 술을 마시는 예의까지 완벽하리란 건 예상치 못한 일이었다.

"제가 사람 보는 눈은 있잖아요."

최강진이 기분 좋게 웃으며 희우의 어깨를 두들겼다.

술을 마시고 술잔을 채우는 행동이 쉬지 않고 이루어졌다. 희우는 최대한 예의를 갖추며 선배를 어려워하지만 제대로 된 후배의 모습을 연기했다.

희우가 기억하는 최강진이나 장일현은 권력이 주는 독에 취해 있었다. 남을 업신여기길 좋아하고 누군가가 고개를 숙이고 허리 숙이는 걸 무척이나 좋아라 하던 사람들이었다. 그 성품이 나이가 어리다고 없을 리 없었다.

그 예상은 맞았다. 장일현은 점점 기분이 좋아지고 있었다. 연수원 수석 출신이라고 해도 이제 막 검사복을 입은 신입이었다. 희우나 강진의 앞에서는 어깨를 펴고 선배의 모습을 하고 있지만 출근 후 욕을 먹는 애송이였다. 그런 그가 오랜만에 선배 대접을 받고 있었다. 그는 자신이 더 대단한 존재라는 걸 말하고 싶었다. 자신을 존경한다는 눈빛을 가득 담은 희우에게 자신의 위대함을 가르쳐 주고 더욱더 존경을 받고 싶었다.

그는 검사로 현업에서 겪은 일을 과장되게 이야기하기 시작했다. 희우가 듣기에는 허세 가득한 말뿐이었지만 그는 모른 척했다. 대신 눈을 크게 뜨고 그의 말에 리액션을 보이며 놀라워했다.

한참을 이야기하며 웃음꽃을 피우던 때에 희우가 물었다.

"선배님 정말 대단하세요. 검사가 되면 높으신 분들하고 비밀 회동도 하고 그러나요?"

별 뜻 없이, 그의 기분을 맞춰 주기 위해 던진 말이었다. 하지만 장일현은 허세 섞인 말을 들으며 크게 놀라워하는 후배의 기대를 충족시켜 주고 싶었다. 술도 많이 마셨고 취기도 가득한 상태였다. 장일현이 말했다.

"이건 비밀인데……."

희우는 그의 목소리에 최대한 집중하는 척했다. 들어 봤자 의미 없는 시간임을 알고 있었다. 대단한 척하고 있지만 일개 초임 검사였기 때문이다.

"너희 DHP머니 알고 있지?"

최강진이 고개를 끄덕였다.

희우의 눈은 번뜩였다. 과장되고 허세 가득한 말을 기다리고 있었는데 그의 입에서 뜻하지 않게 DHP머니라는 단어가 나왔다.

"텔레비전에서 광고 엄청 하는 회사 아닌가요?"

희우가 물었다.

"그래, 거기. 거기 대표님을 만났었거든."

DHP머니 대표라고 한다면 조태섭의 최측근 중의 하나인 박대호였다.

희우의 반짝이는 눈에 장일현은 다시 술을 한 모금 입에 털어 넣었다.

사실 그가 박대호와 약속을 하고 만나지는 않았다. 조태섭의 최측근이자 DHP머니의 대표인 박대호가 이제 임관을 한 검사를 만나 줄 리도 없었고, 장일현은 아직 그들과 연관되지 않은 시기였다. 조금 전 그가 이야기했던 법학과의 우수한 학생들을 선발한다는 클럽. 장일현은 그곳의 한 선배를 만났던 자리에서 박대호와 우연히 마주쳤다. 하지만 장일현은 그 이야기의 주체가 자신인 것처럼 늘어놓기 시작했다.

"DHP머니 대표님이 새로운 사업을 구상한다고 하시더라고. 그 송파에 주택가 있잖아? 거기를 재개발한다고 하셔."

'송파 주택가 재개발?'

우용수가 재개발을 예견했던 자리였고 희우가 죽을 당시에도 그대로였던 동네를 말하고 있었다. 어찌 되었든 재개발 이야기가 나오면 값은 될 테고 우용수는 재개발을 기다리지 않고 모두 정리할 것이다.

'스승님 돈 벌겠네.'

희우는 우용수가 많은 돈을 벌겠다는 생각을 하며 앞에 있는 잔을 들어 한 모금 마셨다. 장일현은 계속 떠벌리고 있었다.

"DHP머니 대표가 무섭긴 하더라. 그쪽에 재개발을 준비한다고 하면서 그 지역에 땅하고 주택이 제일 많은 사람을 타깃으로 잡았나 봐."

그의 말을 듣던 희우의 눈빛이 차갑게 변했다. 하지만 그 사실을 아는 사람은 아무도 없었다. 장일현이 말을 이었다.

"한 사람이 몰아서 가지고 있다고 하면서, 그 사람만 처리하면 쉬울 거라고 하더군."

지금까지 장일현이 한 말은 논리적으로 이어지지 않았다.

송파에 재개발이 일어나며 그것을 DHP머니 대표가 준비하고 있다, 하는 말부터 잘못되었다. 금융권의 대표가 재개발을 추진한다는 것부터가 어폐가 있었다. 희우는 장일현이 주워들은 말을 지껄일 뿐이라는 걸 알았다. 희우는 장일현의 말에서 허세와 과장을 제외하고, 박대호가 끼어 있다면 조태섭이 움직이고 있다고 예상했다.

장일현의 마지막 말.

"그 이름이 뭐라더라? 우용철이라고 하던가 뭐 그랬는데, 나이 많은 양반이 돈이 많다고 하더라고."

장일현이 이름을 잘 기억하지 못하고 있었지만 지칭하는 사람은 분명 우용수였다.

희우의 머릿속이 빠르게 회전하며 생각을 정리했다.

장일현이 박대호와 둘이 만났을 리는 절대 없다는 건 이미 예상하고 있었다. 조태섭은 박대호에게 임무를 줬다. 박대호는 법적인 문제를 해결하기 위해 검사를 만났을 것이다. 장일현은 그 자리에 우연히 끼어 있었을 뿐.

'장일현은 박대호 그리고 김석훈과 함께 있었다.'

다음 날, 우용수를 만난 희우. 여느 때라면 부동산에 대한 이야기를 듣고 있을 희우였지만 오늘은 달랐다. 희우가 말했다.

"조용한 곳에 가서 차 한잔 드시죠."

평소와 다른 희우의 표정에 우용수는 허락을 했다.

그들이 향한 곳은 낮에는 차를 팔기도 하지만 밤에는 막걸리와 파전을 파는 한산한 가게였다. 우용수가 물었다.

"하고 싶은 이야기가 있구나."

"네."

"말해 봐."

희우는 작은 찻잔에 차를 따른 후 입에 대었다.

"스승님이 가지고 계신 부동산 전부 빠른 시일 내에 처리했으면 합니다."

"뭐?"

"어제 학교 선배를 만났습니다. 검사 일을 하는 선배죠. 그 선배가 말했습니다. DHP머니에서 스승님이 가진 건물과 땅을 노리고 있다고요. 스승님이 예상하셨던 대로 지금 그 지역에 재개발계획이 있는 것 같습니다."

우용수는 조용히 그의 이야기를 듣기 시작했다. 자신의 땅과 건물을 노린다는 말을 듣고 있었지만 우용수의 표정에는 아무런 변화가 없었다.

묵묵히 듣던 우용수가 물었다.

"그런데 재개발이랑 DHP머니가 무슨 상관이지?"

"DHP머니의 뒤에 정치권이 있는 것 같습니다."

희우는 조태섭에 관한 이야기는 꺼내지 않고 장일현에게 들었던 이야기를 돌려서 들려줬다.

가만히 생각에 빠졌던 우용수의 입꼬리가 슬며시 올라갔다. 그리고 어린애처럼 좋아하기 시작했다.

"내 말이 맞지? 거기 재개발한다니까. 그쪽이 송파에서 몇 안 되는 노른자 땅이야. 잠실 가깝고 외곽 순환도로 옆이잖아. 버스나 전철, 교통편도 좋고. 그뿐인 줄 알아? 뒤에 산이 있어서 공기도 좋아. 서울에 그만한 땅이 없다고. 역시 내 예상은 틀린 적이 없어."

"지금 그게 중요한 게 아닌데요."

"중요하지, 이 사람아. 내 생전에 그 지역이 바뀌는 걸 볼 수 있다는 말 아닌가?"

희우는 고개를 저었다.

"아니요. 앞으로 오랜 시간 그 지역이 바뀌는 일은 없을 겁니다."

"……!"

"제가 막을 겁니다."

우용수가 눈을 동그랗게 뜨고 희우를 바라봤다.

"자네가 왜 막아?"

"그쪽 사람들이 마음에 들지 않네요."

우용수는 고개를 저었다.

"땅을 사고팔고, 건물을 사고팔고 할 때 감정이 들어가면 필패야."

"그건 나중의 일이니까 그때 생각해 보겠습니다. 일단 스승님이 가지고 계신 부동산을 어서 처분하는 게 좋을 것 같습니다."

우용수는 다시 생각에 빠졌다.

"그런데 상대가 내 물건을 어떻게 가지고 간다는 거지?"

희우는 차를 한 모금 다시 마셔 목을 축인 후 입을 열었다.

"스승님이 가지고 계신 부동산의 대출 비율이 얼마나 되는진 모르겠습니다만 제가 DHP머니라면 스승님의 이자율을 최대로 끌어 올릴 겁니다. 감당하기 힘들 정도로요."

"……!"

"그리고 경매에 넘겨 버릴 겁니다. 경매장에 쏟아진 물건은 놈들이 헐값에 가지고 가겠죠. 스승님에게는 빚만 남겠구요."

우용수의 눈이 차가워졌다.

"내 주거래은행하고 DHP머니하고는 아무 관련이 없어."

"은행 통폐합이 이뤄지고 있는 건 신문을 보면 아시잖아요. 해외 자본을 가지고 있는 DHP머니가 부실한 은행 하나를 꿀꺽하는 건 어려운 일이 아닐 텐데요. 게다가 정치권의 힘을 가지고 있죠. 모든 일은 합법적으로 이루어질 겁니다. 스승님이 버틸 재간은 없다고 생각합니다."

우용수는 고개를 저었다.

"너무 앞서가는 게 아닐까 한다. 네 말대로 은행 하나를 꿀꺽할 수 있는 힘을 가진 금융권이 노인네가 가지고 있는 조그만 땅을 먹으려고 덤빌까?"

"네. 그 작은 땅의 가치를 알고 있다면 이빨을 드러낼 겁니다. IMF의 태풍이 지나가고 있습니다. 이 시기가 지나면 그동안 경기를 끌어올리기 위해 풀었던 돈은 모두 어디로 향할까요? 지금까지 멈춰 있던 돈이 향하는 곳은 부동산이지 않을까요?"

우용수는 아무 말을 하지 않았다. 희우가 계속 말을 이었다.

"강남, 서초, 송파. 부동산 불패 지역입니다. 거기에 재개발이라고 한다면 지금의 값에서 적어도 대여섯 배는 뛸 것 같은데요. 요리하는 방법에 따라 그 이상이 될 수도 있겠지요. 그 정도 거액의 가치를 가지고 있고 게다가 뺏기까지 쉽다면 당연히 먹으려고 하지 않을까요?"

우용수는 인상을 찌푸렸다.

"못된 놈."

"네?"

"이런 말을 하는데 차를 마시고 있어?"

“……!”

“사장님! 여기 파전하고 막걸리 좀 가져다주시오.”

주전자에 막걸리가 담겨 오고, 우용수는 벌컥벌컥 들이켰다.

“에잉, 좋은 일은 나중에 하려고 했는데 빨리 하게 생겼네.”

그는 지금까지 번 돈을 모두 자선단체에 기부하겠다는 말을 했었다. 그렇게 하는 일이 평생을 돈만 좇던 사람이 박수받을 수 있는 유일한 기회라고 생각했고 먼저 죽은 아내에 대한 사죄의 뜻이기도 했다.

파전을 찢어 초고추장에 찍어 입으로 가지고 간 그가 입을 열었다.

“부동산에 대한 마지막 교육이다. 절대 정치권과는 싸우려고 하지 마라.”

“알겠습니다.”

“부동산은 정책에 따라 흔들린다. 그걸 만드는 게 정치권이고.”

“네.”

희우는 순순히 대답을 했지만 속마음은 달랐다.

‘그 정치권, 제가 다 바꿔 버리지요.’

우용수는 다시 막걸리를 입에 부어 들이켰다. 아무렇지 않은 척하고 있었지만 속이 타들어 가는 건 어쩔 수 없었다.

비어 있는 주전자를 테이블에 탁, 하고 내려놓으며 그가 물었다.

“그럼 이제부터 다 팔아야 한다는 거지?”

“네. 그리고 될 수 있으면 등기 이전은 한꺼번에 하는 게 좋을 것 같습니다.”

“왜지?”

“놈들은 스승님의 자산 이동을 예의 주시하고 있을 게 분명합니다. 먹잇감이니까요. 도망간다 싶으면 합법적이 아니라 비합법적인 일을 벌일 수도 있겠지요. 그런 일은 애초에 막아야 한다고 생각합니다.”

우용수는 그 말을 인정했다.

"눈치 못 채게 한 번에 정리해 버리는 게 안전하겠네."

그는 다시 인상을 찌푸렸다. 그리고 카운터를 향해 다시 외쳤다.

"막걸리 하나 더 가져다주시오!"

금요일이었다.

희우는 강의를 마치고 도서관에서 공부를 하고 있었다. 그의 옆으로 규리가 왔다.

"오늘 바빠?"

"아니, 왜?"

"아빠가 너 보고 싶다고 하던데."

"오늘?"

그녀는 고개를 끄덕였다.

그녀의 아버지 김동서는 일하게 된 직장에서 추석 보너스를 받았다고 했다. 얼마 안 되는 돈이지만 뭐라도 고마움의 표시를 하고 싶다며 희우를 오라고 했다.

"좋아."

그는 책을 덮고 도서관에서 일어났다.

규리네 식구는 집 앞 고깃집에서 삼겹살을 굽고 있었다.

"왔어?"

김동서가 손을 흔들며 희우를 반겼다.

"안녕하세요."

허리 숙여 인사한 그가 자리에 앉자 김동서는 흐뭇한 표정으로 그를 바라봤다.

"자네는 내 은인이야, 은인."

규리가 희우에게 물었다.

"도대체 아빠랑 어떤 말을 했었어?"

"그건 사나이끼리의 비밀이지."

희우에게 한 질문이었지만 대답은 김동서가 했다. 김동서에게 파산에 대해 설명을 했을 때 희우는 그 내용을 규리에게 알리지 말기를 부탁했었다.

김동서의 옆에 앉아 있던 규리의 엄마가 잘 익은 고기를 들어 희우의 접시에 올려놨다.

"어서 들어요."

그녀는 희우에게 말을 놓지 않고 있었다.

"네, 감사합니다."

"이리로 이사 오니까 좋은 점도 있어. 내가 사업한다고 한창 일을 할 때는 가족 간에 이렇게 식사를 한 일이 거의 없었거든."

김동서가 사뭇 진지한 표정으로 말을 시작했다.

규리의 양아버지인 김동서는 꽤 규모 있는 유통업을 하고 있었다. 새벽부터 늦은 밤까지 일을 하며 가족과 보낼 시간이 없었다고 했다.

"내 사업이고 내 일이었지만 지금 보면 남의 일을 한 게 아닌가 생각이 들어."

그는 술을 따라 목으로 넘겼다.

"술 마실 줄 알지?"

"네."

희우가 대답하자 규리가 고개를 저었다.

"희우는 술 잘 안 마셔요."

"내가 술 한 잔 따라 주고 싶어서 그래."

"괜찮아."

희우가 빙긋 웃으며 규리에게 말했다. 그녀는 더 이상 말리지 못하고 가만히 고기를 들어 입에 집어넣었다.

희우가 잔을 받고 김동서가 술을 따랐다.

"딸은 있으니까 아들도 하나 있었으면 했거든. 아들과 함께 포장마차에서 술잔을 주고받는 건 남자의 로망이네."

그에게 술을 받으며 희우는 생각했다. 아버지와 술을 마신 적이 없었다.

'남자의 로망이라…….'

아버지와 술잔을 주고받는 생각만 해도 입가에 웃음이 났다. 희우도 아버지와 술을 주고받는 장면을 수도 없이 부러워했었다. 과거로 돌아와 꼭 해 보고 싶던 일 중 하나였는데 왜 하지 못하고 있었을까? 시간이 없었다는 건 핑계다. 없다면 만들어야 했다.

"그런데 우리 규리와는 어떤 사인가?"

김동서가 말했고 희우는 당황했다.

"네?"

규리의 얼굴은 붉어졌다.

"아빠! 우리 그냥 친구 사이라고 했잖아요."

김동서는 고개를 저었다.

"네 얘기가 아니라 희우의 이야기를 듣고 싶구나."

잠시 고민을 하던 그가 입을 열었다.

"사실 그냥 친구가 아닙니다."

희우의 말에 음료수를 따르던 규리는 컵을 엎을 뻔했다.

"뭐? 너 무슨 소리 하려고 그래!"

김동서는 규리의 목소리는 듣지 않은 채 희우의 입에 집중을 했다. 규리의 엄마도 마찬가지였다.

"그래, 그럼 무슨 사인가?"

"정말 좋은 친구입니다."

"……!"

"그뿐이야?"

"네. 정말 좋아하는 친구예요."

실망하는 눈초리였다. 어떤 대답을 원하고 있었을까?

김동서는 희우의 잔에 술을 따랐다.

"뭐, 오늘은 그 정도 대답만 듣기로 하지."

"희우 학생 고기 먹게 말 그만 시켜요."

"내가 무슨 말을 많이 시켰다고 그래?"

그들이 티격태격할 때 규리가 희우에게 조용히 말했다.

"미안. 요즘 들어서 아버지도 그러고 집이 소란스러워졌어."

규리는 이사를 오며 집의 분위기가 더욱 화목해졌다고 했다. 엄하고 위엄 있는 분위기를 가졌던 김동서는 말 많고 장난기 가득한 아버지로 변했고, 집안일보다 친구 만나기를 좋아하던 어머니 역시 가정에 더욱 충실해졌다고 했다.

"부모님은 어떻게 생각하실지 몰라도 나는 지금도 나쁘지 않아."

규리는 생긋 웃으며 고기를 들어 입에 넣었다.

규리의 가족과 헤어지고 집으로 돌아가는 희우의 손에는 돼지고기와 소주가 들려 있었다.

다음 날 아침, 퇴근한 아버지 찬성이 피곤한 얼굴로 상 앞에 앉았다.

"아버지, 오늘 아침은 제가 하겠습니다."

희우의 말에 찬성은 시큰둥하게 고개를 끄덕였다. 밤새 일을 하고 돌아온 아침은 피곤할 수밖에 없었다.

희우는 고기를 굽기 시작했다.

"아침부터 무슨 삼겹살이야?"

어머니 미옥이 핀잔을 줬다.

"아버지, 삼겹살 드시고 싶지 않으세요?"

"응. 안 먹고 싶은데?"

"……!"

"그래도 아들이 해 주는 거니까 먹어야지."

장난스럽게 말하는 찬성. 피곤한 몸이었지만 그는 희우를 향해 웃어 보였다.

희우는 고기를 구워 접시에 담았다. 그리고 소주를 상에 올리며 웃었다. 그 행동에 찬성이 물었다.

"너 왜 이러냐? 용돈 줘?"

"네. 100원만 주세요."

희우의 말에 찬성은 지갑을 열어 만 원짜리 한 장을 꺼냈다.

"필요한 거 있으면 사라."

"감사합니다."

"오늘 학교 안 가?"

미옥이 물었다. 토요일이었지만 요일에 상관없이 학교 도서관을 향하는 아들이었다.

"네, 오늘은 아버지랑 밥 먹고 좀 쉬려구요."

희우는 어머니의 말에 답하며 찬성의 잔에 술을 채웠다. 그리고 말을 이었다.

"방학 동안에 양로원에 봉사 활동을 갔었어요."

"……."

"저는 무슨 일이 있어도 아버지 어머니 모실 거예요."

그 말에 미옥이 피식했다.

"그건 네가 결정하는 게 아니라 며느리가 결정하는 거야. 그리고 요즘 어떤 애들이 시부모하고 함께 살려고 하겠어?"

어머니의 말에 희우가 씨익 웃었다.

"그럼 결혼 안 하고 엄마 아빠랑 평생 같이 살래요."

"징그러워!"
아침에 마시는 부자지간의 소주는 그렇게 정겨웠다.

강의가 시작되기 전의 아침이었다. 승환과 다른 동기 몇 명이 희우의 옆으로 왔다.
"중간고사 끝나고 경제학과 여자애들이랑 미팅하기로 했는데 할래?"
희우는 고개를 저었다.
"아니, 해야 할 일이 있어서."
승환이 이죽거렸다.
"선배들한테만 아부 떨지 말고 우리와도 좀 어울려라."
희우는 친구가 없었다. 규리 외에는 학교생활도 법학과 학생회장인 최강진과 어울리는 게 전부였다. 학생회에 들어 최강진의 눈도장을 받고 싶어 하는 다른 1학년들에게 희우는 눈엣가시였다. 특히 승환은 그 정도가 더욱 심했다.
"사람이 부족해서 그래. 한 번만 가자."
다른 학생이 말했고 희우는 강의실에 앉아 있는 사람들을 둘러보며 입을 열었다.
"나 말고 다른 친구도 많잖아."
학생은 한숨을 푹 내뱉었다. 그리고 희우에게 속삭이듯 말했다.
"쟤네 얼굴을 봐라. 누가 봐도 나 법대생이에요, 하고 쓰여 있잖아. 세상 어느 여자애가 좋아하겠냐?"
책상에 앉아 있는 친구들의 대다수는 도수가 높은 두껍고 큰 안경을 쓰고 있었다. 그런데, 그건 지금 희우의 주변에 몰려든 학생들도 마찬가지였다. 생김새에서 차이점을 느낄 수 없었다.

"비슷한데?"

"……!"

승환이 인상을 찌푸렸다.

"2학년 되면 본격적으로 사법 고시를 준비하느라고 이렇게 놀 시간 없어. 대학 생활하면서 미팅은 한번 해 봐야 하지 않겠어?"

승환의 말에 희우는 생각에 빠졌다. 이전의 삶과 지금의 삶을 생각해 봤을 때 미팅을 해 본 기억은 없었다. '여자 친구'라는 단어에 호기심을 느껴 보지 않았다면 거짓말이었다. 하지만 이전의 삶에서는 삶 자체가 빡빡했기에 여자 친구라는 존재는 사치라고 생각했고, 지금의 삶에서는 자신의 계획에만 빠져 있었기에 주변을 둘러보기 어려웠다. 생각해 보니 승환의 말이 맞는 것 같았다. 대학 생활을 하며 미팅이라는 추억 하나쯤은 만들어도 나쁘지 않을 것 같았다.

"좋아."

희우의 대답에 주변에 몰려든 학생들은 환호성을 질렀다.

5 대 5 미팅이었다. 미팅의 주선은 승환이 했다. 고등학교 동창이 경제학과에 다니고 있다고 했다.

승환은 경제학과 친구와의 대화 중 미팅 약속을 잡았다. 그리고 자신까지 포함해서 4명의 학생을 모았다. 하지만 5 대 5 미팅. 마지막 한 명을 고르는 데 고심했다.

처음 승환의 계획에 희우는 없었다. 하지만 나머지 친구들이 희우를 지목했다. 비싸지 않고 유행을 타지 않는 옷과 신발을 차려입고 다니는 희우였지만 매일 운동을 한 효과인지 겉으로 드러난 몸은 꽤 탄탄해 보였다. 거기에 또래와 다른 어른스러운 행동은 어딘지 모르게 멋있어 보였다.

한 친구가 승환에게 말했다.

"그래도 미팅인데 괜찮은 애하고 같이 가야 하지 않아? 우리만 가면 욕먹어."

사실이었다.

승환은 다른 친구들의 성화를 이기지 못하고 희우와 함께하기로 결정했다. 그리고 희우에게 다가와 미팅 참여를 권유한 것이다.

희우와 승환 등 다른 학생들이 미팅에 대해 이야기를 하고 있을 때 강의실의 문이 열리고 규리가 들어왔다. 희우의 주변에 있던 학생들이 썰물 빠지듯 주변에서 사라졌다. 희우와 규리가 아무 사이가 아니라고 학생들 앞에서 공표를 한 적도 있지만 매일 붙어 다니는 남녀였기에 눈치가 보였던 모양이다.

책상에 앉던 학생이 희우를 보며 손으로 전화를 걸겠다는 신호를 보냈다. 희우는 그들의 행동을 보며 슬쩍 미소 지었다.

책상에 앉아 가방을 열어 책을 꺼낸 규리가 말했다.

"우리 아빠가 그날 좀 그랬지?"

희우가 규리의 식구와 고기를 먹던 날, 그녀의 아버지 김동서는 만취했다. 희우의 손을 잡고 규리 눈에 눈물이 나면 혼난다는 엄포를 놓기도 했고 희우의 볼에 뽀뽀를 하기도 했다. 고약한 술버릇이었지만 희우는 크게 개의치 않았다.

"기분이 좋으셨나 보지."

"어쨌든 미안하다. 아빠가 요즘 기분이 좋은가 봐."

"나도 좋았어."

"그다음 날에 엄마한테 엄청 잔소리 들으셨어. 끝까지 기억 안 난다고 하시더라."

규리는 골치 아프다는 표정을 지으며 다시 한번 희우에게 미안하다고 했지만 그는 정말 기분이 나쁘거나 하지 않았다.

강의가 시작되었다. 학생들은 교수의 말을 단 한 글자라도 놓칠까 집중해서 수업에 빠져들었다.

수업을 마치고 도서관으로 향할 때 전화가 울렸다. 민석이었다.

-친구 살인 사건 최종 공판이 중앙 지방법원에서 있는데 와야지. 너 때문에 시작한 일이기도 하니까 마무리는 직접 확인해라. 법을 배우는 학생의 입장에서 많은 걸 배울 수 있는 재판이기도 할 거야.

전화를 끊은 희우가 규리를 봤다.

"혹시 친구 살인 사건 알아?"

"잠실에서 일어났던 총기 살인 사건?"

총기를 사용하여 친구를 잔인하게 죽인 사건이 있었다. 희우가 고등학교 때 민석의 변호사 사무실에서 아르바이트를 하며 조금이나마 개입했던 사건이기도 했다. 진작 끝나야 할 재판이었지만 피고인 다니엘이 박상욱에게 죄를 뒤집어씌우고 교활하게 무죄를 주장하는 바람에 진행이 더디게 움직였다. 그 사건의 결말이 지금에서야 이루어지려고 하고 있었다.

재판이 이뤄지는 시간에 수업이 있었지만 희우는 법원에 가기로 결정을 했다. 많은 시간이 지나 사람들의 기억에서는 잊혔지만 희우에게는 특별한 사건이었다.

이전의 삶에서 대한민국 법을 비웃고 미국으로 도망갔던 자의 최후를 확인할 수 있는 자리. 그리고 사건의 전부를 해결하지는 못했지만 그 시발점이 자신이라는 사실에 결말을 확인하고 싶은 마음이 컸다.

"그 사건을 진행하시는 변호사님한테 전화가 왔는데 최종 공판이 있다고 하네. 보러 갈래? 너한테도 도움이 되지 않을까 하는데."

"응, 갈래. 부끄럽지만 아직 재판 참관을 해 본 적이 없어."

재판 참관의 과제는 2학년부터 시작되는 일이었다.

하지만 한국 대학교의 1학년들은 진작부터 재판을 참관하고 간접경험을 쌓았다. 과제나 점수를 위함이 아니라 훗날 자신이 서야 할 자리를 미리 보기 위해서였다. 규리는 그 경험이 없었다. 학교를 마치면 과외를 해야 했고 과외가 없는 날은 부족한 공부와 학과 과제에 정신이 없었다. 시험이 얼마 남지 않은 시기였지만 그녀로서는 꼭 경험해 보고 싶은 일이었다.

그녀는 가방에서 다이어리를 꺼내 스케줄 표에 일정을 적었다.

"그럼 내일 역에서 보자."

다음 날. 중앙 지방법원.

규리는 조금 긴장을 했다. 법대생인 그녀에게도 법원의 차갑고 낯선 이미지가 권위적이고 위압적인 모습으로 다가왔다.

형사법정동으로 들어가며 그녀는 긴장된 한숨을 쉬었다.

"내가 재판받는 것도 아닌데 긴장이 많이 되네. 잘못을 했거나 억울하게 오는 사람들은 기분이 어떨까?"

"많이 긴장되겠지."

희우는 대수롭지 않게 말했다.

그녀는 법원의 차가운 벽을 둘러봤다.

"병원보다 더 차가워. 내가 뭐 걸려서 재판받으러 온다고 하면 여기서부터 심장마비 걸릴 거 같아."

그녀의 말에 희우는 말없이 웃었다. 그리고 앞장서서 대기실로 향했다. 대기실에는 민석이 서류를 다시 훑어보며 앉아 있었다.

"왔어?"

그는 반갑게 희우를 맞이했다. 그리고 규리를 바라봤다.

"누구?"

"같은 과에 다니고 있는 친구예요."

희우의 소개에 그녀는 민석에게 고개 숙여 인사했다.

"안녕하세요. 김규리라고 합니다."

민석은 그녀의 이름을 들으며 얼마 전 희우가 도와줬던 학생이란 걸 눈치챘다. 하지만 모른 척했다. 그녀에 대한 배려였다.

잠깐의 인사를 나눈 후 희우와 규리는 법정 안으로 들어갔다. 민석은 희우에게 끝나고 법원 앞에서 기다리라는 말을 하고서는 다시 서류에 집중했다.

희우가 규리에게 물었다.

"살인 사건 공판까지는 시간이 남아 있으니까 다른 재판 참관해 볼래?"

그녀는 당연히 좋다고 말했다.

재판정으로 향하며 규리가 희우에게 물었다.

"너는 어떻게 KMS 변호사님을 알고 있어?"

"강민경 수학 선생님 기억나지?"

"당연히 기억하지. 남자애들이 엄청 좋아하던 선생님이잖아. 우리 캠프 갈 때 준비하셨던 분이기도 하고."

"강민석 변호사님이 강민경 선생님 오빠야. 선생님이 우리 집 어렵다고 아르바이트를 권해 줬었어."

"아르바이트?"

"응."

희우는 자세한 이야기는 하지 않았다.

그렇게 그들은 막 재판이 시작된 재판정으로 들어갔다. 술에 취해 남의 집 창문을 부순 사람이나 패싸움을 한 사람 등 갖은 사연의 사람들이 법정에 올랐다.

희우가 말했다.

"아직은 조문을 머릿속에 집어넣는 중이지만 내년부터는 너도 본격적으로 법 공부를 시작할 거야."

그녀는 잠자코 희우의 말에 귀를 기울이고 있었다.

"법 공부를 본격적으로 시작하기 전에 해당하는 재판들을 찾아다녀 봐. 판례나 조문이 어렵지 않게 이해될 거야. 법이 어떻게 움직이는지 간접적으로 체험을 한 후 공부를 하는 거니까."

"예습 같은 건가?"

그녀의 질문에 희우는 '응.'이라고 대답했다. 그녀가 다시 물었다.

"너는 법원 많이 왔었어?"

"응, 나는 많이 왔지."

지금의 삶에서는 경매를 위해 들락날락한 게 전부였지만 이전에는 직접 사건을 맡아 진행까지 했었다. 하지만 그 이야기를 규리에게 자세히 할 수는 없었다. 그녀는 고개를 끄덕였다.

"그래서 네가 잘하는 거구나. 고마워, 공부 비법 가르쳐 줘서. 그런데 텔레비전에서 보던 것과 다르네."

"뭐가?"

규리의 말에 희우가 물었다.

"영화나 텔레비전에서 보면 검사와 변호사가 증거를 가지고 치열하게 논쟁하잖아. 그런데 그런 모습은 보이지 않는데?"

영화나 텔레비전에서 보이는 모습과 실제 법정은 달랐다. 물론 사건의 중함과 애매함의 차이였지만 그들의 눈앞에 펼쳐지는 모습은 정적이었다. 검사는 사실관계와 죄명을 나열하는 정도였고 변호사 역시 의뢰인의 불리한 점만 반박을 하는 정도였다.

희우가 말했다.

"형사는 피고가 죄를 인정하고 재판에 들어오는 경우가 많아서 생각처럼 치열한 논쟁은 보기 어려워. 그런 걸 보려면 민사로 가야지. 특히 사기 사건 같은 게 참관하기에는 재밌어. 사기는 증거도 남는 경우가 없고 정황도 애매하니까 숫자 하나를 뒤집기 위해 검사나 변호사가 애를 쓰거든. 나중에 시간이 나면 한번 참관해 봐."

재판이 진행되는 과정을 지켜보는 그녀의 눈은 초롱초롱하게 빛나고 있었다. 변호사 없이 재판에 참석한 피고인도 있었고 국선변호인이 열심히 하는 상황도 지켜봤다.

규리는 국선변호인은 정해진 과업만큼만 일을 한다고 생각하고 있었다. 하지만 자신이 생각하는 것 이상으로 노력하는 그들을 보며 감탄을 하기도 했다. 학교에서 배우고 공부했던 재판의 절차 등이 현실로 움직이고 있었다. 알고 있는 조문과 판례가 나올 때면 어린아이처럼 좋아하기도 했다.

친구 살인 사건의 공판 시간이 가까워졌다. 그들은 공판이 열릴 재판정으로 이동했다.

다른 재판정의 방청석은 텅 비어 있었다. 하지만 세간의 관심이 있던 '친구 살인' 사건의 최종 공판이 있는 재판정이라 그런지 앉을 자리가 그다지 보이지 않았다. 겨우 자리를 찾아 앉은 희우와 규리.

그리고 강민석 변호사가 등장했다.

다니엘은 징역 15년 형을 받았고 박상욱은 무죄가 되었다.

재판이 끝나고 희우와 규리는 민석을 만나기 위해 법원 앞으로 걸어갔다. 희우가 규리에게 물었다.

"수업 빠지고 올 만했어?"

"응. 생각했던 거하고 많이 다르네. 검사님들하고 판사님들은 다들 피곤해 보여."

"사건이 많으니까 어쩔 수 없지."

법원 앞에는 많은 방송국 카메라가 민석을 향해 있었다. 찰칵거리는 셔터음과 번쩍이는 플래시가 정신없이 움직였다.

"총기 사건이었고 많은 로펌에서 외면하는 사건이었습니다. 어떻게 이 사건을 맡으셨는지 말씀해 주십시오."

한 기자의 말에 민석은 입을 열었다.

"저희도 처음에는 부담이 되었던 것이 사실입니다. 하지만 저희 로펌의 한……."

말을 하던 민석. 그는 앞에서 규리와 함께 서 있는 희우를 바라봤다.

"로펌의 한 친구가 이번 사건의 본질을 보고 진실을 알려 줬습니다. 만약 그 친구가 아니었다면 다니엘은 총기소지죄의 형벌만 받은 채 미국으로 떠났을 겁니다. 우리의 사법제도를 우습게 보고 비웃었겠지요. 저희 로펌은 변호사 집단이기도 하지만 대한민국을 대표하는 법조인이기도 합니다. 그런 모습은 절대 보고 싶지 않았습니다. 그것이 박상욱 씨의 변호를 맡은 이유입니다."

민석은 '로펌에서 아르바이트를 하던 김희우라는 학생이'라고 말하려고 했었다. 하지만 그의 입에서 김희우라는 이름은 나오지 않았다.

그는 희우를 꽤 높게 생각하고 있었다. 그는 가까운 미래에 희우의 이름이 신문이나 뉴스에서 수없이 거론될 거라고 예상했다. 그런 희우의 이름이 자신의 입을 통해 처음으로 세상에 드러날 수도 있는 상황.

하지만 그는 희우가 '아르바이트 학생 김희우'라고 알려지는 건 원하지 않았다. 언젠가 정말 멋진 검사나 변호사로서 알려지기를 바라며, 희우의 이름을 말하려고 했던 것을 멈췄다.

인터뷰가 끝나고 민석은 희우에게 다가왔다.

"결말이 좋아서 다행이지?"

민석이 서글서글한 미소를 지으며 희우에게 이어 말했다.

"의뢰인이 너를 보고 싶어 한다. 사무실에서 기다리시기로 했으니까 가자."

희우와 규리는 앞장선 민석의 뒤를 따라 변호사 사무실로 이동했다. 그들은 본관으로 향하고 있었다.

본관의 문을 열고 안으로 들어가자 데스크에 있던 경란이 손을 흔들며 희우를 반갑게 맞이했다. 민석이 잠시 기다리라는 말을 하고 박상욱과 그의 모친이 기다리고 있는 상담실로 들어가자 경란이 물었다.

"누구야? 여자 친구?"

그녀는 희우의 대답을 듣지 않고 이어서 말했다.

"희우같이 재미없는 남자 말고 좀 재미있는 사람 만나지 그랬어요? 희우, 너 잘해. 너처럼 딱딱한 사람 만나 주는 사람 없어."

규리는 그녀의 말에 그저 웃을 뿐이었다. 희우는 난처한 표정으로 머리를 긁적였다.

민석이 나와 희우와 규리를 상담실로 안내했다.

희우가 안으로 들어가자 박상욱과 그의 모친은 자리에서 일어섰다.

"강민석 변호사님께 말씀 다 들었습니다. 아무도 변호해 주시지 않는다고 할 때……."

그의 모친은 목이 메어 말을 잇지 못하고 손으로 입을 가렸다. 그녀의 눈에서 굵은 눈물방울이 뚝뚝 흘러내렸다.

박상욱의 눈에도 눈물이 그렁그렁했다. 자신의 어머니가 울고 있는 이유도 있었지만 희우에 대한 감사한 마음과 함께 그동안 했던 마음고생이 복합적으로 다가왔다.

"감사합니다. 이 은혜를 어떻게 갚아야 할지 모르겠습니다."

그들에게 감사 인사를 받고 나온 희우는 민석과 잠깐 대화를 나눴다.

"토지 사기 사건의 박상진 씨와 김철영 씨는 추심으로 대부분의 돈을 돌려받을 것 같다. 운이 좋았지. 아, 그리고 박상진 씨가 돈을 돌려받으면 양로원에서 어머니 모시고 온다고 하더라. 이제부터는 자신이 모시겠다고."

민석은 토지 보상에 관한 일을 이야기해 줬다.

변호사 사무실에서 나오며 규리가 희우에게 물었다.

"친구 살인 사건, 네가 도와준 거야?"

희우는 고개를 저었다.

"고등학생이 무슨 일을 하겠어? 변호사님께 의뢰를 부탁드린 것뿐이야. 나머지는 변호사님과 로펌의 직원들이 모두 해낸 거고."

규리는 잠시 생각에 빠졌다.

"멋있더라."

"뭐가?"

"법정에서 무죄를 만들어 내는 모습. 그리고 성공 후 의뢰인에게 감사 인사를 받는 모습."

그녀의 눈은 더욱 깊은 생각에 빠져들었다.

전철역에 가까이 왔을 때 그녀가 말했다.

"나도 변호사를 할까? 나쁜 놈을 잡는 일도 좋지만 무고한 사람을 변호해 주는 일도 나쁘지 않다고 생각했어. 아니다, 역시 검사가 좋겠다. 나쁜 놈을 다 잡아넣으면 무고한 사람이 생기지 않을 거 아냐? 그치?"

"나쁜 놈을 잡으면 무고한 사람이 생기지 않을까?"

희우가 되묻자 규리는 고개를 갸웃거렸다.

"그게 무슨 말이야? 당연한 거 아니야?"

희우의 눈에는 조태섭이 보이고 있었다.

그놈을 잡으면 무고한 사람이 생기지 않을까?

CHAPTER 13

중간고사가 끝이 났다. 강의를 준비하고 있는 희우의 옆으로 승환이 다가왔다.

"저녁에 학교 앞 호프집이다."

얼마 전에 이야기했던 경제학과 여학생들과의 미팅 이야기였다.

살면서 처음 해 보는 미팅.

희우는 갖가지 상상에 빠져들었다. 다른 동기들이 미팅에 갔다는 말을 주고받는 모습만 봤지 그에 대해서 이야기를 나눈 적도 없었다. 관심이 없기도 했고 자신과는 상관없는 일처럼 느꼈다. 하지만 자신의 앞에 미팅이라는 새로운 추억이 기다리고 있었다. 알지 못하는 이성과의 만남. 내심 아닌 척했지만 기대가 되는 건 어쩔 수 없었다.

어떤 식으로 커플이 정해지는지 궁금해지기 시작했다. 여학생들이 평소 사용하는 물건을 테이블 위에 올려놓고 남학생이 그중 한 물건을 손에 쥐면 짝이 되는 게임을 할까? 아니면 '하나, 둘, 셋' 외치면 손가락으로 마음에 드는 상대를 지목하는 사랑의 작대기 게임을 할까?

희우가 중학생 시절쯤 주말 아침에 방송국 스튜디오에서 일반인 남녀를 모아 놓고 미팅을 진행하는 프로그램이 있었다. 희우는 그 프로그램을 무척이나 좋아했다. 그리고 여타 다른 경험이 없는 그로서는 미팅이라 하면 그 프로그램을 떠올렸다.

희우의 입에 자신도 모르게 미소가 걸렸다.

저녁이 되고 희우는 승환의 패거리와 함께 미팅 장소로 나갔다.

긴 테이블에 술병이 놓이고 안주가 차려졌다. 잠시 후 경제학과 여학생들이 술집으로 들어오며 본격적으로 미팅이 시작되었다.

하지만 희우가 기대하던 사랑의 작대기 같은 게임은 없었다. 일반적인 술자리에서 오고 가는 대화와 '아이 엠 그라운드 자기소개 하기' 같은 일반적인 게임이 이루어졌을 뿐이다. 남녀가 모여 술잔을 나누고 자신의 이야기를 하고 상대의 이야기를 들으며 시간은 지나갔다.

희우는 앉아 있는 술자리에서 특별한 감흥을 느끼지 못했다. 한국 대학교 법학과 학생들과 경제학과 학생들이 모인 자리였으니 그들이 하는 이야기의 공통점은 있을 수 없었다. 결국 연예인의 시시콜콜한 신변잡기나 가벼운 소재의 대화만이 진행되었다.

희우가 지루함을 느끼며 시간만 확인하고 있을 때 첫 번째 술자리가 끝이 났다. 승환이 말했다.

"2차 가야지."

학생들은 다음 술자리로 갈 이야기를 했다. 희우는 지루했지만 그들은 즐거워 보였다. 밤 10시가 가까운 시간이었지만 학생들의 밤은 지금부터 시작이었다.

하지만 희우는 그들의 미팅에 계속 참여할 생각이 없었다. 술집에서 벗어나 거리로 나왔다. 희우는 남자아이들의 앞으로 가서 조용히 말했다.

"먼저 간다. 재밌게 놀다 들어가라. 내일 보자."

"왜? 여자애들 마음에 안 들어?"

승환이 물었다.

"아니야, 재미있었어. 시간이 늦어서 가 봐야 할 것 같아."

희우의 말에 승환은 '잘 가.'라고 말했다. 승환의 말투에 아쉬움은 없었다. 애초에 희우가 이 자리에 끼어 있는 것도 마음에 들지 않았다.

다른 여학생이 그들의 옆으로 왔다.

"집이 엄해서 이제 들어가 봐야 해. 나중에 봐."

그녀는 손을 흔들며 남자아이들에게 말했다.

그녀의 행동에 남학생들의 표정은 일그러졌다. 희우가 집에 가겠다고 했을 때의 표정과 전혀 달랐다. 아쉬움이 가득한 표정.

하지만 희우가 빠지고 한 여학생이 빠지며 그 자리에 있는 사람의 숫자는 맞춰졌다. 아쉬움은 남았지만 그들은 여학생이 집에 가는 걸 순순히 허락했다.

미팅에 계속 참여할 남학생들과 여학생들이 자리를 이동했다. 술집 앞에는 집에 가야 한다고 말을 한 희우와 여학생만 남았다.

"그럼 난 간다."

희우는 그 여학생에게 말을 건네고 자리를 떠나려고 했다.

"잠깐만."

그런데, 여학생이 희우의 발걸음을 잡았다.

"왜?"

"국밥 먹고 갈래? 여기 맛있게 하는 집 있는데."

"아니, 나는 집에 가 봐야 할 거 같은데."

"그래? 그럼, 가."

그녀는 희우에게 더 이상 권하지 않고 홀로 총총걸음으로 국밥집을 향해 갔다.

다음 날, 학교에서는 희우가 미팅에 참여했다는 소문이 파다하게 흘렀다. 모든 건 승환의 입에서 흘러나온 일이었다.

그는 처음부터 희우가 미팅에 함께하는 걸 원하지 않았다. 하지만 다른 친구들이 희우를 원했고 어쩔 수 없이 허락을 했다. 그래도 역시 마음에 들지 않았다. 그리고 표현하지는 않았지만 중간에 먼저 자리를 벗어난 희우의 행동 역시 좋게 보이지 않았다.

그때 하나의 계획이 떠올랐다.

그는 규리를 마음에 두고 있었다. 하지만 학교에서 대부분의 시간을 희우와 함께 있는 그녀. 그들은 아무 사이가 아니라고 말을 했지만 옆에서 보고 있는 입장에서는 그게 아니었다. 규리에게 접근하고 싶어 하는 승환에게 희우는 눈엣가시였다.

희우가 미팅에 참여하기로 한 이상 이 사건을 이용해 보기로 했다. 희우가 미팅에 갔다는 사실을 규리가 알면 어떤 일이 벌어질까? 그가 궁금해하는 일이었다.

하지만.

규리는 상관하지 않았다. 적어도 겉으로 드러난 표정에서는 전혀 그런 기색이 보이지 않았다.

"미팅했어?"

이렇게 희우에게 물어봤을 뿐이다. 희우 역시 큰 의미를 두지 않고 '응.'이라고 대답을 했다. 승환이 생각한 계획은 시답지 않게 끝나 버렸다.

희우의 옆으로 민수가 다가왔다. 그는 여전히 잘 씻지 않아 몸에서 역한 냄새가 흘러왔다.

"미팅했냐?"

"네."

"스무 살이 아름다운 이유는 조건 없이 연애를 할 수 있기 때문이지."

"네?"

갑자기 나와 이상한 말을 하고 있는 민수였다.

"그러니까 나중에 미팅할 때는 나도 데리고 가 줘, 흘흘흘."

희우는 도서관에서 공부를 하고 있었다. 중간고사가 끝이 났고 시간도 늦었기에 도서관에서 공부를 하는 사람은 몇 명 없었다. 규리는 과외가 있다며 한참 전에 집으로 돌아갔고 아는 사람이라고는 민수밖에 없었다.

하지만 공부를 하던 희우가 고개를 들었을 때는 민수도 보이지 않았다. 손목을 들어 시간을 확인한 후 기지개를 펴고 자리에서 일어났다. 가방을 어깨에 걸치고 도서관의 문을 벗어났다.

사람이 없는 학교는 조용했다.

"이제 가려고?"

민수였다. 그는 손에 맥주 두 캔을 들고 있었다.

"마셔. 공부하느라 고생했는데 한 잔은 괜찮아."

그는 맥주 캔 하나를 희우를 향해 던졌다.

그들은 도서관 앞 벤치에 앉아 맥주를 마시기 시작했다. 민수가 물었다.

"너는 왜 공부를 하냐?"

"……?"

"너무 포괄적인가? 그럼 바꿔 물어볼게. 왜 사회적 성공을 하려고 하지?"

그의 질문에 희우는 맥주를 한 모금 마시고 말했다.

"사회적 성공을 하려고 하는 걸로 보였나요?"

"아닌가?"

"맞습니다."

희우는 그의 말에 인정을 하며 씨익 웃었다.

민수가 다시 물었다.

"어디까지 올라가고 싶어?"

희우는 이번 질문에는 대답하지 않았다. 민수가 말했다.

"나는 고민 중이다. 세상은 내 손안에 있는데 움켜쥐어야 할지 아니면 펴고 있어야 할지."

그의 표정은 심각하게 굳어 있었다. 민수의 입이 그만큼 무겁게 열렸다.

"이런 이야기를 하는 사람은 네가 처음이야. 학기 초에 친구를 하자고 했잖아. 그건 진심이고. 비슷하다는 느낌을 받았다, 너와 나."

"그런가요?"

희우는 맞다고도 아니라고도 대답하지 않았다.

"비슷하지. 내가 보기에 이 학교에서 나를 상대할 수 있는 건 너밖에 없어. 학생회장 최강진이나 명문가의 자제들이나, 미숙하고 어수룩하다는 생각 해 본 적 있지?"

"……?"

그는 희우를 보며 미소 지었다.

"그래서 남았어, 이 학교에. 너하고 친하게 지내려고. 넌 속을 알 수 없는 사람이야."

"……!"

처음에는 그가 하는 말이 무슨 뜻인지 전혀 이해하지 못했다. 하지만 최강진이나 누구나 어수룩하다는 생각, 그리고 희우의 속을 알 수 없다는 말에 희우는 표현하지 않았지만 깜짝 놀랐다. 희우 역시 그에게 같은 느낌을 받고 있었다.

일전에 최강진은 민수가 특이하기는 하지만 나쁜 사람은 아니니 잘 지내보라는 말을 했다. 그때 희우는 수긍하는 척했지만 전혀 다른 생각을 하고 있었다.

그가 보기에 이민수는 속을 알 수 있는 얼굴을 가지고 있지 않았다. 희우는 그보다 살아온 날이 많았고 범죄자와의 심리 싸움을 수없이 해 오던 사람이다. 하지만 그런 희우에게도 민수의 진짜 얼굴이 보이지 않았다.

민수가 말했다.

"내가 이 정도 말했으면 이해했지?"

"이해했습니다."

희우는 고개를 끄덕였다. 이번에는 아니라고 부정하지 않았다.

"다시 물어볼게. 어디까지 올라가고 싶어? 나는 고민하고 있다고 대답을 했고, 넌?"

“저도 고민 중입니다.”

희우의 대답에 민수는 만족한 얼굴이었다. 그는 다시 ‘흘흘흘.’ 웃으며 맥주를 입에 가져다 댔다.

하지만 그와 반대로 희우의 머릿속은 차가워지고 있었다.

의대에 합격하고 음대에 합격했으며 법대에 다니고 있는 민수. 게다가 속을 알 수도 없는 그. 확실히 예사 인물은 아니었다. 그런 그가 야망을 표현했다. 이전의 삶에 없던 인물이었다. 그가 앞으로 희우가 가진 계획에 어떤 변수가 될지 예상할 수 없었다.

차가운 바람이 불며 한 학기를 마무리할 시점이었다. DHP머니에서 한반도은행을 인수하기 위한 투자를 준비한다는 소식이 뉴스에서 쏟아져 나왔다.

한반도은행은 우용수의 주거래은행. 희우가 말했던 일이 현실이 되어 가고 있었다.

하지만 장일현의 허세로 인해 DHP머니 박대호의 계획은 처음부터 어긋나고 있었다. 그들이 은행을 인수하고 준비를 마치기 전 이미 희우와 우용수는 끝을 냈다. 오늘은 우용수가 가진 거의 대부분의 부동산을 한꺼번에 등기 이전한 날이었다.

희우와 우용수는 주택가에 있는 시장 골목의 파전집에 있었다. 우용수는 파전을 안주 삼아 막걸리를 마셨고 희우는 그 앞에 앉아 그의 이야기를 듣고 있었다.

가지고 있는 집을 시세보다 저렴하게 팔아 버린 우용수의 속이 좋을 리가 없었다. 하지만 내색하지 않았다. 그는 인생사 새옹지마라는 말을 인생의 좌우명처럼 생각하고 있었다. 지금 좋지 않은 일이 있다면 언젠가

복이 되어 돌아올 것이라고 믿었다.

그가 희우에게 물었다.

"그런데 DHP머니가 한반도은행을 인수할 거라는 건 어떻게 예상했어?"

"국제금융통화기금에서 우리나라를 상대로 은행 통폐합을 요구하고 있잖아요. 해외 자본도 많이 들어오고요. 1금융권을 노리고 있는 DHP머니로서는 지금이 최고의 기회일 겁니다. 스승님의 집은 은행 통합을 하는 데 있어서 덤이기도 하지요."

"에잉, 다 늙은 사람 물건 뺏을 게 뭐 있다고 저러누."

우용수는 혀를 끌끌 차며 입에 담배를 물었다.

희우는 사실 그에게 자세한 이야기는 하지 않았다.

DHP머니가 움직인 방식은 조태섭이 좋아하는 계획 중 하나였다. 만약 우용수가 부동산을 처분하지 않았다면 돌아가는 판세는 뻔했을 것이다.

은행을 통합한 DHP머니는 한반도은행의 부실을 털어 버린다는 명목하에 과다 대출자 또는 조건에 맞지 않는 사람을 찾아내는 데 총력을 기울일 것이다. 그들이 찾은 부실한 인물에 우용수는 반드시 포함된다. 그리고 이자율을 상승시킨다. 상대가 감당할 수 없을 정도로만, 딱 그 정도로만 이율을 높인다. 겉으로 보기에 불법적인 모습은 전혀 없었다.

처음에는 이자를 갚기 위해 아등바등하는 사람을 비웃으며 경매가 진행될 시기만 기다리는 것.

일명 감나무 아래에서 입 벌리고 누워 있는 행위.

그들이 좋아하는 방식이었다.

매달려 있는 감은 나뭇가지에 달라붙어 있기 위해 애를 쓰지만 결국 그들의 시뻘건 입안으로 빠져들어 갈 것이다.

하지만 이번에는 달랐다. 그의 옆에는 희우가 있었다.

우용수는 시세보다 훨씬 저렴하게 시장에 내놨다. 때문에 연일 계약을 하자는 전화가 빗발쳤다. 부동산 시장이 좋지 않았지만 시세보다 낮은 금액의 물건은 매력적이었기 때문이다. 희우는 그에게 계약자들과 한꺼번에 계약을 하고 물건을 정리할 것을 이야기했었다.

"상대에게 부동산을 정리하고 있다는 사실을 들키면 안 되잖아요. 타깃으로 잡은 이상 분명히 놈들은 스승님의 물건을 주시하고 있을 겁니다. 만약 우리가 매각하고 있다는 소식을 알게 된다면 제가 예상하는 방식이 아니라 다른 방법으로 접근하겠지요."

"다른 방법?"

"지금의 방식보다는 거칠게 나오겠죠."

희우의 담담한 목소리에 우용수는 안타까운 한숨을 내쉬었다. 그로서는 평생을 모아 온 재산이었다. 빼앗기지는 않았지만 빠른 시간 안에 처분하기 위해 상당한 손해를 본 건 어쩔 수 없었다.

우용수가 막걸리를 마시며 희우를 불렀다.

"희우야."

"네."

"나 양로원 들어가면 자주 놀러 와."

"정말 들어가려고 그러세요?"

"왜? 너 봉사 활동 했다는 곳 소개시켜 주려고?"

"아니요. 거기는 멀어요. 자주 찾아뵙기에 거리가 있어요."

우용수는 주전자에 든 막걸리를 입에 넣어 들이켰다.

파전집에서 나온 우용수의 걸음은 근처 공원으로 향하고 있었다. 가까운 벤치에 앉은 그의 등이 무척 굽어 보였다.

"부탁 좀 하자. 믿을 만한 자선단체하고 괜찮은 양로원 좀 찾아 줘. 이제 계획했던 대로 들어가야지."

한평생 돈을 좇아 살다가 말년에 어려운 사람을 돕겠다는 꿈. 자신이 생각했던 시기보다 조금 이르기는 했지만 그 꿈이 이루어질 시기가 다가왔다. 그는 더 이상 삶의 이유를 찾지 못하고 있었다.

"이제 뭘 하고 살아야 할까?"

희우는 그의 푸념을 들으며 옆에 앉았다.

"아직은, 자선단체에 기부하지 마세요."

"왜?"

"스승님같이 일하시던 분이 일을 그만두면 금방 세상을 떠난다고 하더라구요. 조금 더 일을 하시다가 나중에 기부하도록 하세요."

희우의 말에 그는 큰 소리로 웃었다.

"내 명줄 걱정해 주는 사람은 너밖에 없구나. 그럼 뭘 하지? 다시 경매를 해서 집을 살까? 평생 해 온 일이 부동산밖에 없어."

희우는 잠시 눈을 감았다. 서늘한 바람이 그의 코끝을 스치고 지나갔다. 희우는 생각에 빠져 있었다. 우용수는 그의 행동을 가만히 놔두었다. 필시 뭔가 생각하고 있다는 걸 알고 있었다.

"요 근처에서 부동산이나 하시면서 사시는 건 어때요?"

"부동산?"

"평생 하신 일이 부동산이니 이참에 가게 하나 내세요. 돈은 있으시니까 소일거리라고 생각하고 왔다 갔다 하시면 되죠. 일을 하시다가 어려운 사람을 만나면 돕기도 하구요."

우용수는 검은 하늘을 바라봤다.

"일도 하고 어려운 사람도 도와라? 그것도 직접 찾아서?"

"네. 어려운 학생들을 돕는다면 그 아이들이 나중에 스승님의 손주가 되겠지요."

우용수는 다시 큭큭거리며 웃기 시작했다.

"나한테 손주가 생긴다? 나쁘지는 않은 일이네."

말을 하던 그가 품을 뒤져 봉투 하나를 꺼내 희우에게 건넸다.

"……!"

"DHP머니에 대한 정보를 제공한 값이라고 생각해라. 내민 손 무안하게 하지 말고 어서 받아. 정보 제공에 대한 돈을 제대로 지불하지 못하면 나중에 뒤탈이 생겨."

희우는 그가 준 봉투를 양손으로 공손히 받았다.

"감사합니다. 더 많은 돈으로 불리겠습니다."

"그래야지. 그래야 내가 가르친 보람이 있지. 네가 예전에 그랬지? 내가 죽기 전에 보여 준다고."

우용수가 희우에게 얼마의 자산을 버는 것이 목표인지 물었던 적이 있었다. 희우는 천하그룹 제품을 가리켰지만 우용수는 이해하지 못했고, 희우가 말했었다. 그가 죽기 전에 보여 주겠다고.

그 기억을 하며 희우는 고개를 끄덕였다.

우용수가 물었다.

"그런데 정말 안 가르쳐 줄 거냐?"

희우는 하늘을 향해 손을 뻗었다. 그리고 하늘을 움켜쥐었다.

"이걸 움켜쥘 수 있을 정도입니다."

"정말 천하냐?"

희우는 대답하지 않았다.

DHP머니가 한반도은행 인수에 성공했다는 뉴스가 나왔다.

박대호의 얼굴이 텔레비전 화면에 가득 찼다.

-DHP머니와 한반도은행이 통합되면서 저희는 대한민국 1등 금융으로 거듭나기 위한 발판을 만들었습니다. 하지만 저희의 목표는 대한민국 1등이나 세계 1등이 아닙니다. 언제나 국민과 함께하고 국민 편익의 1등이 되도록 노력하겠습니다.

기자들을 모아 놓고 멋지게 인터뷰를 마친 박대호는 엘리베이터에 올랐다. 하지만 자신의 사무실로 들어가 책상에 앉은 그의 얼굴은 무섭게 일그러졌다. 쾅! 하고 책상을 치는 소리가 공간을 울렸다.

박대호가 책상 앞에 서 있는 남자를 죽일 듯 노려봤다.

"지금 뭐라고 그랬어?"

그의 날카롭고 살기 가득한 목소리는 가감 없이 앞에 서 있는 상대에게 흘렀다. 사내는 박대호의 무서운 눈빛에 아무 말을 하지 못하고 부들부들 떨기만 했다. 아무 말 없는 사내를 보며 박대호는 '끄응' 하는 침음성을 흘렸다.

"그러니까 하루 만에 집이 다 팔렸다? 그게 말이 되는가!"

호랑이 같은 모습이었다. 앞에 있는 사내는 몸 둘 바를 몰랐다.

그는 계속해서 우용수의 자산 흐름을 체크하고 있었다. 어디에도 팔 기색은 보이지 않았다. 이렇게 한순간에 자산을 처분할 거라고는 전혀 생각조차 못 했다.

그러나 그의 변명을 들어 줄 만큼 박대호가 인자한 사람은 아니었다. 재떨이가 날아오고 머리에 부딪치며 피가 튀었다. 사내는 아프다는 표현조차 하지 못하고 가만히 서 있었다.

하지만 그는 모르고 있었다, 지금 그가 느끼는 공포보다 박대호가 가진 두려움이 더 크다는 것을.

박대호는 조태섭에게 어떻게 말을 꺼내야 할지 머리가 복잡했다. 자칫 눈 밖에 나면 모든 건 끝이었다. 은행 통폐합도 우용수의 부동산을 빼앗기 위한 준비로 조태섭이 만들어 준 밥상이었다. 차려 준 밥상도 먹지 못했다면 어떤 화를 당할지 모르는 일이었다. 박대호는 침을 꿀꺽 삼키며 앞에서 피를 흘리고 있는 남자를 향해 말했다.

"차 대기시켜."

박대호는 조태섭의 자택 그 서재로 향했다.

그러나 박대호의 걱정과는 달리 조태섭은 의외의 반응을 보였다. 조태섭은 읽던 책을 덮으며 평온한 말로 입을 열었다.

"사람이 살다 보면 실수도 하고 그러는 거지. 괜찮아. 이번 일을 곱씹어서 다음부터는 실수하지 않으면 되는 게지."

조태섭의 용서에 박대호는 목이 멘 목소리로 '죄송합니다!'라고 외치며 그의 앞에 부복했다. 조태섭이 말했다.

"죄송할 게 무엇이 있나? 한 사람이 가지고 있던 집을 여러 사람이 나눠 가졌을 뿐이야. 달라지는 건 없어."

그의 말에 박대호의 눈빛이 변했다.

"이번에는 모조리 가지고 오겠습니다."

"그래, 그럴 수 있도록."

조태섭의 시선은 다시 책으로 향했다.

박대호가 그를 향해 다시 한번 부복을 하고 밖으로 빠져나갔다.

그가 나간 후 한 여성이 안으로 들어왔다. 조태섭의 대소사를 관리하고 있는 비서로 칠흑 같은 아름다움이 있었다.

길고 검은 머리카락이 어깨까지 내려오는 여자. 그녀의 눈동자는 그 머리카락보다 검었다. 그와 반대로 투명하게 보일 정도로 하얀 피부는 대리석이라고 해도 믿을 수 있을 것 같았다.

조태섭의 아름다운 비서. 그녀의 이름은 한지현. 한 실장으로 불리고 있는 여성이었다.

"박대호 대표를 용서해 주시는 겁니까?"

그녀가 물었다. 조태섭은 고개를 끄덕였다.

"큰일을 할 때는 한 가지만 생각해 두고 일을 시작하면 안 돼. 어떤 변수가 있을지 모르기 때문이야. 박 대표의 이번 일은 의외였지만 다른 계획을 가지고 있으니 상관없어."

조태섭의 눈은 다시 책으로 향했다.

희우는 도서관에서 나오는 길이었다. 달도 없는 밤이었지만 가로등이 켜져 있어 어둡지 않았다. 공부를 하고 나오는 길에 느껴지는 피곤한 몸은 나쁘지 않은 기분이었다.

"같이 가."

민수였다. 그 역시 늦은 시간까지 도서관에 있다가 나오는 길이었다.

"끝나셨어요?"

희우의 질문에 그는 기분 좋게 고개를 끄덕였다.

"배도 고픈데 밥이나 먹고 가자. 학교 앞에 국밥집 맛있다더라."

마침 출출하던 차였다.

"좋아요."

그들은 교문을 나서서 식당이 있는 곳으로 향했다.

늦은 시간이었지만 국밥집에는 사람이 가득했다. 대학생들이 여기저기 모여 소주를 마시며 인생을 이야기하는 소리에 시끌벅적했다. 희우와 민수는 안으로 들어가 테이블을 잡고 앉았다.

"우리도 소주 한잔할까?"

"그럴까요?"

보글보글 끓는 순대 국밥이 나오고 그들은 소주로 잔을 채워 마시기 시작했다. 날이 추워지고 있었기에 뜨끈뜨끈한 순대 국밥의 국물은 최고의 맛이라고 느껴질 정도였다.

"맛있지?"

민수가 물었다.

"네, 맛있어요."

"밤늦게까지 공부를 하고 집에 가면서 먹는 한 잔의 소주는 그동안 공부했던 모든 것을 수포로 만드는 묘한 매력이 있지."

그때, 우당탕탕 소리가 났다. 한 남자가 의자를 쓰러뜨리는 소리였다.

“이게 여자라고 봐주니까 자꾸 기어오르려고 하네?”

거칠고 큰 목소리였다. 희우와 민수의 시선도 자연스럽게 그쪽을 향했다.

“여자라고 봐줘? 말은 제대로 해. 말도 못하냐? 어디 가서 한국 대학교 다닌다고 말하지 마. 창피해. 학교 잠바 입고 다니면서 여자 꼬실 시간에 공부나 하세요.”

남자는 흥분을 해서 여자를 때리기 위해 다가가고 있었다. 하지만 여자는 조금도 겁먹은 기색이 없었다.

“너 같은 놈이 지금처럼 살다가 나중에 관직에 올라갈 거 생각하면 벌써부터 역겨워. 공부만 잘했지 할 수 있는 건 하나도 없는 너 같은 놈이 나라 망쳐 먹을 놈이야. 너 같은 놈들 때문에 IMF가 왔어요.”

“조용히 안 해!”

남자의 얼굴은 붉게 상기되었다.

다시 우당탕탕 소리가 울렸다. 남자가 거칠게 그녀를 향해 다가가며 의자들이 쓰러지고 소주병이 떨어져 깨지는 소리였다. 하지만 그녀는 그를 피해 사람들이 있는 테이블을 빙글빙글 돌며 독설을 멈추지 않았다.

“아까처럼 지성인처럼 행동해 보지? 한심한 놈이네. 내가 진짜 내일은 학교 자퇴하고 만다. 너 같은 놈이랑 같은 대학 다닌다는 것 자체가 창피하다.”

희우는 가만히 여자의 얼굴을 보았다.

“어?”

“아는 사람이야?”

“저번에 미팅요.”

승환이 주최했던 경제학과 학생과의 미팅이 있었다. 남자와 싸우고 있는 여자는 미팅의 마지막에 2차를 가지 않고 집으로 갔던 사람이었다.

그녀가 말했었다.

—국밥 먹고 갈래? 여기 맛있게 하는 집 있는데.

그녀의 말을 기억한 희우. 이곳이 그녀가 말하던 국밥집이었나 보다.
민수가 물었다.
"아…… 그럼 일면식이 있는 사람인데 도와줘야 하는 거 아냐?"
"도와줄까요?"
직접 나서서 도울 생각은 전혀 없었다. 술에 취한 사람과 잘못 엮이면 좋지 않은 결과를 불러올 수도 있었다. 희우가 술 취한 사람을 제압하는 건 어려운 일이 아니었지만 자칫 난처해질 수 있었다.
희우는 핸드폰을 꺼내 경찰에 전화를 걸었다.
"한국 대학교 정문 앞 국밥집 싸움요."
그가 전화를 끊자 민수가 혀를 찼다.
"이 상황에 신고할 생각을 하다니 역시 법학과의 인재로다."
"이게 도와주는 거죠. 나서서 용기 있는 척해 봤자 본전도 못 찾아요."
그의 말에 민수가 씨익 웃었다.
"그건 그래. 난 참 이 국밥집이 마음에 든다. 음식도 맛있고 이런 진귀한 싸움 구경도 하고."
여자와 남자의 말싸움은 더 격해지고 있었다.
"이게!"
급기야 남자의 손이 하늘로 올라갔다. 하지만 차마 내려치지는 못하고 있었다. 허공에서 멈춘 그의 손이 부들거리며 떨려 왔다.
여자의 목소리는 더욱 날카로워졌다.
"왜? 때리게? 처음에는 사랑한다고 사귀자고 하다가 그다음에는 욕을 하더니 이제는 때리기까지 하시려구요? 네, 한번 맞아 봅시다. 때리세요.

사귀자는 거 두 번 거절했다가는 무덤에 들어가겠네요."

"이…… 이!"

남자는 주먹을 꽉 쥐고 여자를 향해 휘둘렀다. 그녀는 눈을 질끈 감았다.

하지만 폭력적인 소리는 들리지 않았다. 남자의 손이 희우에게 잡혀 있었기 때문이다. 희우가 그녀를 보며 말했다.

"오랜만."

"……!"

"넌 뭐야?"

남자가 희우를 향해 크게 외쳤다. 그의 말에 술 냄새가 훅 하고 풍겨왔다.

"술 많이 드셨나 봐요?"

희우가 물었지만 남자는 답하지 않았다.

"험한 꼴 당하고 싶지 않으면 가만히 있어라. 난 이 여자애하고 할 말이 있다."

하지만 희우는 그의 말을 듣지 않았다.

"서로 아는 사인가요?"

희우가 물었다. 그리고 그들의 답은 동시에 나왔다.

"그래, 보면 몰라?"

"처음 봤어요."

남자는 희우에게 잡힌 손에 힘을 주며 빼내려고 했다. 하지만 희우가 워낙 강하게 잡고 있어서 쉽지 않았다.

희우가 남자에게 말했다.

"술 많이 드신 거 같은데 그만 가세요. 경찰 불렀어요. 이제 올 시간인데 그만 가시죠."

경찰이라는 말에 남자의 눈동자가 흔들렸다. 술을 마셨다고 해도 경찰은 부담스러운 것 같았다.

희우가 다시 말했다.

"지금은 밤이고 이성보다 감성이 앞설 시간이지요. 거기에 남자분은 술도 조금 드신 것 같은데요. 방금 아는 사이라고 하셨으니까 오늘은 그만하시고 내일 얘기 나누세요."

"하……."

남자는 한숨을 쉬었다. 그리고 마지막 자존심인지 희우를 노려보며 말했다.

"너 한국 대학교 다니냐?"

"네."

"무슨 과지?"

"법학과 1학년 김희우라고 합니다."

"조만간에 보자."

남자는 인상을 구기며 밖으로 나갔다.

멀리서 경찰 사이렌 소리가 울렸다. 경찰들이 들어오고 희우는 다시 자리에 앉았다. 이제 그녀가 해결해야 할 시간이었다.

민수가 말했다.

"엄청 당찬 아가씨네."

"한두 번이 아닌가 보죠."

"흘흘흘, 경찰 가면 얘기나 들어 보자."

"네?"

민수의 말에 희우가 의아한 눈으로 그를 바라봤다.

경찰은 그녀의 연락처를 적은 후 돌아갔다. 물건을 밀치기는 했지만 피해가 경미했고 그녀와 국밥집의 주인이 처벌을 원하지 않았다. 그녀 역시 자리를 떠나기 위해 있던 자리로 걸어가 가방을 들었다.

민수가 자리에서 일어나 그녀의 옆으로 다가갔다.

"안녕하세요?"

“……?”

그녀의 눈이 동그랗게 뜨였다. 진상을 피우던 한 놈이 사라지니 이번에는 거지가 돈을 줄 것 같은 외모의 남자가 나타나 인사를 하고 있었다.

“넌 뭐냐?”

그녀가 물었다.

“아, 저는 저기 아까 그쪽 도와준 사람이랑 같이 밥 먹는 사람.”

민수는 능글맞은 표정으로 그녀를 바라봤다. 그리고 말을 이었다.

“기분도 꿀꿀할 텐데 소주나 한잔하고 가세요. 원래 청춘이라는 게 기분 나쁜 일은 빨리 지워 버리는 장점이 있잖아요.”

그의 말에 그녀는 희우를 물끄러미 봤다. 그리고 그가 앉아 있는 테이블로 와서 앉았다.

그녀가 말했다.

“고마워.”

“아니야. 아무 일 없어서 다행이지.”

민수도 희우의 옆으로 다가와 의자에 앉았다.

희우와 그녀 그리고 민수의 순으로 앉은 동그란 테이블.

그녀가 다시 입을 열었다.

“고마워서 그러는데 내가 소주 살게. 아줌마, 여기 머리 고기 하나 주세요.”

국밥을 먹던 희우가 어이없다는 표정으로 그녀를 바라봤다.

“저기, 그쪽도 많이 취한 거 같은데.”

“안 취했거든.”

민수의 입가에는 웃음꽃이 만발했다. 뭔가 재밌는 일이 터질지도 모른다는 기대감이었다.

“안녕하세요. 저는 이민수라고 합니다.”

그가 자신의 소개를 했다. 하지만 그녀는 민수에게는 관심이 없었다.

"이름이 뭐라고 했지?"

"김희우."

"김희우?"

"응."

그녀는 머리를 갸우뚱했다.

"난 김희아. 우리 이름이 비슷하네. 그때는 왜 몰랐지?"

그와 그녀, 둘 다 미팅에는 별 관심이 없었다. 희우는 그 문화를 즐기기 위해 나갔었고 희아는 사람이 모자라다며 끌려갔었다. 서로의 이름을 얘기했지만 기억에 존재하지는 않았다.

민수가 떠들기 시작했다.

"이것도 인연인데 술이나 한 잔 받으시죠."

술잔에 술이 담기고 머리 고기가 나왔다.

희우는 물끄러미 그녀의 얼굴을 보고 있었다.

처음 술집에서 마주쳤던 때는 어두운 조명 탓에 그녀의 얼굴을 제대로 보지 못했었다. 스쳐 지나가는 인연으로 인식을 하고 집중하지 않은 탓도 있었다. 하지만 어딘지 모르게 그녀의 얼굴은 많이 익숙했다.

어딘가에서 본 적이 있는 것 같은 얼굴.

희우가 기억하는 얼굴이라 하면 죄인 아니면 악인이었다.

한국 대학교 경제학과를 다니는 여학생.

희우는 그녀를 기억하기 위해 애를 썼지만 끝까지 끄집어내지 못했다.

"내 얼굴에 뭐 묻었어? 뭘 그렇게 보고 있어?"

그녀가 묻는 바람에 희우는 그제야 예의에 어긋날 정도로 보고 있었다는 걸 깨달았다.

"미안. 뭣 좀 생각하느라고."

그녀는 그의 이야기를 듣지 않았다.

"이해해. 나 정도 얼굴이면 뚫어져라 볼 만하지."

하지만 희우는 그녀의 얼굴에 별 관심이 없었다.

희아의 얼굴은 예쁘장하기는 했다. 하지만 희우는 일주일에 한 번씩 한미를 만나고 있었다. 얼굴만 본다면 천사같이 아름다운 한미. 그녀와 함께 지낸 시간이 많은 희우로서는 희아의 얼굴에 매력을 느끼지 못했다.

민수가 물었다.

"그런데 어쩐 일이에요?"

그녀가 답했다. 소개팅을 했다고 했다.

"원래는 제 친구가 하기로 했던 소개팅인데 못 나가겠다고 하는 거예요. 몸이 아프다고 하면서. 그래서 대타로 불려 나왔어요. 밥이나 먹고 헤어지려고 했는데 갑자기 사귀자고 난리를 치는 거예요."

그녀는 남자에게 밥을 먹을 거면 맛있는 국밥집이 있으니 가자고 말을 했다. 그리고 국밥과 고기 수육을 시킨 남자는 혼자 술을 마시기 시작했다.

그녀가 계속 말을 했다.

"뭐라더라? 저처럼 소박한 여자가 좋대요. 다른 여자애들은 스파게티를 먹자고 하는데 국밥 먹으러 오자고 했다나 어쨌다나? 난 그냥 여기가 맛있어서 오자고 한 건데. 웃기죠?"

민수는 그녀의 말에 맞장구를 쳤다.

"이상한 놈이네요."

"그러니까요."

그들의 대화를 들으며 희우는 묵묵히 국밥을 먹었다.

수능 전날이 되었다. 희우는 한미와 커피숍에서 만났다.

"긴장하지 말고 평소대로 봐. 너 정도면 충분히 좋은 결과 나올 거야."

그녀의 성적은 기적에 가까울 정도로 치솟아 있었다.

한미는 고개를 절레절레 흔들었다.

"그러면 뭐 하나. 한국 대학교 가는 버스는 타 보지도 못할 거 같은데."

그녀는 마지막까지 한국 대학교를 목표로 공부했지만 끝까지 마의 점수는 넘지 못했다. 희우가 말했다.

"혹시 모르잖아. 다 네가 아는 문제만 나오는 거 아냐?"

"그러면 좋겠다. 진짜 그러면 좋겠다. 제발 그러면 좋겠다."

그녀는 전혀 긴장을 하고 있지 않은 기색이었다.

커피를 한 모금 마신 그녀가 말했다.

"나 대학 합격하면 하나만 같이 해 줘라."

"어떤 거?"

"봉사 활동 가자."

뜬금없는 소리였고 예상 밖의 말이었다. 뭐를 사 달라고 한다든가 아니면 놀러 가자고 말을 꺼낼 줄 알았다. 그녀의 입에서 봉사 활동이라는 이야기가 나올 거라는 생각은 전혀 하지 못했다.

사실 그녀는 희우와 양로원에 다녀온 후부터 생각하고 있었던 일이었다. 제 코가 석 자인 재수생의 신분이라 남을 돕는 일에도 떳떳하지 못했지만 합격을 한다면 꼭 해 보고 싶었다.

그녀의 말에 희우는 크게 웃었다.

그 웃음에 그녀는 의아한 표정으로 바라봤다.

"왜?"

"너 정말 사람 됐구나."

"그럼 내가 언젠 사람 아니었냐?"

"응, 사람 아니었어."

그는 계속 웃음을 참기 위해 애썼지만 이미 터져 버린 웃음을 멈추기는 어려웠다.

한미는 그의 계속되는 웃음소리에 인상을 찌푸렸다.

"너 지금 나 놀리지?"
"아냐, 아냐."
희우는 그녀의 고등학교 시절을 되짚어 기억하고 있었다. 타인에 대한 배려심이라고는 눈곱만큼도 없던 그녀가 많이 변했다는 사실이 놀랍고도 신기했다.
그녀의 수능 점수는 놀라울 정도였다. 수능의 난이도가 내려가 점수가 상승했다고 해도 경이로울 정도였다. 한국 대학교의 비인기 학과도 가능했다. 하지만 희우가 반대했다. 그는 그녀에게 진정 하고 싶은 일을 찾아보고 미래에 대한 계획을 세워 보라는 말을 했다.
예전에 규리에게 했던 말과는 달랐다.
그는 규리에게 말했었다.

–대학을 졸업하고 나면 사실 전공과 상관없는 직업을 갖는 사람들이 대다수야. 그럴 땐 어느 학과를 나왔는가보다 어느 대학의 졸업장을 가지고 있느냐를 더 따지게 되지.

그러나 지금 한미에게는 미래를 계획해 보라는 말을 했다.
규리는 공부를 통해 자신의 미래를 관리하던 학생이었다. 어떤 학과를 가든 잘 해낼 거라고 생각했다. 하지만 한미는 질풍노도의 시기를 확실하게 보낸 사람이었다. 꿈도 없고 희망도 없는 그런 삶을 살아온 사람. 이번 일을 통해 미래에 대해 조금 더 생각해 보기를 바라고 있었다.
그녀는 그의 말에 고개를 끄덕였다.
"알았어. 나하고 같은 대학에 다니기를 원하지 않는다면 그렇게 해 줄게."
한미는 장난스럽게 대답했다. 그리고 집에 돌아가 희우가 준 대학 입시 요강을 펼쳤다.

한미는 희우를 만나기 전에는 말 그대로 양아치였다. 하지만 지금은 미래를 꿈꾸는 행복한 시간을 보내고 있었다.

며칠 후 한국 대학교 법학과의 기말고사 기간도 끝이 났다.

희우는 최강진과 있었다.

희우가 물었다.

"졸업하시면 바로 연수원으로 들어가시겠네요."

"그래야지."

최강진은 학교를 다니는 중 사법 고시를 합격했다. 재학 중 사법 고시에 합격을 하면 학업을 이유로 연수원 입소를 연장할 수 있었다.

최강진이 물었다.

"너는 사법시험 언제 치를 거야? 교수님들 얘기 들어 보면 당장에라도 합격할 기세던데."

희우는 고개를 저었다.

"아직 많이 모자랍니다. 졸업을 하고 치르거나 아니면 4학년 때 보려고 합니다."

"그래도 이왕이면 여유 있게 준비해 둬. 졸업하고 보면 군대 문제랑 엮여서 조바심만 날 수 있어."

"걱정 감사합니다."

희우는 자리에서 일어서서 그를 향해 90도 인사를 했다.

필요 이상의 예의.

하지만 그런 예의를 좋아하는 최강진의 입에는 흐뭇한 미소가 걸렸다.

◈

1999년의 마지막 날이 가까워져 오고 있었다.

세상은 종말론과 더불어 새 천 년에 대한 기대가 부풀어 커지고 있었다. 특히 밀레니엄 버그, 컴퓨터가 2000년 이후의 연도를 인식하지 못하는 결함인 Y2K 문제로 뉴스는 시끄러웠다.

그런 문제들에 대해 희우는 큰 관심이 없었다. 종말론이고 Y2K고 문제없이 지나간다는 걸 이미 알고 있기 때문이다.

1999년의 마지막 날에 그는 부모님과 함께 있었다.

어머니 미옥이 귤을 내왔다. 아버지 찬성도 오늘은 일을 나가지 않고 집에 있었다. 귤을 까서 먹으며 희우가 물었다.

"아버지 야간 일 언제까지 하실 거예요?"

아버지의 건강이 염려되었다.

"우리 아들 장가가고 손주 낳아서 용돈 줄 수 있을 때까지는 해야 하지 않을까?"

"아버지 예전부터 농사짓고 싶다고 하셨잖아요."

찬성은 심심치 않게 귀농을 해서 농사를 짓고 싶다는 말을 입에 달고 살았다. 농사를 짓는 건 생각처럼 낭만적인 일은 아니었지만 서울의 도심 한복판에 살고 있는 사람들에게는 하나의 로망이었다.

희우가 계속 물었다.

"양평은 어떠세요?"

"양평 좋지. 서울 가깝고."

희우는 진지하게 말했지만 그들은 그가 한 말의 의미를 이해하지 못하고 있었다. 그저 가족 간의 일반적인 대화로만 생각했다.

미옥이 귤을 까서 희우의 손에 넘겼다. 그는 귤을 받아 입에 넣으며 생각에 빠졌다.

조금 있으면 남의 손을 빌리지 않고 투자를 할 수 있는 나이가 된다. 그가 스스로 하는 첫 투자는 부모님을 위해서 하고 싶었다. 아직 IMF의 바람이 지나가지 않았고 서울 외곽의 땅값이 비싸지 않은 시절이었다. 경매를 통해 작은 텃밭을 가꿀 수 있는 집을 구하는 건 어려운 일이 아니었다. 게다가 양평의 땅은 시간이 지나면 귀촌의 바람을 타고 폭등하게 된다. 장기적 투자와 함께 부모님에 대한 효도의 몫을 톡톡히 할 수 있었다.

희우가 다시 말했다.

"그럼 양평에 집 좀 알아볼까요?"

"……!"

그제야 희우가 한 말의 의미를 이해한 그들이었다.

잠시의 머뭇거림이 지나고, 미옥이 말했다.

"가면 뭐 해? 먹고살 게 없는데."

"농사하신다면서요. 처음에 수입이 없는 동안은 제가 해결할게요. 걱정 마세요."

그의 말에 찬성이 피식 웃었다.

"그게 말처럼 쉬운 게 아니야. 그렇게 하려면 엄마 아빠는 아직 더 벌어야 하니까 너는 네 공부만 신경 쓰고 있어. 우리는 우리가 알아서 할 테니까."

그가 말했지만 희우는 듣지 않고 자신의 말을 했다.

"집은 제가 사 드릴게요. 하지만 농사를 지을 땅은 처음에는 빌려서 하는 게 좋을 거예요. 자세히 알아봐야 하겠지만 흘려들은 이야기로는 임대료가 1년에 50만 원도 안 된다고 하더라고요."

그들은 희우가 무슨 말을 하는가 듣고 있었다. 희우가 계속 말을 했다.

"땅을 빌려서 하는 이유는, 외지인이 처음부터 땅 사서 들어가면 주민들이 싫어한다고 해요. 서울에서 돈 많이 벌어 와서 자기네 땅 뺏는다고 생각하는 사람도 있대요. 그러면 텃세가 시작되는데, 심할 경우에는 동네 슈퍼에서 과자 하나도 못 산대요."

희우의 말에 찬성이 물었다.

"그래서 땅은 임대해서 농사를 지으라고?"

"네. 하지만 주민들이랑 친해지면 그때는 사야겠죠."

찬성이 장난스럽게 말했다.

"우리 아들이 집 사 주고 이사 가라고 하면 당장 가지. 말만 들어도 좋다. 어서 우리 아들이 돈 많이 벌어서 그런 날이 왔으면 좋겠다."

희우는 더 이상 말하지 않고 빙그레 웃기만 했다.

부모님은 모르고 있었지만 그는 이미 몇몇 집을 알아본 상태였다. 호화스러운 전원주택이 아니라 정말 시골집이었다.

작은 텃밭을 가꾸고 꽃을 심을 정도의 터가 있는 정겨운 시골집. 희우가 알아보는 집이었다.

집을 예쁘게 올릴 돈이 없는 건 아니었다. 하지만 처음부터 과하게 들어가는 건 동네 주민들과의 화합에 맞지 않는 방법이었다. 터만 있다면 집은 언제든 예쁘게 올릴 수 있다는 자신이 있었다.

새 천 년, 2000년의 시작을 알리는 종소리가 울렸다.

모두가 새로운 시대에 대한 희망에 부풀어 있을 때 한미는 텔레비전을 보고 있었다. 그때 그녀의 전화로 반갑지 않은 연락이 왔다. 김석훈 검사였다.

-어느 대학의 무슨 과를 지원했지?

그녀는 대답하지 않았다.

하지만 그는 이미 그녀가 어떤 대학에 지원했는지 알고 있었다. 그녀는 한강 대학교 정치외교학과와 명문 대학교 영문과 등을 적어 제출한 상태였다. 전화기 너머 아무 소리가 없자 그가 입을 열었다.

-정치외교학과에 합격하면 갈 생각인가?

"네."

-아직 결과가 발표되지는 않았지만 알아보니까 명문 대학교 영문과에 합격을 했더구나. 다른 곳 결과가 어떻게 되든 그쪽으로 가도록 해.

그의 말에 그녀는 침을 꿀꺽 삼켰다.

김석훈은 이미 모든 걸 확인한 상태였다. 그리고 그는 그녀가 정치외교학과에 가는 걸 원하지 않고 있었다.

"……제가 그것까지 허락을 받아야 하나요?"

망설이던 그녀가 힘겹게 입을 열었지만 그의 말은 단호했다.

-당연하다.

한강 대학교 정치외교학과의 졸업자들은 외교통상부나 정치부 기자로 가는 경우가 가장 많았다. 김석훈이 말을 이었다.

-나는 네가 공직에서 일을 하는 걸 원하지 않아.

"……."

-똑똑한 아이니까 내 말을 잘 알아들을 거란 걸 알고 있다. 이 세상이 아름답지는 않지만 슬퍼서는 안 되잖아.

전화를 끊은 한미는 한동안 멍하니 앉아 있었다.

정치외교학과를 가고 싶었던 이유는 별것 없었다. 검사가 될 희우, 어깨를 나란히 하고 싶었다. 기자 또는 외교관의 길을 걷고 싶었다. 그러나 그 꿈은 꺾여 버렸다.

김석훈은 그녀를 향해 똑똑히 말했다.

공직에서는 일을 하지 마라.

그것은 대학의 학과만을 결정짓는 의미가 아니었다.

그리고 이 세상이 아름답지는 않지만 슬퍼서는 안 된다는 말. 그건 협박이었다. 그녀의 선택에 따라 슬퍼질 수도 있다는 강한 협박.

한미는 고개를 숙이고 서럽게 울었다.

그리고 며칠 후, 김석훈은 한미의 어머니로부터 전화를 받았다. 한미가 명문 대학교 영문과에 간다는 말이었다.

전화를 끊은 김석훈의 표정은 좋지 않았다. 그저 굳은 표정으로 사무실의 책상에 앉아 있었다.

김석훈의 마음에는 두 가지 감정이 복잡하게 얽혀 있었다.

한미는 김석훈의 딸이다. 그런 딸이 단 1년 만에 기적적으로 점수를 끌어올렸다. 그리고 상위권 대학에 합격할 수 있는 여건까지 만들었다. 양아치 짓을 하던 딸이 재수를 선택하고 공부를 해서 성적이 올랐다는데 기쁘지 않을 수 없었다. 얼마나 많은 노력을 했는지 보지 않아도 알 수 있었다. 한미는 다른 자식들과 달리 김석훈의 명석한 두뇌를 모두 이어받은 거다. 생각 같아서는 밖으로 뛰쳐나가 소리를 지르며 자랑하고 싶었다.

하지만 반대로 김석훈은 한미의 능력이 두려웠다. 한미를 세상에 내세울 수 없었기 때문이다. 뭐라고 변명한다고 해도 이 세상에서는 비난받을 수밖에 없는 혼외 자식.

김석훈은 깊은 한숨을 내쉬었다.

CHAPTER 14

방학 기간이었지만 학교는 공부를 하기 위해 오가는 많은 학생들로 붐볐다. 학교 식당 역시 식사 시간에는 학기 중과 다름없이 붐볐다.

식당 개장 시간이 지난 늦은 오후, 두 학생이 학교 식당으로 내려왔다. 그들은 새로 시작될 총학생회의 집행부였다.

이번 총학생회장은 경영학과 오병훈으로 미래에 천하그룹의 수뇌부가 될 사람이었다. 그리고 조태섭의 귀여운 강아지가 될 사람이기도 했다.

두 학생은 한 식당씩 찾아가며 두꺼운 파일철을 열어 보이고 서명을 받았다. 그들이 마지막으로 간 곳은 희우와 규리가 맛있게 먹는 식당이었다.

"안녕하세요, 총학생회에서 나왔습니다."

그들은 식당의 주인을 향해 반갑게 인사했다. 새로 들어온 식당의 주인은 오십이 넘어 뵈는 중년의 여성으로 이름은 최성자였다.

"안녕하세요."

그녀 역시 그들을 향해 인사했다.

한 학생이 두꺼운 파일철을 열어 그녀 앞에 보였다.

"이번에 입찰되셔서 들어오신 것 맞죠?"

"네, 맞아요."

"총학에서는 학생들의 복지에 관한 일을 하고 있습니다. 물론 비용이 만만치 않아요. 다른 분들은 학생의 복지와 환경에 힘을 쓰라고 약간의 지원금을 주고 계셔요."

돈을 내라는 소리였다.

하지만 그녀는 멋쩍게 대답했다.

"저도 학생들 복지에 도움을 주고 싶은데 정말 남는 게 없이 팔고 있어서요. 지원이 어려워요."

"그러세요?"

학생들의 표정은 방금 전 반갑게 인사했던 얼굴이 아니었다. 딱딱하게 굳어진 표정. 그들은 장사꾼이 남기지 않고 판다는 말을 믿을 수 없었다.

"그래도 조금이라도 지원을 해 주시면 어떠세요?"

"저도 그러고 싶은데 정말 남는 게 없어요."

그녀의 확고한 대답에 학생들은 굳은 표정으로 인사도 하지 않고 자리를 피했다.

옆에서 지켜보던 다른 식당의 주인이 그녀에게 다가왔다.

"아직 학교 식당 생활을 오래 하지 않아서 잘 모르나 본데, 총학에서 해 달라는 건 웬만하면 해 주는 게 좋아요."

"네? 그게 무슨 말씀이세요?"

"겪어 보면 알아요. 공부만 잘했지 더러운 놈들이에요. 바뀌면 달라질 줄 알았는데 더 나쁜 놈이 들어왔네."

새봄을 알리는 신학기가 시작되었다. 희우는 2학년이 되었다.

2학년이 되면 한국 대학교 법학과 남학생들은 크게 둘로 나뉜다.

본격적으로 사법 고시 준비를 들어가는 학생들이 그 하나였다. 그리고 휴학 후 군 입대를 준비하는 학생들이 다른 하나였다.

20대의 젊은 청년들에게 군대는 언제나 힘든 결정을 동반하고 있었다. 가장 뜨겁고 열정적일 시기에 이루어지는 사회와의 단절은 법학과 학생들에게도 다를 바 없는 고민이었다.

일반 병사로 군에 입대하는 학생들은 병역 문제를 해결하고 편한 마음으로 사법시험을 준비하기 위해서 내린 결정이었다. 그들은 병역 문제가 남아 있는 이상 언제 붙을지 장담할 수 없는 사법시험 준비 과정이 더욱 고통스러울 거라고 생각했다. 제대 후 조금이나마 편한 마음으로 공부를 하기 위해 그들은 훈련소로 향했다.

입대를 하지 않고 사법 고시를 준비하는 학생들. 그들은 사법 고시 합격 후 군법무관으로서 병역 이행을 생각하고 있었다. 병역을 필하지 않고 사법 고시에 합격할 경우 연수가 끝난 후에 군법무관으로서 병역 의무를 마쳐야 했다.

어느 것이 더 좋다고는 말할 수 없었다. 하지만 그 시절의 남학생들에게는 두 가지의 길 모두 부담이 클 수밖에 없었다.

희우는 아직 군대에 대한 생각은 없었다. 지금 그에게 중요한 건 군대가 아니라 자산 증식이었다.

2학년이 되었지만 생활은 변함이 없었다. 아침에 일어나서 운동을 하고 학교로 향했다. 강의를 듣고 도서관을 오갔고 틈틈이 학생회실에 들러 얼굴을 내밀었다. 크게 달라진 점은 없었다.

다만 단 하나의 변화가 있다면 투자였다. 드디어 본격적으로 투자를 할 수 있는 나이가 되었다.

민석에게 20%의 수수료를 떼고 희우의 손에 들어온 금액은 약 2억 원이었다. 주식의 값이 치솟으며 얻은 결과물이었다. 거기에 우용수가 넘겨준 1억을 합치면 3억. 투자를 하기에는 충분했다.

희우는 계획대로 본격적으로 경매에 발을 들였다. 다른 학생들은 사법 고시 스터디 그룹을 만들거나 선배들이 있는 곳에 들어가 공부에 힘을 쏟았지만 희우에게는 관심 밖의 일이었다.

승환이 찾아와 희우에게 말했다.

"동기들끼리 스터디 그룹 만들 건데 같이 하자."

희우가 그룹에 들어와 함께하는 것이 승환의 목적은 아니었다. 승환은 규리를 마음에 두고 있었고, 희우가 스터디 그룹에 들어온다면 그녀도 자연스럽게 함께 따라올 것이라고 생각했다.

"우리 아빠가 로펌 하잖아. 어렵거나 모르는 건 변호사님들한테 물어볼 수 있어. 그러니까 도움이 많이 될 거야."

당연히 희우가 OK할 줄 알았다. 선배들도 아니고 현업의 변호사에게 자문을 받으며 법 공부를 할 수 있는 스터디 그룹은 많지 않았기 때문이다.

하지만 희우는 거절했다.

"미안, 난 시간이 부족해."

"……!"

승환의 시선이 규리에게 향했다.

"규리 너는 어때?"

"미안, 좋은 기회고 하고는 싶은데 어렵겠다."

'하고는 싶은데 어렵겠다.'라는 말. 여지는 있다는 의미였다. 승환은 포기하지 않고 그 틈을 찾아 들어갔다.

"왜? 하고 싶으면 하지, 어떤 거 때문에 어려워?"

"나는 주말에 두 시간, 그리고 평일에도 두 번씩 과외가 있어. 다 같이 모여서 공부하는데 내 스케줄 때문에 방해가 되면 안 되잖아."

"아냐!"

승환이 강하게 반박했다.

"어?"

규리가 눈을 동그랗게 뜨고 깜빡였고 승환은 순간, 자신이 오버했다는 사실을 알았다. 하지만 여기서 물러날 수는 없었다.

"스터디 그룹을 매일 하는 것도 아니고 리포트 형식으로 할 거야. 토의 시간은 할 사람들이 모여서 맞추면 되는 거지. 일주일 내내 만나는 것도 아니고 다들 동의하는 편한 시간으로 잡을 거니까 걱정하지 마."

규리가 생긋 웃었다.

"그럼 좋아. 대신 내 시간에 맞출 필요 없고, 나 때문에 다른 사람이 피해 본다고 느끼면 언제든 말해 줘."

열정적으로 말하는 승환을 보며 희우는 슬쩍 웃었다.

지금은 어수룩하지만 이전의 삶에서 봤던 승환은 두려울 정도로 냉혹한 사람이었다. 오로지 돈과 명예만을 부르짖으며 법에 있는 규정은 무시했다. 증거인멸, 증인 매수 등 온갖 악한 일은 다 했었다. 언젠가 텔레비전에 나와 승환이 이야기했던 말이 기억이 났다.

―승리할 수 없는 변호란 우리에게 없습니다. 우리 로펌에서는 모든 죄가 무죄입니다.

악인도 변호받을 권리가 있다며 거액의 돈을 받고 연쇄살인범을 변호했던 자.

생각에 빠졌던 희우는 잠시 갸웃거렸다.

'왜 그렇게까지 했지?'

승환의 가정환경에 가난했던 시절은 없었다. 아버지는 거대 로펌의 대표, 어머니는 국회의원, 그의 형은 판사. 전형적인 엘리트 가문. 미친 것처럼 돈만 따를 필요는 없던 사람이었다. 그런 사람이 손가락질을 받을 만큼 나서서 일을 한다? 어딘가 말이 맞지 않았다.

주말이고 평일이고 상관없이 법학과 학생들은 삼삼오오 모여 스터디 그룹에서 공부를 하기 시작했다. 하지만 희우의 관심은 다른 곳에 있었다. 그는 경매를 하기 위해 집을 찾아다니고 있었다.

그중에 그가 가장 먼저 시작한 건 부모님의 집을 구하는 일이었다. 그는 시간이 되는 대로 양평을 오가며 땅을 밟고 집을 찾았다. 부동산은 많이 밟아 본 놈이 이긴다는 우용수의 말을 철저하게 이행하는 중이었다.

양평의 집도 많은 수가 경매로 쏟아져 나와 있었다. 하지만 희우는 고민하고 있었다. 시골의 텃세는 생각보다 심했다. 만약 경매로 넘어간 집을 낙찰받아 들어온 사람이라면 동네 사람들이 좋지 않게 볼 수도 있다는 생각이 들었다.

생각만으로 결정되는 일은 없었다. 그는 마을 이장을 찾아갔다. 그의 손에는 막걸리가 들려 있었다.

"안녕하세요."

희우의 얼굴 표정은 평소와는 달랐다. 최대한 민석의 서글서글한 미소를 따라 하기 위해 애쓰고 있었다. 사람은 첫인상이 매우 중요했다. 하물며 한평생 농사를 짓고 산 사람들에게 외지인이 인상을 쓰고 나타나면 반가울 리 없었다.

희우의 목소리에 문이 열리고 한 중년의 남성이 집 밖으로 나왔다.

"누구세요?"

희우는 그를 향해 고개 숙였다.

"안녕하세요, 저는……."

자신의 학교와 학과를 밝혔다. 사람들은 그 사람의 됨됨이를 알기 전에 그 사람이 가진 외적인 무언가를 중요하게 보는 경향이 있었다. 한국대학교 법학과라는 외적인 요소는 그에게 매우 유리한 조건이었다.

사람들은 한국 대학교라는 말만 들어도 대단하다는 표정으로 바라봤고 법학과라는 말이 나오면 눈빛이 변했다. 이장도 다르지 않았다.

희우가 서글서글한 미소를 거두지 않고 그에게 들고 온 막걸리를 건넸다. 이장은 집으로 들어가 김치를 찢어 들고 나왔다.

그들은 집 앞마당의 평상에 앉아 막걸리를 주고받았다. 희우가 말했다.

"저희 부모님이 이쪽으로 오시려고 하는데 자금이 마땅치 않아서 둘러보는 중이에요."

희우는 경매로 나온 집을 이야기했다.

경매 이야기를 꺼내면 둘 중 하나의 반응이었다. 남의 집을 빼앗는 도둑을 보는 눈이거나 아니면 많은 정보를 주기 위해 노력하는 모습.

이장은 후자였다.

"저기 집 낙찰받아 살아도 좋지. 할머니 혼자 사셨던 집인데 아들 따라 서울 가신 다음에 빈집으로 있던 곳이야. 경매로 나왔다면 사업하다가 말아먹었나 보네."

이장이 계속 말했다.

"이 마을 좋으니까 와서 계시라고 해요. 좋은 동네야."

희우가 물었다.

"혹시 농사지을 땅을 임대하시는 분도 있으신가요?"

"있지요. 그런데 땅 없이 오시는 건가?"

"네, 여유가 많지 않으셔서요."

희우는 땅은 천천히 구매하기로 생각하고 있었다.

서울 사람들이 집과 땅을 사서 농촌에 자리를 잡으면 좋지 않은 인식을 받을 수도 있었다. 자연을 마주해서 일을 하는 농부들, 그들 중에는 서울 사람들은 사무실에 앉아 편하게 돈을 번다는 생각을 가진 사람들도 있었다. 그런데 희우의 부모가 처음부터 땅을 사서 들어오면 그들은 십중팔구 '편하게 돈 벌어서 땅 사서 왔네.'라고 생각하며 배척할 것이 분명했다.

도시와 달리 몇 가구만 사는 동네. 집에서 기르는 개의 이름까지 모든 동네 사람이 알 만큼 작은 곳이었다. 다른 집과의 융화는 반드시 필요한 일.

귀촌이 활성화될 가까운 미래에는 동네 주민들의 마음에 들지 못하면 동네 슈퍼에서 소주 하나를 구매하기도 어려운 경우도 있었다. 아직 그 정도의 텃세는 없었지만 그래도 상대와 가깝게 지낼 준비는 해 둬야 했다.

희우의 부모인 찬성과 미옥. 어릴 때 농사를 지어 본 경험이 있다고는 하지만 거의 대부분의 인생을 서울에서 살았던 그들이다. 절대 처음이 쉬울 수 없었다. 하지만 마을 사람들이 따듯하게 환영을 해 주고 맞이해 준다면 시작은 어렵지 않을 것이다.

특히 이장의 역할은 컸다. 마을 사람들의 목소리를 대변하는 사람이었기에 희우는 그의 마음에 들기 위해 웃고 또 웃었다.

이장 역시 마찬가지였다. 희우는 한국 대학교 법학과의 학생. 즉 미래의 판검사였다. 동네에 판검사가 하나 있다는 건 작은 도시에서는 나쁘지 않은 것이다. 그 역시 희우의 부모를 자신들의 마을에 오게 하기 위해 웃고 또 웃었다.

희우는 양평의 집을 낙찰받았다. 하지만 찬성과 미옥에게는 말하지 않았다. 깔끔하게 수리 후 기뻐하는 모습을 보고 싶었다.

첫 집으로 부모님의 집을 낙찰받은 희우는 그다음부터 무차별적으로 낙찰받기 시작했다. 특히 소형 평수의 아파트는 되는대로 거둬들였다. 작은 크기의 아파트는 매매가 빠르다는 장점이 있었다. 매매가 되지 않아도 월세로 돌리기에 용이했다.

낙찰을 받고 살고 있던 사람이 나가면 가장 먼저 도배와 장판을 바꿨다. 어떤 때는 싱크대까지 변경하는 경우도 있었지만 수리가 필요한 곳에는 과감하게 투자를 했다. 팔기 위한 포장 과정이었다.

희우가 가진 돈은 엄청난 속도로 불어나기 시작했다.

희우는 주말마다 낙찰받은 양평의 집으로 향했다. 오랜 시간 비워져 있던 집이었기에 수리를 해야 할 곳이 많았다.

우용수에게 기초적인 수리에 대해서는 모두 배워 뒀기에 몰라서 못하는 일은 없었다. 문을 교체하고 페인트칠을 했다. 도배를 하고 장판을 깔았다. 화장실을 새로 설치하고 외벽도 빨간 벽돌로 예쁘게 쌓아 올렸다.

아직 쌀쌀한 날씨였지만 작업을 하고 나면 몸에 땀이 비 오듯 쏟아졌다. 그래도 얼굴에는 미소가 가득했다.

한평생 셋방살이를 해 온 그들의 가족이었다. 작은 지하 방에 살며 곰팡이와 싸웠다. 비가 많이 오는 날이면 물이 넘쳐 집으로 들어오는 일도 있었다. 지금 이 집도 호화스러운 집은 아니었지만 부모님에게 첫 집이 생기는 것이었다. 그 일을 다른 사람도 아니고 자신이 하고 있다니 기분이 좋았다. 희우는 망치질을 하고 새로 벽돌을 올리며 조금씩 집을 수리하고 있었다.

집이 완성된 것은 1학기가 지나고 2학기가 얼마 남지 않은 시점이었다. 희우는 집 앞에 작은 연못까지 만들어 두었다.

기말고사가 얼마 남지 않은 날. 도서관 앞 등나무 벤치.

희우와 규리가 앉아 있었다.

그녀가 물었다.

"오늘은 도서관에서 공부하고 가게?"

"응, 시험공부는 해야지."

작년의 희우는 시간만 있으면 도서관에 붙어살았지만 이번은 달랐다. 학교가 끝남과 동시에 밖으로 나가는 일이 일반적이었다. 또한 수업은 빠지지 않았지만 강의의 대부분을 오후 시간으로 미뤘다. 오전에는 법원에서 경매에 참여를 했고 오후에는 매물로 나온 물건들을 확인하러 다니는 것이 그의 일상이었다. 그녀가 희우에게 '무슨 일 있어?'라고 몇 번을 물었지만 그는 대답하지 않았다.

규리가 하늘을 보며 말했다.

"제발 이번 시험에서는 한 번만 희우를 이기게 해 주세요."

그녀는 승환이 만든 스터디 그룹에서 공부를 하고 있었다. 승환은 리더로서 나쁘지 않았고 현직 변호사들의 자문은 스터디 그룹에 참여한 학생들의 실력을 빠르게 올려 줬다.

그녀의 간절한 기도를 들은 희우가 피식 웃었다.

"나를 이기는 게 목표는 아니잖아?"

"아냐, 목표야. 꼭 이겨 보고 싶어. 생각해 보면 수능 이후로 한 번도 못 이겨 봤잖아. 이번에는 기말고사 준비도 혼자 한 게 아니라 스터디 그룹에서 애들이랑 함께했거든. 그러니까 조금 가능성이 있지 않을까?"

희우는 머리를 긁적였다.

"이번에는 나도 자신 없는데."

"거짓말."

"정말이야. 경제법은 나도 어려워. 공부를 많이 안 했으니까 너한테 물어봐야 할 거 같은데."

사법 고시는 1차 시험과 2차 시험으로 나뉘어 있다. 그중에 1차 시험에는 선택과목이란 것이 존재했는데 경제법은 선택과목이었다. 희우는 이전의 삶에서 경제법을 선택하지 않았고 당연히 지식은 많지 않았다. 새로 암기를 하고 다시 이해를 해야 하는 과목, 거기에 이번에는 투자에 빠져 있었기에 공부를 할 시간도 부족했다.

하지만 규리는 믿지 않았다.

"원래 공부 잘하는 애들은 그렇게 말하는 거라더라."

"누가?"

"다 그렇게 얘기하잖아. 시험 전에는 엄살 피우고."

"난 아니야. 그런 걸로 거짓을 말하지는 않아."

승환이 그들의 옆으로 왔다.

"웬일이야? 학교 끝나면 집으로 달려가는 녀석이 오늘은 무슨 일로 도서관에 있네?"

그의 말에 희우가 의아한 표정으로 물었다.

"내가 도서관에 있는 게 신기해?"

규리가 고개를 끄덕였다.

"응, 작년엔 여기서 살다시피 하더니 올해는 거의 안 왔잖아."

승환이 이죽거렸다.
“이번 학기는 포기했나 보다. 공부 거의 안 하는 거 보니까.”
“포기한 건 아닌데 바쁜 일이 있어서.”
희우는 대수롭지 않게 말하며 자리에서 일어섰다. 그리고 자판기로 걸어갔다.
“커피 마실래?”
규리는 고개를 끄덕였고 승환은 계속해서 그를 향해 좋지 않은 말을 이었다.
“여자 친구 생겼냐? 끝나자마자 가는 거 보니까 그거밖에 없는 거 같은데?”
그가 아무리 말을 해도 희우는 신경 쓰지 않는 분위기였다.
“승환이 너도 커피 마실래?”
결국 맥이 빠진 건 승환이었다.
희우는 그런 승환의 행동의 까닭을 조금은 알 것 같았다. 규리만 나타나면 과하게 행동을 하고, 공부를 하다가도 그녀가 휴게실에 있으면 밖으로 빠져나오는 승환. 그가 규리에게 호감이 있다는 건 바보가 아닌 이상 알 수 있는 일이었다. 승환은 희우가 규리와 친하게 지내는 것에 질투가 생겨 유치한 행동을 하고 있었다.
희우는 규리와 승환에게 종이컵을 건네며 자리에 앉았다.

기말고사가 끝이 났다. 희우는 경제법은 물론이고 다른 과목까지 통틀어 우수한 성적을 받았다. 그는 여전히 학과의 톱으로 남아 있었다. 다른 학생들보다 공부한 시간은 적었지만 이미 알고 있고 암기를 했던 내용을 다시 공부한다는 것에 차이점이 있었다. 오히려 시험의 준비 과정에서는 다른 친구들보다 시간이 많이 남았다. 그는 그 나머지 시간을 모두 경제법 등 취약했던 과목에 집중했다. 점수가 잘 나올 수밖에 없었다.

"방학 기념으로 하루만 놀러 가요. 그동안 우리 가족 어디 한 번도 간 적이 없잖아요."

집에 돌아온 희우는 아버지 찬성에게 하루만 일을 쉴 것을 부탁했다. 찬성은 처음에는 거절했지만 자식의 계속되는 성화에 어쩔 수 없이 수락했다.

"어디를 가려고 그래?"

아버지의 질문에 희우는 답하지 않았다.

"그냥 따라오시면 됩니다."

미옥이 물었다.

"음식 싸 가야 하나?"

희우는 고개를 저었다.

"아뇨. 거기 다 준비되어 있어요. 여벌 옷이랑 세면도구만 가지고 가면 될 거 같은데요?"

버스에 올라서 출발한 가족 여행.

그들이 향하는 곳은 양평이었다. 희우가 만들어 놓은 그들의 시골집.

하지만 희우는 아직도 아무 말도 하지 않았다.

버스에서 내려 시골길을 걸어갔다. 뜨거운 햇볕이 내리쬐고 있었고, 찬성은 짜증이 일었다. 야간 일을 끝내고 아침에 도착해서 바로 출발한 길이었다. 버스에서 잠을 청했다고는 하지만 그 피곤이 다 사라질 수는 없었다.

"대답이나 해 줘라. 어디를 가는 거냐?"

그의 질문에 희우가 답했다.

"이제 다 왔어요. 요 앞에 예쁜 집이 있거든요. 냇가도 가깝고 해서 쉬기에는 아주 좋을 거예요. 그러니까 조금만 참고 올라가세요."

매미 소리가 울렸다. 서울의 짜증 섞인 소리가 아니었다. 땀을 식혀 주는 시원한 소리였다. 몸이 피곤한 찬성이나 미옥, 그리고 희우까지 자연의 바람에 마음이 치유되는 것만 같았다.

조금 더 걸어 도착한 곳은 어깨높이의 담장이 둘려 있고 파란 지붕에 붉은 벽돌로 만들어진 아담하니 예쁜 시골집이었다. 가운데에 편히 앉을 수 있는 평상의 옆으로 작은 연못이 보이며 앞의 텃밭에는 옥수수가 자라고 있었다.

희우가 말했다.

"도착했어요."

찬성과 미옥은 주변을 둘러봤다. 어딜 봐도 민박이나 펜션같이 보이지는 않았다.

"여기가 어디야?"

"펜션이 아니야?"

어머니와 아버지가 물었다.

희우는 어깨에 메고 있던 가방을 평상에 놓으며 답했다.

"우리 집요."

"……!"

희우가 다시 말했다.

"우리 집이에요."

그는 담담히 집을 얻게 된 일에 대해 설명을 했다.

아버지 찬성의 건강이 염려되어 집을 구하게 되었다는 사실로 이야기를 시작해서 변호사 사무실에서 아르바이트를 하며 번 돈으로 집을 샀다는 거짓으로 끝을 맺었다.

희우가 말을 이었다.

"사무실에서 생각보다 많은 월급을 받고 있으니까 이곳에서 자리 잡으실 때까지 드는 생활비는 걱정하지 마세요."

찬성이 놀란 표정으로 물었다.

"아르바이트를 했다고? 공부는 어떻게 하고?"

그에게는 희우가 아르바이트 때문에 공부할 시간을 빼앗긴다는 것이 더 걱정이었다.

"그건 걱정하지 마세요. 공부랑 연관이 있는 일이니까 오히려 도움되고 좋아요."

희우가 몇 번의 설명을 더 한 후에야 찬성과 미옥의 마음이 편해졌다.

그들의 삶에서 생애 처음으로 얻게 된 집이었다. 미옥은 눈물을 글썽거렸다. 비록 화려한 집은 아니었지만 모든 것을 자식이 준비하고 만들었다는 사실에 그들은 감격했다.

희우는 가방을 뒤져서 자동차 열쇠 하나를 꺼내 찬성에게 건넸다.

"집 앞에 있는 트럭은 아버지 겁니다. 몇만 킬로 안 탄 차구요. 정비 다 해 놔서 고칠 건 없어요."

파란색 중고 트럭이었다. 시골에서 일을 하기 위해서는 반드시 필요한 존재였다.

희우는 세세한 것까지 부모를 위해 모두 준비해 놨다. 모든 가전제품까지 완비되어 있었다. 이사할 필요 없이 몸만 와서 살아도 될 정도였다.

희우가 말했다.

"저는 학교를 다녀야 하니까 지금 집에서 계속 지낼게요. 특별한 일 없으면 주말에는 여기로 오구요. 서울까지 차로 한 시간이면 가니까 어머니 아버지 지내시기에 불편함은 없을 거예요."

얼떨떨한 표정으로 집을 둘러보던 미옥이 말했다.

"너 우리랑 계속 같이 살 거라고 하더니 결혼도 하기 전에 엄마 아빠를 시골로 내쫓는 거야?"

희우는 찬성과 미옥에게 '결혼 안 하고 엄마 아빠랑 평생 같이 살래요.'라고 말한 적이 있었다. 그녀의 농담 섞인 말에 희우는 어색하게 웃으며 아니라는 듯 손을 저었다.

한참을 웃고 난 후 희우가 물었다.

"마음에 드세요?"

두 부부는 말없이 고개를 끄덕였다.

부모가 양평으로 이동을 하고 희우는 혼자 살기 시작했다. 홀로 사는 자취생의 경우 생활 패턴이 깨지는 경우가 많았지만 그는 아니었다. 그의 하루는 계획대로 엄격하게 통제되고 있었다. 특히 투자의 경우 아파트로 단기적 수익을 추구하면서 땅과 연립 및 다세대주택으로 중 · 장기 투자도 함께했다.

방학 동안 그의 자산의 성장은 더욱더 거셌다. 더 많은 재산의 증식을 위해 손이 달릴 정도였다. 믿을 만한 사람이 필요했다.

우용수에게 부탁을 할까 생각했다.

우용수는 서울의 한 아파트 단지 내에 공인중개사 사무실을 열었는데, 일은 하지 않고 있었다. 대부분의 일은 실장으로 뽑아 둔 직원이 처리했고 우용수는 경로당을 전전하며 또래의 할머니들과 제2의 젊음을 만끽하고 있었다. 희우는 우용수의 공인중개사로 찾아갔다.

"사장님 또 안 계세요?"

사무실에는 실장만 있었다.

"네, 경로당에 가신 거 같은데요."

희우가 몇 번을 찾아갔지만 그동안 우용수가 자리에 앉아 있던 적은 단 한 번도 없었다.

찾아간 경로당 안에는 많은 노인들이 앉아 있었다. 대낮부터 소주를 드시는 분들도 계셨고 이야기꽃을 피우는 사람들도 있었다. 희우가 안으로 들어가자 한 노인이 말했다.

"우 사장님, 손주 왔네."

그들은 우용수를 '우 사장님'이라고 호칭했고 희우는 그의 손자로 알고 있었다.

우용수는 소파에 앉아 할머니들과 얘기를 하는 중이었다.

"응, 왔어?"

우용수의 표정은 밝아 보였다. 한평생 돈만 좇던 그가 인생에서 처음으로 즐거운 표정을 짓고 여유를 만끽하고 있었다. 그에게 도움을 요청하려던 희우는 말을 꺼내지 않았다. 그의 행복을 뺏을지도 모른다는 생각이 들어서였다.

"그냥 뵙고 싶어서 왔어요. 얼굴 뵀으니까 이제 가 볼게요."

우용수와의 잠시의 대화를 마친 희우는 다시 이동했다.

그가 향하는 곳은 법원에서 낙찰을 받은 물건지였다. 경기도의 낡은 주택으로, 역과 대학이 인근에 있고 낙찰가는 3천이었다. 경매에 입찰을 할 수 있는 보증금 300을 제외한 나머지 2,700에 대해서는 전부 대출을 받을 생각이었다. 추후 월세를 놓는다면 대출이자를 빼고도 높은 수익을 올릴 수 있는 매력적인 집.

초인종을 누르자 한 청년이 문을 열었다.

"누구세요?"

그의 말에 희우는 낙찰 확인서를 꺼내 보였다.

"낙찰자입니다."

"어머니가 안 계시는데요."

청년은 긴장된 목소리로 말했다. 거주자들에게 낙찰자는 집을 빼앗는 사람으로 보이기 마련이었다.

희우는 가방에서 메모지를 꺼내 전화번호를 적었다.

"부모님 오시면 연락 달라고 전해 주세요."

그날 저녁, 연락이 왔다. 중년의 여성이었다. 내일 오후에는 집에 있으니 집에서 보자는 연락이었다.

경매에서 낙찰 직전까지 해야 할 일은 기계적이고 법적인 일이 전부였다. 가치를 확인하고 건물에 끼어 있는 많은 법적인 문제를 파악하는 것은 문서 또는 주변을 둘러보는 것으로 충분했다. 하지만 지금부터는 사람 대 사람의 일, 낙찰자와 거주자의 심리 싸움이었다.

낙찰자는 살고 있는 사람을 최소의 비용으로 빠른 시간 안에 내보내는 것에 목표를 둬야 했고 거주자는 단돈 10원이라도 더 받기 위해 노력을 해야 했다. 서로의 의견에 합의점을 찾지 못하면 이 과정에서 감정만 상할 수 있었고, 낮은 확률이었지만 폭언과 욕설이 오가는 경우도 있었다.

희우는 상대의 목소리를 통해 성격을 파악해 봤다. 만나면 알 수 있는 일이었지만 그 전에 조금이라도 알고 간다면 유리했다.

다음 날 강의를 마친 희우는 다시 낙찰받은 집으로 향했다. 그리고 중년의 여성과 그 아들로 보이는 사람과 작은 상 앞에 마주 앉았다.

중년의 여성은 남편이 죽고 사업이 어려워져 집이 경매로 나왔다는 평범한 이야기를 시작했다. 그들 가정에는 특별한 이야기였지만 세상에서는 평범한 슬픈 이야기일 뿐이었다. 경매로 나온 집이 백 개라면 그 백 개 속에는 백 가지의 이야기가 있었다. 그런 이야기는 낙찰자에게는 전혀 관심 없는 말이었다.

희우는 그동안 경매를 다니며 안타까운 사연과 슬픈 이야기를 수도 없이 듣고 또 들어 왔다. 하지만 언제나 귀결되는 결론은 뻔했다.

이사 시기를 조절해 달라.

이사 비용을 조금 더 달라.

똑같은 이야기의 반복일 뿐이었다.

희우는 그녀의 목소리를 한 귀로 흘려들으며 집 상태를 확인하고 있었다.

벽지의 상태야 새로 도배를 할 예정이었으니 상관없었다. 그가 보고 있는 것은 방문과 몰딩의 상태. 그리고 눈에 보이는 곳에 곰팡이 자국이 있는지 등이었다. 다행히 중년의 여성이 집의 관리를 잘했는지 특별하게 눈에 거슬리는 부분은 없었다. 도배와 장판만 신경을 쓰면 다른 부분은 그대로 두어도 될 것 같았다.

희우가 하고 있는 행동은 집의 수리비를 대략적으로 예상하고 계산하는 일이었고 수익을 위해서는 상당히 중요한 과정이었다.

그사이에도 중년의 여성은 계속 이야기를 했다.

예상했던 대로의 이야기였다. 아직 살 집이 없다, 조금만 이사 기간을 늦춰 달라, 사정이 어렵다 등의 흔한 이야기였을 뿐이다.

그때 희우의 눈에 한국 대학교 경영학과 합격증을 액자에 넣어 벽면에 걸어 놓은 것이 보였다.

“아드님이 한국 대학교에 다니나 봐요?”

희우가 물었다. 그녀는 고개를 끄덕였다.

“지금 1학년인데 상황이 이래서 이번 학기는 휴학을 하려고 해요. 계속 다닐 수 있을지 모르겠어요.”

아버지가 죽고 집이 경매로 넘어가는 상황이니 학교를 다닐 입장이 아니라고 말했다.

희우는 아들의 얼굴을 살폈다. 바위처럼 우직해 보였다.

“휴학하지 말고 대학을 다니는 편이 더 좋지 않을까요?”

한국 대학교 경영학과 학생이라면 졸업 후 취업 걱정이 없었다. 성적이 좋지 않거나 어떤 준비도 하지 않은 학생이 가는 곳이 대기업이라는 말이 있을 정도였다.

아들이 말했다.

“학교는 나중에 상황이 좋아지면 다니려구요.”

희우의 생각에 ‘나중에’라는 것은 가장 불확실한 단어였다. 그 나중이 언제가 될지 모르기 때문이다.

희우는 잠시 생각에 잠겼다.

한국 대학교 경영학과. 경영학과에 믿을 수 있는 사람을 포섭하고 있다면 나중의 계획, 조태섭과의 싸움에 도움이 될 수 있기 때문이다. 앞에 있는 남자의 인상은 합격점이었다. 하지만 사람은 겪어 봐야 알 수 있었다.

잠시의 시간이었지만 희우는 무척 고심했다. 그리고 일단 지켜보기로 했다. 희우의 입이 무겁게 열렸다.

"저도 한국 대학교 법학과에 다니고 있습니다. 같은 학교 선배로서 계속 공부할 수 있도록 돕고 싶습니다."

"……!"

여성과 그녀의 아들, 둘 다 놀란 표정이었다.

애초에 낙찰자라고 어린 남자가 찾아왔을 때부터 놀라기는 했지만 한국 대학교 법학과라는 말에는 더욱 놀랐다. 미래에 법조인이 될 사람이 법원 경매를 하고 있다는 게 이상하게 보였다.

희우는 청년을 바라봤다.

"이름이 뭐죠?"

"박상만입니다."

"제가 돕는다는 데 이견이 있나요?"

있을 리가 없었다. 그들의 입장에서 낙찰자는 모든 주도권을 쥔 '갑'이었다.

희우가 말했다.

"조건이 있습니다."

상만은 눈을 빛냈다.

"장학금을 놓치지 마십시오. 그러면 이 집에서 계속 살 수 있도록 준비하지요."

"네?"

"아, 오해하지 마세요. 집의 명의는 제 명의입니다."

희우는 가방에서 노트를 꺼내 몇 가지를 적기 시작했다. 그리고 다시 말했다.

“월세는 내셔야 합니다. 제가 지금 내는 이자를 월세 금액으로 하지요. 주변 월세 시세보다는 한참 아래일 겁니다.”

상만의 눈에 망설임이 일었다.

그들의 입장에서는 엄청나게 매력적인 조건이었다. 그러나 언제나 매력적인 조건에는 독이 숨어 있기 마련이다. 하지만 그의 예상과는 달리 희우가 노트에 적어 내려가는 조건 어디에도 그에게 불리한 점은 없었다.

-장학금을 받을 것

-영어 공인 시험에서 ○○까지 ××점 이상 받을 것

-일본어 공인 시험에서 ○○까지 ××점 이상 받을 것

희우는 그에게 도움이 될 만한 점만 적고 있었다.

“2학기 등록금, 그리고 급한 생활비는 빌려주도록 하겠습니다. 그에 대한 차용증은 쓰고 이율은 평균 금리를 따르도록 하죠.”

200~300을 쓰고 좋은 인재를 얻는다면 더없이 남는 일이었다. 만약 상만이 배신을 하여 자신과 일을 하지 않아도 상관없었다. 투자는 언제나 리스크를 동반하는 행위였다.

돈으로 사람이 연결되었다. 하지만 마음을 얻기 위해서는 돈이 아니라 배려를 보여 줘야 한다.

희우가 말했다.

“마지막 조건입니다. 졸업은 수석으로 해 주세요.”

상만의 눈에 눈물이 글썽였다.

“감사합니다. 감사합니다.”

희우의 눈은 차갑게 빛나고 있었다. 한국 대학교 경영학과의 졸업생이며 그가 써 내려간 조건에 부합되는 사람이면 큰 힘이 될 수 있었다.

하지만 일은 이상하게 돌아갔다.

방학이 끝나고 강의가 시작된 지 얼마 지나지 않은 날이었다. 강의를 듣기 위해 앉아 있는 희우 앞에 상만이 나타났다. 그리고 희우에게 다가와 고개를 숙였다.

"안녕하세요, 선배님."

"……!"

규리의 옆에 앉아 수업을 준비하던 희우는 화들짝 놀랐다. 평소 담담한 성격의 그였지만 뜬금없이 나타난 상만의 행동은 당혹스러웠다.

"여…… 여긴 어떻게?"

희우가 말을 더듬으며 상만을 보고 있을 때 규리가 물었다.

"누구야?"

희우는 그녀의 말에 대답하지 않고 상만의 팔을 잡고 밖으로 나갔다.

그는 경매를 하고 다닌다는 사실이 학교에 알려지는 걸 원하지 않았다. 경매가 부끄럽거나 잘못된 일은 아니었지만 희우는 자신의 일이 남의 입에 오르내리는 걸 싫어했다.

건물 밖으로 빠져나온 희우는 사람이 없는 벤치로 향했다. 그리고 상만에게 물었다.

"여긴 어쩐 일이지? 내가 학교에서는 모른 척하자고 말했을 텐데."

"선배님처럼 돈을 많이 벌고 싶습니다. 가르쳐 주세요."

상만은 희우의 앞에 무릎을 꿇었다.

"일어나, 지금 뭐 하는 짓이야. 우리 조건에 공부를 열심히 할 것이 쓰여 있는 걸로 기억하는데. 지금 여기서 이렇게 행동하는 건 계약 위반이야. 돈은 졸업해서 벌 수 있어."

하지만 상만의 의지는 굳건했다.

"공부를 열심히 할 것은 쓰여 있지 않았습니다. 공부에 대한 결과만 조건에 있었습니다. 그 결과는 모두 충족하도록 하겠습니다. 그러니까 가르쳐 주세요. 선배님처럼 돈을 많이 벌고 싶어요. 부탁드립니다.”

상만은 돈이 없어서 상처를 받았다. 집이 경매에 넘어갔고 쫓겨날 상황까지 경험했었다. 돈을 벌고 싶었다.

그 모습을 보던 희우는 골치가 아파 오는 것을 느꼈다.

“미안한데 나는 돈이 많지 않아. 돈을 버는 법을 배우고 싶다면 다른 사람을 찾도록 해.”

하지만 상만의 눈빛에 떠오른 고집은 꺾이지 않았다.

희우가 우용수를 바라볼 때 눈빛이 이랬을까?

“부탁드립니다. 이렇게 염치없이 말씀드릴 입장은 아니라는 걸 저도 알고 있습니다. 하지만 다시는 가난 때문에 그런 일을 겪고 싶지 않습니다.”

희우는 한숨을 내쉬었다.

가난 때문에 겪고 싶지 않은 일. 그뿐만이 아니라 누구나 원하는 일이었다. 하지만 상만의 목소리는 간절했고 희우는 잠시 고민했다. 일을 도와줄 사람이 필요한 상태였다.

‘믿을 수 있을까?’

희우는 사람을 믿는다는 건 가장 미련한 짓이라고 생각하고 있었다. 하지만 아무도 믿지 못한다는 건 그보다 바보 같은 짓이기도 했다. 이 세상에 혼자 할 수 있는 일은 많지 않았다.

일단 상만을 쓰기로 마음먹었다. 믿을 수 있는 사람일지는 차차 지켜보면 될 일. 가까이 두고 확인한다면 어떤 인물인지 더 확실하게 알 수 있을 것이다.

희우가 무겁게 입을 열었다.

“좋아. 대신 성적이 떨어지면 계약은 해지된다. 그리고 내가 부르면 언제든 올 수 있도록 해라.”

강의실로 돌아온 희우에게 규리가 물었다.

“누구야?”

"그냥저냥 알게 된 후배야."

희우는 상만과 버스에 타고 있었다.

상만은 희우에게 월급을 받기로 했다. 기본급은 교통비와 식대만 지급을 하고 모두 성과급으로 돌리기로 했다. '네가 하는 만큼 가져가라.' 희우의 생각이었다. 그리고 상만은 그 계약을 매우 좋아했다. 배우기만 할 생각이었는데 성과급까지 준다니 마다할 이유가 없었다.

우용수는 희우에게 부동산을 가르칠 때 전체적인 그림을 그리고 보는 방법만을 가르쳤다. 세세한 부분은 경험을 통해 익히라는 게 우용수의 가르침이었다. 하지만 희우는 상만에게 세세한 부분까지 놓치지 않고 가르치고 있었다. 그가 실력이 늘수록 희우에게는 유리했기 때문이다.

그들이 내린 곳은 서울의 주택단지였다. 버스에서 내린 희우는 손목을 들어 시간을 확인했다.

"지금부터는 모든 걸 확인하고 머리에 기억해야 해. 이 모든 게 돈이니까. 가장 먼저 버스 정류장에서 집까지 걸리는 시간이야."

그들은 경매로 나온 물건지를 향해 걷고 있었다. 희우가 말했다.

"단지를 돌며 바닥에 떨어진 전단지를 봐. 배달을 하는 음식의 종류가 어떤 게 많은지 보는 거야. 전봇대에 붙어 있는 부동산 광고도 확인해야 해. 업자들은 보통 잘나가는 물건들을 전봇대에 붙여 놓거든."

상만은 전봇대를 확인했다.

"방 두 칸이 제일 많네요?"

"그럼 일단 혼자 사는 사람보다 누군가와 함께하는 사람이 많은 동네라는 거겠지?"

그들은 계속 걷고 있었다.

희우는 그에게 계속 설명을 했다.

집 아래에 있는 자전거를 보면 어린아이가 많은 동네인지 연령대는 어떤지 알 수 있고, 집에 널어 둔 빨래 역시 사는 사람의 연령대를 확인할 수 있는 지표였다. 동네의 연령대를 보는 이유. 집에 어린아이가 있다면 월세나 전세의 이동이 컸다. 하지만 초등학생 이상의 아이가 있다면 학교 문제로 쉽게 이동을 할 수 없었다. 즉, 전 · 월세 투자로 안정적인 수익을 얻을 수 있다는 의미이기도 했다.

주변 상가의 술집을 보고 학원을 보며 동네의 생활수준을 가늠할 수도 있었다.

"전문 학원이 많은지, 종합 학원이 많은지, 학원비는 얼마인지도 확인할 수 있어야 해."

해당 물건지에 도착했을 때 희우는 시간을 확인했다.

"정류장에서 여기까지 걸리는 시간은 10분. 나쁘지 않네."

희우는 다시 주변을 둘러보기 시작했다. 이번에는 걸어올 때 확인했던 것보다 더욱 세밀했다.

"지금부터는 길가에 떨어진 쓰레기, 담배꽁초 하나까지도 중요하다. 과자 봉지가 많은지 담배꽁초가 많은지 기억해야 해. 담배꽁초는 어느 브랜드인지, 립스틱이 묻었는지 아니면 깨물어서 피웠는지까지 확인하고 또 확인해라."

보기로 한 집은 3층이었다. 희우는 고개를 들어 3층의 창가를 바라본 후 계단을 올랐다.

"주인이 거주하는 집과 세입자가 많은 집은 계단의 상태가 달라. 이곳은 관리가 덜 된 것으로 봐서 세입자가 많은 곳이야. 이런 경우는 세를 주기에 좋다는 뜻이겠지?"

그의 말을 하나도 빠짐없이 집중해서 듣고 있는 상만.

"사장님, 정말 대단하시네요. 부동산을 하려면 이렇게 많은 걸 봐야 한다는 걸 몰랐어요."

"사장이라고 부르지 말라니까."

"사장님 맞죠. 흐흐."

집 안으로 들어가지는 않았지만 전체적으로 훑어본 희우는 다시 아래로 내려왔다.

"오늘은 여기까지 본다. 그리고 여기는 다음에 다시 올 거야."

"다음에 또 와요?"

"마음에 드는 집이라면 낙찰받기 전에 총 세 번을 본다. 각각 요일이 다르게, 시간이 다르게, 방향이 다르게 와야지. 요일과 시간 그리고 방향이 다르면 보이지 않던 것이 보일 때가 있어. 적어도 저 집에 해가 언제 들어오는지는 알 수 있겠지. 그렇게 세 번을 오고도 이곳에 투자가치가 있다고 판단되면 그때 법원으로 향하는 거야."

상만은 수첩을 꺼내 지금까지 걸어오며 그가 했던 말을 빼곡하게 적기 시작했다.

희우가 말했다.

"가자. 다음 집으로 가야지."

"알겠습니다!"

희우와 규리는 집으로 향하던 중이었다. 그들은 조별 과제로 인해 늦은 시간까지 학교에 남아 있었다. 저녁 시간이 한참 지난 후라 배에서는 시장기가 돌았다. 규리가 말했다.

"출출하지 않아?"

"조금 시장하네."

"학교 식당 열었을까?"

그녀의 목소리는 들뜨기 시작했다.

그녀는 학교 식당에서 밥을 먹는 걸 참으로 좋아했다. 특히 작년에 새로운 매장이 입점한 후로는 더욱 좋아하기 시작했다. 가격도 싸고 양도 많은 새로운 식당. 그녀는 최고의 레스토랑보다 그곳이 좋다는 말을 심심치 않게 했다.

희우는 시간을 확인했다.

"과외 시간 늦지 않겠어?"

"응, 괜찮아. 빨리 먹고 가자."

"나도!"

초대받지 못한 사람이 끼어들었다. 민수였다.

"너희만 밥 먹냐? 나도 같이 좀 먹자."

"그럼 오빠가 사 주시는 건가요?"

규리의 말에 민수는 잠시 머뭇거렸다.

"에잇! 쏜다!"

그들은 항상 가는 식당으로 향했다. 식당 주인 최성자는 가게를 정리하려던 참이었다. 규리가 그녀에게 다가가 말했다.

"다 끝나셨어요?"

"아뇨, 말씀하세요. 만들어 드릴게요."

규리는 고개를 돌려 희우와 민수를 바라봤다.

"어떤 거 드실 거예요?"

최성자는 그만 정리할 시간이었지만 배고파 보이는 학생들을 위해 음식을 만들기로 했다.

희우가 식사를 하고 빈 그릇을 넘기며 말했다.

"제가 빈말하지 않는 성격인데 정말 맛있습니다. 잘 먹었습니다."

"우리 아들 같아서 더 많이 줬어요."

최대한 미소 지으며 말하려는 그녀. 하지만 어딘지 모르게 얼굴 표정이 좋지 않았다.

규리도 빈 그릇을 챙겨 반납을 하며 그녀에게 감사 인사를 전했다.

"정말 잘 먹었습니다. 감사합니다."

식사를 하고 다시 교정으로 나오며 규리는 만족한 표정이었다.

"정말 너무 싸고 맛있어. 난 우리 학교 식당이 너무 좋아."

규리의 말을 들으며 민수가 입을 열었다.

"표정이 안 좋으시네."

민수 역시 희우와 마찬가지로 식당 주인의 표정을 짚어 냈다. 하지만 희우는 모른 척 길을 걸었다. 민수가 다시 말했다.

"저 아줌마 아들 우리 학교 학생이었던 거 알아?"

"정말요?"

규리가 물었다.

최성자는 원래 동네에서 작은 식당을 하던 사람이었다. 남편이 죽고 홀로 자식을 키우기 위해 식당을 시작했다. 맛이 좋다는 입소문이 나서 그런지 장사는 잘되었다. 새벽 늦게까지 일을 하고 돌아온 집에서는 아들이 열심히 공부를 하고 있었다.

아들이 한국 대학교에 합격을 했을 때 두 모자는 서로 부둥켜안고 얼마나 울었는지 모른다. 고생 끝, 행복 시작이라고 생각했다.

하지만 기쁨은 잠시였다. 아들이 교통사고로 사망했다.

한참을 슬픔 속에 살던 그녀는 한국 대학교로 향했다. 그리고 그 교정을 걸었다. 한국 대학교는 그녀의 아들이 가진 평생의 꿈이었다. 그녀는 아들이 걸었을 거리를 걷고 앉았을 벤치에 앉으며 그를 추억했다.

그녀의 눈에는 주변을 거니는 모든 학생이 자식 같았다. 자식 같은 학생들에게 밥을 지어 주고 싶었다. 그래서 식당을 하며 벌어 온 평생의 재산을 걸고 학교 식당 입찰 공고에 지원을 했다.

학생들을 먹이고 싶어 시작한 일. 그녀는 정말 남는 것 없이 음식을 만들었다. 내 자식을 먹인다는 생각으로 그렇게 만들었다.

민수가 말했다.

"사장님 아들이 나랑 같이 의대에 다녔었어."

"……!"

규리는 이해를 못 한 것 같았다.

"응? 내가 전공이 수능이고 자퇴가 부전공인 거 규리는 몰랐나?"

"네, 몰랐어요. 무슨 말씀이세요?"

민수는 별일 아니라는 듯 말했다.

"의과 대학에 갔다가 피 보는 게 싫어서 자퇴했어. 잠깐이었지만 꽤 친했던 친군데 교통사고로 죽었지."

그는 말을 하다가 희우를 바라봤다.

"오해하지 마. 지금까지 만난 사람 중에 가장 마음에 드는 친구는 너야, 흘흘흘."

학과의 공식 모임이 있는 날이었다. 승환이 희우에게 다가왔다.

"너도 학생회니까 갈 거지?"

승환은 '너도 학생회니까'라는 말을 강조했다.

졸업한 학생회장 최강진으로 인해 학생회에 들어갔지만 희우가 특별하게 하는 일은 없었다. 새로 선발된 법학과 학생회장은 희우를 찾지 않았다. 최강진이 졸업을 하며 새로운 학생회장에게 희우는 자유롭게 놔두라는 명령을 내리고 갔기 때문이다. 졸업을 해도 법조계에서 다시 만날 그들이었다. 선배의 명령은 따라야 했다.

희우는 승환의 말에 고개를 끄덕였다.

"어, 갈 거야."

2학년에 올라와서 1학기 내내 양평의 집을 고치고 경매를 하느라 후배들의 얼굴도 제대로 알지 못했다. 공식 모임이라도 참석하여 익혀야겠다고 생각했다.

규리 역시 가겠다고 답을 했다. 민수는 그런 곳은 절대 안 간다며 도망쳤다.

여느 때와 같이 호텔에서 이뤄지는 행사였다. 졸업한 사람 중 변호사를 하는 사람이 나와 한국 대학교 법학과 학생들이 법조계를 위해 해야 할 일에 대해 일장 연설을 시작했다.

연설이 끝난 후 식사를 하던 중이었다. 희우의 옆으로 한 남학생이 다가왔다.

희우는 1학년 1학기를 시작으로 아직까지 학과 톱의 자리에서 내려온 적이 없었다. 거기에 민병선 교수의 총애 등의 이유로, 1학년 학생들은 그와 친해지고 싶어 했다. 하지만 학교가 끝나면 사라지는 희우, 그와 친해질 기회는 많지 않았다.

그리고 희우의 옆에는 언제나 규리가 있었다. 신입생들이 가장 어려워하는 선배가 규리였다. 차분하고 이성적인 모습은 신입생들의 입장에서 어딘지 모르게 차갑게 느껴졌다. 그런 규리가 희우의 옆에 있으니 쉽게 다가설 수가 없었다.

하지만 공식 모임이었다. 여기저기 식사를 하며 대화를 나누며 서로의 친분을 쌓을 수 있는 자리였다.

남학생은 용기를 내어 희우의 옆으로 다가왔다.

“김희우 선배님이시죠? 안녕하세요, 00학번 1학년 마호석입니다.”

“응, 마호석? 어, 반가워.”

희우의 입에 묘한 미소가 걸렸다.

마호석.

이전의 삶에서는 변호사였다. 중요한 건, 희우에게는 선배였다. 세 번의 수능을 보고 대학에 합격한 희우. 마호석은 희우보다 어렸지만 1년 빠른 선배였다. 윗사람에게 아부 잘하고 아랫사람은 무시하던 기회주의자.

희우가 다시 말했다.

"정말 반가워."

사람의 일은 어떻게 될지 모른다. 선배였던 사람들이 후배로 들어와 자신에게 인사를 하는 모습. 재밌는 기분이었다.

희우는 주변을 둘러봤다.

마호석과 더불어 마음에 들지 않던 인간, 그래서 꼭 보고 싶은 사람이 한 명 더 있었다. 이민희 검사. 학창 시절에는 잘 알지 못했고 검사로 임관 후에 알게 된 여자였다. 승환과 사귀었다는 말도 들렸던 그녀. 이전의 삶에서 그녀는 어둡고 음침하며 히스테릭한 성격을 가진 사람이었다.

희우의 눈에 이민희가 들어왔다. 그녀는 저 멀리서 다른 선배들과 이야기꽃을 피우느라 정신이 없어 보였다. 밝게 웃는 모습의 그녀.

희우는 의아한 표정으로 그녀를 바라봤다.

그녀의 웃는 모습은 처음 봤다. 언제나 차갑고 신경질적인 그녀였다. 하지만 지금은 밝았다. 공부에, 업무에 치여 사느라 그랬을까 아니면 승환과 헤어진 후 시집을 가지 못해서 히스테릭해졌을까?

희우는 그녀의 밝게 웃는 모습을 보며 조용히 미소 지었다.

그는 마호석을 지나 이민희 쪽으로 이동했다.

희우가 다가오는 것을 본 그의 동기들이 반갑게 맞이했다. 그들은 일전에 희우와 함께 미팅에 참여했던 일당이었다.

"야, 얘 물건이다. 말도 잘하고 귀염성 있어."

한 녀석이 말을 했다.

"안녕하세요."

그녀는 희우를 향해 밝게 인사하며 고개를 숙였다.

"그래, 반가워."

희우 역시 그녀에게 인사해 줬다.

그리고 그녀의 귀에 조용히 말했다. 다른 사람은 들리지 않을 작은 목소리였다.

“저기 저 사람 보이지?”

“네? 네.”

“승환이라고 하는데 조심해라. 여자를 아주 좋아해. 이건 비밀이야.”

말을 끝낸 희우는 그녀를 향해 윙크를 찡끗해 보이고 다른 쪽으로 이동했다. 저렇게 밝았던 아이가 왜 어두워졌는지는 잘 알지 못했지만 그 이유가 승환에게 있을 수도 있다고 생각했다.

공식 모임을 마치고 학생회는 따로 모였다. 뒷정리를 위해서였다. 새로운 학생회장의 지휘 아래 학생들은 술에 취한 사람을 택시에 태워 보내고 교수에게 끝났다는 전화를 하는 등 분주하게 움직였다.

모든 일을 마치고 한두 사람씩 법학과 학생회장의 곁으로 돌아왔다.

법학과 학생회장은 승환과 대화 중이었다.

“요즘 총학 분위기가 이상해.”

“뭐가요?”

승환이 물었다.

“나도 자세한 건 모르는데 총학에서 사용하는 잉크를 사는 데 100만 원이 넘는 돈을 썼나 봐.”

“……!”

학교의 비품 중 잉크값은 꽤 높은 비중을 차지했다. 아직 무한 잉크라는 개념이 있기 전이었고 잉크 충전 역시 부정적으로 보는 사람이 많던 시절이었다. 심한 경우 정품 잉크는 프린터값의 절반에 가깝기도 했다. 그렇다고 해도 100만 원이 넘는 돈을 사용했다는 건 의구심을 가질 만했다.

승환이 말했다.

“총학 한번 하면 못해도 자동차를 뽑는다고 하던데요. 이번에는 강남에 집을 사려고 그러나?”

"그런 데 신경 쓰면 우리 공부 못 해. 마음 편하게 인쇄소와 거래하지 않고 전단지라도 뽑으려고 하나 보다 생각해."

법학과 학생회장과 승환 역시 미심쩍은 부분을 느꼈지만 대수롭지 않게 넘겼다.

하지만 희우는 아니었다. 그들의 말을 곱씹고 있었다.

한국 대학교의 총학은 상경 계열에서 주로 해 왔다. 투표권자의 수가 다른 계열보다 많은 이유도 있었지만 법대나 의대에 비해 해야 할 공부가 상대적으로 적어서였다. 총학을 하게 되면 공부를 할 시간이 없을 수밖에 없었다. 그 이유로 법대의 학생들은 총학을 기피했다.

학생회장의 지시로 일을 처리했던 학생들이 모두 모이자 학생회장이 말했다.

"중간고사 끝나고 축제 있잖아. 어떻게 해야 할지 생각들 해 봐. 예전처럼 가볍게 주점이나 하고 끝내도 좋고, 특별한 생각이 있는 사람은 말해 줘."

그의 말에 모두 '예.'라고 대답했다.

그가 계속 말했다.

"4학년은 고시 준비나 연수원 준비로 바쁘니까 3학년이 주축이 될 거다. 2학년은 3학년 말 잘 듣고 1학년 통제할 수 있도록."

"알겠습니다."

중간고사가 끝이 났다.

시드니 올림픽의 열기로 가득한 날에 한국 대학교는 축제 준비에 한창이었다. 법학과 학생회는 학생회장을 주축으로 축제를 기획했다. 그들은 중간고사의 공부로 인해 축제에 대한 회의는 처음이었다. 다른 학과와 동아리들은 통통 튀는 아이디어로 축제를 즐겼지만 법학과 학생들은 그동안 축제의 주인공이 되지는 못했었다.

"저번에 공식 모임 끝나고 말했지? 다른 아이디어 준비한 사람?"

조용했다.

"없으면 주점으로 하자. 1학년은 호객 행위, 2, 3학년은 음식 준비와 서빙, 4학년들은 진로 문제 때문에 참여 안 하는 학생이 많으니까 넘어가기로 하고."

그들의 말을 들으며 희우가 조용히 손을 들었다.

"조금만 바꿔서 하는 건 어떨까요?"

이전의 삶에서는 축제를 즐길 여유라는 단어는 희우에게 존재하지 않았다. 그리고 1학년 때는 축제 기간에 우용수의 부동산을 처분하느라 정신이 없었다. 어쩌면 지금의 삶에서도 마지막일지 모를 축제. 조금이나마 즐기고 싶지 않다면 거짓말이었다.

"어떤 거?"

학생회장이 물었고 모두의 시선이 희우에게 집중되었다.

"법학과잖아요. 경찰 복장을 한 호객꾼이 손님을 체포해 오면 검사가 법전으로 된 메뉴판을 가지고 가서 주문을 받습니다. 옆에서 변호사는 다른 메뉴를 추천하구요. 최종 결정은 손님이 아니라 안주를 만드는 판사가 하구요."

"……!"

희우가 계속 말했다.

"다들 공부하느라 바쁘니까 평소대로 하되 조금만 바꿔도 시선을 끌 수 있을 것 같은데요."

그 말에 한 학생회 선배가 말했다.

"신선한데? 그러니까 손님이 뭘 먹고 싶든 말든 상관없이 판사가 던져주는 메뉴를 먹는 거지?"

"네, 물론 손님의 의견을 최대한 반영해야겠지요."

그들의 말을 듣던 학생회장이 손바닥을 '짝' 쳤다.

"자수를 한 사람, 그러니까 스스로 온 사람에게는 할인을 하도록 하지."

축제 당일. 희우는 경찰 복장을 하고 있었다.

'젠장.'

희우는 자신이 경찰복을 입을 줄은 꿈에도 생각하지 못했다.

호객 행위는 1학년이 한다고 했고 2학년이 서빙을 본다고 했으니 희우는 검사복이나 입을 줄 알았다. 하지만 경찰복을 입을 줄이야. 의견을 낸 사람이 1학년을 통제해야 한다는 모두의 의견에 밀리고 말았다.

서빙을 하던 규리가 희우를 보고 '풋!' 하고 웃었다.

"웃지 마."

"웃긴데 어떻게 안 웃어."

학생들이 준비한 경찰 복장이었다. 그것도 급하게 부랴부랴 했던 준비였기에 미흡한 점이 많았다. 경찰이라는 시늉만 하고 있었지 그 복장은 흡사 2차세계대전의 군인과 같은 모습이었다.

지나가던 상만이 희우의 옆으로 왔다. 그 역시 자신의 학과 일을 하다가 지나가는 길이었다.

"응? 선배님 복장이……."

상만의 얼굴에 비웃음이 가득했다. 밖에서는 사장님으로 불렀지만 학교 안에서는 선배님이라고 확실히 말하는 상만이었다.

"경찰놀이 하세요?"

"그냥, 가라."

"네, 그냥 가겠습니다."

하지만 그는 말과 달리 희우를 향해 카메라를 들고 셔터를 눌렀다.

"나중에 뽑아 드릴게요, 흐흐흐."

상만은 매우 빠르게 도망을 쳤다.

이민희가 옆으로 왔다.

"선배님, 저희 어떻게 하면 될까요?"

희우는 인상을 구겼다. 자신의 앞에 몰려와 초롱초롱한 눈을 빛내고 있는 1학년들을 보니 골치 아프다는 생각이 몰려왔다. 희우는 후회하고 있었다.

'내 주제에 인생을 즐기겠다고 한 것이 잘못이지.'

희우가 말했다.

"여학생들은 주변을 돌아다니면서 착해 보이는 남자, 즉 호구처럼 보이는 사람을 잡아 와. 애교는 필수다."

"옙!"

"남학생들은……."

할 말이 없었다. 두꺼운 안경을 쓰고 어설픈 경찰 복장을 한 그들이 여자에게 다가갔다가는 치한으로 오인받기에 딱 좋았다. 희우는 잠시 한숨을 내쉬었다. 그때 마호석이 눈에 들어왔다. 복수를 할 생각은 없었지만 조금은 괴롭혀도 좋지 않을까 생각을 했다.

"그래, 남학생들은 여기에 서서 물 풍선을 맞는다."

"네?"

뜬금없는 소리. 모두 당황했다.

"술을 마시면 사람은 폭력적이 되잖아. 그 욕망을 물 풍선으로 푸는 거야. 어서 나무판자나 이런 것 좀 구해 와 봐."

한국 대학교 법학과는 기강이 세기로 유명했다. 지금의 선배가 앞으로도 계속 선배 노릇을 하기 때문이다. 남학생들은 희우의 말을 거부하지 못하고 나무판자를 구해 와서 가운데에 구멍을 뚫었다. 호석이 그 안으로 얼굴을 집어넣고 날아올 물 풍선을 기다렸다.

희우는 그런 모습을 보며 만족한 표정이었다.

법학과의 주점은 예상외의 흥행을 이뤘다. 특히 술을 먹고 나오며 물 풍선을 던지는 일은 최고였다.

학생회장은 물 풍선을 던지기 위해서는 2만 원 이상 술을 마셔야 한다고 공표를 했고 사람들은 술에 취해 물 풍선을 던지기 위해 안주를 제외한 술값만 2만 원을 지불했다. 물론 힘든 사람은 호석이었다.

한국 대학교 축제의 시간은 활기차게 지나가고 있었다.

축제의 마지막 날이었다. 희우와 규리는 식사를 하기 위해 학교 식당으로 향했다. 규리가 말했다.

"난 솔직히 우리가 만든 거 차마 못 먹겠어. 맛없어."

그녀의 말에 희우도 동감했다.

"나도."

규리가 물었다.

"그런데 축제 준비한다고 강의 빠져서 어떻게 해? 출석이야 문제없겠지만 내용은 알아야 하잖아. 너는 상관없나?"

"네가 노트 정리를 잘해서 빌려준다면 문제가 없겠지?"

"안 빌려줄 건데? 나도 너 한번 잡고 톱 한번 하자."

그녀는 장난스럽게 말했다.

그렇게 두 사람은 식당으로 들어갔다.

축제로 인해 식당 안에는 사람이 많지 않았다. 축제에 관심 없는 대학원생 정도만 식당을 이용하고 있었다.

"육개장 먹을 거지?"

희우는 규리에게 물어보고 식당의 주인 최성자를 향해 육개장 두 개를 주문했다. 그녀의 표정은 어두워 보였다.

그들이 식사를 하는 도중 총학생회의 집행부 두 명이 식당으로 들어왔다.

"안녕하세요."

최성자는 불안한 표정으로 그들에게 인사를 했다. 그들이 말했다.

"내일 이 식당에 대해 위생 검사가 들어갈 겁니다. 미리 말씀드리는 거니까 준비 잘해 주세요."

"네."

학생의 권익과 복지를 위해 존재하는 총학이었다. 학교 식당의 위생 감사는 충분히 할 수 있는 일이었지만 최성자의 표정이 이상했다. 그리고 집행부 학생의 행동 역시 이상했다. 그들은 다른 식당은 들르지 않고 다시 밖으로 빠져나갔다.

희우는 의심스러운 표정으로 밖으로 나가는 둘의 모습을 바라봤다. 규리가 물었다.

"왜 그래?"

"마음에 안 들어서."

"뭐가?"

"어린놈들이 벌써부터 어른 흉내를 내려고 하는 거."

"……?"

희우는 식사를 하고 자리에서 일어났다. 그리고 빈 그릇을 최성자에게 넘기며 말했다.

"걱정 마세요."

"네?"

최성자는 희우가 무슨 소리를 하는지 이해하지 못한 표정이었다.

밖으로 나오며 규리가 물었다.

"무슨 얘기야?"

"아무것도 아니야."

이번 총학생회장은 오병훈. 훗날 천하그룹의 수뇌부가 될 사람이자 조태섭의 귀여운 애완견이 될 남자였다. 희우는 그가 어린 나이인 지금부터 더러운 짓을 하고 다닐 거라고는 생각하지 않았었다.

희우의 눈이 차갑게 변했다.

'싹은 크기 전에 미리 밟아야겠어.'

축제의 마지막 밤.

학생들의 장기 자랑으로 시작되고 있었다.

노래를 부르고 춤을 추며 끼를 발산하는 학생들.

희우는 보지 않고 집에 가겠다고 했지만 규리가 그의 팔을 잡고 놔주지 않았다. 어떤 연예인이 온다는 소리를 들은 모양이었다. 희우와 규리는 가장 앞에 앉아 무대를 즐기고 있었다. 희우는 앞자리가 싫다고 했지만 규리는 이런 무대는 앞에서 봐야 하는 거라고 우기며 끝끝내 가장 앞으로 이동했다.

학생들의 무대는 기성 가수 못지않았다. 록 밴드가 분위기를 띄우고 댄스 동아리가 올라간 분위기를 이어 갔다.

사회자가 말했다.

"다음은 법학과 2학년 박승환 학생의 무대입니다."

"……!"

희우, 규리 그리고 모든 법학과 학생들이 놀랐다.

장기 자랑의 무대는 예선전을 통과한 학생들이 설 수 있는 곳. 그러나 아무도 승환이 무대에 설 것이라는 생각은 하지 못하고 있었다. 그가 예선을 본다는 것도 몰랐고 노래를 잘 부를 거란 예상도 하지 못했다.

승환이 긴장된 표정으로 무대에 올랐다.

아무도 몰랐지만 승환은 축제에 참여하기 위해 몇 주 전부터 준비를 했었다. 그런 승환이 마이크를 들고 노래를 부르기 시작했다.

처음에는 떨리는 목소리로 시작을 했지만…….

의외였다. 목소리는 미성이었고 무척 잘 불렀다. 장기 자랑의 마지막 무대로 손색없는 무대였다.

축제의 마지막 밤을 아름답게 만들고 있는 그의 목소리.

승환의 노래가 계속 이어졌다.

"죽어서도 못한 말~ 이젠 전해 줄게! 사~랑해!"

규리가 말했다.
"승환이 정말 노래 잘한다."
"그러네."
"너는 노래 잘해?"
희우는 고개를 저었다.
"전혀."
규리는 쿡쿡거리며 웃었다.
"하긴, 못하는 것도 있어야지."
그때 노래가 뚝 끊기고.
승환이 큰 목소리로 말했다.
"이 노래를 법학과 2학년 김규리 양에게 바칩니다."
"……!"
"규리야, 나의 여자 친구가 되어 줘!"
규리는 벙찐 표정이었다.
승환의 무대를 보던 학생들은 열광하기 시작했다.
"와!"
승환이 다시 큰 목소리로 노래를 불렀다.
"규리야~ 사~랑해. 죽어서도 못 잊을 너의 이름! 난 언제까지나 기억할 거야. 우리가 앞으로 만들어 갈 추억, 그 아름다움 속에서~!"
감성적인 발라드에 승환의 진심이 묻어 나오고 있었다. 어떤 학생은 눈물을 글썽이기까지 했다.
반면 희우는 터져 버린 웃음을 참느라 애를 쓰고 있었고 규리는 얼굴이 붉어져 이 자리를 피하고 싶었다. 창피했고 부끄러웠다.
노래가 끝이 나고 승환은 가만히 서 있었다.
노래에 감동을 받은 관객들은 박수조차 치지 못하고 있었다. 노래를 잘 부르고 못 부르고를 떠나 진심이 담겨 있는 목소리. 그것은 감동이었다.

장기 자랑의 사회자가 무대 가운데로 나와 승환의 옆에 섰다.

"정말 아름다운 노래였습니다. 이 노래의 주인공은 오늘 밤 정말 행복하겠군요. 한국 대학교의 학생들 앞에서 하는 로맨틱한 고백! 이 노래의 주인공은 어떤 선택을 할까요?"

능수능란한 말솜씨. 미리 준비했던 것이 분명했다.

사회자가 관객을 보며 말했다.

"법학과 2학년 김규리 양 여기 계시면 나와 주세요!"

희우는 아직도 웃음을 참느라 애를 쓰고 있었다. 규리는 그런 희우를 째려봤다.

"나 어떻게 해?"

규리의 당황스러운 목소리.

사회자가 다시 말했다.

"김규리 양 어디 계시죠?"

다른 법학과 학생들이 말했다.

"여기 있어요!"

규리는 어쩔 수 없이 자리에서 일어서서 무대로 걸어 나갔다.

규리가 무대 중앙에 서자 승환은 무릎을 꿇고 장미꽃을 내밀었다.

"내 여자 친구가 되어 줘."

관객들이 외치기 시작했다.

"사귀어라! 사귀어라! 사귀어라! 사귀어라!"

"뽀뽀해! 뽀뽀해! 뽀뽀해! 뽀뽀해!"

무대에는 로맨틱한 음악이 깔리기 시작했다.

사회자가 말했다.

"멋지게 프러포즈를 한 남자의 장미꽃을 받으면 두 분은 한국 대학교의 공인 커플이 되며, 여자분은 가장 로맨틱한 프러포즈를 받은 여학생으로 기억될 것입니다. 하지만 거부한다면 이 남학생은 한국 대학교의 모든 학생 앞에서 차인 불운의 아이콘이 될 것입니다. 자! 어떻게 하시겠습니까?"
규리는 사회자의 손에서 마이크를 빼어 들었다.
무대뿐만 아니라 객석조차 조용해졌다. 모두가 규리의 목소리를 기다렸다.
"죄송합니다. 저는 공부할 시간도 부족하다고 느끼고 있어요."
승환의 표정이 심각하게 굳어졌다. 객석에서는 비웃음 소리가 요란하게 펼쳐졌다.
사회자에게 다시 마이크를 건넨 규리가 그에게 조용히 말했다.
"승환아, 나를 좋아해 주는 건 고맙지만 이런 식의 행동은 불쾌해."

집으로 돌아가는 길, 떠들썩한 축제의 분위기와 달리 가는 길은 한산하고 조용했다. 규리가 희우에게 말했다.
"차 한잔 마시고 가자."
그들은 커피숍으로 향했다.
커피가 나오고 규리가 물었다.
"아까 어땠어?"
"뭐가?"
"무대에서 승환이가 한 행동."
"용기 있어 보이더라."
규리는 커피를 한 모금 마셨다. 그리고 숨을 깊게 들이마신 후 입을 열었다.
"그거 말고."
"……?"
"네 감정을 말해 줘."
희우는 그녀의 눈을 바라봤다. 떨리는 눈동자. 많이 긴장하고 있는 표정. 그녀가 어떤 대답을 원하는지 알 수 있었다.

희우는 잠시 침묵의 시간이 지난 후 입을 열었다.

“계백 장군이라고 알지?”

백제의 장군으로 황산벌에서 마지막까지 신라군에 대항하여 싸웠던 장군이었다.

“계백 장군은 전쟁터로 나가기 전에 아내와 자식을 죽였어.”

“……!”

“몇 가지 속설이 있는데, 그중 하나가 가족들의 안위가 걱정되어 싸움에 집중하지 못할까 봐 그랬다는 거였어.”

규리는 조용히 희우의 말에 귀 기울였다. 희우의 목소리가 계속 이어졌다.

“자세한 이야기는 말할 수 없지만 나도 전쟁을 준비하고 있어. 싸워야 할 상대는 생각 이상으로 강해.”

조태섭은 희우가 계획한 모든 일이 제대로 풀린다고 해도 이길 수 있을지 없을지 장담할 수 없는 인물이었다. 게다가 그로 인해 한 번 죽기까지 했던 목숨. 두렵지 않을 수 없었다.

“그 전쟁에서 최악의 상황까지 간다면 나는 죽을 수도 있어. 그런데 내가 가진 게 많은 상태에서 죽기를 각오하고 싸울 수 있을까?”

그의 말을 가만히 듣던 규리가 말했다.

“그래서 전쟁이 뭔지는 가르쳐 줄 수 없고, 싸움이 끝날 때까지는 연애도 결혼도 아무것도 안 할 거라는 말이야?”

그녀의 물음에 희우는 고개를 끄덕였다.

“어쩔 수 없어.”

그녀가 다시 물었다.

“그 전쟁이 언제 끝나는데?”

“아직 몰라.”

“휴……. 그런데 그때까지 기다리면 열녀비라도 세워 주나?”

CHAPTER 15

축제가 끝나고 며칠이 지난 늦은 밤이었다. 희우와 상만은 총학이 있는 건물 근처를 배회하고 있었다.

"선배님, 아니 지금은 사장님인가요? 쓰레기통은 왜 뒤지고 있는 거예요?"

상만이 투덜거렸다.

"그냥 가라니까."

"오너가 쓰레기를 줍고 있는데 일개 직원이 어찌 집에 갈 수 있겠어요? 그러다 잘리면 선배님이 책임질 건가요?"

"이런 걸로 안 잘라. 성적이 떨어지면 자르지."

"그 말이 그 말이죠."

그들은 총학 뒤편에 있는 분리수거장을 뒤지고 있었다.

희우가 말했다.

"영수증으로 보이는 건 다 가방에 집어넣어."

"네네, 왜 하는지는 모르겠지만 일단 다 집어넣겠습니다."

두어 시간이 지나고서야 그들은 분리수거장에서 나와 가로등이 비추는 벤치로 향했다. 희우는 구겨진 영수증을 하나씩 펴 보며 쓰여 있는 글자를 확인하기 시작했다.

희우는 총학의 비리를 캐기로 마음먹었다. 같잖은 자리에 올라 권력을 휘두르는 총학회장 오병훈이 마음에 들지 않았다. 하지만 쓰레기통에서 꺼낸 영수증에 특별한 내용은 없었다.

'애초에 기대는 안 했다.'

희우는 손을 털며 자리에서 일어났다.

"가자."

"어디요?"

"집에."

희우는 상만과 헤어지고 버스 정류장을 향해 걷고 있었다.

증거를 찾기 위해서는 총학 사무실을 수색해야 했다. 하지만 총학을 건든다는 건 학교 전체와 싸우겠다는 말이나 마찬가지였다. 내부 고발자를 찾아야 했지만 그것도 어려웠다.

"뭐 좀 나왔어?"

갑작스러운 목소리에 희우는 깜짝 놀랐다. 민수였다.

"어쩐 일이세요?"

"찾은 거 있어?"

"뭘요?"

"비리."

민수는 씨익 웃어 보였다.

버스 정류장으로 가던 길. 희우와 민수는 가만히 서서 서로를 바라봤다.

"나도 찾고 있어."

"뭘요?"

"비리."

희우는 그의 눈동자를 바라봤다. 잘 씻지 않고 면도와 이발을 하지 않아 지저분한 외모였지만 눈은 빛나고 있었다.

민수가 말했다.

"얘기 좀 하자. 맥주 어때?"

민수는 말이 끝남과 동시에 희우를 향해 맥주 한 캔을 던졌다. 희우가 맥주 캔을 따자 민수가 다시 입을 열었다.

"쓰레기통 뒤지고 있는 거 봤다. 혹시나 총학 사무실 문 안 잠그고 갔을까 확인하고 나오던 길이거든."

희우는 아무 말 하지 않았다. 아직 그를 믿을 수 없었다.

그가 계속 말했다.

"말했잖아, 식당 아줌마가 내 친구 어머니라고. 오늘 가게 문을 열지 않아서 여쭤봤더니 위생 검사 당했다고 하더라."

"……."

"하얀 장갑 끼고 바닥까지 훑어보는데 안 걸릴 식당이 어디 있겠냐? 타깃으로 노리고 시작한 거지. 아마도 학생회에서 식당을 상대로 찬조금 같은 걸 요구했을 거야. 아주머니는 거부했고, 본보기로 쑤신 거고."

민수는 탐탁지 않은 목소리였다.

희우가 말했다.

"말씀하신 대로 비리를 찾고 있던 건 맞습니다. 그런데 아무런 단서도 못 찾았네요. 선배님은 찾은 게 있나요?"

민수 역시 아무것도 찾지 못했다는 듯 고개를 저었다. 그가 물었다.

"포기할 거냐?"

"아뇨."

그들은 버스 정류장의 벤치에 앉았다. 하늘에 달은 뜨지 않았지만 가로등으로 인해 정류장은 밝았다. 두 사람은 한참 동안 아무런 말을 하지 않았다.

희우가 물었다.

"계획이 있나요?"

"아니. 총학을 어떻게 건드려? 총학에 혈연 지연이 있나 찾아봤는데 그것도 없더만."

다시 그들은 아무 말도 없었다.

잠시 후 희우가 말했다.

"괴벨스라고 아나요?"
"히틀러의 측근?"
희우는 고개를 끄덕였다.
"그 사람이 말했죠. 거짓말은 처음에는 부정되고, 그다음에는 의심받지만, 되풀이하면 결국 모든 사람이 믿게 된다."
"……!"
"라디오와 텔레비전을 통한 정기적인 정치 선전을 한 세계 최초의 인물이었어요. 방송을 보고 들은 독일인들은 패전 직전까지 승리를 확신했다고 하구요."
"선동을 하자고?"
희우는 맥주를 한 모금 마셨다. 그리고 그의 질문에 대답했다.
"아무리 해도 증거를 찾을 수 없다면 증거가 나오게 하면 되잖아요."
그는 희우를 바라봤다. 희우가 말했다.
"밖에서 흔들죠."

학교의 교정에는 많은 전단지들이 깔려 있었다. A4 용지에 갈겨쓴 글씨를 복사한 전단지였다. 전단지에는 '총학은 100만 원 잉크의 진실을 밝혀라'라는 내용이 적혀 있었다. 총학은 발칵 뒤집어졌다.
"누가 이런 유언비어를 날리고 있어!"
총학생회장 경영학과 4학년 오병훈이었다. 그는 분노하고 있었다.
"학교 CCTV 확인하고 즉시 명예훼손으로 고소한다고 밝혀!"
그의 말에 집행부는 움직이기 시작했다. 하지만 어디서도 찾을 수 없었다.
"노숙자들이 뿌리고 갔다고 합니다. 전단지를 뿌린 노숙자들을 찾아봤지만 누가 줬는지 모른다고 하구요."

며칠 전, 민수에게 희우가 말했다.

"선배가 연기 한번 하세요."

"무슨 연기?"

"내일 밤에 다시 봬요. 그때 가르쳐 드릴게요."

다음 날, 희우는 아버지가 입던 공장 잠바와 낡은 청바지를 들고 왔다.

"입으세요."

지저분한 외모의 민수가 공장 잠바와 낡은 청바지를 입으니 영락없는 노숙자였다.

"모자 눌러쓰시구요."

희우는 민수에게 군밤을 팔 것 같은 모자를 푹 눌러씌워 줬다.

그의 모습을 보며 희우는 빙긋 미소 지었다.

"잘 어울리시는데요?"

"응? 이게?"

희우는 가방에서 전단지를 꺼내 들었다.

"집에서 프린트한 전단지예요. 당연히 출처는 찾을 수 없을 겁니다. 이 전단지 들고 역 앞에 있는 노숙자분들에게 나눠 주세요. 학교 안에다가 이걸 뿌리면 소주 한 잔 사 준다고 하시면서요."

"잠깐만, 나를 이렇게 입힌 이유가 노숙자처럼 보이기 위해서였어? 미안한데 내가 아무리 잘 안 씻는다고 해도 노숙자처럼 보이지는 않아. 얼굴을 봐, 광채가 흐르잖아. 내가 어딜 봐서 노숙자처럼 보여?"

"아니에요, 충분히 노숙자 같아요."

"칭찬이지?"

"네."

민수는 인상을 찌푸렸다.

길거리에 떨어진 전단지를 주워 읽어 보는 학생들.

그 옆을 지나가며 희우는 미소 지었다.

100만 원 잉크는 법학과 학생회장에게 들었던 말이다. 즉, 몇몇은 이미 알고 있는 내용. 전단지를 주워 든 사람의 옆에 단 한 사람이라도 진실을 알고 있는 사람이 있다면 그는 고양이가 생선을 만난 것처럼 떠들어대기 시작할 것이다. 그 소문이 확산된다면 전단지의 내용은 사람들의 뇌리에 '사실'이라고 박힐 것이 분명했다.

학생들의 입에서 총학이 사용한 잉크값에 대한 이야기가 퍼지고 있었다. 시작은 잉크값이었지만 소문은 거세게 커지고 있었다. 누구나 들었던 일반적인 소문이 그것이었다.

"총학 하면 집을 산다며?"

"다른 대학 얘기 들어 보니까 졸업하면서 학교 앞에 상가 사고 나갔다더라."

"우리 학교 총학은 더 심하겠지, 원래 똑똑한 놈들이 더 해 먹는 거잖아."

식당에서도 화장실에서도 강의실에서도 이야기는 들려왔다.

강의가 시작되기 전 민수가 옆으로 왔다.

"반응이 좋은데?"

"그러게요."

민수가 희우를 보며 웃었다.

"이제 뭘 하지?"

"같은 걸로 한 번 더 가야죠."

다음 날, 학교에는 다시 전단지가 뿌려졌다.

이번에는 휘갈겨 쓴 내용이 아니라 정리가 잘된 내용이었다.

총학 선거 불법 자금 투입 의혹. 진실을 밝혀라

민수가 희우에게 물었다.

"이거 진짜야?"

"모르죠. 진짜일 수도 있고 거짓일 수도 있구요. 상관없잖아요, 어차피 의혹인데. 총학이 이 사실을 해명하려면 많은 자료를 꺼내 들고 나와야 할 겁니다. 그리고 그 해명 자료에 우리가 노리는 증거가 있을 수도 있구요."

민수는 희우의 얼굴을 물끄러미 바라봤다.

"너 정말 무서운 놈이구나?"

"네?"

"친구로 지낸다는 거 생각 좀 해 봐야겠어, 흘흘흘."

그리고 다음 날 전단지에 있는 내용.

총학생회장, 장학금 선정에 검은손을 뻗치다. 장학금 받을 학생을 자신이 선정하여 연락을 취한 총학생회장. 대가는 장학금의 절반

학교는 들썩이기 시작했다.

총학은 물론이고 일반 학과의 학생회, 거기에 학교의 임직원들 역시 전단지를 뿌리는 사람을 찾기 위해 혈안이 되었다. 학교의 명예를 떨어뜨리는 일이었다. 규리가 툴툴거렸다.

"창피하지 않아?"

"뭐가?"

희우가 물었다.

"우리나라 최고의 대학이라고 자랑을 하면서 이런 의혹에도 해명을 못 하고 있잖아."

공부 외에 다른 것에 관심이 없는 규리가 관심을 가졌다. 이쯤 되면 전교생이 모두 알고 있다고 봐도 무방했다.

학교의 게시판에는 대자보가 걸리기 시작했다. 총학의 사퇴를 촉구하는 내용이나 어서 진실을 밝히라는 글들이었다. 대자보는 희우가 한 일이 아니었다. 민수가 말했다.

"총학에 관심 없을 줄 알았던 학생들이 드세게 움직이네?"

그는 머리를 갸우뚱한 후 다시 희우에게 물었다.

"이런 것도 예상했던 일이야?"

"작은 불을 붙이면 바람은 알아서 불어 주니까요."

선거에서 떨어진 후보 측의 행동일 수도 있고 순수하게 분노해서 움직이는 학생일 수도 있었다. 중요한 건 학교의 명예를 위한다는 명분 아래 학생들이 움직이기 시작했다는 것이다.

희우가 말했다.

"총학은 비리에 관련된 증거를 없애느라 혈안이 되어 있을 겁니다. 하지만 그 전에 강한 것 하나 먹여 주면 알아서 증거를 내놓을 겁니다."

그의 말을 들으며 민수는 고개를 끄덕였다.

"이게 밖에서 흔드는 거구나. 대단한데?"

희우가 말했다.

"이제 과 학생회들이 움직일 거예요."

"과 학생회가?"

희우는 고개를 끄덕였다.

"총학보다 더 많이 욕을 먹는 게 과 학생회예요. 원래 말이 많잖아요. 걷어 간 학생회비는 어디에 썼는지 의심된다 등등으로요. 이번 일에 후폭풍을 맞기 싫을 겁니다."

가장 먼저 움직인 건 법학과 학생회였다. 그들은 학생회비를 받아 사용한 통장 내역을 적어 학과 건물 게시판에 크게 걸어 두었다. 가장 위에는 이렇게 쓰여 있었다.

한국 대학교 법학과 학생회는 횡령과는 관련이 없습니다.

그것을 시작으로 다른 학과의 학생회도 내역을 발표하기 시작했다.

총학 학생회장 오병훈은 인상을 찌푸리고 있었다. 한 학생이 총학 사무실로 들어왔다.

"열 명 정도 되는 학생들이 앞에서 시위를 시작했습니다. 어서 진실을 밝히라면서요."

오병훈의 입에서 '끄응' 하는 소리가 흘러나왔다.

잠시 침음성을 흘리던 그는 자리에서 일어섰다. 이제 누가 전단지를 뿌렸는지는 관심 밖이었다. 학생들의 분노를 눌러야 했다. 하지만 어떻게 해야 할까?

그동안 총학은 학교의 게시판이란 곳은 모두 장악하며 유언비어라는 장황한 내용을 써 놓았다. 하지만 들려오는 말은 '거짓말을 할 때는 장황하다.'라는 비아냥거림이었다.

"학교 신문사에 연락해서 취재하자고 해. 장학금 받은 학생들 통장 내역 가지고 오라고 하고."

오병훈이 말했다.

그는 학생들의 장학금은 건든 적이 없었다. 세상이 어느 때인데 장학금을 내놔라 마라 하겠는가. 한국 대학교에 입학한 학생들이었다. 기본적 지식이 우수한 사람들. 그들에게 돈을 달라고 말한다면 고소를 당할 수도 있다는 걸 그는 잘 알고 있었다.

"전단지에 있는 내용 다 가지고 와 봐."

그가 계속 말했다.

"장학금을 달라고 했다는 말은 학생들의 통장 내역을 공개하여 의혹을 없애고, 잉크 100만 원은 쌓아 두고 쓰느라 그랬다고 전해. 조금만 쓰면 잉크가 떨어지니까 미리 사 뒀다고."

잉크 100만 원은 원래 슬쩍하려던 돈이었다. 하지만 희우에 의해 전단지가 뿌려지자 그는 급하게 잉크 100만 원어치를 사서 총학에 쌓아 두었다.

그는 전단지 내용을 하나씩 확인했다.

"그리고 축제에 들어간 돈하고 MT랑 이것저것 해서 보기 좋게 꾸며 봐."

그는 전단지에 쓰인 문장을 반박하기 위해 하나씩 하나씩 자료를 준비해 갔다.

그때 희우는 식당을 찾아갔다. 그가 단골로 다니는 식당이었다.

"안녕하세요. 다시 가게 여시나 봐요?"

식당 주인 최성자는 그의 인사를 받았다. 그녀는 울면서 총학에 일정 금액을 상납하고 다시 가게 문을 열게 되었다. 육개장을 시켜 맛있게 먹은 희우가 입을 닦으며 최성자의 앞으로 갔다.

"요즘 학교가 난리인 거 아세요?"

그녀는 고개를 끄덕였다.

"무슨 전단지가 뿌려지고 있다고 듣기는 했어요."

"네, 그게 총학생회 비리 내용이거든요."

희우는 그릇을 내밀며 별일 아니라는 듯 말했다.

"제가 알기로는 학교에 입점한 점주분들께서도 총학에 얼마의 돈을 낸다면서요?"

그녀는 아무 말 하지 않았다.

"내기 싫으시면 지금이 기회 같아요. 다른 점주분들이랑 말씀 나누시고 한번 일어나 보세요. 돈을 받았으면 어디에 썼는지 궁금하다고 하면 되잖아요."

그녀는 아무 말 하지 않았지만 마음속으로는 그렇게 하고 싶다는 욕심이 일었다. 그러나 아직은 총학이 두려웠다.

저 멀리에서는 민수가 다른 가게에서 희우와 같은 이야기를 하고 있었다. 식당을 나오며 민수가 물었다.

"움직여 줄까?"

"글쎄요. 움직이지 않으면 움직이게 만들면 되지요."

희우는 버스를 타고 경기도의 한 도심으로 이동하고 있었다. 경매로 나온 주택을 보러 가는 길이었다.

눈을 감고 있는 희우의 옆에 앉아 있던 상만이 말했다.

"지금 학교에서 일어나는 일 사장님이 벌이신 거죠?"

"내가 한 일도 있고."

"흐흐흐, 총학 애들 꼴 보기 싫었는데 당황하는 모습들 보니까 너무 재밌었어요."

희우가 감았던 눈을 뜨며 상만을 바라봤다.

"총학이 왜 싫어?"

"총학회장이 우리 과잖아요."

상만은 오병훈이 거들먹거리고 다니는 모습이 싫다고 말했다. 희우는 상만의 말에 귀를 기울이며 뭔가 중요한 말이라도 들을 줄 알았지만 그런 건 없었다. 그냥 욕이었다.

그렇게 주택을 보고 돌아오는 길에 빨간 우체통이 보였다. 희우는 그 안에 편지 봉투 여러 개를 한꺼번에 집어넣었다.

"그게 뭐예요?"

"폭탄."

희우는 지금까지 뿌렸던 전단지와 식당에 관한 내용을 써서 편지 봉투에 넣었다. 수신처는 각 신문사였다. 메이저급 신문사가 학교의 일을 기사화시킬지는 의문이었지만 중소 규모의 신문사는 취재를 올 거라고 생각했다.

그리고 그 예상은 맞아떨어졌다. 학교에 기자들이 찾아오고 학생들을 대상으로 인터뷰가 시작되었다. 총학은 인터뷰를 모두 거절했다.

기자들은 식당으로도 찾아갔다. 그들이 받은 편지에는 식당에서 불법 찬조금을 거둬들인다는 내용도 쓰여 있었다.

다음 날, 큼지막하게 기사가 나왔다.

> 한국 대학교 총학생회 가난한 점주들의 피를 뜯어먹다
>
> 미래의 대한민국을 이끌어 갈 인재는 썩어 있다
>
> 학벌제일주의가 만든 이 시대의 슬픈 현실. 한국 대학교 총학생회의 비리

오병훈은 기사를 보며 분노가 가득한 고함을 질렀다.

"아아아악!"

총학의 건물 앞에서는 학교의 명예를 깎아내리는 총학은 사퇴하라는 시위대가 가득했다. 희우와 민수는 그 앞을 지나고 있었다.

민수가 말했다.

"어제는 스무 명 정도가 시위를 하더니 이제는 쉰 명은 되겠는걸."

시위대의 숫자는 점점 늘어나고 있었다. 학교에 붙는 대자보의 내용 역시 험악한 내용으로 총학의 사퇴를 요구하는 글뿐이었다.

민수가 물었다.

"그런데 너는 학교 명예는 정말 신경 안 쓰는구나?"

희우가 답했다.

"이 정도로는 안 떨어져요. 이슈는 되겠지만 그뿐이에요. 우리 학교가 유명한 건 도덕적이기 때문이 아니라 성적이 우수하기 때문이에요. 어차피 내년 입시에서도 각 고등학교의 가장 우수한 애들이 우리 학교에 들어오려고 난리를 칠 텐데요, 뭘."

"하긴……."

민수는 그의 말에 수긍했다. 한국 대학교 교수의 논문 표절 사건이 대대적으로 있었고 실험 결과를 거짓으로 작성한 적도 있었지만 모든 건 잠

시의 이슈였을 뿐이다.

오병훈은 학교 홈페이지 게시판과 교정 내 게시판을 통해 모든 걸 공개하기 시작했다. 처음에는 잉크값만 막으면 될 줄 알았던 일이지만 사건은 거기서 끝나지 않았다.

신입생 오리엔테이션과 축제 등 관련 이벤트 업체와의 거래 내역서 공개.

학교 정수기나 자판기 사업 업체와의 거래 내역서 공개.

성적 장학금이 아닌 여타 다른 장학금을 받은 학생들의 통장 공개.

공개.

공개.

공개.

하지만 공개를 할수록 의심은 더욱 증폭되었다.

업체와의 거래 내역이 원본이 맞느냐, 이중장부가 있는 것은 아니냐, 식당에서 받은 찬조금의 사용 내역은 왜 공개를 하지 않느냐?

결국 누군가 검찰에 고소를 했다.

떠들썩한 언론의 입방아는 그대로 한국 대학교를 향하고 있었다. 별다른 사건이 없던 날이었다. 대한민국 최고 대학의 총학 비리는 기삿거리로 아주 좋은 먹잇감이었다.

오병훈은 총학생회장에서 사퇴했다. 그가 그동안 벌였던 비리는 검찰에 의해 모두 세상에 공개되었고 업무상횡령으로 구속당했다. 행사 대금 부풀리기, 허위 영수증 만들기, 불법 찬조금 등 그가 총학생회장으로 지내며 횡령한 금액은 밝혀진 것만 2억 원에 가까웠다.

희우와 민수는 학교 앞 국밥집에 앉았다. 둘이서 이룬 작은 승리를 축하하기 위해서였다.

민수가 말했다.

"나보다 생각이 더 깊은 녀석은 정말 처음이야, 흘흘흘."
희우는 그의 웃음소리를 가만히 들었다.
민수가 물었다.
"하나 궁금한 게 있는데."
그의 눈빛은 평소와 달리 진중하고 무거웠다.
그가 천천히 입을 열었다.
"너는 친구가 존재하냐?"
"……?"
생뚱맞은 소리였다.
희우는 그가 말한 문장의 의미를 이해하지 못했다.
"네, 친구가 있지요. 선배님도 저보다 나이가 있지만 좋은 친구라고 생각을 하고 규리도 제 친구잖아요."
그가 고개를 저었다.
"그 말이 아니야."
민수는 자신의 잔에 소주를 따라 입으로 넘겼다. 그리고 말했다.
"친구란 어깨를 나란히 하는 존재라고 생각해. 지금은 다 같은 친구라고 생각하지만 사람의 사회적 격차는 커지기 마련이니까. 지금의 친구는 친구가 아닌 게 될 수도 있지."
희우는 그의 말을 부정하지 않았다.
"그럴 수도 있겠지요."
"그래서 묻는 거야. 너에게는 친구가 있어?"
어깨를 나란히 할 수 있는 친구가 있는지 묻는 것이었다.
희우는 고개를 끄덕였다.
"물론이지요."
민수는 씨익 웃었다.
"그럼 됐고."

희우와 헤어지며 집으로 가던 민수. 그의 눈빛은 차가웠다.

그의 눈동자에 총학을 흔들던 희우가 떠올랐다.

총학은 누가 선동자인지 파악하지도 못한 채 전원 사퇴와 학생회장 구속이라는 최악의 상황에 직면해 버렸다. 하지만 지금도 그들은 누가 시작하고 계획한 일인지 알지 못했다. 모두가 희우의 손바닥 안에서 놀아났다.

민수는 그 모든 계획과 행동을 옆에서 지켜봤다. 자신의 생각은 철저하게 감추고 희우를 바라봤다.

알고 싶었다, 희우라는 사람이 어디까지 해낼지.

결과는 그가 생각했던 것 이상이었다.

'총학생회장이 나였다면?'

그는 총학생회장의 자리에 자신이 앉아 있고 희우가 뒤흔드는 상상을 해 봤었다. 하지만 몇 번을 다시 생각해 봐도 이길 수 없었다. 그 상황을 벗어날 재간이 없었다.

'내가 진다?'

민수의 입가에 뭔가 만족스러운 미소가 오르기 시작했다.

'진다.'

그의 주먹이 꽉 쥐여 있었다.

'지기만 해서는 친구가 될 수 없지.'

승환은 죽은 듯 지내고 있었다. 모든 학생들의 앞에서 규리에게 공개적으로 거절을 당한 후 강의에 참여하는 걸 제외한 모든 활동을 자제하고 있었다.

희우와 민수가 총학 공격에 온 신경을 집중하고 있던 날 규리와 승환은 따로 만났었다. 도서관에서 공부를 하고 있던 규리에게 승환이 말했다.

"얘기 좀 하자."

그들은 조용한 커피숍으로 이동했다.

승환이 물었다.

"왜 내가 싫은 거지?"

"싫다고 하지는 않았어. 하지만 너를 좋아하지도 않아. 말했듯 나는 공부하기에도 시간이 모자라. 다른 곳에 신경을 뺏기고 싶지 않아."

그녀의 말은 축제의 마지막 밤과 다르지 않았다. 승환은 긴 한숨을 내쉬었다.

"너 김희우 좋아하지?"

규리는 아무 말 하지 않았다.

승환이 다시 말했다.

"이렇게 말하면 찌질해 보이는 거 알지만 난 너무 답답해서 물어볼 수밖에 없어."

"……?"

"우리 집은 잘살아. 법조계에서는 이름 있는 집이고. 희우가 입고 있는 옷, 아니 집에 있는 옷 전부를 팔아도 내가 차고 있는 이 시계 하나도 사지 못할 거야."

그는 계속 말을 이었다.

"그리고 너도 알지 않아? 희우가 계속 노력을 해 봤자 내가 가질 재산의 반도 얻을 수 없어. 그게 현실이니까. 그런데 왜 내가 아닌 희우를 선택한 거지?"

규리는 어이없다는 표정으로 그를 봤다.

"내가 희우를 좋아하는지 아닌지 그건 가르쳐 주고 싶지 않지만 이 말은 하고 싶다."

"말해 봐."

"넌 예전의 내 모습을 보는 것 같아."

"……!"

고등학교 때, 규리는 희우를 좋아하지 않았다. 단지 그가 가진 가난한 외적인 모습과 경쟁 상대라는 이유 때문이었다. 늘어진 티셔츠에 줘도 입지 않을 낡은 청바지와 운동화. 그게 희우의 겉모습이었다.

하지만 싫어하고 무시했던 그의 늘어진 티셔츠가 그녀의 상처 난 발을 감쌀 때 그녀는 알게 되었다. 외적인 모습이 전부가 아니라는 단순하고 간단한 진리. 어른스러운 행동과 깊이 있는 생각 등은 돈이 있다고 흉내 낼 수 있는 것이 아니었다.

그녀가 승환을 향해 말했다.

"넌 내세울 수 있는 게 집안이 가진 힘뿐이잖아. 그것은 너의 의지로 만들어진 힘이 아니야. 집을 빼고 생각해 봐, 너에게 뭐가 남는지."

승환은 고개를 저었다.

"그거야말로 어린 생각이지. 세상은 평등하지 않아. 어느 집에서 태어나는가에 따라서 달라지는 건 당연한 거야."

규리는 그를 한심하다는 듯 바라봤다.

"그게 네 한계야."

그와 헤어지고 집으로 향하던 규리.

그녀의 입에서 다시 한번 어이없다는 웃음이 나왔다.

"나도 참 미쳤지, 돈 많고 나 좋다는 남자 마다하고 싫다는 남자를 보고 있냐."

희우는 다시 평소의 생활로 돌아갔다.

학교와 도서관 그리고 경매의 반복. 단조로운 생활이었다.

하지만 그가 느끼는 시간은 정말 빠르게 흘러가고 있었다. 낙찰을 받고 이후의 일을 처리하면서 학교의 공부를 병행하는 건 생각보다 쉽지 않은 일이었다.

수업을 마치고 희우가 향한 곳은 집이었다.

그는 부모님이 이사를 가시고 집의 모양을 바꿔 놓았다. 거실은 책상 두 개와 컴퓨터 그리고 칠판 등이 놓인 사무실로 변해 있었다. 책상 하나는 희우가 사용하고 있었고 다른 하나는 상만의 것이었다. 일을 조금 더 빨리하기 위해 희우가 선택한 일이었다.

집으로 들어서니 상만은 경매 정보지를 보고 있었다.

"사장님 오셨어요?"

모니터를 보던 상만이 고개를 돌려 까딱 인사를 했다. 희우가 옷을 벗어 옷걸이에 걸며 말했다.

"부천 일은?"

"잘 해결되었어요. 한 달의 기간을 달라고 해서 알겠다고 했습니다."

"강제집행은 신청했지?"

"네."

상만은 휴강이었기에 낙찰받은 집을 찾아가 이사 날짜를 협의하고 오는 길이었다. 거주자와의 합의 사항과 상관없이 일이 잘못될 경우를 대비해 잔금을 내는 동시에 강제집행을 신청해야 했다.

경매 정보지를 보던 상만이 희우를 불렀다.

"사장님, 이것 좀 보세요."

희우는 그의 말에 책상에 손을 대고 그가 보고 있는 정보지를 봤다.

부산의 맹지가 있었다.

맹지는 도로를 접하지 않은 쓸모없는 땅을 말한다. 하지만 발전 가능성이 있는 곳의 맹지는 고마운 존재였다.

"여기가 왜?"

상만이 입가에 미소를 가득 품었다.

"이 지역이 산업 단지로 예정되어 있어요. 보상이 시작되면 공시지가보다 대여섯 배는 받지 않을까 하는데요?"

희우의 눈이 가늘게 뜨였다. 맹지였지만 도로에서 멀지 않은 위치에 있었다. 충분히 투자가치가 보였다.

"공시지가가 얼만데?"

"8천 원요."

"인근 토지 낙찰가율 알아보고 주변 토지 지주 연락처 확보해 놔. 부산의 감정 평가사 연락해서 대략의 가격 예상해 보고."

"넵!"

상만은 큰 소리로 답했다.

희우의 핸드폰이 울렸다. 한미였다.

그의 집 앞 작은 커피숍에서 한미가 기다리고 있었다. 희우는 문을 열고 들어와서 그녀의 앞에 앉았다.

"어쩐 일이야?"

"일이 있어야 연락할 수 있나요?"

그의 '어쩐 일로 연락했느냐?'라는 물음에 한미는 인상을 찌푸리며 빈정거렸다. 그녀가 계속 말을 이었다.

"남자애들이 얼마나 달라붙는 줄 알아? 귀찮아 죽겠어. 그러니까 오늘 밥 사 줘. 술도 사 주면 더 좋고."

"너한테 남자애들 달라붙는 거랑 밥이랑 무슨 상관이야?"

"상관있지."

그녀의 말에 희우가 피식 웃었다.

"기말고사 볼 시기잖아. 공부해야 하지 않아? 1학기 학점 어떻게 나왔어?"

그녀는 특유의 반달 모양 눈웃음을 지으며 투정 어린 말투로 대답했다.

"몰라. 묻지 마. 너야 계속 정해진 계획대로 살아왔겠지만 나는 자유로운 영혼이란 말이야."

"자유로운 영혼이랑 학점이랑 무슨 상관이지?"

"정말 몰라서 물어? 내가 작년에 공부를 하면서 이런 상큼한 옷이 아니라 칙칙한 옷을 입었는데. 그리고 이제……."

그녀가 말을 하고 있을 때 그는 그녀의 옷을 위아래로 훑어봤다. 그녀는 빛이 바래고 무릎에 올이 풀린 청바지에 회색 후드티를 입고 있었다.

"지금도 안 상큼해. 거지 같아."

한미가 욱하고 소리 질렀다.

"네가 아저씨 같은 거야! 패션을 못 알아보냐?"

희우는 그녀의 말을 들으며 전화기를 들었다.

"밥 먹을 거면 내 후배랑 같이 먹자."

그는 상만에게 전화를 걸었다. 그는 사무실에 앉아 경매 정보지만 보고 있을 것이 분명했다. 희우의 후배가 나온다는 말에 한미의 눈이 반짝였다.

"후배? 잘생겼어?"

"응, 미남이지. 일어나자. 앞에 곱창 맛있게 하는 집 있어."

희우와 한미는 2층에 있는 곱창집에 앉아 있었다. 그녀는 쉬지 않고 종알대고 있었다. 그때 상만이 안으로 들어왔다.

"안녕하세요."

그는 고개를 숙여 한미를 향해 인사했다. 그리고 능글맞게 웃었다.

"선배님 옆에 이렇게 아름다운 형수님이 계신 줄 몰랐습니다."

그의 말에 한미는 기분이 좋아졌는지 입을 가리고 웃기 시작했다.

"고등학교 친구야. 헛소리하지 말고 앉아."

희우의 말에 상만은 머리를 긁적였다. 한미가 말했다.

"헛소리라니? 제대로 된 말이지. 형수님은 틀린 말이지만 네 옆에 이렇게 아름다운 사람이 어디 있겠어?"

"형수님이 아니신가요? 그럼 저에게도 기회가 있는 건가요?"

상만이 물었다.

"죄송합니다. 저는 연하는 관심이 없어요."

한미가 장난스럽게 대답을 했다.

그녀의 소원대로 소주가 주문되어 나왔고 그들은 주거니 받거니 술자리를 이어 갔다. 희우는 딱 두 잔만 마신 후 잔을 엎어 뒀다. 해야 할 일이 많았다.

상만의 입에서 허세 가득한 말이 나왔다. 한미는 꽤 아름다운 여성으로 매력이 넘쳤다. 그런 여자를 앞에 두고 취기가 오른 사내라면 허세는 자연스러운 일이었다.

그의 입에서는 고등학교를 다니며 몇 대 몇으로 싸움을 했고 그렇게 싸움질을 하면서도 정신을 차려서 공부를 했더니 한국 대학교 경영학과에 입학할 수 있었다는 등의 무협지에서나 나올 법한 말이 흘러나오고 있었다. 물론 모두 거짓말이었다. 평소 이런 이야기를 하면 사람들은 즐거워했고 그의 이야기에 동조해 줬다. 스무 살의 치기 어린 나이였다. 그런 허세도 즐거운 나이.

하지만 분위기가 이상했다. 상만의 앞에 앉아 있는 두 사람은 그의 이야기에 관심이 없는 것 같았다.

그는 상대를 잘못 잡았다. 그의 허세 가득한 말을 듣고 있는 사람은 다름 아닌 한미와 희우였다. 손을 고등학교 여자 주먹 한미와 학교 일진을 해체시킨 희우. 그들은 그런 이야기에는 전혀 관심이 없었다.

하품을 하던 한미가 상만에게 물었다.

"그런 얘기 말고 희우 얘기 좀 해 줘요. 얘는 학교에서도 공부만 하나요?"

"아뇨."

"그럼요?"

한미의 눈이 반짝거렸다.

"쓰레기장도 뒤지고 그래요."

상만의 말에 희우는 먹던 곱창을 내뱉을 뻔했다.

총학의 비리를 찾던 중 쓰레기를 뒤진 일이 있었다. 그 일이 이런 식으로 회자될 거라고는 생각하지 못했다.

"상만아?"

희우가 상만의 입을 막으려 했지만, 늦었다.

"쓰레기장은 왜 뒤지니?"

"그런 거 아냐."

한미가 눈을 반짝이며 상만을 부추기기 시작했다.

"또? 또?"

그 시각. 조태섭은 고급 일식집에 앉아 있었다.

조태섭이 상석에 앉았고 그 맞은편에는 여야의 당 대표가 앉아 있었다. 그리고 그 뒤로 무릎을 꿇고 나란히 앉은 두 사람은 초선 의원 중 미래가 가장 유망한 자들이었다. 당 대표들은 초선 의원들을 조태섭에게 인사시키기 위해 데리고 왔다.

"황진용이는 어떻게 되고 있지?"

"여야에서 모두 따돌리고 있습니다. 자기도 그런 분위기를 느꼈는지 요즘은 조용히 지내고 있는 중입니다."

지난 4월에 있던 총선 이후로 조태섭의 유일한 대항마로 불렸던 황진용의 몰락이 이루어지고 있었다.

황진용의 측근들 중 당선된 사람은 손가락에 꼽을 만큼 수가 적었다. 출구 조사에서는 당선될 거라고 예상되었던 사람들까지 모두 줄줄이 고배를 마신 상황. 황진용은 무기력해지고 있었다. 하지만 조태섭의 우군들은 당당히 당선되며 대한민국 권력의 심장부를 향해 돌진하는 중이었다.

조태섭은 기분 좋은 미소를 지으며 상에 있는 잔을 들었다. 그의 행동에 당 대표들이 서둘러 잔을 함께 들었다.

여당 대표가 조심스럽게 말을 꺼냈다.

“국민들의 시선을 좀 옮겼으면 합니다.”

조태섭은 처진 눈으로 그를 노려봤다. 카메라 앞에서는 순해 보이던 처진 눈이었지만 지금은 아니었다.

야당 대표가 그 말을 받았다.

“얼마 전 예산 결의안 때문에 의원들끼리 몸싸움을 했습니다.”

국회에서 벌어진 의원들끼리의 몸싸움은 카메라에 잡혀 생중계처럼 방송되었다. 네티즌들은 그 사진을 가지고 합성 등을 통해 우스운 모습으로 변형시켜 웹 사이트에 올리곤 했다. 일이 거기서 끝났다면 웃으며 넘어갈 수 있었다. 하지만 시민 단체는 국회 앞에서 그 사진을 들고 몇몇 의원의 퇴출 운동을 하고 있었다. 그들에게 싸움은 필요한 행동이었다. 패가 갈려 싸우는 모습은 국민들을 각자의 패로 끌어모을 수 있었다.

그들의 말을 듣던 조태섭이 다시 술잔을 기울였다.

“한 실장.”

“네.”

그의 부름에 목석같이 서 있던 한지현이 대답했다. 지금의 대답이 아니었다면 지금껏 그녀는 마네킹으로 오해를 하기에 충분할 정도로 미동조차 없었다.

“시선을 돌릴 만한 것이 있나? 이번 국회 몸싸움뿐만 아니라 크게 터질 일이 몇 개 더 있어. 한 달 정도는 국민들이 정치에 관심을 가지지 않았으면 하는데.”

한지현은 잠시 생각에 빠졌다.

“유명 배우의 성행위 장면이 담긴 동영상이 있습니다. 동영상이 있다는 걸 알리고 조금씩 유출을 한다면 한 달 이상은 논란이 될 것으로 판단됩니다."

"좋아. 진행하도록 해."

"알겠습니다."

대답을 한 그녀는 다시 미동 없이 뒤에 섰다.

"감사합니다."

당 대표들이 그에게 인사를 했다.

조태섭의 시선이 당 대표들에게서 그 뒤에 무릎 꿇고 앉아 있는 초선 의원들에게로 향했다.

"이제 처음으로 나랏일 하는 사람들 앞에서 너무 좋지 않은 모습을 보였나?"

말을 마친 그는 크크크 웃었다. 잠시 후에 다시 말을 이었다.

"장래가 유망한 초선 의원들에게 항상 해 주는 몇 가지 말이 있지. 먼저, 국민들을 무서워하지 마."

"……!"

"그것들이 자네들을 욕하고 어쩌고 해도 결국 당을 보고 찍어. 그러니까 아무 걱정 하지 말고 하고 싶은 대로 행동하게. 자네들이 무서워해야 할 것은 당이야."

"넵!"

초선 의원들이 대답했다. 조태섭은 계속 말을 이었다.

"국민들은 똑똑한 척하지만 멍청해. 자네들이 아무리 못났어도 아무리 잘났어도, 상관하지 않아. 심지어 자네들이 어떤 범죄를 일으켰다 해도 상관하지 않아. 그저 당만 보고 찍어. 그러니까 나중에 공천받으려면 당 대표들 말 잘 듣도록 해."

"넵."

조태섭의 눈이 빛났다.

"자식이 있는가?"

뜬금없는 질문에 초선 의원들은 고개를 끄덕였다.

"그럼 물어보지. 장난감 앞을 지날 때 아이가 보채면 어떻게 하지?"

"다른 장난감이나 물건으로 시선을 돌립니다."

초선 의원의 대답에 조태섭은 만족한 듯 고개를 끄덕였다.

"국민도 똑같네. 국민들이 보채면 지역 싸움을 부추기고 연예인 비리를 터뜨리고 시선을 돌려! 어려운 일이 아니야."

조태섭의 목소리가 강하게 터져 나왔다. 그는 계속 말을 이었다.

"요순시절의 태평성대를 아는가? 어느 농부가 농사를 짓고 있을 때 왕이 물었다고 하지. '왕이 누군지 아는가?' 그랬더니 농부가 말했다고 하더군. '왕이 무슨 필요가 있습니까?' 그 말을 들은 왕은 행복해했다고 하네."

그가 말한 이야기는 지도자가 필요 없을 정도로 태평한 시대였다는 내용이었다.

"정치란 말의 뜻을 아는가? 우물 속의 치어. 물이 있는지 물이 있어 행복한지 모르게 하라는 것이 정치네. 어떻게 생각하지?"

그의 말에 초선 의원들은 어찌 대답을 해야 할지 몰라 우물거렸다.

조태섭이 말을 이었다. 그의 목소리에는 힘이 들어가 있었다.

"다 개소리야. 정치는 권력이고 힘이지. 국민들이 정치가 있는 줄 알아야 하고 정치권력이 얼마나 무서운지 알아야 해."

조태섭의 눈이 싸늘하게 빛났다.

"마지막으로, 호랑이를 길들이는 법을 아는가?"

초선 의원들은 미동도 하지 않고 그의 말에 귀 기울이고 있었다. 조태섭이 천천히 입을 떼었다.

"굶기면 되네. 국민들도 굶기면 말을 잘 듣지. 사람들이 배가 불러서 시위를 하고 데모를 하는 거야. 밥 먹기 힘든 60년대에는 저런 거 없었어. 내가 그 시대에 권력을 가지고 있었다면 절대 국민들을 배부르게 하지 않았을 거야. 멍청한 짓이지."

"……!"

"굶기다가 배고프다고 울고 보챌 때 한입씩 떠먹여 주게. 그것이 좋은 국회의원이 되는 길일세."

그의 말에 초선 의원들은 감격에 빠져 있는 듯했다.

날씨는 제법 쌀쌀해지고 있었다. 희우는 기차를 타고 부산으로 향하는 길이었다. 상만이 이야기했던 맹지를 보러 가는 것이다.

옆에 타고 있는 상만은 투덜대고 있었다. 가격이 비싸지만 빨리 갈 수 있는 새마을호를 타지 않고 무궁화호를 탔다는 것이 이유였다.

"시간은 금이라고 하는데 이 얼마나 시간 낭비입니까? 돈을 얼마나 벌려고 그러세요? 돈 버는 목적도 모르겠네. 돈을 벌었으면 써야죠? 옷도 사고 차도 사고."

"그만하고 자라."

희우는 눈을 감았다. 그러자 상만은 입을 삐죽이며 조용히 가운뎃손가락을 올려 욕을 했다.

"다 보인다."

희우가 말했다. 상만은 얼른 고개를 돌리고 눈을 감았다.

기차는 부산으로 향하고 있었다. 옆에서 상만의 코 고는 소리가 조용히 들려왔다. 희우는 눈을 뜨고 창밖을 확인했다.

돈을 버는 이유?

천하그룹을 갖기 위해서였다. 천하그룹에서 조태섭에게 막대한 정치자금이 흘러들어 가고 있었기 때문이다. 조태섭과 싸우기 위해서는 동등한 힘을 가져야 했다. 또는 그 힘을 하나씩 부숴 버려야 했다.

희우의 눈이 차갑게 세상을 바라보고 있었다.

부산에 도착한 희우는 다시 버스를 타고 해당 임야가 있는 부근으로 향했다. 넓은 도로 옆으로 있는 동네 산보다 낮은 땅이었다.

희우는 경매에 나온 맹지를 향해 걸어 올라갔다. 잠시 걸어가자 소나무 숲이 울창하게 펼쳐진 해당 땅이 나왔다. 지도에는 보이지 않는 소로를 따라 땅을 둘러보기 시작했다. 멀지 않게 바다가 보였고 뒤로는 작은 마을이 있었다.

"2만 평이라고?"

"네. 공시지가가 8천 원이고 감정평가는 1억 6천입니다. 현재 최저 낙찰가는 1억 1,200만 원이구요."

땅을 둘러보며 희우는 많은 생각을 하고 있었다.

해당 맹지에서 마을로 향하는 곳에 있는 땅을 구입해야 했다. 많지는 않더라도 도로를 뚫을 수 있을 만큼은 반드시 사야 했다. 도로만 난다면 맹지에서 대지로 바꿀 수 있었다. 맹지에서부터 마을의 길까지 거리가 멀지 않아 많은 금액은 필요하지 않을 것 같았다.

그 이후도 고민이 되었다. 바다가 보이는 지역이니 펜션을 지어도 좋을 것 같았다. 펜션으로 장사를 한다는 것보다는, 나중에 보상이 나올 때 건물이 있고 장사를 하고 있다면 보상 금액은 더 커질 것이다. 다른 생각도 해 봤다. 산업 단지가 예정은 되어 있지만 언제 시행될지 막막했다.

땅은 시간과의 싸움이기도 했다. 그 시기를 기다리기보다는 건물을 지을 수 있을 정도로 땅을 작게 쪼개 팔아도 두 배 이상의 이득을 얻을 수 있을 것 같았다.

"길 날 수 있는 땅 주인 연락처 알아봤어?"

"네. 여기요."

상만은 그에게 핸드폰을 보였다. 액정에는 연락처가 보였다. 희우는 자신의 핸드폰에 연락처를 적으며 다시 땅을 둘러보기 시작했다.

"나무만 팔아도 돈이 꽤 될 것 같지?"

소나무는 단독주택의 조경에 이용되기도 했다. 산에 자라고 있는 소나무의 모양을 봐서 고급 주택에 사용될 것 같지는 않았지만 관공서나 아파트 단지 조경에는 충분히 사용이 가능해 보였다. 맹지에서 마을로 이어지는 곳에 있는 땅의 주인에게 도로를 놓을 공간만 구입할 수 있다면 최고의 투자가치가 있어 보였다.

희우는 통화 버튼을 누르고 핸드폰을 귀에 가져다 대었다.

"토지를 구입하고 싶습니다. 잠시 만나 뵐 수 있을까요?"

지주와 약속을 잡은 후 희우는 경매에 나온 땅을 벗어났다. 그리고 희우의 걸음이 멈춘 곳은 약속을 잡은 지주의 토지였다. 경사가 진 토지였다. 용도는 대지로 되어 있었으나 실제로 활용하기는 어려워 보였다.

희우는 빠르게 땅을 훑었다.

토지 주인은 사용하지도 못하는 땅을 가지고 매년 세금을 내고 있을 것이다. 토지 보상 이야기가 나오지만 언제 실현될지 몰랐다. 약간의 가격을 더 쳐주며 지가를 상승시켜 준다면 충분히 매매가 이루어질 것 같았다.

상만과 함께 산을 내려갔다. 그 내려가는 동안에도 희우의 머리는 경매에 나온 땅으로 어떻게 수익을 올릴까 고민하고 있었다. 그사이 상만은 희우의 지시에 의해 근처 부동산에 모두 전화를 걸고 있었다.

시골의 토지가 가진 공시지가는 의미 없는 경우가 많았다. 실제 거래가를 알아야 했다. 상만은 토지를 파는 사람인 척 전화를 걸어도 보고 사는 사람인 척 말하기도 했다. 하지만 그들이 말하는 가격을 믿을 수도 없었다. 이곳은 지방이었고 시골이었다. 외지인의 이득이 아니라 자신들의 이득을 위해 움직이는 사람들이었다.

산에서 내려온 후 상만이 말했다.

"실거래 확인하러 다녀오겠습니다."

상만은 근처 관공서를 향해 달려가기 시작했고 희우는 토지 주인의 집으로 향했다. 주인은 해당 토지가 있는 곳에서 멀지 않은 집에서 살고 있었다.

시멘트로 만들어진 시골길을 따라가 희우가 선 곳은 파란 슬레이트 지붕에 파란색 페인트로 칠한 대문 앞이었다. 희우는 망설이지 않고 집 안으로 들어갔다.

“안녕하세요. 전화했던 사람입니다.”

기다리고 있던 오십 줄 나이의 남자는 의심스러운 눈빛으로 희우를 바라봤다. 그도 그럴 것이 20대 중반도 되어 보이지 않는 어린 녀석이 토지를 구매한다는 것이 이상할 수밖에 없었다.

하지만 희우에게 그런 시선은 익숙했다. 희우는 그 눈빛을 정면으로 받으며 대문을 지나 마당으로 들어섰다.

약 50평의 대지에 지어진 집이었다. 마당의 구석 한편에는 수도꼭지가 있었다. 그 옆으로 빨랫대가 있었고 담장 아래로는 멋대로 자라고 있는 채소도 보였다.

희우는 그와 인사를 하며 시선은 집 안을 훑었다. 빨랫대에 걸린 빨래들도 확인했다. 젊은 사람들이 입는 티셔츠와 중년 여성이 입을 만한 속옷이 보였다. 가족의 숫자와 성향을 파악하는 건 중요한 일이었다.

“여기에 앉으세요.”

주인은 마루에서 일어서 마당으로 걸어 나오며 평상을 가리켰고 희우가 그곳에 앉았다.

시시콜콜한 의미 없는 인사말을 나눌 때 상만이 들어왔다. 그들이 자리를 잡은 듯하자 주인은 직접적으로 물었다.

“뭘 사고 싶으세요?”

희우는 손으로 뒤를 가리키며 말했다.

“집 앞 길을 따라가면 나오는 땅을 조금 사고 싶습니다.”

주인은 의심스러운 눈빛을 지우지 않고 다시 물었다. 이번에도 직접적이었다.

“경매 나온 땅 때문에 그래요?”

초보의 경우 경매라는 이야기에 되레 움츠러들 때가 있었다.

시골이었다. 지방색이 강했고 적은 수의 사람이 살다 보니 마을 인구가 똘똘 뭉쳤다. 그들의 특징은 외지인을 배척하는 것이었다. 흔히 텃세를 부린다는 말로 표현할 수 있었다.

이런 그들의 특성에 초보들은 지레 겁을 먹는 경우가 많았다. 시골에 나온 땅이면 그 마을 사람들 중 누군가의 땅일 가능성이 많기 때문이었다. 외지인에게 호의적이지 않은 그들. 그런데 그들 중 누군가의 땅. 그 땅을 경매받으러 온 사람. 이런 생각이 그들의 어깨를 좁혀지게 했다.

하지만 희우는 웃으며 되물었다.

“다른 사람이 왔다 갔나요?”

위축될 필요는 없다. 불법을 저지르기 위해 온 것이 아니었고 어디까지나 법적으로 행해지는 일이었다. 자신이 아니어도 다른 누군가가 낙찰받을 것이다. 그리고 희우는 오기 전 경매에 나온 토지의 등기부 등본을 확인했었다. 땅의 주인은 이곳의 사람이 아니라 서울에 사는 사람이었다. 이곳에서 살다 간 사람일지도 모르나 일단 떠난 사람이었다.

희우의 질문에 남자는 고개를 끄덕였다. 그 모습과 동시에 희우가 다시 물었다.

“몇 명이나 왔다 갔지요?”

대화에서는 주도권을 잡는 것이 중요했다. 이런 경우에는 상대가 질문을 하게 놔두기보다는 계속해서 질문을 통해 정보를 얻는 것이 더 중요했다. 특히나 길을 낼 수 있는 토지 주인에게 연락을 했다면 그들은 이 경매에 참여할 확률이 높았다. 경쟁률을 가늠해 볼 수 있는 좋은 정보였다.

“한 일고여덟 명 왔다 갔어요.”

희우는 그 말을 온전히 믿지 않았다. 주인은 조금이라도 땅을 비싸게 팔기 위해 말을 할 게 분명하다. 그리고 희우는 알고 있다. 사람이 거짓말을 할 때는 상대가 믿을 수 있는 숫자를 부르기 마련이다. 그래서 일고여덟이라는 숫자로 에둘러 표현한 거다.

"딱 길을 낼 정도만 필요합니다. 어느 정도 가격을 생각하십니까?"

토지의 공시지가는 8천 원. 하지만 남자의 입에서 나온 말은 가관이었다.

"평당 5만 원요. 더 준다는 사람도 있는데 거기까지는 욕심 없고요. 고 정도 가격이면 팔 겁니다."

희우는 주인이 알지 못하게 살짝 시선을 돌려 상만을 바라봤다. 상만은 머리를 긁고 있었다. 저 표시는 알아본 시세보다 한참 높다는 사인이었다.

희우는 다시 주인을 향했다.

"알겠습니다. 하지만 저희는 그 금액에는 구매할 수 없습니다. 다른 땅을 더 찾아봐야겠네요."

망설일 필요 없었다. 희우의 경우에는 낙찰을 안 받으면 그만이었다. 하지만 상대는 아니었다.

집을 스쳐 훑어봤을 때 부유한 집은 아니었다. 오며 봤던 다른 주택들이 평균 100여 평의 대지에 집을 짓고 사는 것에 반해 토지 주인의 집은 그보다 작았다. 또한 농기구 등이 없었다. 농사를 짓는 흔적이 보이지 않았다. 주변은 모두 논밭으로 거주자들은 농사가 주업이어야 했다. 즉, 이곳에 살면서 농기구가 집에 없다는 건 농사할 땅이 없거나 다른 직업을 가지고 있다는 뜻이었다. 하지만 희우가 보기에 다른 직업을 가지고 있는 것 같지도 않았다.

그리고 지금 시각은 평일의 이른 오후였다. 농사꾼이 아닌 사람이 이 시간에 집에 있을 수는 없었다. 또한 이곳에서 다른 일을 하러 갈 수 있는 곳까지는 꽤 먼 거리였다. 하지만 집 앞에 차도 서 있지 않았다.

희우가 판단했을 때는 산의 작은 토지를 가지고 있으며 다른 집안의 농사일을 도와주는 사람으로 보였다. 즉, 많은 돈을 가지고 있는 사람은 절대 아니었다. 그들에게는 돈이 필요할 것이다. 일단 강하게 나가는 것도 나쁘지 않았다.

희우는 자리에서 일어나며 한마디를 더했다.

"저희가 낙찰을 받게 되면 지주님께 찾아왔던 사람들은 모두 저 땅이 필요 없어질 겁니다."

그의 말에 주인도 지지 않고 말했다.

"그건 당신들도 마찬가지 아닌가요?"

"아니요. 제가 낙찰을 받는다면, 조금 더 긴 도로를 만들 수밖에 없겠지만 다른 땅을 살 겁니다. 사장님이 말씀하신 가격은 너무 높습니다."

희우는 주인을 향해 빙긋 웃었고 주인의 눈빛은 흔들렸다.

낙찰을 받았을 때를 대비해 상대에게 경각심이라는 씨앗을 심어 놓는 데 성공했다. 주인이 연락할 것은 분명했다.

토지의 가치를 확인하고 후의 일까지 계산에 넣은 후 그들은 다시 서울로 향하는 기차에 올라탔다.

기말고사가 끝이 나고 방학, 희우에게 쉴 시간은 없었다. 매물로 나온 집을 확인하고 낙찰가를 계산하며 일을 하고 있었다. 심한 경우에는 하루에 여덟 개의 경매를 진행하기도 했다. 옆에 상만이 있었기에 가능한 일이었다.

희우가 안양에 가 있으면 상만은 의정부에서 일을 진행하고 있었다. 두 사람은 전국을 대상으로 경매를 진행했다.

2000년이 지나고 2001년이 되었다.

한일 월드컵을 위해 네덜란드 출신의 축구 감독이 국가 대표 팀 감독으로 내정되었다는 뉴스가 흘러나왔다. 월드컵의 결과를 아는 희우에게는 반가운 일이었지만 세상은 아직 월드컵에 대한 열기가 보이지 않았다.

시간이 지나며 다시 봄이 되었다.

3학년이 된 희우는 강의를 받고 나오는 길이었다.

계단을 걸어 내려와 건물의 문을 통과할 때 누군가 게시판에 포스터를 붙이고 떠나는 모습이 보였다. 희우는 그 앞으로 가서 방금 걸린 게시물을 확인했다. 그의 눈에 비웃음이 가득 걸렸다.

조태섭 의원 강연회 : 청년들이여 목표를 가져라 그리고 이뤄라

조태섭은 광대뼈가 두드러진 사각형의 얼굴에 메기같이 두꺼운 입술이 특징이었다. 호탕해 보였고 강인해 보였다. 하지만 살짝 처진 눈이 그 강인함을 보완하며 인자한 모습까지 갖추도록 해 줬다. 사진 속의 그는 미소 짓고 있었다.

희우의 눈이 차갑게 사진 속의 조태섭을 응시했다.

'목표를 가지고 이루라고? 좋은 말 해 줘서 고맙다.'

학교를 빠져나간 희우는 상만과 함께 걷고 있었다. 한 달 전 낙찰받은 집으로 향하는 중이었다.

주택가 2층집이었는데, 생각대로 일이 풀리지 않았다.

거주하는 사람이 어떤 연락도 하지 않는 집이었다. 뭔가 대화를 해야 협상을 할 수 있고 계획을 진전시킬 수 있다. 가장 답답한 상황이었다. 거주자 쪽에서 어떤 연락도 없다면 법적인 해결을 기다리는 수밖에 없다.

법적인 해결은 강제집행을 이야기하는 말이었다. 하지만 그것은 오랜 시간이 걸렸다. 기다리는 동안 들어갈 이자 비용, 거기에 거주자가 짐을

두고 사라졌을 경우 이사 비용과 보관 비용까지 지불해야 했다. 거기까지 간다면 이번 낙찰은 실패했다고 봐도 무관했다. 그 전에 일을 끝내야 했다. 하루라도 빨리 사람을 내보내고 팔거나 세를 두는 것이 조금의 이익이라도 챙기는 데 유리했다.

"사장님이랑 명도하러 가는 거 정말 오랜만인데요?"

희우가 하품을 하며 그의 말에 답했다.

"만약에 문 열리면 네가 알아서 해. 난 뒤에 가만히 앉아 있을게."

"네. 가만히 보고만 계세요. 제가 예전의 상만이가 아니라는 걸 보여드리죠. 그런데 사무실의 상한 우유는 왜 가지고 오라고 하셨어요? 오너가 명령을 했으니까 가지고 오기는 했는데 도무지 이해를 못 하겠네요."

"쓸 일이 있을지도 모르니까."

그들은 두런두런 말을 하며 주택가로 들어섰다.

전봇대에는 오래된 전단지가 덕지덕지 붙어 있었다. 좁은 골목길을 사이에 두고 주택들이 아주 작은 폭으로 얼기설기 지어진 곳이었다.

"2층이지?"

희우가 물었다.

"네."

희우는 고개를 들어 2층을 확인하고 바로 계단을 통해 위로 올라갔다.

낙찰받은 집의 문 앞에는 상만의 연락처를 적은 포스트잇이 붙어 있었다. 상만은 거주자와 연락이 되지 않아 연락처를 적어 두고 왔다고 말했었다.

희우가 초인종을 눌렀다. 딩동 하는 소리만 들릴 뿐 안에서는 어떤 인기척도 느껴지지 않았다. 희우는 귀를 대고 안의 소리를 확인하려 해 봤지만 역시 느껴지는 건 없었다.

다시 한번 초인종을 눌렀다. 역시 인기척은 없었다.

희우는 전기계량기를 확인했다. 계량기는 멈춰 있었다.

"……!"

안에 사람이 살고 있다면 당연히 돌아가야 하는 것이 계량기였다.

사람이 살면서 전기를 사용하지 않을 수는 없다. 텔레비전은 끄고 산다고 해도 냉장고는 어떻게 할 것인가? 아니, 차단기를 내리고 살지 않는 이상 계량기는 돌아갈 수밖에 없었다.

'차단기를 내렸어?'

불길한 생각이 들었다. 희우는 뒤를 따라온 상만을 돌아보며 집게손가락을 입에 대었다. 조용히 하라는 표시였다.

다시 1층으로 내려온 그들. 희우가 말했다.

"근처 철물점 가서 망치 하나만 사 와라."

"알겠습니다."

상만이 철물점으로 향하고 희우는 옆 건물 주택 2층으로 올라갔다. 옆 건물의 통로에서 해당 집의 창문을 가까이 보기 위함이었다.

하지만 아무것도 보이지 않았다. 불투명한 창문이었고 브로마이드 같은 걸 붙여 둔 것 같았다.

다시 골목으로 내려온 희우는 갈등하고 있었다.

여기서 멈추고 강제집행의 날짜를 기다려야 할까? 아니면 끝까지 시도를 해 봐야 할까?

불안했다.

고민하는 이유는 두 가지였다.

집 안의 거주자가 사망했을 경우가 첫 번째. 살던 집이 경매로 넘어가고 삶을 비관해 목숨을 끊었을 확률이 있었다. 이런 경우라면 어서 집에 들어가 시신을 처리하고 주변 정리를 빠르게 해야 했다.

하지만 거주자의 사망은 하나의 예상일 뿐 진실이 아니었다. 가정만 가지고 무작정 집으로 들어갈 수는 없었다. 낙찰을 받았지만 아직 온전한 희우의 소유가 아니었다. 자칫 무단 침입으로 고소를 당할 수도 있었다.

희우는 좁은 도로에서 서성거리며 고민에 고민을 거듭했다.

한참을 고민하던 그는 결심했다.

낙찰을 받은 지 벌써 한 달이 넘어가고 있었다. 더 이상 시간을 지체할 수는 없었다. 예상하고 있던 이윤은 이미 점점 낮아지는 중이었다.

희우는 가방을 열고 그리 두껍지 않은 책 몇 개를 꺼냈다. 그리고 허리춤에 책을 둘렀다. 주요 장기가 있는 부위로, 혹시 모를 공격을 당했을 때 보호할 수 있는 방검복의 역할이었다.

고민하는 이유 중 또 다른 하나였다.

연락을 하지 않고 받지 않는다는 것은 낙찰자를 좋지 않게 보고 있다는 뜻. 어쩌면 흉기를 숨긴 채 그들을 기다리고 있을지도 모른다는 생각이 들었다.

세상을 비관한 거주자가 낙찰자를 적으로 오인하고 공격하기 위한 준비. 내려 버린 차단기와 열리지 않는 문은 유인하기 위한 유인책.

희우는 티셔츠를 내려 배를 두르고 있는 책을 숨겼다.

잠시 후 상만이 도착했다. 희우는 그의 손에서 망치를 건네받았다.

망치를 사서 오라고 한 이유는 간단했다. 망치는 쉽게 구할 수 있는 무기이지만 집을 수리하기 위해 가지고 왔다는 좋은 핑계가 되었다. 상대가 예상대로 거칠게 나온다면 방어를 할 수 있는 무기는 손에 쥐고 있어야 했다. 희우가 아무리 격투기를 했었고 싸움에 능하다고 해도 기습에는 어쩔 도리가 없었다.

희우는 굳은 표정으로 계단을 오르며 복도에 붙어 있는 열쇠집의 전화번호를 기억해 뒀다.

딩동.

초인종을 눌렀지만 역시 인기척은 느껴지지 않았다. 희우는 방금 보고 왔던 열쇠집의 전화번호를 눌렀다.

번호를 누르는 희우를 보며 상만이 물었다.

"문 따시게요?"

희우는 고개를 끄덕였다.

"지금부터 내 말 잘 들어. 우리는 낙찰을 받고 명도를 하기 위해 이 집에 수십 번을 찾아왔어. 하지만 언제나 상대를 만날 수 없었지. 그런데 오늘 다시 이 집을 왔는데 계량기가 멈춰져 있는 걸 본 거야."

상만은 희우의 말을 단 한 글자도 빼놓지 않고 귀담아듣고 있었다. 희우가 계속 말을 이었다.

"걱정이 된 우리는 현관문 우유 투입구를 확인했지. 그런데 이 안에서 고약한 냄새가 났던 거야."

상만은 고개를 끄덕였다.

"그래서 열쇠 업자를 불러 문을 땄다는 말이죠?"

"응. 경찰도 지금 부를 거고. 사무실에서 가지고 온 상한 우유 줘 봐."

"알겠습니다."

희우는 상만에게서 우유를 건네받았다.

사무실이라고 해야 할지 거실이라고 해야 할지 애매했지만 그곳에는 남자 둘이 사용하는 냉장고가 있었다. 그리고 그 안에는 한 번 마시고 넣어 둔 몇 달이 지난 우유가 존재했다.

그 우유는 이제 우유 투입구를 통해 낙찰받은 집 안으로 쏟아질 것이다. 그러면 우유 썩은 냄새가 진동할 건 당연한 일. 경찰에게 우유 투입구에서 나는 남새를 확인시키고 긴박한 상황으로 몰아간다면 그 역시 정신이 없어 제대로 된 상황을 판단할 수 없을 것이다.

경찰의 입회하에 문을 따고 들어가 안을 확인하면 미심쩍은 부분에 대한 의혹을 상당수 해소할 수 있을 거라고 생각했다.

희우는 문 앞에 쭈그리고 앉아 우유 투입구를 열었다.

"……!"

문 앞에 서 있는 남성의 다리가 보였다.

희우는 조심스럽게 우유 투입구를 내리고 자리에서 일어섰다. 희우의 굳은 표정을 본 상만이 물었다.

"사장님, 왜 그러세요?"

희우는 그를 향해 조용히 하라고 지시했다. 그리고 문을 두들겼다.

"안녕하세요. 앞에 서 있는 거 봤습니다. 잠시 대화를 하고 싶습니다. 마주 보고 싶지 않으시다면 문을 열지 않고 말씀을 하셔도 좋습니다."

희우의 말이 끝남과 동시에 굳게 잠겨 있던 자물쇠가 열리는 소리가 들렸다.

하지만 여전히 문은 닫혀 있었다. 밖에서 열고 안으로 들어오라는 신호.

희우는 망치를 들고 있는 손에 힘을 꽉 쥐었다.

세상에는 별별 사람이 다 존재했다. 지금부터 어떤 일이 벌어질지 알 수 없었다. 상대가 기습을 할 수도 있었다. 어떻게든 방어를 해야 했다.

상대가 칼을 들고 있다면 영화에서 본 것이 있어 복부를 공격할 확률이 높았다. 배에는 책을 둘러놨기에 공격을 받아도 큰 상처를 입지는 않을 거라고 생각했다.

문제는 칼이 아니라 자신과 같이 망치 같은 둔기를 쥐고 있을 경우였다. 머리나 어깨를 노리고 휘두를 경우를 대비해야 했다.

희우의 머리가 빠르게 회전하고 있었다.

문은 밖으로 열렸고 상대가 숨어 있을 곳은 없었다. 상대가 공격을 하기 위한 자리는 무조건 정면.

'휘두르든 찌르든 상대가 공격을 하려고 하면 일단 뒤로 빠지자.'

희우는 상대를 끌어내 계단으로 집어 던질 계획을 세웠다.

물론 집 안에 있는 남자가 공격을 하지 않을 가능성도 있었다. 그러나 모든 일에는 가능성을 열어 두고 접근해야 낭패를 보지 않는 법이었다.

조심스럽게 문을 열었다. 기름칠되지 않은 문소리가 '끼이이익!' 하고 들렸다.

그렇게 문이 '벌컥' 열리는 순간이었다. 남자가 부엌칼을 들고 희우를 향해 달려들었다.

"사장님!"

상만이 희우를 밀치며 앞으로 들어왔다.

'푸욱!'

"어?"

상만의 눈이 붉게 물들었다. 그는 희우 대신 칼에 맞았다.

"안 돼!"

희우의 목소리가 조용한 복도를 울렸다.

꽈앙! 희우의 주먹이 남자의 얼굴에 박혀 들어갔다.

칼을 잡고 있던 남자는 주먹을 맞고 사정없이 나뒹굴었다.

구급차가 오고 경찰차가 왔다. 현관은 피로 낭자했다.

희우는 멍한 표정으로 집을 둘러봤다. 그리고 천천히 계단을 걸어 내려갔다.

상만이 들것에 실려 구급차로 들어가고 있었다. 칼을 들고 있던 남자는 경찰차에 태워졌다. 희우는 힘없이 구급차에 올랐다.

병원.

의사가 말했다.

"칼에 찔리고 순간적인 쇼크로 기절을 했을 뿐입니다. 다행히 장기는 비껴 나갔고 상처가 깊지 않아서 걱정하지 않으셔도 됩니다."

희우는 병원 복도의 소파로 나가 주저앉듯 무너져 내렸다.

"미련한 놈."

조태섭의 강연이 있는 날이었다. 희우는 규리와 함께 강연을 하는 강당으로 향했다.

"희우 네가 웬일이야? 강연을 보러 가자고 하고, 신기하네."

"아, 관심 있는 의원님이라."

규리가 의외라는 표정으로 희우를 바라봤다.

"네가 조태섭 의원을 좋아해? 정치 같은 거에 전혀 관심 없는 줄 알았어."

희우는 좋아한다고는 말하지 않았다.

그녀가 계속 말을 이었다.

"하긴, 조태섭 의원 정도면 좋아할 만하지. 우리나라에서 유일하게 욕 안 먹는 국회의원이잖아."

그녀의 말을 듣던 희우가 대수롭지 않게 말했다.

"그런가?"

조태섭은 대한민국에서 가장 인기 있는 정치인이었다.

대학생들이 국회의원의 강연에 참석을 하는 경우는 많지 않았지만 이번에는 달랐다. 조태섭의 얼굴을 보기 위해 2천 석에 가까운 강연장은 빈자리 없이 들어찼고 서 있는 사람도 보였다. 희우와 규리는 중간의 자리에 앉아 조태섭을 기다렸다.

희우에게 조태섭은 만나고 싶은 사람이었다. 그리고 보고 싶었다. 꿈에서까지 그리운 얼굴이었다. 오랜만에 마주 볼 생각을 하니 심장이 두근거려 왔다.

웅성거리는 소리와 함께 조태섭이 들어왔다. 그 순간 장내는 쥐 죽은 듯 고요해졌다.

압도적인 카리스마.

그의 분위기 하나로 거대한 강연장이 압박당했다.

조태섭의 뒤로 수십 명의 비서진과 경호원들이 따랐다. 그들이 움직이는 발걸음 소리만이 강연장을 울렸다.

그들을 지켜보던 규리는 자신도 모르게 침을 꿀꺽 삼켰다. 그녀뿐만이 아니었다. 장내에 앉아 있는 모두는 긴장을 하고 있었다.

그 자리에서 희우만이 여유롭게 그의 얼굴을 보고 있었다.

희우의 눈빛에는 조롱이 가득 섞여 있었다. 어디 한번 해 봐라, 어떤 거짓을 내뱉을지 궁금하다 하는 눈빛이었다.

희우의 시선이 조태섭의 뒤를 따르는 사람들로 향했다. 한 명 한 명 눈에 담아 뒀다. 그때 한 지점에서 그의 눈이 멈췄다. 눈이 튀어나올 듯 커졌다.

“저 여자는?”

희우는 자신도 모르게 입 밖으로 소리를 냈다.

“어? 누구?”

규리가 물었다.

“아냐, 아냐. 착각했어.”

희우의 시선이 다시 여자에게 향했다.

조태섭의 뒤에 서 있는 여자. 한지현.

하얀 피부에 칠흑 같은 눈동자를 가진 여자.

희우를 회귀시켰던 저승사자였다.

조태섭의 강연이 시작되었다.

그는 대한민국 청년들에게 꿈과 희망 그리고 ‘노력하면 된다’라는 사실을 알려 주고 있었다.

희우는 그의 말을 들으며 속으로 한껏 조롱할 생각이었다. 하지만 그런 생각은 이미 할 수 없었다.

한지현의 등장으로 희우의 생각은 정지했다. 오로지 그녀에게만 집중하고 있었다. 그녀는 단상에서 마이크를 잡고 있는 조태섭의 바로 아래, 강연장의 첫 번째 의자에 앉아 있었다. 희우의 시선은 굳은 것처럼 그곳에 머물러 있었다.

그녀가 했던 말이 기억났다.

—조태섭 전 총리에게 가까워지면 나를 다시 만날 수도 있겠네요.

그 말이 이런 뜻이었을까?

"으으음……."

희우의 입에서 고통스러운 신음 소리가 흘렀다.

지금 어디까지를 생각해야 할지도 몰랐다. 저승사자인데 지금은 사람이다. 저승의 시스템을 모르는 그로서는 이해할 수 없는 상황이었다.

희우는 머리를 쥐어뜯으며 팩트만 정리하기로 결정했다.

저 여자는 조태섭의 아래에서 일을 돕고 있다. 어디까지 관여되어 있는진 알 수 없었다. 하지만 예상할 수 있는 건, 그녀는 조태섭에게 원한 깊은 상태로 살해당할 가능성이 높았다. 그게 아니라면 조태섭을 잡아 달라며 자신을 다시 돌려보내 줄 일은 없었다.

"하……."

희우의 입에서 깊은 한숨이 흘러나왔다. 옆에 앉아 조태섭의 강연을 듣던 규리가 작게 물었다.

"왜 그래? 어디 아파?"

규리로서는 어떤 감정 표현도 쉽게 내보이지 않던 희우가 힘들어하는 모습이 이상했다. 그녀의 말에 희우는 고개를 저었다.

"아니야. 시험 기간이라 조금 피곤한가 봐."

희우는 엉덩이를 앞으로 빼며 비스듬하게 의자에 앉았다.

이 자리에 앉아서 밝혀낼 수 없는 사실이라면 더 이상 고민하고 있을 필요가 없다고 판단했다. 그녀에게로 자꾸 시선이 갔지만 애써 조태섭의 얼굴을 바라봤다.

조태섭은 외치고 있었다.

"저는 가난한 농부의 아들로 태어났습니다! 당시 제가 살던 동네에서는 모두가 땅을 가지고 있었지요. 하지만 우리 아버지는 손톱만큼의 땅도 없었습니다. 남의 밭일을 도와주고 살았어요. 물론 저도 그 옆에서 아버지를 도왔습니다. 공부는 생각도 하지 않았습니다."

모두는 그의 말에 집중하고 있었다.

"겨울이 가장 싫고 무서웠습니다. 일이 없었고, 춥고 배고프니까요. 따듯한 밥도 원하지 않았습니다. 겨울이면 눈이 오지 않기를 바라면서 살았고 여름에는 비가 오지 않기만을 기도했지요."

장내는 숙연해졌다. 누가 봐도 그는 역경을 딛고 일어선 사람이었다.

"살던 동네에 부농이 있었습니다. 배가 고파서 그 집에 숨어들어 가 옥수수를 훔쳐 먹었지요. 그 집 아들놈에게 걸렸어요. 그리고 나보다 어린 녀석에게 흠씬 두들겨 맞았습니다."

남의 집 소작농을 해서 받는 돈으로 먹고살기는 빠듯했다. 그 시절 많은 사람이 그랬지만 조태섭 역시 학교조차 다닐 수 없었다.

거기에 부농의 아들 녀석. 그의 종노릇을 하기까지 했다. 그에게 귀여움을 받으며 던져 주는 옥수수 하나에 자존심이고 뭐고 다 버렸다고 했다.

그러던 중 조태섭의 아버지가 세상을 떠났다. 그리고 조태섭 역시 그 마을을 떠났다.

"많은 고민을 했습니다. 제가 거기에서 꿈을 잃고 포기했다면 어떻게 살았을까요? 하지만 전 포기하지 않았습니다. 열심히 살겠다고, 나도 떳떳하게 살아 보겠노라고 다짐했습니다."

대한민국 최고의 수재들이 모여 있는 한국 대학교에서 하는 강연이었다. 조태섭의 목소리를 듣는 사람들은 미래 한국의 지도자들이었다. 그들은 조태섭의 목소리에 빠져들고 있었다. 이들은 자라서 그의 먹잇감 또는 노예가 될 것이다.

강연이 끝났다. 장내는 열화와 같은 박수로 채워졌다.

학생들은 그의 앞으로 줄을 서서 사인을 받으려 했다. 경호원들이 말리려고 하자 조태섭은 손을 들어 그들의 행동을 막았다.

"막지 말게. 대한민국의 소중한 인재들이야."

조태섭의 시선이 경호원들에게서 학생들에게로 향했다.

"이렇게 미래의 인재들을 만나는 것이 영광이지요. 사인받기를 원하시는 분은 이쪽으로 줄을 서 주십시오."

조태섭은 사람 좋은 미소를 지으며 학생들에게 사인을 해 주기 시작했다. 학생들과 사진을 찍고 사인을 해 주는 모습은 정말 인간적으로 느껴졌다.

그때, 희우는 자리에 앉아 있었다. 강연을 들으며 전의를 불태울 생각이었지만 한지현의 얼굴을 보고 오히려 머리만 복잡해졌다.

생각하던 희우가 자신의 손으로 머리를 강하게 쳤다. 빡! 하는 소리가 희우에게 강하게 들렸다.

"정말 괜찮은 거 맞아?"

강연이 시작되는 시간부터 상태가 좋지 않아 보였기에 규리의 표정에는 걱정이 가득했다. 희우가 말했다.

"괜찮아."

강하게 머리를 친 덕분에 혼란스러웠던 정신이 돌아오는 듯했다.

'누가 옆에 있든 없든 상관없어. 계획대로 부숴 버릴 뿐이다.'

희우의 눈이 차가워졌다. 규리에게 물었다.

"사인받을 거야?"

"아니. 받고 싶은 마음까지는 없는데."

"그럼 여기서 기다려. 난 잠깐 내려갔다 올게."

희우는 강단의 앞으로 걸어 내려갔다.

아직도 많은 학생들이 조태섭 앞에 줄을 서 있었다. 희우는 그들에게 관심이 없었다. 그의 걸음이 한지현의 앞에서 멈췄다. 희우는 한지현에게 고개를 살짝 숙여 인사를 했다.

희우의 행동에 한지현은 혹시 아는 사람인가 생각에 잠겼다. 하지만 그녀의 기억 속에 희우는 존재하지 않았다.

한지현의 생각이 어떠하든 희우는 상관없었다. 그녀만 들을 수 있도록 낮게 말했다.

"감사합니다. 그리고 약속은 지키겠습니다."

"……!"

한지현은 희우의 말이 무슨 말인지 이해하지 못했다. 하지만 정치인의 수행원답게 그저 밝은 미소를 지어 보였다.

"네, 부탁드리겠습니다."

학생들에게 사인을 하던 조태섭의 시선이 희우를 향하고 있었지만 희우는 알지 못했다.

강연장 앞에는 아홉 대의 검은색 차량이 서 있었다. 모두 조태섭과 함께 온 차량이었다. 그 차량들을 지나 희우와 규리는 교정 밖으로 벗어났다.

CHAPTER 16

학교를 빠져나온 희우는 상만이 입원해 있는 병원으로 향했다. 조태섭을 수행하던 여자가 궁금했지만 아직은 나설 시기가 아니었다. 궁금증은 뒤로해야 했다.

상만이 입원한 병원은 대오성병원, 이 지역에서는 꽤 유명한 종합병원이었다.

그런데, 병원으로 들어가던 희우의 입가에 묘한 미소가 걸렸다. 이전의 삶을 떠올렸기 때문이다.

희우가 검사로 있던 시절, 이 병원은 횡령과 리베이트 등의 문제로 시끄러웠던 기억이 있다.

이 병원의 이사는 김송영이다. 미국에서 경영학을 전공했으며 천하그룹 김건영 회장과 형제지간이기도 했다. 하지만 김건영 회장과의 사이는 좋지 않았다.

김건영 회장의 형제는 일곱이었는데 김건영 회장은 그 누구와도 사이가 좋지 않았다. 특히 김송영과는 증권가 지라시에도 심심치 않게 나올 만큼 관계가 나빴다. 이익이 된다면 뭐든 상관없다는 김송영의 경영 방식을 김건영 회장이 마음에 들어 하지 않아 틀어졌다는 말도 있었다. 희우는 구속되었던 김송영의 얼굴을 기억하며 엘리베이터에 올랐다.

상만의 어머니에게는 상만이 다쳤다는 사실을 전하지 않았다. 수술실에 들어가기 전 정신을 차린 상만이 말했었기 때문이다.

“어머니에게는 말하지 말아 주세요. 아버지도 없는데 제가 다친 걸 알면 견디기 어려우실 거예요."

상만은 칼에 찔린 상황에서도 어머니를 걱정하며 집으로 전화를 걸었었다.

"엄마, 희우 선배하고 한 달 정도 작업해야 할 일이 있어요. 집에 못 들어갈 거 같아요."

상만의 어머니는 희우라고 하면 절대적으로 신임을 하고 있었다. 희우가 도리에 어긋나는 일은 절대 하지 않는 사람이라고 생각했기 때문이다.

그렇게 어머니의 허락을 구한 뒤였다. 상만은 수술실로 들어가며 희우를 향해 엄지손가락을 내밀며 말했다.

"아윌 비 백(I'll be back)."

아픈 표정을 애써 감추며 농담을 하던 상만의 모습을 떠올리던 희우는 피식 웃고 말았다.

'미친놈.'

그렇게 엘리베이터에서 내린 희우는 복도를 지나 6인실 병동으로 들어갔다. 상만은 멍한 표정으로 텔레비전을 보고 있었다.

희우는 상만과 잠깐 인사를 나누고 침대 옆에 앉아 책을 꺼내 들었다. 한참 책을 읽고 있던 희우에게 상만이 물었다.

"여기 왜 오시는 거예요?"

하지만 희우의 시선은 여전히 책에 박혀 있었다.

"책 읽으러 온다."

"보통 병원에 오면 음료수 사 들고 오거나 아니면 화장실 같은 거 갈 때 도와주고 그러지 않나요?"

"음료수 먹고 싶어?"

"그 말이 아니잖아요."

"그럼?"

상만은 답답한 듯 가슴을 치며 말했다.

“사장님은 책만 읽고 계셔서요.”

“책 읽으러 온다니까.”

상만은 의미 없는 대화를 시도하려고 했지만 희우는 뜻 없는 말을 계속할 생각이 없었다. 희우의 시선이 다시 책으로 옮겨졌고 상만이 투덜거렸다.

“좀 놀아 줘요. 심심해요.”

“텔레비전이나 봐.”

상만은 툴툴거리며 다시 텔레비전으로 시선을 고정시켰다.

그렇게 말을 했어도 희우는 매일 병원에 오고 있었다. 상만을 간병하기 위해서였다. 이러니저러니 해도 걱정이 되는 건 어쩔 수 없었다.

희우가 물었다.

“그러게 왜 쓸데없는 짓을 해서 칼을 맞고 있어?”

상만은 헤헤 웃었다.

“사장님이 잘못되면 제 밥줄이 끊기잖아요.”

장난스럽게 말하는 상만을 보며 희우는 혀를 끌끌 찼다.

사실 그가 희우를 밀치지 않았다면 일은 훨씬 더 수월하게 진행될 수 있었다. 희우는 배에 책을 둘러놨었고, 상대가 공격을 할 수도 있다는 상황을 예측한 상태였다. 급박한 상황이었지만 칼을 맞아 다치는 일은 벌어지지 않았을 것이다.

하지만 상만에게 그런 이야기는 말하지 않았다. 쓸데없이 나섰다가 칼을 맞았다는 사실을 알게 된다면 몹시 침울해할 것이 당연했다.

희우가 말했다.

“그렇지, 내가 잘못되면 네 밥줄이 끊기는구나. 앞으로도 그런 일 생기면 또 똑같이 해라.”

“그건 모르겠는데요. 이번에 맞아 보니까 정말 아프던데요. 그러니까 그런 일이 생기면 조금 고민해 보도록 하겠습니다.”

상만이 장난스럽게 대답을 했다.

"그럼, 생각해 보고 대신 맞아라."

"책이나 읽으시죠, 사장님."

희우는 다시 책을 읽기 시작했다. 잠깐이지만 말 상대를 해 줬으니 상만도 만족한 모양이었다.

그때, 희우의 전화가 울렸다. 규리였다.

-나 학원 등록할 건데, 같이 할래? 지금부터 준비해야 4학년에는 합격할 거 같은데. 졸업하기 전에 합격해 두는 게 편하지 않을까?

규리는 본격적으로 사법 고시 준비를 하기 위해 학원에 등록한다고 말했다.

사법 고시를 목표로 하는 다른 학생들은 빠르면 1학년, 보통 2학년 때부터 준비를 시작한다. 많지는 않지만 2학년에 합격을 하는 학생도 종종 있었다. 하지만 규리는 과외 때문에 학원을 다니지 못했고 희우는 학원 강의는 생각조차 하지 않고 있었다. 희우는 "아냐, 난 천천히 할게."라고 대답을 하며 전화를 끊었다.

상만이 물었다.

"그런데 사장님은 사시 준비 안 하세요?"

"하는데?"

"그런데 왜 학원 안 다니세요?"

상만도 사법시험을 준비하는 고시생들의 스토리를 알고 있었다.

어디서 공부 좀 했다는 소리를 들은 사람들, 그중에서도 시험에 자신이 있는 사람들이 응시를 한다. 그 사람들은 한국 대학교 법학과에만 있는 것이 아니었다. 한강 대학교 법학과, 명문 대학교 법학과 그리고 다른 모든 학교의 법학과. 끝이 아니었다. 경영학과, 경제학과, 국문학과 등등의, 법조인의 꿈을 가진 모든 사람이 도전을 했다.

하지만 그중에서도 합격의 영예를 얻는 사람은 극소수였다. 아무리 한국 대학교 법학과 학생이라고 해도 사법시험 앞에서는 불안할 수밖에 없었다. 불안한 학생들은 학원에서 강의를 듣고 모의고사를 보고 기출문제를 푸는 데 여념이 없었다.

그런데, 희우의 행보는 그런 사람들과는 전혀 달랐다. 상만이 보기에도 희우는 전혀 공부를 하지 않는 사람 같았다.

희우가 답했다.

"원래 공부 잘하는 애들은 예습 복습만으로 충분한 거 몰라?"

"네, 모르는데요. 그리고 사법시험이 애들 장난도 아니고, 예습 복습만으로 충분하면 다 합격했게요?"

희우는 상만이 이렇게 꼬박꼬박 말대꾸만 하지 않아도 조금 더 예뻐하지 않았을까 하고 생각했다.

상만이 계속 말을 이었다.

"보통 학원 다니고 기출문제 풀고 그러지 않나요? 아니면 절에 들어가거나. 다들 그런다고 들었는데요."

"모두가 그런 건 아니야."

희우는 다시 책으로 눈길을 돌렸다.

"또 책 보세요?"

"응."

"사무실 가서 편히 보세요."

"내가 옆에 있는 게 싫어?"

"아뇨. 학교 끝나면 매일 오셨잖아요. 주말인데 좀 쉬시라구요."

"이게 쉬는 거다."

다음 날이 주말이었기에 늦은 시각까지 상만의 곁에 있을 생각이었다.

모두가 잠든 밤이었다.

병실의 불이 꺼진 늦은 시각. 희우는 집으로 가기 위해 병원 복도로 나왔다. 종일 책을 읽었더니 눈이 침침하고 몸이 굳어 있었다. 희우는 다른 사람들의 취침을 방해할까 조심스럽게 자판기로 이동해 음료수를 뽑았다.

낮에 복도를 혼잡하게 만들던 많은 환자와 그 가족들 그리고 의료진은 없었다. 텅 비어 있는, 조용한 복도였다.

희우는 의자에 앉아 음료수의 뚜껑을 열어 한 모금 마셨다. 낮에 봤던 조태섭의 얼굴, 그리고 그 옆에 서 있던 여자의 얼굴이 동시에 떠올랐다.

'저승사자?'

둘은 어떤 인연을 가지고 있을까? 그 여자는 어떤 악연이 있기에 희우를 다시 이곳으로 보내 줬을까?

확실한 것은 없었다. 생각이 꼬리에 꼬리를 물고 이어졌지만 명쾌한 답은 없었다.

희우의 생각이 상만에게로 향했다. 희우 대신 칼을 맞았으면서도 아무 일 없다는 듯이 웃기만 했다. 무엇을 요구하지도, 자랑스럽게 말하지도 않았다.

상만을 생각하던 희우가 피식 웃었다.

다시 삶을 살며 희우는 사람을 믿지 않기로 했었다. 모든 사람은 눈앞의 이득이나 신변의 위협 앞에서 생각을 달리한다고 생각했다.

더군다나 싸워야 할 상대는 희대의 괴물 조태섭이다. 그 괴물은 이전의 삶에서도 그랬듯 지금도 점점 더 강해지고 있었다. 그런 상대와의 싸움에서 믿을 수 있는 사람은 아무도 없었다. 악마를 눈앞에 두고 도망치지 않을 사람은 없다. 하지만 상만이 조금씩 믿음직스러워졌다.

음료수를 다시 한 모금 마셨을 때 간호사들의 이야기 소리가 두런두런 들렸다. 그들은 희우가 밖에 나와 있는 걸 모르고 있었다.

"이거 이렇게 해도 돼요?"

"이렇게 해야 해."

남들이 들으면 일상적인 대화라고 생각하고 넘어갔을 말이었다. 하지만 희우는 미심쩍은 생각을 가졌다.

—이렇게 해도 돼요?

눈살이 찌푸려졌다. 그건 정상적인 일을 처리함에 있어서 나오는 말이 아니었다. 더군다나 이 병원은 비리로 얼룩질 곳이었다.

잠시 후, 집으로 돌아온 희우는 텔레비전을 틀며 소파에 몸을 누였다. 텔레비전의 화면에서 짧은 단발머리의 여자 앵커가 입을 열었다.

-2001년 전세 시장은 작년에 이어 폭등이 지속되고 있습니다. 폭등하는 전세가에 전세를 구하려는 사람들은 울상을 지을 수밖에 없습니다.

피곤한 몸으로 앵커의 목소리를 듣고 있던 희우의 눈이 화면에 집중되기 시작했다. 화면의 주인공은 앵커에서 기자로 이어졌다.

전세가 폭등을 전하는 그들의 모습에 희우는 점점 생각에 빠져들었다.

이 시절 부동산 가격 변화에 대한 기억은 없었다.

희우는 삼수 끝에 대학에 입학한 새내기였다. 부모님도 계시지 않았고 옥탑방에서 근근이 살아갔다. 집값은 물론이고 전세 가격 역시 전혀 다른 세상의 이야기였다. 어느 순간부터 집값이 폭등하기 시작하여 2007년 무렵까지 상승했다는 기본적인 사실만 알고 있을 뿐이었다.

희우의 머릿속에 하나의 기억이 떠올랐다.

이름은 기억나지 않지만 허세가 가득했던 군대 동기가 있었다. 부잣집 아들이었는데, 그는 돈 없고 가난한 희우를 앞에 두고 돈 자랑을 많이 했다. 아버지가 아파트를 사 줬는데 2억이 올랐느니 어쨌느니, 그 아파트가 주변에서 제일 많이 올랐느니 어쨌느니, 상가 건물이 몇 개인데 등등.

텔레비전의 앵커를 보던 희우가 중얼거렸다.

"압구정동……."

동기가 이야기했던 아파트가 있는 지역이었다.

그때는 그 모습이 정말 꼴 보기가 싫었는데 지금 생각해 보면 무척 감사한 일이었다. 그로 인해서 지금 이 시기에 어떤 아파트가 가격 상승을 하는지 대략적으로 예상할 수 있었다. 오래된 아파트지만 훗날 재개발 바람을 타고 폭등세를 이어 갈 곳.

텔레비전의 리모컨을 까딱거리며 희우는 생각에 빠졌다. 그리고 큰 숨을 내쉬었다.

투자 방법을 바꿀 시기가 왔다.

본격적으로 경매에 뛰어들 때 손에 쥐고 있던 돈은 3억 원이었다. 하지만 단기간에 30억에 가까운 자산을 만들었다. 수익률은 열 배에 가까웠고, 경매가 대중화되기 이전이라고 해도 놀라운 결과였다.

하지만 희우가 얼마나 많은 낙찰을 받았는지 그리고 팔았는지를 생각해 본다면 수긍이 가는 금액이었다.

희우는 낙찰받고 파는 일을 쉬지 않고 진행했다.

1억짜리 아파트가 경매에 나왔을 때 희우가 낙찰받은 가격은 약 5천만 원이었다. 그러나 실투자금은 낙찰 보증금 500만 원이 전부였고 나머지 잔금은 전액 대출로 처리했다. 그리고 아파트 수리비 등 이것저것 해서 나간 돈이 약 300만 원. 수리가 끝이 나면 다시 1억에 매물로 내놓았다. 집이 팔리고 세금 등을 제외하면 손에 남는 것은 약 3천만 원이었다. 즉, 800만 원 투자로 3천만 원을 벌어 낸 거다.

그런 일을 동시에 수십 개씩 진행했다. 돈이 벌릴 수밖에 없었다.

그러나 그 수익률이 점점 낮아지고 있었다.

전세가가 폭등하고 경매가 투명해지면서 많은 실수요자들과 투자자들이 경매에 뛰어들고 있었다. 얼마 전까지만 해도 반값에 낙찰을 받을 수 있었는데, 이제는 70~80%의 가격으로도 낙찰받기 힘들었다.

'계속 경매를 해야 하나?'

앞으로도 수익을 낼 수는 있을 거다. 하지만 수익률은 떨어질 게 분명하다. 그럼, 희우가 생각하는 목표 금액에는 도달할 수 없다.

희우는 계산을 하기 시작했다.

군대 동기가 말했던 아파트는 아직 2억 원이었다. 전세를 끼고 대출을 받고 매물을 구입 후 세금을 생각하면 수치상으로 마흔 개 이상은 손에 쥘 수 있다고 판단되었다.

희우는 계속해서 계산을 이어 갔다.

아파트값의 낙찰가를 80%로 잡으면 그 가격은 1억 6천. 해당 아파트의 전세 가격이 1억 4천. 희우가 실제로 투자하는 금액은 2천이었다.

경매로만 구매할 수 있다면 훨씬 많은 숫자를 가질 수 있겠지만 모든 집을 경매로 잡을 수는 없다. 그만한 숫자가 경매로 나올 리도 없고, 나오는 매물을 전부 낙찰받을 수 있다는 장담 역시 할 수 없는 상태다.

희우는 압구정동의 아파트 마흔 개를 손에 쥐기로 목표했다. 마흔 개만 해도 그 가치는 80억대였다. 전세 금액은 56억 원.

2년 뒤 아파트의 값이 두 배로 오른다면 가치는 160억. 전세 금액은 여전히 56억 원. 전세를 제한다 해도 약 100억의 자산 가치.

'충분히 가능해.'

희우는 여전히 리모컨을 까딱이고 있었다.

동기의 말을 전적으로 믿는 건 아니었지만 해당 아파트는 훗날 수십억을 호가한다. 절대 손해 보는 장사는 아니었다.

생각에 깊게 잠겼던 희우의 눈이 천천히 감겼다.

평소 희우는 주말이면 양평에 있는 부모님의 집으로 향했지만 오늘은 달랐다. 또 상만의 병원으로 향했다.

어제와 같은 오늘이었다. 희우는 책을 읽었고 상만은 툴툴거렸다.

"책을 읽을 거면 만화책이라도 가지고 오시지 한문 가득한 책은 왜 가지고 오셨어요?"

희우는 상만의 목소리를 흘려들으며 책에 집중했다.

간호사가 들어왔다. 상만의 얼굴이 순간 붉어졌다. 희우는 그 순간을 놓치지 않았다.

간호사가 말했다.

"주사 맞을 시간이에요."

그녀는 상냥한 미소를 띠었다.

커튼이 가려지고 상만의 엉덩이에 주사가 놓아졌다. 간호사는 상만에게 주사를 놓고 옆자리로 이동해서 링거를 확인하고 다시 밖으로 빠져나갔다.

희우가 물었다.

"얼굴은 왜 빨개지냐?"

"네? 무슨 소리세요?"

"네 얼굴."

상만은 머리를 긁적였다.

"헤헤, 엉덩이를 내린다는 게 부끄러워서요."

"예쁘던데?"

상만이 수줍게 웃었다.

"그렇죠? 이 병원에서 제일 예쁜 거 같아요."

부끄러워하는 상만의 얼굴을 보던 희우가 말했다.

"용기 있게 가서 말해 봐. 퇴원하면 밥이나 먹자고."

"흐흐흐, 상상만으로도 떨리네요. 차라리 칼을 맞을래요."

칼을 맞는단 말에 희우가 인상을 썼지만 상만은 아랑곳하지 않고 혼자 실실 웃었다.

상만의 옆자리에는 일흔이 가까운 노인이 있었다. 노인은 물끄러미 희우를 바라봤고 그 시선을 느낀 희우가 고개를 살짝 숙여 인사했다.

"안녕하세요."

노인은 심심했는지 자리에 앉아 희우에게 물었다.

"둘이 친구는 아니지? 어떤 관계요?"

그는 희우와 상만의 관계를 물었다.

주말이었지만 그의 옆에는 아무 면회객도 없었다. 심심했는지 아니면 외로웠을지 모를 노인은 희우에게 말을 걸었다.

희우는 그의 이야기를 들어 주고 있었다.

"두 사람은 여자 친구 없어? 지금 그 나이에는 한창 연애하고 다녀야 할 때인데, 에잉."

희우가 웃으며 말했다.

"저는 없어요. 그런데 이 친구는 생길지도 모르겠네요."

"그 나이에는 연애를 해야지. 한창 봄날일 나이에 혼자 있으면 시간 아까운 거여."

노인은 한참을 떠들다가 밖으로 나갔다. 그러자 상만이 말했다.

"저 할아버지 정말 웃겨요."

"왜?"

"젊을 때 되게 부자였대요."

상만은 노인에게 들었던 말을 시작했다.

노인은 젊은 시절에 관직에 있었는데 집에 가정부까지 두고 살았다고 했다. 아내가 죽고 아들이 사업을 시작했지만 IMF. 그 많던 재산을 한순간에 잃었다.

상만은 책만 읽고 있던 희우가 말을 들어 주자 신이 났는지 계속 말을 했다. 병실에서 일어났던 사건을 희우에게 전해 주고 있었다.

"그리고 할아버지가 무섭기도 해요. 밤에 병실 불을 끄기 전에요. 저 할아버지가 답답하다며 침대 사이의 커튼을 치지 말자고 했거든요?"
"그래서?"
"커튼 열고 잠이 들었죠."
그런데, 새벽이었다. 상처에 통증을 느꼈는지 아니면 무슨 이유에서인지는 몰라도, 잠을 자던 상만이 눈을 뜬 거다.
"그런데 정말 깜짝 놀랐어요, 할아버지가 눈을 동그랗게 뜨고 저를 노려보고 있는 거예요."
자다 일어난 상만은 노인의 눈동자와 정면으로 마주치고 말았다.
자신을 노려보고 있는 노인.
상만은 정말 무서웠다.
상만은 떨리는 목소리로 조심스럽게 물었다고 한다.
"할아버지, 주무세요?"
상만의 말에 노인은 배를 긁으며 고통스러운 목소리로 말했다.
"내 배에 개가 나타났어. 개가! 털 좀 뽑아 줘. 뽑아도 계속 나와."
상만은 소스라치게 놀라 침대 옆으로 굴러떨어질 뻔했다고 한다.
하지만 노인은 계속 말을 이었고.
"개! 개! 개!"
그러더니…….
코 고는 소리가 들렸다.
"잠꼬대였어요. 그때 얼마나 무서웠는지 알아요? 간호사 부를 뻔했다니까요. 할아버지 배에 있는 강아지 털 좀 뽑아 달라고."
"뽑아 주지 그랬어?"
희우가 상만의 말에 장난스럽게 답을 할 때 핸드폰이 울렸다.
학생회장이었던 최강진이었다. 지금은 사법연수원에 들어가 열심히 공부를 하고 있어야 할 사람.
최강진은 장일현과 만나고 있으니 함께 보자는 말을 했다. 술에 취한 목소리였다.
처음 두 사람이 만났을 때는 희우를 염두에 두지 않고 술을 마셨을 것이다. 하지만 술이 한 병 두 병 끝나 가며 자신들의 장단에 꼬리를 흔들 강아지가 필요했고 그 생각의 끝이 희우였을 거다.
그들은 희우를 매우 마음에 들어 하고 있었다. 보통의 후배들은 한두 번 얼굴을 보고 친해지면 장난을 걸고 편하게 또는 쉽게 생각하는 경우가 일반적이었다. 심지어 선배의 머리 꼭대기에 올라가기도 했다. 하지만 희우는 그러지 않았다. 몇 번을 만나도 선배를 어려워하고 예의를 차리려는 태도는 권위적인 그들의 입맛에 딱 알맞았다.
희우가 대답했다.
"네, 알겠습니다."
희우는 책을 덮고 자리에서 일어났다.
"어디 가세요?"
"선배들이 잠깐 보자고 해서."
"책은 두고 가세요."
상만이 희우가 들고 있는 책을 가리켰다.
"읽게?"
"도전해 보게요."
법가 사상에 관련된 책이었다.
희우가 밖으로 나가고 상만은 책을 펼쳤다. 하지만 곧바로 덮으며 고개를 저었다.
"한자가 많은 책은 읽을 책이 아니야."
희우가 읽던 책은 한문으로 채워져 있었다.

희우는 장일현과 최강진이 있는 곳으로 향했다.
테이블별로 칸막이가 쳐져 있는 방에 들어가 고기를 구워 먹는 삼겹살 집이었다. 이른 시각이었지만 그들은 술을 꽤 많이 마신 상태였다.

희우가 장일현과 마주 보고 있는 최강진의 옆으로 앉았다. 그들은 취기가 오른 상태에서 호들갑을 떨며 희우를 맞이했다. 연수원의 생활과 아직 초임 검사의 하루는 살얼음판이었다. 그들의 입에서 불평과 불만이 섞인 말이 흘렀다.

최강진이 말했다.

"야, 너 연수원 들어오기 전에 공부 많이 해서 와라. 사법시험보다 더 어려워. 잠을 못 자. 잠을 자면 그대로 끝이야."

연수원은 사법시험을 통과한 사람들 중에서 다시 순위를 가리는 생활의 연속이다. 결코 쉽지 않았다. 최강진은 이렇게 술을 마시는 일상이 그리웠다며 푸념했다.

"연수원에서 회식이 있었는데 사람들이 술을 안 마셔. 왠지 알아? 술이 한잔 들어가면 다른 사람들보다 공부할 시간이 줄어든다고 생각하는 거야."

희우는 이미 사법연수원 생활에 대한 경험을 가지고 있었다. 하지만 처음 듣는다는 듯 그의 이야기를 경청했다. 간간이 희우가 '정말 그렇게 어렵나요?', '선배님, 대단하네요.' 등의 추임새로 최강진의 말에 흥을 돋워 줬다.

그렇게 최강진의 말이 끝난 후 장일현이 말했다.

"작년에 우리 학교에서 총학 비리 터진 거 알지? 그거 내가 잡았어야 해. 아, 정말 점수 따기 딱 좋은 일이었는데."

희우와 민수가 밝혀낸 비리였지만 제보자가 누구인지는 아무도 알지 못했다. 최강진이 그 말에 장단을 맞췄다.

"그게 제가 졸업한 다음에 터진 일이잖아요. 그놈이 제가 있을 때 총학으로 있었으면 바로 선배님한테 알리는 건데요."

그 말을 들으며 희우는 조용히 술잔을 들어 술을 마셨다.

최강진이 있을 시기의 총학도 만만치 않은 비리를 저질렀던 것으로 알고 있었다. 그 일을 최강진이 몰랐을 리 없다. 하지만 아무 행동도 하지 않고 자신의 안위만 챙겼다.

그렇게 안위를 챙겼던 최강진은 희우와 민수가 이뤄 낸 일을 평가절하하고 있었다. 자신이 나섰다면 학교의 명예를 더럽히지 않고 조용히 끝냈을 거라는 말. 그 모습은 그가 나이가 들어 국회의원을 하고 있던 때와 다를 바 없었다.

국회의원 시절의 최강진은 평소 아무 일도 하지 않았다. 하지만 이슈가 터지면 항상 말했다.

"제가 했다면 이렇게 하지 않았을 겁니다! 국민 여러분, 죄송합니다."

하지만 최강진은 그 뒤로도 어떤 일도 하지 않았다. 인기 얻기에 급급한 사람이었다.

희우는 민수를 생각했다. 함께 총학을 공격하고 그들을 끌어내렸지만 민수는 잘난 척도 그 어떤 행동도 하지 않았다. 그저 식당 주인아주머니가 편안하게 장사하는 것에 만족했을 뿐이다.

민수가 욕심이 없다?

아니었다. 대화를 나눠 본 민수는 그 누구보다 욕심이 큰 사람이었다. 그는 최강진이나 장일현과는 비교할 수 없는 그릇을 가지고 있었다. 말 그대로 그릇이 달랐다.

최강진이 장일현에게 말했다.

"선배님이 큰 사건 하나 해결해야 앞으로 검사가 될 우리 후배들이 편하지 않나요? 조금만 더 힘을 써 주세요."

"기다려. 내가 레드 카펫 깔고 지나갈 테니까 너는 내가 깔아 놓은 길이나 밟고 와. 상하지 않게 살살 밟아야 한다. 뒤에 희우도 걸어와야 하니까."

그들은 큰 소리로 웃었다.

희우는 슬쩍 장일현을 바라봤다. 그들이 말했던 클럽이 떠올랐다.
장일현과 처음 만나게 했던 날, 최강진은 말했다.

-학생회의 끈보다 더욱 결속력이 강한 클럽이 있다.

한국 대학교 법학과 출신 중에서도 학번별로 우수한 사람만 뽑는다는 비밀 클럽. 하지만 그날 이후로 희우는 클럽에 대한 말은 자세히 들어 보지 못했다. 사법시험에 합격해야 정식으로 들어올 수 있다는 이야기만 들었을 뿐이다.
많은 총장과 장관을 만들어 낸 클럽.
장일현이 그 클럽에 들어가 있다면 출세 가도는 정해진 것이 분명했다.
클럽에 대한 생각을 하던 희우는 피식 웃었다. 이전의 삶에서도 장일현은 출세 코스를 밟아 올라갔었다.
희우는 다시 시선을 돌려 고기로 향했다.
고기를 입에 물고 우물거리던 그는 한 가지 생각이 들었다.
장일현은 어차피 출세 코스를 밟아 올라갈 사람. 그러나 그 사실은 희우만 알고 있었다. 지금 장일현은 불안할 거다. 인간이란 동물이 그렇다. 인생의 길 위에서 외롭고 불안하기만 하다. 뒤에 좋은 집안이 있고 비밀 클럽이 있다고 해도, 전적으로 미래를 믿지 못하는 것이 인간이다. 그리고 지금 장일현은 큰 사건을 담당하지 못해 전전긍긍하고 있는 상황이기도 하다. 만약 장일현이 달려갈 도로를 희우가 닦아 준다면? 장일현은 희우를 눈여겨볼 것이 분명했다.
희우는 슬쩍 장일현을 바라봤다.
지금의 장일현은 이전의 삶에서 마주했던 장일현과 다르다. 때가 덜 묻어서 요리하기 어렵지 않을 것 같다. 조금만 도와준다면 더 큰 이득을 가져다줄지도 모른다. 그게 아니더라도 훗날 좋게 쓰일 일이 있을 것 같았다.

희우가 생각에 빠져 있을 때 그들은 여전히 술에 취해 불평불만을 토로하고 있었다. 장일현이 게슴츠레한 눈으로 말했다.

"니들은 아직 검사가 아니니까 돌아다니다가 불법적인 일 보면 다 나한테 보고해. 사사로운 거 하나라도 다 이야기해라. 그래야 이 선배가 니들 길 잘 닦아 놓는다."

최강진이 그를 향해 경례를 했다.

"충성! 넵, 알겠습니다, 선배님."

장일현이 손을 올려 경례로 답했다.

희우는 그들의 모습을 보며 터져 나오는 웃음을 겨우 참았다.

둘은 모두 군대를 가지 않았다. 그들은 면제였다. 훈련소 구경도 안 해본 인간들, 그런 놈들이 경례를 하고 있다.

'미친놈들.'

장일현과 최강진은 모두 허리 디스크란 병명으로 군대를 가지 않았다. 정말로 아플 수도 있었지만, 그 둘의 부모는 모두 잘난 사람들이었다.

희우는 문뜩 궁금해졌다. 정말 아파서 안 갔을까?

생각하던 희우는 아무것도 모른다는 식으로 질문을 던졌다.

"그런데 최강진 선배는 연수원 마치면 법무관으로 가시나요?"

최강진이 눈을 껌뻑거리며 희우를 바라봤다.

"군대?"

"네."

그들은 큰 소리로 웃기 시작했다. 지금껏 웃던 목소리와 다른 크기의 웃음이었다. 희우는 순간 기분이 나빠짐을 느꼈다. 정말 몸이 좋지 않아 면제를 받았는지 잠시 확인해 보고 싶었을 뿐인데 그들의 반응은 예상외였다.

최강진은 너무 웃어 나온 눈물을 닦으며 말했다.

"군대를 왜 가? 넌 가게?"

"네. 당연히 가야죠."

"새끼야, 웬만하면 가지 마. 시간 아까워. 군대가 평생 술안주 된다는 사람들 있는데, 그거 다 돈 없고 빽 없는 놈들 헛소리야. 그 시간에 공부를 해 봐. 2년이란 시간이 짧나? 아니잖아. 군대 안 가는 법 가르쳐 줄까?"

희우는 고개를 저었다.

"아니요. 아버지가 군대는 꼭 다녀오라고 해서요."

장일현이 최강진에게 말했다.

"그만해라. 희우는 가야 할 입장 같은데. 듣는 애기 속상하겠다."

그들은 다시 큰 소리로 웃었다.

장일현이 계속 말을 이었다. 짐짓 근엄한 목소리, 선배가 후배에게 인생을 가르칠 때 사용하는 낮은 목소리.

"군 생활 열심히 하고, 나중에 꼭 성공해. 그래야 네 자식은 빼 줄 수 있지. 군대는 가 봤자 시간만 버리고 몸만 상하는 곳이야."

"네, 알겠습니다."

희우의 대답에 그들은 다시 웃음꽃을 피웠다.

하지만 그들은 보지 못했다, 그들을 바라보는 희우의 눈빛을.

남자에게 군 입대는 건들지 말아야 할 성역이다.

학교 도서관.

강의가 끝난 후 희우와 규리는 도서관으로 향했다. 규리는 기출문제를 위주로 조문과 판례를 공부했고 희우는 그 옆에 앉아 공부를 했다.

그렇게 잠시 후, 희우는 그녀가 공부하는 모습을 지켜봤다.

한참을 공부하던 그녀는 희우의 시선을 느꼈다. 눈을 마주친 그녀가 노트에 뭔가를 적어 희우에게 넘겼다.

뭘 봐?

나? 공부하는 중인데?

규리는 고개를 갸우뚱거렸다. 그리고 희우의 책을 확인한 후, 입 모양으로 말했다.

"진짜 공부하고 있었네?"

그동안 희우는 법과 관련된 특별한 공부는 하지 않았다. 그런데, 이번에는 공부를 하고 있었다.

"책 좀 볼 수 있어?"

희우가 입 모양으로 물었고 규리는 희우에게 기출문제를 건넸다.

희우는 기출문제를 받아 슥 훑었다. 문제의 난이도를 가늠하는 거다. 대부분의 문제는 풀 수 있을 것 같았지만 몇몇 문제는 아리송했고 어떤 문제는 전혀 기억이 나지 않았다. 그래도 본격적으로 공부를 한다면 전부 풀어낼 자신은 있었다.

'이게 지금 사법 고시 수준이라는 거지?'

합격의 자신도 생겨났다.

하지만 문제는 따로 있었다. 바로 연수원에서의 경쟁이었다.

사법 고시는 공부로 난다 긴다 하는 사람들이 도전한다. 그런 사람들 중에 합격하는 사람은 고작 천 명이었고 그중 상위 삼백 명이 판검사가 된다. 결코 쉬운 싸움이 아니었다.

그렇게 희우가 문제를 훑고 있을 때였다. 시간이 꽤 지났고 규리가 책상을 정리하며 말했다.

"학원 갈 시간이야."

희우도 시간을 확인하며 입을 열었다.

"나도 가야겠다. 정문까지 모셔다드리겠습니다."

희우가 기름기 가득한 목소리로 말하자 그녀는 생긋 웃으며 고개를 끄덕였다.

도서관을 빠져나오며 규리가 물었다.

"사시 준비는 언제부터 할 거야?"

"나중에."

"시험을 보기는 볼 거야?"

규리가 보기에 희우는 사시를 준비하는 사람 같지 않았다. 하지만 희우는 고개를 끄덕였고 규리는 다시 말했다.

"필요한 자료 있으면 말해. 내가 구할 수 있는 건 구해다 줄게. 난 학원 다니잖아."

"고마워. 필요하면 이야기할게."

규리는 학원으로 떠났고 희우는 상만의 병실로 향했다.

"오셨어요?"

"오냐."

희우는 언제나처럼 책을 펴고 앉았다.

그때, 경력이 많지 않아 보이는 어린 간호사가 들어왔다.

"주사 맞을 시간입니다."

상만은 익숙하게 뒤로 엎어져 바지를 살짝 내렸고 희우는 커튼을 둘렀다.

간호사는 상만에게 주사를 놓고 옆자리의 노인에게 이동했다. 노인은 답답하다며 항상 커튼을 활짝 열어 놓고 있었는데 지금은 웬일인지 커튼이 쳐져 있었다.

"할아버지, 주사 맞을 시간이에요."

간호사는 친절하게 말하며 커튼을 열어젖혔다. 그때.

"개가 나타났어!"

노인은 자리에서 일어나며 간호사를 강하게 밀쳤다. 순간적인 일이라 그녀는 대응을 하지 못하고 자리에 넘어졌다.

"꺅!"

간호사의 비명 소리가 짧게 흘렀고, 그녀가 들고 있던 차트와 주사기 등이 땅에 뒹굴었다. 그 소리에 노인은 잠에서 깼는지 눈을 깜박였다.

"꿈이었나벼."

노인은 아직 멍하니 앉아 있었다.

희우는 간호사가 놓쳐 주변에 떨어진 주사기와 물건 등을 들어 정리했다. 그리고 그녀에게 건넸다.

"놀라셨죠? 할아버지가 가끔 안 좋은 꿈을 꾸시나 봐요."

희우의 말에 그녀는 가슴을 쓸어내리며 고개를 끄덕였다.

"감사합니다."

그녀가 희우에게 고개 숙여 인사를 하고 다시 할아버지를 바라봤다.

"할아버지, 또 그러면 화낼 거예요."

"미안, 미안. 내가 잠버릇이 안 좋아서 그래."

그녀가 노인에게 주사를 놓기 위해 커튼을 가렸고 상만은 킥킥 웃었다. 그리고 입 모양만으로 희우에게 말했다.

'맞죠? 밤에 보면 더 무서워요.'

하지만 희우는 그의 농담을 듣지 않고 병실을 둘러봤다.

간호사가 노인에게 주사를 놓고 다른 침대로 이동했다. 희우의 시선이 그녀를 좇았다.

'차트에 쓰여 있는 환자는 여섯 명이었어. 그런데, 병실에 있는 환자는 네 명.'

없는 환자가 적혀 있었다는 거다. 의료비를 허위 신고할지도 모른다는 의심이 들었다.

희우가 상만에게 물었다.

"너 언제까지 입원이지?"

"다음 주면 퇴원해도 좋을 거 같다고 하시던데요? 생활하는 데 불편함은 있어도 무리는 없을 거라구요."

희우는 다시 주변을 둘러봤다. 그리고 다시 물었다.

"저번에 네가 예쁘다고 한 간호사는 이제 주사 안 놓나?"

"놔요. 방금 그 새로 온 간호사 오고 나서는 번갈아 가면서 들어오던데요."

"본 지 며칠이나 됐지?"

"본 지는 좀 됐는데요, 주사 놓기 시작한 건 이삼일?"

희우는 자리에서 일어났다. 그리고 병실 밖으로 나갔다.

"어디 가세요?"

"병원 한 바퀴 돌고 오려고."

희우는 병실 밖으로 나가 간호사를 찾았다.

간호사는 다른 병실에 들러 주사를 놓고 있었고 희우는 자판기로 가서 차가운 캔 음료를 뽑고 의자에 앉아 그녀가 나오기를 기다렸다. 희우의 머릿속은 빠르게 회전 중이었다.

병원에 비리가 있다면 희우가 나서서 해결할 문제는 아니었다. 하지만 장일현이 있었다. 장일현은 검찰 내에서 지위를 확고히 하기 위해 큰 사건을 원하고 있었고.

'먹이 하나를 던져 준다.'

희우는 사건을 원하는 장일현에게 병원 비리를 넘기기로 했다.

조태섭의 개가 될 장일현. 희우는 그 개에게 먹잇감을 던져 주고 흔드는 꼬리를 지켜보기로 했다. 분명 도움이 될 일이었다.

그럼 어떻게 병원의 비리를 파헤칠 수 있을까?

희우는 어렵게 생각하지 않았다. 정공법이었다.

희우는 어린 간호사를 떠올리고 있었다. 앳된 얼굴, 그것은 그녀가 병원 생활을 한 지 얼마 되지 않았다는 사실을 말해 주고 있었다. 어쩌면 희우가 주말에 집에 가려고 할 때 두런거리던 목소리의 주인공일 수도 있었다.

그날 희우는 이런 대화를 들었다.

—이거 이렇게 해도 돼요?

—이렇게 해야 해.

만약 그녀가 '이거 이렇게 해도 돼요?'라고 질문한 사람이라면 희우의 질문에 능숙하게 대처하지 못할 것이 분명했다. 때가 묻지 않은 사람에게 더러운 걸 확인하는 일은 어렵지 않았다. 하얀 백지 위에 찍힌 검은 잉크는 아무리 작아도 티가 크게 난다.

간호사가 밖으로 나오자 희우는 그녀를 향해 걸었다.

"고생하시네요. 이거 드세요."

희우는 그녀에게 차가운 음료를 넘겼다.

"감사합니다."

살짝 고개 숙이고 생긋 웃으며 캔을 받아 든 간호사가 물었다.

"환자분과 형제는 아닌 것 같고, 어떤 관계세요?"

간호사는 상만과의 관계를 물어봤다. 일상적인 질문이다.

그런데, 희우는 자기소개를 했다.

"아, 상만이는 학교 후배예요. 이번에 사고를 당해서 안타깝네요. 아, 저는 한국 대학교 법학과 김희우라고 합니다."

한국 대학교 법학과라는 말은 일부러 한 것이었다. 그리고 희우는 틈을 주지 않고 물었다.

"죄송한데요, 궁금한 게 하나 있어요."

"말씀하세요."

"아까 할아버지가 잠에서 깨셨을 때 우연히 차트를 봤습니다. 그런데 환자 인원이 다르게 되어 있어서요."

"……!"

그녀의 표정이 순간적으로 굳어지는 걸 놓치지 않았다. 마치 쿵쾅거리는 심장 소리가 희우의 귓가에 들려오는 것만 같았다.

그녀가 말했다.

"죄송해요, 환자분들이 바뀌면 새로 작성해야 하는데 그걸 못 했나 보네요. 오늘 바로 바꿔 놓도록 할게요. 정말이에요."

거짓말이었다.

그녀는 '정말이에요.'라는 표현을 사용했다. 평소와 같은 문장을 말하며 강조 표현을 쓴다는 건, 그녀가 한 말이 거짓에 가깝다는 뜻. 또한 희우는 환자의 보호자였지 병원의 관계자가 아니었다. 장황하게 설명할 필요 없었다. 간단하게 '새로 해야 하는데 못 했어요.'라고 말을 해도 무관했다. 그리고 그녀가 말을 시작하기 전 혀로 입술을 적시는 행위 등, 모든 점이 그녀가 거짓을 말하고 있다는 것을 가리키고 있었다.

희우는 장난스럽게 웃으며 말했다.

"오늘 바로 바꿀 필요는 없어요. 제가 확인할 것도 아닌데요."

"아, 네."

그녀는 말을 마치고 황급히 자리를 피했다.

희우는 다시 상만이 있는 병실로 들어갔다.

"산책 다 하셨어요?"

희우는 고개를 끄덕인 후 핸드폰에 메시지를 적었다. 그리고 상만에게 핸드폰을 건넸다.

-이르면 오늘, 늦어도 내일이면 이 병실이 가득 찰 수 있다. 새로운 환자들과 친해지도록 해.

문자의 내용을 읽은 상만은 아무것도 묻지 않았다. 고개만 끄덕였을 뿐이다. 왜 친해지라고 하는지, 병실에 사람이 가득 찰 건 어떻게 알고 있는지 궁금하지 않을 수 없었다. 하지만 희우가 말로 한 것이 아니라 문자를 들어 보였다는 건 다른 사람이 모르도록 하라는 뜻. 상만은 희우가 시킨 일에 토를 달지 않았다.

희우는 다시 간이침대에 앉아 책을 펼쳐 들었다. 하지만 머릿속은 병원이 행동할 앞을 바라보고 있었다.

희우가 툭 하고 던진 말은 나비효과가 되어 병원으로 돌아올 것이다.

희우는 일부러 '한국 대학교 법학과'라는 말을 했다. 그것은 미래의 판검사가 될 재원이라는 뜻이기도 했고 선후배에 판검사가 있다는 말이기도 했다. 정상적인 병원이라면 어떤 동요도 하지 않을 것이 분명하지만 도둑이 제 발 저리다고 했다. 아직 미숙한 간호사는 선배 간호사에게 말할 것이다.

"저기 환자분 방문객이 한국 대학교 법학과 다닌대요. 그렇게 안 생겼는데. 그런데 아까 할아버지 주사 놓다가 차트를 떨어뜨렸는데 우리 차트를 보고 말았어요. 병실에 환자가 많다고 물어보더라고요."

선배 간호사는 그 말을 듣고 생각할 거다.

한국 대학교 법학과 학생이면 선배들이 판검사. 그리고 아직 학생이라면 쓸데없는 정의감에 불타오를 수 있는 나이이며 무슨 짓을 하고 어디로 튈지 모를 시기다. 선배 간호사는 수간호사에게 그리고 그녀는 의사에게 전달할 것이다.

희우가 던진 말이 빠르게 위로 올라가고 있을 무렵, 희우는 이미 책 한 권을 모두 읽은 상태였다. 그는 책을 덮으며 자리에서 일어났다.

"그만 간다."

"정말 책 읽으러 오시는 거 같아요."

"그렇다니까. 너도 읽어 볼래? 58페이지에 좋은 말 있더라."

상만에게 책을 던지고 병실을 나서던 희우는 멈칫했다. 그리고 다시 상만에게 다가왔다.

"오늘은 먹지 마."

"네?"

희우는 링거 거치대에 놓인 약을 주머니에 집어넣고 밖으로 빠져나갔다.

희우는 간호사들이 있는 데스크로 향했다. 불씨를 던져 놨으니 부채질을 하기 위함이었다. 두 사람의 간호사가 데스크에 앉아 있었다.

"피곤하실 텐데 음료수 드세요. 그리고 영수증 좀 끊어 주시겠어요?"

희우는 싱긋 웃으며 데스크 위에 음료수를 놓았다.

며칠 병원을 들락거리다 보니 간호사들의 얼굴도 많이 익숙해졌다. 한 간호사가 감사하다고 말하며 음료수를 받았고, 다른 간호사가 영수증을 출력하며 물었다.

"그런데 학생이라고 들었는데 이렇게 매일 와도 돼요? 공부하셔야죠."

하지만 희우가 그녀의 말에 대답할 시간은 없었다. 전화벨이 울렸기 때문이다. 희우는 그녀에게 살짝 인사를 한 후 전화를 받았다.

"예, 선배님. 사건 하나 물어 달라고요? 저는 아직 학생인데 그런 게 어디 있겠어요."

간호사들의 귀가 희우의 목소리에 집중되었다.

희우는 그녀들의 눈치를 본 후 뒤로 돌아 복도의 끝으로 향하며 조용하게 말했다. 물론 그녀들이 충분히 들을 수 있을 정도의 목소리였다.

"그러고 보니까 미심쩍은 일이 있어요."

그의 목소리를 들은 간호사들의 표정이 굳어졌다.

희우가 상만에게 주고 간 책의 58페이지에는 '3분 후에 전화해.'라고 적혀 있었다. 그걸 보고 상만이 희우에게 전화를 한 거다.

그런데, 희우가 상만을 향해 '선배님.'이라고 하자 상만은 장난기가 돌았다. 상만이 말했다.

"그래, 후배야. 문병 올 때 만화책 좀 들고 와라. 여기 이상한 한문 책 보는 사람 있는데 보고 있으면 답답하다. 만화책의 즐거움을 가르쳐 줘야겠어."

그러나 상만이 말을 마치기도 전에 전화가 뚝 하고 끊기고 말았다. 간호사들에게 떡밥을 던져뒀으니 더 이상 상만과 전화할 필요가 없었기 때문이다.

희우가 나간 후 간호사들은 여기저기 전화하는 등 분주해지기 시작했고 아무것도 모르는 상만은 고개를 저었다.

"전화하라고 해 놓고 말도 안 하고 끊고 있어."

학교였다. 희우는 민수와 음료수를 마시고 있었다.

"예전에 의대에 있었다고 그랬죠?"

희우가 물었다.

"그랬지. 왜?"

"혹시 아는 사람 있나요?"

"있지. 왜?"

희우는 주머니에서 약봉지 하나를 꺼내 건넸다.

"칼에 맞은 복부 손상 환자가 복용한 약입니다. 의사에게 듣기로는 큰 혈관 손상은 없었다고 했어요."

약을 건네받은 민수는 호기심 어린 표정으로 그것을 바라봤다.

"그런데?"

"복부 손상 환자가 제가 아는 사람이거든요. 약이 제대로 처방되는지 궁금해서요."

"병원 의사들이면 전문의잖아. 알아서 잘 지어 주지 않겠어? 어쨌든 물어는 볼게."

민수는 약봉지를 다시 들여다봤다. 희우가 이런 약봉지를 들고 나타났다는 것이 뭔가 의심스러웠다.

"이번에는 병원이냐?"

희우는 대답하지 않고 음료수를 들어 마셨다.

민수는 약봉지를 천천히 둘러봤다.

"대오성병원? 여기, 꽤 큰 곳 아니야?"

"맞아요."

"설마, 여기서 환자들 먹는 약 가지고 장난치겠어?"

"그건 모르는 일이죠."

희우의 말에 민수는 씨익 웃었다.

"흘흘흘, 요거 또 혼자 재밌는 일 하려고 하네. 딴 놈들은 사법 고시 준비하느라 이를 악물고 공부할 시간에 벌써 사건을 맡아서 해결하고 있어."

민수는 핸드폰을 들어 전화를 걸었다.

"어, 선배, 난데. 약 좀 물어보려고."

전화를 끊은 민수. 희우를 바라봤다.

"기초의학 준비하는 선배야. 약 보면 바로 알 수 있대. 의대 건물 앞으로 오라고 하니까 같이 가자."

기초의학은 환자를 돌보는 것이 아니라 연구를 통해 질병과 싸우는 의학을 뜻한다.

민수는 뭔가 신이 났는지 싱글벙글 웃으며 앞장서 걸어갔다. 병원 앞에는 하품을 하며 그들을 기다리고 있는 의대생이 있었다.

"줘 봐."

그는 민수를 발견하고 가타부타 말없이 손을 내밀었다. 그리고 약봉지를 뜯어 손 위에 올려놓고 제조사명을 확인했다.

"어떤 환자예요?"

그가 물었다.

"칼에 찔린 환자예요. 혈관이나 장기 손상은 크지 않구요."

희우의 말을 들으며 의대생은 다시 약의 뒤에 쓰인 명칭에 집중했다.

"카피 약이네요."

카피 약은 신약(처음 만들어져 효능을 입증받은 약)과 같은 성분으로 만들어진 약을 의미했다. 처음 신약을 만들 때 필요한 연구비가 들지 않고 같은 성분으로 만들어졌기에 가격이 상대적으로 저렴했다.

그는 계속 말을 이었다.

"내가 알기로 이 회사는 생동성 시험을 받는데 자료 제출이 미비했을 거예요. 어떤 의사들은 시험 결과가 조작되지 않았냐고 재시험을 요구하고 있어요."

생동성 시험이란 신약과 같은 성분으로 만들어진 카피 약이 동일한 효과가 있는지 검증하는 테스트였다.

의대생은 계속 말을 이었다.

"그렇다고 해도 이 약을 처방했다고 해서 법적으로 문제 있는 건 아니에요. 보통은 치료 효과와 안전성이 입증된 약을 쓰겠지만요."

오리지널 약을 통해 안정성이 입증된 성분을 원료로 제조했기 때문에 약효가 의심스러울 수는 있겠지만 의약품의 안전에는 이상이 없다는 것이 식약청의 입장이었다.

희우는 가방에서 병원에서 받아 온 영수증을 건넸다.

"이 약하고 영수증의 내역은 같나요?"

그는 희우에게 영수증을 건네받고 잠시 훑어보더니 고개를 끄덕였다.

"네, 같아요. 그런데 여기 뭔가 문제 있는 병원인가요? 어떻게 모두 이 회사 약만 사용할 수 있죠? 그리고 카피 약을 사용하면서 가격은 왜 이렇게 비싼지 모르겠네요."

의대생의 말에 민수의 눈이 차가워졌다.

그렇게 희우와 민수가 다시 법학과 건물로 향할 때였다. 민수가 물었다.

"어떻게 할 거지?"

"뭘요?"

"약."

희우가 어깨를 으쓱했다.

"법적으로 건들 수 있는 문제가 아니잖아요."

민수가 피식 웃었다. 그리고 천천히 말했다.

"리베이트."

"……!"

희우는 어쩔 수 없다는 듯 고개를 끄덕였다.

"네, 맞습니다. 그쪽으로 접근할 생각입니다."

희우는 민수를 높게 보고 있었다.

아무리 똑똑하다고 해도 아직 조문과 판례를 익히는 학생. 사건에 대한 전반적 경험이 부족할 수밖에 없었다. 의대생과 나눈 몇 마디 대화로, 그것도 이 시기에 '리베이트'까지 연관시킨다는 건 대단한 능력이었다.

희우가 말했다.

"도와주시겠어요?"

민수는 거절할 이유가 없었다.

민수는 희우의 행동을 옆에서 지켜보고 싶었다. 희우가 말하지 않았다면 먼저 함께하자고 말을 꺼낼 생각이었다.

"흘흘흘, 재밌겠다."

희우는 다시 병원으로 향하고 있었다.

예상하고 있는 건 크게 세 가지였다.

가장 먼저, 그들은 차트를 조작했다. 즉, 허위 입원 확인서 발급을 통해 의료보험공단에 의료비를 과다 청구하고 있을지도 모른다. 어쩌면 보험사에 환자의 보험금 청구를 대행하고 있을 수도 있었다. 마지막으로 제약회사 리베이트의 가능성이 높았다. 훗날에는 여기에 이사장의 횡령 등이 더해졌지만 대학생의 신분으로 거기까지 조사하기에는 무리가 있었다.

병원으로 가기 전에 상만에게 전화를 걸었다.

"네, 아니요로만 대답해. 새로 들어온 환자 있어?"

-네.

"두 명인가?"

-네.

어제까지 병원에 있던 환자는 네 명이었다. 하지만 차트에서 본 환자는 총 여섯 명.

"보기에 나이롱환자 같아?"

-네.

나이롱환자란 많이 아프지 않은데 중환자인 것처럼 병원 신세를 지고 있는 환자를 의미했다.

"친해져라."

-네.

희우는 전화를 끊고 동네 슈퍼로 들어갔다. 그리고 가방을 열어 소주 네 병을 사서 집어넣었다. 병원 정문을 지나 주차장으로 들어간 그는 상만의 병실로 향하지 않고 건물 뒤편 등 외진 공간을 걸었다. 환자복을 입고 흡연을 하는 사람들이 여기저기 눈에 보였다.

희우는 주변을 확인한 후에야 병실로 향했다. 상만은 새로 들어온 환자들과 뉴스를 보며 낄낄거리고 있었다.

"오셨어요?"

상만이 인사하자 다른 사람이 물었다.

"이 학생이 법학과 다닌다는 선배야?"

"네."

상만이 대답을 했고 질문을 한 사람은 신기한 표정으로 희우를 바라봤다.

"내가 살면서 한국 대학교 법학과 다니는 사람은 처음 보네. 반가워요."
"네, 안녕하세요."
희우는 그에게 살짝 고개 숙여 인사하며 병원 침대에 쓰여 있는 병명과 이름을 확인했다. 한 명은 빗장뼈(어깨 부위에 있는 뼈) 골절이었고 다른 사람은 흉골(가슴뼈) 골절이었다. 두 위치는 교통사고에서 발생할 수 있는 골절상이었다.
희우는 상만의 침대 옆으로 이동해 책을 펼쳤다.
잠시 책을 들여다보던 희우는 자리에서 일어나 상만에게 말했다.
"상만아, 이거 뭐라고 읽는 거냐?"
"네?"
희우가 모르는 한자라면 상만이 읽을 수 없는 글자였다. 그 사실은 상만도 잘 알고 있었다. 하지만 상만은 텔레비전에서 벗어나 희우의 옆으로 다가왔다. 희우는 책에 '언제 어떻게 사고 난 사람들이야?'라고 적어 뒀다.
상만은 글을 읽으며 머리를 긁적였다.
"이건 저도 잘 모르겠는데요."
상만의 말에 희우는 말없이 책을 향해 눈을 돌렸고 상만은 침대 위로 올라가 자신의 핸드폰을 만지작거렸다.
희우의 핸드폰으로 문자가 왔다. 상만이 보낸 것이었다.

-두 사람은 같은 회사를 다니며 카풀 하던 사이라고 했습니다. 사고 시기는 어제. 뒤에서 승용차가 박았다고 합니다.

희우는 고개를 끄덕였다. 그리고 책을 들고 병실 밖으로 나섰다.
"바람 좀 쐬고 올게. 심심하면 전화하고."
동시에 상만에게 문자가 왔다. 희우가 일어서며 보낸 문자였다.

-보험사 어디인지 물어봐.

상만은 문자를 보고 자리에서 일어나 다시 그들을 향해 걸어갔다.

상만의 휴대폰에 다시 문자가 왔다.

-내 가방에 소주 있으니까 먹는다고 하면 먹여라. 먹을 만한 장소는, 병원 뒤편이 조용하더라. 전화기 켜 두고.

희우는 병원의 층을 내려갔다.

해당 층의 병동에는 희우의 얼굴을 알고 있는 간호사가 많고 이미 소문이 퍼졌을 것이 분명했다. 새로운 사실을 알기 위해서는 다른 병동으로 가야 했다. 타 층의 간호사들은 소문은 들었을지 몰라도 희우의 얼굴은 몰랐다. 희우는 아래층으로 내려가 데스크에서 가깝지만 눈에 보이지 않는 자리를 찾아 앉았다. 그리고 책을 읽어 내려갔다.

잠시 후, 전화기가 울렸다.

희우는 통화 버튼을 누르고 귀에 가져다 댔다. 상만의 목소리가 들려왔다. 그는 희우에게 전화를 걸어 놓은 상태로 일을 진행하고 있었다.

상만은 능숙하게 그들에게 물었다.

-그런데 보험사가 어디예요?

-천하보험이야.

상대는 대수롭지 않게 대답했다. 교통사고 환자들끼리 보험사를 물어보고 정보를 교환하는 건 이상하지 않은 일이었다. 상만은 그에게 '보험비를 잘 받는 법을 알려 줄게요.' 등의 쓸데없는 소리를 하지 않아도 되었다.

시시콜콜한 대화가 이어졌다. 텔레비전을 보며 정치인을 욕하기도 하고 예쁜 여자 연예인을 보며 환호성을 지르기도 했다.

상만이 다시 자리로 돌아갔다. 그리고 매우 어색하고 티가 나는 연기로 희우의 가방을 뒤지고는 매우 놀란 척했다.

-어?

저런 연기라면 누구나 눈치챌 만했다. 하지만 이곳은 병원의 병실. 하루하루가 지겹고 지루한 일상의 시간. 사람들은 상만에게 집중했다.

상만은 손가락을 입에 가져다 대고 조용히 하라는 표시를 했다. 그리고 가방을 들어 소주를 보여 줬다.

-이 선배가 주당이거든요. 완전 알코올중독자예요. 집에 가서 마시려고 사 놨나 봐요. 혼자 네 병이나 마시려고 사 뒀나 보네.

희우의 미간이 찌푸려졌다.

'주당에 알코올중독자?'

들으라고 하는 말 같았다.

그때, 상만이 입맛을 다시며 말을 이었다.

-오랫동안 병원에만 있었더니 소주 한잔 땡기네요.

희우의 인상이 더욱 구겨졌다.

'미친놈이!'

상만이 마시라는 소리가 아니었다. 상만은 술을 마시면 안 되는 진짜 환자였다. 하지만 상만은 정말로 마시고 싶어 했다. 그 목소리에서 진심이 느껴졌다. 연기가 아니었다.

상만이 병실의 아저씨들을 둘러보며 말했다.

-한잔하시겠어요? 1층 뒤편 소각장 조용한 것 같던데요.

그 말에 사람들은 기분 좋은 목소리로 호응했다.

-좋아. 안주는 내가 매점에서 사 가지.

사람들은 상만이 내민 유혹의 손길을 뿌리치지 못했다.

1층으로 내려가는 사람은 상만과 새로 들어온 환자 두 명 그리고 원래 병실에 있던 한 명, 총 네 명이었다. 그들은 병원 뒤편의 소각장 근처로 이동했다.

환자복을 입고 술을 마시기 위해 움직이는 모습들.

그리고 그들의 술판이 벌어졌다.

희우는 전화기를 귀에 대고 그들의 목소리를 들으며 눈은 책을 향해 두었다. 그때.

"어? 여기는 웬일이야?"

"……?"

뒤에서 들려오는 목소리에 희우는 고개를 돌렸다.

다음 권으로 이어집니다